Das Buch
Im Juni des Jahres 1900 befiehlt Cyrus Braithwaite, ein schroffer Granitmagnat in Neuengland, seinen drei halbwüchsigen Söhnen, den geliebten Schoner der Familie zu besteigen, von ihrem imposanten Sommerhaus in Maine wegzusegeln und erst im September wieder zurückzukehren. Seine einzige Begründung für diese plötzliche Anweisung: »Es ist ein neues Jahrhundert, Jungs.« Verwirrt gehorchen die drei Jungs und beginnen mit einem Freund, den sie unterwegs aufgabeln, eine gefährliche Reise Richtung Florida. Sie rätseln über die Beweggründe des Vaters, suchen das Abenteuer, tauchen nach Schätzen bei den Tortugas, werden von Haien angegriffen und erleiden Schiffbruch in einem furchtbaren Sturm, der sie schließlich in Cuba an Land spült. Einen kostet die Fahrt das Leben. Die telegraphische Bitte um Hilfe verweigert der Vater.

Einhundert Jahre lang ist die Geschichte in der ehrwürdigen Familie Braithwaite tabu. Dann entschließt sich die junge Sybil Braithwaite, Enkelin von Drew, das Geheimnis zu lüften: Warum hat Cyrus seine Söhne verbannt? Warum hat die Mutter nicht eingegriffen? Welche Rolle spielte Cyrus' Sohn aus erster Ehe? Was sie mit Hilfe von Tage- und Logbüchern über die dramatische Odyssee herausfindet und zu Papier bringt, verändert ihr Leben und das ihrer Familie für immer.

Der Autor
Philip Caputo wurde 1941 in Chicago geboren; nach einigen Jahren als Tiefseefischer war er zunächst für die Chicago Tribune in Italien, der Sowjetunion, dem Mittleren Osten und in Vietnam als Auslandskorrespondent tätig, bevor er Romane zu schreiben begann. 1973 wurde er in Beirut als Geisel gehalten und erfuhr erst nach seiner Befreiung, dass er 1972 mit dem Pulitzerpreis ausgezeichnet worden war.

Philip Caputo
Die lange Heimkehr

Roman

Aus dem Amerikanischen
von Wolfgang Müller

DIANA VERLAG
München Zürich

Diana Taschenbuch Nr. 62/0226

Die Originalausgabe
»The Voyage«
erschien bei Alfred A. Knopf, Inc. New York

Taschenbucherstausgabe 02/2002
Copyright © 1999 by Philip Caputo
Copyright © der deutschsprachigen Ausgabe 2000
by Diana Verlag AG, München und Zürich
Der Diana Verlag ist ein Unternehmen
der Heyne Verlagsgruppe, München
Printed in Germany 2002

Umschlaggestaltung: Hauptmann und Kampa
Werbeagentur, CH-Zug,
unter Verwendung einer Fotografie
»The Wreck of the Arden Craig«
von Frances James Mortimer,
The Royal Photographic Society, Bath/England
Satz: Filmsatz Schröter GmbH, München
Druck und Bindung: Elsnerdruck, Berlin
Gedruckt auf chlor- und säurefreiem Papier

ISBN: 3-453-19821-2

http://www.heyne.de

All die stürmischen Leidenschaften aus den jungen Tagen der Menschheit sind dahin: die Lust auf Beute und Ruhm, die Lust auf Abenteuer und Gefahr. Ohne auf dem geheimnisvollen Antlitz des Meeres eine Spur zu hinterlassen, sind sie wie flüchtige Spiegelbilder mit der Lust auf das Unbekannte, auf die unstillbaren Träume von Herrschaft und Macht verschwunden. Das unergründliche und herzlose Meer, um dessen gefährliche Zuneigung sich die Freier mühten, hat nichts von sich preisgegeben. Anders als beim festen Land kann keine Ausdauer, keine Anstrengung es bezähmen. Trotz all der verführerischen Anziehungskraft, die so viele in einen grausamen Tod gelockt hat, wurde seine Unendlichkeit vom Menschen nie so geliebt, wie dieser die Berge, die Ebenen und selbst die Wüste liebt.

Joseph Conrad

TEIL EINS

DIE BUCHTEN VON MAINE

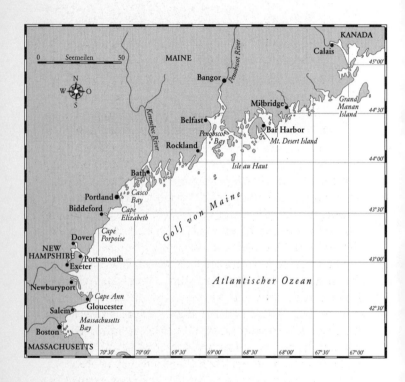

1

An jenem Morgen war die See grau und so glatt wie die Oberfläche eines Augapfels. Im Osten war der Weltenrand nur noch Meilen vom Strand entfernt. Eine Nebelwand hatte sich während der Nacht bis zur Mündung der Bucht vorgeschoben. Dort hatte sie halt gemacht, und nun bewegte sie sich weder vor noch zurück. Die vorgelagerten Inseln und alles, was sie umgab und was jenseits von ihnen lag, waren in einem fensterlosen, dunstigen Verlies gefangen. Vom Bootssteg aus, der auf dem Festland vor dem Haus seiner Familie lag, konnte Nathaniel auf den Inseln nicht einmal andeutungsweise die Kirchturmspitzen aus Fichtenholz erkennen; genausowenig wie die granitenen Sockelplatten und Gesimse, die man gewöhnlich zwischen den Bäumen sehen konnte. Wald und Gestein schienen wie aufgelöst und eins mit dem Nebel zu sein. Der Schleier verhüllte auch die Leuchttürme und die hochaufragenden Kruzifixe auf den Küstenschonern, die Anker geworfen oder an den Kais des Steinbruchs festgemacht hatten und darauf warteten, daß sich der Nebel lichtete und ein frischer Wind sie den weiten Weg die Küste hinuntertragen würde: nach Boston mit Pflastersteinen oder einem gemeißelten Sockel für eine Heldenstatue, nach Charleston mit korinthischen Säulen, den Ruhm einer Stadtverwaltung zu mehren, oder nach New York mit polierten Steinplatten, den neuen Bauwerken, die in den Himmel des neuen Jahrhunderts ragten, ein Gesicht zu geben. Nathaniel wußte, daß die

Schiffe da draußen waren, weil er die Glocken hörte, die jede Minute fünf Sekunden lang geläutet wurden, um die Position des Ankerplatzes zu markieren. In das Läuten der Glocken mischten sich andere Töne. Er lauschte ihnen wie ein Blinder einer dissonanten Sinfonie und erkannte jedes Ding samt seinem Standort am Geräusch, das es verursachte. Schrilles Pfeifen – der Dampfer, der den Fährdienst mit den Inseln besorgte. Trauriges, verlorenes Tröten – ein Fischer kurbelt in einem kleinen Boot an seinem Handnebelhorn. Zwei sich abwechselnde, dumpf brummende Töne in weiter Ferne – ein Leuchtturm ...

Er fand es merkwürdig, wie der Nebel auf der Stelle verharrte. Als ob dieser durch eine unsichtbare Wand davon abgehalten würde, bis ans Ufer vorzudringen. Über Nathaniel leuchtete die Sonne am wolkenlosen Himmel, aber da draußen war alles dicht. Die Trennlinie zwischen dem klaren und dem trüben Bereich zeichnete sich so scharf ab wie die zwischen Hell und Dunkel eines Halbmondes. Er fragte sich, woher das kam. Ein plötzlicher Wechsel der Wassertemperatur? Der Lufttemperatur? Von beidem? Man konnte kaum ausmachen, wo die Luft in Wasser überging. Sie war von der gleichen Farbe wie die tote, ruhige See. Beide Elemente verschmolzen nahtlos zu einem Weiß, das den Horizont auslöschte. Der Zweimastschoner seines Vaters, der draußen auf See in der Nähe eines aus dem Wasser ragenden Riffs ankerte, erschien auf der polierten Wasserfläche als klar umrissene, perfekte Kopie seiner selbst. Nur daß er auf dem Kopf stand. Nathaniel zog sein Ölzeug aus dem Seesack und legte es zu einem Polster zusammen. Er ging in die Hocke, stützte die Ellbogen zwischen den Knien auf den Boden und stellte sich und die Welt auf den Kopf. Die See verwandelte sich in Himmel und der Himmel in faltenlose See. Der

Schoner, das Riff und die auf dem Riff thronenden Kormorane erschienen wie Spiegelbilder ihrer Spiegelbilder. Nathaniel und die Welt standen Kopf, bis zwei Seehunde die Illusion zerstörten. Sie steckten achteraus des Schoners die Köpfe aus dem Wasser und schickten geschmeidig rollende Wellen, die einem killenden Seidensegel glichen, in Richtung Ufer. Die Spiegelbilder des Felsens, der Vögel und des Schiffs schwangen und zitterten und legten Zeugnis darüber ab, was Realität und was Abbild, was Himmel und was Ozean war. Die Schwerkraft, die unzweideutigste der Erdenkräfte, ließ sich ebenfalls nicht übertölpeln. Das Blut strömte Nathaniel in den Kopf und machte ihm klar, wo oben war.

Er nahm die Beine herunter, stand auf und stützte sich mit einer Hand an einem Pfahl ab. Die schneckenverkrusteten, tief hinunterreichenden Holzpfeiler glitzerten im Wasser, das nicht wie weiter draußen grau, sondern stahlgrün war; und so kalt wie es aussah. So kalt, daß es selbst im Frühsommer einen Menschen in weniger als fünfzehn oder zwanzig Minuten tötete. Sein Vater, eine in allen maritimen Dingen nahezu unfehlbare Autorität, hatte vor Jahren selbst mit angesehen, wie ein Segler von der Rahnock seines Schiffes gefallen war. Keine Viertelstunde später hatte man ihn wieder rausgefischt – mit blau angelaufenem Gesicht und so tot wie Julius Cäsar. Nathaniel beobachtete die Seehunde, die im Schutze ihrer Speckwülste dahinschwammen. Wie glitzernde Perlen tanzte das Licht auf ihren dunklen Köpfen. Dann wölbten sich die glänzenden Rücken im Gleichklang der Bewegung, und sie verschwanden in der Tiefe. Er packte das Ölzeug wieder in den Seesack, auf dem sein Vorname stand, um ihn von denen seiner Brüder zu unterscheiden. Dann setzte er sich auf den Boden und warf den Sack in das Ruderboot. Das weiße, klinkergeplankte Boot war drei Meter sechzig lang. Dollbord, Riemen und Ruderbänke glänzten unter den frisch aufgetragenen Lackschichten.

Der Steg erzitterte. Nathaniel drehte sich um und sah seinen Vater, dessen Gesicht von einem breitkrempigen Strohhut überschattet wurde. Er trug eine Lattenkiste mit Proviant. Die Hemdärmel waren bis zu den Ellbogen hochgekrempelt, und die Muskeln, die sich unter der sommersprossigen, von feinen zimtfarbenen Härchen bedeckten Haut spannten, sahen immer noch aus wie knotige Peitschen. Die Muskeln eines jungen Mannes. Doch steckte in ihnen auch noch die Kraft eines jungen Mannes? Die Farbe des Barts war schon mehr grau als rotbraun, und die Hälfte des Haars, das jetzt unter dem Hut steckte, war schon ausgefallen. Dem Alter nach – fünfundsechzig in diesem Jahr – war er eher ein Großvater als ein Vater, dachte Nathaniel und stand auf, um ihm die Kiste abzunehmen. Cyrus winkte ihn mit dem Kopf beiseite, trug die Kiste allein weiter und stellte sie neben den Pfahl, an dem mit einer Vorleine die Fangleine des Bootes festgemacht war.

»Was hast du da gemacht?« fragte er. Er atmete schwer, als ob er den Weg vom Haus heruntergerannt wäre. Nathaniel sah jetzt, daß nicht die Hutkrempe das Gesicht verdunkelt hatte, sondern daß es die Farbe angenommen hatte, die es immer annahm, wenn sein Vater zuviel Sonne abbekam, sich überanstrengte oder sich über irgend etwas ärgerte: die Farbe einer getöpferten Schüssel, eine dunkle Tönung, die der seines Barts, bevor dieser silbrig wurde, so ähnelte, daß man von weitem kaum zwischen Fleisch und Bart hatte unterscheiden können.

»Ich habe meine persönlichen Sachen an Bord gebracht, Sir.«

»Sah aus, als ob du auf dem Kopf gestanden hättest.«

Ein Hauch von Mißbilligung lag in der Stimme seines Vaters. Nathaniel spürte, wie er errötete.

»Ach das. Nur eine Übung. Ein Schulfreund hat mir davon erzählt. Er hat gelesen, daß die Hindus in Indien die ganze Zeit auf dem Kopf stehen und daß das sehr gesund ist.«

Cyrus' gesundes Auge schaute zweifelnd. Der Blick war so frostig wie der Winternebel auf See. Gleichzeitig schien die starre, verrutschte Pupille des linken Auges schräg über Nathaniels rechte Schulter hinwegzuschauen. Es war jedesmal verwirrend, wenn man gleichzeitig direkt und indirekt angeschaut wurde.

»Ich würde nicht darauf zählen, daß es zu irgendwas nutze ist, wenn man den Kopf da hinstellt, wo eigentlich die Füße stehen sollten. Auch wenn du dir diese Hindus, und wie sie leben, zum Vorbild nimmst.«

»Das werde ich nicht tun, Sir.«

Was weißt du eigentlich davon, wie Hindus leben? Du bist nie in Indien gewesen. Das hatte er eigentlich sagen wollen, jetzt, da er, ohne sich abzuwenden, in Cyrus' gesundes Auge sehen, da er schon dessen Hemden tragen konnte. Die Gleichheit von Größe und Statur hatte ihm die Möglichkeit eröffnet, es auch anderweitig mit seinem Vater aufnehmen zu können. Hin und wieder stellte er sich vor, wie er den alten Herrn zum Ringkampf herausforderte oder wie er sich die Boxhandschuhe überstreifte, um mit ihm über ein, zwei Runden zu gehen. Erregende und gleichzeitig beängstigende Phantasien, die erst im vergangenen Jahr begonnen hatten aufzukeimen. Genau zu der Zeit, als auf Kinn und Oberlippe Barthaare sprossen, er noch einige Zentimeter zulegte und sich frische Muskelpakete auf Rippen und Schultern bildeten. Bart und Größe waren wundersame Geschenke der Natur, das Körpergewicht jedoch war mehr das Ergebnis eigener Bemühungen: Er trainierte mit den Hanteln, die er sich letzte Weihnacht aus dem Versandkatalog von Sears Roebuck bestellt hatte, und in Andover spielte er Football und boxte, weil er gelesen hatte, daß Boxen und Football den Vizepräsidenten von einem kränkelnden Kind in den Helden verwandelt hatten, der den Angriff auf San Juan Hill angeführt hatte. Nicht daß Nathaniel jemals gekränkelt hätte oder ein Schwächling gewesen wäre; er trainierte einfach für den Augenblick, der, dessen war er sich sicher, irgendwo in der Zukunft auf ihn wartete und von ihm verlangen würde, in einem Krieg eine Attacke anzuführen. Oder Menschen aus einem brennenden Gebäude zu retten. Oder eine Bande chinesischer Banditen gefangenzunehmen, so wie es Frank Merriwell in der letzten Nummer des *Tip Top Weekly* getan hatte. Wenn der Augenblick käme, wollte Nathaniel sicher sein, daß er gesund und stark war und der Aufgabe gewachsen.

»Hast du vor, den ganzen Tag da rumzustehen?«
»Sir?«

Cyrus blickte nach unten auf die Kiste, in der auf Büchsen mit Rindfleisch, Birnen und Bohnen die Mehl- und Kaffeesäcke lagen. Nathaniel kletterte vorsichtig die Leiter hinunter ins Boot. Er spürte die Kälte, als er mit den nackten Füßen auf die vom Tau feuchte Ruderbank stieg. Auch spürte er einen Rest von Klebrigkeit an den lackierten Spieren. Er griff nach oben, nahm die Kiste und verstaute sie vorn im Boot.

»Wir sollten uns ein Schwimmdock bauen wie die Williamsens«, sagte er. »Dann könnten wir bequem ins Boot steigen, egal, ob Ebbe oder Flut ist. Würde alles viel einfacher machen.«

»Mag sein. Aber ich habe nie daran geglaubt, daß einfacher notwendigerweise auch besser bedeutet. ›Nicht allein aber das, sondern wir rühmen uns auch der Trübsale, dieweil wir wissen, daß Trübsal Geduld bringt; Geduld aber bringt Erfahrung; Erfahrung aber bringt Hoffnung.‹«

»Brief an die Römer?«

»Kapitel fünf, Vers drei und vier. Ursprünglich hat ›Erfahrung‹ die Bedeutung von ›Charakterstärke‹ gehabt. Und deshalb: Trübsal bringt ...«

»Ja, Sir, ich verstehe«, sagte Nathaniel und meinte damit, daß er die Interpretation seines Vaters verstanden habe. Was er allerdings nicht verstand, war, wie ein Schwimmdock ihm so viel Trübsal ersparen könnte, daß es einen schädlichen Einfluß auf seinen Charakter ausübte.

»Das und alles, was deine Brüder noch runterbringen, ist der Rest des Proviants. Der Höchststand ist ...« Aus der Tasche seiner Baumwollhose zog Cyrus die mattglänzende Uhr, mit der er schon die Fahrt gemessen hatte, als er noch in den Florida Keys im Bergungsgeschäft war. »... in ungefähr einer Stunde.« Er warf einen kurzen Blick hinaus auf See. Als ob er der Uhr nicht ganz traute und deshalb gezwungen wäre, die Gezeiten zu überprüfen, um sicherzustellen, daß Natur und Meßinstrument auch übereinstimmten.

»Wir sollten gleich bei einsetzender Ebbe raus«, sagte Nathaniel. »Ein bißchen Wind würden wir allerdings auch noch brauchen.«

»Ihr werdet Wind haben«, lautete die Vorhersage des Vaters, die er mit solcher Selbstgewißheit aussprach, daß der Sohn erwartete, noch im selben Augenblick das erste Wölkchen am Himmel auftauchen zu sehen.

»Ich habe übrigens vorhin schon mit Eliot darüber gesprochen. Anscheinend haben wir diesmal einen Haufen Zeug mehr dabei als sonst«, sagte Nathaniel mit Blick auf die Kiste. »Das reicht für uns vier viel länger als eine Woche oder zehn Tage.«

»Glaubst du, hm?« war das einzige, was sein Vater darauf antwortete. Die Sonne beleuchtete ihn von der Seite. Mit gespreizten Beinen stand er da, die Hände ruhten unter den Hosenträgern auf der Brust.

»Darf ich fragen, ob die Fahrt diesmal länger wird als sonst?«

»Und wenn du nicht darfst?«

Nathaniel stellte sich neben der Leiter auf die Zehenspitzen, schwang die Unterarme auf den Steg und zog sich mit einer einzigen, flüssigen Bewegung nach oben.

»Wir dachten, weil Mutter sich gerade nicht so wohl fühlt …«

»Deiner Mutter geht's gut.«

»Ja, Sir. Aber sie ist jetzt schon zwei Wochen weg.«

»Ich habe dir und deinen Brüdern doch von dem Telegramm erzählt, das Dr. Matthews geschickt hat, oder etwa nicht? Es ist nichts Ernstes.«

»Wir bleiben also länger als eine Woche weg? Für uns geht das schon in Ordnung.«

»Für euch drei geht das also in Ordnung«, sagte Cyrus mit spöttischem, verärgertem Unterton. »Das sollte es auch. Ich werde jetzt mal Eliot und Drew etwas Dampf machen. Hast du alle deine Sachen?«

»Ja. Und was ist mit deinem Seesack? Soll ich ihn holen?«

»Das wird nicht nötig sein, Nat.«

Nathaniel schaute seinem Vater hinterher, der zurück zum Haus ging und dabei aussah, als trüge er einen Seesack. Der einst behende Gang des Seemannes wirkte schwerfällig, die Schultern hingen schlaff herab. Die, welche ihn nicht kannten, würden es kaum bemerken können, doch für die, die ihn kannten, war es nur zu offensichtlich. Die Veränderungen in Gang und Körperhaltung wie auch die Kurzatmigkeit waren erst kürzlich zutage getreten und mit Veränderungen in seinem

Verhalten einhergegangen: eine Aura abweisender Zerstreutheit, gedankenverlorener Schweigsamkeit beim Abendessen sowie etwas, was sich in die unbeherrschte Wildheit, das wesentliche Merkmal seines Naturells, eingeschlichen hatte. Nathaniel konnte es nicht benennen. Schwermut? Trübseligkeit? Vielleicht gab es gar kein einzelnes Wort für diese herbstlichen Anzeichen, die den ersten sich gelb färbenden Blättern im September ähnelten. Manchmal benahm sich sein Vater wie ein Mann, dem man das Herz gebrochen hatte. Nicht daß Nathaniel viel über gebrochene Herzen wußte. Abgesehen vielleicht von dem, was er in Romanen gelesen hatte. Und abgesehen von dem verstörenden Schmerz, der sein Herz immer dann bedrückte, wenn er Constance Williams mit ihrer neuen hochgesteckten Gibson-Girl-Frisur sah und den Spitzenkragen an den Blusen, die sich allmählich mit fraulichen Formen füllten. Er konnte sich seinen Vater jedenfalls nicht mit gebrochenem Herzen vorstellen. Es gab sogar Leute, die bezweifeln würden, daß er überhaupt eines besaß, das man brechen könnte.

Nathaniel setzte sich auf den Boden und betrachtete den Schoner. Der Anblick berührte ihn, wie einen Architektur- oder Kunstliebhaber ein wunderschönes Gebäude oder eine wunderschöne Landschaft berührt. Nichts an dem Schiff war ausgefallen oder exotisch; die Formen waren von eleganter Schlichtheit. Es war robust genug für den Einsatz auf hoher See, aber beim Wenden gegen den Wind für ein Schiff mit langem Kiel dennoch beweglich und schnell. Es machte einen leichten und beschwingten Eindruck, als wären die Spanten aus den luftigen Knochen einer Möwe oder eines Fregattvogels gefertigt. Das Schiff war als Miniaturausgabe eines Gloucesterman-Zweimastschoners in der Essexer Story-Werft gebaut und ein Jahr vor Nathaniels Geburt auf den Namen *Double Eagle* getauft worden. Sie maß vierzehn Meter über alles, in der Wasserlinie elf Meter sechzig, und war so schnell wie ein Schiff dieser Länge nur sein konnte: Im letzten Jahr war sie auf dem Rückweg von Kanada bei stürmischem Wind schneller als neun Knoten gelaufen. Selbst vor Anker sah sie noch aus, als wäre sie in Bewegung. Nathaniel liebte den glatten dunkelgrünen Rumpf, dessen Form durch den weißen Schergang zusätzlich betont wurde. Wie die riesige Feder eines Silberreihers schwang sich dieser von dem mit vergoldeten Efeuschnitzereien geschmückten Bug nach hinten. Desgleichen liebte er die geometrischen Figuren der Wanten und Stage, die sich gen Himmel reckten, und die Symmetrie der aus Sitkafichte gearbeiteten Maste, die unter der frischen Lackierung walnußbraun glänzten.

In diesem Jahr funkelte die *Double Eagle* wie vielleicht noch nie seit ihrem Stapellauf. Ende Mai, die Jungen waren nach dem Ende des Schuljahres wieder zu Hause, und die Familie hatte sich für den Sommer in ihrem Haus in Maine eingerichtet, entschied Cyrus, die *Double Eagle* vom Vorder- bis zum Hintersteven, vom Toppmast bis zum Kiel überholen zu lassen. Er beorderte Nathaniel und seine Brüder zu Potters Werft in den Hafen von Blue Hill, wo der Schoner den Winter über im Trockendock gelegen hatte. Sie schabten und schmirgelten das Unterwasserschiff ab und versahen es mit zwei frischen Lagen eines kupferroten Schutzanstrichs. Vor dem Kalfatern der Nähte stopften sie sich Baumwollfetzen in die Ohren, um sich durch das dumpf dröhnende Hämmern der Holzschlegel nicht das Gehör zu ruinieren. Die berufsmäßigen Kalfaterer in der Werft von Essex reagierten nicht einmal mehr auf ihre eigenen Namen, wenn man nicht mindestens ein, zwei Meter neben ihnen stand. Nach dem Kalfatern überprüften die drei Brüder das stehende und das laufende Gut. An zerschlissenen Stellen des Großfalls und des Großtoppfalls verspleißten sie das Tauwerk neu, brannten lose Fäden von den Schoten des Fock- und Stagsegels, versiegelten Takelgarn mit Kerzenwachs und umwickelten damit die freien Tampen der Schoten. Da sich auf der Ankerkette zuviel Zinkoxydpulver angesammelt hatte, kauften sie in Potters Schiffszubehörladen auf Rechnung ihres Vaters eine neue Kette und befestigten diese dann am Anker. Eingedenk der Ermahnung, die ihnen ihr Vater immer wieder eingebleut hatte, breiteten sie alle sieben Segel als auch das Ersatzfocksegel auf dem Boden aus und untersuchten jedes einzelne auf Schimmel und durchgescheuerte Nähte. »Ein Seemann kann seine Sünden ebensowenig vor der See verbergen wie ein Mörder die Schande seiner Bluttat vor Gott. Du willst es schnell hinter dich bringen, erledigst eine Sache nur halb, sagst dir: ›Ach, das reicht schon‹, und dann Jungs, dann kommt euch die See auf die Schliche. Und die See ist eine völlig andere Gottheit als der Gott unserer Väter. Sie zeigt keine Gnade, sie kennt keine Vergebung.«

Jeder Arbeitstag begann eine Stunde nach dem Frühstück, wenn Tom Dailey sie mit ihren Imbißkörben an der Werft absetzte. Der Tag endete etwa um vier Uhr nachmittags, wenn Dailey mit dem Wagen zurückkam, um sie wieder nach Mingulay zu bringen. Gerade rechtzeitig, um sich vor dem Abendessen, das unfehlbar pünktlich um sechs Uhr auf den Tisch kam, noch schnell zu waschen. In seiner krakeligen Handschrift hatte ihnen ihr Vater auf drei Seiten linierten Papiers eine Liste mit Aufgaben aufgeschrieben, die sie planmäßig abhaken. War das Ruder intakt? Die Steuerseile? Irgendwelche Anzeichen von Fäulnis auf oder unter Deck? Sie fanden nichts dergleichen, hatten aber auch nicht damit gerechnet: Die Spanten der *Double Eagle* waren aus Weißeiche gefertigt, und die Planken des Rumpfs bestanden aus Kiefernholz, das Cyrus eigens aus Dade County in Florida hatte kommen lassen. Dieses Holz war so widerstandsfähig und fast genauso hart wie Stahl. So hart, daß manchmal gar die Nägel daran verbogen und die Bohrerspitzen abbrachen.

Als letztes machten sie sich an die Verschönerungsarbeiten. Die *Double Eagle* erhielt einen frischen Anstrich, und alle Messingteile wurden poliert. Cyrus war, während sie arbeiteten, zur Inspektion vorbeigekommen und zeigte sich erst zufrieden, nachdem das Messing am Kompaßhaus so glänzte, daß er sich davor hätte rasieren können. Am nächsten Tag ließen sie sie zu Wasser. Nachdem sie den Winter auf fremdartigem Terrain verbracht hatte, rumpelte die *Double Eagle* nun die Rampe hinunter, als kehre sie in die wohlvertrauten Arme der ewigen See zurück. Damit die Planken aufquellen und sich somit die Nähte wasserdicht verschließen konnten, lag sie einen Tag und eine Nacht lang an ihrem Ankerplatz. Am darauffolgenden Morgen schlugen sie die Segel an und brachten die *Double Eagle* nach Hause. Obwohl man die etwa zehn Meilen lange Fahrt wohl kaum als ausgiebigen Tagesausflug, geschweige denn als richtige Reise bezeichnen konnte, war es doch das erste Mal, daß ihnen ihr Vater erlaubt hatte, das Schiff ohne seine Aufsicht zu steuern. Er hatte das Kommando Nathaniel übertragen, was dieser nur für angemessen hielt. Die Ehre und Verantwortung wurden seinem sprießenden Bart, seinen ein Meter achtzig und einhundertfünfzig Pfund gerecht. Und er glaubte sich der Aufgabe würdig erwiesen zu haben, nachdem er die *Double Eagle* ohne Zwischenfall zurückgebracht hatte. Schon beim ersten Versuch hatte er auf so elegante Weise angelegt, daß selbst der sonst so sarkastische Eliot mit dem Finger an die Kappe tippte und sagte: »Reife Leistung, Nat. In der Tat.«

Nathaniel hörte, wie eine Fliegengittertür zuschlug. Er drehte sich um und sah seinen Vater und seine Brüder die lange, leicht abfallende Rasenfläche heruntermarschieren. Hinter ihnen ragte das große Haus mit der Veranda und den Gauben auf. Das Prahlerische der schieren Größe wurde durch den rustikalen Charakter der schlichten, unterschiedlich großen Zedernschindeln sowie die unverzierten Holzpfosten und Balkongeländer abgemildert. Insgesamt machte es den Eindruck eines Sommerhäuschens, das man zum Umfang eines Herrschaftssitzes aufgeblasen hatte.

Eliot, der einen Handwagen mit den Seesäcken, den Vorräten und seiner Gitarre vor sich herschob, betrat als erster den Steg; hinter ihm ging Drew, der Trajan an die Brust gepreßt hielt; und hinter Drew wiederum der alte Herr, unter dessen Arm zwei lederne Futterale mit Seekarten steckten. Er schien immer noch an einer schweren Last zu tragen, und die Schultern hingen herunter. Der grimmige, unnachgiebige Blick war jedoch starr geradeaus gerichtet. Er hält sich aufrecht wie ein Trauergast bei einer Beerdigung, dachte Nathaniel, aber der Blick war der eines Mannes, der in den Kampf zieht.

Drew nahm einen Jutesack aus dem Handwagen, schob Trajan mit geübter Hand hinein und zog schnell die Schnur fest zu. Die Katze wand sich etwas, lag dann jedoch so still in ihrem Sack, daß man nie etwas Lebendes darin vermutet hätte. Drew gab den Sack an seinen ältesten Bruder weiter und flötete: »Die Katze ist im Sack.« Die Stimme hörte sich an, als wüßte ihr Besitzer nicht, ob er Junge oder Mann wäre. Armer Drew. Er bemühte sich so sehr, mutig und vergnügt zu klingen, sein Gesichtsausdruck strafte ihn jedoch Lügen. Da er gleich für zwei Spielarten der Seekrankheit anfällig war

– der in seinem Herzen und der in seinem Magen –, blickte er dem alljährlichen Segeltörn seines Vaters entgegen wie ein Verurteilter dem Schafott. Armer *und* kleiner Drew, der einfach nicht wachsen wollte und selbst für sein Alter von erst dreizehn Jahren noch zu klein war.

Nathaniel verstaute Trajan unter dem Vorpiek. Dann nahm er Eliot die Gitarre, einen Sack Kohlen und die Kanne mit dem Petroleum für die Positionslichter ab. Eliot trug dunkelgrüne Hosen, dazu hellgrüne Hosenträger über einem kragenlosen roten Hemd, das eher wie das Oberteil einer langen Unterhose aussah. Eine ausgeblichene blaue Fischermütze vervollständigte die Aufmachung.

»Wenn du dir jetzt noch was Gelbes drüberziehst«, sagte Nathaniel grinsend, »siehst du aus wie ein Malkasten.«

Wortlos warf Eliot seinen und Drews Seesack ins Boot. Nathaniel verstaute die Säcke zwischen der mittleren und vorderen Ruderbank und schaute dann hinauf.

»Wo ist der von Dad?«

»Ist der etwa noch nicht im Boot?« fragte Eliot.

Nathaniel schüttelte den Kopf. Alle drei drehten sich zu Cyrus um, der ihnen die Erklärung jedoch schuldig blieb und den beiden Jüngeren lediglich bedeutete, an Bord zu gehen.

Sie quetschten sich nebeneinander in den vorderen Teil des Bootes, wo sie die Füße auf die Seesäcke stellten. Die Gitarre lag quer auf Eliots Schoß. Ihr Vater kletterte ins Boot und setzte sich wie immer ins Heck.

»Leinen los«, sagte er.

Eliot zögerte.

»Vater, ich verstehe nicht, warum du …«

»Leinen los.«

»Jawohl, Sir.«

Eliot stand auf und machte die Fangleine los. Nathaniel begann zu rudern. Er sah, wie die Ruderblätter auf der glatten Wasseroberfläche kleine Wirbel verursachten. Weit draußen lagen die kleinen Inseln in der Mündung der Bucht immer noch im Nebel gefangen: Great Gott, Black, Placentia und Swans. Bis auf die drei Gipfel, die sich wie eigenständige Inseln aus dem Ozean aus Dunst erhoben, war Mount Desert fast völlig in Nebel gehüllt. Eine Schiffsglocke läutete, zum wiederholten Male brummte das Horn eines Leuchtturms. Cyrus begann mit einem der Kartenfutterale auf dem Dollbord einen langsamen Rhythmus zu schlagen ... Bumm ... Bumm ... Bumm ... und fing an zu singen.

Heave to your oars boys, let her go boys ...

Die erste Zeile des alten Seemannsliedes, das die vier jeden Sommer am Anfang der Reise sangen. Es war nun an den Jungen, mit der nächsten Zeile fortzufahren, doch waren sie diesmal alles andere als in der richtigen Stimmung dazu. Wegen seiner schlechten Laune und der Weigerung, ihnen zu erklären, warum er ohne Ölzeug, Seestiefel oder irgend etwas außer den Kleidern am Leib an Bord gegangen war, waren sie viel zu verblüfft und durcheinander. Ihnen lag die Frage auf den Lippen, ob er sein Gepäck schon früher an Bord der *Double Eagle* gebracht hatte, aber sie wußten, daß es besser war, ihn jetzt nicht anzusprechen. Bei seinem Temperament, das so unberechenbar war wie die See, die er so liebte, heiter am Morgen, schwarz wie eine Reihenbö am Nachmittag, war es nie einfach gewesen, mit ihm auszukommen. Doch seit ein paar Tagen, seit dem großen Streit mit ihrem Halbbruder, der unerwartet aus New York hier aufgetaucht war, war er fast unerträglich geworden. Sie waren auf der Werft gewesen, als Lockwood angekommen war (es sah ihm ähnlich, einfach so aufzutauchen und wieder zu verschwinden), und hatten deshalb nichts von dem Streit mitbekommen. Dailey hatte ihnen davon erzählt, als er sie nach der Arbeit abgeholt hatte. Er sagte nur, daß es ein häßlicher, ein sehr häßlicher Streit gewesen sei, und gab ihnen den Rat, ihrem Vater aus dem Weg zu gehen, wenn sie nach Hause kämen.

Es bedurfte keiner weiteren Warnung. Als sie zu Hause ankamen und ihren Vater in Mingulays riesigem und trostlosem Speisesaal allein am Kopfende des Tisches im Essen stochern sahen, die schräge Stirn in tiefe Falten gelegt, als ob er sich auf irgendein schwieriges Problem konzentrierte, da gingen sie in die Küche und aßen mit dem Küchenmädchen. Am nächsten Tag durften sie zwar mit ihm zu Abend essen, doch befand er sich noch immer in der gleichen Laune und war unansprechbar. Nicht anders war es am folgenden und darauffolgenden Abend. Auf der einen Seite von ihm saß Nathaniel, auf der anderen saßen Eliot und Drew. Alle drei hüteten sich davor, etwas zu sagen, bevor nicht ihr Vater das Wort ergriff. Da er das nicht tat, verliefen die Mahlzeiten so wortlos wie in einem Trappistenkloster. Nein, nicht wie in einem Trappistenkloster. Die Stille eines Klosters war eine meditative und heitere. So stellte Nathaniel sie sich zumindest vor. Die Stille im Speisesaal dagegen war eine vor Spannung knisternde. Eine beunruhigende Ruhe, deren Schwere, Fühlbarkeit und Geruch an Ozon erinnerte. Anfangs gingen die Jungen von der naheliegendsten Annahme aus – Lockwood steckte mal wieder bis zum Hals in Geldschwierigkeiten, und ihr Vater versuchte sich darüber klarzuwerden, wie er die Sache angehen solle. Da er jedoch schon früher mit den finanziellen Problemen ihres Halbbruders zu tun gehabt hatte, ohne sich so zu verhalten wie jetzt, fragten sie sich allmählich, ob er sich nicht vielleicht wegen der Gesundheit ihrer Mutter Sorgen machte (die genaue Ursache der Krankheit, die sie zurück nach Boston geführt hatte, wurde geheimgehalten). Allerdings hatte Dr. Matthews' hoffnungsfrohe Prognose, die erst kürzlich eingetroffen war, ihn nicht wieder in einen normalen Zustand versetzt. Tatsächlich schien sich sein Zustand noch zu verschlimmern. Eine geheimnisvolle Wut überschattete sein finsteres Brüten. Unter den Bewohnern der Inseln vor der Küste Maines war er wegen seines aufbrausenden Wesens berühmt und berüchtigt. Die italienischen Steinmetze in den Steinbrüchen auf Black Island nannten ihn *Capitano Furioso*. Doch die Wut der letzten Tage war anders: Sie war still und grausam, und Söhne wie Personal fühlten sich so unwohl wie eine Schiffscrew bei aalglatter See und fallendem Barometer. Wenn sich seine Laune nicht besserte, würde die Fahrt ausgesprochen ekelhaft werden.

Er schlug härter auf das Dollbord ein und fing wieder an zu singen. Diesmal lauter ... *Heave to your oars boys, let her go boys* ... Die Stimme bezog ihre Kraft aus vielen Jahren, in denen er in eiskalten Nordostwinden und tropischen Stürmen Kommandos gebrüllt hatte. Keine Frage, daß die Jungen gut daran taten, darauf zu antworten. Was sie dann auch taten: ein Bariton, ein Tenor und etwas, das zwischen Tenor und Sopran lag. Zwei sangen falsch, einer – Eliot – sang richtig.

SÖHNE: *Swing her head round, now all together ...*
VATER: *Heave to your oars boys, let her go boys ...*
SÖHNE: *Riding homeward to Mingulay ...*

Das Lied stammte von den Äußeren Hebriden; wie der Mann, der es Cyrus beigebracht hatte: Alexander Wallace, sein Großvater mütterlicherseits. Die eingängige Melodie hob und senkte sich wie die gemächliche Dünung der See. Nathaniels Riemenschlag fiel in den Rhythmus ein, die Riemengabel aus Messing quietschte im Messing ihrer Verankerung, und die Blätter tauchten zum Bumm ... Bumm ... Bumm des Kartenfutterals auf dem Dollbord ins Wasser.

> VATER: *Wives are waitin' by the shore boys ...*
> SÖHNE: *They've been waitin' since break o' day-o ...*

Nathaniel hatte nie auch nur ein Bild von den Äußeren Hebriden gesehen, und außer daß sie sich irgendwo vor der Küste von Schottland befanden, wußte er nicht, wo genau sie lagen. Der Text des Liedes rief jedoch immer ein so klares Bild in ihm hervor, als wäre er – vielleicht in einem anderen Leben – schon einmal dort gewesen: ein Bild von verwitterten Frauen in dunklen, groben Gewändern, die von einer kahlen Landzunge seewärts blicken, mit Gesichtern, die in Herzen blicken lassen, die zwischen Grauen und Hoffnung schwanken. Während er ruderte, schaute er seinem Vater geradewegs ins Gesicht und versuchte, die rätselhafte Botschaft aus Zorn und Leid, die da geschrieben stand, zu begreifen.

> VATER: *They are waitin' for their loved ones ...*
> SÖHNE: *And the sun sets on Mingulay ...*

Die Stimmen wurden nicht weit in die Bucht hinausgetragen. Nur sie selbst und die Kormorane, die sich auf dem Riff versammelt und die schwarzen Flügel zum Trocknen ausgebreitet hatten, konnten sie hören. Nathaniel hatte den Anblick des unheilvollen Gefieders nie gemocht. Manchmal stellte er sich vor, die Vögel wären die fleischgewordenen Seelen von Seemannswitwen, die – wie die Frauen in dem Lied – die Heimkehr von Geistern erwarteten.

Er zog einen der Riemen ins Boot, steuerte mit dem anderen in die Gegenrichtung und brachte das Boot längsseits der *Double Eagle*. Eliot stand im Bug, griff nach oben und machte das Boot mittschiffs an einer Klampe fest. Dann kletterten er und Drew auf den Schoner. Nathaniel warf ihnen die Seesäcke zu und reichte dann Vorräte, Proviant und den Beutel mit Trajan nach oben. Danach hängte er sich die an den Schnürsenkeln zusammengebunden Schuhe um den Hals und streckte ein Bein hinüber zum Schiff. Als er gerade das andere Bein nachziehen wollte, schwang das Ruderboot überraschenderweise zur Seite, vergrößerte den Abstand, und für einen Augenblick hing Nathaniel mit gespreizten Beinen schräg über dem Wasser. Die Zehen des einen Fußes berührten gerade noch die Ruderbank des Bootes, während sich Nathaniel mit dem anderen Fuß etwas höher am Schoner festkrallte. In letzter Sekunde bekam er das Wanttau des Großmastes zu fassen, um sich in Sicherheit zu ziehen, sonst wäre er ins Wasser gefallen. Bei der ruckartigen Bewegung löste sich jedoch der Knoten, der die Schnürsenkel zusammenhielt, und die Schuhe fielen ins Wasser. Eine Armeslänge vom Ruderboot entfernt trieben sie im Wasser. Sein Vater hätte nur den Arm auszustrecken brauchen, um sie herauszufischen. Doch alles, was er tat, war dazustehen und die beiden vorbeitreibenden Gegenstände verblüfft anzustarren, als gehörten sie zu einer Spezies von Seevögeln oder Fischen, die er zuvor noch nie gesehen hatte. Nathaniel sprang in das kleinere Boot zurück, das dadurch zu schaukeln anfing und Cyrus aus dem Gleichgewicht brachte. Einen gefährlichen Augenblick lang sah es so aus, als würde er über Bord gehen.

Wild mit den Armen fuchtelnd, schaffte er es, sich nach vorn auf die Ruderbank im Bug fallen zu lassen.

Keine Spur von Wut oder Traurigkeit mehr in seinem Gesicht; von Farbe allerdings auch nicht. Cyrus hatte keinerlei Angst davor, sich auf dem Wasser aufzuhalten, gleich welcher Form, sei es nun bei Windstille am Äquator oder im Orkan ohne Topp und Takel. Wie viele Seeleute alter Schule hatte er jedoch nie schwimmen gelernt und deshalb eine Heidenangst davor, sich *im* Wasser aufzuhalten.

Nathaniel hatte inzwischen einen Riemen gepackt. Er lehnte sich weit über den Heckspiegel hinaus, schob das Blatt unter einen der Schuhe und hob ihn heraus. Der andere trieb außer Reichweite und versank, noch bevor Nathaniel die Leine losmachen und hinterherrudern konnte. Es waren die einzigen Schuhe, die er für die Reise dabeihatte – mit Ausnahme der Seestiefel, aber die waren viel zu warm und klobig und außer bei schlechtem Wetter auf Deck von keinerlei Nutzen.

Die Kälte war ein Schock. Er zwang sich, die Muskeln zu bewegen, und schwamm zu der Stelle, wo er den Schuh vermutete. Als er hinuntertauchte, tat sich vor seinen brennenden Augen ein undurchdringlicher, grünlichschwarzer Schlund auf. In drei Metern Tiefe stieß er auf eine Wand äußerst kalten Wassers, und das war noch schlimmer als ein Schock; die Kälte umklammerte seine Brust wie ein Schraubstock und trieb ihm eisige Nägel in die Schläfen. Er schoß an die Oberfläche, kam wieder zu Atem und schwamm dann zum Boot zurück. Sein Vater kniete sich hin und verlagerte auf diese Weise seinen Schwerpunkt weiter nach unten. Er packte Nathaniel mit einer Hand hinten am Kragen, mit der anderen am Hosenboden, und zog ihn an Bord. Damit war die eine Frage beantwortet – in diesen Armen und Schultern steckte tatsächlich immer noch die Kraft eines jungen Mannes.

Nathaniel rechnete mit scharfem Tadel, aber der alte Mann sagte nichts, kein Wort.

»Alle meine Schuhe ...« Eliot hüpfte auf Deck herum und äffte eine nasale, piepsige Kinderstimme nach. »... schwimmen auf dem See ...«

»Ach, halt doch dein gottver...«

»*Nathaniel* ...«

»Ja, Sir.« Cyrus tolerierte fast alle Arten von Flüchen – auch wenn er sie selbst nur selten benutzte. Aber er verbat sich Obszönitäten und den Mißbrauch von Gottes Namen.

Als Strafe für seine Sünden durfte sich Nathaniel so lange keine trockenen Sachen anziehen, bis er den Proviant, die Kohlen und das Petroleum an ihren vorschriftsmäßigen Plätzen verstaut hatte. Außerdem mußte er die Seesäcke seiner Brüder in eine der vorderen Kojen bringen. Diese Aufgabe, nämlich die Säcke den Niedergang hinunter in die Hauptkajüte und dann durch den Gang in die Vorderkajüte zu schleppen, überstieg seiner Meinung nach das gerechtfertigte Strafmaß und hatte wohl nur den Zweck, ihn zu demütigen.

In der Vorderkajüte gab es zwei Kojen, auf jeder Seite eine, mit jeweils zwei Schlafplätzen. Die Backbordkoje lag unmittelbar hinter dem Abtritt und wurde deshalb des öfteren von dessen Gestank eingenebelt. Im Geiste brüderlicher Liebe wies Nathaniel diese Koje Drew und Eliot zu. Er selbst kletterte in die Koje auf der anderen Seite des Gangs. Es handelte sich dabei um einen Kasten von etwa zwei Metern Länge, einem Meter achtzig Höhe und einem Meter zwanzig Breite. Die Hälfte der Breite nahmen die beiden Schlafplätze ein, die übereinander mit Bolzen an die Schiffswand geschraubt waren. Die Enge erinnerte ihn an eine von Dr. Johnsons Bemerkungen: Der Aufenthalt an Bord eines Schiffes war wie der Aufenthalt im Gefängnis – mit der zusätzlichen Chance zu ertrinken. Nathaniel stimmte dem Teil mit dem Gefängnis nicht zu. Auf dem weiten Ozean zu segeln war für ihn der Inbegriff von Freiheit. Außerdem mochte er die beengten Quartiere auf einem Schiff, das behagliche Gefühl, das sie vermittelten, wenn man während eines Sturms an einem sicheren Ort Unterschlupf fand.

Er warf den Seesack auf die untere Schlafstelle, zog sich aus und trocknete sich mit einem Handtuch ab. Dabei massierte er die neugebildeten, festen und geschmeidigen Muskeln, bis er sie unter der vom Salzwasser und dem kräftigen Rubbeln brennenden Haut spüren konnte. Desgleichen genoß er das wohlige Gefühl trockener Wäsche, während er in Unterhose, Hose und Hemd schlüpfte. Er trug die nassen Sachen und den einen geretteten Schuh wieder zurück durch die Hauptkajüte, wobei es ihn befriedigte, daß er sich jetzt schon bücken mußte, um nicht an die Messinglampe zu stoßen, die mittels einer Kardanaufhängung am Mittelbalken befestigt war. Trajan, dessen Fell die orange Farbe einer Süßkartoffel hatte, war aus seinem Gefängnis befreit worden und hielt auf einem kuscheligen Kissen ein Nickerchen.

Bevor er an Deck ging, warf Nathaniel noch einen Blick in die Eignerkajüte, also die seines Vaters, die hinter dem Niedergang lag. Leise öffnete er die Lamellentür zum Allerheiligsten. Angesichts der Abmessungen der *Double Eagle* war der Raum sehr geräumig. Er nahm die gesamte Schiffsbreite ein und verfügte über alle Annehmlichkeiten eines normalen Zimmers, ohne dabei die praktischen seemännischen Erfordernisse zu vernachlässigen. Die polierte Teakvertäfelung glänzte wie eingefettetes Leder; in das Doppelbett waren große, abschließbare Fächer eingebaut. Ein kleiner Schreibtisch war fest im Kajütfußboden verankert. In einem Bücherregal standen Gezeitentafeln und die Kalender, die man brauchte, um den Sonnenstand zu messen. Über dem Schreibtisch hing ein dramatisches Gemälde, das den Schoner zeigte, mit dem der alte Herr auf Bergungsfahrt gewesen war: der schnittige weiße Rumpf der *Main Chance*, die sich unter vollen Segeln gegen die wütende See stemmte. Nathaniel suchte nach dem Gepäck des alten Herrn, konnte es aber nirgends entdecken. Vielleicht war es schon in den Fächern verstaut. Sie zu öffnen hätte jedoch eine unstatthafte Verletzung der Privatsphäre bedeutet.

»Da sind Sie ja, mein Bester. Ich nehme doch an, daß Sie meine Hemden feinsäuberlich zusammengelegt haben und daß das Dinnerjackett schon bereitliegt. Heute abend wird nämlich Mrs. Astor mein Gast sein.«

Das kam von Eliot, der am Steuerradkasten lehnte, als Nathaniel den Niedergang hinaufstieg.

»Nix mit Dinnerjackett. Und mit deinen Hemden habe ich gerade das Klo geputzt.«

Auf dem Dach der Hauptkajüte breitete er die Sachen zum Trocknen aus, wobei er zum Schutz gegen eine überraschende Windbö das Hemd mit dem Schuh beschwerte.

Währenddessen marschierte Cyrus über das Schiff. Das kritische Auge inspizierte jeden Zentimeter des stehenden Gutes sowie die Schoten und Fallen, die achtförmig um die Nägel in der Nagelbank belegt waren. Er drehte an Scheiben, um sicherzugehen, daß sie sich in den Pockholzblöcken auch reibungsfrei bewegten, zerrte an Stagen, um zu sehen, ob sie stramm saßen, und überprüfte die Verschalkung der beiden Kajütenoberlichter, bevor er dann nach unten ging, um sich die Vorderkajüte anzusehen. Die Jungen hörten, wie er da unten Fächer, Schubladen und Lagerkammern öffnete und wieder schloß, wie er überall herumklapperte, ob auch alles an Bord war, was an Bord zu sein hatte: die Kohlen und das Petroleum für die Lampen, die Nathaniel gerade erst verstaut hatte, die Lebensmittel, die er zusammen mit seinen Brüder gestern an Bord gebracht hatte, sowie eine Reihe anderer Dinge, von Marlspiekern, Ersatzblöcken und Ersatzsegellatten bis zu Segelgarn; des weiteren Teer, Kalfaterwerg, Chronometer, Sextant, Kurslineale, Hauptanker, Wurfanker, Treibanker, große Fässer mit Frischwasser, kleine Fäßchen mit Haifischöl, das man als Sturmöl verwendete, Leuchtfeuerverzeichnisse, Seehandbücher, Taljen und eine Schrotflinte für den Fall, daß sie strandeten und frisches Fleisch benötigten. So etwas war zwar nicht sehr wahrscheinlich, aber Cyrus bereitete eine Fahrt zwischen den Buchten und Inseln von Maine genauso gründlich vor wie eine Atlantiküberquerung. Gute Seeleute seien von Natur aus Pessimisten, sagte er oft. Sie erwarteten das Unerwartete und träfen Vorsichtsmaßnahmen für das Schlimmstmögliche, das auch mit Sicherheit eintreten würde, wenn nicht heute, dann morgen, wenn nicht morgen, dann übermorgen. Die kleinen Dinge – wie zum Beispiel Garn, Nadel und Segeltuchflicken, um ein zerrissenes Segel zu reparieren – konnten den Unterschied zwischen einer angenehmen und einer grauenhaften Reise, im Extremfall sogar den zwischen Leben und Tod ausmachen. Die kleinen Königreiche, welche die Schiffe auf See waren, konnten tatsächlich wegen nur eines fehlenden Nagels untergehen.

Cyrus kehrte mit einer Dose gepökeltem Kabeljau und einem Schiffszwieback zum Achterdeck zurück. Gegenstand der Inspektion war jetzt das Beiboot der *Double Eagle*, das am Davit an der Heckreling baumelte, und danach mußte sich auch Nathaniel vom verwuschelten Haarschopf bis zu den nackten Füßen der gleichen kritischen Überprüfung unterziehen.

Cyrus deutete auf den Schuh auf dem Kajütdach und sagte: »Was willst du damit anfangen?«

»Weiß noch nicht so recht, Sir. Es hat mir dermaßen viel Ärger gemacht, ihn rauszufischen, da sollte ich ihn eigentlich behalten.«

Sein Vater senkte den Blick und schien die Aufschrift auf dem Etikett der Dose zu lesen. POSEIDON BRAND SEAFOODS, GLOUCESTER, MASS. FINEST QUALITY. Daneben prangte ein Bild des Meeresgottes samt Dreizack.

»Kann mir für einen Mann, der noch zwei Füße hat, nicht gerade viele Sachen vorstellen, die noch nutzloser sind als ein einzelner Schuh«, sagte Cyrus.

War das lediglich eine Feststellung? Oder erwartete er, daß Nathaniel den Schuh über Bord warf?

»Jawohl, Sir. Wird wohl so sein.«

»Nach der Geschichte bei Mobile Bay, da hatte ich auf der *Brooklyn* Kameraden, auf die das absolut nicht zutraf. Ein Schuh hat denen völlig gereicht. Da gab's diesen Feuerwerksmaat ...«

»Ja, Sir. Tim Lockwood. Du hast ...«

Ein Blick wie Eisregen traf Nathaniel und ließ ihn augenblicklich verstummen.

»Tim würde nicht mal den einen brauchen, wenn er noch am Leben wäre.«

»Ja. Sir. Das wissen wir. Du ...«

»Ja, ich habe ihn sterben sehen. Ich habe gesehen, wie das Licht seiner Augen erlosch, so wie du das Licht einer Lampe ausgehen siehst.« Mit einem Klappmesser untersuchte er die Lasche auf dem Deckel der Blechdose, steckte dann die Spitze der eisernen Schneide in den Schlitz und öffnete die Dose, aus der sofort öliger Geruch strömte. »Tim hat unten im Schiffslazarett auf dem Tisch neben mir gelegen.« Er schnaubte verächtlich. »Schiffslazarett. Das war das reinste Schlachthaus. Nichts als zerfetztes menschliches Fleisch.«

»Die *Brooklyn* hat sechzig Treffer abgekommen ...«
Nathaniel wollte zeigen, daß er die Einzelheiten der Schlacht parat hatte, gleichzeitig aber auch einer Wiederholung der ewig gleichen Kriegsgeschichte vorbeugen.

»Neunundfünfzig«, sagte Drew korrigierend.

Penibel schnitt Cyrus den Schiffszwieback in vier gleichgroße Stücke, legte je einen Brocken Kabeljau darauf und verteilte dann alles.

»Tja, wenn wir mehr Leute an Bord wären, müßtest du das Wunder von den Broten und Fischen vollbringen – will heißen von Zwieback und Fischen«, sagte Eliot. Da er sich hart an der Grenze zur Pietätlosigkeit bewegte, schlug der Versuch, für etwas bessere Stimmung zu sorgen, fehl. Eliot hielt inne und machte ein ernstes Gesicht – etwas, was ihm noch nie leichtgefallen war.

»War soweit alles in Ordnung, Vater? Alles an Ort und Stelle?«

Cyrus kaute, schluckte und säuberte dann mit der Zungenspitze die Zähne. Er stand auf, stützte sich mit einer Hand am Galgen ab, auf dem der Großbaum festgemacht war, und fragte Eliot:

»In Ordnung, meinst du?« Obwohl es an diesem Morgen keineswegs heiß war, nahm er den Hut ab und strich mit dem Finger über das Schweißband. Die Entblößung des teilweise kahlen Schädels und die verbliebenen grauen Haare, deren glänzendsilbrige Strähnen das Sonnenlicht schonungslos hervorhob, ließen ihn im Handumdrehen zehn Jahre älter aussehen. »Noch ist nichts in Ordnung – aber bald«, murmelte er fast unhörbar und spuckte über die Heckreling.

Den Rücken zu seinen Söhnen gewandt, blieb er eine Zeitlang an der Reling stehen und schaute zum Bootssteg und der grünen Fläche des Rasens hinüber, die sich sanft ansteigend von der Mole bis zum Haus erstreckte: Mingulay – unter dessen Dach ein halbes Dutzend Familien komfortabel leben könnte, unter dessen Dach in zukünftigen Sommern vielleicht noch mehr Familien als ein solches halbes Dutzend leben würden: all die Söhne und Töchter, die von denen abstammten, die von denen abstammten, die von ihm abstammten. So hatte er es Nathaniel, Eliot und Drew erzählt, und so würde er es jedem erzählen, der fragte, warum er nur für sich, seine Frau und seine drei Kinder ein so großes Haus gebaut hatte. Nicht für sie allein, würde er sagen, sondern für die Generationen von Braithwaites, die er nie sehen, deren Vornamen er nie kennen würde.

Fast regungslos stand er da am Heck seines geliebten Schoners, in Gedanken versunken an sein geliebtes Haus. Ihn umgab die gleiche Aura wie abends zur Essenszeit: entrückt und finster, in sich gekehrt und ein wenig furchteinflößend. Nach ein paar Minuten zog er etwas aus der Hosentasche, das wie ein Streichholz aussah, und warf es über Bord. Hinter seinem Rücken standen die Jungen, die sich verwirrt anschauten, die Augen verdrehten und die Achseln zuckten.

»Stillwasser. Die Ebbe kommt«, hörten sie ihn murmeln. Er setzte den Hut wieder auf und zog die Krempe tief herunter, als wollte er sein Gesicht vor ihnen verbergen. Dennoch bemerkten sie die Veränderung. Die Falten auf der Stirn waren verschwunden, der Rücken durchgedrückt. Als hätte er das Problem gelöst, über das er sich seit vielen Tagen den Kopf zerbrochen hatte. Er zog die Brieftasche heraus und gab jedem einen Zehndollarschein. Dann drückte er jedem schnell mit widerwilliger Förmlichkeit die Hand wie ein General, der Orden an Soldaten verteilt, die sie gar nicht verdient haben. Er trat ein, zwei Schritte zurück und sagte:

»Sobald ich das Schiff verlassen habe, segelt ihr los. Bis September will ich keines von euren Gesichtern hier sehen. Das Geld dürfte reichen. Falls nicht, fragt erst gar nicht nach, ihr werdet nicht mehr bekommen. Verstanden?«

Sie sagten nichts.

»Ich wiederhole: Ihr werdet mit der Ebbe Segel setzen und euch bis Schulanfang im Herbst nicht mehr hier blicken lassen.«

Er lächelte nicht, und die Stimme kam so streng und scharf, als würde er den Befehl geben, ein Segel zu trimmen oder eine Halstalje auszuwechseln.

»Nat ist der Älteste, er hat das Kommando. Eliot, Drew, ihr gehorcht ihm, wie ihr mir gehorchen würdet. Habt ihr mich verstanden?«

Alle drei nickten und taten so, als hätten sie alles begriffen. Er hatte ihnen bislang nie etwas gegeben, was sie sich nicht vorher doppelt verdient hätten, aber auf einmal übergab er ihnen, ohne daß sie wußten, warum, nicht nur das Kommando über das Schiff, sondern überließ ihnen das Schiff selbst und obendrein auch noch die Freiheit, einen ganzen Sommer lang von zu Hause weg zu sein. Was sie am meisten verwirrte, war sein Verhalten dabei. Gebaren und Tonfall waren nicht die eines Vaters, der die Gunst einer Belohnung erweist, sondern die eines Richters, der ein Urteil verkündet. Und für Drew bedeuteten drei Monate auf See nichts anderes.

»Vater, ich will nicht«, sagte er flehentlich. »Ich bin bestimmt die ganze Zeit seekrank.«

Für einen Augenblick – die Jungen nahmen das mit dem Gefühl wie mit den Augen wahr – schien sich Cyrus etwas erweichen zu lassen. Er neigte den Körper fast unmerklich zu seinem jüngsten Sohn vor und hob die Hand, als wollte er Drew berühren. Aber der Augenblick ging vorüber, Cyrus ließ die Hand sinken und ging nach vorn zu den Wanten des Großmastes.

»Kommt nicht auf die Idee, nach Boston zu segeln, um eure Mutter zu besuchen«, sagte er. »Ich werde in Boston sein, und es war mir ernst damit, daß ich keinen von euch sehen will. Für den Fall, daß ihr auf die schändliche Idee kommt, wieder hierher zurückzusegeln, um eine gemütliche Nacht in euren Betten zu verbringen, würde euch das ebenfalls nichts nutzen. Es ist kein Mensch da. Nicht ich, nicht Moira, nicht Gideon noch Mrs. Carter, noch Dailey. Mingulay ist mit dem heutigen Tag für den Rest des Sommers geschlossen. Das Schiff ist jetzt euer Zuhause. Es gibt Schlimmeres. Noch irgend etwas unklar?«

»Nein, Sir«, sagte Nathaniel, obwohl für ihn in Wahrheit gar nichts klar war.

»Nun denn.« Cyrus hielt sich an einem Want fest und schwang sich hinunter ins Ruderboot. »Leinen los, Nat.«

»Wohin fährst du?«

Bevor der Vater antworten konnte, platzte Eliot dazwischen:

»Und wir? Wohin sollen eigentlich wir fahren?«

»Wohin immer der Wind oder eure Lust euch tragen. Außer nach Boston. Macht euch keine Sorgen.«

»Keine Sorgen machen?« Eliots Stimme klang etwas beleidigt, aber auch ein bißchen ängstlich. Selbst Nathaniel beunruhigte der kühle Ernst dieser letzten vier Worte.

»Macht endlich einer die Leinen los.«

Eliot warf die Fangleine ins Boot. Der Vater fing an zu rudern und entfernte sich mit jedem Schlag weiter vom Schiff. Drew schaute ihm bestürzt hinterher, packte ein Want und lehnte sich weit über die Bordwand hinaus. Nathaniel kam es vor, als wollte Drew gleich ins Wasser springen, um dem Boot hinterherzuschwimmen.

»Vater?« rief Drew. »Vater!«

Aber Cyrus antwortete nicht. Er ruderte stumm weiter.

»Vater! Warum läßt du uns allein?«

Cyrus lachte. Es war das erste Lachen, das sie seit Wochen von ihm hörten. Es war so kurz wie bitter.

»Wir haben ein neues Jahrhundert, Jungs. O ja, ein funkelnagelneues Jahrhundert«, rief er und ruderte weiter. Und dann konnten sie nur noch das Quietschen der Ruderdollen hören.

2

So könnte die Reise von Nathaniel, Eliot und Drew begonnen haben, muß sie aber nicht. Sybil Braithwaite kann lediglich berichten, was passiert sein könnte. Nie wird sie mit der Gewißheit eines Historikers oder Biographen sagen können: »So ist es gewesen.« Da ist niemand mehr, den sie befragen könnte. Die Menschen ihrer Geschichte sind zu Staub geworden, und alle Erinnerungen sind mit ihnen im unermeßlichen Schlund der Vergangenheit versunken. Da zudem nur spärliche schriftliche Aufzeichnungen existieren, war Sybil gezwungen gewesen, die riesigen Lücken in der Chronik der Ereignisse mit Erfundenem aufzufüllen; sie erfand große wie kleine Dinge, wie das Wetter an einem bestimmten Tag war, wie der Himmel aussah, was Menschen sagten, taten, dachten und fühlten und was für Kleidung sie trugen. Auf diese Weise hat sie versucht, das Wesen einer entschwundenen Zeit wieder einzufangen, ausgelöschte Leben wiederzubeleben und zu rekonstruieren, was in jenem Sommer vor siebenundneunzig Jahren geschehen ist. Sie hofft, daß ihre Version der Geschehnisse, die die zahllosen kleinen Tatsacheninseln mit langen Brücken voller Erfindungen verbindet, der Wahrheit entspricht. Die Vorstellungskraft, wird sie einem sagen (so wie sie es mir gesagt hat), ist keineswegs ein unzuverlässiger Sextant, wenn man versucht, sich an die Wahrheit zu halten. Und in Angelegenheiten, die mit ihrer Familiengeschichte zusammenhängen, besitzt sie eine sehr ausgeprägte Vorstellungskraft, eine Gabe (wie sie selbst betont), die das Gegenteil von Weissagerei ist: Anhand des dürftigsten Beweisstücks – ein Tagebucheintrag, eine alte Fotografie, ein paar Zeilen eines Briefes – kann sie buchstäblich Dinge sehen, die sich lange vor ihrer Geburt zugetragen haben. Sie hört Menschen wieder sprechen, die schon seit Jahrzehnten begraben sind, und das alles mit einer Klarheit, die einen glauben macht, sie würde sich wirklich erinnern und sich nicht nur alles vorstellen. Dabei verläßt sie sich auf ihren Instinkt, der ihr sagt, ob eine bestimmte Vorstellung (oder Erinnerung) wahr ist – nicht unbedingt im Sinne von objektiven Fakten, sondern im Sinne von Wahrhaftigkeit. Es muß vom Gefühl her stimmen.

Die Geschichte war zunächst mehr ein Gerücht, das durch die Jahrzehnte weitergeflüstert wurde, bis es schließlich ihr Ohr erreichte, als sie gerade dabei war, ihre Sachen zu packen und für immer aus Neuengland wegzuziehen. Sie hörte die Geschichte von ihrer Mutter, die von Brookline herübergekommen war, um beim Packen zu helfen. Schließlich tat ihre Mutter aber doch nichts anderes, als unablässig Cola light zu trinken, eine Zigarette nach der anderen zu rauchen und über alles zu schwadronieren, was ihr gerade durch den Kopf rauschte. Sie hüpfte mit einer solchen Geschwindigkeit von Thema zu Thema, daß Sybil eher einem herumflitzenden Kolibri hätte folgen können als der Unterhaltung. Catherine litt gerade wieder unter einer Attacke ihrer – wie sie es nannte – »Nerven«. Sei es, weil sie das Lithium abgesetzt hatte (wieder einmal), sei es, weil ihre einzige lebende Tochter quer über den Kontinent fahren wollte, um sich in der Wüste an einem Brackwasserloch niederzulassen, das zwanzig Meilen von der nächsten befestigten Straße entfernt war. Wenn sie nicht gerade mit einer Zigarette oder Coladose beschäftigt war, fummelte sie an ihren Haaren herum, die über den grauen Wurzeln im ursprünglichen Kohlschwarz gefärbt waren, oder fuhr sich trommelnd und knetend über die ganze Stirn, als wollte sie sich die Sommersprossen wegrubbeln – jene fossilen Male der Jugend, die inzwischen wie mürrische Altersflecken aussahen. Nachdem sie eine halbe Stunde ohne Punkt und Komma vor sich hin geschnattert hatte, legte sie eine Pause ein, um ihrer aufgeblähten Lunge und ihren zittrigen Händen etwas Ruhe zu gönnen. Genau in jenem Moment rief irgend etwas (eine zufällige Verknüpfung manischer Synapsen?) die Geschichte aus ihrem Hirn ab. Sie zu erzählen dauerte nicht länger als fünf, sechs Minuten. Wegen der krächzenden Stimme und des gespenstischen Erzählstils – Catherine war in New Orleans mit Sagen von konföderierten Geistern und in Sümpfen lebenden Hexen aufgewachsen – hörte sich das Ganze wie eine finstere Räuberpistole an, die man am besten *sotto voce* erzählte. Abrupt beendete sie die Geschichte und sagte, ohne Luft zu holen, daß Emily Williams ihr vor ein paar Jahren die Geschichte erzählt habe und daß man Emily trauen könne, weil deren Familie schon so lange mit den Braithwaites befreundet und somit quasi mit ihnen verwandt sei. Und das war's dann auch. Warum sie die Episode so lange für sich behalten hatte, verriet sie nicht. Als Sybil anfing, die naheliegenden Fragen zu stellen, antwortete ihre Mutter mit einer Litanei von »Weiß ich nicht, weiß ich nicht«. Ihre Stimme bezeugte, wie verwirrt und verblüfft sie offenbar war, diese Fragen nie selbst in Erwägung gezogen zu haben. Dann beendete sie die Befragung mit einer wegwerfenden Handbewegung. Sie habe alles erzählt, was sie wisse, sagte sie schroff, und zwar genau so, wie es ihr Emily erzählt habe – nun ja, so gut sie sich halt erinnern könne –, und sie habe nie daran gedacht, geschweige denn versucht, mehr darüber zu erfahren. Sybil meinte zu ihr, daß ein derartiger Mangel an Neugier eigentlich ganz und gar nicht zu ihrem wißbegierigen Naturell passe. Mit gedehnter Stimme gab Catherine stichelnd zurück:

»Meine liebe Tochter, in über vierzig Jahren Ehe habe ich eines gelernt: Einige Aspekte der Familiengeschichte deines verstorbenen Vaters sollte man lieber nicht allzu genau unter die Lupe nehmen.«

Die Geschichte glich einer herausgerissenen Seite aus einem verlorengegangenen Tagebuch. In der Mitte klaffte eine Lücke, der Anfang ließ auf einen noch weiter zurückliegenden Anfang schließen, und das offene Ende ließ den Zuhörer unbefriedigt in der Luft hängen. Sybil konnte über die Ereignisse, die der Geschichte vorausgingen und die ihr folgten, lediglich Vermutungen anstellen, konnte lediglich versuchen, sich die längere, breitere Fassung vorzustellen, innerhalb der die Geschichte nur ein übriggebliebenes Fragment zu sein schien. Aber ihre Vorstellungskraft ließ sie diesmal im Stich. Sie wurde zu sehr durch den Wirrwarr von Umzugskartons, Kleidungsstücken, Porzellangeschirr und Kristallgläsern abgelenkt, eben all dem Schutt einer Ehe, deren Scheitern sie weder betrauerte noch bejubelte, sondern eher mit einem Gefühl der Erleichterung zur Kenntnis nahm. Und dennoch schwirrte ihr die Geschichte die ganze Woche im Hinterkopf herum, nervte und verwirrte sie so lange, bis sie schließlich ein paar Tage vor dem Umzugstermin ihren Onkel Myles anrief und ihn fragte, ob sie sich treffen könnten. Myles schrieb die bislang unvollendete Familienchronik *Der Bund der Braithwaites*. Er war so etwas Ähnliches wie ein Lakota-Schamane, der die Winter zählte – ein wandelndes Register der Stammesgeschichte. Sybil hatte oft gedacht, daß die Braithwaites eher einem Stamm als einer Familie glichen, ja sogar mehr als einem Stamm, einem durch die Bande des Bluts zusammengehaltenen Staat von Patriarchen, Stammesmüttern, Tanten, Onkeln sowie Cousins ersten, zweiten und dritten Grades. Sie besaßen keine Armee, keine Verfassung oder regulären Grenzen, verfügten aber über die meisten der anderen Eigenschaften eines Staatswesens. Sie hatten mit Mingulay eine eigene Hauptstadt, zu der die Braithwaites jährliche Pilgerfahrten unternahmen, um die Bande des Bluts zu erneuern und sich daran zu erinnern, wer sie waren. Sie hatten ein eigenes Heldenpantheon und ein eigenes Nationalepos, das sie alle in bestem Lichte darstellte: Sie waren mutig, standhaft, besonnen und fleißig; sie brachten Opfer auf dem Altar hehrer Grundsätze, aber vor allem dienten sie – ihrem Vaterland, ihrem protestantischen Gott und der Sache, die Menschheit zu verbessern. Ein Teil der Saga war in Büchern festgehalten; der Rest wurde mündlich überliefert: Geschichten, die neben den Tafelsilbergarnituren mit den eingravierten Namen, den antiken Vasen und Möbelstücken, den Büchern, Juwelen und Gemälden von Generation zu Generation weitergegeben wurden. Bemerkenswerterweise hatte sich das Familienerbe, das durch Erzählungen weiterlebte, über die Jahrzehnte genausowenig verändert wie seine physischen Gegenstücke; sie waren geheiligte Mythen, die nicht fahrlässig revidiert werden durften und denen auch nicht gestattet war, sich zu verwandeln, wie das bei endlos wiederholten Geschichten gewöhnlich der Fall ist. Sybil hatte sie ihr ganzes Leben lang gehört und deren moralische Lehren so verinnerlicht, daß sie als Kind, wann immer man sie aufforderte, die Geburtstagskerzen auszublasen und sich etwas zu wünschen, stets das Verlangen nach einem neuen Spielzeug, einem neuen Kleid oder etwas ähnlich mädchenhaft Frivolem unterdrückt und sich statt dessen Frieden auf Erden, Gleichheit der Rassen und Brüderlichkeit unter den Menschen gewünscht hatte. Was sonst hätte sie schon tun können, als Nachfahrin des Silas Braithwaite, der als Kapitän eines Klippers achtundvierzig Stunden bei Sturm auf Deck stand und es ablehnte, zu schlafen oder zu essen, bis Schiff und Crew den Orkan sicher überstanden hatten; als Nachfahrin eines Rektors aus Connecticut, der den grünen Campus verlassen hatte, um eine Schule in Tombstone aufzubauen, und das zu einer Zeit, als noch die Revolver der Brüder Earp ganz andere Lektionen erteilten; als Nachfahrin des Theophilus Braithwaite, der als glühender Abolitionist dem Fugitive Slave Act die Stirn bot und sein Haus entlaufenen Sklaven als Zwischenstation auf der Flucht in den Norden zur Verfügung stellte; und als Nachfahrin von Theophilus' Sohn Cyrus, der es abgelehnt hatte, daß an seiner Statt jemand anderes in den Krieg zog. Sie hatte diese Geschichten nicht einfach nur gehört, sondern geradezu in Fleisch und Blut aufgesogen, hatte sie eingeatmet und ihnen so lange Leben eingehaucht, bis die Ereignisse zu Ereignissen wurden, die sie selbst durchlebt hatte, bis die Geister ihrer Ahnen so wirklich wurden wie Menschen, die sie persönlich gekannt hatte. Es existierte kein Bild von dem Kapitän des Klippers, und doch hatte sie ihn vor Augen: das lange Kinn und die lange Nase und die buschigen Brauen, die den nassen, peitschenden Wind mit der Geduld eines Märtyrers ertrugen (und vielleicht auch mit der Lust des Märtyrers am Leiden). Das gleiche innere Auge hatte sie die entflohenen Sklaven sehen lassen, wie sie sich im Keller des Abolitionisten zusammenkauerten und vor Hunger und Kälte im fremden Neuengland zitterten, während sie auf die endgültige Erlösung in Kanada warteten, noch immer voller Angst vor den hetzenden

Bluthunden, deren Bellen sich tief in ihre Ohren gefressen hatte.

Myles sagte, sie solle nach dem Lunch bei ihm vorbeikommen. Um ein Uhr verließ sie das Haus in Chestnut Hill und kam eineinhalb Stunden später in Gloucester an. Es war ein trüber Novembernachmittag. Eine träge Wolkendecke verschleierte den Himmel, und eine böige Brise strich unruhig über den Hafen. An manchen Stellen kräuselte sich das Wasser, an anderen war es so ölligglatt wie eine Austernbank, die bei Ebbe aus dem Wasser schaut. Da die Touristensaison vorbei war, herrschte auf der Main Street nur spärlicher Verkehr, an den Piers aber drängelten sich arbeitslose Schiffe: Schleppnetzboote, deren hochgeklappte Ausleger wie Baukräne aussahen, Longliner-Fangschiffe und die Boote, mit denen sonst die Touristen zu den Walen hinausgeschippert wurden, die jetzt aber vertäut das Ende des Winters abwarteten, da die Buckel- und Finnwale die Stellwagen Bank verlassen hatten, um zur Paarung in wärmere Gewässer zu ziehen. Sybil bog von der Main Street in die Landstraße ab, die an türmchenbewehrten Landsitzen vorbei in Richtung Eastern Point führte. Bald tauchte Myles' Haus vor ihr auf, das zwar bescheidener als die Häuser seiner Nachbarn war, aber immer noch einen stattlichen Eindruck machte. Die von den Fensterrahmen abblätternde weiße Farbe hob sich gegen das Braun der verwitterten Schindeln ab, und auch das dunkle Grün der Eingangstür schälte sich schon ab. Das Messing des Türklopfers, der die Form eines Ankers besaß und auf dessen Schaft der Name BRAITHWAITE schon fast bis zur Unleserlichkeit verätzt war, hatte die Farbe alten Senfs angenommen.

Es war Corinne, die ihr aufmachte – Corinne, die dicker denn je war und wie immer nur mit den Lippen lächelte. Sie hob die mehlbestäubten Hände und Arme, gleichsam als Erklärung und Entschuldigung dafür, daß sie Sybil nicht umarmte. »Biljotek«, sagte sie und ging dann zurück in die Küche. Die massigen Hüften wackelten unter Polyesterhosen, die zum Platzen gespannt waren. Sybil hängte den Mantel an den Kleiderständer in der Eingangshalle und durchquerte das Wohnzimmer in Richtung Myles' Bibliothek. Sie ging fast auf Zehenspitzen, um die muffige Stille, die schon seit Urzeiten über diesem Haus hing, nicht zu stören. Wäre nicht das Ticken der Standuhr in der Halle gewesen, hätte sie geglaubt, innerhalb dieser Mauern wäre die Zeit stehengeblieben. Der Duft von Rosen, die schon ein oder zwei Tage verblüht sein mochten, erfüllte die Räume und erinnerte Sybil an ihre Kindheit. Der Viermastschoner auf dem Kaminsims sah immer noch so aus, als würde er in einer Flaute vor sich hin dümpeln. Die Luft war so statisch, daß die winzigen schwebenden Staubpartikel im trüben Novemberlicht wie gefroren aussahen, wie Atome beim absoluten Nullpunkt. Auf den kastanienbraunen Perserteppichen, über die sie schon als Kind gegangen war, standen üppig gepolsterte Stühle und schwere Walnußtische, die schon seit dreißig Jahren nicht mehr von der Stelle bewegt worden waren. Die runden, klauenförmigen oder quadratischen Füße hatten das Teppichgewebe schon fast bis auf die Eichendielen durchgescheuert. Nach Sybils Meinung besaß das ganze Haus – einschließlich der Küche, wo Corinne wohl gerade inmitten altertümlicher und überholter Gerätschaften einen Kuchen backte – die gespenstische Beharrlichkeit eines historischen Bühnenbilds, bei dem noch lange nach dem letzten Vorhang jedes Requisit an seinem Platz bleibt.

Nein, in diesem Haus hatte sich nichts verändert, nur die Menschen, die hier gelebt hatten, waren bis auf Corinne und Myles verschwunden. Und Myles sah auch nicht so aus, als würde er noch lange bleiben. Er saß in einem elektrischen Rollstuhl und blickte auf die Doppeltür der Bibliothek. Die einst dichte Fülle auf seinem Schädel war zu feinen weißen Strähnen ausgedünnt, die Federwolken ähnelten, welche unbeständiges Wetter ankündigten. Unter der durchscheinenden Haut zeigten sich an Händen und Schläfen Geflechte blauer Venen und Äderchen. Auf den Knien lag eine Decke, um ihn vor der Kälte zu schützen, die durch die Ritzen der Fenster drang, und unter der Decke kringelte sich ein Katheterschlauch hervor. Myles hatte in jungen Jahren zur Rudermannschaft seines Colleges gehört, war im Krieg Kapitän eines Torpedoboots gewesen und in Friedenszeiten ein Geistlicher, der auf der Kanzel nie ein Mikrophon benötigte, weil seine kräftige Stimme ausreichte, sich bis in die hinterste Bankreihe Gehör zu verschaffen. Aber nun sah er beileibe nicht einfach nur zerbrechlich aus, sondern so, als hätte das Urbild von Zerbrechlichkeit menschliche Gestalt angenommen, als sollte er als warnendes Beispiel dafür dienen, daß selbst auf die Stärksten, sofern sie nur lange genug lebten, am Ende der völlige Zerfall wartete. Nur die Stimme erinnerte Sybil noch an den Mann, wie sie ihn von früher kannte: das Dröhnen, wenn er von der Kanzel, die ihn doppelt so groß wie seine eins dreiundneunzig erscheinen ließ, eine Predigt hielt oder eine Bibelstelle rezitierte. Kein Priester in Massachusetts, wenn nicht der ganzen Christenheit, konnte das Wort »Gott« wie Myles aussprechen. Er dehnte den Anfangskonsonanten und den anschließenden Vokal zu einer lang ansteigenden, volltönenden Note, die so klang, als käme sie eigentlich von der Orgel in der Chorempore. Und an die Schlußkonsonanten hängte er laut aushauchend noch eine Silbe an: *GooOOTTHe*. Immer wenn sie dieses *GooOOTTHe* in der Kirche hörte, glaubte die zehnjährige Sybil, daß da der Allmächtige höchstpersönlich seinen eigenen Namen aussprach. Diese Stimme, die weder um etwas bat, noch etwas befahl, die sich einfach dieser Aufmerksamkeit bemächtigte, hatte noch die gleiche Kraft, denn es war genau diese Stimme, die sie jetzt hörte, die sie begrüßte, die ihr einen Stuhl anbot, und die sich – nachdem sie sich in den Ohrensessel gesetzt hatte, der einst Myles' Lieblingsplatz gewesen war – nach ihrer und ihrer Mutter Gesundheit erkundigte. Sie sagte, daß es ihnen beiden gutgehe, wobei sie hinsichtlich ihrer Mutter vielleicht nicht ganz die Wahrheit sagte, da diese sicher bald eine Sauerstoffflasche benötigte. Dann fragte sie ihrerseits, wie er sich fühle. Was sie wohl glaube, wie er sich fühle, antwortete Myles gereizt und reckte den Kopf vor. Erst der Magenkrebs, und kaum sei dieser überstanden gewesen, habe ihn ein Schlaganfall zum Krüppel gemacht. Von der Hüfte abwärts sei er ein toter Mann und von der Hüfte aufwärts auf bestem Wege dazu.

»Du wirst doch jetzt nicht sterben, Onkelchen«, sagte sie und dachte gleich, wie idiotisch es doch klang, daß sie ihn mit ihren achtunddreißig Jahren noch immer so anredete, wie sie es als Kind getan hatte.

»Natürlich werde ich sterben! Und dich wird es einmal genauso erwischen. Ich habe bloß einen gewaltigen Vorsprung. Was führt dich zu mir, Sybil? Wenn es mit dir mal so weit gekommen ist, dann hast du auch keine Zeit oder Geduld mehr für sinnloses Geschwätz.«

»Es geht um ihn.«

Sie wandte die Augen nach oben und blickte auf das Porträt ihres Urgroßvaters, das über dem Kamin hing. Die Seefahrermütze und der Seefahrermantel hatten noch nichts von dem protzigen Glitter und Flitter des Jachtenseglers an sich, zu dem er später in seinem Leben werden sollte. Es war die schlichte Uniform des berufsmäßig seefahrenden Kapitäns, der er gewesen war, als das Bild gemalt wurde. Er sah wie Mitte dreißig aus, denn der Bart hatte die Farbe von Ziegelstaub, und Hals und Schultern machten den Eindruck, als wären sie kräftig genug, mehr Schaden anzurichten, als sich jemand wünschen würde oder auch nur vorstellen könnte. Die Knöchel der grobschlächtigen, braunen Hände lagen auf der Reling eines Achterdecks. Die Undurchdringlichkeit der dunklen, kühlen Augen erinnerte Sybil immer an den Nebel auf See. Der Künstler hatte die Augen nicht gemäß den Gepflogenheiten jener Zeit dargestellt – also fest auf einen weit entfernten Horizont gerichtet –, sondern ließ sie geringschätzig und tadelnd leicht abwärts zur Seite blicken, als hätte er Cyrus genau in dem Moment porträtiert, wie dieser auf dem Deck unter sich einen faulenzenden Seemann entdeckte. Die Augen schienen geradewegs auf Sybil gerichtet zu sein; der Gesichtsausdruck war so perfekt getroffen, daß sie sich förmlich in die Lage des Drückebergers versetzen konnte, der jetzt zu seinem Kapitän aufschaute und genau wußte, daß er eher Gerechtigkeit denn Gnade zu erwarten hatte.

»Was ist mit ihm?« fragte Myles.

Sie erzählte ihm, was sie gehört hatte: Cyrus hatte eines Sommermorgens zu Beginn des Jahrhunderts seine drei halbwüchsigen Söhne aufs Meer verbannt, hatte sie in einem Segelboot hinaus auf den weiten Ozean getrieben und ihnen eingebleut, sich vor September nicht wieder blicken zu lassen. Über die Gründe hatte er sich weniger ausgelassen als ein Tyrann gegenüber Gefangenen, die auf eine Sträflingsinsel verbannt werden. Will heißen: Es gab keine Erklärung jeglicher Art. Die Söhne lichteten den Anker, und außer einem Brief von Eliot an die Mutter hörte man von ihnen oder über sie nichts mehr, bis Cyrus im August von der amerikanischen Gesandtschaft in Havanna ein Telegramm erhielt. Ab da wurde die Geschichte undurchsichtig. Sybils Mutter hatte nur eine ungefähre Vorstellung vom Inhalt des Telegramms – irgend etwas darüber, daß seine Söhne in Kuba ohne Geld oder Schiff gestrandet seien, über einen grauenhaften Sturm, über Schiffbruch und Verletzungen, versehen mit der dringenden Bitte an Cyrus, Geld für die Heimreise zu schicken. Cyrus' Reaktion sei jedoch völliges und unerklärliches Schweigen gewesen. Es sei sozusagen das Schweigen Gottes gewesen, der sich selbst auf verzweifeltes Flehen nicht herabläßt zu antworten.

Myles unterbrach ihren Bericht. »Schon gut, Sybil. Was soll das theatralische Getue?« brummte er. »Willst du etwa den Namen Gottes mißbrauchen?«

»Ich mißbrauche gar nichts. Ich erzähle nur das, was Mama gesagt hat.«

»Deine Mutter ist eine wunderbare Frau, aber du kennst ihre Neigung, alles aufzubauschen. Da unten in Onkel-Tom-Land findet man das allenthalben. Das Schweigen Gottes ... Also wirklich ...«

Okay, er solle einfach Catherines Sprachkapriolen vergessen, fuhr Sybil fort. Tatsache sei, daß Cyrus nicht auf das Telegramm reagiert habe. Das sei dann aber auch schon alles, was man ihr erzählt habe.

Myles wandte sich dem mittleren der drei Fenster zu, die wie die Tafeln eines Triptychons in den Erker der Bibliothek eingelassen waren. Sein Blick wanderte nach draußen und ließ sich an einem weit entfernten Punkt nieder, an einem Punkt jenseits des stumpfen Rasens, von dem Eichenblätter aufwirbelten, wieder zu Boden fielen, um dann erneut aufzuwirbeln, jenseits des Hafens mit seinem blechfarbenen Wasser, das der unstete Wind, der auch die Blätter aufscheuchte, stoßweise kräuselte.

»Unsere Familie strotzt vor solch nebulösen Schauergeschichten. Was soll daran so besonders sein?«

»Warum sollte ein Mann seine drei Söhne in ein kleines Boot werfen ...?«

»Wenn es die *Double Eagle* war, dann war das Boot ja nun nicht so klein«, sagte Myles, nannte dann die Größe und sagte, irgendwo in einem der Alben gebe es ein Foto von dem Schiff.

Sybil quittierte diese Information – oder Desinformation – mit einem Nicken und mit einem »Aha« die Tatsache, daß das Schiff doch größer war, als sie gedacht hatte. Da vierzehn Meter auf dem offenen Meer trotzdem nicht gerade viel seien, frage sie sich dennoch, warum Cyrus seine Söhne an Bord geschafft und ihnen befohlen habe, für drei Monate zu verschwinden. Sie habe keine Ahnung, was er vorgehabt habe, ihre Mutter habe nur etwas gesagt von Verbannung, Exil auf Zeit ...

»Hört sich ganz nach deiner Mutter und ihrem Onkel-Tom-Pomp an. Ha! Ich kann sie förmlich hören.« Myles drehte den Kopf etwas und sah Sybil von der Seite an. Dann hob er die Stimme um zwei Oktaven und sprach in einem Südstaatentonfall, der so dick wie Buttermilch war, weiter: »Man hat sie verbannt, man hat sie ins Exil getrieben.« Die von einem Netzwerk blutleerer Gefäße überzogene Hand deutete steif zitternd in Richtung der Bücherregale, die links und rechts der Tür standen. »Da links, ganz unten. Siehst du die Alben? Da oben auf dem Stapel. Schau rein.«

Sie stand auf. Die gealterten, mittlerweile khakifarbenen Seiten hatten Eselsohren und wurden von dem halbverrotteten Leinwanddeckel gerade noch zusammengehalten. Der Band sah so zerbrechlich und hinfällig aus wie eine handschriftliche Urkunde aus dem Mittelalter. Während sie das Album vorsichtig aufklappte, befürchtete sie, es würde ihr in den Händen zerbröseln. Auf der Innenseite des Einbands klebte eine ausgeschnittene Fotografie von Theodore Roosevelt, die wohl einmal das Frontispiz eines Buches gewesen war. Er schaute finster durch eine teure Brille, die harten Lippen verschwanden teilweise unter dem Walroßschnurrbart, und der Bullterrierkopf war ein wenig vorgereckt. Er sah aus, als wollte er jeden Moment die Begrenzung des ovalen Rahmens sprengen, den ein Künstler um seinen Kopf gemalt hatte. T. R. schien auf dem Gipfel seiner protzig zur Schau gestellten Manneskraft zu sein. Unter dem Foto prangte das Wappen des amerikanischen Adlers, dessen Klauen eine mit einer Inschrift versehenen Schriftrolle umklammerten. Myles bat Sybil, die Zeilen laut vorzulesen. Sie hob das Album näher an die Augen, damit sie die kleinen Buchstaben entziffern konnte.

»›Jede Zivilisation neigt dazu, einer schädlichen Verweichlichung und Erschlaffung der Moral Vorschub zu leisten. Deshalb muß jeder Nation daran gelegen sein, Kühnheit, Entschlossenheit und die Geringschätzung von Unbill und Gefahr mit allen Mitteln zu fördern.‹ Aus *The Wilderness Hunter* von Theodore Roosevelt.«

Myles bedeutete Sybil, den Band an seinen Platz zurückzustellen. Sie setzte sich wieder in den Ohrensessel, dessen Leder schon lange nicht mehr mit Sattelseife oder Nerzöl in Berührung gekommen war, weshalb es wie das mumifizierte Fell eines ausgerotteten wilden Tiers steif und trocken und mit einem Labyrinth aus Falten überzogen war.

»Cyrus ist Roosevelt einmal begegnet. Er hat ihn sehr bewundert und ihn seinen Jungs immer als Ideal vorgehalten«, sagte Myles. »Willst du meine Meinung hören? Was ich davon halte, daß sich dieser Selfmademan über die schädliche Verweichlichung, die Erschlaffung der Moral verbreitet?«

Sybil antwortete, daß ihr diese Möglichkeit auch schon in den Sinn gekommen sei: Ein Pfadfindertrip nach Art des Hauses, um aus den Jungen ganze Männer zu machen. Um danach Cyrus' Urteilsvermögen und Verantwortungsgefühl als Vater anzuzweifeln, erforderte es allerdings kaum ein Übermaß an reiflicher Überlegung. Es handelte sich hier um einen Mann, der mit den Gefahren der See aufs genaueste vertraut war, Gefahren, die 1901 doppelt und dreifach so groß wie heute waren – bei einer Wettervorhersage, die ungefähr so präzise wie die Astrologie war, ohne Hilfsmittel wie den Seefunk, ganz zu schweigen von den elektronischen Spielereien, mit denen die moderne Navigation kaum vertrackter ist, als mit dem Auto von A nach B zu fahren. Einem Sechzehnjährigen, zusammen mit einem Fünfzehnjährigen und einem Dreizehnjährigen als Mannschaft, das Kommando über ein kleines Boot zu übertragen, und sie dann schiffbrüchig in Kuba ihrem Schicksal zu überlassen, das war schon ...

»Ach was, härtere Sitten, härtere Menschen. Die waren daran gewöhnt, Risiken einzugehen, mal einen harten Schlag einzustecken. Für drei kräftige Jungs war das keine große Sache, so allein auf See. Und sie waren Braithwaites bis ins Mark. Noch bevor sie wußten, wie man sich die Schuhe zubindet, konnten sie Segel anschlagen und reffen und ein Boot steuern.«

»Okay, okay. Zugegeben, sie konnten damit umgehen, und es war ein großes Abenteuer für sie. Wenn ich so ein Erlebnis gehabt hätte ... Denk doch mal an Großvater. Dauernd hat er Geschichten für Seglerzeitschriften geschrieben ...«

»Ja klar, für *Yachting*.«

»Aber darüber hat er kein Wort geschrieben. Oder auch nur ein Wort verloren. Wenn es nur eine Geschichte gibt, die man seinen Enkeln erzählt, dann doch so eine. Aber Großvater hat nie etwas gesagt – nicht zu mir, nicht zu meinem Bruder, nicht zu Hilary. Soweit ich weiß, nicht mal zu Vater. Ich habe mich gefragt, ob er dir was erzählt hat.«

Myles schüttelte den Kopf.

»Dann erklär mir eins. Warum hat er nie darüber geredet?«

Myles hob die Achseln, um dann mitten in der Bewegung innezuhalten. Die breiten, aber nur noch knochigen Schultern drückten hochgezogen gegen den weißen Stiel seines Halses und gaben ihm das geduckte, griesgrämige Aussehen eines schlafenden Nachtreihers. Ein paar Sekunden verharrte er in dieser Haltung. Die staubgeschwängerte, zähflüssige Luft und die Stille des Hauses lasteten nun noch drückender auf ihnen. Während dieser kurzen Unterbrechung versuchte sie herauszufinden, was da draußen Myles' Aufmerksamkeit fesselte. Doch alles, was sie sah, waren Blätter, die Fetzen von Papiertüten glichen, den grauen Hafen und – durch das rechte Fenster des Erkers – Ten Pound Island mit dem geduckten Leuchtturm und den im Wasser aufgereihten Hummerbojen.

»Und dann war da noch ihre Mutter«, sagte sie in die Stille hinein. »Schätze, sie hat auch den Mund gehalten. Jetzt sind's schon drei.«

»Sie hat sowieso nie viel gesagt. Seltsame Frau. Sie stammte ursprünglich auch aus Onkel-Tom-Land.«

»Aus Charleston, oder?«

»Beaufort.«

»Also gut. Jetzt haben wir also drei, die kein Wort darüber verloren haben ...«

»Irgendwer muß was zu wem gesagt haben. Wie sonst hätte Emily Williams an die Geschichte kommen sollen?«

»Irgendeine Vermutung?« sagte Sybil.

Mit einem kurzen Surren des Elektromotors drehte Myles den Rollstuhl zu ihr. Er schaute sie mit einem anerkennenden Zwinkern an.

»Von all den jungen Leuten in unserer Familie bist du die einzige, die immer eine persönliche Beziehung zu unserer Vergangenheit hatte. Du warst immer mehr an unserer Familiengeschichte interessiert als meine Tochter oder dein Bruder. Das gefällt mir.«

Sie sagte darauf, daß sie weder ein Interesse daran entwickelt noch eine persönliche Beziehung dazu gepflegt habe, sondern sich vielmehr auf natürliche Weise mit dem Thema verbunden fühle. Da ihr die Hoffnung auf Nachkommen versagt sei (zumindest auf natürlichem Wege), komme es ihr so vor, als hätte ihr die Natur die Gesellschaft ihrer Vorfahren zugedacht. Die Vergangenheit als Ausgleich für die Gegenwart, Geister anstelle von Kindern.

»Tja, eine ziemlich schauerliche Sichtweise«, sagte Myles. »Es ist ja auch manchmal ein ziemlich schauerliches Unterfangen, in Familiengeschichten herumzustochern. Ist nicht immer so spaßig, wie sich die Leute das vorstellen. Ha! Bin da auf einen schillernden Pferdedieb gestoßen. Ha! Hab gerade entdeckt, daß Omi was mit einem italienischen Opernsänger hatte. Ist wirklich nicht immer lustig.«

»Myles?«

»Etwas habe ich im Laufe meines kleinen Projekts gelernt, nämlich daß es – zumindest im Moment – nicht so aussieht, als würde ich jemals damit fertig werden. Ich bin mir nicht sicher, ob ich das bedauern oder begrüßen soll. Es ist nicht nur ein Hobby, wie viele in der Familie immer wieder denken. Der alte Affe, der im Familienstammbaum rumturnt und nach schillernden Pferdedieben Ausschau hält, weil er die Frau verloren hat und die Tochter kaum noch mit ihm redet. Irgendwas muß er ja tun, um sich bei Laune zu halten, sonst dreht er noch völlig durch und bejammert nur noch seine Verluste. Hast du das auch schon einmal gedacht, Sybil?«

Ja, das hatte sie, verriet es aber weder durch Wort noch durch Geste. Die Uhr in der Eingangshalle schlug einmal für die halbe Stunde. Es war also erst halb vier, obwohl es draußen fast schon dämmerte. Und irgendwo da draußen, weit jenseits des langen, felsigen Wellenbrechers von Dog Bar und der vordersten Glockentonnen, wartete die Dunkelheit darauf, wie eine Flutwelle an Land zu rollen. Sie befanden sich in Neuenglands schlimmster Jahreszeit, dem melancholischen Intermezzo zwischen dem letzten Aufflackern von Birke und Ahorn und den ersten Flocken frischen Schnees. In der Düsterkeit der verkürzten Tage war es nur zu einfach, über Verluste zu brüten und sich altem, schon verblichen geglaubtem Leid hinzugeben, dessen Stachel nun so schmerzte wie eh und je. Und jenseits des Kummers lauerte die Erinnerung an verlorenes Glück, und jenseits der Erinnerung das Verlangen, wieder gutzumachen, was nicht gutzumachen war. Sie war froh, daß sie von hier fortgehen und all das hinter sich lassen würde: die schwarzen Novembermonate, die Erinnerungen, das Leid und die felsigen Küsten, an die sich ihre Familie seit über dreieinhalb Jahrhunderten klammerte.

»Was meinst du mit ›nicht immer lustig‹?« sagte sie.

Er runzelte kurz die Stirn und betrachtete dann nachdenklich seine Finger, die auf der Decke lagen wie vier weiße Bleistifte. »Eines solltest du wissen. Meine Tochter schämt sich unserer Familie. Sie haßt sie geradezu und alles, was sie jemals verkörpert hat. Allyson hat nie ein Hehl daraus gemacht. Ich aber bin stolz darauf, diesen Namen zu tragen. Und ich bin auf so einige Dinge stolz, die die Braithwaites zustande gebracht haben.«

»Ich weiß, Onkelchen.«

Während sie ihm zuhörte, nahm seine Stimme einen liturgischen Tonfall an und verfiel wie selbstverständlich in den Rhythmus einer Predigt: einer Predigt, die sie schon so oft von ihm gehört hatte, daß diese sich ihr ins Gedächtnis eingegraben hatte.

Wie die meisten Familien von altehrwürdigem Geschlecht, deren Bräuche und Ansichten einst landesweite Maßstäbe setzten und deren Herrschaft einst unangefochten war, sind wir Braithwaites nurmehr Schatten unserer einstigen Größe. Wie es den Dienern überkommener Überzeugungen eigen ist, klammern wir uns an alte Riten und Zeremonien, teils um der Zeremonie selbst willen, teils um wenigstens einen Hauch von Leben in den Traditionen aufrechtzuerhalten, welche Fundament und Stützpfeiler unserer Vormachtstellung gewesen sind. Doch betrachtet man uns nicht länger als Vorbild hinsichtlich Ordnung, Weisheit, Redlichkeit und Führung. Es liegt Jahrzehnte zurück, da wir die einzigen möglichen Anwärter waren, um Industrien zu steuern oder die Geschicke des Staates in Friedens- wie Kriegszeiten zu lenken. Wir sind nicht unter fürchterlichen Leiden, begleitet vom Getöse in sich zusammenstürzender Tempel, in Ungnade gefallen, sondern wir sind ganz leise in die Bedeutungslosigkeit hinübergeglitten: all die hochberühmten Familien, die Großes geleistet haben – die Sargents und Saltonstalls, die Cabots, nach denen nur die Lodges kamen, nach denen wiederum nur Gott kam –, genauso wie die Familien von geringerem Ruhm und bescheideneren Verdiensten, wie die unsere, oder Familien ohne besonderen Ruhm und ohne irgendwelche Verdienste. Wir sind nicht länger Gegenstand von Neid, nurmehr von Neugier. Als eine Art pittoreskes Kuriosum dienen wir heute nur noch als Vorbilder für Modezaren, die auf der Suche nach nostalgischen Bildern und altem Patriziercharme sind. Und dennoch machen wir jenseits der Riten, Zeremonien und Traditionen immer noch ein paar Dinge geltend: etwas Geld, obwohl die Schätze mit jeder Generation weiter schwinden, die

Familiensitze, die uns für fünf, acht oder ein Dutzend Generationen begleitet haben, und die Familiengräber, in denen Ahnen unter schiefen Grabsteinen ruhen, deren Inschriften, Daten und alttestamentarische Namen fast bis zur Unleserlichkeit verwaschen sind. Ja, wir haben uns und unsere Vorfahren, und diese geben uns etwas, was nur wenige in dieser Nation von Einzelwesen, die sich schon glücklich schätzen, wenn sie nur die Namen ihrer Großeltern kennen, ihr eigen nennen können: Wir wissen, wer wir sind, weil wir wissen, woher wir kommen. Auf diese Weise sind wir durch unser Blut, unsere Lebensgeschichten und unsere Vermächtnisse miteinander verbunden, die Lebenden mit den Lebenden und die Lebenden mit den in Ehren gehaltenen Toten. Durch alle und trotz aller Wechselfälle stärkte dieser Zusammenhalt das Bewußtsein unserer natürlichen Vorherrschaft. Dieses Blut zu verachten, sich dieses Erbes zu schämen, bedeutet, unsere Rechtmäßigkeit in einer Zeit zu untergraben, welche jene durch äußere Geschehnisse schon genug untergräbt. Wenn wir schon nicht stolz sein können auf das, was wir sind, wollen wir wenigstens stolz sein auf das, was war.

Die Stimme in ihrem Gedächtnis wurde jetzt von der Stimme in ihrem Ohr übertönt.

»Ich muß an meinen Vater denken, der von den eigenen Freunden geschmäht, ja geradezu als Verräter gebrandmarkt wurde. Und warum?«

»Weil er für Franklin Roosevelt gearbeitet hat.«

»Diese Hornochsen haben einfach nicht begriffen, daß es ihnen, wenn Roosevelt nicht gewesen wäre, genauso wie der russischen Aristokratie ergangen wäre. Während der Depression hat der große FDR das Land vor der Revolution bewahrt! Ist nicht auf meinem Mist gewachsen, steht in jedem Geschichtsbuch.«

»Ich weiß.«

»Und dafür haben ihn diese Idioten geächtet, diese Idioten mit ihren Jachten und Polopferden. Jahrelang haben die kein Wort mit ihm gesprochen, nur weil er für einen symbolischen Dollar pro Jahr beim NRA mitgemacht hat. Und mit NRA meine ich nicht etwa die National Rifle ...«

»Den National Recovery Act, ich weiß, die Gesetze zur Stabilisierung des Arbeitsmarktes.«

»Und warum hat er mitgemacht?«

»Weil er davon überzeugt war, das Richtige zu tun«, sagte sie. Sie waren dabei, sich in eine Art Katechismus zu vertiefen.

»Das Richtige«, sagte Myles. »Das war sein Vermächtnis für mich. Nicht Geld oder alte Möbel oder das Haus, sondern zu erkennen, was das Richtige ist. Nachdem sie mich damals 1944 aus dem Wasser gefischt haben ...«

Sie nickte zum Zeichen, daß sie diese Geschichte auch schon kannte und er deshalb nicht weiterzuerzählen brauchte. Er kam also gleich zum Schluß.

»Das war meine wahre Berufung. Gott hatte einen Grund, mich zu verschonen. Er hat mich als seinen Zeugen berufen, um sein Wort zu predigen. Und ich habe ihm geantwortet. Ich bilde mir ein, einen wenn auch nur kleinen Beitrag geleistet zu haben. Und deshalb war, ist und bleibt es mir immer ein Rätsel, wie und warum ich der Vater sein konnte von einer ...« Myles' Hände zitterten und fielen dann in die Mulde der Decke, die zwischen seinen steifen Beinen durchhing. »Es gab nicht einen einzigen Tag in den vergangenen zwanzig Jahren, an dem ich mich nicht gefragt habe, was Cassie und ich als Eltern falsch gemacht haben. Was wir gesagt haben könnten oder nicht gesagt haben könnten, um ...«

»Ihr wart gute Eltern«, sagte Sybil aufmunternd. »Ich habe eigentlich gedacht, daß du dich mit Allyson ausgesöhnt hast. Jetzt, wo du so krank bist.«

»Kein Friedensvertrag. Nur ein unsicherer Waffenstillstand. Wir gehen zwar korrekt miteinander um, aber wenn sie mit mir spricht, spüre ich irgendwie immer noch den Ekel, die Ablehnung. Ich würde darauf wetten, daß es in ihrem Innern brodelt und kocht, wenn sie vor ihren Studenten steht und über irgendeinen abscheulichen *Ismus*, der gerade in Mode ist, eine Vorlesung hält. So ziemlich jeder aus ihrer Generation ist nach Vietnam darüber hinweggekommen, nur nicht meine Allyson. Mit dem Haß auf die Familie hat es angefangen, und jetzt haßt sie das ganze Land.«

»Vielleicht solltest du jetzt lieber nicht darüber reden. Du regst dich nur auf.«

»Mir geht's schon gut, danke«, murmelte er. Sybil konnte sein von Leid gezeichnetes Gesicht nicht länger anschauen. Die Jahre und die Krankheiten hatten tiefe Furchen hinterlassen. Statt dessen schaute sie wieder nach draußen und betrachtete diesmal einen Baumstumpf, der fast den Umfang eines Spieltischs hatte. Die weiße Eiche war Opfer des großen Nordoststurms geworden, dessen Malstrom in Zeitungen und Fernsehen als »Jahrhundertsturm« bezeichnet worden war. Sie erinnerte sich daran, wie sie mit ihrer Cousine unter der Eiche gespielt hatte. Ihre Cousine war ein schweigsames, aber entschlossenes kleines Mädchen gewesen, dessen Entschlossenheit später dann eine sehr lautstarke wurde, das sich von seinen Eltern und all seinen Wurzeln lossagte und mehr Erfolg haben sollte, als es jemals erwartet hatte. Es hieß, der Baum sei zweihundert Jahre alt gewesen und habe ausgesehen, als hielte er noch zwei weitere Jahrhunderte durch. Doch dann hatte er wie Myles Zeugnis dafür abgelegt, daß selbst in scheinbar Unverwundbarem die Hinfälligkeit lauerte. Vielleicht hatte sich verborgene Fäulnis eingenistet, hatte ein versteckter Schwamm einen Riß tief ins Innere des Kernholzes gefressen: Die erste heftige Bö des Nordoststurms hatte den Stamm so mühelos geknickt wie einen Strohhalm.

»Wie wäre wohl alles gekommen, wenn es diesen Krieg nicht gegeben hätte? Immer wieder ertappe ich mich bei der Frage, wie sich wohl alles ohne diesen Krieg und diese ganze furchtbare Zeit entwickelt hätte.«

Sybil verdrehte die Augen zur Decke. »Warum schiebt eigentlich jeder, der über ein gewisses Alter raus ist, alles, was in seinem Leben irgendwie schiefgelaufen ist, auf die Sechziger?«

»Vielleicht, weil sich viele von uns daran erinnern, wie es war, als wir noch nicht in einem moralischen Sumpf gelebt haben. Alles, was mir je am Herzen gelegen hat, ist verschwunden – Selbstbeherrschung, Höflichkeit, Charme, Geschmack und eine gewisse Verständigung darüber, wo die Grenzen des Anstands zu ziehen sind. Du bist zu jung, um dich daran zu erinnern ...«

»Überhaupt nicht«, sagte Sybil aufgebracht. »Nicht im geringsten.«

»Ich meine, zu jung, um zu wissen, um zu spüren, wie es ist, wenn man ... Mir fällt das richtige Wort nicht ein. Doch. Wenn man überfallen wird. Überfallen von äußeren Ereignissen. Von Geschichte, von häßlicher Geschichte. Man macht das Radio an, und da ist es. Man stellt den Fernseher an, und da ist es. Man schlägt die Zeitung auf, und da ist es. Man versucht, sich beim Abendessen gesittet zu unterhalten, und da ist es. Mein Gott, ich erinnere mich da an einen Sommer in Mingulay, als wir alle zusammen waren. Wann war das? Siebenundsechzig, achtundsechzig? Allyson und dein Cousin Warren auf der einen Seite, dein Vater, ich und Jason auf der anderen. Was haben wir uns angeschrien. Waren kurz davor, uns die Köpfe einzuschlagen. Die ganzen öffentlichen Angelegenheiten platzten in unsere privaten hinein, haben alles verdreht und übertrieben und ...« Er hielt mitten im Satz inne, um dann leiser weiterzureden: »Es kommt mir so vor, als ob in unserer Familie seit damals nichts mehr so recht in Ordnung war. Ich meine nicht nur den Kummer, der heutzutage ja wohl in allen Familien vorkommt. Die Pest der Scheidung ...« Er reckte beide Hände in die Höhe – wohl eine bittende Geste, dies nicht als Kritik an ihrer Entscheidung aufzufassen. »Oder das eine oder andere mißratene Kind. Oder gelegentlich ein Fall von Drogensucht. Es ist einfach so, daß wir uns im Gegensatz zu früher miteinander nicht mehr wohl fühlen. O ja, wir kommen immer noch zusammen und schreiben uns zu Weihnachten all diese langen Briefe. Aber irgend etwas fehlt. Die Freude? Die Liebe? Oder sind Freude und Liebe deshalb verschwunden, weil etwas Tieferes fehlt? Vielleicht fehlt uns ja der fundamentale Glaube an uns selbst?«

»Was mich betrifft, Myles, laufen die Dinge nicht mehr wie sie sollen, seit Hilary an jenem Feiertag vor neunundzwanzig Jahren gestorben ist. Neunundzwanzig Jahre, zwei Monate und neun Tage.«

»Du bist nie darüber weggekommen, stimmt's?«

Sie sagte eine Weile nichts und hing ihren Gedanken nach. Hilary wäre in diesem Jahr neunundvierzig geworden. Es war schwer, sich das hochbegabte Mädchen als Frau mittleren Alters vorzustellen.

»Ja, das wird wohl so sein«, sagte sie schließlich. »Aber was ihr zugestoßen ist, hat nicht das geringste mit den Sechzigern oder mit dem Krieg zu tun. Es hat ausschließlich mit meinem Vater und ...«

Die Uhr schlug vier, und von der Tür war ein leises Klopfen zu hören: Es war die Krankenhelferin Maria, die hier im Haus wohnte und sich um Myles' Bedürfnisse kümmerte, seine Schmerzen linderte und seine Anfälle von Jähzorn wie eine nachsichtige Ehefrau zu nehmen wußte.

»Zeit für den Check-up.«

Sie schlüpfte ins Zimmer, wobei ihre Turnschuhe, die höchstens Kindergröße hatten, Geräusche wie quiekende Mäuse von sich gaben. Sie hatte das Stethoskop, den Blutdruckmesser und einen Plastikbeutel dabei, in dem ein frischer Katheter und eine künstliche Blase zu sehen waren. Maria war eine Filipina, die voll aufgerichtet ihren sitzenden Patienten nur um ein paar Zentimeter überragte. Haltung und Auftreten waren jedoch durchdrungen von resoluter, fachkundiger Autorität.

»Haben Sie um drei Ihre Medikamente genommen?« fragte sie mit sanfter Strenge und legte die Sachen auf das Sitzpolster unter dem Fenster, gleich neben ein Tablett, auf dem eine Phalanx klobiger, brauner Medizinflaschen einen Plastikkrug mit Wasser bewachten.

»Welche?«

»Die zur Blutverdünnung.«

»Hab ich vergessen.«

»Die müssen Sie nehmen, Mr. Myles, oder Sie kommen wieder ins Krankenhaus. Ich kann Sie nicht jede Sekunde im Auge behalten.«

»Ach ja, und was soll das? Was zum Teufel soll das alles?«

Maria öffnete eine der Flaschen und schüttete Wasser aus dem Krug in ein Glas. Was das alles sollte, war ihr offensichtlich so klar, daß sich eine Antwort auf Myles' Frage erübrigte.

»Mein Vater war gerade dabei, sich den Bart einzuschäumen, und schwupp, noch bevor er auf dem Boden aufschlug, war er schon tot«, sagte er, nachdem er die Pille hinuntergeschluckt hatte. »Mein Vater war damals sechsundsiebzig. Heutzutage ist ein paar Minuten später der Notarzt da, knallt einem diese schrecklichen Klöppel auf die Brust und bringt die Pumpe wieder auf Touren. Dann Schläuche, hinten rein, in die Nase, in den Mund, und das war's dann. Ein Wunder moderner Medizin, ein lebender Leichnam, bis einem jemand mit etwas Anstand im Leib das ganze Zeug wieder rausreißt.«

»Die Köchin möchte wissen, ob sie für einen oder zwei kochen soll.«

Myles blickte Sybil fragend an. Eigentlich war es mehr ein Flehen denn ein Fragen. Sie zögerte und dachte: Vielleicht hat er mir gar nichts Besonderes mehr zu erzählen und will nur etwas Gesellschaft beim Abendessen. Fast achtzig und bis auf Maria und Corinne ganz allein ... Sie nickte.

»Zwei«, sagte er zu Maria. »Was das Getue um mein Essen soll, verstehe ich übrigens auch nicht. Früher hatte ich immer Ärger mit meinem Gewicht. Und jetzt? Hab einen Bauch wie ein Golfball.«

Maria hängte sich das Stethoskop um den Hals, öffnete Myles' Flanellhemd und entblößte sein Brustbein. Die Haut hing schlaff zwischen den Rippen, trockene, graue Haare bedeckten die Brust wie Spinnweben.

»Jeder faselt davon, wie gut wir heute dran sind. Mein Vater, der war gut dran. Heute leben die Leute nicht länger, sie brauchen bloß länger zum Sterben.«

»Ruhe, sonst hör ich nichts«, sagte Maria barsch und verlieh ihrer Anordnung mit einem Fingerwedeln Nachdruck.

Konzentriert runzelte sie die Stirn, setzte das Stethoskop auf Myles' Brust und beugte sich vor, um ihn abzuhorchen. Sie notierte etwas auf dem Krankenblatt, krempelte dann einen seiner Ärmel auf und legte ihm die Manschette des Blutdruckmessers um den Arm. Sybil nahm an, daß als nächstes der Katheter gewechselt würde und Myles sicher nicht wollte, daß sie dabei zuschaute. Sie jedenfalls wollte nicht dabei zuschauen. Also stand sie auf, um hinauszugehen, bis der Checkup vorbei war.

»Wo willst du hin?«

»Dir ist's bestimmt lieber, wenn keiner zuschaut.«

Er schnaubte. »Die haben mir schon mindestens hundert Einläufe gemacht. Bestrahlen mich, pieksen mich an, stecken mir irgendwas rein. Seit fast zwei Jahren ist nicht eine verflixte Körperöffnung vor denen sicher. ›Keiner zuschaut‹ – das ist ein Luxus, den man sich als Kranker abschminken kann. Bleib ruhig da.«

Sie hatte wirklich nicht vor, mit anzuschauen, wie der Urinbeutel unter der Decke hervorgezogen wurde. Also stand sie auf, drehte Myles den Rücken zu und tat so, als stöberte sie durch die Bücherregale. Die Bibliothek war die eines Mannes, der sein Leben Gott und dem Meer gewidmet hatte (und der wußte, daß in seinem Denken beides zu einem verschmolzen war). Zwischen Buchrücken aus rotem und braunem Leder verbargen sich Schulausgaben von Shakespeare und lateinischen Grammatiken, die aus den zwanziger Jahren stammten und nüchterne Gelehrsamkeit ausstrahlten. Daneben standen Myles' Arbeiten aus der Yale Divinity School, theologische und philosophische Werke mit gewichtigen Titeln sowie verschiedene Ausgaben der Bibel. Die anderen Regale waren vollgestopft mit Büchern zu seemännischen Themen. Zuallererst kamen die Bände, die Myles' weltliches Evangelium darstellten: *Piloting Seamanship and Small Boat Handling*, *Celestial Navigation*, *The American Coast Pilot* und *Eldridge's Tide and Pilot Book*; darunter dann die Alben, Sammelbände und Ahnentafeln, die er für seine Nachforschungen benutzte. Sie waren aufeinandergestapelt und ergaben dadurch Bücherstützen für ein kleines Wäldchen an Familienstammbäumen sowie mehrere Memoiren und Biographien, die verdiente Braithwaites (ein Chirurg, ein Beamter des Außenministeriums, der Gründer einer Textilfabrik) oder deren Kinder privat veröffentlicht haben, um zukünftigen Generationen Zeugnis von ihren beispielhaften Lebensläufen zu geben.

»Alles bestens!« sagte Maria. Sie streifte die Latexhandschuhe ab und steckte sie zusammen mit dem Urinbeutel, in dem sich eine goldene, leicht violette Flüssigkeit befand, in einen Müllbeutel. »Wenn Sie mich brauchen, klingeln Sie.« Ihr pechschwarzer Pferdeschwanz hüpfte auf und ab, als sie das Zimmer verließ.

»Ist sie rund um die Uhr da?«

»Nein. Um fünf kommt eine andere. Die Nachtschicht. Hilft mir im Bad. Hebt mich rein in die Wanne, raus aus der Wanne. Ich komme mir bei der vor wie ein Baby in seinem Körbchen. Schwarze Lady. So rund wie Corinne, nur größer und jünger.«

»Mama meint, du solltest sofort in das Heim gehen, das sie für dich ausgesucht hat. Nicht erst, wenn das Haus verkauft ist. Du hättest da mehr Gesellschaft.«

»Und dann sitz ich da in der Wartehalle mit einem Haufen anderer verschrumpelter Leute rum und warte drauf, daß die Lok mit dem Sensenmann tutet. Ist nicht gerade das, was ich mir unter Gesellschaft vorstelle. Ich wünsche mir – oder besser, ich hoffe –, daß ich sterbe, bevor das Haus verkauft wird. Da wir gerade von deiner Mutter reden. Sie hat mir erzählt, daß du uns bald verläßt, jetzt, wo deine Scheidung …«

Sybil unterbrach ihn. »Nächste Woche«, sagte sie.

»Arizona, hieß es.«

»Stimmt.«

»Bei Leuten in deinem Alter würde ich nie auf die Idee kommen, daß die nach Arizona wollten. Na ja, wahrscheinlich lieg ich da falsch. Ich denke da nämlich immer an Leute, die eher in meinem Alter sind. Trottel und Tattergreise, die Drives über die Knochen toter Apachen dreschen.«

»Mit dem Golfplatz-Arizona habe ich nichts zu schaffen.«

»Womit dann?«

»Tja, eher mit dem Cowboy-Arizona. San Rafael Valley. Ich habe da eine kleine Ranch gekauft, wo ich Pferde züchten will. Quarter-Horses, Reiningpferde, vielleicht auch Schaupferde. Ich weiß noch nicht, auf jeden Fall Pferde.«

»Yeah. Ich glaube, Catherine hat was davon erwähnt. Du bist ja eh immer eine sehr gute Reiterin gewesen. Hast dich im Sattel immer wohler gefühlt als auf einem Boot. Anders als die meisten von uns.«

»Ich hasse das«, sagte sie und deutete zum Fenster hinaus. Myles brauchte nicht zu fragen, was, er wußte es ohnehin. Sybil war sich allerdings nicht sicher, ob er auch wußte, warum: daß sie in die Wüste floh, weil sie ein Klima, eine Landschaft, eine Atmosphäre wollte und brauchte, die sich so weit wie möglich von Neuengland unterschied; und zwar zu fliehen, ohne das Land verlassen zu müssen (obwohl sie es fast verlassen würde, denn von ihrem neuen Wohnzimmer aus konnte sie nach Mexiko hinübersehen). Sie wollte und brauchte Distanz zum Meer – keine geographische (ginge sie nach Kansas, wäre sie noch weiter von Salzwasser entfernt), sondern vor allem geistige. Trockene Winde, die aus den Bergen in die Ebenen hinunterbliesen, hatten das Grenzland im Südwesten gereinigt. Schon ein volles Jahrhundert, bevor Sybils Vorfahren den Fuß auf ihren eigenen Pilgerstrand setzten, hatten es spanische Jesuiten durchmessen und benannt. Es bildete einen diametralen Gegensatz zum Meer und schien nach Sybils Meinung sogar die Möglichkeit zu leugnen, daß so etwas wie ein Ozean überhaupt existierte. Die Wiesen mit dem verdorrten Moskitogras und die staubigen, ausgetrockneten Flußläufe, in denen Cholla-Kakteen und Agaven wucherten, machten sie immer fast glauben, dieser Planet wäre so trocken wie der Mars. Desgleichen konnte Sybil durch sie all die Tage beinahe vergessen, die sie vor den Küsten von Maine und Massachusetts kreuzte, all die Nächte, in denen Nebelhörner und Glockentonnen sie in den Schlaf wiegten, all die Morgendämmerungen, an denen zänkische Möwen sie aus dem Bett im Zentrum des Familienstaates auffahren ließen. An solchen Morgen lief sie dann immer durch die Gänge, vorbei an verschlossenen Türen, hinter denen die Familienangehörigen noch schliefen, vorbei an Vorfahren, deren Augen aus gesprungenen Ölfarben finster dreinblickten, streng, gerecht und ein klein wenig wahnsinnig ob der verzerrten Sichtweise, die diese Vorfahren einst dazu gebracht hatte, Hexen in den Gesichtern ihrer Nachbarn zu sehen und höllische Dämonen in den Leibern der in den unerlösten Wäldern lauernden Indianer (Wälder, die jene Puritaner mit einem aus Furcht geborenen Eifer erlöst hatten, dessen Konsequenzen dauerhafter waren als die, welcher der aus Gier geborene Eifer der Spanier zur Folge hatte, die auf der Suche nach dem nicht existierenden Eldorado die Wüste geplündert hatten). Schließlich trat sie hinaus auf die Veranda, schmeckte den Wohlgeruch angeschwemmten Seetangs, sah vor sich den weiten Ozean und spürte, wie ihr kindliches Herz schneller schlug. Es war der gleiche Geruch und der gleiche Anblick, die das Herz der erwachsenen Sybil von heute vor Haß erstarren ließen. Selbst dann noch, wenn die Vernunft ihr sagte, daß es ebenso sinnlos sei, das Meer zu hassen wie einen Stern zu verachten. Und dennoch haßte sie das Meer von ganzem Herzen, weil es ihr die

Schwester genommen hatte. Und wenn sie »Warum?« schrie, hörte sie die immer gleiche zischende Antwort brechender Wellen, die wieder zurückglitten, um unablässig von neuem zu brechen.

»Vielleicht wird es dir fehlen«, sagte Myles.

»Das glaube ich kaum.«

»Was ist mit deiner Mutter? Wie hat sie reagiert?«

»Manisch. Wie bei jeder großen Veränderung in ihrem Leben üblich.«

»Hat ja auch genug davon mitmachen müssen. Du warst ihr da immer eine große Hilfe. Wenn du weg bist, ist nur noch Jason da, der sich um sie kümmern kann. Der aufopferungsvolle Sohn war allerdings nie seine stärkste Rolle.« Dann sagte er ohne ein Wort der Überleitung: »Die Erbsünde.«

»Wie bitte?«

»Der alte Affe hat nicht im Familienstammbaum rumgeturnt, um schillernde Pferdediebe aufzustöbern. Er hat nach der Erbsünde gesucht. Nicht nach der biblischen Erbsünde, sondern nach der in unserer Familie. Und da hat's vielleicht mehrere Fälle gegeben. Mehr als nur einen Adam und eine Eva, die vom Apfel genascht haben.«

Mit einer Kopfbewegung gab sie ihm zu verstehen, daß sie nicht mitkam.

»Auf der Suche nach einer Erklärung für die Serie von Schicksalsschlägen, die wir nach dem Tod deiner Schwester hinnehmen mußten. Kommt mir vor, als hätten wir mehr als unseren gerechten Anteil abbekommen«, sagte er.

»Moment mal ...«

»Jeder einzelne von uns ist eine Bündelung seiner Vorfahren. Ich habe alles über diese DNS-Stränge gelesen. In jedem von uns sind buchstäblich Milliarden Meilen davon, die sich Generation um Generation zurückkringeln. Du, ich, dein Bruder, Allyson, wir sind das, wozu unsere Vorfahren uns gemacht haben. Tugenden und Laster, Schwächen, Sünden, einfach alles. Ich glaube wirklich, daß darin die wissenschaftliche Erklärung für das liegt, was die Schriften die Sünden unserer Väter nennen. Sünde kann sozusagen eine vererbte Eigenschaft sein, genau wie bestimmte Begabungen, das Aussehen, die Haar- oder Augenfarbe.«

»Jetzt mach aber mal einen Punkt. Du kannst doch nicht ernsthaft glauben ...«

»Ich bin Geistlicher. Warum also nicht?«

Sie führte ins Feld, daß sie sich die letzte Mitgliederliste, die der Mingulay Club verschickt hatte, angesehen habe: Über zweihundertfünfzig Namen: Über zweihundertundfünfzig Nachkommen von Joshua Caleb Braithwaite und seiner Frau Sarah, den ersten Einwanderern des Klans. Bei so vielen Menschen innerhalb eines Zeitraums von dreißig Jahren sagt einem doch schon das Gesetz der Wahrscheinlichkeit, und nicht das der göttlichen Mißbilligung, daß einen Schicksalsschläge treffen würden. Und wer könne schon sagen, welcher Anteil der angemessene sei?

»Ich behaupte ja nicht, daß wir es mit den Kennedys aufnehmen können, denn zum einen fehlt uns da der Glamour, das Geld und die Macht. Dafür aber Gott sei Dank auch der Sexualtrieb. Und trotzdem ...«

Jetzt sprach er über die andere Seite der Familiengeschichte, diejenige, auf die Catherine angespielt hatte – die Chronik der Ereignisse, die man lieber nicht allzu genau unter die Lupe nahm. Er hatte vorgehabt, in *Der Bund der Braithwaites* so viel davon aufzunehmen, wie er belegen konnte, hatte sich mit nahen und entfernten Verwandten getroffen, hatte Gerüchten hinterhergespürt und nach vergessenen Briefen und Tagebüchern gefragt, die auf Dachböden in Truhen schlummern mochten. Falls jemand keine schriftlichen Zeugnisse besaß, fragte er nach mündlich überlieferten Berichten von Missetaten und moralischen Verfehlungen, die man vielleicht von Eltern oder Großeltern erfahren hatte, deren Zeuge man gewesen war oder deren man sich möglicherweise selbst schuldig gemacht hatte. Ein paar sträubten sich, weil sie sich durch sein Vorhaben in ihrer Privatsphäre verletzt fühlten. Bei diesen wie auch bei der restlichen Verwandtschaft baute er auf seinen makellosen Leumund und seine Begabung als Geistlicher, um die tief in ihren Yankee-Seelen verwurzelte Zurückhaltung zu überwinden. Es war mehr als Zurückhaltung, es war eine Verschlossenheit, die es den meisten der Braithwaites – selbst wenn sie es gewollt hätten – nahezu unmöglich machte, offen über die dunkle Seite der Familie zu sprechen. Es war, als ob in den Köpfen eine Zensurbehörde säße, die darüber entschied, welche Episoden als schicklich zur Übertragung freigegeben würden und welche zu schmuddelig oder zu subversiv für das kollektive Selbstbildnis der Familie waren, um jemals gesendet zu werden. Er stellte jedoch fest, daß die Maßstäbe der Behörde keineswegs unverrückbar waren. Das Bewertungssystem ließ durchaus so etwas wie eine Verschiebung der moralischen Maßstäbe zu, und zwar dergestalt, daß zum Beispiel bei Vergehen, die im Laufe der Zeit eine Patina schurkischen Charmes angesetzt hatten, die Bewertung von »Nur für Erwachsene« auf »Jugendfrei« abgemildert wurde. Und so hatte Myles – wie er mit verkniffenem Grinsen erzählte – erfahren, daß der legendäre Klipperkapitän Silas Braithwaite, als er von dem Taifun überrascht wurde, einen chinesischen Hafen mit Opium an Bord anlief. Da sich das alles 1847 ereignet hatte und somit durch einen beschönigenden Schleier als Hochseeabenteuer aus den großen Tagen der Segelschiffahrt betrachtet werden konnte, gaben seine Ururenkel den Drogenschmuggel ohne Umschweife zu. Der Rektor aus Connecticut, um ein anderes Beispiel zu nennen, war nicht nur deshalb in die Wildnis Arizonas gezogen, um Gesetzlosen und Indianern die Früchte der in Neuengland so reichen Saat zuteil werden zu lassen. Er war auf der Flucht, nachdem man ihn seines Postens enthoben hatte. Nun, man könnte es so ausdrücken: Er war in Leidenschaft für einen seiner männlichen Studenten entbrannt und hatte versucht, dieser auch physisch Ausdruck zu verleihen.

»Du spinnst!« Sybil hatte ihren Spaß an dieser Art Geschichte im Schnelldurchlauf. »Dann haben also die eigenen Nachkommen die Leiche geoutet.«

»Ja, könnte man so nennen«, sagte Myles. Und warum auch nicht, wo doch gerade auch zwei lebende Verwandte ihr Coming-out hatten und trotzdem mit ihren Liebhabern bei Familientreffen und gemeinsamen Festtagen willkommen geheißen wurden. Nein, sein Anliegen waren nicht diese schlüpfrigen Skandale, sondern jene gesäuberten Kapitel, über die nur in verschwommenen Andeutungen geredet wurde. Herumschwirrende Gerüchte, im Strom der Zeit nur halb ans Licht tretende Geschichten über Fälle von schwerem Betrug und Habgier, über Gewalttätigkeiten und Grausamkeiten, welche Braithwaites nicht nur fremden Menschen, sondern auch und vor allem Familienmitgliedern zugefügt haben.

Hier hörte er auf zu erzählen. Sybil drängte ihn mit einer auffordernden Handbewegung fortzufahren. Myles drehte die Handflächen nach oben, als wollte er einen kirchlichen Segen erteilen. Es gab nichts mehr zu erzählen. Er hatte die Gerüchte weder bestätigen noch dementieren können; seine Gebrechlichkeit hatte den Nachforschungen ein vorzeitiges Ende gesetzt.

»Du hast Grausamkeiten erwähnt. An Familienmitgliedern. Vielleicht hat Cyrus ...«

»Ich möchte nicht, daß du so wie Allyson wirst. Ich möchte nicht, daß du unsere Familie haßt.«

Die vom Meer hereinbrechende Dunkelheit hatte jetzt das Ufer erreicht und einen feinen Nebel mit sich gebracht. Auf einen Fingerzeig von Myles machte Sybil das Licht an. Die Wandleuchten waren Flammen nachgebildet. Ihr matter Schein ließ die Schatten seiner Augenhöhlen dunkler, die eingefallenen Wangen tiefer erscheinen. Als sie sich wieder setzte, meinte sie seinen Schädel wie auf dem verschwommenen Bild eines Röntgennegativs erkennen zu können.

»Willst du damit andeuten, Myles, daß mich irgendwas an der Geschichte dazu veranlassen könnte?«

Er zog die Schultern hoch und nahm wieder die Pose des geduckten Reihers ein.

»Keine Ahnung. Ich höre die Geschichte zum ersten Mal. Ich dachte, das hätte ich schon gesagt.«

»Bist du sicher?«

»Zweifelst du etwa an meiner Ehrlichkeit oder an meinem Erinnerungsvermögen?«

»Nein, nein«, sagte sie, etwas peinlich berührt, und spürte, wie ihre Wangen warm wurden. »Es ist nur so, daß du nicht so reagiert hast, als würdest du die Geschichte zum ersten Mal hören.«

»Und wie zum Teufel hätte ich reagieren sollen?«

»Neugierig, überrascht, würde ich sagen.«

»Überrascht, würdest du also sagen. Wenn du ein bißchen genauer nachdenken würdest, wüßtest du, daß man mich nicht so leicht mit irgendwas überraschen kann.« Seine Stimme schnarrte vor kühler Verachtung, und Sybil erinnerte sich daran, was Allyson ihr gegenüber einmal erwähnt hatte, als sie noch zur High-School gingen. *Manchmal gibt er einem das Gefühl, so klein zu sein, daß man sich wertlos und dumm vorkommt.* »Eine angeschimmelte Geschichte, die du von deiner Mutter hast, die sie von Emily Williams hat, die sie sonstwoher hat und die obendrein schon seit fünf Jahren tot ist – da braucht's schon ein bißchen mehr, um mich zu überraschen.«

Es klopfte kräftig einmal an die Tür. Corinne steckte den Kopf herein und verkündete, das Abendessen sei fertig. Myles beachtete sie gar nicht. Er starrte Sybil an, als taxierte er sie. Dann deutete er mit zittriger Hand auf die Sammelbände, Alben und Ahnentafeln, die gesprungenen Buchrücken, die verblaßten Goldbuchstaben auf den Einbänden.

»Du kannst hier anfangen. Ist so gut wie überall, um eine Spur zu finden. Oben ist auch noch was. Und in Mingulay noch mehr. Auf dem Dachboden. Kannst du dir alles anschauen. Sag mir Bescheid. Ich ruf dann den Hausverwalter an, daß er dich reinläßt. Nimm das ganze Zeug mit nach Arizona.«

»Was? Die ganze Arbeit, die du da reingesteckt hast ...«

»Ach was! Um das alles durchzusehen, brauchte ich mindestens doppelt soviel Zeit, wie mir noch bleibt. Also los, nimm's mit das ganze Zeug.«

Er will es wissen. Er will, daß ich es für ihn herausfinde, dachte sie. Und dann dämmerte es ihr. Es war, als würde sie plötzlich von grellem Licht durchflutet werden. Es ging nicht nur um diese eine Episode. Er will, daß ich für ihn das ganze Werk zu Ende bringe. Den kompletten *Bund der Braithwaites*. Vielleicht, um nach der Sünde zu suchen, vielleicht, weil wir alle eine Bündelung unserer Vorfahren sind, weil wir mit ihnen und sie mit uns durch die lange Kette der Gene verbunden sind. Auch die Vorfahren sind Teil unseres Bundes. Zu ihnen zurückzuschauen heißt, nach vorn in unsre eigene Zukunft zu schauen. Blut ist Schicksal. Wenn wir weise und stark genug sind, können wir unser Los ändern. Doch wichtiger als Weisheit, wichtiger als Stärke ist das Wissen um das Blut, um das Gift in ihm, um das Reine in ihm.

Corinne legte die Hand ans Ohr und sagte: »Myles, hast du gehört, was ich gesagt habe? Ich habe gesagt, daß das Essen fertig ist.«

»Ja, ja, ich hab's gehört.« Er machte mit dem Rollstuhl einen scharfen Rechtsschwenk und sagte: »Also los, Sybil, beim Essen erzähle ich dir alles, was ich von Cyrus weiß. Du solltest ihn kennenlernen, bevor du anfängst. Ein harter Mann. So hart wie eine Planke aus Weißeiche.

3

Vom allerersten Tag an hielt Nathaniel das Logbuch der *Double Eagle* auf dem laufenden. Sybil zeigt es mir: Es ist ein Buch mit blauem Einband, etwa zwanzig mal dreißig Zentimeter groß, das nach Schimmel und Moder riecht. Das Deckblatt ist mit Wasserflecken übersät, und auch die steifen Seiten sind mit bräunlichen Flecken beschmutzt, die manche der Einträge fast unleserlich machen. Nicht jedoch den ersten Eintrag. Ich sehe ihn deutlich vor mir, während das so weit vom Meer entfernte Wüstenlicht in den Garten von Sybils Haus fällt. Nathaniels Handschrift – der elegante Federstrich eines nach alter Schule in der Kunst des Schreibens unterwiesenen jungen Mannes – war leicht zu lesen.
11. Juni 1901: Heute morgen um acht Uhr wurde Nathaniel Braithwaite bis September das Kommando über dieses Schiff übertragen. Als Mannschaft an Bord: Eliot Braithwaite, Andrew Braithwaite. So beginnt der erste Eintrag. Ebenso knapp sind die folgenden Sätze: *Leinen los in Mingulay um zehn Uhr morgens. Sehr leiser Zug. Unter Vollzeug segelnd. Südwest 1/2 West. Bestimmungsort zum jetzigen Zeitpunkt unbekannt.*

Mich beeindruckt diese schier seherische Formulierung: *Bestimmungsort zum jetzigen Zeitpunkt unbekannt.* Sybil macht eher die Zeitdifferenz neugierig. Ihrer Meinung nach konnte es keine zwei Stunden gedauert haben, die Segel zu hissen und die Leinen loszumachen. Für die Verzögerung böten sich mehrere Erklärungen an – etwa, daß sie sich ein herzhaftes Frühstück gebrutzelt oder auf stärkeren Wind gewartet hatten. Aber Sybil stellt sich einen anderen Grund vor: Sie müssen sich eher verwaist denn befreit vorgekommen sein, zurückgeworfen auf ihre eigenen Fähigkeiten, die ihnen möglicherweise erbärmlich unzureichend erschienen.

Sie hat durch die Zeit zurückgeblickt und drei Jungen gesehen, die sprachlos an der Reling des Schoners standen ...

Sie beobachteten, wie ihr Vater das Ruderboot festmachte, dann auf den Steg kletterte und die Riemen ins Bootshaus trug; sie beobachteten, wie er die Rasenfläche hinaufging und dabei die gelbe Krone seines Hutes kleiner und kleiner wurde. Sie warteten darauf, daß er ihnen ein Lebewohl zuwinkte, zum Abschied einen letzten Blick zuwarf; er jedoch ging einfach weg, als wären sie schon gar nicht mehr da, und verschwand unter der Veranda. Kurz darauf wehte ein Geräusch wie von einem trockenen, knackenden Zweig über das Wasser, und sie wußten, das war die Fliegengittertür mit der defekten Feder, die Gideon Carter immer noch nicht repariert hatte: die Fliegengittertür, die hinter ihrem Vater ins Schloß fiel.

Sie schauten sich an.

»Was hat er damit gemeint: ›Wir haben ein neues Jahrhundert‹?« fragte Eliot Nathaniel, als würde sein Bruder über spezielle Einsichten in die Gedankengänge ihres Vaters verfügen.

»Keine Ahnung. Das hat er schon das ganze letzte Jahr gesagt.«

Ja, dachte Nathaniel. Zu uns, zu seinen Freunden, zu jedem, der es hören wollte. Und auch zu den wenigen, die es nicht hören wollten, die aber durch seinen grimmig-starren einäugigen Blick, durch die Überzeugungskraft seiner dröhnenden Skipperstimme dazu genötigt wurden. *Wir haben ein neues Jahrhundert, und wer dieses Schiff verpaßt, der bleibt nicht etwa am Ufer zurück, den reißt sein Kielwasser in die Tiefe.*

»Aber es hat sich nicht so angehört wie sonst«, sagte Drew mit gerunzelter Stirn. »Sonst war es immer so, als würde er sich über das neue Jahrhundert freuen. Jetzt hat es sich so angehört, als wäre er sauer darüber.«

»Daß wir ein neues Jahrhundert haben, das ist uns ja nun hinlänglich bekannt. Und zwar seit achtzehn Monaten. Aber was hat das neue Jahrhundert hiermit zu tun?« sagte Eliot hartnäckig. Er reckte sein Grübchenkinn vor und schaute sich auf dem Boot um. Er hatte nichts Bestimmtes im Auge, sondern drückte damit lediglich das Sonderbare ihrer Situation aus.

»Das mußt du ihn schon selbst fragen«, sagte Nathaniel.

Lange standen sie stumm da und schauten hinüber auf das Haus und die leere Rasenfläche, die von Fichten und Schierlingstannen umgeben war. Die Wälder waren der letzte Rest der Wildnis, deren Düsterkeit sich in vergangenen Zeiten bis hinunter ans Ufer erstreckte. Ein Siedler hatte einst den Wald gerodet, um Platz für seine Schafe zu schaffen. Das heilige Werk der Kultivierung wurde nicht weiter vorangetrieben, bis Cyrus den verarmten Nachkommen des Siedlers die Schafweide abkaufte, darauf ein Haus baute, Rasen einsäte und Blumengärten anlegte.

In der Tür des Balkons im ersten Stock tauchte Moira auf, deren stämmige Figur selbst jenseits der einhundertfünfzig Meter Land und Wasser deutlich zu erkennen war. Sie hielt kurz inne und machte dann die Flügeltüren zu. Ein Stockwerk höher wurden die Läden eines Gaubenfensters geschlossen – wahrscheinlich von einem der Mädchen aus dem Dorf, die Moira während der sommerlichen Inbesitznahme von Mingulay halfen, Staub zu wischen und die Böden zu putzen. Ein weiterer Fensterladen wurde geschlossen, und dann noch einer und noch einer. *Mein Gott,* sagte Eliot, gleichzeitig verärgert und verwundert, er macht es tatsächlich, er verrammelt das ganze Haus.

Von der Ebbe aufgewirbeltes Unkraut und Treibgut schwappten an der *Double Eagle* vorbei. Die Kormorane, deren Federn inzwischen trocken waren, hoben vom Riff ab. Aus dem Wasser ragte drei Handbreit hoch nasses Felsgestein, das von den trockenen Spitzen des Riffs durch eine Linie getrennt wurde, die so gestochen scharf wie ein Wasserpaß war. Beim Abheben verursachten die auf das Wasser schlagenden Flügelenden der Vögel scharfe, klatschende Geräusche; einmal in der Luft, flogen sie lautlos dahin, flogen schnell und tief, die langen Hälse weit vorgereckt. Die *Double Eagle* schaukelte an den Leinen und steckte die Nase in die Strömung. Die Jungen rührten sich immer noch nicht, inzwischen standen sie jedoch am Bug, um das Haus von dort aus im Auge zu behalten. Sie schauten stumm und voller Erwartung hinüber, wußten aber nicht, worauf sie warteten. Eine flatterhafte Brise kam auf, die hier und da auf dem Wasser aufsetzte, um dann wieder zu ersterben. Die Sonne war auf halbem Wege zum Zenit, hatte den Nebel aber noch nicht wegbrennen können. Noch waren Inseln und Schiffe in einen Nebelschleier gehüllt, aus dem die immer gleichen Geräusche drangen: als ob sich eine durchgedrehte Sturmwolke statt mit Donnergrollen mit höhnischem Geheule und Gesause auf die Erde gestürzt hätte.

Zwei schwarze Wallache zogen die Familienkutsche den Weg vom Kutschenhaus hinauf. Die Jungen sahen, wie Dailey die Zügel festmachte, dann vom Bock sprang und ins Haus ging. Ein paar Minuten später tauchte er wieder auf. Das Gewicht des Koffers, den er in einer Hand trug, ließ die hoch aufgeschossene Gestalt ganz schief aussehen. Hinter ihm ging ihr Vater, der die Garderobe gewechselt hatte. Der weiße Leinenanzug und der Sommerstrohhut waren im Sonnenlicht deutlich zu erkennen. Nathaniel ging unter Deck, holte das schwere Messingfernglas mit der 7×50-Optik und beobachtete die in der Ferne aufgeführte Pantomime: Der alte Herr gestikulierte vor Moira herum, die wiederum synchron zu seinen Handbewegungen mit dem Kopf wackelte (Nathaniel konnte ihren starken irischen Akzent förmlich hören: »Ja, Sirr, natürlich, Sirr, ich werd mich kümmern, Sirr.«) Gideon Carter tauchte auf, erhielt ebenfalls ein paar letzte Instruktionen und entfernte sich dann in Richtung Werkzeugschuppen, der sich am Waldrand befand. Dailey stieg wieder auf den Bock und nahm die Zügel in die Hand. Mit dem Zylinder, dem weißen Umhang und den weißen Handschuhen sah er aus, als wollte er in Boston eine sonntägliche Kutschpartie auf dem Stadtplatz unternehmen. Cyrus stieg ein und ließ sich auf der hinteren Sitzbank nieder. Die Wallache trotteten los, blieben jedoch nach fünf Metern wieder stehen. Nathaniel beobachtete, wie sein Vater aufstand, zum Schiff hinüberschaute, dann den Hut abnahm und diesen mehrere Male heftig durch die Luft schwenkte.

»Der alte Herr hat mitgekriegt, daß wir den Anker noch nicht gelichtet haben«, sagte er. »Und er macht Zeichen, daß wir endlich abschwirren sollen.«

»Das sollten wir dann lieber auch tun, oder?« sagte Eliot.

Ihr Vater stieg aus der Kutsche und marschierte in Richtung Strand. Er hielt den Kopf leicht gesenkt, nicht wie jemand, der seinen Gedanken nachhängt, sondern wie ein Stier. Sie machten sich sofort an die Arbeit, als müßten sie vor einer Horde Inselkannibalen Reißaus nehmen. Eliot und Nathaniel stürzten sich auf die Nagelbank, wickelten Großschot und Großfall ab und hißten auf, daß die Bambusringe quietschend den Mast hinaufschossen. Dann ging Nathaniel ans Steuerrad, und Eliot sprang nach vorn, hißte die Fock, zerrte dann an den Bugleinen und zog den Schoner zum Muringpfosten, damit die Leinen schlaff durchhingen und Drew sie leichter loswerden konnte. Drew beugte sich vor, schüttelte die Leinen von der Gabel auf dem Pfosten und rief: »Sie ist los!«

Nathaniel drehte am Steuerrad, und das Großsegel wölbte sich flach auf. Die *Double Eagle* fiel ab auf raumachterlichen Kurs, rührte sich in der schlaffen Morgenluft aber kaum vom Fleck. Nathaniel schaute sich um und sah an der Spitze des Stegs ihren Vater stehen. Eine Hand hatte er in die Hüfte gestemmt, die andere zeigte geradeaus. Die Pose wirkte etwas komisch, so wie bei einem Schauspieler in einem Rührstück. Aber Nathaniel wußte sofort, daß dieses Zeichen genau das war, worauf er und seine Brüder gewartet hatten: die Furcht vor ihm war größer als die Furcht vor der Reise ins Unbekannte.

Die nächsten zehn, fünfzehn Minuten waren sie damit beschäftigt, das Vorsegel und die Toppsegel zu hissen. Sie hatten das früher schon viele Male gemacht, waren jedoch nach einem Jahr an Land noch etwas ungelenk und ließen die Spritzigkeit und Perfektion vermissen, über die sie gewöhnlich nach der Rennsaison zum Ende des Sommers verfügten. Nachdem alle Segel gesetzt und getrimmt waren, wendete Nathaniel, damit sie einen letzten Blick auf Mingulay werfen konnten. Die Kutsche und ihr Vater waren verschwunden. Wie bei einem Schiff, das zum Zeichen der Kapitulation die Flagge strich, war am Mast neben dem Südflügel des Hauses die Fahne eingeholt worden. Außer der einsamen Gestalt Gideon Carters, der mit der Winsch das Ruderboot über die Walzen der Rampe aus dem Wasser zog, gab es kein Anzeichen von Leben mehr. Als Mr. Carter den Kopf hob, winkten die Jungen ihm zu, aber er winkte nicht zurück. Das Haus glitt langsam vorbei: das langgezogene, lohfarbene Rechteck seiner schindelgedeckten Front, die mit meeresgrünen Läden verrammelten Fenster und Dachgauben. Dann glitt das Haus achteraus und verschwand, nachdem sie eine Landzunge umrundet hatten, endgültig aus ihrem Blickfeld.

Der Rumpf der *Double Eagle* durchschnitt flüsternd das Wasser. Sonst waren nur wenige Geräusche zu hören: das Flattern eines schlaffen Segels, der weit entfernte Chor der im Nebel gefangenen Schiffe. Einmal drang der schrille, verzweifelte Schrei einer Krähe an ihr Ohr. Er kam tief aus der Waldung, die sich an dieser Stelle bis dicht ans Ufer drängte und so entvölkert und verwildert aussah wie in vergangenen Zeiten die ganze Küste.

»Sie haben das Kommando. Übertragen von *Capitano Furioso* höchstpersönlich. Die Mannschaft erwartet Ihre Befehle«, sagte Eliot und machte, als Nathaniel nicht reagierte, den Zweiklangton der Bootsmannspfeife nach. »Wohin immer der Wind oder unsere Lust uns tragen, hat der alte Herr gesagt. Nicht viel Wind heute, worauf hat der Kapitän Lust?«

»Und du?«

»Einen Kurs festzulegen, was bedeutet, einen Bestimmungsort festzulegen, was bedeutet, wir müssen uns einen wie auch immer gearteten Plan zurechtlegen. Es sei denn, es ist der Wunsch des Kapitäns, bis zum Herbst im Kreis herumzusegeln.«

Nathaniel überlegte eine Zeitlang.

»Genau das könnten wir machen. Nicht im Kreis rum, aber hin und her, von einem Punkt zum anderen«, sagte er und dachte dabei an die Blue Hill Bay und die Penobscot Bay. Die erste Fahrt in diesen Gewässern hatte er im Alter von vierzehn Monaten gemacht. Er kannte die Passagen der Meerengen von Casco und Mount Desert, er kannte die Leuchtfeuer und die Glockentonnen, die Hafeneinfahrten und die Flußmündungen. Form und Namen der Inseln (englische Namen, französische Namen und die wenigen indianischen Namen, die den Eifer der europäischen Forscher und Yankee-Küstenfahrer, ihre eigenen Namen zu verewigen, überlebt hatten, weil sie zu seltsam, zu schön oder einfach unübersetzbar waren) waren ihm so vertraut wie die Häuser der Straße, in der er in Boston wohnte, und die Namen der dort lebenden Familien. Auch waren in seinem Gedächtnis die meisten der verborgenen, heimtückischen Stellen der Bucht – wie Untiefen und rumpfaufschlitzende Riffe – ausgelotet und markiert. Und zwar in dem Teil des Gedächtnisses, den er inzwischen weniger bewußt denn instinktiv nutzte.

»Wir kennen alle möglichen Leute ...«, fuhr er fort und leierte die Namen anderer Familien aus Boston herunter, die sich im Sommer nach Maine aufs Land zurückzogen: die Barnetts in Bar Harbor, die Woodsons in Camden, die Williamsens in North Haven und die Thorps, Warrens und Peabodys. »Da können wir sicher ein-, zweimal richtig reinhauen. Wär nicht schlecht für unsere Lebensmittelvorräte, und mit unseren dreißig Dollar kämen wir auch länger hin.«

»Du meinst, Nat, wir sollen uns durchschnorren?«

»So würde ich das nicht nennen.«

»Nenn es, wie du willst, es bleibt Schnorren.«

»Wir könnten ihnen kleine Törns anbieten, zu Picknickfahrten oder so. Wir kriegen das Futter, sie das Boot«, schlug Nathaniel vor.

»Also gut. Hört sich nicht schlechter an als sonst was.

Bis auf North Haven und die Williamsens«, sagte Eliot. »Drew und ich machen da die Deppen und drehen Däumchen, und du scharwenzelst die ganze Zeit mit Constance rum.«

»Warum drehen wir nicht einfach um und reden mit Mr. Carter?« schlug Drew zögerlich vor, da er sich nicht sicher war, ob man ihn bei der Entscheidungsfindung zulassen würde. »Vielleicht kann er uns eine Pension in der Stadt besorgen. Vielleicht weiß er auch, was passiert ist, und erzählt es uns. Irgendwas muß passiert sein, und wenn es mit Mutter zu tun hat, dann sollten wir es auch wissen, egal, ob Vater es vor uns verheimlichen will oder nicht. Ich wette, daß wir deshalb Mutter nicht besuchen dürfen.«

Nathaniel betrachtete seinen jüngsten Bruder: terrakottafarbenes Haar, blasser Teint, der sich in der Sonne in glühendes Rot verwandelte, kleine Nase zwischen düsteren grauen Augen – von ihnen allen sah Drew ihrem Vater am ähnlichsten. Allerdings nicht so ähnlich wie der ältere Halbbruder, den sie höchstens einmal im Jahr zu sehen bekamen: der geheimnisumwitterte Sohn einer geheimnisumwitterten Mutter, die auf ihr Leben verzichtet hatte, um ihm das seine zu schenken, deren Name, so als hätte sie nie gelebt, nie erwähnt wurde. Lockwood (so hatte ihn Cyrus zu Ehren seines toten Schiffskameraden getauft) glich dem alten Herrn so sehr, daß man, wenn die beiden nebeneinander standen, glauben konnte, Cyrus stünde neben seiner wiedergeborenen Jugend und Lockwood neben seinem noch nicht fleischgewordenen besten Mannesalter.

»Wir werden den Sommer nicht in irgendeiner Pension in Blue Hill oder sonstwo verbringen«, erklärte Nathaniel ein für alle Mal. »Und was Mutter betrifft – ich habe ihn danach gefragt, und er hat gesagt, es geht ihr gut. Er würde uns bei so einer Sache nie belügen.

Egal, ihr wißt doch noch genau, wie sie ausgesehen hat, als sie abgefahren ist. Kein bißchen so, als wenn sie krank wäre.«

Sie sah schön, ja überwältigend schön aus an jenem Morgen, erinnerte sich Nathaniel. Groß und kerzengerade in ihrem burgunderroten Reisekostüm, das schwarze Haar hochgesteckt unter einen Samthut, der so prächtig mit Federn aufgeputzt war wie der Kopfschmuck eines Indianers auf Kriegspfad.

»Irgendeine Frauengeschichte.« Das war alles, was Cyrus ihnen am Abend zuvor über die Krankheit gesagt hatte. In diesen Dingen müsse man Frauen eine gewisse Privatsphäre zugestehen. Er erinnerte seine Söhne daran, daß ihre Mutter in diesem Jahr vierzig würde, und wenn Frauen einmal in dieses mittlere Alter kämen ... Nun ja, er wolle sich darüber nicht weiter auslassen ...

Völliges Stillschweigen wäre besser gewesen als diese ausweichende Erklärung. »Frauengeschichte.« Das fügte dem Geheimnis namens Krankheit auch noch das Geheimnis namens Frau hinzu. Nathaniel konnte in jener Nacht kaum schlafen. Er grübelte darüber nach, wo am Körper seiner Mutter sich diese »Geschichte« befände. Schon bald glühte sein Kopf von anstößigen Bildern, die Klassenkameraden von ihm einmal als Schmuggelware in den Schlafsaal geschleust hatten, von französischen Postkarten über Handbücher zum Thema »Ehe« bis zu anatomischen Zeichnungen, welche die Söhne von Ärzten aus medizinischen Fachbüchern ihrer Väter herausgerissen hatten. Er erinnerte sich an letztes Jahr im Stadthaus in der Marlborough Street, als er in der Waschküche zufällig das Hausmädchen dabei angetroffen hatte, wie sie in kochendem Wasser und Essig blutverschmierte Unterwäsche wusch. Moira wandte ihm ihr längliches keltisches Gesicht zu, das nur schwach von der flackernden Gasflamme unter dem Kupferbottich beleuchtet wurde, und fragte ihn, was er wohl glaube, worauf er da starre. Er antwortete, er habe keine Ahnung. Sie hob ein mit scharlachroten Flecken besprenkeltes Nachthemd in die Höhe und schleuderte es wie eine Mörderin, die belastendes Material vernichten will, in den Bottich, mit dem Unterschied, daß sie dabei nicht so verstohlen vorging. »Tja, dann erzähl ich dir mal was«, sagte sie. »Was du da siehst, ist das, wo du hergekommen bist, wo wir alle hergekommen sind. Was du da siehst, mein Junge, sind die dunklen Mächte von Mutter Natur. Was du da siehst, ist Gottes Geißel für die Frau, weil sie Adam in Versuchung geführt hat.«

Die dunklen Mächte von Mutter Natur, ja, und all die Mächte stecken in diesem verführerischen, schrecklichen Wesen, diesem unergründlichen Werkzeug der Fruchtbarkeit – dem Körper einer Frau. Dem Körper seiner eigenen Mutter.

Am Tag ihrer Abfahrt nach Boston (keine Woche nach ihrer Ankunft in Mingulay war sie an dem unergründlichen Leiden erkrankt) lächelte sie, während sie ihre Söhne zum Abschied küßte. Es war jedoch ein gezwungenes, unsicheres Lächeln. Sie schien die Gesichter der Jungen mit ihren Augen aufzusaugen, als ob sie – Nathaniel erschrak bei dem Gedanken – ihre Söhne für lange Zeit nicht mehr wiedersehen würde. Sie drehte sich ruckartig um und nahm den Arm, den Cyrus ihr bot, um ihr in die Kutsche zu helfen; doch dann hielt sie plötzlich inne, verharrte mit einem Fuß auf dem Trittbrett, während der andere noch auf dem Boden stand, als würde sie überlegen, ob sie auch nichts vergessen hätte. Oder war sie einfach zu entkräftet, um in die Kutsche zu steigen? »Liza, vielleicht wäre es doch besser, wenn ich dich begleite. Zumindest bis zum Bahnhof«, hörte Nathaniel seinen Vater sagen. Cyrus tat das mit einer Sanftheit, die er nur ihr gegenüber zeigte (als ob die ihm davon zugeteilte Ration so kärglich wäre, daß er sie nur auf eine Person verwenden könnte). Sie schüttelte den Kopf und drückte dann – wie ein Soldat, der Haltung annimmt – schnell Rücken und Schultern durch; schließlich zog sie mit einem einzigen, heftigen Griff den Rock in die Höhe und stieg in die Kutsche. Auf den ersten Blick erinnerten Nathaniel die im Schoß verkrampften behandschuhten Finger und die Neigung des Kinns an eine Photographie, die er einmal von Alice, der wunderschönen und hochnäsigen Tochter des Vizepräsidenten gesehen hatte. Doch auf den zweiten Blick erkannte er, daß die Haltung seiner Mutter nicht Hochmut ausdrückte, sondern eher eine Art von soldatischer Entschlossenheit. »Wir können, Tom«, sagte sie zu Dailey. Dieser schnalzte mit der Zunge, zog kurz an den Zügeln, und die beiden Pferde, die sich glichen wie ein Ei dem anderen, setzten sich in Bewegung und trotteten den Weg hinunter. Sie schaute nicht ein einziges Mal zu ihrem Mann und ihren Söhnen zurück.

»Nat hat recht, es hat nichts mit Mutter zu tun«, sagte Eliot. »Wenn sie wirklich so krank ist, warum sollte er uns dann für einen ganzen Sommer wegschicken? Vielleicht ist er an einem ganz großen Geschäft dran.« Er machte eine Pause und sah dabei aus, als bereitete ihm sein eigener Erklärungsversuch Kopfzerbrechen. »Aber warum sollte er uns wegen einem Geschäft von hier weghaben wollen? Vielleicht gibt's wieder mal einen Streik. Genau! Ich wette, das ist es, was ihm zu schaffen macht. Ist schon eine Zeit her, da hab ich gehört, wie Moira und Mrs. Carter in der Küche von einem Streik getuschelt haben. Moira ist in einen von diesen irischen Steinhauern verknallt, wahrscheinlich hat sie von dem was mitgekriegt. Vielleicht ist der alte

Herr weg, um sich ein paar Männer von Pinkerton zu besorgen, damit er sich nicht wie letztes Mal allein mit den Streikenden rumschlagen muß. Damals hat er es ja gerade noch mal so hingekriegt, aber vielleicht wird es beim nächsten Mal nicht so einfach. Vielleicht will er uns einfach nicht in der Nähe haben, wenn die Sache heiß wird.«

»Kann sein.« Unwillkürlich schaute Nathaniel nach oben, um die Segel zu kontrollieren. Mitten am makellosen Himmel, unmittelbar über dem Großmast, zog eine einsame kleine Wolke vorbei, die aus der Flottenformation der Haufenschichtwolken am Horizont ausgebrochen war. Möglicherweise waren diese ja die Vorboten des Windes, den ihr Vater vorhergesagt hatte. »Tja, im nachhinein war das gar nicht so einfach bei dem letzten Streik«, sagte Nat. »Nicht für den alten Herrn, und auch nicht für die Streikenden. Ich kann es denen nicht verübeln, und ich würde es ihnen auch nicht verübeln, wenn sie wieder streiken.«

Eliot schaute ihn erstaunt an.

»Wenn er jetzt hier wäre, würdest du dich nicht trauen, das zu sagen. Du würdest es nicht mal wagen, so zu denken.«

»Tja, er ist aber nicht da. Also denk ich es und sag es auch«, sagte Nathaniel bestimmt. Obwohl er nicht die geringsten Konsequenzen wegen seiner aufrührerischen Bemerkung zu befürchten hatte, rief allein die Tatsache, daß er sie ausgesprochen hatte, eine Aufwallung männlichen Stolzes, männlicher Unabhängigkeit in ihm hervor. »Die arbeiten zehn Stunden am Tag, sechs Tage pro Woche. Bei Sprengungen fliegen die mit in die Luft, und wenn so ein Kranausleger abbricht, dann krachen zehn Tonnen Felsbrocken runter und quetschen sie zu Tode. Zu Hause haben die Familien nicht mal einen Pott zum Reinpissen, geschweige denn ein Fenster, wo sie das

Zeug rauskippen könnten. Ich hab drüben auf Black Island gesehen, wie die leben. Die wollten nichts weiter als einen Neunstundentag und ab der zehnten Stunde fünfzig Prozent Zuschlag. Verdammt, wenn es euch so gehen würde, würdet ihr auch streiken.«

Eliot sagte nichts darauf. Er beugte sich der Befugnis seines älteren Bruders, über die Rechte der Arbeiterschaft zu schwadronieren. Nach dem Sommertörn im letzten Jahr war Nathaniel von Cyrus zur Arbeit in die Steinbrüche von Black Island geschickt worden. Er sollte von der Pike auf das Geschäft erlernen, das zu übernehmen ihm bestimmt war. Er ertrug den Staub und den Lärm und erduldete ergeben die derben Scherze und den dumpfen Groll, welche Arbeiter üblicherweise dem Sohn eines Bosses entgegenbringen (da seit dem Streik erst ein Jahr vergangen war, fielen die Scherze in diesem Fall bissiger aus, saß der Groll tiefer). Zum Standardlohn von einem halben Cent pro Loch und Tag bohrte er Spalt- und Sprenglöcher in die groben Blöcke; und zwar nicht mit einem Preßlufthammer – die wurden nur an die langjährigen Arbeiter ausgegeben –, sondern mit einem Handbohrer und einem sechs Pfund schweren Holzhammer.

Die Planung für ihn hatte so ausgesehen, daß er sowohl nach dem Törn in diesem Sommer als auch im kommenden Jahr wieder in die Steinbrüche gehen sollte. Nach Beendigung der Schule in Andover würde er dann in Yale oder Harvard studieren und während der Ferien in den Büros der Firma arbeiten, um die Kunst des Umgangs mit Menschen und Geschäftskonten zu erlernen. Nach dem College-Abschluß würde die Lehrzeit an der Seite seines Vaters folgen, bevor irgendwann in ferner Zukunft der Direktorensessel der *Cape Ann and Bay Island Granite Company* auf ihn wartete. Vermutlich wäre er dann schon angenehm mit einer passenden Frau verheiratet und hätte auch schon einen eigenen Sohn, den er auf seine zukünftigen Pflichten vorbereiten würde. Alles war klar, so klar wie die Positionen auf einer Seekarte; so klar, daß Nathaniel manchmal den Eindruck hatte, die Reise läge schon hinter ihm und er werfe nach vielen ehrbaren Jahren einen Blick zurück. In solchen Momenten spürte er die Ausweglosigkeit und die Vorhersehbarkeit, die seinen Brustkorb wie ein stählernes Korsett einschnürten.

Und jetzt das ... Dieser merkwürdige und überraschende Bruch im scheinbar vorbestimmten Lauf der Dinge. Noch merkwürdiger war, daß er nicht wußte, was er davon hielt oder halten sollte. Jetzt, da er nicht mal mutmaßen, geschweige denn sicher sagen konnte, wo sie heute abend sein würden, da sehnte er sich nach dem Leben zurück, wie es noch gestern gewesen war. Und doch konnte er nicht leugnen, daß dieses Nichtwissen eine eigentümliche und fremdartige Erregung in ihm hervorrief, eine Erregung, deren Schärfe von seiner Angst gespeist wurde. Er hörte Eliot brummen:

»Vielleicht sollten wir auch streiken.«

»Wie können Kinder streiken?« fragte Drew.

»Gar nicht. Das ist der Punkt. Wir sind schlechter dran als die Arbeiter im Steinbruch.«

»Arbeite mal in einem Steinbruch, nur einen einzigen Tag, dann bist du von solchem Geschwätz kuriert«, sagte Nathaniel. Er dachte an die Gruben, deren steile Wände dermaßen mit Rissen und scharfen Kanten übersät waren, daß sie wie antike Mauern in einer Ausgrabungsstätte aussahen oder besser wie die Grundmauern des Turms zu Babel, wenn man das Sprachengewirr bedachte, das durch das Dröhnen der Preßlufthämmer und Dampfbohrer zu hören war: der Ostküstenakzent der Yankees, der sich mit Gälisch, Italienisch und dem kryptischen Singsang der Finnen zu einem dissonanten

Gebräu vermischte. Trotz der unterschiedlichen Muttersprachen verständigten sich die Arbeiter aber alle in dem vertrauten Jargon der Steinbrecher – diesem keuchenden Pfeifen, das entsteht, wenn man zehn Stunden am Tag, sechs Tage in der Woche, Jahr für Jahr Silikatstaub einatmet.

»Hört, hört, der Held der Arbeit höchstpersönlich. Das Salz der Erde.« Eliot streckte seine kräftigen Beine aus und beschäftigte sich für einen Moment eingehend damit, seine großen Zehen zu krümmen. Die beiden bemerkenswert biegsamen Zehen konnte er wie Daumen bewegen, das heißt, ohne gleichzeitig die kleineren Zehen mitzubewegen. Er konnte damit sogar kleine Gegenstände wie einen Bleistift oder ein Klappmesser oder – wenn der Henkel groß genug war – eine Tasse aufheben. »Wenn er heute morgen wenigstens nur ein bißchen nett gewesen wäre. Schulterklopfen, alles Gute, viel Spaß, schickt mal eine Postkarte, und wenn ihr in der Klemme steckt, schickt einfach ein Telegramm. Aber einfach nur ...« Eliots Stimme senkte sich um eine Oktave. »›Bis September will ich euch nicht mehr hier sehen ...‹ Es war, als ob ... Ihr wißt schon ...«

»Ja, genau«, sagte Drew.

»Hab ich irgendwas nicht mitgekriegt?«

»Du weißt genau, was ich meine, Nat«, sagte Drew nur, zuckte dann kurz die Achseln und zog die Unterlippe über die Oberlippe.

»Was denn jetzt, kleiner Mann?«

»Daß er uns bis zum Herbst nicht mehr sehen will, hat er nur gesagt, weil er nicht den Nerv hatte, uns die Wahrheit zu sagen. Daß es ihn nämlich einen Dreck schert, ob er uns überhaupt wiedersieht.«

Nach einer langen Pause sagte Nathaniel:

»Du sagst da Sachen, mein Bürschchen, die würdest du nicht sagen, wenn er jetzt da wäre.«

»Das habe ich ihm aber schon gesagt. So ungefähr wenigstens.«

Nathaniel vermutete, daß Drew die Sache letztes Jahr meinte, als sie von Halifax zurückgesegelt waren. Cyrus hatte die *Double Eagle* zweifach gerefft durch einen Südweststurm getrieben, wobei er brüllte und lachte, während das Tauwerk der Takelage so stramm wie die Saiten einer Geige saß. *»Ah, jetzt hat sie richtig Feuer unterm Hintern. Was, Jungs?«* Drew konnte ihn nicht hören; er lag unter Deck und kämpfte gegen die Übelkeit an, für welche die panische Angst vor den heranrollenden Wellen genauso verantwortlich war wie die Bewegung des Bootes. *Warum dreht er bei dem Sturm nicht bei?* stöhnte er, als Nathaniel nach seiner Wache in tropfendem Ölzeug zu ihm hinunterkam. *Nat, er will, daß wir untergehen.* Worauf Nathaniel lachend erwiderte: *Nun ja, wenn das stimmt, dann will er sich selbst wohl auch umbringen.*

»Er war gar nicht dabei, als du das gesagt hast. Außerdem hast du es nicht so gemeint.«

Drew reckte trotzig das Kinn vor.

»Ich hab ja auch nicht richtig untergehen gemeint. Ich hab gemeint, daß er sich einen Dreck um uns schert. Damals nicht und jetzt auch nicht.«

»Vielleicht schert er sich ja auch nur einen Dreck um *dich*. Weil du dir wegen jedem mickerigen Scheiß gleich in die Hose machst«, sagte Nathaniel.

Drew antwortete mit einer seiner weinerlichen Spezialitäten, die Nathaniel immer so unerträglich fand: Er schaute ihn an wie Trajan, wenn er gekrault werden wollte. Mit dem Unterschied, daß die Wehleidigkeit in Drews Blick nach einer Ohrfeige, einem Fußtritt oder einer Beleidigung geradezu verlangte.

»Eliot und ich mußten da immer durch, und wenn der Wind dreißig Knoten hatte. Nur du nicht. Unsere

Landratte hat unten gelegen. Und seekrank warst du auch nicht, Brüderchen, du hast nämlich einen braunen Streifen in der Unterhose gehabt. Oder einen gelben, das trifft's wohl eher.«

»*And the ocean waves do roll, and the stormy winds do blow, blow, blow*«, fing Eliot plötzlich laut zu singen an. »*And we poor sailors a-skippin' at the tops while the landlubbers lie down below.* Jetzt komm schon, Nat. Friß ihn nicht gleich auf.«

»Und Dad hat dir immer alles durchgehen lassen«, bohrte Nathaniel weiter. »Ich hab's ihm immer wieder gesagt, wenn du an der Reihe warst. Aber er hat nur gesagt, laß ihn in Ruhe, und zwar weil ...«

»Herrgott, Nat. Jetzt laß ihn in Ruhe.«

»Weil ich nicht das Herz eines Seemanns habe«, sagte Drew. »Ich hab gehört, was er gesagt hat. ›Laß ihn. Andrew ist ein aufgeweckter Junge, vielleicht ist er sogar was ganz Besonderes. Aber etwas fehlt ihm. Er hat nicht das Herz eines Seemanns.‹ Das hat er gesagt. Ich kann mich an jedes Wort erinnern. Ich hab nämlich ein photographisches Gedächtnis.«

»Und gäbst selbst ein hübsches Kodak-Bildchen ab«, sagte Nathaniel. »Für Dads Album kann sich einer, der kein Seemannsherz hat, gleich mit Röckchen und Löckchen ablichten lassen.«

Nachdem Drew unter Deck geflohen war, um zu schmollen und seine Wunden zu lecken, rührte Eliot die Hände in stummem Applaus.

»Brillanter Auftritt. Eines Kapitäns würdig.«

»Manchmal ist einfach irgendwas an ihm ... Ich weiß nicht ... Ich ...«

Nathaniel fand keine passenden Worte. Er verabscheute Schwäche, verabscheute sie, weil er sie fürchtete, fürchtete wie Keuchhusten oder Polio oder Diphtherie oder jede andere ansteckende Krankheit.

»Wir müssen miteinander klarkommen, großer Bruder. Das Schiff ist nicht so groß, daß wir uns aus dem Weg gehen können. Das war nicht richtig, und du weißt, daß ich damit recht habe.«

Ein lautes Platschen keine fünf Meter von der Backbordseite entfernt, schreckte sie auf. Sie fuhren mit den Köpfen herum und sahen einen Fischadler, dessen weiße Brust fast senkrecht über dem Wasser stand. Der fette Hering in seinen Klauen glänzte im Sonnenlicht wie ein kleiner Silberbarren, während der Adler wie wild mit den braun gesprenkelten Flügeln schlug, um wieder Höhe zu gewinnen.

Nathaniel bückte sich und schrie durch die Luke der Kajüte: »He, Drew! An Deck! Da unten wirst du schneller seekrank als hier oben.«

»Ich spiele mit der Katze«, tönte es schrill von unten. »Die Katze mag mich wenigstens.«

»Nicht mehr lange, wenn du sie von unten bis oben vollkotzt. Ich habe dir weh getan, und es tut mir leid. Sei so freundlich, und nimm die Entschuldigung des Kapitäns an, und jetzt komm hoch.«

»Du hast mir nicht weh getan, und du bist auch kein Kapitän. Du bist bloß ein großes, fettes Arschloch.«

Nathaniel preßte sich die Hand auf den Mund, pfiff hindurch und schlug sich dann fest auf die Brust.

»Oaaaah! Ein Pfeil durchbohrt mein Herz!«

»Du hast gar keins. Genau wie er.«

»Noch was, das du nie sagen würdest, wenn er jetzt da wäre.«

»Er würde es als Kompliment nehmen. Außerdem sagt Mutter das auch.«

Nathaniel und Eliot schauten sich an.

»*Was?*« sagte Nathaniel. »Wann hat sie jemals gesagt, daß er kein Herz hat.«

Drew kletterte ein paar Stufen des Niedergangs hinauf und blieb dann dort stehen. Die Luke verdeckte sein Gesicht.

»Letzten Monat, als Lockwood auf Besuch in Boston war«, erklärte er. Er bezog sich damit auf einen weiteren der geheimnisvollen Auftritte ihres Halbbruders. »Das hat sie gesagt. Ich hab's gehört.«

»Das ist unmöglich. Er behandelt sie wie eine Prinzessin. Das ist völlig unmöglich.«

Daß er es irgendwie geschafft hatte, die Aufmerksamkeit des Bruders auf diesen Aspekt des Wesens ihres Vaters zu lenken, erfüllte Nathaniel mit Genugtuung. Das hob irgendwie seine Kritik an Vaters Umgang mit den Arbeitern auf. Nicht daß er romantisch veranlagt war, so wie die atemberaubenden Männer in Mutters Journalen, die überall im Haus herumlagen (Journale, in die sich Nathaniel manchmal heimlich vertiefte, um sich ein paar Anregungen für die Brautschau zu besorgen oder sich Einsichten in die unergründliche Fruchtbarkeit namens Frau zu verschaffen. Doch was er fand, war immer nur entsetzlich süßliche Gefühlsduselei (... *Der kurze Traum von der großen, leidenschaftlichen Liebe war für immer dahin! Seit jener verzauberten Nacht auf dem Canal Grande in Venedig hatte sie von Stelvio keine Zeile mehr erreicht* ...). Cyrus bekundete seine Zuneigung immer respektvoll und zurückhaltend – mit einem Kuß auf die Stirn, einem Klaps auf die Hand. Er sagte nie ein rüdes Wort zu ihrer Mutter, zumindest hatten Nathaniel und seine Brüder nie eines gehört. Beim Abendessen bot er ihr mit formvollendeter Ritterlichkeit den Stuhl; wenn sie zusammen eine Treppe hinuntergingen, bot er ihr den Arm, als geleitete er sie auf einen Ball. Frauen mußten so behandelt werden, hatte er Nathaniel erst im vergangenen Jahr in einem Gespräch von Mann zu Mann mitgeteilt. Weibliche Empfindsamkeit sei eine unverrückbare Tatsache der Natur. Frauen bewohnten ein Königreich aus Illusionen, oder zumindest ein Reich, das so weit entfernt war von dem der Männer, daß es diesen wie Illusion erscheine. Aber es sei ein Reich, das zu beschützen und unbefleckt zu halten Männer verpflichtet waren. Und sei es nur aus dem einen Grund, daß es ihnen eine Zuflucht gewährte nach den harten Kämpfen, die vonnöten sind, um die Geschicke der realen Welt zu bestimmen.

»Sie waren im Wohnzimmer, wie damals vor ein paar Jahren. Die Türen waren zu, deshalb konnte ich sie nicht so gut verstehen«, erzählte Drew. »Von Lockwood habe ich gar nichts verstanden. Er hat sehr leise gesprochen. Er hat sich ganz dumpf angehört, als ob er beim Sprechen die Hände vorm Gesicht gehabt hätte. Mutter hat gesagt: ›Lockwood, bitte. Wir werden uns darum kümmern. Sei ganz unbesorgt.‹«

»Davon habe ich auch gehört.« Eliot verzog den Mund und nickte. »Old Lock wollte, daß sie ihm aus irgendeiner Klemme hilft. Wie schon so oft.«

»Keine Ahnung«, sagte Drew. »Das einzige, was ich von ihm mitgekriegt hab, war dieses Gebrummel. Und dann hat Mutter gesagt: ›Du mußt dich zusammenreißen, Lockwood. Mach dir keine Sorgen. Du weißt, wie dein Vater bei manchen Sachen ist – noch die größten Kugeln prallen an ihm ab. Er ist die *Monitor* und die *Merrimac* unter den Menschen, ein Panzerschiff auf zwei Beinen. Dafür kannst du Gott danken, mein liebster Lockwood.‹«

Mein liebster Lockwood ... Nathaniel verspürte plötzlich eine schmerzliche Sehnsucht, die ihn für einen Augenblick von Drews Bericht ablenkte. Von allem, was er und seine Brüder vermißten, seit ihre Mutter weg war, vermißten sie ihre Stimme am meisten. Der schwungvolle und gleichzeitig gedehnte Klang schien die Brisen ihrer Geburtsstadt anzulocken, schien Feuchtigkeit in die drögen Zimmer des Hauses an der Marlborough Street, Wärme in den immerwährenden Herbst der höhlenartigen Säle von Mingulay zu wehen. Die mit rhetorischen Schnörkeln verzierte Sprache stammte von Südstaatenpredigern und Wahlkampfrednern, denen sie von Geburt an bis zu jenem Tag in ihrem achtzehnten Lebensjahr zugehört hatte, als Dad sie auf seinem Schiff in den Norden entführte. Ihre Sprechweise setzte einen schwelgerischen Kontrapunkt zu dem zweckmäßigen Belfern, das jener bevorzugte. »In den Psalmen ist genug Poesie, die reicht für alle, alles andere ist überflüssig«, pflegte er zu sagen. Seiner Meinung nach war Sprache kein Quell der Freude, sondern ein Werkzeug, um moralische Belehrungen zu erteilen oder diejenigen Anweisungen zu übermitteln, die nötig waren, ein Schiff, ein Geschäft, einen Haushalt oder eine Regierung zu führen.

»Tja, für mich hört sich das nicht so an, als wollte sie damit sagen, daß er kein Herz hat«, sagte Eliot gerade zu Drew.

»Wollte sie doch. Daß er nämlich so ein dickes Fell hat, daß er gar nicht spürt, was normale Menschen spüren.«

Drew hatte sich offenbar wieder erholt, kletterte jetzt ganz heraus und setzte sich aufs Deck.

»Bei dir hört sich das so an, als wenn sie gemeint hätte, er wäre dumm oder schwer von Begriff. Um das zu glauben, müßte man allerdings eine ziemlicher Trottel sein. Dann wären wir nämlich nicht reich, sondern arm. Du mußt dich verhört haben.«

»Ich kann mich an jedes Wort erinnern, Eliot. Ich habe ein photographisches Gedächtnis.«

»Ich habe von deinem Gehör geredet, nicht von deinem Gedächtnis. Und hast du auch gehört, in was für einer Klemme Lockwood steckt, Meister Spitzohr? Das wär's nämlich. Dann würden wir vielleicht rauskriegen, was den alten Herrn umtreibt.«

Drew schüttelte den Kopf. »Moira hat mich erwischt und am Ohr weggezogen.« Zur Demonstration zwickte sich Drew ins Ohrläppchen und jammerte. »Gerade als Mutter irgendwie wütend auf Lockwood war und gesagt hat, daß er verrückt ist. ›Jetzt beruhige dich erst mal. Du mußt den Verstand verloren haben, um so was zu behaupten.‹ Das hat sie gesagt. Ich hab's genau gehört …«

»Schon klar. Jedes Wort. Du hast ein photographisches Gedächtnis«, sagte Eliot. »Kapitän, mit Verlaub, Sie segeln zu hoch am Wind.«

Er ging nach vorn zur Fock, die schon am Flattern war. Das eingefallene Segel war Nathaniels Strafe, daß er sich mehr auf die Unterhaltung als auf den Kurs konzentriert hatte. Er gab dem Steuerrad einen Stupser, das Schiff fiel einen halben Strich ab, bis sich das Segel straffte.

»Matrosen, alle mal herhören – der Hafen für heute abend heißt North Haven«, verkündete er. Mit einem Seitenblick versuchte er, Eliot zum Einspruch oder zu einer flapsigen Bemerkung über Constance Williams zu provozieren.

4

Der Wind kam wie vorhergesagt. Anfangs blies er leicht, gerade so stark, um die glatte Oberfläche der Küstengewässer aufzurauhen. Die Farbe des Wassers hatte sich von Perlgrau in Kobaltblau verwandelt. Gemächlich zogen die Wolken am strahlenden Himmel dahin. Binnen einer Viertelstunde frischte die Brise auf. Befreit von flauen Winden, schnellte die *Double Eagle* ausgelassen vorwärts. Sie legte sich auf die Seite und zeigte – zaghaft wie eine sittsame Frau ihren Knöchel – den Wasserpaß auf der Luvseite. Dank der dreieinhalb Tonnen Blei im Kiel sowie Qualitäten, die man weder messen noch gewichten konnte, war die *Double Eagle* ein Schiff, das seine Trimmlage hielt. »Starrköpfig wie ein orthodoxes Mitglied der Episkopalkirche«, pflegte Cyrus sie zu nennen und meinte damit, sie sei zu gelassen, ausgeglichen und stolz, um jemals zuzulassen, daß ihre Leereling bei Winden, die schwächer als Stärke 7 waren, das Wasser berührte. Der Wind wurde stärker und blies nun mit fünfzehn Knoten. Die Toppsegel wurden gefiert, und der Schoner legte nun richtig los. Das Backstag war so steif wie die gesamte Takelage, der Gischt sprühte und spritzte von den Gaffelklauen und schlug Nathaniel Kristallsplittern gleich ins Gesicht. Er spürte den Widerstand des Ruderblatts, während er das Steuerrad fest auf ein paar Grad nach Lee hielt, um gegen die Neigung der *Double Eagle* anzukämpfen, in den Wind zu gehen. Im allgemeinen war sie bei leichtem Wind fügsam, wenn der Wind jedoch stärker als fünfzehn Knoten blies, verhielt sie sich etwas weniger willfährig und wurde widerspenstiger gegen den Willen des Rudergängers, sie auf Kurs zu halten. Ihr starker Drang, nach Luv zu drehen, war jedoch keine Schwäche; es war ein Zeichen, daß sie Charakter besaß.

Während sie in südwestlicher Richtung auf Stinson's Neck und die Durchfahrt von Deer Isle zuhielten, segelten sie in scharfem Tempo an Naskeag Point und an den Inseln Hog und Harbor vorbei. Der Wind beeindruckte die Nebelwand nicht mehr, als er eine Steinwand hätte beindrucken können. Nebel hin oder her, alle Arten von Schiffen und Booten verließen jetzt die Häfen und erweckten die Küstengewässer zu Leben: Kutter mit weiß gepuderten Rümpfen, die Kalkstein oder Brennholz für Kalköfen geladen hatten, gülden glänzende Motorjachten mit rußigen Wimpeln und darunter auch ein dreimastiges Küstenschiff, das in westlicher Richtung die Jericho Bay durchquerte. Während er die drei halbmondförmigen Vorsegel des Dreimasters betrachtete, spürte Nathaniel, wie in ihm all die alten Gefühle wieder aufgerührt wurden.

Es gab kein Segelschiff, das er nicht liebte. Das eine mochte so wunderschön sein, daß einem das Herz überging, das andere häßlicher als die Nacht schwarz. Solange es seine Kraft aus Gottes Winden schöpfte, stand es zu Dampfschiffen im gleichen Verhältnis wie der Mensch zum Menschenaffen (wenn Darwin recht hatte – und sein Biologielehrer hatte erklärt, daß jener recht hatte, was wiederum den Geistlichen der Schule, Reverend Harwood, dazu veranlaßt hatte, mehrere Predigten zu halten, um das Gegenteil zu beweisen). Bei Schiffen jedoch hatte die Evolution einen entgegengesetzten Verlauf genommen, denn die unterlegene Gattung war der höherstehenden *nach*gefolgt. Selbst die grandiosesten Ozeandampfer, die White Star und Cunard vom Stapel gelassen hatten, qualmten wie Lokomotiven und waren nie mehr als bloße Anhäufungen aus Stahl, Nieten und Messing: technische Großtaten, die Zeugnis ablegten für die Tüchtigkeit des Menschen. Wohingegen eine Bark oder ein Viermaster – oder, was das betrifft, selbst eine ganz gewöhnliche Slup – Zeugnis für etwas Höheres im menschlichen Wesen ablegten. Für Geschicklichkeit und handwerkliches Können, und jenseits von Geschicklichkeit und handwerklichem Können für die Liebe zur Schönheit, die schließlich Kunst hervorbringt. Und die besten Schiffe und Jachten verkörperten sogar mehr als Kunst. Zwischen der Kiellegung eines solchen Schiffes und dem Moment, in dem es die Rampe hinuntergleitet und die Weihe der Taufe empfängt, hat es die Wandlung von einer von Menschenhand geschaffenen zu einer lebenden Sache erfahren. Als ob die Männer, die es entworfen und gebaut hatten, irgendwie Merkmale ihrer selbst hätten einfließen lassen, als ob ihre vielfältigen Eigenschaften mit ihrem Schweiß in die Rippen, Knie und Eingeweide eingesickert wären, um sich dort zu verbinden und eine einzigartige Persönlichkeit, einen einzigartigen Charakter zu formen. Dieses Phänomen wissenschaftlich zu erklären war ebenso unmöglich wie zu beweisen, ob er, Nathaniel, oder jedes beliebige andere menschliche Wesen eine Seele hätte. Nathaniel wußte aber, daß er eine Seele hatte, und die gleiche Quelle, die ihm das sagte, sagte ihm auch, daß Segelschiffe lebendige Wesen waren und Dampfschiffe – sei ihre Größe und Kraft noch so eindrucksvoll – niemals etwas anderes sein konnten als so tot wie der Stahl, aus dem sie gemacht waren.

Drew hüpfte auf das Kajütdach, setzte sich hin und legte den Arm um den Kombüsenschornstein wie um einen guten Freund. Er schaute westwärts auf die grüne Landschaft und fing selbst schon an, ein bißchen grünlich auszusehen.

»Wie wär's, wenn du mal das Ruder übernimmst?« sagte Nathaniel. Andrew steuerte gern. Wenn er das Steuer selbst in der Hand hielt, war er weniger anfällig dafür, seekrank zu werden. »Ich muß nach unten und mir die Karte anschauen. Süd ein halb West.«

»Süd ein halb West. Aye, aye«, sagte Drew. »Aber warum sagt man nicht zweihundertfünfundzwanzig Grad? Wär doch viel einfacher.«

»Klar. Aber die Kompaßstriche anzusagen, hört sich seemännischer an. Und da ich jetzt Skipper bin, muß es sich verdammt seemännisch anhören.«

Nathaniel quetschte sich in den Navigationsraum, was für die kleine Nische, die in der Hauptkajüte zwischen Kombüse und Eßecke eingeklemmt war, allerdings eine ziemlich pompöse Bezeichnung war. Er öffnete die zylindrischen Futterale und breitete die Karten auf dem abgeschrägten Tisch aus. Die sich aufrollenden Ränder beschwerte er mit Gezeitentafeln und Seehandbüchern. Er suchte nach der Karte für die östliche Bucht von Penobscot und war überrascht, daß der alte Herr Karten für die gesamte Ostküste eingepackt hatte, insgesamt einundvierzig. Das hätte nur ein weiteres Beispiel für seine Gründlichkeit sein können, aber die breiten, steifen Bögen, auf denen Lotungen von Küsten eingetragen waren, die Nathaniel noch nie gesehen hatte, auf denen Breiten- und Längengrade in Gewässern verzeichnet waren, von denen er noch nie zuvor gehört hatte, schienen eine verborgene Botschaft zu enthalten. Bei der bloßen Berührung der Karten ahnte er irgendwie, warum sie weggeschickt worden waren. Er konnte es in den Fingerspitzen spüren, als wäre die Tusche, mit der Land braungelb, flache Gewässer blaßblau und die Tiefen des Ozeans weiß eingezeichnet waren, durchtränkt von den Absichten ihres Vaters.

Als er die Schublade unter dem Kartentisch öffnete, um das Kurslineal und den Kartenzirkel herauszuholen, stieß er auf eine weitere Überraschung, die seiner Meinung nach die Botschaft bekräftigte. Er holte die Teakholzkassette aus der Schublade und öffnete sie. Sie enthielt – sorgfältig eingeschlagen in grünen Billardfilz – den Plath-Sextanten. Gestern hatte er ihn noch nicht gesehen. Hatte ihn der alte Herr gestern abend an Bord gebracht? Der Sextant war ein deutsches Fabrikat und so wunderschön, wie ein von Menschenhand gearbeitetes Instrument nur sein konnte. Er besaß die Harmonie von Form und Zweck: die Ästhetik der Präzision. »Ein guter Sextant ist ein *moralischer* Gegenstand«, hatte ihr Vater sie einmal belehrt. »Wenn man ihn ordnungsgemäß handhabt, wird er einen Seemann nie belügen.« Und in der Tat, wie bestimmte Menschen ehrlich und verläßlich aussahen, so sah auch der Plath ehrlich und verläßlich aus. Schon seine äußere Erscheinung zwang den Benutzer, ihn ordnungsgemäß zu handhaben. Die Anordnung von geeichtem Messinggradbogen und Elfenbeinskala, von massivem Messingrahmen, Spiegeln und Fernrohr vermittelten den Eindruck von Korrektheit und Unduldsamkeit gegenüber Schlamperei und einer sich nur annähernden Genauigkeit. Das Instrument war zum letzten Mal bei Cyrus' letzter Fahrt als Berufskapitän im Jahre 1879 im Einsatz gewesen und hatte, so lange sich Nathaniel zurückerinnern konnte, einen ehrenvollen Ruhestand in seines Vaters Bibliothek genossen. Cyrus hatte es nie auf die Sommertörns mitgenommen, da bei solch harmlosen Fahrten, die einen nur selten außer Sichtweite des Festlands führten, ein Sextant nicht benötigt wurde. Das billige Instrument, das sie dann dabeihatten, wurde von den Jungen hauptsächlich dazu benutzt, um astronomische Navigation zu üben. Warum gab er ihnen den Plath mit, wenn er nicht damit rechnete, daß sie über die Reichweite des hellsten Leuchtturms hinaussegelten? Er wollte sichergehen, daß sie nie die Orientierung verlören, und deshalb vertraute er ihnen einen Besitz an, den er höher schätzte als selbst die *Double Eagle*. Den Schoner könnte er ersetzen, den Sextanten nicht. IN DANKBARKEIT. *ANNISQUAM*. DRY TORTUGAS, FLORIDA. 10. MÄRZ 1879. So lautete die Gravur auf der kleinen Platte, die innen am Deckel der Kassette angebracht war.

Er legte den Plath zurück in die Schublade und schaute sich in der Kajüte um. Die Vertäfelung der Wände bestand wie der Eßtisch aus lackiertem Kiefernholz, dem die Sonne, die durch das Oberlicht einfiel, zu noch mehr Glanz verhalf. Zusammen mit dem gußeisernen Kombüsenherd vermittelte die Kajüte das gemütliche Bild und die gemütliche Stimmung einer Jagdhütte in der Wildnis. Sie gehört mir, dachte Nathaniel. Er spürte ein Flattern unter dem Brustbein, drückte mit dem Zeigefinger darauf und fühlte, wie sich unmittelbar unter der Haut eine Arterie wand. Die *Double Eagle* gehörte ihm. Nur für drei Monate, eigentlich sogar ein bißchen weniger, aber sie gehörte *ihm*. Gott, er konnte segeln, wohin er wollte, wann er wollte. Die winzige Schlange kroch die Luftröhre hinauf, rollte sich in der Mulde unter dem Adamsapfel ein und nahm sich bei jedem seiner Atemzüge ihren Anteil.

Er breitete vor sich die Karte der östlichen Bucht von Penobscot aus, setzte das Ende des Kurslineals auf die gegenwärtige Position des Schiffes und zog mit dem Bleistift eine dünne Linie durch die Durchfahrt von Deer Isle und dann ein bißchen weiter westlich eine weitere durch die Fox-Islands-Durchfahrt zwischen Vinalhaven und North Haven. Er verschob den unteren

Teil des Kurslineals hinunter zur Kompaßrose und notierte die Peilungen (für den Fall, der Nebel zöge landwärts und er könnte nicht mehr nach Landmarken navigieren). Dann setzte er den Kartenzirkel auf die Meilenskala und maß die Entfernungen entlang seiner beiden Linien. Navigation war nicht seine starke Seite. Nichts, was mit Mathematik zu tun hatte, war seine starke Seite. Im letzten Jahr war er in Geometrie gerade so eben durchgekommen. Im Gissen war er ausreichend bewandert, Berechnungen und Besteckabsetzen, die für astronomische Navigation erforderlich waren, brachten jedoch seine Gehirnwindungen völlig durcheinander. Bei Übungen auf der Fahrt nach Nova Scotia im letzten Jahr hatte er die *Double Eagle* in die Nähe von Salt Lake City plaziert, was Eliot zu der Bemerkung: »Na ja, wenigstens gibt's da Wasser« veranlaßt hatte.

Eliot kam gerade nach unten, als das Boot etwas schlingerte. Um nicht gegen ein Schott zu knallen, hielt er sich am Niedergang fest und schwang sich dann nach unten. Keiner von ihnen war schon seefest: Egal, wie oft man schon gesegelt hatte, man brauchte nach einem langen Aufenthalt an Land immer mehrere Tage, um sich an die Enge der Kajüten und die unablässigen Bewegungen des Schiffs zu gewöhnen. Nathaniel schaute seinen Bruder an und deutete mit dem Kopf in Richtung Luke.

»Einwandfrei. Hält perfekten Kurs, die Augen kleben am Horizont und kein bißchen Kotze. Hast du keinen Hunger? Du hast doch sonst immer Hunger, Nat. Ich schieb vielleicht einen Kohldampf! Wenn ich ein Scheißbiber wär, würde ich den Scheißtisch da auffressen.«

»Dein Mundwerk lebt ja richtig auf, wenn der alte Herr nicht da ist.«

»Corned Beef mit Rührei und Schiffszwieback. Na, wie hört sich das an?«

Nathaniel nickte. Eliot ging in die Kombüse, schüttete Kohlen in den Herd und warf noch ein paar Zedernholzstäbchen hinterher, um den beißenden Geruch der Kohlen abzumildern. Während Eliot Feuer machte, starrte Nathaniel auf die Karte, die er auf die Hälfte zusammengefaltet hatte, um die braungelben Teile, die Unmengen von Ziffern und die Tiefenlinien in Küstennähe abzudecken. Vor ihm lag nun ein abgeteiltes Stück Weiß, leer und offen für Traumgespinste. Er fuchtelte mit dem Lineal, ließ den Zirkel herumwirbeln und spielte Klipperkapitän, der Kurse nach Hongkong oder Schanghai bestimmt. Er spielte Vaters Onkel Silas, der Kap Hoorn mit Arbeitern für die Goldminen in Kalifornien umschifft hatte und dann nach China weitergesegelt war.

»Schätze, wir sind knapp zwanzig Meilen von North Haven entfernt«, sagte er.

Eliot kippte zwei Büchsen Corned Beef zu den Eiern in der Pfanne und rührte kräftig um. Der Geruch stieg Nathaniel in die Nase, und blitzartig verspürte er einen Bärenhunger.

»In den Durchfahrten liegen wir ein bißchen in Lee und büßen dadurch etwas Wind und Geschwindigkeit ein. Wenn wir fünf Knoten halten können, sind wir aber vor Sonnenuntergang da. Vielleicht gerade rechtzeitig fürs Abendessen.«

»Rechtzeitig zum Schnorren.«

»Also gut, wenn du es unbedingt so ...« Nathaniel beendete den Satz nicht, sondern schaute wieder auf die Karte, wo er den Blick über die weite, weiße Fläche schweifen ließ, die sich bis zu den Rändern des Bogens ergoß. »Ich hab mir gedacht, ich denke gerade darüber nach ...«, fing er an und hielt dann wieder inne, weil er sich nicht darüber im klaren war, was er dachte, oder vielmehr, wie er es ausdrücken sollte.

Eliot schöpfte eine Handvoll Wasser aus dem Wasserfaß, hob die Herdplatte hoch und löschte das Feuer. Er verteilte zwei Portionen auf zwei Emailteller, ließ die Pfanne mit dem Rest für Drew auf dem Herd stehen und stellte die Teller auf den Tisch. Er und Nathaniel aßen, wie zwei halbwüchsige Jungen ohne elterliche Aufsicht aßen, das heißt, mit der Etikette von Löwen, die sich über ihre frischgerissene Beute hermachen. Die Köpfe der beiden hingen dicht über den Tellern, als hätten die ständigen Ermahnungen ihrer Mutter – *Das Essen zum Mund, Jungs, nicht den Mund zum Essen ... Jungs? ... Jungs!* – den gleichen Erfolg gezeitigt wie die Versuche eines Farmers, auf einem Felsen Saat auszubringen. Obwohl er von allen an Bord einem Löwen noch am ähnlichsten sah, legte Trajan bessere Manieren an den Tag. Um sich bemerkbar zu machen, rieb er sich zuerst an Nathaniels und dann an Eliots Beinen, setzte sich artig auf die Hinterpfoten und wartete, bis ein paar Löffel für ihn abfielen.

»Also dann! Worüber hast du nachgedacht?« sagte Eliot nach dem Essen, das zu verzehren kaum drei, vier Minuten in Anspruch genommen hatte.

»Erinnerst du dich noch daran, wie wir klein waren und Vater uns Schwimmunterricht gegeben hat?«

»Ich fang schon an zu frieren, wenn ich nur dran denke. Und als Unterricht würde ich das schon gar nicht bezeichnen. Mußten uns bis auf die Unterhosen ausziehen, und dann hat er uns einfach reingeworfen. In Maine, Anfang Juni! Hat uns reingeworfen und nur gesagt: ›Schwimmt!‹«

»Genau. Und wir sind geschwommen. Oder etwa nicht?«

»So was Ähnliches.« Eliot fuchtelte in der Luft herum und machte verzweifelte Paddelbewegungen.

»Es gab nur untergehen oder schwimmen. Aber wir

sind geschwommen. Und genauso ist es jetzt auch. Darüber habe ich nachgedacht.«

»Wir gehen unter und müssen dann schwimmen?«

»Es wär wirklich toll, Bruderherz, wenn du wenigstens ab und zu was ernst nehmen würdest.«

»Einer muß das doch wieder wettmachen, wenn du schon alles so ernst nimmst.«

Nathaniel legte die Hände auf den Tisch und begutachtete sie für einen Augenblick. Das durch das Oberlicht einfallende Licht betonte die kupferne Tönung seiner Haut – ein Vermächtnis, das er mit Eliot teilte und auf eine (möglicherweise nur in der Mythologie existierende) Creek-Häuptlingstochter in der Ahnenreihe ihrer Mutter zurückzuführen war.

»Wir werden einer Prüfung unterzogen«, sagte er. »Das heißt, man will, daß wir uns einer Prüfung unterziehen.«

»Für irgendwas Besonderes?«

»Nicht *für* etwas. Wir selbst stehen auf dem Prüfstand. Ich glaube, nur darum geht es bei der ganzen Sache.«

»Worum, Nat?« Eliot, dessen Stimme vor Ungeduld lauter wurde, zupfte am Schirm seiner Fischermütze.

»Ich glaube, um unseren Charakter. Aus welchem Holz wir geschnitzt sind.«

»Mein Charakter ist einwandfrei. Ich mag meinen Charakter. Ist ein toller Charakter. Warum sollte ich ihn einer Prüfung unterziehen? Und das mit dem Holz ...« Er zog an der Haut auf seinem Handrücken, klopfte zwei Knöchel aneinander, die das hohle Geräusch von Knochen auf Knochen machten. »Daraus bin ich. Und du auch. Was gibt's da rauszufinden, was wir noch nicht wissen?«

»Stell dich nicht blöd. Das, was man nicht sehen kann. Ich hab dran denken müssen, daß unser alter Herr nur drei Jahre älter war als ich, als er verwundet wurde. Und außerdem ist da noch das da ...« Nathaniel stand auf und holte die Kassette mit dem Sextanten aus der Schublade. Der Schoner schlingerte und brachte Nathaniel aus dem Gleichgewicht, so daß er auf den Stuhl zurückfiel. »Er hat einer Menge Leuten das Leben gerettet ...«

Mit einer Handbewegung schnitt ihm Eliot das Wort ab. »Ich kenne die Geschichte. Zumindest alles, was man davon wissen muß.«

»Wir müssen bestimmten Erwartungen entsprechen. Und das hier ... Daß wir hier ganz auf uns gestellt sind ...«

Eliots Gesichtsausdruck, der gleichzeitig Neugier und Argwohn verriet, ließ ihn verstummen.

»Was ist los?«

»Manchmal machst du mir richtig angst, Nat. Du machst einer Menge Leuten angst. Das ist dir doch klar, oder?«

Obwohl ihm das sehr wohl klar war, zuckte Nathaniel mit den Achseln. Er sonnte sich in dem Ruf, unberechenbar und verwegen zu sein. Aus einem Impuls heraus konnte er riskante Dinge tun, und meistens nur deshalb, weil sie riskant waren. Vor vier Jahren war er bei einer Mutprobe an einem dreistöckigen Haus hochgeklettert. Fortan wurde er von seinen Klassenkameraden auf der Boston Latin nur noch Fliegenmensch gerufen, obwohl er bei der Besteigung der Schwerkraft nicht gerade in dem Maße getrotzt hatte, wie das eine Fliege tat. Er war an der Ecke des Gebäudes hinaufgeklettert, wobei die vorspringenden Abschlußsteine Händen und Füßen Halt geboten hatten. Daß er nicht eine Sekunde Angst verspürt hatte, war mehr seiner Sorglosigkeit als seinem Mut zuzuschreiben gewesen. In einem fast tranceartigen Zustand hatten sich Arme und

Beine wie von selbst bewegt. Wie ein Schlafwandler, der mitten in der Nacht auf einen Baum steigt, war er sich der Gefahr nie bewußt gewesen.

»Genau, es ist dir klar. Mir jedenfalls machst du angst, weil ich weiß, daß da irgendwas in deinem Hirn vor sich hinblubbert.« Eliot kam hinter dem Tisch hervor und häufte den Rest des Essens aus der Pfanne auf einen Teller. »Bevor es ganz kalt wird und dann auch noch so schmeckt, wie es aussieht«, sagte er.

»Da blubbert nichts«, sagte Nathaniel und folgte Eliot auf Deck. »Ich habe mich nur gefragt, ob Dad von uns nicht vielleicht erwartet, daß wir eine richtig große Fahrt machen.«

Eliot reichte Drew den Teller und übernahm das Ruder. Drew ließ sich wieder auf seinem Thron neben dem Kombüsenschornstein nieder, aus dem sich eine dünne Rauchfahne kringelte.

»Herrgott, wenn wir wollten, könnten wir in drei Monaten leicht nach England und zurück segeln.«

Obwohl er nicht seine Brüder, sondern die rote Boje im Auge behielt, die eine Seite der Öffnung in die Durchfahrt von Deer Isle markierte, spürte er, wie erschrocken sie waren.

»Ich habe gesagt, wir könnten, nicht, wir werden«, sagte er, um sie zu beruhigen.

»Blubber, blubber«, sagte Eliot und drehte sich zu Drew um. »Unser großer Bruder hat seine Meinung darüber geändert, warum der alte Herr uns gesagt hat, daß wir verschwinden sollen. Jetzt hat es nichts mehr damit zu tun, in was für einer Klemme Lockwood steckt. Jetzt soll unser Charakter einer Prüfung unterzogen werden. Hab nicht das Gefühl, daß mein Charakter das nötig hat. Wie steht's mit deinem?«

Drew war auf der Hut, damit er nicht etwas sagte, was einen Angriff provozieren könnte, und machte eine nichtssagende Geste. Nathaniel behielt die Boje und die Brandung im Auge, die um die Riffe und Felsen schäumte, welche die Inselchen von Merchant's Row bewachten.

»Fall etwas ab«, sagte er zu Eliot. »Ich will den Zakken da nicht zu nahe kommen.«

Eliot hielt ein bißchen nach Backbord, während Nathaniel nach vorn ging, um die Schoten zu schricken. Als er wieder nach achtern kam, ergingen sich seine Brüder gerade in wilden Spekulationen, in was für Schwierigkeiten Lockwood wohl steckte. Nathaniel beteiligte sich nicht daran. Es war reine Zeitverschwendung, Mutmaßungen über die rätselhafte Person anzustellen, mit der sie durch ihr Blut zur Hälfte verbunden waren. Lockwood war so viel älter als sie, daß sie ihn »Onkel Lockwood« gerufen hatten, als sie noch klein waren. Obwohl er ihnen genauso wenig als Onkel wie als Bruder erschienen war. Damals und auch später schien er weniger ein Verwandter als ein alter Freund der Familie zu sein, der ab und zu vorbeikam, um die alten Kontakte nicht einschlafen zu lassen. Nie gab er seinen Halbbrüdern irgendeinen Anlaß, ihm mit anderen Gefühlen zu begegnen. Dafür hielt er zuviel Distanz, war zu verschlossen. Wie er ihnen Kopf und Wangen getätschelt hatte, als sie noch jung waren, wie er ihnen die Hand gegeben oder auf die Schulter geklopft hatte, als sie dann älter waren – die Bezeugungen seiner Zuneigung waren mal linkisch wie bei jemandem, dem ein solcher Ausdruck des Gefühls nicht gegeben war, dann wieder hatten sie etwas von routinierter Zwanghaftigkeit wie die Küsse, die Politiker auf Wahlkampftour Kleinkindern aufdrängten. Die Jungen hätten wohl daraus geschlossen, daß er sie nicht besonders mochte, wenn da nicht diese Augenblicke gewesen wären, in denen sie spürten – wie das nur Kinder spüren konnten –, daß sich hinter seinen zurückhaltenden Berührungen so etwas wie im Zaum gehaltene Liebe versteckte, ein Herz, das nicht offen zeigen konnte, was sich in ihm verbarg.

Einmal fragte ihn Drew mitten ins Gesicht, warum er sie nicht gern habe. Drew konnte das – mit etwas herausplatzen, das ihm gerade auf dem Herzen lag. Lockwood schaute ihn verlegen an, wobei sein Gesicht so rot wurde wie das von Dad, wenn er wütend wurde, und sagte, daß er sie gern habe, mehr als sie sich jemals vorstellen könnten. Wenn er sich unnahbar verhalte, dann nur deshalb, weil es schwierig für ihn sei ... Dann hielt er inne und fügte hinzu: »Es ist schwierig für mich, hierher zu kommen, aber ich glaube, ich sollte ... wenigstens ab und zu ...« Er brach ab und schaute gleichzeitig traurig und verärgert.

Drew wollte sich damit nicht zufriedengeben. Warum es so schwierig sei, nach Hause zu kommen, fragte er. Lockwood lachte sarkastisch und antwortete: »Junge, du kriegst auch nicht mit, wenn einer das Thema wechseln will, was?« Nun ja, er könne sein Verhalten vielleicht einfach so erklären: Er war eben ein Seemann. Er war praktisch auf dem Wasser aufgewachsen und erzogen worden, war mit zwölf Sohn und gleichzeitig Schiffsjunge ihres Vaters gewesen. Damals hatte er gelernt, daß sich Seeleute vor dem allzu Persönlichen der anderen Seeleute schützen mußten. Weil bei langen Reisen selbst auf den größten Schiffen der Platz ziemlich eng wurde, war das die einzige Möglichkeit, damit es auf einem Schiff friedlich und diszipliniert zuging. Wenn man einen Schiffskameraden nicht mochte, konnte man das nicht offen sagen, andernfalls würde man das reibungslose Funktionieren des Schiffes stören. War man traurig, ängstlich oder einsam, dann behielt man das für sich, sonst hätte sich der Kummer, die Furcht und die Einsamkeit auf den Rest der Mannschaft übertragen. Man lernte, das Innerste vor den anderen zu verbergen. Dem Schiff brachte man dieses Opfer, denn das war das einzige, was wirklich zählte: das Schiff. Vielleicht wurde einem dieses »Innerste zu verbergen« nach einer gewissen Zeit zur Gewohnheit, egal, ob man an Land oder auf See war; und vielleicht wurde einem, wenn noch mehr Zeit verstrichen war, die Gewohnheit zur zweiten Natur. Lockwood sagte, er hoffe, das genüge als Erklärung und zugleich als Versicherung, daß seine Halbbrüder ihm sehr am Herzen lägen und daß er nicht im geringsten unnahbar sei, selbst wenn es den Anschein habe.

»Egal, was für einen Mist Lockwood mal wieder gebaut hat, du kannst drauf wetten, daß der alte Herr ihn da rausholt«, sagte Eliot gerade. »Wenn man es genau nimmt, behandelt er Old Lock sogar besser als uns. Verdammt, man darf da gar nicht weiter drüber nachdenken.«

Nathaniel lehnte sich an die Backbordreling und paßte auf, daß eine große, auf sie zuhaltende Yawl die Vorfahrt beachtete. Er sagte nichts, obwohl er sich lebhaft an all die vielen Male erinnerte, wo der alte Herr aus der Haustür geeilt war und Lockwood schon heftig die Hand schüttelte, noch bevor dieser die Droschke bezahlen konnte. Klopfte ihm auf die Schultern, nannte ihn seinen »alten Bukanier« oder bedachte ihn mit anderen Spitznamen. Er überschüttete ihn so überschwenglich mit seiner Liebe, daß man angesichts seiner sonst an den Tag gelegten Gefühlskälte den Eindruck gewinnen konnte, er hätte eine Metamorphose durchgemacht. Das merkwürdige dabei war, daß Lockwood darauf nie in ähnlicher Weise reagierte, sondern daß er sich Dad gegenüber genauso verhielt wie gegenüber seinen Halbbrüdern. Er wich zurück, als empfände er die herzliche Begrüßung als etwas zu aufdringlich, gab sich durch und durch förmlich und antwortete mit gestelzten Sätzen wie: »Guten Tag, Vater. Ich hoffe, mit deiner Gesundheit steht alles zum besten.« Und so blieb er auch während des gesamten Besuchs – nie unhöflich, aber immer distanziert, so als wäre das Geschenk väterlicher Liebe ohne Bedeutung. Nathaniel fand das verwirrend, und er nahm es Lockwood irgendwie übel, so wie es ein Hungernder jemandem übelnimmt, der die Einladung zu einem Bankett ausschlägt.

Vielleicht, sagte er und versuchte, ihren Vater in Schutz zu nehmen (wohlwissend, daß er damit auch einer Hoffnung Ausdruck gab), vielleicht empfinde Dad gar keine tiefere Zuneigung für den Erstgeborenen, sondern lediglich eine andere Art von Zuneigung, eine, die eher einer von Schiffskamerad zu Schiffskamerad als von Vater zu Sohn gleiche.

»Ja, vielleicht«, sagte Eliot. Inzwischen näherten sie sich Stonington, und die Augen unter dem kurzen Schirm seiner Mütze wanderten unruhig zwischen den Booten hin und her, die sie umgaben: Schmacken, Dorys und Hummerschaluppen – ärmliche, einfache Boote, gesteuert von ärmlichen, einfachen Männern. »Wenn aber wir mal Mist bauen würden, dann würde er uns wegjagen. Und was ist das hier? Wir haben noch nicht mal Mist gebaut, aber er hat uns trotzdem weggejagt. Glaubt ihr etwa, er würde uns Arbeit besorgen, wenn einer von uns Pleite machen würde?«

»Ich glaube, der alte Herr würde uns nicht im Stich lassen. Na egal, jedenfalls hat Dailey gesagt, daß sie sich ziemlich gestritten haben. Vielleicht ist er ja gar nicht mehr sein Liebling, seit er Pleite gemacht hat.«

Die Yawl ließ ihnen die Vorfahrt. Ihre Mannschaft fierte die Schoten auf, die Bäume schwangen leewärts, und die Yawl fiel ab. Über Deck war sie gut und gern fünfzehn Meter lang, und der schwarze Rumpf war mit goldenen Verzierungen herausgeputzt. Jemand stand an der Reling und schaute durch ein Fernglas zur *Double Eagle* herüber. Es sah so aus, als winkte der Mann ihnen zu. Nathaniel hob sein Fernglas, doch da wandte sich der Mann schon wieder seinen Schiffskameraden zu, und die Yawl schoß davon. Auf dem Heckspiegel aus Mahagoni leuchtete in goldenen Lettern Name und Heimathafen: BLACK WATCH – NEW YORK. Also die Jacht eines Städters, der den Sommer auf dem Land verbrachte, den jedoch der Hauch eines Freibeuters oder Schmugglers umwehte, da der dunkle Rumpf und die prächtigen Linien der *Black Watch* das Aussehen eines Piratenschiffs verliehen.

»Ich glaube, daß Dad ihn so behandelt, weil er ihn fast nie sieht, uns aber die ganze Zeit«, sagte Drew, der eifrig bemüht war, sich wieder in die Unterhaltung einzuschalten. »Vertraulichkeit gebiert Geringschätzung. Das habe ich in einem Buch gelesen.«

Eliot fragte, was das denn für ein Buch gewesen sei.

»Weiß nicht. Irgendeins.«

»Shakespeare. Das ist von Shakespeare.« Nathaniel bereitete es sichtlich Genugtuung, seinem kleinen Bruder in puncto Wissen eins auswischen zu können. »Um das zu wissen, braucht man aber kein Buch. Dein Problem ist, Drew, daß du dieses lernst und jenes lernst, und was am Ende dabei rauskommt, ist genau das, was du rausbekommen hättest, wenn du dich einfach nur ein bißchen umgeschaut hättest, anstatt deine Nase immer nur in Scheißbücher zu stecken.«

»Nat… Na-aaat…«, sagte Eliot in einem tadelnden Singsang. »Du fängst schon wieder an.«

Nathaniel erwiderte nichts darauf. Er beherzigte lieber, was Lockwood ihnen darüber erzählt hatte, wie man Schiffskameraden auf Distanz hielt.

Bis wenige Wochen nach Nathaniels Geburt hatte Lockwood noch in Neuengland bei Mutter und Dad gelebt, dann aber auf Küstenschiffen, die zwischen Kanada und dem Golf von Mexiko verkehrten, angeheuert und damit Dads Hoffnungen zerstört, er könnte ihn als Partner ins Granitgeschäft aufnehmen. Mit dem Stahl und den Nieten des heraufziehenden Zeitalters wechselte er auf Dampfschiffe über, die ihn bis in die entlegensten Winkel der Erde führten. Nach sechs Monaten oder einem Jahr kehrte er jeweils zurück und stattete der Familie einen Kurzbesuch ab, bevor er wieder auf einem anderen Schiff anheuerte. Eliot nannte Lockwood scherzhaft »Der Weise aus dem Morgenland«, weil dieser jedesmal Geschenke mitbrachte, die immer in braunes Papier eingewickelt waren, das mit einem Namen und dem jeweiligen Anlaß – Weihnachten oder der entsprechende Geburtstag – beschriftet war. Für Mutter brachte er Seidenstoffe und Parfüm mit, für die Jungen arabische Dolche und afrikanische Lanzen und für Dads Bibliothek Masken wilder Stämme. Für Dad hatte er hin und wieder eine Kiste Zigarren dabei, die zum sofortigen Verbrauch bestimmt waren, weshalb die beiden sie dann auch zum Whiskey nach dem Abendessen rauchten.

Nicht nur weil er für die Jungen so selten in Erscheinung trat, stellte er sich ihnen als ein märchenhaftes, die Welt umkreisendes Phantom der Meere dar: Sonnen exotischer Himmel hatten sein Gesicht braun gebrannt und scharfe, spinnengliedrige Linien in die Augenwinkel gezaubert. Seine ganze Person umwehte der Duft und die Romantik von sagenumwobenen Häfen wie Maracaibo, Batavia und Dakar. Die Geschichten, die er von diesen Orten und den Dingen, die sich auf See ereigneten, erzählte, waren die wertvollsten Geschenke. Wenn er Seemannsgarn spann, fiel die Spannung von ihm ab, die tristen Bostoner Tage hellten sich auf, und die gewöhnliche Welt von Schule und Heim wurde durch die nachempfundene Welt von Abenteuer und Ungewöhnlichem bereichert. Nathaniel beneidete ihn um sein Leben als Seemann. Genauso wie er Lockwood um dessen Jugendzeit beneidete, in der dieser in den wilden alten Strandräubertagen zwischen den Riffen vor Florida mit Dad gesegelt hatte – eine Jugend, die in verwegenen Farben leuchtete und neben der sich seine eigene, Nathaniels Jugend, wie verblaßte Wasserfarbe ausnahm.

Vor drei Jahren wurde zu Hause in der Marlborough Street ein Brief von Lockwood zugestellt, der an die »Familie Braithwaite« adressiert war und eine Briefmarke aus Florida trug. Er schrieb nur selten von seinen Reisen; Post von ihm hatte also etwas von einem besonderen Ereignis, und gewöhnlich las Dad die Briefe am Eßtisch laut vor. Als der Brief aus Florida ankam, war Dad wegen einer defekten Maschine in einem der Steinbrüche in Cape Ann, weshalb es diesmal an Mutter war, den Brief vorzulesen. Lockwood schrieb, daß er nicht mehr zur See fahre. Er sei nicht deshalb zur Handelsmarine gegangen, um sich in der Weltgeschichte herumzutreiben, sondern um sich mit der Arbeit, die er am besten beherrsche, eine Rücklage zu schaffen. Er habe sein Geld nicht an die Verlockungen verschwendet, die einen Seemann üblicherweise um seine Heuer bringen, und deshalb eine beträchtliche Summe zur Seite legen können. Nun wolle er es zu etwas bringen und wie Vater ein Mann von Vermögen werden. Er habe zusammen mit einem Partner, einem Mann namens Taliaferro aus Virginia, das Schwammgeschäft eines Griechen, dessen Namen er nicht aussprechen, geschweige denn richtig schreiben könne, gekauft. Sie besäßen nun vier Schiffe inklusive Mannschaft und Taucher sowie ein Lagerhaus. Er habe seine ganzen Ersparnisse in die Beteiligung gesteckt. Da die Schwammindustrie in Tampa floriere, sei er zuversichtlich, daß sich die Investition binnen eines Jahre auszahle und im darauffolgenden Jahr verdoppele oder gar verdreifache.

Mutter legte den Brief flach auf den Tisch und lachte trocken: »Ein Mann von Vermögen!«, als ob sie diese Formulierung in Zusammenhang mit Lockwood lächerlich fände. (Und tatsächlich haftete an Lockwood so etwas wie Unvermögen. Seiner Persönlichkeit fehlte eine gewisse Entschiedenheit. Man konnte sich ihn, der wie ein Gespenst im Leben der Familie auftauchte, um gleich wieder zu verschwinden, kaum fest verankert in der Welt des Handels vorstellen.) »Ein Mann von Vermögen«, sagte Mutter noch einmal. »Wie sein Vater. Und auch noch mit Schwämmen. Mit Schwämmen!« Und dann wieder dieses spröde Lachen, das gleichzeitig Verachtung, Spott und Mitleid ausdrückte, das klang, als zerbräche ein Glas oder eine Porzellantasse. Sie schlug mit der Hand auf den Brief und nannte Lockwood einen »gottverdammten Idioten«. Als sie dann ihre Söhne anschaute, deren Anwesenheit sie für einen Augenblick vergessen zu haben schien, röteten sich ihre Wangen, und sie entschuldigte sich. Jungen ihres Alters – jedes Alters – sollten ihre Mutter nie so sprechen hören ... Es sei nur so, daß Lockwood ... daß Lockwood ... Nach was für Worten sie auch suchte, sie fand sie nicht, packte den Brief und ging hastig aus dem Eßzimmer, gerade als Moira aus der Küche kam, um die Suppenteller abzuräumen. »Möchten Sie nichts mehr, Ma'am?« fragte Moira, die sich auf den Servierwagen stützte und ihrer Herrin hinterherschaute. Mit kerzengeradem Rücken und durchgedrückten Schultern, als würde sie in einer Parade mitmarschieren, eilte Mutter wortlos durch die Flügeltür in die Vorhalle.

Sie war nicht leicht aus der Fassung zu bringen
– nein, das traf es nicht –: Sie war keine Frau, die leicht
zeigte, daß man sie aus der Fassung gebracht hatte.
Auch sie verstand es, ihr Innerstes vor anderen zu verbergen. Zwar entstammte sie einem aufbrausenden
und leidenschaftlichen Volk, und ihr Stolz war so unerbittlich wie zerbrechlich, aber dennoch hätte sie den
verklemmten und vertrockneten Matronen von Black
Bay Vorlesungen in Sachen Selbstbeherrschung halten
können. Mutter war der Meinung, daß diese Erbinnen
puritanischer Tradition ihre Leidenschaften nur aus einem simplen Grund unter Verschluß halten konnten:
weil sie gar keine hatten. Sie jedoch war randvoll mit
Gefühlen, die jederzeit drohten, außer Kontrolle zu geraten und ihr Herz zum Kampf gegen ihren Willen herauszufordern. In der Regel gewann ihr Wille. Nur selten ließ sie es zu, daß Stimme, Gestik oder Augen, die
bei ihr wie undurchsichtige Anthrazitsplitter glänzten,
ihre Gefühle verrieten. Sie richtete ihr Leben an einem
Kodex geschmackvoller Ausdrucksweise und untadeliger Umgangsformen aus, die (so war es Nathaniel von
seinem Vater erklärt worden) Frauen aus dem Süden
vom ersten Atemzug an ins Innerste ihres Wesen einsogen; einem Kodex, den zu erlernen sich Frauen aus
dem Norden genausowenig erhoffen konnten wie sie
jemals die verschlungenen Rituale, die bei Hofe in China
herrschten, begreifen würden. Doch es gab auch dieses:
Inmitten der Trümmer einer Zivilisation (einem nach
Dads Meinung völlig verdienten Verfall), deren zerstörte Tempel gleichsam über Unschuldigen wie Schuldigen zusammengestürzt waren, wurde Mutters Kodex
gestützt und unterfüttert von einer mehr erlittenen
denn erlebten Kindheit. Sie war eine der Unschuldigen
gewesen, die, noch bevor sie ein Jahr alt gewesen war,
durch eine Miniékugel der Yankees in der Schlacht am

Antietam Creek ihres Vaters und etwa fünf Jahre später durch die Schwindsucht ihrer Mutter beraubt wurde. Aufgezogen wurde sie von der jüngeren Schwester ihrer Mutter, die der Krieg ebenfalls zur Witwe gemacht hatte (wenn auch nur mittelbar – Tante Judiths Mann war an Cholera gestorben). Die beiden Frauen lebten zusammen mit anderen Frauen, die ihre Ehemänner und Väter verloren hatten, in Beaufort in einer Pension, die gewissermaßen ein weltliches Kloster darstellte. Die Tante, die mit fünfundzwanzig Jahren Herrin einer Plantage von bescheidener Größe gewesen war, arbeitete in einer Textilfabrik, die während der Zeit der Reconstruction nach dem Bürgerkrieg von einem New Yorker übernommen (eigentlich beschlagnahmt) worden war. Mutter dagegen wäre, wenn es diese Miniékugel nicht gegeben hätte, die Tochter eines reichen Baumwollhändlers gewesen. Nun wurde sie, nachdem sie die elementarsten Grundlagen einer Ausbildung erhalten hatte, im Alter von vierzehn Jahren Näherin. Tante und Nichte arbeiteten bis auf sonntags jeden Tag, und was sie verdienten, reichte gerade für das Zimmer und die kärgliche Verpflegung. Über ihnen schwebte ständig das Gespenst des Hungers – nicht das Magenknurren von ein oder zwei ausgelassenen Mahlzeiten, sondern der Hunger, der an der Seele ebenso nagt wie am Magen. Auch fürchteten sie, die soziale Leiter noch weiter hinunterzufallen, als sie es ohnehin schon getan hatten, um schließlich ganz unten zu landen, dort, wo die Ärmsten unter der weißen Bevölkerung lebten, die im Süden gemeinhin als »White Trash« bezeichnet wurden. Tante Judith empfand diese Furcht stärker als Mutter, da sie sich an das kultivierte Leben in Wohlstand und Sicherheit noch gut erinnerte. Allerdings hatte sie Mutter mit so vielen Erzählungen vom Garten Eden der Vorkriegszeit vollgestopft, daß allmählich auch diese den Verlust als fast genauso einschneidend empfand und sich der Armut nicht weniger schämte und sich nicht weniger davor fürchtete, noch ärmer zu werden.

Bis auf den heutigen Tag mochte sie ihre Tante nicht, sprach selten von ihr, schrieb ihr nie: eine prätentiöse Frau, sagte sie, die sich trotz ihrer Armut ein farbiges Hausmädchen gehalten habe, das sie herumkommandierte und mit nichts weiter als einer Schlafmatte auf dem Fußboden entlohnte, ganz so, als wäre die Sklaverei noch nicht abgeschafft worden. In der Schule hatte Mutter lesen und schreiben gelernt; Tante Judith lehrte sie die ehrwürdigen Regeln der feinen Lebensart, die in den beschränkten Verhältnissen der beiden Frauen aber so sinnlos schienen wie ein Sattelpolster bei einem Kutschpferd. (Das genau waren Mutters Worte: »So sinnlos wie ein Sattelpolster bei einem Kutschpferd.«) Wie man knickste, wie man angenehme Konversation machte und dabei spielerisch französische Redewendungen einfließen ließ, wie man tanzte und einen Fächer hielt, was den Stil bestimmter Möbel voneinander unterschied – falls die Lektionen ihrer Tante irgendeinen Sinn hatten, dann den, Mutters Chancen auf eine gute Partie zu verbessern. Und wenn eine Ehe nicht gut genug ausfiele, um ihr die Stellung zurückzugeben, die ihr von Geburt wegen zugestanden hätte, so müßte sie doch wenigstens gut genug sein, um sie aus der Armut herauszuholen und in Zukunft davor zu bewahren. Das war jedoch eine ziemlich schwache Hoffnung in einer Stadt, wo die meisten der in Frage kommenden Junggesellen mit mindestens einem im Wind flatternden Ärmel oder Hosenbein herumliefen und von unzureichenden Gnadengehältern, der Mildtätigkeit von Nachbarn oder einer hier und da bei Gelegenheitsarbeiten verdienten Münze lebten. Ein ums andere Mal sahen sich die beiden Frauen genötigt, mit allen Mitteln ihre Ehre zu bewahren. Die glorreiche und unbefleckte Stellung der Frau aus dem Süden, für die so mancher Rebellenjunge ebenso mit seinem Leben geglaubt hatte einstehen zu müssen wie für die Rechte der Südstaaten oder das Recht des weißen Mannes, schwarze Sklaven zu halten. Für Tante Judith bestand allerdings eine weitaus geringere Gefahr: Sie war schon über vierzig, und die erlittenen Verluste und die Plackerei hatten ihr gutes Aussehen aufgezehrt. Mutter jedoch mußte sich ständig in acht nehmen – vor marodierenden politischen Abenteurern aus dem Norden, vor Matrosenpack und Gesindel, das von Port Royal aus nach Beaufort kam, und vor ihrer eigenen Sehnsucht nach den Armen eines Mannes, ihrer Erschöpfung und Einsamkeit und Angst, die sie anfällig machten für die trügerischen Offerten, sie zu beschützen und zu unterstützen, mit denen skrupellose Männer sie von Zeit zu Zeit in der Hoffnung bedrängten, sich den Zugang in das Bett einer jungen Frau erschleichen zu können. Diejenige Frau, die keine eiserne Herrin ihrer Gefühle und keine scharfsichtig richtende Menschenkennerin war, konnte auf einmal mit Kind, aber ohne Ehemann und Dach über dem Kopf dastehen; oder, was genauso schlimm war, mit Dach über dem Kopf, das sie aber unklugerweise mit einem Vieh, das mehr dem Whiskey als der Arbeit zugeneigt war, zu teilen sich verpflichtet hatte.

Als Mutter schließlich dem Mann begegnete, den sie zu heiraten wünschte, ging die Zeit der Werbung so rasch vorüber, daß diese fast einer Entführung gleichkam. Da jedoch das Zusammenleben mit ihrer Tante im weltlichen Kloster unerträglich geworden war, lieferte sie sich dieser Entführung begierig aus. Nachdem sie sich in einer geheimen, von einem anderen Kapitän zelebrierten Zeremonie an Dad gebunden hatte, mußte sie fliehen: Einen Yankee-Seemann zu heiraten, der gegen die Konföderation unter Waffen gestanden hatte, war nicht gerade Tante Judiths Idealvorstellung von einer guten Partie. Diesen Verrat verzieh sie ihr nie. Das einzige aus ihrer Sicht noch Schlimmere wäre gewesen, wenn ihre Nichte einen Neger geheiratet hätte.

Diese Einzelheiten hatte Nathaniel seiner Mutter, die nur ungern von ihrem früherem Leben sprach, erst kürzlich entlockt. Er hatte dann seinen Vater fragen wollen, wie er das mit seinen Auslassungen über die weibliche Empfindsamkeit, und daß Frauen in einer Welt aus Illusionen lebten, in Einklang brachte, aber der alte Herr hatte es nun einmal nicht gern, wenn man ihm widersprach oder ihn auf seine eigenen Widersprüche hinwies. Mutters Autobiographie jedoch hatte Nathaniel einen Einblick in ihren Charakter gegeben, den er vorher nicht gehabt hatte. Jetzt verstand er ihre Unergründlichkeit, warum es oft so schwierig zu erkennen war, was sie dachte oder fühlte. Die einzige Möglichkeit, wenn nicht ihre Gedanken, so doch ihre Gefühle zu ergründen, war, auf die Bewegungen ihres Körpers zu achten, denn in ihnen äußerte sich ihr Wille; Emotionen, die von ihr wann auch immer Besitz ergriffen, äußerten sich nie unmittelbar, sondern wurden nur an den äußerlichen Anzeichen ihres Bemühens erkennbar, sie zu unterdrücken. Wenn sich die Kinnbacken versteiften und deren verhärtete Muskeln hervortraten wie die an Daileys Unterarm, wenn er die Zügel des Pferdegespanns bei hohem Tempo hielt, dann versuchte sie, ihren Zorn zu bezähmen. Wenn sie Angst hatte oder sich Sorgen machte, strafften sich Rücken und Schultern zu soldatisch strammer Haltung. Wie an dem Morgen, als sie zum Arzt fuhr, oder an dem Tag, als sie mit Lockwoods Brief in der Hand aus dem Eßzimmer eilte.

Nathaniel nahm an, daß sie Lockwood einen Idioten

genannt hatte, weil er die Arbeit, die er am besten beherrschte, für etwas aufgegeben hatte, das er nicht so gut beherrschte. Im folgenden Frühjahr verbrachten die Jungen wie üblich die Osterferien zu Hause. Eines Tages kündigte ein Telegramm aus Tampa Lockwoods unmittelbar bevorstehende Ankunft an. Drei Tage später tauchte er auf. Er machte einen aufgewühlten Eindruck, und die unrasierten Backen und das zerknitterte Leinen des Tropenanzugs (offensichtlich hatte er im Zug darin geschlafen, weil er sich kein Schlafabteil hatte leisten können) ließen ihn sogar etwas verrufen aussehen. Ob gewollt oder zufällig, seine Ankunft war für die Mitte des Tages avisiert, so daß Vater sicher außer Haus sein würde. Den größten Teil dieses nassen, windigen Aprilnachmittags unterhielten sich er und Mutter mit gedämpften Stimmen hinter den verschlossenen Türen des Wohnzimmers. Das Teeservice wurde hineingetragen und wieder herausgetragen. Nathaniel und seine Brüder, die wegen des schlechten Wetters nicht nach draußen konnten, fragten Moira, ob sie etwas gehört habe. Sie antwortete, sie sei kein Spion, das würde gerade noch fehlen, und selbst, wenn sie einer wäre, könne sie nichts berichten, da sie von geschäftlichen Dingen nichts verstehe. Also ging es um Geschäftliches, was eigentlich Vaters Domäne war. Und dann – kaum daß er an seine Halbbrüder ein Wort der Begrüßung oder des Abschieds gerichtet hatte – fuhr das Phantom wieder ab. Damit er sich nicht den Tod holte, gab Mutter ihm einen Regenschirm, als sie ihn nach draußen begleitete. Als hätte sie sich endlich einen lästigen und aufdringlichen Vertreter vom Hals geschafft, lehnte sie an der Tür und stieß einen langen Seufzer aus.

Nach dem Essen fand eine weitere Geheimkonferenz statt, diesmal zwischen ihr und Dad in der Bibliothek. Nathaniel und seine Brüder waren nebenan im Salon, lasen in Zeitschriften oder saßen über Puzzles, während sie durch die Wände hindurch nach nachrichtendienstlichen Erkenntnissen aus der Erwachsenenwelt lauschten, einer Welt, die zwar unmittelbar neben der ihren existierte, aber dennoch eine Terra incognita voller Rätsel war. Die Unterhaltung war so gedämpft, daß sie zunächst fast gar nichts hörten. Es ging um Verluste, Kapitalisierung, ein Darlehen; dann hörten sie einen dumpfen Schlag – eine Hand oder ein Buch knallte auf den Schreibtisch – und die lauter werdende Stimme ihres Vaters:

CYRUS: Er will, daß ich als dritter Partner einsteige. Darauf läuft's hinaus. Aber ich bin nun mal kein Schwammtaucher. Er soll liquidieren und die bittere Pille schlucken. Wird ihm eine Lehre sein. Er kann wieder nach Hause in mein Geschäft kommen ...
ELIZABETH: Bloß das nicht! Für ihn ist es das beste, er bleibt da, wo er ist!
CYRUS: Das ist sowieso, was ich von Anfang an wollte. In meinem Geschäft kann ich ihm zeigen, wie der Hase läuft. Für Geschäfte hat er keinen Kopf. Aber ich könnte ihm den zurechtrücken. Wenn einer, dann ich.
ELIZABETH: Daran zweifle ich nicht im geringsten, Liebling. Aber ihm würde es nicht guttun.
(Es folgte eine lange Pause.)
CYRUS: Ich glaube, du meinst, dir würde es nicht guttun, Liza. Du willst ihn einfach nicht um dich haben.
ELIZABETH: Wie kannst du nur so etwas sagen, Cyrus ...
CYRUS: Du hast ihn immer gemocht. Erst nachdem ... Ich weiß nicht ... *(Er räusperte sich laut, und die Jungen sahen geradezu die Bewegungen vor sich, die dieses gutturale Grollen gewöhnlich begleiteten – mit den Fingern zupfte er sich am Kragen und schüttelte dann ein- oder*

zweimal den Kopf.) Damals, vor ein paar Jahren, als er aus dem Haus wollte, da warst du es, die ihn ermuntert hat.

ELIZABETH: Ich kann mich nicht daran erinnern, ihn ermuntert zu haben.

CYRUS: Du gibst ihm nicht das Gefühl, daß er hier willkommen ist. Er sieht uns höchstens einmal im Jahr, wenn überhaupt, und auch dann scheinst du darüber nicht gerade erfreut zu sein. Er bleibt nie länger als zwei, drei Tage, und wenn er wieder fährt, scheint dich das nicht traurig zu stimmen. Mir scheint, du bist jedesmal erleichtert.

ELIZABETH: Ich stehe hier und ergreife Partei für ihn, obwohl ich mit dir übereinstimme, was seinen Sinn fürs Geschäft angeht. Beweist das nicht, daß ich mir Sorgen um ihn mache?

CYRUS: Du stellst dich nur hinter ihn, weil er dann in Florida bleiben müßte.

ELIZABETH: O Cy, diese Vorwürfe habe ich nicht verdient. *(Wieder war es lange still, und die Jungen bildeten sich ein, dieses geräuschlose Geräusch zu hören, das der an Mutters Beinen reibende Seidenstoff hervorrief, während sie den Raum durchquerte und Vater die Krawatte geradezupfte oder seine Wange berührte.)* Ich bitte dich darum, daß du ihm nur dieses eine Mal aus der Klemme hilfst. Ich schwöre, daß ich dich nie wieder darum bitten werde. Und wenn es ein nächstes Mal gibt, dann soll Lockwood sich selbst rechtfertigen. Liebling, bitte, ja?

CYRUS: Ich werde darüber nachdenken. Ich will nur dem schlechten Geld nicht auch noch gutes hinterherwerfen. Ich brauche etwas Zeit, um darüber nachzudenken. *(Sie hörten, wie die Türklinke der Bibliothek hinuntergedrückt wurde. Nathaniel und Eliot vertieften sich wieder in ihre Ausgaben von* Tip Top Weekly, *und*

Drew tat so, als wäre er mit dem Puzzle beschäftigt. Allen dreien war klar, wer gewonnen hatte.)

Alles, was der alte Herr über das Verhalten, das Mutter Lockwood gegenüber an den Tag legte, gesagt hatte, war richtig, und deshalb war es um so verwirrender, daß Lockwood sich nicht Dad, sondern ihr anvertraut hatte. Sie behandelte ihn zwar nicht gerade wie die bösartige Stiefmutter im Märchen, sondern war sogar eher von unerschöpflicher Liebenswürdigkeit, und dennoch: In seiner Gegenwart spürte man eine gezwungene Korrektheit in ihrem Verhalten, eine Künstlichkeit und Anspannung. Es war noch gar nicht so lange her, daß Nathaniel das Constance gegenüber erwähnt und darüber spekuliert hatte, was wohl der Grund dafür sei. Constance war fast ein Jahr älter und sehr schlau, weshalb Nathaniel sie bei Dingen, die ihn verwirrten, oft um ihre Meinung fragte. Sie saß in ihrer steifen, erwachsenen Art da, hatte die Hände im Schoß verschränkt und dachte eine Weile darüber nach. So war Constance eben: Sie war besonnen und nicht wie viele andere Mädchen, die einfach etwas behaupteten, nur damit sie etwas sagten. Sie: Lockwood ist der lebende Beweis, daß dein Vater einmal eine andere Frau geliebt hat, du Dummerchen. Ich nehme an, daß deine Mutter ein klein bißchen eifersüchtig ist. Darauf er: Aber Lockwoods Mutter ist bei der Geburt gestorben. Sie ist seit Jahren tot. Wie kann Mutter auf eine tote Frau eifersüchtig sein? Darauf Constance, mit der strapazierten Geduld einer Lehrerin, die einem Volltrottel die simpelsten Rechenarten erklärt: Deine Mutter will glauben, was jede Frau von dem Mann glauben will, den sie geheiratet hat – daß er außer ihr *niemals* eine andere geliebt hat. Aber sie wird das nie glauben können. Sie braucht nur Lockwood anzuschauen, dann weiß sie, warum.

Dads Rettungsaktion für Gulf Shore Industries half nur vorübergehend. Die in Boston gegebene Szene wurde im darauffolgenden Jahr erneut aufgeführt, wobei zwei der drei dramaturgischen Einheiten geringfügige Änderungen erfuhren: die Zeit war jetzt Hochsommer, der Ort war Mingulay. Besetzung und ebenso die Handlung blieben dagegen dieselben: das Telegramm aus Tampa, dann – wieder mit trüben Augen, stoppeligem Kinn und im selben zerknitterten Leinenanzug – Auftritt Lockwood. (Obwohl er selbst sich verändert hatte. Er sah mehr denn je wie Vater aus: um die Hüften und an den Wangen war er etwas rundlicher geworden, und er hatte sich einen Bart wachsen lassen. Zumindest seine Physis hatte jetzt etwas Vermögendes an sich.) Eine weitere Geheimkonferenz mit Mutter, doch diesmal ging Lockwood anschließend nicht sofort wieder weg. Die Jungen nahmen an, daß Mutter zu ihrem Versprechen stand und Lockwood veranlaßte, sich selbst zu rechtfertigen, was er dann am selben Abend in der Bibliothek auch tat. Sie begleitete ihn, sei es zur moralischen Unterstützung, sei es, um Vaters Zorn zu besänftigen. Es war zwar unwahrscheinlich, daß er über Lockwood richtig in Wut geriet, aber unter diesen Umständen doch auch nicht auszuschließen. Sie wollte kein unziemliches Brüllen, nicht in diesem Haus, wo Geräusche leicht durch die unverputzten, lediglich aus Holz bestehenden Wände drangen. Nun waren die drei also unter sich, der ursprüngliche Familienkreis, ein Kranz aus miteinander verflochtenen Lebensläufen, von dem die drei Brüder, physisch durch die Türen der Bibliothek, metaphorisch durch das zufällige Ereignis ihrer späteren Geburt, ausgesperrt blieben. Die gemeinsam gelebte Geschichte von Eltern und Halbbruder, die mit dem Werben des Kapitäns um die jungfräuliche, bei ihrer verwitweten

Tante lebenden Näherin begonnen hatte, blieb ihnen verschlossen.

Die Jungen waren frisch gebadet oben in ihren Zimmern, denn der nächste Tag war ein Sonntag, und für die Kirche hatte man geschrubbt und herausgeputzt zu sein. Wie Bühnenarbeiter am Theater schnappten sie die Dialoge der Akteure nur bruchstückhaft auf. Vaters und Lockwoods Stimmen wurden durch die Hallen getragen, drangen durch die Bodendielen: Vaters schnarrender Yankee-Zungenschlag mit dem gerundeten R und dem gedehnten A, Lockwoods fremdartig näselnder Akzent der Florida Keys, der im Rhythmus der Karibik daherkam: *Konkurrenten, die den Marktpreis unterbieten ... Unzureichende Gewinne, um die Unterhaltskosten der Schiffe zu bestreiten ... Zweite Hypothek ... Liquidierung ... Um die Gläubiger loszuwerden, ist das das mindeste ... Ich soll Konkurs anmelden, Vater? ... Genau das ...* Dann mischte sich ihre Mutter mit den einzigen Worten ein, die sie während des ganzen Abends sagte: *O Cy, das hört sich so drastisch an, das wäre wirklich eine Schande! ... Keine so große Schande, wie vor Gericht gezerrt zu werden wegen ... Nein! Ein für alle mal ... Gutes Geld schlechtem hinterherzuwerfen ...*

In den frühen Morgenstunden machte sich etwas, das Nathaniel gegessen hatte, aufs unangenehmste bemerkbar. Er zündete eine Kerze an und tappte hinunter in den Keller zum Plumpsklo (die Wunder der Elektrizität und Installation, mit denen ihr Stadthaus in Boston schon komplett ausgestattet war, hatten Mingulay noch nicht erreicht). Auf dem Rückweg zu seinem Zimmer kam er an der Bibliothek vorbei, wo er Licht brennen und Lockwood mit dem Rücken zur Tür am Schreibtisch sitzen sah. Der Schreibtisch war übersät mit Papieren. Lockwood arbeitete aber nicht, sondern saß zurückgelehnt im Stuhl, rauchte eine Zigarette und nippte an einem Glas, während er durch die Flügelfenster hinaus auf das schwarze Wasser jenseits der langen, abschüssigen Rasenfläche starrte. Er kippte die Hälfte der Flüssigkeit, die wie brauner Rum oder Whiskey aussah, hinunter und brummte: »Liquidierung ... Hurensohn ...« Dann hob er wieder das Glas, brachte einen Toast aus – »Auf die Liquidierung« – und stürzte den Rest hinunter. Er machte einen so einsamen und verzweifelten Eindruck, daß sich Nathaniel fragte, ob er ihm nicht Gesellschaft leisten und ein bißchen mit ihm sprechen solle. Doch während er noch mit sich zu Rate ging, ob er sich bemerkbar machen solle, tat Lockwood etwas Verrücktes, das Verrückteste, das Nathaniel jemals einen Menschen hatte tun sehen. Er kletterte auf den Stuhl, hielt sich alles andere als sicher in der Senkrechten, knöpfte sich den Hosenschlitz auf und fing an, auf die Papiere zu pissen. Während Lockwood ein Auge zusammenkniff, weil ihm offenbar der Rauch der zwischen die Zähne geklemmten Zigarette in die Augen stieg, ließ er wie ein Gaul einen gewaltigen, langen Strahl Pisse auf die Papiere platschen. Als wollte er ein Feuer löschen, schwenkte er seinen mit einer kapuzenartigen Vorhaut bewehrten Schwengel kreuz und quer über den Schreibtisch.

Während des Gottesdienstes am nächsten Morgen und auch noch während der Fahrt von Blue Hill zurück nach Mingulay ging die Szene Nathaniel immer und immer wieder durch den Kopf. Sie verdarb die Reinheit des Morgens und ließ den süßlichen Atem der Fichtenwälder am Wegesrand faulig schmecken. Er kam sich vor wie der Zeuge eines schamlosen Verbrechens, das zu melden ihn irgend etwas – er wußte nicht, was – zurückhielt. Und wegen dieses Geheimnisses fühlte er sich auch irgendwie weniger als Zeuge denn als Komplize. Es war fast Mittag, als die Familie wieder zu Hause ankam und

Lockwood zu Nathaniels großer Verwirrung immer noch im Bett lag. Es war der Sommer seiner Einführung in die Welt der Arbeit, und der Sonntag war der einzige Tag der Woche, an dem er nicht in den Steinbruch mußte. Er empfand es als schreiende Ungerechtigkeit, daß er um sieben hatte aufstehen und in die Kirche gehen müssen, während sein Halbbruder, der sich betrunken und zudem diese peinliche Sache geleistet hatte, ausschlafen durfte. Er hatte gute Lust, ihn zu verraten.

Er und Eliot und Drew waren nachmittags mit dem Boot in der Bucht unterwegs. Sie wechselten sich beim Rudern ab und fischten mit der Schleppangel. Sie hatten lediglich ein paar kleine Makrelen gefangen, bis Drew einen monströsen, mindestens zwölf Pfund schweren Blaubarsch an Bord zog. Als sie zurückkamen, saß ihr Vater in einem wuchtigen Gartensessel, der ganz oben auf dem Rasen stand. Er trug einen Strohhut auf dem Kopf, den er tief ins Gesicht gezogen hatte. Drew rannte auf ihn zu. Seine Trophäe schleifte er an der Angelschnur, die er durch Kiemen und Mund des Fisches gezogen hatte, hinter sich her. »Dad, sieh nur, was ich gefangen habe. Schau doch!« rief er. »Hat er ganz alleine gefangen!« brüllte Eliot, der zusammen mit Nathaniel hinter Drew den Rasen hinaufeilte. Dad stand auf und ging ihnen entgegen, da lüftete er plötzlich den Hut und rief: »Überraschung!«

Als sie den dichten Haarschopf ohne eine einzige graue Strähne sahen, blieben sie abrupt stehen.

»Lockwood!« sagte Drew. »Von da unten hat es so ausgesehen ...«

»Da staunst du, was?« In seinem rötlichen Bart über den ebenfalls rötlichen Wangen erschien ein durchtriebenes Grinsen. »Aber ich kann's noch besser, viel besser«, sagte Lockwood gerade in dem Moment, als Mutter in einem leichten Kleid aus weißem Musselin aus dem Haus trat, um Moira, die den Teewagen vor sich herschob, die Tür aufzuhalten. »Paß auf.« Lockwood kniff ein Auge halb zu und legte den Kopf etwas auf die Seite, so daß sie das andere Auge wie bei Dad eigentümlich schief anschaute. Er machte einen Schritt auf Drew zu, stolperte und fing sich wieder. »Prächtiger Fisch, den du da gefangen hast, mein Sohn. Prächtiger Fisch. Ist genauso prächtig wie du, mein Junge.« Nahezu makellos ahmte er den schneidigen Akzent ihres Vaters nach.

Drew und Eliot lachten: Daß Lockwood mit ihnen herumalberte, kam nicht nur selten vor, es war überhaupt das allererste Mal. Da Nathaniel, als Lockwood auf ihn zukam, den Grund für dessen gerötetes Gesicht und die plötzlich verschwundene Distanz erkannte, konnte er sich nur die Andeutung eines Lächelns abringen. Zudem rief ihm der schwache Whiskeydunst das Bild des Vorabends wieder in Erinnerung.

»Na, wie war das, Jungs?«

»Ziemlich gut«, sagte Eliot. »Und die Geschichte von der Mobile Bay, kannst du die auch?«

»Lockwood, mein Lieber«, rief Mutter. »Es wird Zeit für den Tee.«

Er drehte sich ruckartig um und schaute sie an.

»Eine Sekunde noch, teure Mrs. Braithwaite.« (Er sprach sie immer so an.) »Du siehst ja, ich bin das Opfer einer Verwechslung und versuche gerade, dem gerecht zu werden.«

Sie stieg von der Veranda auf den Rasen. Nathaniel war hingerissen von dem Anblick, als sie wie eine Göttin aus dem Schatten hinaus ins Licht trat, eine Göttin in wallendem weißem Gewand, die ihren Sonnenschirm vor sich ausstreckte wie ein geweihtes Schwert.

»Wie köstlich! Was für ein Fisch! Wer hat den denn gefangen?«

Drew sagte, er habe das getan.

»Wie schön, mein Liebling. Das ist ja ein wahres Ungetüm!«

Sie sagte, er solle ihn gleich nach hinten in die Küche zu Mrs. Carter bringen, die ihn auf Eis legen solle, bevor er in der Hitze schlecht werde. Als Drew sich in Bewegung setzen wollte, drückte ihm Lockwood die Hand auf die Brust und hielt ihn auf.

»Sachte, alter Junge, erst hörst du dir die Geschichte der *Brooklyn* an. Wie sie sich an der Spitze von Farraguts Flotte durch einen Orkan von Kugeln und Patronen – bei Gott, es war nichts weniger als das – in die Mobile Bay kämpft.«

»Aber ...« Drew streckte die Hände nach dem Blaubarsch aus, an dessen Flanken jetzt Grashalme klebten.

»Zuerst hast du deinem Vater zu gehorchen ...«

»Lockwood, jetzt ...«

Er beachtete sie gar nicht und machte ein paar Schritte in Vaters rollendem Gang. Das Kinn hatte er wie ein Boxer an die Brust heruntergezogen.

»Die *Brooklyn* unter dem Befehl von Kapitän Alden war ein Zweitausendtonnenschiff mit achtundzwanzig Kanonen ...«

»Vierundzwanzig Kanonen«, korrigierte ihn Drew, worauf ihn Lockwood mit der Imitation eines von Cyrus' Wutausbrüchen aufs Korn nahm. »Willst du meine Worte anzweifeln? Warst du etwa dabei in der Mobile Bay, Junge? Warst du dabei, als der Befehl kam, aufzuholen und alles Ü-flüssige festzuzurren – will heißen, alle ü-*ber*-flüssigen Spieren, alles ü-*ber*-flüssige Takelwerk? He? Warst du dabei?«

Den Herrscher über ihrer aller Leben so parodiert zu sehen, war ein höllisches Vergnügen; gleichzeitig hatte es aber auch etwas Beunruhigendes.

»Das erste, was man sieht, sind die Rauchwolken

hoch über den weit entfernten Festungsmauern von Fort Morgan.« Er deutete hinaus aufs Meer und riß in gespieltem Entsetzen die Augen auf. »Und dann siehst du die Kanonenkugel. Warum? Weil sie aussieht wie ein riesiger Baseball, mit dem ein mythischer Titan nach dir wirft ... Er fliegt in deine Richtung, geradewegs auf dich zu.« Er bückte sich, stieß den Kopf ganz dicht vor Drews Gesicht und packte ihn an beiden Schultern. Drew verzog die Nase und versuchte, sich Lockwoods Griff zu entwinden.

»Jetzt laß mich schon los ... Du riechst so komisch.«

»Das ist der Geruch der *Angst*, mein Freundchen ...«

»Lockwood, das reicht jetzt ...« Mutter stand mit gespreizten Beinen da und preßte sich den Schirm knapp oberhalb der Knie quer über die Beine, während sich ihre Backenmuskeln verhärteten. »Komm jetzt, und trink deinen Tee. Du scheinst ihn nötig zu haben.«

»... denn wenn du ein unerfahrener Seemann bist, so wie ich damals, dann bist du dir ganz sicher, daß dieser riesige Ball, der wie zehn schnurstracks aus der Hölle heraufschießende Teufel heult und kreischt, dich genau zwischen deinen beiden Seitenlichtern erwischt. Und weißt du, was du dann willst? Nur das eine, nur das ...« Lockwood stürzte sich auf die Knie und drückte Drew so heftig an seine Brust, daß es diesem den Rücken durchbog. »Du würdest auf die Knie fallen und beten! Nichts anderes!«

»Lockwood!« Mutter trat einen Schritt vor. Er hatte sich so sehr in die Rolle hineingesteigert, daß bei dem Schauspiel von Spaß nicht mehr die Rede sein konnte. »Du machst ihm angst!«

»Ich mache bloß Spaß«, sagte er mit seiner richtigen Stimme. »Oder, Drew? War doch sehr witzig? Eins will ich aber noch wissen. Wenn der alte Herr, was Gott verhüten möge, heute in die ewigen Jagdgründe eingehen würde, glaubst du, daß ich einen guten Erscha…, äh, Ersatz abgeben würde? Na, was meinst du, Brüderchen? Hä?« Er kniff Drew fest in die Backen. »Na? Was meinst du? Könnte ich für euren Daddy und meinen Daddy einspringen?«

Er zog Drews Kopf grob auf die eine Seite, dann auf die andere. Drew zuckte zurück, warf Mutter einen schnellen Blick zu und brüllte: »Au!« Wenn je etwas eine Bresche in Mutters Selbstbeherrschung schlagen konnte, dann mit Sicherheit das – wenn ihrem Liebling Gefahr drohte. Mit zwei, drei langen Schritten schloß sie die Lücke zwischen sich und dieser Gefahr, packte das untere Ende des Schirms, hob diesen hoch in die Luft und schlug Lockwood mit der flachen Seite des Griffs, so hart sie konnte, auf die Backe. Nathaniel zuckte zusammen, als fühlte er den Schmerz ebenfalls: Wie groß der Drew zugefügte Schmerz auch gewesen sein mochte, die Wucht des Schlages, die Heftigkeit der Attacke schien in keinem Verhältnis dazu zu stehen.

Lockwood ließ von Drew ab und hielt sich die Backe. Im selben Augenblick, als Mutter die Gefahr gebändigt hatte, gab sie auch ihrem Erzürnen darüber freien Lauf, daß sie diese Gefahr überhaupt zu einer Gefahr hatte werden lassen, die sie aus der Fassung brachte: Schnell drehte sie den Schirm um, packte den Griff und stieß Lockwood, der sich gerade erhob, mit der Spitze in die Rippen. Er schaute an seinem Hemd hinunter, als erwartete er, dort Blut zu sehen. Dann stand er da, hielt sich mit einer Hand die Backe und mit der anderen die Hüfte.

»Heiliger Strohsack! Ich habe doch bloß Spaß gemacht…«

»In Zukunft läßt du deine Hände von ihm und paßt auf, was du sagst, Lockwood Braithwaite!«

Schwarze Haarsträhnen hingen ihr in die Stirn, eine

baumelte neben dem Ohr wie die Ranke einer Kletterpflanze – Nathaniel hatte sie noch nie so wütend, so wild gesehen, sie sah ganz und gar nicht mehr wie eine Göttin aus. Er schämte sich wegen ihrer genauso, wie er sich Lockwoods wegen geschämt hatte. So wie die Scham gestern abend nicht daher rührte, daß er die intimsten Körperteile seines Halbbruders gesehen hatte, sondern plötzlich einen bislang verborgenen, intimen Charakterzug, so rührte sie jetzt daher, daß er einen vordem verhüllten Zug in Mutters Wesen erblickte: das gewalttätige Vermächtnis ihrer Vorfahren. Als sie den Sonnenschirm auf Lockwoods Backe niedersausen ließ, hatte Nathaniel in seiner Vorstellung Mutters Vater oder Großvater gesehen, der die Peitsche über einem schwarzen Rücken erhob. Zum ersten Mal in seinem Leben fürchtete er sich vor ihr.

»Ich habe ihm nicht weh getan«, sagte Lockwood zu seiner Verteidigung.

»Du läßt dich gehen.« Sie wischte sich die wirren Strähnen aus der Stirn, die aber gleich wieder herunterfielen, weshalb sie danach wie nach einem Moskito schlug. »Und zwar schon seit gestern abend. Stimmt das etwa nicht? Moira sagt, daß sie dich heute morgen in der Bibliothek gefunden hat. Halb bewußtlos hast du auf dem Schreibtisch gelegen, und dann noch ... einfach ekelerregend. Und auch noch an einem Sonntagmorgen.«

Lockwood sagte nichts und schielte nur zu Moira hinüber, die ganz plötzlich einen Vorwand fand, zurück ins Haus zu gehen. Nathaniel fühlte sich etwas erleichtert – nun war er nicht mehr allein im Besitz dieses Geheimnisses, dieses Wissens um das, was Lockwood getan hatte. Das mußte mit ein Grund für die Hingabe gewesen sein, mit der Mutter diesen Peitschenhieb ausgeteilt hatte.

»Ich bitte um Verzeihung, Mrs. Braithwaite. Ich ... Tja, ich schätze, da gibt's nicht mehr viel zu sagen.«

»Das scheint mir auch so.«

Lockwood rang sich ein schwaches Lächeln ab und rieb sich die Backe, auf der ein klammerförmiger Striemen sichtbar wurde. »Schätze, ich wollte was wettmachen. Die ganzen Jahre auf See – wenn die anderen Jungs sich im Hafen rumgetrieben haben, bin ich an Bord geblieben oder wie ein verdammter Tourist ins Museum gedackelt. Und wofür? Für nichts und wieder nichts, hätte genausogut jeden verdammten Dollar zum Fenster raushauen können. Na ja, schätze, ich hab mich wirklich etwas gehen lassen. Kleiner Spaß eines Seemanns ...«

»Ich meine, zweimal das Wort verdammt gehört zu haben. Es ist immer noch Sonntag«, sagte sie knapp. »Und was gestern abend betrifft ... nennst du *das* einen kleinen Spaß?«

»Nein ...« Er machte eine Pause. Das Lächeln verflüchtigte sich, und er schaute Mutter auf eine Art an, die Nathaniel beunruhigte. Wenn man ihn allerdings gefragt hätte, warum ihn dieser Blick beunruhige, hätte er nichts zu sagen gewußt.

»Wenn du jemals wieder dieses Haus betreten willst ... Wenn du dich jemals wieder so benimmst ...« Ihre Stimme stockte. Nachdem sie sich wieder gefangen zu haben schien, drehte sie sich zu Drew um und sagte ihm, er solle jetzt den Fisch sofort zu Mrs. Carter bringen.

»Jungs«, sagte sie zu Nathaniel und Eliot. »Es tut mir leid, daß ihr Zeuge dieser unschönen Szene ...«

»Noch dazu an einem Sonntag«, warf Lockwood ein.

Sie hatte sich inzwischen wieder ganz unter Kontrolle und schenkte dem Zwischenruf keine Beachtung. »Es ist vorbei. Geht und beschäftigt euch. Lockwood und ich werden jetzt unseren Tee nehmen. Wir haben einiges zu besprechen.«

Als sie ins Haus gingen, hörten Nathaniel und Eliot noch, wie sie sagte: »Wenn du dich jemals wieder so benimmst, dann verspreche ich dir, daß ...« Die Tür fiel hinter ihnen ins Schloß, und sie bekamen nicht mehr mit, was sie ihm versprach. Sie waren nur froh, daß es nicht sie betraf.

Der rasche Zusammenbruch von Gulf Shore Industries überzeugte Dad, daß selbst er nicht dazu in der Lage sein würde, Lockwood den Kopf zu dem eines Geschäftsmannes zurechtzurücken. Noch aus der Zeit, als er das Bergungsunternehmen betrieb, kannte Dad den Direktor von Merrit, Chapman & Scott, einer großen Bergungs- und Seeversicherungsfirma in New York. Er überredete diesen, Lockwood irgendwo unterzubringen. Lockwood landete im Schadensbüro, wo er für Nachforschungen zuständig war. Das hörte sich wie eine wichtige Arbeit an und war es vielleicht auch, aber Lockwood bewährte sich nicht besonders. Das hatten die Jungen aus Gesprächsfetzen ihrer Eltern schließen können. Es gab da eine Grenze, die Dad bei der Unterstützung seines Erstgeborenen nicht gewillt war, zu überschreiten. Nachdem er diesem einen Arbeitsplatz besorgt hatte, lehnte er es ab, ihm bei der Befriedigung der Gläubiger zu helfen. Nicht weil er ein Geizkragen war, sondern weil er einen Sinn für Gerechtigkeit besaß, der tief in seiner puritanischen Seele wurzelte, einen Sinn für Gerechtigkeit, der geschärft und gefestigt war durch die Jahre auf hoher See – einem Gerichtshof, der keine Berufungsinstanz duldete. Die Gerechtigkeit verlangte, daß Lockwood die Konsequenzen für seine mißlungenen geschäftlichen Unternehmungen selbst zu tragen hatte, so wie ein Kapitän, der bei starkem Wind zuviel Segel gesetzt oder es in unsicheren Gewässern an der nötigen Wachsamkeit hatte fehlen lassen, die ihm vom Meer zugewiesene Strafe erleiden mußte. Die Einzelheiten des Konkurses entzogen sich Nathaniels Kenntnis, doch hatte es den Anschein, als hätte ein Gericht verfügt, Lockwoods Gehalt zu pfänden. Hier ein paar Dollar, da ein paar Dollar – Häppchen, um die Gier der Gläubiger zu besänftigen und Lockwood vor dem Gefängnis zu bewahren. Lockwoods Partner, der Mann aus Virginia namens Taliaferro, hatte sich abgesetzt.

»Wenn du schon so schlau bist, wo bei Shakespeare steht's denn?« fragte Drew. »›Vertraulichkeit gebiert Geringschätzung.‹«

»Keine Ahnung. Aber ich weiß, daß es von Shakespeare ist«, sagte Nathaniel säuerlich.

Sie sagten ein Zeitlang nichts mehr und segelten an Stonington vorbei. Die mit weißen und grauen Schindeln gedeckten und verschalten Häuser krochen einen steilen Hügel hinauf, dessen Granitgesimse aussahen wie ein gerefftes Segel.

»Wir stammen wirklich aus einer irgendwie seltsamen Familie«, sagte Eliot mit nachdenklichem Gesicht. »Vielleicht ist ja jede Familie irgendwie seltsam, aber wenn man's genau betrachtet, ist unsere schon ziemlich seltsam. Wir haben einen Halbbruder, den wir kaum kennen, und unsere Großeltern – von Mutters wie von Vaters Seite – kennen wir überhaupt nicht.«

»Mutters Eltern waren schon lange tot, als wir geboren wurden. Woher sollen wir die da kennen?« sagte Drew, der den Kopf darüber schüttelte, daß sein Bruder eine so offensichtliche Tatsache nicht begriff. »Und Opa Theo und Oma Ada sind gestorben, als wir noch ganz klein waren. Die waren schon alt, als Dad geboren wurde.«

»Genau. Und als er auf die Beerdigung von denen gegangen ist, war es das erste Mal, daß er sie wiedersieht, seit er ein junger Mann war.«

»Der alte Herr soll ja während dem Krieg, oder kurz danach, so ungefähr mit jedem herumgestritten haben. Die haben kein Wort miteinander gesprochen. Das weißt du genausogut wie ich, Eliot.«

Nathaniel nickte abschließend mit dem Kopf, als wäre damit das Thema »seltsame Familie« erledigt.

Während er die Stadt und den von Fisch- und Kramerläden gesäumten Hafen betrachtete, bemerkte er, daß etwas hinter ihnen war. Er drehte sich um und sah achteraus die *Black Watch*, die unter vollen Segeln wie eine Furie durch die schaumgekrönten Wellen peitschte und rasch zur *Double Eagle* aufschloß, die ihrerseits gemächlich vor sich hin schipperte. Nathaniel hatte zwar vorhergesehen, daß ihnen die Inselgruppe von Merchant's Row fast den ganzen Südwestwind nehmen würde, doch war er so vertieft in das Gespräch und seine eigenen Gedanken über die Familie gewesen, daß er sich nicht darum gekümmert hatte, wieder die Toppsegel zu setzen. Kurz danach, als die Yawl querab kam und nun höchstens noch zwanzig Meter entfernt war, nahm sie der *Double Eagle* auch noch den Rest des ihr im Windschatten der Inseln verbliebenen Windes. An Deck waren vier Mann. Der am Ruder und zwei weitere Mann schauten geradeaus und hielten nach entgegenkommenden Schiffen Ausschau, während der vierte, der groß und kräftig gebaut war, mit beiden Armen winkte, um auf sich aufmerksam zu machen. Zum Zeichen, daß er ihn gesehen hatte, winkte Nathaniel zurück. Der Mann rief sie mit einem Messingsprachrohr an: Wohin sie führen? Nathaniel teilte es ihm mit. Der Mann schwenkte ein grellrotes Halstuch und ließ es zum Abschied im Wind flattern. Zum Schluß schnippte er das Tuch noch einmal durch die Luft, eine

Geste, die sowohl Hohn als auch Kampfansage signalisierte.

Das ist genau das, was wir brauchen, dachte Nathaniel, als die *Black Watch* davonschoß. Es war das, was er und seine kleine Mannschaft brauchten, um die Gedanken an ihre Einsamkeit und den Familienklatsch zu verscheuchen. Es war das, was sie brauchten, um endlich als Team zu funktionieren.

»Laß mich ans Ruder«, blaffte er Eliot an. »Du und Drew, Toppsegel entrollen und hoch damit.« Er reckte den Kopf in Richtung Yawl, deren Heckspiegel schon über zwanzig Meter entfernt war. »Diese Landratten wollen ein Rennen. Können sie haben.«

5

Was, wenn sie gar nicht nach North Haven segelten? Angenommen, ihr Ziel wäre Camden, Portland oder Madagaskar? Sollen wir trotzdem hinterherjagen und North Haven einfach vergessen? Wo ist das Ziel, und wer bestimmt, wer gewonnen hat? Während er über das Deck hastete, dessen nasse und kalte Planken er unter den Füßen spürte, kam Eliot zu dem Schluß, daß das Rennen nur ein Phantasieprodukt der Vorstellungswelt seines älteren Bruders war, oder genauer gesagt, ein Produkt dieser brummenden Fabrik, dieses sein ganzes Wesen beherrschenden Konkurrenzdenkens. Nat fühlte sich nie ausgefüllt, außer er steckte mitten in einem Wettkampf oder einem Wettrennen, mitten in einem Getümmel oder einer Rauferei. Und wenn sich gerade nichts tat, dann sorgte er dafür, daß sich was tat. Dieser Kerl auf der Yawl hatte sie nicht mal herausgefordert, hatte sich nur ein bißchen lustig gemacht. Doch um des lieben Friedens an Bord willen ordnete sich Eliot den Phantasien Nathaniels unter. Zusammen mit Drew zerrte er die Toppsegel aus den Säcken und zog sie auf.

»Sie kommt schon!« rief Nathaniel. »Habt ihr's gemerkt? Wie ein Pferd, das zu traben anfängt. Die saufen bald unser Kielwasser, und zwar schneller, als sie glauben!«

Wenn Lockwood und Drew ihrem alten Herrn äußerlich sehr ähnlich waren, so war Nathaniel sein Zwilling im Geiste. Wie oft hatte ihr Vater auf ihren Sommertörns irgendwo am Horizont eine andere Jacht entdeckt und dann geradewegs auf sie zugehalten, hatte geschworen, ihr einen heißen Kampf zu liefern, ihr und ihrer Mannschaft zu zeigen, wie ein richtiges Schiff mit richtigen Seeleuten Tempo machen kann? Er mußte immer gewinnen. Er mußte jemanden finden, gegen den er antreten, mit dem er sich messen konnte, und dann gewinnen. Früher hatte er davon gelebt. Wenn die Wachposten auf Key West in ihren Türmen die Glocken läuteten und »Wrack in Sicht!« riefen, dann war das zunächst immer erst ein Wettrennen von Skippern und Matrosen zu ihren Schiffen und danach ein Wettsegeln, eine reguläre, richtig knackige Regatta, hatte Dad gesagt. Um das Wrack als erste zu erreichen und Anspruch auf das Bergungsrecht geltend machen zu können, traten Slups und Schoner bei barbarischem Seegang und Sturm zum Duell an. Und der Preis war kein glänzender Silberpokal, der dann im Trophäenschrank verstaubte, sondern geborgenes Frachtgut für zehn-, zwanzig- oder dreißigtausend Dollar und zusätzlich das, was auch immer man im Himmel an Entlohnung für die Rettung von Menschenleben zu erwarten hatte. Das alles mußte ihm wohl in Fleisch und Blut übergegangen sein, vermutete Eliot, denn guten Wind und ruhige See konnte er einfach nicht ausstehen, auch im übertragenen Sinne nicht. Bei der Kraftprobe vor zwei Jahren in den Gruben von Black Island – er ganz allein mit seinem Geschäftsführer, dem große Schweden Pedersen – gegen mehr als einhundert aufgebrachte, mit Knüppeln und anderen berufsspezifischen Werkzeugen bewaffnete Streikende, Teufel, da war er wahrscheinlich ganz in seinem Element gewesen.

»He! Das mach ich«, sagte er zu Drew, der plötzlich auf das Bugspriet gesprungen war.

Drew saß rittlings auf dem Bugspriet, dessen Spitze immer wieder in die rauhen Wellen eintauchte. Zentimeter um Zentimeter rutschte er vorwärts, um den Flieger zu entrollen.

»He, Bruderherz, du brauchst ihm nichts zu beweisen.«

»Du kannst mir ja helfen.«

Eliot setzte sich hinter Drew auf das Bugspriet und gab ihm den Rat, sich gut festzuhalten, falls das Segel, nachdem er die Bändsel losgemacht habe, unkontrolliert zu flattern anfange. Außerdem riet er ihm, nicht nach unten auf die Wellen zu schauen. Das würde die sicherste Methode sein, um seine Gesichtsfarbe der des grünen Wassers anzupassen. Als die Leinen los waren und sich das Segel entrollte, fiel dieses teilweise herunter und formte sich etwa einen halben Meter unter ihren baumelnden Füßen zu einer Art Hängematte. Ein Luftwirbel packte das Segel von unten, verwandelte die konkave Wölbung in eine konvexe und ließ es durch die Luft knallen wie ein tollwütiges Gespenst. Erschrocken zuckte Drew vor dem um sich schlagenden Segel zurück und brüllte: »Oooh!« Fast wäre er in das schäumende Bugwasser gekippt. Eliot hielt ihn hinten am Gürtel fest und richtete ihn wieder auf. Dann rutschten sie auf dem Bugspriet nach hinten und setzten das widerspenstige Segel. Als es sich mit Luft füllte, überkam auch Eliot das Gefühl, das Nat gerade erst beschrieben hatte – die *Double Eagle* drängte vorwärts wie ein Trabrennpferd. Allerdings war es schon kein Traben mehr, sondern ein kräftiger und steter leichter Galopp.

Er schaute Drew an, der sich ein kleines Siegerlächeln abrang. Die Augen waren ein bißchen feucht, und das Gesicht hatte sich ein klein wenig verfärbt. Ob das von dem Auf und Ab des Bugspriets kam oder an dem knapp vermiedenen Tauchgang lag: Eliot hatte keine Ahnung.

»Okay, du weißt, was du zu tun hast«, sagte er.

»Nach achtern gehen, an der Reling stehen und den Horizont im Auge behalten. Und wenn ich kotzen muß, nach Lee kotzen.«

Sie segelten am Leuchtturm der Durchfahrt vorbei, der weiß und hoch aus dem vom Wind blank geschrubbten Granit ragte. Ein paar vereinzelte Fichten waren das einzig Grüne, das zu sehen war. Als sie in die weite blaue Fläche der Penobscot Bay segelten, traf sie der dunstige Südwestwind mit voller Wucht: Er blies mit über fünfzehn Knoten, wurde dann noch stärker und erreichte schließlich zwanzig Knoten; der in der Nachmittagssonne aufsteigende Nebel wurde vom Wind zerfetzt wie verrottete Baumwolle, von einem Wind, dessen Druck die Takelage auf der Luvseite nur so summen ließ. Die Wollfetzen über ihren Köpfen stürmten panisch westwärts. Die *Double Eagle* holte stark über, und die beiden jüngeren Brüder klammerten sich an der Luvreling fest und gaben dem Ballast mit ihrem Gewicht etwas Hilfestellung.

Die *Black Watch* segelte etwa zweihundert Meter und zwei Strich backbord vor der *Double Eagle*. Sie hielten parallelen Kurs.

»Wir machen so lange Tempo, bis wir an diesen Pfeifen vorbei sind«, sagte Nathaniel.

»Woher weißt du überhaupt, daß sie ein Rennen wollen?« sagte Eliot. »Vielleicht wollen sie ja nur ...«

»Warum zum Teufel, glaubst du, hat der eben mit seinem Taschentuch rumgewedelt?«

Eliot wandte ein, daß die *Black Watch* einen viel zu großen Vorsprung habe und der *Double Eagle* in der Wasserlinie um mindestens einen halben Meter überlegen sei. Außerdem, fügte er hinzu, *außerdem* komme der Wind von vorn und die Yawl sei deshalb hoch am Wind schneller als sie mit ihrem Gaffelschoner.

»Schau dir die Wolken an, Eliot! Die Wellen! Der

Wind dreht von Südwest nach Süd. Wir sind gleich auf raumem Kurs. Nichts außer einem Dampfer kann einen Gloucester-Schoner bei raumem Wind schlagen.«

Er war jetzt völlig konzentriert, mit jeder Faser auf das eine Ziel ausgerichtet. Der Wille zu gewinnen, der Zwang zu siegen, hatte alles, was ihn von diesem Ziel ablenken könnte, ausgelöscht. Eliot hatte ihn schon in Andover auf dem Footballfeld und im Boxring so gesehen. Nat war beileibe kein eleganter Kämpfer wie Bob Fitzsimmons. Er gewann allein aufgrund seines Willens. Die starr auf den Gegner gerichteten Augen erinnerten an Trajans Augen, wenn er sprungbereit eine Ratte oder eine Maus im Visier hatte.

»Du und Drew, holt das Fischermann-Stagsegel raus und haltet es bereit zum Aufziehen«, sagte er.

»Das Stagsegel!« sagte Eliot ungläubig, nein, geradezu schockiert. »Großer Bruder, wenn wir jetzt nur noch ein Segel mehr beisetzen, nur noch einen gottverdammten Stoffetzen, dann reißt es uns den Großmast weg.«

»Wir setzen es nicht sofort. Nur für den Fall. Du sollst es bloß bereithalten und erst dann aufheißen, wenn ich es sage. Also los!«

Wenn man da noch mitmacht, kann man nicht mehr ganz richtig im Kopf sein, dachte Eliot, duckte sich tief hinunter ins Vorschiff und zerrte, während das Schiff auf und ab schlug, das Stagsegel aus der Segelkoje. Das Deck hüpfte unter seinen Füßen, er knallte mit dem Kopf an den Rahmen der Kojenluke, verfluchte Nat, sich und die unruhige See und zog das Segel durch den Gang und dann hinauf an Deck. Der Wind hatte sich tatsächlich gedreht: Er fegte jetzt fast genau in südlicher Richtung durch die Passage zwischen Vinalhaven und Isle au Haut in die Bucht hinein.

Drew war beim Auftakeln des Stagsegels keine große Hilfe. Er sah ziemlich kränklich aus und machte den

Eindruck, als hätte er nichts dagegen, über Bord geworfen zu werden, wenn dafür nur dieses Rumoren in den Eingeweiden, dieses Gefühl, als wäre sein Schädel eine Terrine mit hin und her schwappender Suppe, etwas nachließe. Von den wenigen Malen, als es ihn erwischt hatte, wußte Eliot, daß es nichts Schlimmeres gab, als seekrank zu werden. Man fühlte sich, als wäre man in seinem ganzen Leben nie gesund gewesen und würde es auch nie wieder werden. Wind und Strömung kämpften gegeneinander an, stürzten die See ins Chaos und verwandelten sie in eine Ansammlung aufeinanderprallender Wälle. Das Schiff krachte in einen dieser großen Wälle, drehte sich nach Lee, und Eliot und Drew, die mittschiffs hantierten, wurden von einer Woge kaltem, salzigem Gischt durchnäßt. Die beiden ließen das Stagsegel lose eingerollt hängen und gingen wieder nach achtern.

»Tut mit leid wegen der Dusche«, sagte Nathaniel, ohne die beiden anzuschauen. »Scheißwellen.«

Aber Wellen, merkte Eliot, die der *Double Eagle* zum Vorteil gereichten. Irgendein Schaden an der Steueranlage oder am Segeltrimm – möglicherweise auch mangelndes Können des Steuermanns – hatte dazu geführt, daß die *Black Watch* in den kurzen, steilen Wellen heftig schlingerte, jedesmal mindestens ein paar Strich in die eine oder andere Richtung. Während sie sich vorwärts arbeitete, schwankte sie wie ein Betrunkener, der nicht vom Gehweg fallen wollte, abwechselnd nach steuerbord und nach backbord. Der Bug der *Double Eagle* war für Aufgaben wie diese geradezu prädestiniert. Obwohl der Schoner gelegentlich etwas gierte, durchschnitt er fast jede der kegelförmigen Wellen und schlug sich prächtig in der aufgewühlten See. Die schäumende Schleppe, die er hinter sich herzog, war so gerade, wie man es sich unter solchen Bedingungen nur wünschen konnte. Die *Double Eagle* ritt auf den Wellen, daß es den Möwen die Tränen in die Augen trieb – wie der alte Herr zu sagen pflegte, wenn sie so dahinschoß. »Seht ihr, wie sie auf den Wellen reitet, Jungs? Sie reitet auf den Wellen, daß es den Möwen vor Scham die Tränen in die Augen treibt.«

Der Vorsprung der *Black Watch* schmolz um die Hälfte dahin, dann ein weiteres Mal um die Hälfte. Wenn die *Double Eagle* nicht genauso schnell war wie im letzten Jahr bei ihrem Wahnsinnsritt von Halifax zurück nach Hause, so war sie doch verdammt nahe dran. Etwas über acht Knoten. Während die beiden Schiffe, das eine grün wie die Wälder von Maine, das andere schwarz wie die Flügel eines Kormorans, quer durch die Bucht schossen, blitzte zwischen den dahinjagenden Wolken flackernd und flimmernd die Sonne auf – wie die Signallaterne eines Kriegsschiffs, nur nicht so regelmäßig. Eliot, der mit dem forsch zupackenden Drew die Segel trimmte, hatte mehr und mehr den Eindruck, daß die Mannschaften nurmehr Beobachter waren; es schien, als kämpften die beiden Schiffe gegeneinander. Der Besitzer der *Double Eagle* war ein Mann, der den Triumph liebte und die Niederlage verabscheute. Und so mystisch das auch klingen mag, diese Liebe, dieser Abscheu steckten in ihr und hatten ihr Holz vollkommen durchdrungen. Sie hatte Herz, sie hatte Mumm, und in diesem Stadium des Rennens hatte sie auch Tempo. Und während die unruhige See ein übriges tat, die Yawl hin und her zu werfen, sorgten all diese Qualitäten dafür, daß der Widerstand der *Black Watch* gebrochen und ihre Lebensgeister erschöpft schienen.

Als sie in die breite Mündung der Durchfahrt der Fox Islands segelten, trennten den Bug der *Double Eagle* nur noch weniger als fünfzig Meter vom Heck der Yawl.

Jetzt war alles eine Frage der Taktik. An der Heckreling der *Black Watch* stand ein Mann und beobachtete, ob Nathaniel den erwarteten Weg einschlug – das Kielwasser der Yawl kreuzen, auf der Luvseite überholen und der *Black Watch* den Wind nehmen. Diese würde dann langsamer werden und stark zurückfallen, während ihr Gegner mit genügend Abstand an ihr vorbei- und davonsegeln konnte. Die Gefahr für die *Double Eagle*: Beim Queren des Hecks der Yawl müßte sie höher an den Wind gehen und würde dabei für etwa dreißig kritische Sekunden ihren Geschwindigkeitsvorteil einbüßen.

»Also los, Jungs. Wir versuchen es. Aber paßt auf, daß ihr auf mein Kommando sofort wieder abfallen könnt.«

Die Pinne nach Luv gelegt, kreuzte die *Double Eagle* auf, lag kurz darauf hoch am Wind und verlor wie ein Läufer, dem die Luft ausgeht, sofort an Schnelligkeit. Eliot und Drew, die sich gegen den starken Zug der Schoten stemmten, holten die Segel dicht, während der hinter dem Steuerrad kauernde Nathaniel mit der Aufmerksamkeit eines Naturforschers die Yawl, die Wellen und die flatternden Windfäden im Auge behielt. Die *Black Watch* änderte schnell den Kurs, um das Manöver abzuwehren, welches sie vom Wind abzuschneiden drohte: Um die Aktion erfolgreich abzuschließen, hätte die *Double Eagle* noch weiter luvwärts segeln müssen. Das durfte sie aber nicht. Hätte sie es versucht, wäre sie zu hoch am Wind gesegelt und hätte weiter an Geschwindigkeit verloren.

»Genau damit habe ich gerechnet«, sagte Nathaniel. »Wir halten frei und packen sie von der anderen Seite. Schoten schricken, und fertigmachen zum Stagsegelsetzen.«

Er drehte das Steuerrad nach Lee, und die *Double*

Eagle machte daraufhin einen Satz vorwärts. Sie kam so nah achtern der *Black Watch*, daß es von weitem so aussehen mußte, als läge sie im Schlepp der Yawl. Sie hielt weiter frei, machte Meter um Meter gut, bis sich der Bug fast querab neben den Großmast der Yawl schob und die beiden Rümpfe dicht nebeneinander lagen. Würde der Großbaum der *Black Watch* jetzt plötzlich nach Lee ausschwenken, würde er wie eine Sichel die Deckaufbauten der *Double Eagle* abrasieren.

»Fertigmachen!« brüllte Nathaniel. »Noch eine Sekunde, dann brauchen wir den Extraschub vom Stagsegel!«

Die Schiffe segelten jetzt dicht nebeneinander, tauchten ein, richteten sich Kopf an Kopf wieder auf und trieben den Buggischt schnaubend vor sich her. An der Backbordseite schienen die Segel der *Black Watch* wie eine riesige steile Wand aus Segeltuch aufzuragen, eine Wand, in deren Schatten die *Double Eagle* nach Wind lechzte. Eliot konnte geradezu ihre nach Luft schnappende Lunge spüren, während sie jeweils zwanzig, dreißig Zentimeter an Boden verlor. Querab, dann achterlicher als querab, und dann Nathaniels gellendes Kreischen:

»Jetzt! Heißt auf! Tempo!«

Eliot und Drew zogen Hand über Hand die Stagsegelfallen hoch. Während sie trimmten, übergab sich Drew auf einmal laut würgend in zwei, drei Schüben, ließ die Leine los und fiel auf den Hintern. Eliot machte einen Satz nach hinten, um die plötzlich durchhängende Leine aufzufangen, rutschte in dem Matsch aus Kotze und Seewasser aus und plumpste neben seinen jüngeren Bruder. Die Schot entglitt seinen Händen und schlug wie eine riesige, rasende, sich windende Schlange durch die Luft, während hoch oben das Segel flatterte.

Eliot sprang auf, packte die Leine wieder und zog. Nichts rührte sich. Er schaute nach oben.

»Sie hat sich verfangen, Nat! Sie hängt fest!«

»Herrgott, dann mach sie los! Gleich schau ich wieder in den Arsch von dem Kahn. Das ist das letzte, was ich sehen will.«

Allmächtiger Gott, jetzt hörte er sich schon an wie der alte Herr. Eliot rannte zur Leeseite und riß an der Schot, lief zur Luvreling und riß wieder daran. Er bekam sie frei, doch verlor er auf dem nassen Deck ein zweites Mal den Halt und knallte mit dem Kopf so hart gegen die Reling, daß es vor seinen Augen blitzte. Während er so dasaß, schoß ihm eine seltsame Frage durch den Kopf: Als Jesus das Kreuz trug, wie oft war er da hingefallen? Obwohl Eliot sie nicht sehen konnte, stellte er sich vor, wie die Männer der *Black Watch* über den Zirkus an Deck der *Double Eagle* lachten, ja, sie lachten und höhnten, wie die Pharisäer oder Sadduzäer oder sonst wer gelacht und gehöhnt hatten, als Christus der Herr sein Kreuz trug. Eliot stand auf, schüttelte die Faust gegen die Yawl und brüllte: »Ich bin der Auferstandene!« Dann kam er wieder zu Sinnen, packte die Leine und setzte das Segel.

Er schaute in der Erwartung, daß die Yawl dem Horizont entgegenstrebte, nach vorn. Aber sie war lediglich fünfzehn, zwanzig Meter voraus. Meter, die die *Double Eagle* mit ihrem großen, vorwärtstreibenden Fischermann-Stagsegel rasch aufholte, während Nathaniel gleichzeitig den Schoner um fünfzehn Grad von der Yawl absetzte, um mehr Dampf zu machen und durch den Windschatten zu kommen. Zum zweiten Mal lag sie querab der *Black Watch*, und wieder wurde sie in deren Windschatten langsamer. Aber sie drängte vorwärts, zeigte jetzt Mumm und Ausdauer, und wenn die rivalisierende Mannschaft angesichts des Karnevals der Mißgeschicke gelacht haben sollte, so tat sie das jetzt sicher nicht mehr. Das Bugspriet des Schoners streckte seine Spitze an der Yawl vorbei.

»Wir haben sie! Wir haben sie!« Jede Faser in Nathaniels Körper war so gespannt wie das gesamte Takelwerk, sein Gesicht war ein einziges leuchtendes Jubeln, das religiöser Verzückung tatsächlich verdammt nahekam. Dann schaute er hinüber zu seinem Gegner und ließ einen Schrei los.

»Das ist Will! An der Pinne steht Will!«

Eliot schaute hinüber. Es war tatsächlich Will. Mit der weißen Seglermütze und dem dunklen Rollkragenpullover sah er wahrhaft seemännisch aus.

»He, Will! Will Terhune!« rief Nathaniel aufgeregt. Er hielt eine Hand an den Mund und riskierte dadurch, mit nur einer Hand zu steuern. »Ich hab dich im Sack, Will! He, Will!«

Kurz darauf glitt das Heck der *Double Eagle* am Bug der *Black Watch* vorbei, sie hatte wieder vollen Wind und zog davon. Eliot stürzte nach vorn und barg das Stagsegel, denn wenn es oben bliebe, könnte der Wind es zerfetzen.

»Schau dir das genau an«, sagte er zu Drew, wobei er sich bewußt wurde, daß er ganz außer Atem war, daß auch ihn – wenn auch ein bißchen mehr im verborgenen – der Wettstreit, die Gier nach dem Triumph gepackt hatte. »Achte auf die Segel der Yawl ... Sie luvt an ... Sie verliert Fahrt ... Will möchte höher an den Wind, aber er schafft's nicht. Unsere Segel lenken den Wind in ihren Rücken ab. Wir backhalten sie ... Wir sind in der sicheren Leestellung. Das heißt: Für das Schiff hinter dir ist es jetzt fast unmöglich zu überholen ... Siehst du's?«

»Bye ... bye, bye, Will ...« Nathaniel schaute zurück und winkte betont affektiert.

»Er hat nur zwei Möglichkeiten«, sagte Eliot und setzte seine Lehrstunde fort. »Warten, bis wir soviel Vorsprung haben, daß wir ihn nicht mehr backhalten, und dann freihalten ... Da kommt er schon ...«

Wills Mannschaft nahm die Verfolgung auf. Die *Double Eagle* war in diesem Stadium jedoch das schnellere Schiff, und wenn der Wind nicht nach vorn drehte und sie keinen idiotischen Fehler mehr machten, dann war das Rennen gelaufen.

Die Anspannung ließ nach, und auf Nathaniels Gesicht machte sich ein Grinsen breit, das in krächzendem Gelächter explodierte. Was denn auf einmal so lustig sei? fragte Eliot.

»Du natürlich ... Wie du zweimal auf den Arsch gefallen bist ... Und dann, als du aufgestanden bist, wie du die Faust geschüttelt hast ...« Nathaniel erstickte fast und wischte sich die Augen. »Als du geschrien hast: ›Ich bin der Auferstandene!‹ Mann, hoffentlich hat Will das mitgekriegt. Das war einfach satt. *Ich* bin der Auferstandene!«

Wie für den Sommer üblich, wurde der Wind am späten Nachmittag schwächer. Unter ihrer Wolke aus Segeltuch paradierte die *Double Eagle* in den Hafen von North Haven. Das Wasser glänzte im Schein der untergehenden Sonne, doch schien das Licht nicht von oben zu kommen, sondern von unten durchs Wasser zu strahlen, als ob ein Alchimist über einer unterseeischen glühenden Esse Goldmünzen schmiedete. In dieser Gegend, dachte Nathaniel, sah sogar das Wasser millionenschwer aus. Vinalhaven auf der anderen Seite der Durchfahrt war so nah, daß man hinüberrudern konnte. Auf der Insel lebten Steinbrecher, Hummerfänger, Fischer und Seeleute, ein rauher und salziger Ort, von dessen Luft ein Atemzug genügte, um einem die Nasenlöcher zu verkrusten. Auf North Haven blühten elegante Gärten um weitläufige Häuser (ihre Besitzer nannten sie in einer Art großkotzigem Understatement »Sommerhäuschen«). Den Sommer über luden hier Rechtsanwälte aus Philadelphia, Industrielle aus New York und Textilkaufleute aus Boston ihre Frauen und Kinder ab, während sie selbst in der Stadt blieben, um das Geld für die Häuser und die großen und kleinen Jachten zu machen, die sich jetzt in dem Hafen drängelten, dessen Wasser wie goldenes Feuer glänzte.

Die Braithwaites gehörten zur besseren Gesellschaft North Havens (eher am Rande als im Zentrum; im Gegensatz zu den Herzögen und Prinzen waren sie die Barone der merkantilen Aristokratie Amerikas). Nathaniel sah sich allerdings lieber als Außenseiter – rauher und zäher, im Geiste eher den Menschen von Vinalhaven verbunden, er, der im letzten Jahr den Staub der Steinbrüche geatmet und sich Schwielen an den Händen erarbeitet hatte. Im Hochgefühl des Sieges zog er für die flanierenden Promenadengockel dieses blühenden Hafens eine Schau ab. Er schlängelte sich zwischen den vor Anker liegenden Schiffen hindurch und hielt geradewegs auf die Anlegestelle zu, um den gerade an Land gehenden Passagieren der Camden-Dampffähre ein bißchen Angst einzujagen. Dann änderte er die Richtung und glitt, ganz Mann von Welt, am Casino vorbei, das allerdings keine Spielhölle, sondern ein Jachtclub mit einer nüchternen Fassade aus braunen Schindeln und weißgerahmten Fenstern war. Er winkte einem Mädchen auf dem Landungssteg zu und hielt dann unmittelbar auf die *Black Watch* zu, die gerade zum Ankern hereinkam. Da sein Versuch, einen der Fährpassagiere aufzuscheuchen, fehlgeschlagen war, probierte er es nun mit Will und seiner Mannschaft. Etwa zwanzig Meter vor der Yawl wies er Eliot und Drew an, sich bereitzuhalten, um den Anker zu werfen; dann kurbelte er das Steuerrad herum und schoß auf, so daß die *Double Eagle* eine Pirouette drehte, bevor sie zum völligen Stillstand kam. Eliot steckte die Ankerleine aus, zog noch einmal an, um sicherzugehen, daß der Anker auch richtig saß, und machte dann die Leine am Poller fest.

Von der etwa fünfzehn Meter entfernten Yawl kam zögernder Applaus. Will lehnte am Besanmast. Er hatte die Mütze abgenommen, sein Haar hatte die Farbe eines Heuhaufens.

»Kompliment an deinen Vater«, rief er aufgekratzt. »›Ganz anständig geschippert‹, wie diese Bauern da unten an der Küste sagen würden. Die Verlierer laden euch und euer Gefolge zu einem Drink an Bord. Es gibt kubanischen Rum für euren alten Herrn und Brausewässerchen für die Kleenen. Das Angebot gilt ab sofort.«

Nathaniel schwenkte zur Begrüßung einen Arm und murmelte: »Der wird sich wundern.«

Als erstes kümmerten sie sich darum, daß das Schiff wieder anständig aussah, und fingen an, das Deck zu schrubben. Groß- und Vorsegel wurden mit Reihleinen festgemacht. Nathaniel gefiel der Anblick: Die Falten scharf wie bei einer Ziehharmonika, klemmten die Segel zwischen Spieren und Gaffeln. Ein Glorienschein schmeichelnden Lichts ließ das ganze Schiff schimmern. *Mein Schiff*, dachte er wieder. Angesichts des aufwallenden Besitzerstolzes fragte er sich, und seine Gedanken sprangen dabei drei Monate in die Zukunft, wie er den Verlust wohl ertragen sollte, wenn die Zeit gekommen war.

Zwei, drei kräftige Züge an den Riemen des Beiboots brachten die Sieger längsseits der *Black Watch*. Will nahm die Fangleine und machte das Beiboot am Heck fest.

»Kommt Käpt'n Cyrus nicht?«

»Nee«, sagte Nathaniel und gab Will die Hand.

»Ab und zu trinkt er doch ganz gern einen – sagt man. Ist ihm wohl zu jung die Gesellschaft, was?«

Er sagte dies mit einer ausholenden Handbewegung in Richtung seiner Freunde, die wie er noch aufs College gingen.

»Der alte Herr ist nicht an Bord«, sagte Nathaniel und schaute in ein Gesicht, das aussah, als hätte sich der liebe Gott, der es zusammengesetzt hatte, nicht zwischen hübsch und häßlich entscheiden können. Es war irgendwie eckig und mager, und aus drei, vier Metern Entfernung sah es ja ganz ansehnlich aus; aus der Nähe jedoch fiel einem auf, daß das Kinn etwas schief und die Nase wie die eines Preisboxers ein bißchen gekrümmt war. Der Mund war schräg, als würde sein Besitzer die ganze Zeit höhnisch über etwas grinsen, sei es über das Leben oder über sein Gegenüber. Die Lippen waren für das insgesamt magere Gesicht zu dick und deuteten auf einen ungesunden Hedonismus hin.

»Du willst mir doch nicht sagen, daß wir gegen *euch drei* den kürzeren gezogen haben?« sagte Will, als wäre gerade eines der Gesetze des Universums auf den Kopf gestellt worden.

»Genau das tue ich.«

Will fummelte eine Packung Duke's aus der Hosentasche und bot Nathaniel eine an, der jedoch den Kopf schüttelte.

»Die nehmen einem den Wind aus den Segeln«, sagte er.

»Sind auch schlecht fürs Wachstum. Wenn ich nicht rauchen würde, wäre ich jetzt eine Riese anstatt der mickerigen eins achtzig.« Will legte den Kopf in den Nacken, schürzte die Lippen und blies den komprimierten Rauch durch den engen Trichter in die Luft. »Na ja, vorhin ist er uns auf jeden Fall ausgegangen. Und auch noch auf der Leeseite. Sehr unangenehm.«

Mit einem Seitenblick schien Will seine Collegekumpel um Verzeihung bitten zu wollen. Vielleicht hatte er vor ihnen mit seinem überragenden Können geprahlt. Wie Nathaniel fuhr auch er schon seit seiner Kindheit Regatten, erst mit Dinghys, dann mit kleinen Slups; er hatte zur Mannschaft von vielen größeren Schiffen gehört und war im letzten Jahr Navigator bei der Newport-Bermuda-Regatta und im Jahr davor bei der Portland-Gloucester-Regatta gewesen.

»Wirklich clever, Natters. Als auch in der Niederlage großmütiger Gentleman biete ich dir als Kapitän den Schwarzgebrannten an, der sonst an deinen alten Herrn gegangen wäre.« Dann wandte er sich an einen der anderen, einen kleinen, kräftig gebauten Kerl: »Van Slyck, hiermit bestimme ich dich zum Steward für diese Reise. Unseren Grog, wenn ich bitten darf, und für unsere jungen Freunde die Brause.«

Seine einzige Erfahrung mit Alkohol hatte Nathaniel erst im vergangenen Frühjahr in Andover gemacht: zwei Schluck aus einer Halbliterflasche Whiskey, die ein älterer Mitschüler, der weiter hinten im Flur wohnte, ins Wohnheim geschmuggelt hatte. Mehr als zwei Schluck hatte er nicht hinuntergebracht. Beim ersten brannte ihm die Kehle, beim zweiten hatte er das Gefühl, als ob ihm jemand einen lebenswichtigen Nerv zum Hirn abgeschnipselt hätte. Jetzt in der Pflicht der *Black Watch* und in Gesellschaft von zwei Yale-Studenten (Will und Tony Burton, dessen Vater die Yawl gehörte und der seinen Sohn und dessen Freunde beauftragt hatte, das Schiff von New York nach New Haven zu überführen) und zwei Dartmouth-Studenten (das abgesägte Muskelpaket, das die anderen Van Slyck nannten, wobei nicht klar war, ob das nun ein oder zwei Namen waren, und der etwas jüngere, schmächtige Herb Wheeler, der gern mit einer kalten Pfeife im Mund dasaß und mit gewichtigem Schweigen den Eindruck erwecken wollte, er wäre ein Mann weniger Worte und messerscharfer Intelligenz) – jetzt hoffte Nathaniel, er würde weder husten noch würgen oder sich sonstwie als jungfräulich in Sachen Schnaps entlarven. Will hatte ihm einen mit einer Limettenscheibe garnierten Cocktail kredenzt, der aus weißem Rum und Coca-Cola bestand und den er als Cuba Libre bezeichnete.

»Ich habe das für dich zusammengemixt, weil ich weiß, daß Colonel Roosevelt dein Held ist.«

»Trinkt er auch Cuba Libre?«

Will sagte, er wisse nicht, was Colonel Roosevelt trinke, oder ob er überhaupt trinke, daß er es aber stark annehme, da Roosevelt doch in dem Ruf stehe, ein Mann unter Männern zu sein. Nein, er habe den Drink gemixt, weil er während des erst kürzlich beendeten Krieges zum Zeichen der Befreiung Kubas kreiert worden sei und weil sich Roosevelt in diesem Krieg so heldenhaft geschlagen habe.

»Ich glaube, er ist schon vorher entstanden, Will. Fünfundneunzig, glaube ich, während dem Aufstand der Kubaner«, sagte Burton, der es schon als junger Mann geschafft hatte, alt auszusehen. Mit zwanzig oder einundzwanzig umgab ihn schon die stattliche Würde eines Mannes mittleren Alters. Hinter einem schwarzen Brillengestell mit dicken Gläsern funkelten seine blauen Augen mit einer vieldeutigen Fröhlichkeit, die aussah, als könnte sie binnen einer Sekunde in Feindseligkeit umschlagen. Der Hals war geschwollen wie der eines brünstigen Ochsenfroschs, die Fleischwülste der Backen glänzten rosa. Der allgemeine Eindruck gutgenährten, reifen Wohlergehens wurde noch verstärkt durch die Zigarre, die er paffte und mit der er in der Luft herumwedelte wie ein Plutokrat auf Praktikum, der für den Tag übte, an dem er ein Eisenbahnunternehmen, ein Stahlwerk oder eine Maklergesellschaft befehligen würde. Er drehte sich zu Nathaniel um und sagte: »Das ist also dein Held, hä? Mein Vater meint, daß der nur ein verdammter Cowboy ist.«

»Natters hat sogar versucht, sich zu Teddys Freiwilligenregiment, den Rough Riders, zu melden. Hast du das gewußt?« sagte Will, während Nathaniel wünschte, er würde endlich aufhören, diesen idiotischen Spitznamen zu benutzen.

»Woher sollen wir das denn wissen? Wir kennen ihn ja erst seit zwanzig Minuten«, sagte Van Slyck und wandte sich dann an Nathaniel: »Warst du damals nicht noch ein ziemliches Handtuch?«

»Für mein Alter war ich schon ziemlich groß.« Um beurteilen zu können, ob sie zu schätzen wußten, was er getan hatte – oder besser, versucht hatte zu tun –, oder ob sie glaubten, daß er sich angegriffen fühlte, schaute er Burton, Van Slyck und Wheeler der Reihe nach an. »Das war im Mai, etwa einen Monat nach der Kriegserklärung. Ich hatte gerade meinen Abschluß auf der Boston Latin gemacht.«

»Wie bitte? Hast du etwa damit gerechnet, daß ein Abschluß von der Boston Latin auf Colonel Roosevelt Eindruck machen würde?« bemerkte Burton spöttisch.

Nathaniel schüttelte den Kopf. Obwohl der Pfeifenkopf keinen Tabak enthielt, klopfte Wheeler ihn an seinem Schuh aus und starrte Nathaniel nachdenklich und neugierig an.

»Also, das wär so ziemlich das letzte, auf das ich scharf wär. Egal, in welchem Alter«, sagte er. »Wie bist du bloß darauf gekommen?«

»Na, durch seinen Vater«, antwortete Will für Nathaniel. »Mr. Braithwaite hat im Bürgerkrieg mitgemacht. Hautnah. Hat ihn ein Auge gekostet.«

»Du meinst seinen Großvater«, sagte Burton.

»Nein, meinen Vater«, sagte Nathaniel.

»Und du wolltest in die Fußstapfen von deinem Vater treten. Richtig, Natters? Du wolltest ein Kriegsheld sein.«

War es das? Vielleicht. In Nathaniels Erinnerung war es jedenfalls etwas anderes gewesen: die Knospen an den Bäumen, die duftende Frühlingsluft, und dann die Schlagzeilen, die KRIEG! schrien, die Dewey nimmt Manila! trompeteten. Das hatte eine unerträgliche, nervöse Unruhe in ihm entfacht, eine Unzufriedenheit mit dem Boston von Back Bay – nicht dem Back Bay als Wohnviertel, sondern als Lebensweise. Es entfachte diese Unruhe und diese Unzufriedenheit, die ihn dazu trieb, einen Dollar aus Mutters Haushaltskasse zu stibitzen, um sich eine Trambahnfahrkarte nach Cambridge zu kaufen. Er hatte in der Zeitung gelesen, daß sich Harvards großartiger Quarterback Sanders zu den Rough Riders gemeldet hatte, und schloß daraus, auf dem Campus von Harvard müsse es eine Rekrutierungsstelle geben. Es gab dort zwar keine, aber ein Polizist schickte ihn zum Rekrutierungsbüro der U.S. Army, das nur ein paar Straßen entfernt war. Dort schwor er einem furchteinflößenden Sergeant, dessen gezwirbelte und geölte Schnurrbartenden wie Pfeilspitzen abstanden, Stein und Bein, daß er ein Meisterschütze und ein Teufelsreiter und siebzehn Jahre alt sei. Letztere Behauptung wollte der skeptische Sergeant allerdings durch eine Geburtsurkunde oder ein ähnliches Dokument bestätigt sehen. Die entsprechende Seite aus der Familienbibel würde genügen. In Nathaniels Kopf rotierte es. Er suchte nach einem plausiblen Grund, warum er nichts dabeihabe, was sein Alter bestätigten könnte. Er registrierte jede Einzelheit in seiner Umgebung – den Sergeant, dessen intensives und durchdringendes Starren dazu in der Lage zu sein schien, die Seele eines Mannes zu entblößen, die Menge der Freiwilligen, die ihn ebenfalls anzustarren schienen und auf seine Antwort warteten. Mit einem Mal fühlte er sich schuldig, schuldig des Diebstahls, schuldig, daß er von zu Hause weggelaufen war und gelogen hatte. Die Schuld nahm ihm alle Überzeugungskraft, als es aus ihm herausplatzte, daß er keine Geburtsurkunde habe und auch nicht die Seite aus der Familienbibel, weil er ein Waisenkind sei und deshalb weder seine Eltern noch sein genaues Geburtsdatum kenne. »Tja, wenn das so ist, mein Jüngelchen, wie zum Teufel weißt du dann, daß du siebzehn bist?« sagte der Sergeant. Von da an dröselte sich schnell alles auf. Er gestand sein richtiges Alter, Name und Adresse. Eine Stunde später, nachdem die neuen Rekruten den Eid geleistet hatten, begleitete ihn der Sergeant zur Trambahnhaltestelle und gab ihm einen Nickel für die Fahrkarte. »Gefälligkeit der U.S. Army, dafür, daß du den richtigen Geist gezeigt hast«, sagte er. »Komm in drei, vier Jahren wieder, dann kriegst du den blauen Frack.«

»Dusel, daß sie dich nicht genommen haben«, sagte Burton. »Mein Vater kennt den Vater von Ham Fish, und Hams Knochen liegen jetzt in Kuba. Verdammte Schande. Auf der Columbia war er ein erstklassiger Ruderer. Und ein höllisch guter Polospieler dazu.«

Wheeler klopfte sich mit dem Pfeifenstiel gegen die Zähne und schaute hinaus in den Sonnenuntergang, der grelle Farben über North Haven Island goß. Im Casino leuchteten Lampen auf, und eine Band oder ein Grammophon spielte einen Walzer.

»Ist doch pure Ironie, oder?« sagte Wheeler. »Die Spanier haben die beiden amerikanischen Kontinente entdeckt, und dann waren es wir Amerikaner, die die Spanier wieder vertrieben haben.«

Will sagte, daß er darin keine Ironie entdecken könne.

»Dahinter verbirgt sich eine Lehre.«

»Eine Lehre kann ich da auch nicht entdecken«, sagte Will, der sich mit dem Kamm durchs Haar fuhr. Was sein Haar betraf, war Will sehr eitel. Er besaß das dichteste Haar, das Nathaniel je gesehen hatte. »Ach, Herbie, das ist genau die Art von irriger Schlußfolgerung, an die ich mich bei Dartmouth-Leuten schon gewöhnt habe.«

»Mmmmm«, nuschelte Wheeler mit geheimnisvollem Lächeln, als belustigte ihn Wills Unvermögen, die Ironie und Lehre darin zu erkennen. »Ihr Yale-Burschen.«

»Wie wir alle wissen, ist Will nicht mehr in Yale«, sagte Van Slyck. »Vielleicht taucht er ja bald bei uns in Dartmouth auf. Wenn die so einen Schweinehund überhaupt zur Tür reinlassen.«

Nathaniel schaute Will an.

»Der Präsident von Yale hat es für angezeigt gehalten, mich zu ersuchen, im Herbst zum dritten Studienjahr nicht mehr zu erscheinen.«

Will zündete sich eine weitere Zigarette an und lächelte verstohlen.

»Bist du durchgefallen?« fragte Nathaniel.

»Hatte mit seinem Benehmen zu tun«, sagte Burton. »Ein skandalöses Ereignis. Nichts für grüne Jungs.«

»So grün sind sie nun auch wieder nicht, Tony. Sie wissen zumindest, daß nicht der Klapperstorch die Babys bringt. Das kann man ja wohl annehmen. Und wenn sie es nicht wissen, dann wird's Zeit. Es war so, Natters: Da war ein Neuling auf unserem Flur, der offenbar nicht die richtige Erziehung erfahren hatte. Sein Vater hatte versäumt, ihm zum achtzehnten Geburtstag zwei Dollar in die Hand zu drücken und in ein angemessenes Etablissement zu schicken. Er war irgendwie zerknirscht über den Stand seiner Unschuld, also habe ich mich dazu entschieden, sozusagen in loco parentis, mit ihm einen mir bekannten Ort in der Hafengegend von New Haven aufzusuchen. Madame Zygote oder Zagreb, irgend so ein ausländischer Name. Unglücklicherweise haben wir uns gerade in dem Etablissement aufgehalten, als unsere Stadtväter für Häuser mit üblem Leumund Polizeirazzien angeordnet haben. Einer dieser Anfälle bürgerlicher Tugendhaftigkeit, für die Connecticut so berühmt ist. Nächstes Jahr sind Wahlen, schon klar. Man muß den Wählern ja was bieten. Als die Cops eingetroffen sind, hat fraglicher junger Mann also gerade intensivst an seiner Mannwerdung gearbeitet. Die Cops haben jeden eingelocht, Damen wie Kunden. Das Ganze ist dann an das örtliche Boulevardblatt durchgesickert. Zwei Yale-Studenten in einem schlüpfrigen Etablissement. Der Reporter konnte einfach nicht widerstehen und hat die Sache aufgebauscht. Am nächsten Tag sind wir auf Kaution wieder raus. Die Exjungfrau und ich sind zum Dekan einbestellt worden, wo die Exjungfrau dann, um ihre eigene nichtsnutzige Haut zu retten, alles mir in die Schuhe geschoben hat – und wie. Ich hätte ihm nicht nur das Geld gegeben, sondern ihn mehr oder weniger sogar gezwungen, Madame Zygote oder Zagreb aufzusuchen. Der Dekan ist damit zum Präsidenten gegangen. Für mich war das Eis wegen früherer Unbotmäßigkeiten ohnehin schon dünn – worum es da gegangen ist, tut jetzt aber nichts zur Sache. Der Präsident hat mir einen Brief mitgegeben, in dem stand, daß ich das Semester beenden könne, aber zum nächsten bitte nicht zurückkehren möge.«

Mit über dem Bauch verschränkten Armen, so als wäre er immer noch seekrank, beugte sich Drew weit vor.

»Ich versteh das alles nicht«, sagte er.

»Hab dir doch gesagt, daß sie noch zu grün sind«, sagte Burton. Darauf Eliot zu seinem jüngeren Bruder:

»Will hat diesen Neuling in ein *Bordell* mitgenommen. Bordelle sind verboten. Man hat sie geschnappt und eingesperrt, und deshalb haben sie ihn – also Will – vom College geschmissen. Und falls du nicht weißt, was ein Bordell ist, Brüderchen, das ist ein Ort, wo Frauen dafür bezahlt werden, daß Männer sie ficken dürfen.«

»Eliot!« Drews Hände schossen an die Ohren. »Ich sage Vater, daß du geflucht hast.«

»Ficken ist kein Fluchwort, es ist ein vulgäres Wort«, sagte Will in dozierendem Ton. »Den Allmächtigen anzurufen, um jemanden zu beschimpfen, wie in ›Du gottverdammter …‹, das ist fluchen.« Er schaute Nathaniel an. »Du bist doch nicht etwa schockiert, Natters?«

Um nicht provinziell und unerfahren zu erscheinen, schüttelte Nathaniel den Kopf. Allerdings verstörte ihn ein Bild, das von seiner Phantasie Besitz ergriffen hatte, nachdem Will fertig erzählt hatte. Er sah eine von Madame Zygotes oder Zagrebs Huren, die sich auf einem mit Fellen wilder Bestien bezogenen Diwan rekelte. Ausladende Hüften, verschwenderische Brüste und fleischige Oberschenkel, die von einem feuchten Dreieck aus Schamhaaren gekrönt wurden. Und das alles auf den gestreiften und gepunkteten Fellen von Zebras und Leoparden – genau wie die Frau auf einer der französischen Postkarten, die man letztes Jahr ins Wohnheim geschmuggelt hatte. Das Gesicht jener Frau war jedoch nicht das, welches jetzt vor seinem geistigen Auge erschien: Es war das Gesicht von Wills Cousine Constance. Das Gesicht war gewissermaßen auf den verführerischen Körper der Postkartenfrau aufgepfropft. Er hatte noch nie auf diese Art an Constance gedacht. Wie denn auch, ihr Körper war ja die ganze Zeit vom Hals bis zu den Knöcheln in einen Tresor aus Baumwolle, Seide, Schafwolle und Korsettstangen gesperrt. Von dem, wie sie darunter aussah, konnte er sich genausowenig ein Bild machen wie von ihrem Brustkorb oder ihrer Wirbelsäule. Und jetzt auf einmal dieses Bild, das von irgendwoher in sein Gehirn platzte, und mit dem Bild das Verlangen und die Hitze, und damit die Scham.

»Wenn meine Mutter jemals schockiert war, dann war sie es jetzt«, sagte Will gerade. »*El Presidente* schickt meinen Eltern also eine Abschrift der Relegation. Mein Vater hat mir erzählt, daß Mutter in Ohnmacht gefallen ist. Als sie die Worte ›moralische Verworfenheit‹ gelesen hat, ist sie glatt in Ohnmacht gefallen. Muß wohl gedacht haben, daß ich bei einer Vergewaltigungsorgie mitgemacht habe. Dad war zwar schon sauer, was ihn aber erst richtig stinksauer gemacht hat, war, daß Mama wegen mir in Ohnmacht gefallen ist. Was konnte er schon tun? Mich übers Knie legen und mir den Hintern versohlen? Statt dessen hat er was viel Schlimmeres gemacht: Er hat mir eine Stelle besorgt. Hat mich bei einem seiner Partner in die Kanzlei gesteckt. Ich hab den Sommer schon vor mir gesehen. Wie ich in einem stickigen, fensterlosen Kabuff mit Stapeln von Präzedenzfällen und staubtrockenen Gesetzbüchern meine Zeit verplempere. Dann kam der Anruf von Tony, ob ich nicht mit auf Fahrt gehen will. Und da wär ich also. Tja, ich bin wohl von zu Hause weggelaufen. Ist vielleicht ein bißchen spät, mit neunzehn, fast zwanzig von zu Hause wegzulaufen. Trotzdem, besser spät als gar nicht.«

»Wir haben auch kein Zuhause mehr«, platzte es ganz ernsthaft aus Drew heraus. »Wir sind Waisen. Zumindest so ähnlich. Für eine Zeitlang.«

Herb Wheeler schlug die Beine übereinander und stieß wie ein Professor auf der Kanzel die Pfeife in Richtung Drew.

»Wie soll das denn gehen? Eine Zeitlang so was Ähnliches wie Waisen«, sagte er und fuhr im Tonfall eines

Predigers fort: »Waise zu sein ist, wie schwanger zu sein. Entweder bist du es ganz oder du bist es gar nicht.«

»Er meint, daß man uns für den Sommer rausgeschmissen hat«, sagte Eliot düster. Er mochte keinen einzigen von diesen überkandidelten College-Typen, und Will am allerwenigsten. Warum Nat immer so beeindruckt von ihm war, hatte er nie verstanden. »Unser alter Herr hat gesagt, daß wir uns bis September nicht mehr blicken lassen sollen. Deshalb sind wir jetzt hier.«

Will fragte, was sie angestellt hätten.

»Überhaupt nichts«, sagte Drew. »Wir haben ein neues Jahrhundert.«

Burton lehnte sich mit seiner ganzen Körpermasse gegen das Steuerrad. »Was du nicht sagst! Bemerkenswerte Beobachtung für einen so jungen Menschen. Kindermund tut Wahrheit kund, hä?«

Eliot hatte gute Lust, ihm in sein fettes Gesicht zu schlagen.

»Das hat Vater an dem Morgen zu uns gesagt, als wir gefragt haben, warum er uns rauswirft. Er hat gesagt: ›Wir haben ein neues Jahrhundert.‹ Das war alles.«

»Was Käpt'n Cyrus zweifelsfrei als Meister des Offensichtlichen auszeichnet«, sagte Will. »Wenn er euch vor die Tür gesetzt hat, was macht ihr dann mit seiner Jacht? Was wird hier eigentlich gespielt, Natters?«

Und während sich die gemächliche Abenddämmerung des nördlichen Sommers herabsenkte, der Wind zu einem Flüstern erstarb und sich das Hafenbecken in einen schwarzen Spiegel verwandelte, auf dem sich Ankerlichter und Casinolampen spiegelten, erzählte ihnen Nathaniel die ganze Geschichte.

»Also, ich würde das kaum als rausschmeißen bezeichnen«, sagte Burton, nachdem Nathaniel fertig war. »Wenn doch, dann wäre es mir ganz recht, wenn mein alter Herr mich auch rausschmeißen würde.« Er schlug auf das Steuerrad. »Ich würde mit der Kleinen hier nach, tja, wohin? nach Rio segeln. Genau. Ich würde nach Rio segeln und mit dunkelhäutigen Damen von zweifelhafter Moral die Nächte durchtanzen.«

»Du würdest es nie schaffen, eine von denen ins Bett zu kriegen, geschweige denn, mit einer zu tanzen, du Walroß«, sagte Will und zündete sich schon die dritte Zigarette in dieser Stunde an. Das in der dunkler werdenden Dämmerung aufflackernde Streichholz verlieh seinem Gesicht ganz kurz einen unheimlichen Glanz. »Was willst du jetzt machen, Natters?«

»Hab im Moment noch keine Pläne.«

»Und weshalb bist du gerade hier? Willst du etwa meiner Cousine an den Rock? Keine Chance, sag ich dir. Für dich ist Connie schon so was wie eine ältere Dame.«

»Ach was. Ich bin im März fünfundachtzig geboren und sie im Mai vierundachtzig.«

Ihm einfach so zu sagen, daß er keine Chance hätte, empfand er als furchtbar rüde.

»Der Unterschied macht vielleicht in zehn Jahren nichts mehr aus, im Moment hat sie es aber mehr mit Leuten ihres Alters.« Als würde er die Schauspieler eines Bühnenstücks präsentieren, deutete er mit weit ausholender Handbewegung auf seine Kameraden. »Andererseits ... Tony wäre viel zu fett für sie, Van Slyck ist zu klein, und Herbie ist ein Bücherwurm. Wer weiß, vielleicht hast du am Ende ja doch eine Chance!«

Walzermusik schwebte über das Wasser, im Pavillon tanzten Paare im Schein der Laternen, und vom Ufer wehte der aus qualmenden Tonnen aufsteigende Teergestank herüber, der die Moskitos draußen in der Bucht halten sollte. Nathaniel stellte sich vor, wie er mit Constance tanzte. Er hielt sie fest umschlungen und küßte sie so entschlossen und leidenschaftlich, wie der Mann die Frau in dem Seidenkleid küßte, die auf dem Titel von Mutters neuester Ausgabe des *Ladies Home Journal* abgebildet war.

»Ich sag dir was – unter dem Dach von Tantchen Schlachtroß hat sich im Moment ein regelrechter Harem eingenistet«, sagte Will. »Cousinchen Connie und drei von ihren Freundinnen, dazu Cousine Johanna mit zwei von ihren Cousinen. Wir machen morgen ein Picknick. Frances Parkman und ihre Mutter stoßen von Pulpit Harbor kommend dazu. Es herrscht echter Männermangel. Kommt doch einfach mit.«

Nathaniel nickte, wandte jedoch gleich ein, daß er nur einen Schuh habe, weil der andere verlorengegangen sei. Will wischte dieses Manko mit einer Geste beiseite und sagte, einer von seinen Freunden habe schon noch ein Paar mit seiner Größe übrig. Er drückte die Zigarette aus und schaute die Brüder an.

»Wißt ihr, es ist schon interessant, daß wir uns – ihr drei und ich – anscheinend in einer ganz ähnlichen Lage befinden. Vielleicht sogar im selben Boot?«

6

Er schlief lange. Er war in die Rolle des Kapitäns geschlüpft, also hatte er auch die Eignerkajüte, die sonst sein Vater beanspruchte, in Besitz genommen und sich dort ausgebreitet. Das Hafenwasser leckte am Rumpf; durch das offene Bullauge drangen die heiseren Schreie der Seemöwen, die sich darum zankten, wessen Beute nun diese Krabbe oder jene Muschel sei. Wundervolle Geräusche zum Aufwachen – das Wasser, die Möwen, das Knirschen der Ankerkette, die sich in der Strömung wiegte. Geräusche, die er in Andover, wo ihn immer sein schriller Westclox-Wecker aus dem Schlaf riß, furchtbar vermißte. Er erinnerte sich daran, daß der Biologielehrer, der die Richtigkeit von Darwins Lehre verteidigte, vor der Klasse auch gesagt hatte, daß der Salzgehalt menschlichen Bluts identisch sei mit dem von Meerwasser. Nathaniel gefiel der Gedanke, daß sich die Atome in den Adern eines jeden Menschen danach sehnten, sich mit denen des Meeres wiederzuvereinigen, daß alle Menschen Waisen seien, die man, wie es Vater bei einem seiner seltenen Ausflüge in die Welt der Poesie nannte, von »unserer erhabenen blauen Mutter« getrennt habe. Vielleicht war dieses Sehnen in seinem, Nathaniels, Blut stärker als im Blut der meisten anderen Menschen. Er litt, wenn er zu weit vom Meer entfernt war – bis zu einem bestimmten Ausmaß sogar direkt proportional zur Entfernung. In Andover, das fast eine Tagesfahrt von der Küste entfernt lag, wurde er in jedem Jahr aufs neue zunehmend unruhig und verdrießlich, sobald der Reiz des neuen Semesters verflogen war. Im Dezember glich der Himmel in seinem Inneren dem des Himmels draußen vor der Tür. Keine Medizin oder Arznei konnten die Wolken vertreiben, ebensowenig den Geruch des Salzsumpfes bei Ebbe oder das Läuten einer Glockentonne oder das Bild eines gut am Wind segelnden Dreimasters. Vor drei Jahren, als sie auf dem Weg zur Trambahnhaltestelle waren, hatte ihm der Sergeant des Rekrutierungsbüros von den Kämpfen gegen die Apachen erzählt, die in Arizona stattgefunden hatten. Er sprach voller Sehnsucht vom Westen und legte Nathaniel dringend nahe, dorthin zu gehen, wenn er erst einmal alt genug dazu wäre. Die Grenze zum Wilden Westen aus den Pioniertagen sei Vergangenheit, aber die roten Wüsten, die braunen Ebenen und die leuchtenden, zwei Meilen hohen Berge böten noch genügend Platz für einen Mann, der sich beweisen und umherstreifen wolle. Und dies zu tun, sei eines Mannes auch angemessen. War da soviel Platz wie auf dem Ozean? hatte Nathaniel gefragt, und der Sergeant antwortete: Nein, soviel nicht. Wenn er den Ozean suche, müsse er ganz nach Westen gehen, zu den Küsten in Kalifornien, Oregon oder Washington. Nun gut, wenn es denn der Westen sein mußte, dann eben Kalifornien oder Oregon oder Washington. Er konnte sich einfach nicht vorstellen, Hunderte von Meilen im Landesinnern zu leben, wo er nicht den Busen der erhabenen blauen Mutter anschauen oder berühren könnte. Das gliche dem Exil in einem fremden Land, und sollte er jemals ohne Hoffnung auf Entkommen an einem solchen Ort festsitzen, tja, sagte er sich, dann müßte er sich wohl erschießen.

Er stand auf, tapste durch den Niedergang ins Vorschiff, hob den hölzernen Klodeckel hoch und pinkelte in das Abflußrohr aus Blei, das in die Planken eingelassen war.

Eliot und Drew schliefen noch. Er sah keinen Grund, sie aufzuwecken. Er schürte den Herd an, goß Wasser in die große blaue Kaffeekanne aus Email und stellte sie auf die Eisenplatte. Dann stieg er in die Hosen und ging nach draußen, um den Tag zu begrüßen. Kein nennenswerter Wind, kein Nebel, der Himmel überzogen von einem dünnen Dunstschleier. Eine Welt aus Metall: Hafenbecken und Durchfahrt waren Platten getriebenen Zinns, das sich zwischen den Inseln ausbreitete; die sich im Wasser spiegelnde Sonne ein Band polierten Messings; die Sonne selbst eine im Dunst mattglänzende Kupferscheibe.

Und Gertrude Williams bereicherte diese Komposition aus Metallen mit ihrer bronzefarbenen Bräune. Nathaniel erkannte sie im Bug der kleinen Dampfbarkasse, die zum Casino gehörte. Ihre aufrechte Pose erinnerte ihn an eine Zeichnung aus seinem Schulbuch für amerikanische Geschichte: Washington überquert den Delaware. Selbst aus einer Meile Entfernung wäre Mrs. Williams klar zu erkennen gewesen – jeder einzelne ihrer einhundertachtundsechzig Zentimeter, jedes einzelne ihrer einhundertsechzig Pfund, inklusive des gewaltigen Busens, der ihrer weiblichen Erscheinung eher ab- denn zuträglich war, wohnte ihm doch eine aggressiv-männliche Qualität inne. Das hoch aufgetürmte, helle kastanienbraune Haar glänzte im Sonnenlicht wie ein Bronzehelm; die ockerfarbene Bluse, deren bauschige Ärmel die Breite ihrer Schultern übermäßig betonten, deren Vorderseite durch die vorspringende Wölbung des darunter verborgenen Fleischs straffgespannt war, hätte auch als Brustpanzer aus Bronze durchgehen können; und das farblich passende Sonnenschirmchen, das sie leicht angewinkelt hoch über ihren Kopf hielt, war der erhobene Bronzeschild, der sie gegen den Pfeilhagel schützte, der von einer Festungszinne auf sie herabregnete. Auf den Bänken hinter ihr saßen mehrere Frauen. Durch sein Fernglas konnte Nathaniel insgesamt neun zählen, inklusive Gertrude. Er verweilte etwas länger bei Constance, die ganz in Weiß gekleidet war und gerade über etwas lachte, was eine ihrer Freundinnen ihr erzählte. Wegen des Fahrtwindes hielt sie mit einer Hand ihren Strohhut fest. Neben Constance saß deren jüngere Schwester Johanna, und dann waren da noch Amy Thorp, Antonia Codman, Marianne Gordon, Frances Parkman mit ihrer Mutter Hannah und ein Mädchen, das Nathaniel vom letzten Jahr her noch kannte, an dessen Name er sich aber nicht erinnern konnte. Jeder nannte sie einfach nur »Bunny«. Es war irgendeine Verwandte von Longfellow, eine Enkelin oder Großnichte oder so. Es waren nur zwei Männer an Bord: Will und der Bootsführer. Derart umzingelt von femininer Übermacht, sahen sie aus wie Kriegstrophäen eines Amazonenstoßtrupps.

Ausgenommen die gelegentlichen Wochenenden und Feiertage, an denen die Dampfer das Mannsvolk aus den Festlandstädten anlandeten, wurde North Haven im Sommer fast völlig von Frauen regiert. Und Gertrude Williams war die ungekrönte Königin der Inselfeminokratie. Nicht alle Frauen mochten sie, aber es gelang keiner, sie zu ignorieren. Sie war viel zu dreist, als daß man sie hätte ignorieren können. Wie ein Mann sprach sie unbefangen über Dinge, über die sonst nur Männer sprachen, wie zum Beispiel Krieg und Politik, und obendrein kam sie damit auch noch durch. Sie war eine Suffragette und hatte sich während der 92er Wahlen einsperren lassen, nachdem sie mit einem Dutzend anderer Kämpferinnen für die Emanzipation ein Wahllokal gestürmt und das Wahlrecht eingefordert hatte. Das

Unverschämteste, was sie sich geleistet hatte und was einigen Männern ein bißchen angst machte, fast allen Frauen aber Bewunderung abnötigte, war, daß sie sich hatte scheiden lassen. Vor aller Augen hatte sie sich von dem sehr großgewachsenen, sehr gutaussehenden, sehr prominenten Dr. Gilbert Williams scheiden lassen. Einem Spezialisten für Hals, Nasen, Ohren, dessen Patientenliste, so sagte man, das Who's who von Boston ersetzen könnte, und dessen Liste weiblicher Eroberungen – was die Länge betrifft – ähnlich eindrucksvoll war. Der Fall rauschte wochenlang durch den Blätterwald. Skandal folgte auf Skandal. Gertrude hatte Privatdetektive angeheuert, die so viele Mätressen ihres Mannes zur Strecke brachten, wie sie nur aufspüren konnten: Insgesamt sieben wurden zur Zeugenaussage vor den Scheidungsrichter gezerrt und machten Gertrudes Fall dadurch wasserdicht. Als sich zudem herausstellte, daß es sich bei einer der Frauen um eine Patientin des hochangesehenen Doktors handelte, hatten sich die Balkenüberschriften der Revolverblätter förmlich gebogen.

Und so wurde Gertrude Williams zur freien Frau und für ihre Geschlechtsgenossinnen zur Märtyrerin und Heldin. Allerdings nicht für alle. Ein paar ihrer Freundinnen schnitten sie seitdem, weil sie der Meinung waren, Gertrude habe vor zu vielen Leuten zu viel schmutzige Wäsche gewaschen. Sie habe sich von dem Doktor nicht scheiden lassen, sondern Krieg gegen ihn geführt, habe ihn und sein Ansehen zerstört und somit den Ruin seiner Praxis heraufbeschworen. Er floh schließlich nach Chicago, wo die moralischen Standards nicht so rigide waren und zudem niemand je von ihm gehört hatte. Gertrude hatte ihn mit ihren Anschuldigungen aus der Stadt getrieben, dafür aber ihre eigene Reputation als pflichtbewußte und liebevolle Ehefrau beschädigt: Dr.

Williams' Anwalt führte an, Gertrude habe nach der Geburt des dritten Kindes die ehelichen Pflichten gegenüber seinem Klienten verletzt und sich anstatt seiner zur Gänze sozialen Angelegenheiten (die Zustände in den Elendsvierteln, die Notlage der Einwanderer, das Frauenstimmrecht) gewidmet. So jedenfalls die Worte des Anwalts, die allerdings auf den Richter keinen Eindruck machten.

Eine Zeitlang gehörte auch Mutter zu denen, die Gertrude Williams die Freundschaft aufgekündigt hatten. Sie war verärgert darüber, daß der Skandal die Neugier ihrer beiden ältesten Söhne erregt hatte (Drew war damals acht und noch zu jung, um sich für die heimlichen Liebesaffären von Erwachsenen zu interessieren). Der Skandal gehörte schon seit einem Jahr der Geschichte an, da traf die Williamsens eine Tragödie, welche Mutter ihre Entscheidung revidieren ließ. Tad Williams, der ältere Bruder von Constance und Johanna, war ein sonderbarer Junge, der mit sechzehn immer noch zur Volksschule ging. Er war still, trübsinnig und fett – essen war anscheinend das einzige, was er überhaupt tat. Eines Tages fand Tad auf dem Speicher des Stadthauses der Williamsens in der Commonwealth Avenue den alten Revolver seines Vaters. Ohne zu überprüfen, ob der Revolver geladen war, fing er an, damit herumzuspielen. Das Hausmädchen hörte den Schuß und fand den Jungen auf dem Speicher. Er hatte sich durch einen Schuß in die Brust getötet.

Nach der Beerdigung war Gertrude Williams zunächst nicht mehr imstande, ihr Zimmer zu verlassen, manchmal blieb sie sogar den ganzen Tag im Bett. Mutter vergaß den Groll, den sie gegen Gertrude hegte, und fing an, diese mehrmals die Woche zu besuchen, wobei sie ihr selbstgemachte Kuchen und Torten mitbrachte. Im darauffolgenden Sommer war Gertrude fast wieder die alte. Sie protestierte gegen den spanisch-amerikanischen Krieg (Dad hielt das für unpatriotisch, wenn nicht sogar für blanken Hochverrat, und Nathaniel stimmte ihm zu: Wie konnte jemand den Sturm der Rough Riders für etwas anderes als die ruhmreichste Unternehmung seit Menschengedenken halten?), gab Dinnerpartys für Universitätspräsidenten, berühmte Professoren, Dramatiker und Romanciers und hetzte von einer Versammlung zur Propagierung des Frauenwahlrechts zur nächsten. Als sie sich für den Sommer in North Haven einrichtete, versammelte sie sogleich all die Damen um sich, die ihrer Faszination erlegen waren.

Auch Mutter gehörte dazu, und Nathaniel vermutete, daß sowohl diese Faszination als auch das Mitgefühl wegen Tads Tod sie in Gertrudes Kreis zurückgezogen hatte. Da die beiden so grundverschieden waren, fand er es seltsam, daß Mutter eine von Gertrudes engsten Freundinnen wurde. Neben Gertrude sah sie fast wie ein Kind aus. Sie sprach leise und bewegte sich langsam und gesetzt; Gertrude bellte in schnörkellosen, abgehackten Sätzen und stürmte immer vorwärts, egal, ob sie sich in einem Zimmer oder auf der Straße befand. Die Taille leicht vorgebeugt, den riesigen Busen vor sich herschiebend, sah sie aus wie ein White-Star-Ozeanriese unter Volldampf. Und während sie voller unkonventioneller Ideen steckte, war Mutter bei aller Schönheit und Liebenswürdigkeit so normal wie ein Sonntagnachmittagsausflug, äußerte normale Meinungen, führte normale Gespräche. Zwei- oder dreimal hatte Nathaniel nicht mehr rechtzeitig verschwinden können, als ihre Freundinnen aus Back Bay zum Tee gekommen waren. Und jedesmal hatte er gedacht, daß ihre Gespräche nicht nur einfach fade, sondern geradezu enervierend stumpfsinnig waren. In solcher Gesellschaft schien ihr das Gefühl für die kunstvolle Redewendung, die ganz besondere Metapher abhanden zu kommen. *Was soll man denn nun von diesem Wetter halten, Mrs. Farnsworth? Finden Sie nicht auch, daß es viel zu heiß ist für die Jahreszeit? ... Oh, gewiß, Elizabeth, ganz und gar unvorteilhaft für Mai ... Andererseits, überrascht uns das Wetter nicht jedes Jahr aufs neue?* ... Auf dem Sekretär in ihrem Wohnzimmer lag immer die neueste Ausgabe eines Ratgebers, den ihr Tante Judith zum ersten Mal gegeben hatte, als sie sechzehn war – *Etikette, Kultur und Garderobe der hohen Gesellschaft Amerikas* –, eine Art Handbuch zur Umschiffung heikler gesellschaftlicher Klippen. Sie tat zwar intuitiv meist das Richtige, konsultierte das Buch aber immer dann, wenn sie sich unschlüssig war, wie etwas auf angemessene Weise handzuhaben oder auszudrücken war. Und dennoch wollte sie eigentlich nicht allzu bürgerlich sein. Nathaniel spürte das irgendwie. Vielleicht lag es an der Art, wie sie aufschnaufte und »Gott sei Dank!« murmelte, wenn sich die Damen nach dem Tee auf den Rückweg nach Back Bay gemacht hatten. Vielleicht lag es an der Art, wie sich in Gertrudes Gegenwart ihre Persönlichkeit veränderte. Sie lachte dann lauter als sonst, ihre Bewegungen hatten nicht mehr diese vornehme Trägheit, sondern eine gewisse Munterkeit, und sie erkundigte sich bei Gertrude immer so beflissen wie ein Schulkind, was sie lesen solle (worauf Gertrude etwa antwortete: »Ich kann dir sagen, was du nicht lesen sollst – nämlich diesen Schund und Blödsinn in *Ladies Home Journal*. Lies mal was von Ibsen oder von George Bernard Shaw – *das* sind große Denker«).

Der alte Herr konnte Gertrude nicht ausstehen (und sie wiederum ihn nicht). Seiner Meinung nach war sie schon mit einem Handicap auf die Welt gekommen: Sie war Quäkerin, und Quäker hatten eben alle seltsame Ansichten. Wenn sie allerdings nicht gerade vom Gedankengut der Quäker herrührten, stimmte Vater sogar mit einigen von Gertrudes Ansichten überein, zum Beispiel hinsichtlich des Stimmrechts für Frauen: Wenn Neger schon das Recht hätten zu wählen, dann sollten auch Frauen wählen dürfen. Doch Gertrude ging zu weit. Sie ging immer zu weit. Sie war bei ihrer Scheidung zu weit gegangen, sie ging zu weit bei dieser Sache mit der Emanzipation, indem sie für Frauen nicht nur das Recht zu wählen, sondern auch das Recht auf einen Arbeitsplatz einforderte, und sie ging viel zu weit, indem sie sich dafür aussprach, Arbeitern das Recht auf Gewerkschaften zuzugestehen. Das brachte Dad am meisten in Rage. Die Rechte der Arbeiter würden gewahrt durch Männer wie ihn, wetterte er und klatschte mit der Faust in die Hand, durch gute Christen, denen Gott in seiner unendlichen Weisheit die Gewalt über das Kapital des Landes anvertraut habe, und nicht durch Sozialisten und Aufwiegler. Und ganz gewiß nicht durch Leute wie Gertrude Williams, deren – in seinen Augen – schwerwiegendste Verfehlung es war, daß sie sich während des großen Streiks im Jahre 1899 lautstark auf die Seite der Steinbrecher geschlagen hatte. Mehr als alles andere schätzte Dad Loyalität: Loyalität gegenüber Vaterland, Gott und Familie, Loyalität gegenüber Schiffskameraden und Freunden. Wie konnte Gertrude behaupten, Mutters Freundin zu sein, und dann Briefe an die Herausgeber der Zeitungen von Camden und Portland schreiben, in denen sie den Angestellten des Ehemannes ihrer Freundin das *Recht*, ihren Arbeitsplatz zu verlassen, das *Recht* auf Überstundenzuschläge, das *Recht* auf gewerkschaftliche Organisation zubilligte? Sie war ihm in den Rücken gefallen, hatte ihn verraten und dazu all jene Männer, denen Gott in seiner unendlichen Weisheit und so weiter, und so weiter.

Der kurze Schornstein rauchte, und der einzige Kolben der Barkasse knatterte monoton vor sich hin, während sie auf die *Double Eagle* zutuckerte. Nathaniel ging unter Deck in die nach Kaffee duftende Hauptkajüte und weckte dann Eliot und Drew. Während sich die beiden aus den Kojen hievten, fuhr er sich mit der Bürste schnell durchs Haar und zog sich ein Hemd an. Als er wieder an Deck ging, legte der Junge am Ruder der Barkasse, der kaum älter als er selbst war, gerade scharf die Pinne herum und kam längsseits.

»Guten Morgen, Nathaniel.«

»Morgen, Mrs. Williams«, sagte er und bot ihr die Hand, um ihr an Bord zu helfen.

»Ist nicht nötig. Hab meinen Sportunterrock und mein Sportkorsett an.« Gertrude schlug sich mit der Begeisterung eines Fischweibs auf den Bauch, worauf Constance tadelnd »Mutter!« rief.

Gertrude Williams packte eine Relingsstütze, streckte ein Bein aus, wobei sie einen flatternden Zipfel ihres Unterrocks entblößte, und schwang sich an Bord. Will reichte ihr das Sonnenschirmchen und gab Nathaniel einen Picknickkorb.

»Wir fahren zuerst nach Camden, meine Tante hat da was zu erledigen«, sagte Will und strich sich mit beiden Händen das zerzauste Haar glatt. »Und dann lassen wir es uns gutgehen – unter schicklicher Aufsicht, versteht sich.«

»Hallo und bye, bye, Natty.« Constance lächelte geziert, hob die Hand und wedelte ebenso geziert mit den Fingern. »Bis dann.«

Die Barkasse entfernte sich wieder. Die beiden erbeuteten Männer standen im Heck, die acht Frauen saßen wie aneinandergekettet Knie an Knie und Schulter an Schulter zu je vieren auf der Steuerbord- und Backbordbank – zwei kompakte Kampflinien weiblichen Geschlechts. Kurz darauf kamen sie längsseits der *Black Watch*. Nathaniel mußte hilflos und eifersüchtig mit ansehen, wie dieses abgebrochene Kraftpaket Van Slyck sich bückte, Constance an den Händen nahm und sie hochhob, als wäre sie nicht schwerer als der Baumwollrock, den sie trug. Einer nach der anderen half er an Bord. Die weibliche Phalanx war zerbrochen, die Szene glich nun eher einem in See stechenden Kotillon. Will und seine Freunde bewegten sich mit der Selbstgewißheit von College-Studenten, breiteten Sitzpolster aus und forderten die Mädchen auf, sich zu setzen. Als er Constance eingezwängt zwischen Van Slyck und Tony Burton sitzen sah, schlug die Eifersucht in Nathaniel höhere Flammen. Constance nahm den Hut ab und schüttelte ihr kastanienbraunes Haar, während das glockenhelle Lachen über den Burggraben wehte, der Nathaniel von ihr trennte.

»Du solltest etwas darauf achten, deine Gefühle nicht zu offen zu zeigen«, sagte Mrs. Williams, die hinter ihm stand. »Du gaffst, Nathaniel, du gaffst ja richtiggehend.«

Er drehte sich um und schaute sie an. Sie hatte sich auf dem Achterdeck niedergelassen und den zusammengerollten Schirm auf die Knie gelegt.

»Ich hab nur gedacht, daß es da drüben jetzt mächtig eng ist. Drei oder vier hätten auch bei uns an Bord gehen können.«

»Du hast gedacht, daß sie sich von diesen Yale- und Dartmouth-Burschen den Kopf verdrehen läßt. Du kannst ganz beruhigt sein. Constances Kopf ist kein Türknopf.«

»Ja, Ma'am.«

»Darauf habe ich schon geachtet. Nächstes Jahr geht sie aufs College und wird eine richtige Ausbildung bekommen. Und nicht diesen sinnlosen Zuckerbäckerquatsch, den sie einem in diesen Mädchenpensionaten auftischen. Bevor sie irgend etwas anfängt, macht sie erst das College zu Ende. Und wenn ich auch nur einmal sehe, daß ihr *irgendwer*« – sie betonte dieses Wort besonders – »den Kopf verdreht, dann packe ich sie bei ihren hübschen Ohren und rücke ihn wieder gerade.«

»Ja, Ma'am.«

»Sie ist deshalb da drüben bei den anderen, weil ich mit dir und deinen Brüdern etwas besprechen möchte, was sonst keinen etwas angeht. Wo sind sie eigentlich?«

»Unten. Ziehen sich wahrscheinlich gerade an.«

»Es ist schon fast zehn. Du führst ein ziemlich lockeres Regiment, Nathaniel. Sag ihnen, daß sie sich beeilen sollen, damit wir endlich ›Hiev auf!‹ können, oder wie das bei euch Segelmenschen heißt. Wird Zeit, daß wir hier wegkommen.«

»Wir haben noch keinen Wind, Mrs. Williams.«

»Ich werde um halb eins in Camden erwartet.«

»Ja, Ma'am, aber dafür brauchen wir Wind.«

Genau in diesem Augenblick drangen von der *Black Watch* die Geräusche des neuen Jahrhunderts herüber: ein lauter Knall, dann noch einer, und dann ein Husten, dem ein Spucken folgte. Ein Auspuffruhr an der Unterkante des Heckspiegels stieß kleine, blaugraue Rauchwölkchen aus, deren giftiger Gestank Nathaniel in die Nasenlöcher stieg.

»Dann hat dieses Boot so was also nicht?«

Nathaniel schüttelte den Kopf und schaute der Yawl hinterher, deren Schraube das Wasser am Heck aufwühlte. Ohne ein Fitzelchen Segel zu setzen, glitt sie hinaus in die Durchfahrt – ein Schiff, befreit von den tyrannischen Launen des Windes.

»Gerade von deinem Vater hätte ich angenommen, daß er sich so einen Krachmacher einbauen lassen würde. Hält sich doch für einen Mann des Fortschritts. Oder etwa nicht?«

Sogar mehr als das, antwortete Nathaniel. Vater glaubte an den Fortschritt wie an eine Religion, die unmittelbar hinter seinem Glauben an den Kongregationalismus rangierte. Aber nicht, wenn es um die *Double Eagle* ging. Da wurde er sentimental und hielt es mit der Tradition wie alle diese aussterbenden Söhne der Segelschiffahrt, die daran glaubten, daß mechanische Antriebsgeräte in einer Slup, einer Yawl, einem Schoner oder einer Ketsch das gleiche sei, wie in einer Kirche einen Spieltisch aufzustellen. »*Niemals kommt mir auch nur ein einziger verdammter Klumpen Eisen in die* Double Eagle, *niemals*«, hatte Vater erst diesen Monat gesagt, als der Direktor von Potters Werft versucht hatte, ihm einen Kerosinmotor aufzuschwatzen. »*Kommen Sie mir niemals wieder mit einem derartigen Vorschlag, Sir.*«

»Und was soll ich jetzt machen?« sagte Mrs. Williams verärgert und empört. »Hier rumsitzen und warten, bis dein Wind kommt?«

»Es ist zwar nicht mein Wind, aber Sie müssen trotzdem auf ihn warten. Aber nicht mehr lange. Normalerweise kommt im Laufe des Vormittags der Südwest auf.« Er bekräftigte seine Vorhersage mit einem zuversichtlichen Lächeln und bot ihr für die Wartezeit eine Tasse Kaffee an.

»Wenn du einen da hast, nehme ich lieber Tee. Kaffee ist schlecht für die Nerven. In deinem Alter solltest du noch keinen trinken, Nathaniel. Wart's ab, du bist noch keine zwanzig, da zittern dir schon die Hände wie einem Tattergreis.«

Trotz der Warnung schenkte er sich, nachdem er unter Deck gegangen war und den Teekessel aufgesetzt hatte, eine Tasse ein. Eliot und Drew waren zwar schon angezogen, lungerten aber immer noch in ihren Kojen herum. Eliot stimmte seine Gitarre, Drew las in einer Zeitschrift, und Trajan schlabberte an einer Untertasse mit Kondensmilch. Nathaniel sagte ihnen, sie sollten doch so freundlich sein, an Deck zu gehen und ihren Gast zu begrüßen; und wenn sie die Freundlichkeiten hinter sich gebracht hätten, sollten sie ihm dabei helfen, das Boot klar zum Auslaufen zu machen. Vor dem Picknick müßten sie Mrs. Williams nämlich noch nach Camden übersetzen.

»Um Mrs. Williams überzusetzen, brauchen wir ein größeres Schiff«, sagte Eliot augenrollend, worauf ihm Nathaniel schnell den Mund zuhielt.

»Trottel. Du bist ja schlimmer wie die Fischer in Gloucester.«

»›Als‹, Nathaniel«, korrigierte ihn Gertrude, die gerade heruntergekommen war, und nahm ihre Tasse. »Ist das die Grammatik, die man heutzutage in Andover lernt? ›Als‹ die Fischer in Gloucester. Setzt euch. Alle drei. Los. Hinsetzen.« Sie machte eine Bewegung mit dem Kinn. »Wenn wir ohnehin noch auf Wind warten müssen, kann ich jetzt auch gleich mit euch sprechen. Stimmt das, was mir mein Neffe über eure Lage erzählt hat?«

Eliot und Nathaniel schauten sich an, und Drew blickte zu seinen beiden Brüdern. Fast gleichzeitig nickten die drei.

»Und der Grund, warum euer Vater … das heißt, der Grund, den er euch angegeben hat, als ihr ihn gefragt habt, war« – ein skeptischer Unterton lag in der Stimme, als sie die Frage beendete –, »daß wir ein neues Jahrhundert haben?«

»Genau so war's«, sagte Eliot. »Aber wir kapieren einfach nicht, was er damit gemeint hat.«

»Kein Wunder. Wer kann so ein Rätsel schon kapieren?« Mit beiden Händen hob sie die Tasse an den Mund. »War euer Vater in letzter Zeit etwas seltsam?«

Wieder schauten sie sich an. Eliots und Drews Blicke

schoben Nathaniel die Entscheidung zu, ob sie darauf antworten sollten oder nicht. Nathaniel begnügte sich mit einem zögernden Schulterzucken.

»Verstehe. Also gut, ich will erst gar nicht nach Einzelheiten fragen. Ist schließlich eine Familienangelegenheit.«

»Erst haben wir gedacht, daß es wegen Mutter ist, daß er sich Sorgen um sie macht«, sagte Eliot. »Sie ist krank gewesen. Und jetzt ist sie in Boston.«

»Ja, ich weiß. Ich habe vorgestern erst einen Brief von ihr erhalten.«

»Wirklich?«

»Was ist daran so überraschend, Eliot? Liza und ich halten zusammen wie Pech und Schwefel. Das wißt ihr doch.«

»Was hat sie geschrieben? Geht's ihr gut?« fragte Drew, der sich begierig vorbeugte. »Vater hat gesagt, daß Dr. Matthews telegraphiert hat und daß es ihr gutgeht. Wir waren uns aber nicht sicher, ob ... Wir haben nicht gewußt, ob er uns vielleicht was verheimlicht.«

Gertrude bedachte ihn mit einem mütterlichen Lächeln und zerzauste ihm das Haar.

»Wenn deine Mutter wüßte, wie sehr du dich um sie sorgst, Andrew, würde sie sich sehr freuen. Euer Vater hat euch nichts verheimlicht. Es geht ihr schon viel besser. Sie macht sich furchtbare Vorwürfe, daß sie euch nicht geschrieben hat. Sie war einfach noch nicht in der Lage dazu. Sie verspricht, euch schon bald einen schönen, langen Brief zu schreiben. Könnte mir vorstellen, daß er genau in diesem Moment schon unterwegs ist. Hast du nicht gerade gesagt, daß Dr. Matthews ein Telegramm geschickt hat? Es war also Dr. Matthews, der sie untersucht hat?«

Die Frage verwirrte sie. Nathaniel antwortete, daß

Dr. Matthews doch ihr Hausarzt sei. Wer sonst sollte sie untersucht haben?

Das wiederum schien Mrs. Williams zu verwirren: Sie runzelte die Stirn und rieb sich mit dem Daumen die Falte zwischen den Augenbrauen.

»Eure Mutter ist von einem anderen Arzt behandelt worden, einem Spezialisten ...« Sie zögerte. »Hat man euch denn nicht irgend etwas Genaueres über ihre Krankheit erzählt?«

»Daß es so eine Art ... irgendeine Frauengeschichte ist«, sagte Eliot, dem es unangenehm war, so mit einer Frau zu sprechen. »Das war alles, was Vater gesagt hat. Das war alles, was er wußte.«

Mrs. Williams musterte ihn kurz von der Seite. Dann hob sie die bronzefarbenen Augenbrauen und sagte:

»Bist du dir da ganz sicher?«

»Das hat er gesagt. Eine Frauengeschichte. Wissen Sie denn, was für eine das war?«

»Wenn es so persönlich war, daß sie es nicht mal ihrem eigenen Mann erzählt hat, dann hat sie es mir ganz sicher auch nicht erzählt. Weiß sie überhaupt etwas von diesem merkwürdigen Entschluß eures Vaters? Ich kann mir nicht vorstellen, daß sie damit einverstanden gewesen wäre oder daß sie sich darüber nicht aufgeregt hätte.«

»Wenn Vater gestern nach Boston gefahren ist, dann wird er es ihr wohl erzählen«, sagte Eliot.

»Was soll das jetzt wieder heißen, *wenn* er nach Boston gefahren ist? Ist er nicht hier in Mingulay?«

»Nein, Ma'am. Er hat alles verrammelt. Und dann ist er abgefahren – mit vollgepacktem Koffer. Er hat gesagt, wir können fahren, wohin wir wollen, außer nach Hause, nach Boston, weil er ja zufällig da sein könnte, und unsere Gesichter will er nicht sehen.«

»Das hat mir Will gar nicht erzählt.«

»Weil wir Will nichts davon gesagt haben.«

»Das Ganze wird ja immer merkwürdiger.« Als ob sie von einer Schnur ruckartig in die Höhe gerissen würde, sprang sie auf. Ein laues Lüftchen spielte mit ihren Haarspitzen, während sie die Jungen mit leicht zur Seite geneigtem Kopf nacheinander anschaute. »Ihr drei seid wahrhaft die Söhne eures Vaters. Übel dran, aber bis ins Mark stoisch.«

»Bis ins Mark, was?« fragte Eliot.

»Man hat euch ohne Angabe von Gründen rausgeschmissen, ein Boot ist im Moment euer einziges Zuhause, mit eurem Geld werdet ihr wohl kaum lange auskommen, euer Vater ist nach weiß Gott wo verschwunden, und eure Mutter liegt zweihundert Meilen entfernt krank im Bett und hat wahrscheinlich keinen Schimmer, wo ihr seid und was hier los ist. Und ihr sitzt hier, anscheinend nicht im geringsten beunruhigt, als wäre das alles völlig normal. Eins weiß ich sicher: Das ist alles andere als normal. So benimmt sich eine normale Familie einfach nicht.«

»Das haben wir gestern auch schon gedacht, Mrs. Williams«, sagte Eliot. »Wir sind schon eine ziemlich seltsame Familie.«

»Oh, Eliot!« Sie drehte sich um, als wollte sie weggehen, schien sich dann jedoch daran zu erinnern, daß sie sich auf einem Boot befand, und drehte sich wieder um.

Eliot fühlte sich unwohl. Er wußte nicht, was *stoisch* bedeutete, war sich aber sicher, daß es Mrs. Williams nicht als Kompliment gemeint hatte. Als ob mit ihm und seinen Brüdern, weil sie nicht so beunruhigt waren, wie sie nach ihrer Meinung wohl sein sollten, irgendwas nicht in Ordnung wäre. Es war ja nicht so, daß er ihre Situation in den letzten vierundzwanzig Stunden nicht selbst auch nur eine Minute als normal empfunden hätte.

»Viel können wir ja nicht dran ändern«, sagte er zögernd. »Wir haben ein tolles Boot, und wir haben reichlich Essen an Bord. Also machen wir das Beste draus.«

»Das ist haargenau das, was ich meine. Ihr drei seid ziemlich abgebrüht.«

Nathaniel bemerkte, wie eine weitere leichte Bö schlangenförmige Linien aufs Hafenwasser kräuselte. Er sagte, der Südwestwind sei im Anmarsch und sie könnten den Anker lichten.

»Dann lichte von mir aus, aber vorher hörst du mir noch genau zu.« (Ihr herrischer Ton ärgerte ihn gewaltig und ließ ihn plötzlich einen Hauch Verständnis für Dr. Williams verspüren.) »Wenn ich meine Besorgungen erledigt habe, muß ich noch zum Telegraphenamt. Du kommst mit und telegraphierst deiner Mutter, wo ihr seid und daß es euch gutgeht. Und du erklärst ihr so knapp wie möglich, daß euer Vater euch vertrieben hat. Genau, das ist das Wort. *Vertrieben*.«

»Ja, Ma'am.«

Der Passagier nahm wieder Platz, und sie glitten langsam durch die Durchfahrt. Nachdem sie die engste Stelle hinter sich hatten, luvten sie an, segelten an Dogfish Ledge und dem Leuchtturm vorbei und fielen mit achterlichem Wind in Richtung Camden ab. Gegen Mittag, gut eine Stunde nach ihrer Abfahrt, ankerten sie im Innenhafen inmitten eines Waldes aus Schornsteinen und Masten mit Zweigen aus Spieren und Rahnocken. Landungsstege und Fischläden legten sich wie ein Armband aus Holz und Schindeln um den Hafen. Dahinter lag Camden selbst, dessen saubere, weiße Kirchturmspitzen wie Bajonette in den wolkenversiegelten Himmel pikten. Am fernen Horizont erhoben sich die Camden Hills, deren Felsgestein in der Ferne blau glänzte, als hätte sich ein Teil des Himmels in feste Materie verwandelt.

Nathaniel, der nun die geliehenen Schuhe trug, ruderte Gertrude Williams allein zum Landungssteg – wären seine beiden Brüder auch noch an Bord gewesen, hätte Gertrude in dem engen Beiboot der *Double Eagle* nicht bequem sitzen können. Nachdem sie ihm genaue Anweisungen gegeben hatte, daß sie ihn um Punkt ein Uhr am Telegraphenamt erwarte, ruderte er zurück und holte Eliot und Drew. Auf der anderen Seite des Hafens ankerte die *Black Watch*, in deren Heck sich die Mädchen drängten – lange weiße und braune Kleider, leuchtende Strohhüte. Anstatt zum Telegraphenamt zu gehen, wäre es schöner, sich ihnen anzuschließen, dachte er, und noch schöner wäre es, mit Constance zu reden. Aber Mrs. Williams hatte wohl recht, sie sollten ihrer Mutter Bescheid geben, wo sie waren und was los war. Dumm war nur, daß er selbst nicht genau wußte, was los war. Ganz hinten in seinem Hirn lauerte der Verdacht, daß Mrs. Williams mehr über Mutters Zustand wußte, als sie zugeben wollte. Warum hatte Mutter, bevor sie dem eigenen Mann und ihren Söhnen schrieb, ihr geschrieben? Und warum war der alte Herr so Hals über Kopf weggefahren? Nathaniels Besorgnis wuchs, und er ruderte seine Brüder ans Ufer, ohne ein Wort zu sagen. Er hatte den Eindruck, daß sie drei Akteure in einem merkwürdigen Schauspiel waren, einem Schauspiel, in dem man ihnen die Dialoge oder Handlungen der anderen Darsteller vorenthielt. Alles, was sie mitbekamen, war ein gemurmeltes Wort hier und da oder eine im Schatten verschwimmende Bewegung, die einem im Nebel näherkommenden Schiff glich.

Das Telegraphenbüro befand sich in einem Holzgebäude in der Stadtmitte unmittelbar neben der Post. Dort, unter den flatternden Stars and Stripes, unter den Drähten, die Camden mit der Außenwelt verbanden, warteten sie. Weiter oben die Straße hinauf hatten sie sich in einem Laden Eiskrem gekauft, die sie, da sie noch nicht gefrühstückt hatten, mehr in sich hineingestopft denn genüßlich gegessen hatten. Da sie danach immer noch Hunger gehabt hatten, plünderten sie ihr Konto um weitere fünfzehn Cent und kauften sich noch drei Hörnchen, die sie jetzt, während sie unter der Flagge und den im Wind zitternden Drähten warteten, gierig verschlangen.

Schließlich stampfte Gertrude in ihr Blickfeld. Ihr majestätischer Bug schien sich geradezu durch die Fußgängerschar zu pflügen. Mit den Worten »Auf geht's, marsch!« rauschte sie ins Telegraphenamt, wo sie sich aus einer Ablage ein paar Formulare und Stifte schnappte, über das Pult beugte und zu schreiben begann.

»Ich muß meins zuerst aufgeben. Die Botschaften, die wir zu verschicken haben, sind übrigens nicht ganz unähnlich. Ich schreibe nämlich meinem Bruder, wo sich sein Sohn gerade aufhält. Will schwört zwar, daß er es seinem Vater gesagt hat, aber man darf ihm kein Wort glauben.« Sie schaute Nathaniel an und drückte ihm einen Stift und ein leeres Formular in die Hand. »Los, fang an. Und denk dran: Die Kürze ist des Witzes Seele. Und wenn man ein Telegramm verschickt, ist es auch noch billiger.«

»Liebste Mutter«, so fing er an. »Bei uns ist alles OK stop.« Das hörte sich idiotisch an. Er strich es durch. »Bei bester Gesundheit nahmen wir den heutigen Tag in Angriff stop.« Nein. Viel zu gestelzt und viel zuviele Worte. Währenddessen gab Mrs. Williams ihr Telegramm schon dem Schalterbeamten, einem dürren Mann mit dem hartleibigen Aussehen eines gescheiterten Predigers. Als sie zum Pult zurückkehrte, warf sie einen entsetzten Blick auf Nathaniel, der auf seinem Stift herumkaute.

»Du sollst ein Telegramm schreiben, keine unsterblichen Verse«, blaffte sie ihn an. »Und nimm das aus dem Mund. Bringt man euch in Andover nichts über Krankheitserreger bei? Gib mal her.«

Eine halbe Minute später ließ sie sich ihr Werk von den Jungen absegnen, überreichte es dem Schalterbeamten, der sich die mit Gummibändern fixierten Ärmel hochschob und dann anfing, auf die Taste zu tippen. Nachdem er damit fertig war, bezahlte Gertrude, räusperte sich und bedachte ihn mit einem raschen, abschließenden Nicken, einer knappen Geste, die ihrer Zufriedenheit mit sich selbst und mit der Situation, die von ihr in die richtige Bahn gelenkt worden war, Ausdruck verlieh. Sie hatte ihre Pflicht erfüllt – gegenüber der Freundin und darüber hinaus gegenüber der Sache der häuslichen Ordnung im allgemeinen.

Draußen trat sie auf die Straße, hob die Hand, um einem sich nähernden Fuhrwerk Einhalt zu gebieten, und marschierte dann auf die andere Straßenseite.

»Also, Jungs. Das kommt alles daher, daß die Dinge so sind, wie sie sind«, sagte sie mit erhobener Stimme, während sie zum Hafen zurückgingen. »Diese Patriarchen, diese großmächtigen Popanze, die überall ihre Finger drinhaben, diese schäbigen Tyrannen, die kommandieren jeden ganz nach Laune herum und lassen ihre Arbeiter, Ehefrauen und Kinder springen, wie es ihnen gerade beliebt. Ohne Zweifel ist es ungehörig, so daherzureden. Andererseits – da man einer Frau ohnehin nicht zugesteht, über Dinge von Bedeutung zu reden – sind meine Reden immer ungehörig. Es ist meiner Meinung nach nicht zumutbar, daß euer Vater gegenüber eurer Mutter mit keinem Wort erwähnt hat, was er da getan hat. Als ob ihr nicht auch ihre Kinder wärt, als ob sie in dieser Angelegenheit überhaupt nichts mitzureden hätte. Und das, während sie sich in Boston von einer Operation ...«

Sie hatte sich so über den tyrannischen Cyrus ereifert, daß ihr ein falsches Wort herausgerutscht war. Die Jungen sagten nichts, obwohl sie es sofort an der Art gemerkt hatten, wie sie das letzte Wort hinunterschlucken wollte. Erst als Nathaniel allein mit ihr im Beiboot saß, hatte er den Mut zu fragen, woher sie wisse, daß Mutter eine Operation gehabt habe, und was für eine Operation das gewesen sei.

Zum Schutz gegen die brennende Sonne öffnete Mrs. Williams ihren Sonnenschirm.

»Es stand in dem Brief, und sie hat mich gebeten, es niemandem zu sagen. Tja, ich habe mich da wohl gehen lassen, aber jetzt liegt das Kind eh im Brunnen. Ich halte immer viel von Offenheit, und deshalb werde ich jetzt offen zu dir sein. Man nennt es Hysterektomie.«

Mit den Lippen formte Nathaniel das fremde Wort. Mit der Zunge wie mit dem Verstand versuchte er, dessen unheilvollen Klang zu erfassen.

»Aber, aber, Nathaniel«, sagte sie, als sie seinen Gesichtsausdruck bemerkte. »Ärzte machen das jetzt seit fast zwanzig Jahren. Es ist praktisch eine Routineangelegenheit. Deine Mutter hatte eine – nun ja, nennen wir es Wucherung – also eine Wucherung an der Gebärmutter.« Sie hatte plötzlich Schweißperlen auf der Oberlippe. »Ähm, scheint ganz so, als ob mir meine Offenheit mehr zu schaffen macht, als mir lieb ist. Nun, um die Wucherung zu entfernen, mußten die Ärzte ... Nein, sie war gutartig, es war nicht Krebs, da kann ich dich beruhigen. Also, sie mußten auch das Organ entfernen, an dem sich diese Wucherung gebildet hatte. Das heißt, daß deine Mutter keine Kinder mehr bekommen kann. Keine Tragödie in dem Alter, in dem sie ist. Schon gar nicht für sie, wo sie doch drei so prächtige Söhne hat.«

Nathaniel schaute sich um, wie um sicherzugehen, daß er frei sprechen konnte.

»Vater hat was darüber gesagt, also darüber, daß sie dieses Jahr vierzig wird.«

»Und, was hat er darüber gesagt?«

»Nur das, mehr nicht. Ich nehme an, es hatte was damit zu tun, daß etwas nicht in Ordnung ist mit ihr.«

»Ich habe dir doch schon gesagt, daß alles in Ordnung ist, jetzt jedenfalls. Sie hat geschrieben, daß sie schon wieder aufstehen und herumgehen kann. Sie nimmt nur welche von diesen Worden-Beruhigungspillen, aber das tun wir ja schließlich alle.«

»Dürfen wir diesen Brief sehen, Mrs. Williams?«

Er pullte mit einem Riemen in die Gegenrichtung, und das Boot trieb längsseits der *Double Eagle*. Er wartete noch kurz auf eine Antwort. Nachdem diese aber ausblieb, kletterte er an Deck und ließ eine kurze Jakobsleiter für Gertrude hinunter.

»Ich fürchte, das geht nicht«, sagte sie schließlich. »Der Brief enthält viele intime Dinge, die sozusagen von Frau zu Frau sind. Und außerdem: Man liest nicht anderer Leute Post. Stimmt's etwa nicht?«

»Ja, Ma'am, schätze schon.«

Sie glättete die Falten ihres Kleides und blinzelte in das glänzende Wasser.

»Wir können es folgendermaßen machen: Du und deine Brüder, ihr könnt gern heute abend zum Essen kommen, und danach lese ich euch Teile aus dem Brief vor. Dann werdet ihr sehen, daß es ihr gutgeht. Ist das ein Vorschlag, Nathaniel?«

Er nickte.

»Hol jetzt Eliot und Andrew. Und dann schließen wir uns den anderen an und genießen diesen herrlichen Nachmittag, den uns Gott geschenkt hat.«

7

Und das taten sie dann auch. Obwohl es von diesem Tag kein Foto in den Alben gibt, fällt es Sybil nicht sonderlich schwer, sich die Bootsgesellschaft beim Picknick im Hafen der Insel vorzustellen: sieben Mädchen und sieben Jungen, die lachen, reden, Sandwiches essen, Coca-Cola und Ginger-ale trinken, alle strotzend vor Jugend, Gesundheit und siedenden Hormonen, die von wachsamen Anstandsdamen daran gehindert werden überzukochen. Sie sieht sie alle am Abend beim Dinner in dem großen gelben Haus, dahinter die Rosenbüsche und vorn die breite Veranda, auf der einst an Sommerabenden Dr. Williams saß, um sich von seinen Patienten und sexuellen Strapazen zu erholen. Und so ging das die nächsten drei Tage weiter. Nathaniel hielt die Chronik der gesellschaftlichen Ereignisse im Logbuch fest – ein Tagesausflug mit dem Boot, ein weiteres Picknick, ein Tennismatch, eine Tanzveranstaltung im Casino, ein Nachmittag, an dem Gedichte vorgelesen wurden. Seine Aufzeichnungen waren knappe Berichte bar jeder Stimmungen und Gefühle. Dennoch behauptet Sybil, sie könne zwischen den Zeilen spüren, daß Nathaniel über das affektierte Treiben und die vergnüglichen Zerstreuungen, mit denen sich Neuenglands Hautevolee um das Jahr 1901 verlustierte, zunehmend ungehalten war.

Am Nachmittag ihres vierten Tages in North Haven brachte der Bursche, der die Barkasse steuerte, eine Nachricht von Gertrude Williams zur *Double Eagle*: Mit der Morgenfähre aus Camden sei ein Telegramm für Nathaniel und seine Brüder gekommen. Sie glaube, es sei von ihrer Mutter, und ob sie nicht so freundlich wären, es bei ihr abzuholen.

Das Hausmädchen, eine grobknochige Deutsche, ließ die Jungen in das Haus, in dem seit fünf Jahren kein Mann mehr gelebt hatte. Sie führte sie in den Salon, wo Gertrude, umgeben von ihren Töchtern, deren Freundinnen und zwei Matronen aus der Stadt, hofhielt. Eine derart große Versammlung in einem durchschnittlich großen Raum schuf eine fast mit Händen zu greifende Atmosphäre weiblicher Solidarität. Als das Hausmädchen klopfte, wandten sich die Augenpaare der zehn Frauen den drei Jungen an der Tür zu. Nathaniel empfand die Blicke zwar nicht gerade als feindselig, einladend waren sie aber auch nicht. Es war, als wären sie bei einer religiösen Schwesternschaft eingedrungen, die so hermetisch abgeschlossen und kabbalistisch wie eine Freimaurerloge war.

»Da seid ihr ja«, sagte Gertrude Williams, deren Chiffon- und Taftkleid vernehmbar raschelte, als sie sich umdrehte, um die Jungen dann hinaus auf die Veranda zu bugsieren. Mit einer Kopfbewegung bedeutete sie ihnen, in den Korbstühlen Platz zu nehmen, zog ein gelbes Kuvert, das mit einer Briefmarke der Western Union versehen war, aus der Tasche ihres Kleides und überreichte es Nathaniel.

Er las das Telegramm und reichte es dann an Eliot und Drew weiter.

»Was schreibt sie denn?« Den Kopf leicht vorgestreckt, beugte sich Gertrude nach vorn, als legte sie ihr Ohr an eine Tür.

»Man liest nicht anderer Leute Telegramme, war's nicht so?«

Unwillkürlich suchte Nathaniel, die unverfrorene Bemerkung mit einem breiten Lächeln abzuschwächen. Seine Mutter sagte immer, er habe ein gewinnendes Lächeln, ein Lächeln, das Herzen zum Schmelzen bringe, egal, ob von Männern oder Frauen. Auf Mrs. Williams verfehlte es allerdings seine Wirkung.

»Meine Frage war nicht, ob ich es lesen darf. Oder, Nathaniel?« sagte sie kühl. »Meine Frage war, was sie schreibt. Wenn du es mir also nicht sagen willst, könntest du einfach höflich antworten, daß es persönlich ist. Du tätest gut daran, nicht zu vergessen, daß ich vierundvierzig bin und du erst sechzehn.«

»Ja, Ma'am. Es tut mir leid, Ma'am. Sie schreibt, daß sie uns liebt und daß wir hier bleiben sollen. Und wir sollen Ihnen sagen, daß sie Ihnen dankbar ist, weil Sie sich um uns kümmern.«

»Und nichts über euren Vater?«

Er schüttelte den Kopf.

»Vielleicht ist die Sache zu kompliziert, um sie in einem Telegramm zu erklären.« Sie nestelte an ihrer Brosche. »Paßt mal auf, Jungs. Die Freundinnen von Constance und Johanna fahren in ein paar Tagen wieder ab. Bis dahin bleibt ihr natürlich auf eurem Boot, aber danach seid ihr und eure Mutter herzlich willkommen. Ich werde Liza bitten zu kommen, sobald sie sich dazu in der Lage fühlt. Platz ist genug da, und die Luft hier ist auch viel besser für sie. Wenn ihr wollt, könnt ihr den Sommer über bleiben. Allerdings hoffe ich, daß sich dieses Durcheinander mit eurem Vater bis dahin aufgeklärt hat und ihr fünf wieder zusammen seid.«

Sie bedankten sich bei ihr, und sie nahm den Dank mit dem ihr eigenen kurzen und selbstzufriedenen Nicken entgegen. Dann zog sie einen Fünfdollarschein aus der Tasche und gab ihn Nathaniel. Sie erwarte heute abend ganz besondere Gäste zum Dinner – den Präsidenten von Harvard mit seiner Frau sowie deren Gast, einen renommierten Professor der Universität von Chicago – und wünsche, daß die Jungen zwanzig Hummer besorgten, damit sich ihre Köchin den Zeitaufwand und den Ärger sparen könne.

Nathaniel nickte und fragte nach, ob er richtig gehört habe: *zwanzig?*

»Ihr drei, meine Töchter und deren Freundinnen, Will und seine Freunde: ihr seid schon vierzehn. Hannah und ich sechzehn, meine Gäste neunzehn, und eins der Viecher als Reserve«, sagte sie. »Keine Umwege oder Trödelei. Bringt die Hummer gleich hierher, ich will sie gesund und munter – plus einen Dollar Wechselgeld. Laßt euch von dem Geizkragen im Dorf nicht mehr als zwanzig Cent pro Stück abknöpfen.«

Sie gingen die weiße Straße hinunter, um ihren Botengang zu erledigen. Der Kies aus Steinen und zerkleinerten Muschelschalen knirschte unter ihren Füßen. Die Bäume warfen in der Nachmittagssonne lange Schatten auf die prächtigen Häuser und die Gärten, in denen Schwertlilien, Zinnien und wilde Rosen leuchteten. Drew pfiff unmelodisch vor sich hin.

»Da kannst du dich ja richtig freuen, kleiner Mann«, sagte Nathaniel, den das Pfeifen störte. »Hast wieder ein festes Dach über dem Kopf, und bald hast du im Zimmer nebenan auch wieder deine Mama.«

»Sag nicht immer ›kleiner Mann‹ zu mir.«

»Wenn du ihm nicht dauernd sagst, daß es dich stört, hört er schon auf damit«, sagte Eliot aufgebracht.

»Freut es dich etwa nicht, daß mit Mutter alles in Ordnung ist?« sagte Drew, während sie eine Serpentinentreppe hinuntergingen, die über einen felsigen Abhang zum Strand führte.

»Doch.«

»Und außerdem kannst du dich ja wohl erst recht

freuen, jetzt, wo du im selben Haus mit Constance wohnst.« Drew betonte höhnisch näselnd das Wort *Constance*. »Jetzt könnt ihr ja schon mal üben, wie es so ist, wenn man verheiratet ist.«

»Paß bloß auf, daß Mrs. Williams das nicht hört.«

»Wieso?«

Nathaniel sagte nichts. Dieses verführerische und beängstigende Bild tauchte plötzlich wieder auf und lenkte ihn ab: Constances Kopf, aufgepfropft auf den nackten Körper dieser Französin, der Diwan mit den gestreiften und gepunkteten Fellen hingeschlachteter Bestien.

»Was ist denn so falsch daran, was ich gesagt habe?« fragte Drew.

»Für ein Genie bist du manchmal ein ziemlicher Idiot«, sagte Nathaniel und ging weiter die Küstenstraße entlang.

Die Hütte des Hummerhändlers war eine graue Schindelschachtel, die auf der äußersten Spitze einer Pier in der Nähe des Kais für die Fähren thronte. Die anscheinend Tausende von Hummern wurden lebend in zwei Holzkäfigen gehalten, riesige, im Wasser stehende Lattengestelle, die mit Taljen an Spieren festgezurrt waren, welche an einer Seite aus der Hütte herausragten. Der Mann, dem der Laden gehörte, war nicht nur ein Geizkragen, er sah auch wie einer aus. Als ob die knauserige Seele auch sein Fleisch, das so geschrumpft war, daß es gerade noch die Knochen bedeckte, in Mitleidenschaft gezogen hätte.

»Mrs. Williams hat uns gesagt, zwanzig Cent und keinen Penny mehr«, sagte Nathaniel, nachdem ihm der Mann erklärt hatte, der Preis für einen Hummer sei dreißig Cent.

»Marktpreis. Dreißig Cent«, sagte der Mann, der sich sprachliche Exzesse wie Artikel oder Verben sparte. Er saß hinter einer Theke auf einem Holzhocker. An der Rückwand stapelten sich Hummerfallen, die wie Miniaturausgaben indianischer Longhouses aussahen, spindelförmige, weißgrün gestrichene Tonnen und Spulen mit Warpleinen, die noch nach der Kupferlösung rochen, in die man sie offenbar erst kürzlich getaucht hatte, damit sie nicht verrotteten.

»Entschuldigung, Sir«, sagte Nathaniel. »Mrs. Williams will zwanzig Hummer. Sie hat uns fünf Dollar gegeben und will einen Dollar zurück.«

Der Mann bewegte die Lippen, die genauso schwindsüchtig waren wie der ganze Rest, und schaute hinauf zu den spinnwebenverhangenen Deckenbalken.

»Sind zwei Paar Stiefel. Was sie will und was sie kriegt. Fünf Dollar gibt sechzehnzweidrittel Hummer. Sagen wir siebzehn. Für zwanzig fehlt ein Dollar.«

Dann zog er die Zugbrücke hoch und entschwand hinter den Festungsmauern seines Geizes. Draußen auf der Pier debattierten die Jungen darüber, was leichter und schneller sei – Gertrude Williams nach dem zusätzlichen Dollar zu fragen oder zum Schiff zu rudern, um den Dollar aus dem eigenen Vorrat zu nehmen (welcher dank ihrer Vorliebe für Eiskrem auf inzwischen neunundzwanzig Dollar und dreißig Cent geschrumpft war) –, da bemerkte Nathaniel die Friendship-Slup, die neben der Pier an einem tiefer liegenden Schwimmsteg festgemacht war. Zwei Männer in Ölzeugmontur schaufelten ihre lebende Beute aus dem Fischbehälter der Slup durch eine Klappe, die sich oben auf einem der Holzkäfige befand.

»He, wenn Sie was von dem Zeug verkaufen und der Preis stimmt, dann kommen wir ins Geschäft«, rief Nathaniel.

Der ältere der beiden schaute nach oben. Er hatte kurzgeschorenes graues Haar und Segelohren.

»Und welcher Preis stimmt?«
»Zwanzig pro Stück.«
»Wie viele?«
»Genau zwanzig.«
»Versteh ich nicht. Läßt George nicht mit sich handeln?«
»Wenn Sie den Geizkragen da drin meinen, keine Chance.«
»Der Geizkragen ist mein Bruder. Na ja, schätze, wir kommen ins Geschäft.«

Er winkte Nathaniel den Laufsteg hinunter.

»Ist ein richtiger Prachtbursche, was? George, meine ich. Macht für Freizeitskipper wie euch immer einen Sonderpreis«, sagte der Fischer. »Meint halt, ihr könnt's euch leisten.«

Nathaniel bemerkte den verächtlichen Unterton in der schnarrenden Stimme des Mannes. Er sagte, daß er kein Freizeitskipper sei.

»Hab ich mich wohl getäuscht. Komm an Bord. Such dir zwanzig aus.«

Was dann passierte, war eine Kombination aus mehreren Dingen: Die geliehenen Schuhe paßten nicht recht (Tony Burtons Schuhe waren ein paar Nummern zu groß), die Rockland-Fähre kündigte ihr unmittelbar bevorstehendes Ablegen mit einem schrillen, überraschenden Heulen der Dampfpfeife an, und das Deck der Slup war von dem Heringsöl, das aus dem undichten Ködereimer tropfte, naß und glitschig. Nathaniel rutschte aus, die Füße schossen geradezu unter ihm hervor, und wie ein Vaudeville-Clown segelte er mit wild rudernden Armen durch die Luft. Als er mit dem Rücken auf einer Hummerfalle landete, spürte er, wie die Holzlatten unter seinem Gewicht zersplitterten. Ein paar Sekunden lang lag er zwischen den auseinandergebrochenen Hälften der Falle und starrte den Himmel und den Baum der Slup an. Über ihm tauchten die Gesichter der Fischer auf. Bestimmt Vater und Sohn, dachte Nathaniel, weil der jüngere die gleichen Segelohren hatte.

»Noch alles dran?« fragte der ältere.

Nathaniel nickte und versuchte aufzustehen, konnte sich aber nicht rühren. Er saß fest, die Falle hatte sich ihn sozusagen geschnappt. Oder er sie. Die aus Eichenholz gebaute Hummerfalle wog bestimmt ihre dreißig Pfund und war zusätzlich mit fünf oder sechs Ziegelsteinen beschwert, um sie beim Hummerfangen am Meeresboden zu halten.

»Dickste Ding, was wir je gefangen haben, Dad«, sagte der jüngere. Beide fingen an zu lachen und befreiten Nathaniels Rücken und Brust von den Latten.

Der Sohn reichte Nathaniel die Hände (über und über mit Schwielen bedeckte Hände, die so kräftig zupackten, als könnten sie den Panzer eines Hummers mit einem einzigen Griff knacken) und zog ihn hoch.

Als Nathaniel wieder aufrecht stand, setzte er alles daran, seine Würde wieder zurückzugewinnen, was jedoch angesichts der demütigenden Lachstürme unmöglich schien.

»Na, Freizeitskipper, wie steht's sich denn so aufm Fischerboot?« sagte der Vater.

Von ganzem Herzen drängte es Nathaniel zu sagen, daß er an schlampige Kapitäne, die auf Deck ihrer Boote mit Fischöl herumspritzen, nun mal nicht gewöhnt sei. Zur Abwechslung funktionierte sein gesunder Menschenverstand diesmal aber einwandfrei.

Er beugte sich über den Fischbehälter und schaute hinunter in einen Alptraum aus zuckenden Fühlern und Scheren sowie leblosen, kalten Augen, die wie Perlen glänzten. Er fragte sich, wie etwas so Häßliches so wunderbar schmecken konnte. Seine Finger steckten in

Segeltuchhandschuhen, und er schnappte wie mit einer Kneifzange nach dem Panzer eines Hummers. Nathaniel warf ihn in einen großen Netzbeutel, den der jüngere der beiden Fischer für ihn aufhielt. Beim nächsten Versuch verfehlte Nathaniel sein Ziel und spürte trotz der Handschuhe die zupackenden Scheren. »Paß bloß auf, sonst gibt's für *die* was zum Dinner. Und wenn sie dich an den Eiern erwischen, flötest du wie dein kleines Schwesterchen«, sagte der jüngere gutgelaunt.

Als alle zwanzig in zwei Beuteln verstaut waren, reichte Nathaniel dem Alten den Fünfdollarschein. Der faltete den Schein zusammen und steckte ihn in die Tasche. Als nichts weiter passierte, fragte Nathaniel nach dem Wechselgeld. Der Fischer schaute kurz auf die zerbrochene Falle.

»Fünfzig Cent für Material, fünfzig für die Arbeit«, sagte er lapidar.

»Moment mal. Ich hab's doch wirklich nicht mit Absicht gemacht.«

»Kaputt ist kaputt. Ich bin nicht drauf gefallen. Toby auch nicht, sondern du.«

Es sei nicht sein Geld, entgegnete Nathaniel empört. Er führe nur einen Auftrag aus. Er müsse den einen Dollar Wechselgeld unbedingt zurückbringen. Der Fischer antwortete zunächst nicht darauf, warf nur einen kurzen, nachdenklichen Blick auf das schlüpfrige Deck und machte Nathaniel dann ein Angebot: Er könne ja selbst eine neue Falle bauen. Latten und Bretter, Hammer und Nägel und die zweiteiligen Netze, die eine Falle erst zur Falle machten, lägen in der Hütte. Ob er wisse, wie man eine Falle baue? Nein, er wisse es nicht. So was bringen sie euch in der Schule nicht bei, was? Also gut, sagte der Alte, drückte Nathaniels Bizeps und Schultern und erklärte ihn für tauglich. Er habe draußen noch fünfzehn oder sechzehn Fallen an der Leine, und wenn Nathaniel die herauszöge, würde er den Dollar als abbezahlt betrachten. Außerdem könne sein Sohn Toby ohnehin eine Pause gebrauchen, da er schon den ganzen Morgen gearbeitet habe.

»Wie lange dauert das?« fragte Nathaniel mürrisch.

»Heute noch irgendwas vor?«

»Ja, hab ich. Ich werd zum Abendessen erwartet. Um einen von denen da zu essen.«

»Das ist nicht weit draußen. Dauert höchstens zwei oder drei Stunden.«

Nathaniel sagte, in Ordnung, die Sache gelte, winkte seine Brüder herunter und gab ihnen die Hummer mit der Order, sie auf der Stelle zu Mrs. Williams zu bringen – keine Umwege, keine Trödelei.

Er war beeindruckt, wie elegant die kleine Friendship im Wasser lag und wie gekonnt sie der Fischer – er hieß Isaiah Kent – steuerte. Sie schlängelten sich durch den dichten Schiffsverkehr in der Durchfahrt und tasteten sich die Nordküste von Vinalhaven entlang bis zu der Stelle, wo die Fallen aufgestellt waren. Die Slup laufe nicht so sauber gegen den Wind, stellte Isaiah nüchtern fest, denn sie sei für Fahrten vor dem Wind und Arbeit wie diese hier gebaut worden: Sie war gut ausbalanciert; der Mast war nach vorn versetzt worden, so daß man sie problemlos nur mit dem Großmast segeln konnte; durch den großen Tiefgang und den langen Kiel hatte sie die Stabilität eines um die Hälfte größeren Schiffes (an Deck war sie neun Meter lang).

Die Küstenlinie glich einer Steinmauer, wie man sie manchmal an Yankeefarmen sieht, nur daß sie viel höher als jede Mauer und die Steine so groß wie Kutschwagen, ja manche sogar so groß wie Häuser waren. Riffe und Felsbänke ragten am Ufer aus dem Wasser, und in ein, zwei Faden Tiefe trieben Flechten olivgrünen Seetangs in der Strömung. Isaiah steuerte die erste der weißgrünen Tonnen an, legte scharf die Pinne herum, schoß auf und holte das Großsegel ein, so daß die Slup auf der Stelle trieb, als läge sie vor Anker. Während sich Toby an der Leeseite über den Bootsrand beugte, mit dem Bootshaken die Warpleine auffischte und einholte, erklärte dessen Vater Nathaniel, daß man die Körbe immer an der Leeseite hochziehe. Kein besonderer Kniff dabei, man brauche nur einen starken Rücken und einen schwachen Verstand. Stimmt's nicht, Toby? Ist doch genau dein Ding, starker Rücken und schwacher Verstand, oder? Klar, Vater, brummte Toby launig, während er sich zurücklehnte und Hand über Hand zog, wobei sich auf den Unterarmen die Muskeln wie schwere Trossen abzeichneten. Mit einem kraftvollen Ruck wuchtete er die tropfende Falle an Bord, schnippte die kleine Seitenklappe auf, zog zwei Hummer heraus und warf sie in den Fischbehälter. Dann öffnete er den Ködereimer, warf einen stinkenden Batzen Hering-Flunder-Gemisch in die Falle und hievte sie wieder über Bord. Nathaniel beobachtete, wie die Warpleine in die jadegrüne Tiefe glitt, bis die Falle auf den Meeresboden aufschlug und die an der Oberfläche hin- und herschwingende Tonne abrupt aufhörte, sich zu bewegen.

»Gesehen, wo er den Köder reingetan hat?« sagte Isaiah. »In die Küche. Der Hummer marschiert rein, schlägt sich den Bauch voll, kann aber nicht mehr zurück. Also kriecht er weiter vorwärts in die zweite Kammer, in die gute Stube. Denkt sich, da vorn kann er raus. Geht aber nicht, weil das Netz wie ein Trichter ist. Also bleibt er drinnen. Und dann kommen wir und bringen ihn dahin, wo man sich mit *ihm* den Magen vollschlägt. Das ist der Lauf der Welt, jawoll, der Lauf der Welt.«

Und jetzt, sagte Isaiah, da sie ihm gezeigt hätten, wie

es funktioniere, solle Nathaniel die restlichen Fallen hochholen.

Nathaniel konnte nicht fassen, wie schwer er sich mit der ersten Falle tat. Das Ding gegen den Widerstand von fünf oder sechs Faden Wasser hochzuziehen, verdreifachte, ja vervierfachte das Gewicht. Er schnaufte und grunzte, während die Leine über das Schandeck scheuerte.

»Hehehe«, gluckste der Alte. »Jetzt weißt du, was so ein Hummer wert ist. Stimmt's, Skipper?«

Schließlich tauchte die große Falle auf. Er griff nach unten und zerrte sie mit beiden Händen an Bord, wobei ihm durch den Kopf ging, daß Toby das mit einer Hand bewerkstelligt hatte. Und so hatte er noch eine Lektion gelernt: Sich Muskeln anzutrainieren, indem man Hanteln stemmte und Football spielte, war etwas ganz anderes, als es auf diese Weise zu tun. In der Falle waren diesmal keine Hummer, sondern nur drei riesige Krabben. Er fragte, was er mit ihnen machen solle.

»Hol sie raus, dann zeig ich's dir«, sagte Isaiah Kent. Als die Krabben auf dem Deck lagen, schlug er sie mit einem Knüppel in kleine Teile und warf sie in den Ködereimer.

»Der Hurensohn, der meinen Köder klaut, wird selber einer«, sagte er.

Sie schossen an der nächste Tonne auf, die etwa fünfzig Meter entfernt dümpelte. Und wieder dieser unglaubliche Widerstand, dieses Gewicht, dieses gackernde »Hehehe« des Alten, während Nathaniel schnaufte und grunzte. Bei der zweiten Falle tat er sich noch schwerer als bei der ersten. Warum, wurde ihm klar, als sie an der Oberfläche auftauchte: Sie war voll wie eine Ausnüchterungszelle am Samstagabend. Einer der Hummer war sogar so groß, daß er ohne weiteres einen kleinen Hund hätte verspeisen können.

»Und jetzt Lektion zwei, warum sich Hummer kriegen lassen. Ha! Ist noch gar nicht so lange her, da waren Hummer soviel wert wie 'n Furz im Wind. Bist einfach bei Ebbe durchs Seegras rausmarschiert und hast sie von den Felsen gepflückt. War so einfach, wie 'nem Baby die Bonbons zu klauen. Ein Klacks.« Isaiah begann laut mit dem Fuß zu klopfen. »Mal sehen, ob wir's dir ein bißchen leichter machen können«, sagte er und fing an, mit einer Stimme zu singen, die wie Segel im Wind knarzte:

> *Goin' back to Weldon, to Weldon, to Weldon,*
> *Goin' back to We-el-duh-unnn ...*

Bei der letzten Zeile fiel auch Toby ein ...

> *To git a job in the Weldon yards ...*

Nathaniel kannte das Seemannslied. Er hatte es schon einmal in Gloucester gehört. Ein Lied von den Grand Banks, das die Fischer dort beim Netzeinholen sangen.

> *Cap'n if you fire me, fire me, fire me,*
> *Cap'n if you fire me-eee ...*
> *Got to fire my buddy too ...*

Irgendwie machte das Lied die Arbeit tatsächlich leichter. Bei der fünften Tonne hatte Nathaniel den Rhythmus verinnerlicht und schaffte es sogar, beim Hochziehen mitzusingen ...

> *Don't want a woman, a woman, a woman ...*
> *Don't want a wooomaaan ...*
> *With hair like a horse's mane ...*
> *Goin' back to Weldon, to Weldon, to Weldon ...*

Als er die Hälfte der Fallen an Bord gezogen hatte, machte ihm die Arbeit sogar langsam Spaß. Er genoß die Anspannung der Muskeln und den Geruch des Schweißes in der warmen Sonne. Er teilte die Enttäuschung der Fischer, wenn eine Falle leer nach oben kam, und ihre Freude, wenn sie prallvoll mit den blauschwarzen Lebewesen durch die Wasseroberfläche stieß. Und wenn die Mannschaft einer vorbeisegelnden Slup ihnen zuwinkte, dann winkte er zusammen mit Isaiah und Toby zurück. Er fühlte sich, als wäre er einer Art Bruderschaft beigetreten. Als dann die letzte Falle mit frischen Ködern über Bord gegangen war, verspürte er sogar so etwas wie Enttäuschung.

»Deine Schulden sind beglichen«, sagte Isaiah. »Wo sollen wir dich absetzen?«

»Bei meinem Boot. Meine Brüder und ich wohnen auf einem Boot.«

»Du meinst, auf deiner Jacht, was?«

»Ja, ja, schon gut. Von mir aus meine Jacht, meine gottverdammte Jacht. Aber ein bißchen flott, wenn ich bitten darf. J.P. Morgan wartet schon auf mich. Ich möchte nach dem Kaviar noch eine Zigarre mit ihm rauchen.«

Isaiah Kent lachte.

»Also gut, als Skipper kannst du mir ja helfen, das Baby sicher in den Hafen zu bringen. Toby hat zwar 'n Rücken aus Eisen, und der Junge hat's auch in der Nase, wo die Hummer auftauchen, noch bevor sie's selbst wissen, aber mit dem Segeln hat er's nicht so. Könnte genausogut mit einem Ballon nach Rio de Janeiro fliegen. Der Wind ist in Ordnung, wir machen jetzt also folgendes: Wir fallen ab, brassen voll auf und segeln mit Volldampf in Richtung Hafen. Wenn wir bei der Mittelfahrwassertonne sind, fieren wir den Flieger, und dann geht's nur mit Großsegel, Großtoppsegel und Stagsegel weiter. Die Segel sind ganz anständig, braucht man sich nicht weiter drum zu kümmern. Später fieren wir dann auch das Großtoppsegel und das Stagsegel und schippern das letzte Stück bis zu deinem Boot nur mit dem Großsegel. Mal sehen, ob wir das hinkriegen. Wenn's nicht klappt, hacken wir ein großes Loch in deinen Kahn, wenn's klappt, kommen wir so butterweich auf, daß du ein rohes Ei an die Bordwand hängen kannst, ohne daß es kaputtgeht.«

Und exakt so verlief die Rückfahrt. Das Schandeck der Slup küßte die Bordwand der *Double Eagle* so sanft, daß das Ei vielleicht einen Sprung bekommen hätte, aber keinen besonders großen. Er schüttelte den beiden die Hand – Isaiahs Händedruck entsprach dem Klammergriff seines Sohnes – und sprang an Bord des Schoners. Er war glücklich und betrübt zugleich.

»Sieht verdammt gut aus, das Schiff«, sagte der Alte. »Sieht ganz nach einem Boot von Burgess aus. Genau wie die alte *Fredonia*.«

»Wie haben Sie denn das erkannt?«

»Einmal an dem Klipperbug. Und dann bin ich mal auf der *Nellie Dixon* gesegelt, damals als ich noch in den Grand Banks gearbeitet hab. War ein Schwesterschiff von der *Fredonia*.«

Toby stieß das Boot ab, Isaiah steuerte die Slup in den Wind und machte sich auf den Heimweg.

»Gute Arbeit, Skipper«, rief er Nathaniel noch über die Schulter zu. »Kannst jederzeit wieder ein paar Fallen für mich hochholen. Wenn dir mal langweilig ist oder wenn du mal einen Dollar brauchst. Na, ja, schätze, wird wohl nicht passieren.«

Goin' back to Weldon, to Weldon, to Weldon ...

Nach dem Gang mit der Suppe (eine Gurkenkaltschale) und dem Gang mit dem Salat kam der Hauptgang, und noch immer hörte Nathaniels inneres Ohr die ledrige Stimme Isaiah Kents, während das Stimmengewirr am Tisch sein äußeres Ohr bestürmte: An einem Tischende foppten Tony Burton und Will den Präsidenten von Harvard, Mr. Eliot, mit den jeweiligen Meriten der Football-Teams von Yale und Harvard; am anderen Ende lauschte Gertrude Williams mit ernster Miene den Ausführungen Professor Davenports, der sich gerade über sein Fachgebiet, eine neue Wissenschaft namens Eugenik, ausließ; in der Mitte, genau gegenüber von Nathaniel, bemühte sich Van Slyck, Interesse für Mrs. Eliots Kritik einer Bühnenbearbeitung von *Hiawatha* zu zeigen; neben den beiden saß Constance, die mit der Perlenkette und in dem lilafarbenen Chiffonkleid mit den hauchzarten Spitzen einfach wunderschön aussah und Herb Wheeler gerade eine Geschichte über einen ihrer Vorfahren erzählte, der in der Kolonialzeit Mohawk-Indianern in die Hände gefallen sei; und rechts von Nathaniel saß Antonia Codman, die über die Qualität des Abendessens monologisierte. Wie hat dir die Suppe geschmeckt, Nat? Ich fand sie ganz exzellent, auch wenn ich als kalte Suppe Vichyssoise vorziehe ... Er war nicht nur gelangweilt, er war geradezu zu Tode gelangweilt und konnte es einfach nicht begreifen, warum Antonia es vorzog, über das Essen zu reden anstatt es zu verspeisen. Sie hatte ihren Hummer fast nicht angerührt, und beinah hätte der Heißhunger ihn dazu getrieben, den Hummer schlicht mit der Gabel aufzuspießen und auf seinen Teller zu lupfen.

> *Oh, Cap'n's got a Luger, got a Luger, got a Luuugerrr,*
> *And the mate's got an owl's head ...*

Sein Erlebnis hatte ihn vor dem Dinner in den Mittelpunkt des Interesses gerückt. Weil er nur wegen ihr so weit gegangen war, hatte Gertrude ihn so fest umarmt, daß er beinah daran erstickt wäre. Das hätte er wirklich nicht tun sollen, hatte sie gesagt und dann mit der Leidenschaft eines Cotton Mather eine Moralpredigt gegen die Pfennigfuchserei der hier ansässigen Bevölkerung angestimmt, gegen die Einheimischen, die einen Dollar so auspressen könnten, daß der Wappenadler in Wehgeschrei verfalle. Constance und Antonia bedrängten ihn um Einzelheiten, wie es denn so sei, wenn man einen ganzen Nachmittag in Gesellschaft von Fischern verbringe. Man hatte den Eindruck, die Mädchen sprächen nicht über Männer, die Hummer fingen, sondern über eine Rasse bastardierter und möglicherweise gefährlicher Lebewesen. Gekämmt und frisch gewaschen, saß Nathaniel in seiner saubersten Segeltuchhose und dem Andover-Jackett – auch die Krawatte fehlte nicht – am Tisch im Salon (auf Vaters Weisung mußten sie auf den Sommertörns für den Fall, daß sie ihr Dinner in einem Jachtclub einnähmen, immer Krawatten und Jacketts einpacken) und sagte, daß es toll gewesen sei, daß die Hummerfischer tolle Burschen seien und daß sie ihm einiges beigebracht hätten, vor allem, wieviel so ein Hummer eigentlich wert sei.

Nachdem die Abendgesellschaft geschlossen ins Eßzimmer marschiert war, kamen die Gedichte an die Reihe. Jede der sieben jungen Damen hatte ein Gedicht über einen der sieben jungen Herren geschrieben. Anstelle von Tischkarten standen die Verse zusammengefaltet neben den Suppentellern. So wurde aus dem mühsamen Geschäft, den richtigen Platz zu finden, eine Art Spiel (die Erwachsenen blieben von dem Blödsinn verschont). Das Gedicht über Nathaniel rankte sich um ein Wortspiel, irgendwas mit Natty und nett. Er erkannte Constances Handschrift, und obwohl sich ein kleiner Teil von ihm darüber freute, daß sie ihn zum Gegenstand ihres Werkes erkoren hatte, war doch der größere Teil von ihm verärgert und verwirrt. Anstatt gekämmt, frisch gewaschen und ach so nett in seinem Andover-Jackett dazusitzen, wünschte er sich, er wäre genau so aufgetaucht, wie er von Isaiah Kents Slup gekommen war – in verdrecktem Pullover, parfümiert mit der Ausdünstung des eigenen Schweißes und dem Gestank des Ködereimers: dem Geruch eines Mannes, der die Arbeit eines Mannes verrichtet hatte, und verglichen mit dessen Arbeit das Geschnatter und die Gedichte völlig belanglos waren. Außerdem war er enttäuscht von Constance. In seiner Vorstellung war Constance ein viel zu ernsthaftes und intelligentes Mädchen, um einen ganzen Nachmittag damit zu vertrödeln, holperige Verse zu schmieden, während sich Leute wie Isaiah und Toby im Schweiße ihres Angesichts für das tägliche Brot abrackerten.

So hatte Nathaniels Urteil jedenfalls vor dem Essen gelautet. Inzwischen ließ ihr Aussehen im gedämpften Licht des gasbetriebenen Kronleuchters sein Urteil jedoch wieder milder ausfallen: Sie hatte schmale Augenlider, die ihr den Anschein beständigen, sachten Erstaunens gaben, als ob jeder Augenblick des Lebens eine Überraschung für sie bereithielte; die Mundwinkel wiesen ganz leicht nach unten und dämpften den erstaunten Gesichtsausdruck zu einem Anflug von Melancholie; der Anblick des perlengeschmückten Halses, des wunderschönen Kopfes und der darüberschwebenden graziösen Pompadour-Tolle ihrer Gisbon-Girl-Frisur brachen ihm förmlich das Herz. Zuerst war er enttäuscht darüber gewesen, daß er keinen Platz neben ihr bekommen hatte; jetzt beschloß er, sich geschmeichelt zu fühlen: Gertrude Williams hielt ihn von ihrer Tochter fern, weil sie wußte, daß er von den jungen Männern am Tisch die größte Bedrohung darstellte, daß er derjenige war, der Constance am ehesten den Kopf verdrehen konnte.

Als sie sich nach dem Essen im Musikzimmer einfanden, kam Nathaniel jedoch nur ein einziges Mal dazu, mit ihr zu tanzen. Obwohl er sich beim Football, beim Boxen und beim Tennis leichtfüßig und flink bewegte und auf Mutters Wunsch auch am Tanzunterricht teilgenommen hatte, war es ihm verwehrt geblieben, den Dreh mit dem Twostep oder dem Walzer ganz rauszukriegen. Seine Bewegungen waren hölzern, weshalb er auch erleichtert war, als Herb Wheeler abklatschte. Danach tanzte Tony Burton mit ihr. Nathaniel beobachtete, wie er erst zu »Hello Central, Give Me Heaven« und dann zu diesem neuen Lied – »In the Good Old Summertime« – mit ihr herumwirbelte. Bald waren alle Platten durchgespielt, und keiner hatte mehr Lust, weiter an der Victrola zu kurbeln, damit sich die Musik nicht anhörte, als würde sie unter Wasser gespielt. Constance bat Van Slyck, doch einmal dieses lustige Dartmouth-Lied zu singen. Er setzte sich ans Klavier, und alle anderen drängten sich um ihn.

VAN SLYCK:
Oh, Eleazar Wheelock was a very pious man,
He went into the wilderness to teach the In-dye-an.
With a Gradus ad Parnassum, a Bible and a drum ...

ALLE:
And five hundred gallons of New England rum!

VAN SLYCK:
Eleazar and the big chief harangued and gesticulated,
They founded Dartmouth College,
And the big chief matriculated.
Eleazar was the faculty and the whole curriculum ...

ALLE:
Was five hundred gallons of New England rum!

Teil Zwei

DAS KREUZ DES SÜDENS

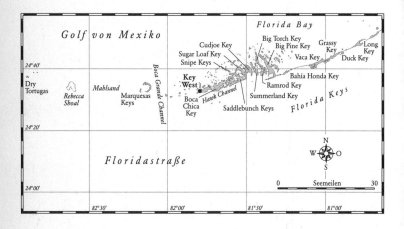

8

Logbuch der Double Eagle *vom 26. Juni. Vor Anker in North Haven. Morgens aufgekommener Nebel reißt mittags auf. SW 15 Knoten. 30.02 gleichbleibend. 72 Grad Fahrenheit. Mit Will die Morgenfähre nach Camden genommen. Will muß telegraphisch überwiesenes Geld seines Vaters abholen, um Ticket für Bahn oder Dampfer nach Boston zu kaufen. Die Dirigo, ein 94 in Bath gebauter Rahsegler, ankert im Hafen von Camden. Nimmt Bauholz für Galveston auf, das nach dem großen Hurrikan im letzten Jahr wieder aufgebaut wird. Erster Offizier gibt uns Erlaubnis, das Schiff zu besichtigen. Herrliches Schiff. Will und ich klettern auf den Großmasttopp. Tolle Aussicht! Zurück zur* Double Eagle. *Entschließen uns, nach Key West zu segeln. Will stößt als Navigator dazu. Kurs festgelegt. Nach einigem Hin und Her mit Mannschaft Termin zum Auslaufen für die morgige Tide festgesetzt.*

Das ist das Gerippe, das Nathaniel in wäßriger brauner Tinte niedergeschrieben hat, und nun das Fleisch, das seine Nachfahrin auf die nackten Knochen gepackt hat:

»›… Ich kann nicht ruhn vom Wandern; bis zur Neige / will ich das Leben trinken! Allezeit …‹«

Barfuß auf dem Fußpferd der höchsten Rahnock stehend, schwebte Nathaniel über dem Stahlrumpf der *Dirigo*, preßte die Brust gegen die Spiere und klammerte sich mit einer Hand an einen Zeising des eingerollten Royalsegels. Er sah sich als Möwe, die in luftiger Höhe dahinschwebt und dabei nicht kreischt und krächzt, sondern gesegnet mit der Gabe der menschlichen Sprache von hoch droben Verse von Tennyson deklamiert.

»›… hab' ich genossen viel, und viel gelitten, / mit liebenden Gefährten, und allein; / sowohl am Strand, als wenn das dunkle Meer / die regnichten Hyaden zornig peitschten …‹«

Will hatte nicht den Mut, ihm auf die Rah zu folgen, sondern hielt sich lieber an dem Netzwerk der Webeleinen und geteerten Wanten des Masts fest und rezitierte laut die nächsten Zeilen.

»›… Mein Name ward berühmt; denn, stets umher / mit hungerndem Herzen schweifend, hab' ich viel / erfahren und gesehn: der Menschen Städte, / Erdstriche, Sitten, Rath und Regiment …‹«

Als Nathaniel die fünfundvierzig Meter senkrecht hinunter aufs Deck schaute, bekam auch er es etwas mit der Angst zu tun. Er staunte über den Mut der Seeleute, die sicher wie Eichhörnchen so weit draußen herumhangelten, um die Segel zu reffen, und das nicht, wenn das Schiff wie ein auf seinen Grundmauern ruhendes Haus vor Anker lag, sondern bei rollender See, wenn die Enden der Spieren fast auf die Wellenkämme schlugen …

»›… Durch dessen Thor die unbereiste Welt / herglänzt, und, wenn ich nahe, stets erbleicht. / Wie traurig ist es, ruhend nun zu enden. / Glanzlos zu rosten, stumpf und unbenützt!‹«

»Wie wär's, Natters – zurück zur Terra firma?«

»Nein! Incognita! Mit so einem Schiff rund um die Welt zu segeln. Stell dir das nur mal vor.«

Der erhabene Ausblick auf die Stadt, die Buchten, die Inseln und das weite Meer betörte ihn. Camden war auf die Größe einer Spielzeugstadt geschrumpft. Die aus Steinen und Ziegeln errichteten Kaianlagen, auf denen zwergenhafte Schauerleute zwischen Fuhrwerken, Handkarren, Tonnen, Fässern und Kisten herumwuselten, glichen dem Durcheinander eines mit Spielzeug vollgestopften Kinderzimmers. Sein Horizont war der Horizont eines Fischadlers oder einer Seeschwalbe; er sah Segel, die den Erdlingen verborgen blieben, er sah die schwarzen, zurückgeneigten Schornsteine von Dampfern, die noch meilenweit entfernt waren.

»Ich könnte den ganzen Tag hier oben bleiben«, rief er und zeigte dann hinunter auf die Stadt: »›Dort liegt der Hafen; seine Segel bläht / das Schiff ...‹« Wie eine Windfahne schwenkte er einen Finger nach Osten. »›Dort graut das finstre Meer ...‹«

»Und dort« – Will deutete nach unten – »liegt das Deck, das ich wieder aufsuchen werde. Ich glaube, ich kriege Höhenangst. Komm mit runter, sonst rutschst du noch aus und endest als Batzen Vogelscheiße.«

Nathaniel bewegte sich vorsichtig auf dem Fußpferd zurück, packte ein Want, schwang sich auf die Webeleinen und kletterte hinter Will den Großmast hinunter. Als Will den Absatz erreichte, der nur noch in zwölf bis fünfzehn Metern Höhe über dem Deck schwebte und einen weniger schwindelerregenden Hochsitz abgab, machte er eine Pause, um sich eine Zigarette anzuzünden.

»Du bist ja geradezu süchtig nach den Dingern«, sagte Nathaniel.

»Wenigstens ein Laster muß man sich gönnen. Und wenn es nur dafür gut ist, daß dagegen deine Tugenden um so heller erstrahlen.«

Sie lehnten am Mast, und Will sog an der Duke, bis kaum noch etwas übrig war, das er zwischen den gelblichen Fingern halten konnte. Er drückte die Zigarette aus und steckte sie in die Brusttasche seines Hemdes. Die fünfzig Peitschenhiebe, die ihm der Erste Offizier dafür verpassen würde, daß er die Kippe aufs Deck warf, wollte er lieber nicht riskieren.

»Bin nicht gerade scharf drauf, wieder zurück nach Boston zu fahren«, sagte er. »Steck da von morgens bis abends bis zur Halskrause in den Gesetzestexten des Commonwealth of Massachusetts.«

»Was würde dein alter Herr denn tun, wenn du einfach hierbleibst?«

»Mich enterben, einen Haftbefehl ausstellen lassen, vielleicht eine Schlägerbande auf mich hetzen, die mich entführt und in Ketten zurückschleift. Ich kann auf keinen Fall hierbleiben. Übermorgen kommt Tonys Vater, um mit einer neuen, eigens angeheuerten Profitruppe das Kommando der neuen Jacht zu übernehmen. An Bord der *Black Watch* hat Will keine Koje mehr, es bleibt ihm als einzige zumutbare Alternative nur noch das Haus von Tantchen Schlachtroß. Nein, danke. Zuviele Frauen. Tantchen allein zählt ja schon für zwei oder drei. Erinnert mich an etwas, was ich vor einiger Zeit im *Scribner's* gelesen habe. Da hieß es, daß weibliche Gesellschaft mit der Zeit zu mentaler Enervation führt. Was hältst du davon?«

»Keine Ahnung«, sagte Nathaniel mürrisch. »Connie hat mir von ihrer weiblichen Gesellschaft noch nicht soviel zukommen lassen, daß ich das wissen könnte. Ist zu beschäftigt damit, rauszufinden, welchen von deinen College-Kumpels sie bezirzen will. Zum Teufel mit den Frauen. *Scribner's* hat recht. Mentale Intoxikation.«

»Enervation. Aber dein Latein ist ja besser als dein Englisch, also von mir aus auch Intoxikation. Frauen kriegen wahrscheinlich auch das hin.« Will schaute ihn mit boshaftem Gesichtsausdruck an. »Heilung von mentaler Enervation verspricht nur eins: mit deinen Kumpels raus auf die freie Wildbahn. ›Der Tag erblaßt, der Mond steigt langsam auf, / die Tiefe ächzt und stöhnt. Auf, Freunde, kommt, / noch ist es Zeit die neue Welt zu suchen ...‹ Du bist dran.«

»›Stoßt ab, und, euch in Ordnung setzend, schlagt / die tönenden Furchen; denn ich bin gewillt, / der Sonne Bad und aller Westgestirne / zu übersegeln, bis der Tod mich ruft ...‹ Mann, Will, das ist meine absolute Lieblingsstelle. ›Der Sonne Bad und aller Westgestirne zu übersegeln.‹«

Und so machten sie weiter wie zwei Prediger, die sich gegenseitig eine Lobpreisung Gottes vorlasen. Als sie schließlich gemeinsam die letzte Zeile grölten – »Im Streben, Suchen, Finden, Nimmerweichen« –, waren sie infiziert vom Fieber nach großer Fahrt. Sie entfachten das Feuer, das vor einem halben Jahrhundert junge Männer hinausgetrieben hatte, auf den Goldfeldern des Westens ihr Glück zu versuchen und ihren Mut zu beweisen, das Feuer, das diese jungen Männer zwang, ihr bequemes Heim zu verlassen, auf Klippern anzuheuern und die Prüfungen der Umrundung von Kap Hoorn zu bestehen: das Abenteuer und den Zauber der Jugend und auch die Unbekümmertheit, die nichts von den Schrecken des Lebens kennt; die Flamme, die jede Vorsicht verschlingt, die jeden wenn überhaupt vorhandenen Weitblick der jungen Männer blendet und sie jenseits des Horizonts führt, die dort verborgenen Geheimnisse zu entdecken, die dort schlummernde Schönheit zu erblicken und über die dort auf sie wartenden Martyrien zu triumphieren. Und der Preis dieses Sieges (in der jugendlichen Vorstellung ist das Ergebnis der Bemühung immer und ohne Zweifel ein siegreiches) ist nicht Ehre, Ruhm oder Wissen, sondern das Symbol für Ehre, Ruhm oder Wissen: die Größe, Auge in Auge erwachsenen Männern gegenüberzustehen und sagen zu können: »Wir sind irgendwo da draußen gewesen, haben uns umgeschaut, haben gehandelt, haben gelernt und sind jetzt keine Kinder mehr.«

»Was zum Teufel machen wir hier eigentlich?« sagte Nathaniel plötzlich. »Wir hängen bloß mit diesen Promenadengockeln rum.«

Eine Möwe mit schwarzem Rücken sauste zwischen den Segeln herum und flog so nah an den Jungen vorbei, daß diese die zinnoberroten Augenringe und den orangefarbenen Fleck auf dem Schnabel sehen konnten.

»Abhauen. Wenn ich an deiner Stelle wäre, würde ich genau das machen.« Wills Gesichtsausdruck änderte sich völlig, die sonst zur Schau getragene irdische Langeweile glühte vor Begeisterung. »Wenn du es nicht machst, denkst du in zehn, zwanzig Jahren, wenn du mittendrin in der Tretmühle steckst, an diese verpaßte Gelegenheit und sagst dir: ›Hätte ich das damals bloß gemacht.‹ Und das sind so ziemlich die traurigsten Worte, die es überhaupt gibt. Mann, hau ab. Tu's einfach!«

»Aber wohin?«

Sie besprachen Vorteile und Nachteile möglicher Zielorte und Richtungen. Für den Norden sprachen zwar die dort vorherrschenden Winde, doch hatte Nathaniel keine große Lust, noch einmal in kanadischen Gewässern zu segeln. Sie ähnelten ihm zu sehr denen von Maine. Will erwähnte Bermuda und die Azoren – Namen, die den Puls jedes Reisenden beschleunigen. Südlich davon lagen die westindischen Inseln, die Florida Keys, der Wendekreis des Krebses, ebenfalls verführerische Namen, besonders für Nathaniel. Wenn sie jedoch nach Süden segelten, müßten sie den ganzen Weg kreuzen, und in der Floridastraße müßten sie gleichzeitig gegen den Golfstrom und den Wind von vorn ankämpfen.

»Außer man hält sich ganz dicht an die Felsen«, sagte Nathaniel und strich mit einer Hand über die andere. »Es gibt da unten unmittelbar am Riff einen Gegenstrom in südwestlicher Richtung. Den nutzen die Schiffe, die nach Westen in den Golf von Mexiko wollen. Hat mir mein Vater erzählt. Das ist auch einer der Gründe, warum es da so viele Wracks gibt. Die Schiffe geraten in die Strömung, und dann läuft irgendwas schief. Bums! und ab auf die Felsen.«

»Ich glaube, bei Bowditch hab ich mal was von dieser Strömung gelesen«, sagte Will.

»He, Jungs! Ende der Führung! Kommt runter da, wir fangen bald mit Laden an!«

Der Ruf kam von ihrem Gastgeber, dem Ersten Offizier, der unten am Großmast stand und zum Kai hinüberzeigte, wo Schauerleute eine Ladung Bauholz an den Ausleger eines dampfgetriebenen Derrickkrans hängten.

Auf der Fähre setzten die beiden ihr Gespräch fort. Die mit Messingplatten verkleidete Maschine stampfte dumpf, und das Schaufelrad drehte sich klatschend und knirschend. Sie redeten und redeten, während andere Schiffe sie überholten und sie wiederum andere Schiffe überholten. Über einem Makrelenschoner schwebten Meeresvögel, die aussahen, als hingen sie wie Spielzeugdrachen an Schnüren über dem Schiff; ein mit riesigen Granitblöcken vollbeladener Küstenschoner, dem das Wasser fast bis zum Speigatt reichte, sah aus wie ein granitenes Riff, das sich von der Landmasse gelöst hatte, dem Segel gewachsen waren und das jetzt in See stach. Die Reise blieb ein Traumgebilde; doch je mehr sie darüber redeten, desto mehr schien sie Nathaniel unausweichlich; desto mehr wandte sich sein Sehnen den Breiten zu, von denen er schon so viel gehört hatte, wo sich grüne Wellen an Korallenriffen brachen und bei Ebbe Mangroveninseln wie Trugbilder auf dem warmen Wasser wogten. Und dort, ohne daß er es wollte, rührte sich seine Kompaßnadel nicht mehr vom Fleck. Er hatte schon immer die Gewässer und Orte sehen wollen, wo sein Vater und sein Halbbruder gesegelt und gelebt hatten; wo sie ein Leben gelebt hatten, das sich so sehr von seinem, Eliots und Drews Leben unterschied, daß es ihnen wie ein Mythos, wie die schimmernde Legende einer verlorenen Zeit erschien. Es stand also fest: Florida Keys und der Wendekreis des Krebses, trotz ungünstiger Winde, widriger Strömungen und drohender Wirbelstürme. Nein – nicht *trotz*, sondern *wegen*. Gerade wegen dieser Hindernisse und Risiken wäre es ein um so bewunderungswürdigeres Meisterstück seemännischer Kunstfertigkeit, die *Double Eagle* dorthin und anschließend wieder zurück zu steuern. Seine Gedanken machten einen Satz in den Herbst. Er sah seinen Vater vor sich, der ihm zur Begrüßung zuwinkte, so wie er damals Lockwood zugewinkt hatte, als dieser von großer Fahrt zurückkehrte. Das Bild strahlte im Glanz einer erfüllten Hoffnung.

Er schlug mit der Hand auf die Reling und verkündete die Entscheidung. »Ein Mann schneller Entschlüsse. Erfrischend«, sagte Will.

»Allerdings würde ich mich wesentlich besser fühlen …«, begann Nathaniel und machte dann eine Pause. Er mußte jetzt die richtigen Worte finden. »Du bist doch ein ziemlich guter Navigator. Oder nicht? Kannst du nicht ganz anständig mit einem Sextanten umgehen?«

»Ich will es mal so ausdrücken, Natters. Ich bin einer der besten.«

»Warum steigst du dann nicht bei uns ein? Zum Teufel mit Boston und den Buchstaben des Gesetzes.«

Will überlegte ungefähr fünfzehn Sekunden.

»Ich bin auch ein Mann schneller Entschlüsse. Deine Mannschaft ist noch recht grün, was du also brauchst, ist jemand mit meiner Reife und Weisheit, der euch die Schwierigkeiten aus dem Weg räumt.«

Auf der *Double Eagle* verkündeten sie Eliot und Drew umgehend ihren Plan. Zuerst waren die beiden sprachlos, dann fingen sie an, Einwände gegen eine so lange und gefährliche Reise vorzubringen. Mutter habe doch geschrieben, sie sollten sich nicht vom Fleck rühren, führten sie an, und wahrscheinlich würde sie auch Mrs. Williams' Einladung annehmen und sich schon darauf freuen, sie bald wiederzusehen. Seien sie es ihr nicht schuldig, ihren Wünschen zu willfahren? Nathaniel ärgerte sich über ihre Ängstlichkeit und sagte ihnen, sie könnten ja, wenn sie das durchaus wollten, mit all den anderen Promenadengockeln in North Haven bleiben. Er und Will seien in der Lage, den Schoner auch allein zu segeln, obwohl es natürlich toll wäre, wenn man zwei Mann zusätzlich für die Wachen hätte.

»Herrgott, Nat, kannst du uns nicht ein bißchen Zeit zum Nachdenken lassen?«

»Also gut, aber nur ein bißchen.«

Er und Will stürzten sich auf die Seekarten. Die Karten! Eine elektrisierende Spannung befiel sie, eine Art Tauziehen zwischen Wissenschaft und Poesie, zwischen Präzision und Abenteuer. Während die Breiten- und Längengrade, die Kompaßrose und der Wirrwarr der Ziffern für die Lotungen im küstennahen Blau den Seemann gemahnten, seine Aufmerksamkeit harten Realitäten wie Wassertiefe und Peilung zuzuwenden, wenn ihn seine Träume nicht in Schwierigkeiten bringen sollten, kitzelten seine Träume fremdartige Namen von Häfen und Untiefen, von Landzungen und Kaps und lockten ihn hierhin und dorthin. Als Will mit Kartenzirkel und Kurslineal begann, den Kurs abzusetzen, folgten Nathaniels Augen der launisch mäandernden Küstenlinie. Seine Phantasie schweifte über stürmische und ruhige Meere nach Nantucket, zur Chesapeake Bay, zu den Outer Banks, zu den Inseln vor Georgia und dem langen geraden Kolben der Floridahalbinsel hinunter bis zu den Keys, deren zerrissener, nach Westen neigender Bogen bei den Dry Tortugas endet. Wie dieser Name doch in seinen Ohren nachhallte! Selbst auf dem Papier sahen die Tortugas einsam aus – ein Klumpen Punkte in der weißen, ausgedehnten Fläche des Golfs von Mexiko. Und irgendwo jenseits dieser einsamen Inseln lag das Schiff, dessen Bergung seines Vaters größter, vielleicht einziger Fehlschlag gewesen war. Obwohl es eine Menge Leute gegeben hat, die das Unternehmen ganz und gar nicht als Fehlschlag gewertet hatten ...

Er nahm den Sextanten aus der Schublade des Kartentischs, öffnete die Kassette und las wieder die Gravur auf der Platte: IN DANKBARKEIT. *ANNISQUAM*. DRY TORTUGAS, FLORIDA. 10. MÄRZ 1879. Will schaute von der Karte auf und fragte Nathaniel mit einer Handbewegung, was in der Kassette sei.

»Ein Plath«, sagte er und hob das Instrument heraus.

»Darf ich?«

Will drehte den Sextanten wie einen wertvollen Edelstein. Er hielt ihn gegen das Licht, bewegte die Alhidade am Gradbogen vor und zurück und sagte, der Sextant sei einfach wunderschön. Die Deutschen ständen ja allgemein im Ruf, ein sehr präzises Volk zu sein. Als er Nathaniel den Plath zurückgab, fiel ihm die Inschrift auf, und er fragte, wer denn da wem für was dankbar sei.

»Passagiere und Mannschaft für ihr Leben«, antwortete Nathaniel, wobei er seine Stimme theatralisch senkte. »Die *Annisquam* ist bei stürmischem Westwind gesunken, und Dad hat alle, die an Bord waren, gerettet. Insgesamt einhundertundeins Menschen.«

»Und was weiter?

»Viel mehr weiß ich auch nicht«, sagte Nathaniel und erklärte, sein Vater habe nur einmal davon gesprochen, und das auch nur ganz kurz. Eine Zurückhaltung, die wohl zum Teil seiner yankeetypischen Verschlossenheit, vor allem aber seinem Widerwillen, Niederlagen einzugestehen, zuzuschreiben sei. Er habe die wertvolle Fracht nicht bergen können, einer seiner Taucher sei während der Aktion erblindet und sein bester Taucher, Artemis Lowe von den Bahamas, habe ein Auge verloren. Obendrein sei Dad ernstlich mit dem Kapitän eines anderen Bergungsschiffs aneinandergeraten: Die Sache landete schließlich vor dem Richter, der dann Dads Bergungslizenz einkassiert habe.

»Das war der entscheidende Grund, warum er Florida verlassen und wieder zurück in den Norden gegangen ist. Weil er die Lizenz verloren hat.«

»Moment mal«, sagte Will. »Er hat einhundertundeins Menschen gerettet, die haben ihm das hier zum Dank geschenkt, und trotzdem hat man ihm die Lizenz genommen? In der Geschichte klaffen ja ein paar ziemlich große Lücken, die noch geklärt werden sollten.«

»Stimmt. Aber Dad wird zur Aufklärung sicher nichts beitragen. Und auch Lockwood hat nie viel darüber geredet. Er war zwar damals fast noch ein Kind, aber das meiste hat er mitgekriegt.«

»Was war denn die wertvolle Fracht?«

»Kerzenständer.«

»Kerzenständer?«

»Besondere Kerzenständer. Sollen ziemlich groß und wertvoll gewesen sein. Sieben Stück. So eins zwanzig bis eins fünfzig groß, aus purem Gold. Die *Annisquam* war ein Expreßpostschiff aus Boston. Sie hatte ganz normale Fracht geladen, die für Corpus Christi bestimmt war, und sollte dann weiter nach Vera Cruz. Die Kerzenleuchter waren für die katholische Kathedrale da. Sie sollten bis Ostern dort ankommen.«

»Osterkerzen«, sagte Will.

»So heißen die?«

»Ja. Wie wertvoll waren sie denn?«

Nathaniel zuckte mit den Achseln. »Dad und Lockwood haben nie was gesagt. Waren aber sicher ein Vermögen wert.«

Will machte sich wieder an das Absetzen des Kurses und zeichnete auf den Karten Loxodromen ein. Nathaniel war zu durcheinander, um ihm bei derart Präzision verlangender Arbeit eine Hilfe zu sein. Als er durch das Bullauge nach draußen schaute, erkannte er plötzlich den Sinn ihrer Reise. Die Klarheit und Richtigkeit dieser Erkenntnis überkam ihn wie eine Offenbarung. Er rief Eliot und Drew, die an Deck vermutlich noch mit ihren Überlegungen beschäftigt waren, nach unten. Er hatte etwas zu sagen; und er sagte es ihnen, sprach schnell und eindringlich, sprach (so dachte er zumindest) wie ein Kapitän und nicht wie ein sechzehnjähriger Junge.

»Also, wie lautet eure Antwort? Seid ihr dabei, oder was?« fragte er, als er fertig war. Er war so berauscht von seiner eigenen Begeisterung, daß er sich nicht vorstellen konnte, daß ihre Antwort negativ ausfallen würde. Aber sie sagten keinen Mucks. Statt dessen sprach Will.

»Schätze, jetzt haben wir wenigstens ein Ziel«, sagte er und hob lässig die Schultern. Drei Jahre machen unter Jugendlichen einen riesigen Unterschied, und Will wollte nicht dastehen als jemand, der von einem Jüngeren Befehle entgegennimmt. »Natürlich schaffen wir das nie, vielleicht ist es sogar idiotisch, aber es könnte ganz spaßig werden, es zu versuchen.«

»Es ist nicht nur idiotisch, das ist völliger Schwachsinn«, bemerkte Eliot, dessen ohnehin geringe Wertschätzung für Will noch eine Stufe tiefer sank. Das älteste Mitglied der Mannschaft sollte Nat Vernunft beibringen, anstatt das verrückte Vorhaben auch noch zu unterstützen. »Dad war ein Experte, die Mannschaft bestand aus Experten, und trotzdem haben sie das Zeug nicht gefunden. Und da glaubst du, daß es ausgerechnet wir schaffen? Nat, wir wissen doch noch nicht mal, wo das Wrack liegt!«

»In Key West wird es schon jemanden geben, der was darüber weiß.«

»Das Schiff ist vor über zwanzig Jahren untergegangen! Da ist wahrscheinlich nichts mehr übrig, das ganze Zeug ist inzwischen nichts weiter als ein Haufen Rost.«

»Gold rostet nicht. Das weißt du genau.« Die Bemerkung kam von Drew, der mit Trajan im Schoß auf der obersten Stufe des Niedergangs saß.

»Heißt das, du findest die Idee gut?«

»Und wenn wir es schaffen, Eliot? Wenn wir das Zeug finden und hochholen?«

»Schätze, dann sind wir reich.«

»Wir hätten was geschafft, was Vater nicht geschafft hat! Er könnte da nichts dran rumkritteln, und den Erfolg könnte er uns auch nicht nehmen. Stimmt's, Nat? Bist du nicht deshalb draufgekommen?«

»Ich mache mir keine Gedanken darüber, weshalb ich etwas tue«, sagte Nathaniel, der wie alle angelsächsischen Männer das Handeln an sich so bedingungslos verehrte wie er Selbstbespiegelung verachtete. Und doch wußte er, daß seine Brüder seine Sehnsucht teilten, wußte, daß sie das gleiche wollten – vielleicht nicht so sehnlichst, aber sie wollten es. Er nutzte diesen Umstand aus, wirkte auf sie ein, indem er sie mit der Vision beflügelte, die auch ihn beflügelt hatte – nämlich mit dem Empfang, der ihnen zuteil werden würde, wenn sie zurückkehrten.

»Dry Tortugas – stellt euch das bloß mal vor«, fuhr Nathaniel fort. »Von da ist es nur ein Katzensprung bis Havanna. Wir könnten dem alten Herrn eine Postkarte aus Kuba schicken! Stellt euch bloß mal vor, wie es ihn umhaut, wenn er erfährt, daß wir es in ein fremdes Land geschafft haben. Kein Pipifaxausland wie Kanada, sondern ein richtig fremdes Land.«

»Das mit Havanna hört sich gut an, Natters.« Die Aussicht auf Lustbarkeiten ließ Wills Gesicht leuchten. »Ich kann Spanisch. Französisch war mir zu schwer, da habe ich Spanisch als Fremdsprache genommen. In Havanna soll es ja recht unternehmungslustige Frauen geben. Die sollen Sachen drauf haben, von denen unsere vertrockneten Yankeepflänzchen gar keine Vorstellung haben. Und wenn, dann würden sie sich nicht trauen.«

»Was denn für Sachen?« fragte Drew mit einer Stimme, die sich so anhörte, als wäre er sich nicht sicher, ob er die Antwort überhaupt hören wollte.

»Nichts für jungfräuliche Ohren.« Will wühlte in den Karten. »Sieht so aus, als hätten wir keine von Kuba«, sagte er. »Müssen uns unterwegs noch eine besorgen.«

»Was ist jetzt, Drew, bist du Nummer drei?« fragte Nathaniel.

»Ach, Nat, ich weiß nicht ... Was ist mit Mutter?«

»O Mann, immer hör ich nur Mutter, Mutter«, sagte Nathaniel, dem das Thema langsam auf die Nerven ging. »Wir schicken Mutter ein Telegramm und teilen ihr mit, wohin wir fahren. Das kannst du mit Eliot erledigen. Ihr nehmt heute nachmittag die Fähre rüber nach Camden, während Will und ich den Kurs ausarbeiten. Also, was ist jetzt? Hat keinen Sinn noch weiter drüber nachzugrübeln. Macht ihr mit oder nicht?«

»Okay ... klar«, sagte Drew nach einer langen Pause.

»Drei Verrückte gegen einen Normalen.« Eliot schüttelte den Kopf. Nicht, um nein zu sagen, sondern aus Ungläubigkeit über sich selbst. »Drei Verrückte kann ich nicht so einfach ziehen lassen. Das könnte ich mir nie verzeihen.«

Und so beschlossen sie, mit der Ebbe am nächsten Morgen auszulaufen. Drei Brüder und Kinder des Meeres, vereint im Streben nach väterlicher Liebe, ohne zu ahnen, daß Liebe das letzte war, was sie von ihrem Vater erwarten durften ...

9

Vor Mitternacht tat keiner ein Auge zu, und schon eine Stunde vor Sonnenaufgang lag jeder wieder wach. Nathaniel war der erste, der aus seiner Schlafkoje stieg. Er gähnte, streckte sich und schüttelte sich wieder Leben ins Hirn. Dann zündete er in der Hauptkajüte das Licht an und sah Will, der ohne Kissen und Decke ausgestreckt auf dem Kajütboden lag. Gestern am späten Abend hatte er sich noch von seinen Freunden verabschiedet und sich und seine Sachen hinüber zur *Double Eagle* geschafft. Er hatte sich achtern in der Steuerbordkoje zum Schlafen gelegt, und nun lag er, nur mit seiner Unterhose bekleidet, mit aufgerissenen Augen auf dem Kajütboden. Nathaniel fragte ihn, was er da tue.

»Muß wohl im Schlaf ein bißchen rumgewandert sein. Hab nicht dran gedacht, euch vorzuwarnen. Irgendwann im letzten Jahr hat's angefangen, seitdem schlafwandle ich.«

»Ach so. Ich dachte schon, die Koje wär nicht nach deinem Geschmack.«

»Verglichen mit der von der Yawl, läßt die hier in der Tat etwas zu wünschen übrig«, sagte Will fröhlich. Er stand auf, massierte sich den Schädel und kratzte sich die Rippen. »Was zum Teufel ist das, was ihr hier als Sprungfedern und Matratzen benutzt? Komm mir vor, als hätte ich auf dem Heuboden geschlafen.«

Nathaniel sagte, daß er da den Nagel fast auf den Kopf getroffen habe. Die Matratzen der *Double Eagle* seien nämlich aus Pferdefutter: Stroh in Jutesäcken, die man aneinandergebunden hatte; und statt Sprungfedern gebe es in den Kojen nur Eichenlatten.

»Papas Methode, damit ihr nicht verweichlicht?«

»Nee. Dauert einfach zu lange, bis nasse Matratzen wieder trocken sind, außerdem fangen sie an zu schimmeln. Wenn Stroh naß wird, nimmt man einfach neues. Sprungfedern rosten, Eiche nicht. He, Drew, Eliot. Bewegt eure Knochen. Mit der Ebbe wollen wir raus.«

Die beiden wälzten sich aus ihren Kojen und schlurften in die Kajüte. Eliot schürte im Herd Feuer an, machte Kaffee und brutzelte in der schweren Eisenpfanne ein Pfund Schinken. Damit die Küchendünste abziehen konnten, öffnete Drew ein paar Bullaugen, dann setzten sie sich an den Klapptisch, aßen und spülten das Ganze mit kochendheißem Kaffee hinunter, den Will nur »Lazarus-Bräu« nannte – stark genug, um die Toten zum Leben zu erwecken.

»Ich fühle mich immer noch nicht wie unter den Lebenden«, sagte Eliot. »Ich habe die halbe Nacht wachgelegen und nachgedacht.«

»Ich auch«, sagte Drew. »Es ist so schrecklich weit. Die ganze Zeit habe ich daran gedacht, daß es so schrecklich weit ist.«

Nathaniel blies die Lampe aus, da durch die Bullaugen schon die ersten Strahlen der Morgendämmerung in die Kajüte fielen, Strahlen wie von einer elektrischen Handlampe, nur leuchtete sie mattsilbern anstatt weiß.

»Kriegst wohl schon kalte Füße, kleiner Mann?«

»Nein! Ich hab mir bloß vorgestellt, daß wir den halben Atlantik überqueren würden, wenn wir so weit nach Osten segeln würden, wie wir nach Süden wollen.«

»Stimmt fast genau«, sagte Will und wandte sich

wieder den Karten zu, die jetzt richtig schwarz waren vor Loxodromen und Kompaßpeilungen. »Eintausenddreihundertfünfundsiebzig Seemeilen, Luftlinie. Da wir aber nicht fliegen, tippe ich auf letztlich etwa eintausendsechshundert.« Mit der Spitze seines Bleistifts fuhr er die Loxodromen entlang, die jedoch nur als Anhaltspunkte, nicht als Kurspeilungen dienen würden. Sie bezeichneten den kürzesten Weg von Nantucket bis nach Miami, eine Linie, die mitten durch den Golfstrom führte. Es wäre hoffnungslos, über eine so große Entfernung gegen diese Strömung ankämpfen und Key West vor Thanksgiving erreichen zu wollen. Will hatte ihnen das schon gestern klargemacht. Sie würden neben dem Golfstrom in zeitraubendem Zickzackkurs an der Küste entlangsegeln, von Nantucket in südwestlicher Richtung bis zu einem Punkt vor Norfolk, dann genau nach Süden bis Cape Hatteras, dem schauerlichen Friedhof so vieler glückloser Schiffe, und von da wieder in südwestlicher Richtung nach Daytona Beach, von Daytona nach Miami und dann etwa einhundertfünfzig Meilen nach Westen bis Key West. »Kann sein«, fuhr Will fort, »daß uns der Wind ziemlich oft voll ins Gesicht bläst. Wenn wir Glück haben, laufen wir durchschnittlich vier Knoten und schaffen es damit in drei Wochen. Ich würde aber eher mit vier Wochen rechnen.«

»Stimmt exakt mit meiner Berechnung überein.« Nathaniel drückte die Schultern durch und hoffte, durch seine Bemerkung die anderen daran erinnern zu können, daß er hier der Kapitän war. »Aber auf dem Rückweg haben wir den Golfstrom von achtern und achterliche Winde, dann kannst du den Schoner aber mal fliegen sehen. Wir könnten einen neuen Rekord aufstellen. Langsam gefällt mir der Gedanke, daß wir uns da draußen in den Golfstrom stürzen.«

Mit zwei Blicken bedeutete er Eliot und Drew, den Tisch abzuräumen und das Geschirr und die Pfanne zu spülen. Will stand auf und stupste die Lampe an der Kardanaufhängung an. Er beobachtete, wie sie hin- und herschwang und sich wie eine Lampe auf dem Festland wieder in die ursprüngliche Position einpendelte.

»Könnte noch ein bißchen dauern, bis wir hier überhaupt wegkommen«, sagte er und ging mit Nathaniel an Deck, um nach Anzeichen aufkommenden Windes Ausschau zu halten.

Fehlanzeige. Ein grauer Himmel wölbte sich über der ruhigen See und verschluckte den Horizont, so daß die Inseln im Osten wie grünliche Wolken aussahen, die im Raum schwebten. Die Bäume, die im Hafen ankernden Boote, die im Schlick am Strand dösenden Vögel – eine reglose Szenerie wie auf einem Gemälde. Eine halbe Stunde verstrich. Ein golden schimmernder Streifen erschien dort, wo der Horizont sein sollte, und dann stieg die rote Sonne auf, als würde der feuerrote Kopf eines Säuglings aus dem Schoß der grauen See quellen, als schenkte das Wasser dem feindseligen Element das Leben. Zwei Stunden vergingen, aber der Wind kam nicht. Ohne die aufsteigenden Fische, die die Wasseroberfläche kräuselten, hätte man den Hafen für eine riesige Eisenplatte halten können. Nach einer weiteren Stunde begannen die Schiffe an den Ankerleinen zu schwingen: Der Tidenstrom kenterte, und die Ebbe, auf der Nathaniel hinaus aufs Meer segeln wollte, kam. Er schaute sich um, ob irgendwo schon ein Kräuseln des Wassers zu entdecken war, und sah, wie sich auf einem Schiff – war das wirklich ein Schiff? – Rauch aus einem Ofenrohr kringelte. Das Schiff war ein buckliges und schmalbrüstiges schaluppenähnliches Gebilde mit einer Hütte auf dem Deck und Außenseiten, die vor undenklichen Zeiten das letzte Mal mit einem Malerpinsel oder Schaber in Berührung gekommen waren. Die beiden verrotteten Maste, der Baum des Fockmastes, der so weit oben angebracht war, daß er über der Hütte ausschwingen konnte, und eingerollte Segel, die einem Haufen Schmutzwäsche ähnelten, vervollständigten das Bild dieses schwimmenden Elends. Es war an dem Steg festgemacht, auf dem die Hummerbude der Brüder Kent stand, und über dem Schandeck hing mittschiffs eine große Tafel. Was Nathaniel durch das Fernglas las: ALLES FÜR DEN SEEMANN – STIEFEL & SCHUHE, NEU & GEBRAUCHT – NICHOLAS CUDLIP, SCHUSTER & EINZELHÄNDLER, erinnerte ihn daran, daß er gestern Tony Burton die Schuhe zurückgegeben hatte.

Eliot blieb an Bord der *Double Eagle* – »einer muß ja die Piraten zurückschlagen«, witzelte er –, während Nathaniel, Will und Drew im Beiboot zu dem Händler hinüberruderten.

Nicholas Cudlip war ein untersetzter Mann mit den flinken, taxierenden Augen eines Pfandleihers und kleinen Ohren, aus denen die Haare in dichten Büscheln sprossen. Es grenzte an ein Wunder, daß er irgend etwas leiseres als einen Pistolenschuß überhaupt wahrnahm. Er sagte, er sei überrascht, angenehm überrascht, so früh am Morgen ein Geschäft machen zu können; um bei der Wahrheit zu bleiben, er sei überrascht, überhaupt ein Geschäft machen zu können.

»War unterwegs nach Stonington, und dann hat mich gestern abend der Nebel überrascht«, sagte er. »Bin bloß hier, bis sich die Suppe wieder verzieht. Hab nicht damit gerechnet, was zu verkaufen, wo sich doch hier nur reiche Nichtstuer rumdrücken. Kommt an Bord, was kann ich für euch tun?«

Nachdem sie es ihm gesagt hatten, führte er sie den Niedergang hinunter in einen muffigen, düsteren Laderaum, dessen mit Dreck und getrocknetem Salzwasser verschmierte Oberlichter das Licht nur in matten Streifen hereinließen. Während Will ganz hinten in den Lebensmittelregalen herumkramte (da er der *Double Eagle* ein zusätzliches Maul beschert hatte, wollte er dafür Sorge tragen, daß es auch gestopft würde), ging Nathaniel nach vorn in die Schusterwerkstatt, wo sich unter einer Werkbank wüst durcheinander etwa zwei Dutzend Paar Schuhe stapelten. Er fand schließlich ein Paar braune halbhohe Stiefel, das ihm paßte. Cudlip fing bei vier Dollar an, was eigentlich dem Preis für ein Paar neue Frackschuhe entsprach. Da er beim Feilschen mit den Fischern seine Lektion gelernt hatte, konnte Nathaniel ihn auf eins fünfzig herunterhandeln. Nachdem Will die Konserven mit Rindfleisch und gepökeltem Schweinefleisch bezahlt hatte (was ihn einen Teil des für die Rückfahrt nach Boston bestimmten Geldes kostete), fragte er den Händler, ob er auch Seekarten verkaufe.

»Klar. Für welchen Teil des Ozeans soll's denn sein?«

»Kuba«, sagte Will.

»Kuba? Mal sehen, Kuba ist nicht gerade der Renner«, sagte Cudlip. Ungelenk stieg er wieder nach oben und führte seine Kunden ins Chaos der Hütte, die gleichzeitig sein Zuhause und sein Gemischtwarenladen war. Er öffnete ein Schränkchen hinter dem Tresen und holte einen etwa eine Handbreit dicken Stapel Karten hervor. Vor sich hin brummelnd, blätterte er sie durch. »Kuba, Kuba, da haben wir ja eine.«

Er zog eine Karte der Floridastraße aus dem Stoß, auf der der Hafen von Havanna und ein Stückchen der Nordküste Kubas eingezeichnet war. Will verzog das Gesicht.

»Da steht, die ist von 1868.«

»Glaub nicht, daß sich Kuba seitdem irgendwo andershin verkrümelt hat. Ist alles, was ich hab. Wenn ihr sie wollt, für zehn Cent habt ihr sie.«

Will gab ihm einen Fünfdollarschein. Cudlip fragte, ob er es nicht etwas kleiner habe, so große Scheine könne er nicht wechseln.

»Hat einer von euch Braithwaites zehn Cent in klein?« fragte Will.

Nathaniel hatte noch Kleingeld und warf die Münze auf den Tresen, wobei ihn Cudlip nachdenklich musterte.

»Hab ich da nicht Braithwaite gehört? Seid ihr vielleicht irgendwie verwandt mit Käpt'n Cy Braithwaite?«

»Wir sind zwei seiner Söhne«, sagte Nathaniel und deutete mit dem Daumen auf Drew. »Kennen Sie unseren Vater denn?«

»Hab von ihm gehört. Mach ja meine Geschäfte hier überall in den kleinen Buchten. Die Steinbrecher sagen, daß er ein ziemlich harter Knochen ist und daß er früher mal einen ziemlich gerissenen Seemann abgegeben hat. Ihr Jungs wollt also den ganzen Weg runter bis nach Kuba?«

»Erst nach Key West und dann vielleicht weiter nach Kuba«, sagte Will und rollte die Karte zusammen.

»Ist nicht gerade die beste Jahreszeit.«

»Das schaffen wir schon«, sagte Nathaniel – vielleicht ein bißchen zu aufgeblasen. »›Blicket hin auf den Felsen, aus dem ihr gehauen, und auf die Höhlung der Grube, aus welcher ihr gegraben seid.‹ Jesaja.«

»Willst wohl mal Prediger werden.«

»Das soll heißen, daß meine Brüder und ich ganz die Söhne unseres Vaters sind.«

»Müßt ihr auch, wenn euch nämlich ein richtiger Hurrikan erwischt. Als altgedienter Seebär hab ich drei gute Ratschläge für euch. Paßt auf, daß eure Leinen gut in Schuß sind, und behaltet immer das Wetter im Auge. Und denkt dran: Jeder Idiot kann es volle Pulle krachen lassen, aber nur der Weise weiß, wann er die Segel reffen muß.« Cudlip zwinkerte mit den Augen, griff unter den Tresen und holte einen Bleistift, einen Notizblock und eine Dose Copenhagen-Kautabak hervor. »Noch ein guter Rat. Schreibt den Namen eures Schiffes auf, das Datum von heute und wohin ihr segelt. Wickelt den Zettel um die Tabakdose und bringt sie rüber zu Tante Sophronia auf die Isle au Haut«, sagte er, wobei er den Namen der Insel wie *Eilaholt* aussprach. Als keiner reagierte, sondern alle ihn nur anstarrten, als brabbelte er irgendwelche Zauberformeln, fragte er mit schockierter Stimme: »Habt ihr etwa noch nie was von Tante Phrony gehört?«

Alle drei schüttelten den Kopf.

»Also dann. Den Seefahrern und Fischern, die ihr den nötigen Respekt erweisen, bringt sie Glück. Sie kennt die Geheimnisse des Meeres, sie hat Macht über Wind und Wetter. Wär keine schlechte Idee, wenn ihr erst mit ihr alles klarmacht, bevor ihr abdampft. Wenn nicht, ist es auch egal, sie ist keine Hexe. Allerdings kann sie dann auch nichts für euch tun, sie überläßt euch einfach der Gnade des Meeres. Und mit der ist es nach meiner Erfahrung nicht so weit her.« Er schob das Zeug über den Tresen. »Tabak ist umsonst. Würd nie was verlangen für eine Opfergabe an Tante Phrony.«

Er zuckte mit den Achseln und zwinkerte Will verstohlen zu. Nathaniel hielt es für klüger, diesem Handlungsreisenden der Meere mit den grauen Haarbüscheln in den Ohren seinen Aberglauben zu lassen. Er schrieb also »*Double Eagle* – Key West / Kuba – 17. Juni«, riß das Blatt vom Block und wickelte es um die Dose.

»Das willst du doch nicht im Ernst machen, Nat?« sagte Drew pikiert. »Erstens liegt die Isle au Haut weit ab von unserem Weg, und zweitens ist das wohl das Verrückteste, was ich je gehört habe.«

»Was hast du da gesagt, Bürschchen?« sagte Cudlip, der nun seinerseits pikiert war. »Verrückt?«

»Er hat es nicht so gemeint.« Nathaniel sprang seinem jüngsten Bruder zwar zur Seite, war aber dennoch über dessen Taktlosigkeit sichtlich verärgert. »Los, Drew, wir gehen jetzt.«

»Kleinen Moment noch, will erst noch hören, was unser junger Freund damit gemeint hat.«

»Die Natur beherrscht Wind und Wetter, vielleicht noch Gott.« Drew schaute Cudlip unverblümt an. »Und nicht irgendeine Tante Phrony.«

»Könnte ja sein, daß Phrony eine Telegraphen- oder Telephonleitung zum Himmel hat, oder? Bis auf einmal lief bei mir immer alles glatt, und das eine Mal war ich vorher nicht bei ihr gewesen, und da mußten im fürchterlichsten Sturm, den ich je erlebt hab, drei Mann dran glauben.«

»Ich will mich ja nicht über Sie lustig machen, Mister, aber es gibt einen Haufen Gründe für Stürme und Winde.« Zu Nathaniels Verblüffung ließ Drew nicht locker. »Zum Beispiel eine Seebrise bei Nacht. Das passiert, wenn sich das Land schneller abkühlt als das Wasser. Die Luft an Land steigt auf und zieht die Luft vom Meer aufs Land. So erklärt es die Wissenschaft. Die Wissenschaft kann eine Menge erklären, und irgendwann wird sie uns alles erklären.«

»Was du nicht sagst, du kleiner Schlaumeier.«

»Das Genie der Familie«, sagte Nathaniel und legte eine Hand auf die Schulter seines Bruders. »Hör jetzt auf, dich rumzustreiten. Wie heißt es so schön: Zeit und Gezeiten warten nicht.«

»Ein bißchen müßt ihr schon noch warten. Ich hab euch nämlich noch was Wichtiges zu sagen.« Cudlip kam mit ausgebreiteten Armen hinter dem Tresen hervor und winkte sie mit zappelnden Fingern näher zu sich heran. »Und du, junger Wissenschaftler, spitz jetzt mal die Ohren. Ist schon lange her, vor meiner Zeit als Geschäftsmann, da war ich Bootsmannsmaat auf einer Fahrt von Boston nach Britisch-Honduras, wo wir Mahagoniholz laden sollten. Wir hatten ein paar zahlende Passagiere an Bord, und einer davon war Wissenschaftler für tropische Bäume und Pflanzen und so was. Und mitten im Golf von Mexiko hat uns dann der Sturm erwischt, von dem ich euch schon erzählt hab. So einen Sturm hab ich vorher noch nie erlebt, danach auch nicht und will ich auch nie mehr. Hat uns zwei Tage durchgeschüttelt, hatten keinen Fetzen Segel mehr drauf, und trotzdem hat's uns den Fockmast weggerissen.« Während durchs Fenster eine leichte Brise hereinwehte, senkte der Händler die Stimme zu einem vertrauensseligen Flüstern. »Als der Sturm am schlimmsten war, bin ich nach unten gegangen, weil ich an der Reihe war mit pumpen. Als ich an der Kabine von dem Wissenschaftler vorbeigekommen bin, hat er drin auf den Knien gehockt und wie einer gebetet, der keinen Zweifel mehr hat, daß in fünf Minuten die Welt untergeht. Da war nichts mehr mit Wissenschaft. ›Lieber Gott, ich flehe dich an, laß diesen Wind vorübergehen.‹ So ähnlich hat er gebetet. Als ich wieder zurück bin an Deck, und ich kann euch sagen, das war wie wenn man bei einem Erdbeben auf einen Berg raufklettert, hab ich gesehen, daß er immer noch betet. Geholfen hat's immer noch nix. Wie auch, bei so einem Sturm gibt's keinen barmherzigen Gott. Hat nichts mit Gotteslästerung zu tun, Jungs. Gott lehnt jede Verantwortung ab. Wenn du das Heulen einmal gehört hast, wenn so ein Sturm mit hundert Knoten bläst, dann weißt du das ein für alle mal. Nur für den Fall, daß ihr nie so einen Sturm mitmacht, und ich hoffe ehrlich, daß ihr so was nie mitmachen müßt, kann ich euch sagen, wie sich's anhört. Es hört sich an wie das Wehklagen, von dem in der heiligen Bibel die Rede ist. Wie die wehklagenden Seelen von den Verdammten auf der ganzen Erde, wenn sie merken, daß sie am Tag des Jüngsten Gerichts für immer verdammt sind. Man hört's nicht mit den Ohren, man hört's hier ...« Er faßte sich mit einer Hand zwischen die Beine. »Von da fährt's dir in den ganzen Körper, du kriegst wachsweiche Knochen, bis es deine Seele packt und du dich selbst fühlst wie einer von den Verdammten. Und dann hilft nix mehr: keine Wissenschaft und kein Beten. Das war die Fahrt, als keiner an Bord, ich auch nicht, vorher irgendwas mit Tante Phrony klargemacht hat. Drei Mann sind über Bord gegangen, der Fockmast war weg, und wir haben es gerade noch so nach Louisiana geschafft, nach New Orleans. Britisch-Honduras haben wir nie gesehen. Seitdem schipper ich nur noch zwischen den Buchten und Inseln hier in der Gegend rum. Also: Macht, was ich euch sage, und bringt den Tabak zu Tante Phrony. Ich zeichne euch eine Karte.«

Das sei alles Schwachsinn, sagte Drew, der wie immer auf seinem Platz auf dem Kajütdach saß. Das sei schlimmer als Schwachsinn, sagte er. Zwölf Meilen nach Osten zu segeln, wenn sie eigentlich nach Süden mußten, und das aus keinem anderen Grund, als irgendeiner Hexe, die sich als Herrscherin über Wind und Wetter aufführte, ein Opfer darzubringen.

»Jetzt reg dich ab, du übertreibst mal wieder«, sagte Nathaniel, während sie bei auffrischendem Nordwestwind – eigentlich ein Herbstwind – Fahrt machten. Er schaute über die Bucht, die wie eine juwelenbesetzte, königsblaue Robe funkelte, und sah die Erhebungen, der die Isle au Haut ihren Namen verdankte. Sicher, als er den Tabak annahm, hatte er zuerst auch nicht vorgehabt, ihn in der von Cudlip vorgesehenen Weise zu verwenden, aber dann hatte ihn Cudlips Seemannsgarn doch auf die legendäre Alte neugierig gemacht. Was soll's, ein zusätzlicher Glücksbringer konnte ja nicht schaden. Auch Dad hatte, obwohl er ein rational denkender Mensch und ein Christ war, in Übereinstimmung mit alten Bräuchen ein Hufeisen mit der Öffnung nach oben ans Bugspriet und eine Goldmünze unten an den Großmast der *Double Eagle* genagelt.

In der kleinen Bucht, die Cudlip auf der Karte markiert hatte, warfen sie Anker. Als sie an Land ruderten, kamen sie an einer Hütte vorbei, die auf bedenklich schiefen Pfählen errichtet war. Die Pfähle waren fast so hoch wie Telegraphenmasten und stemmten sich gegen die mächtigen Gezeitenströme der Küstengewässer Maines. Von der Hütte führte ein völlig vergammelter Steg, dessen Auf und Ab den Wellen des Meeres glich, zu einer kleinen Werft, wo zwei Schiffszimmerleute auf einem Gerüst standen und die Spanten eines halbfertigen Rumpfs beplankten. Die Arbeiter ließen die Holzschlegel sinken und beobachteten, wie die vier Jungen das Boot auf den Strand zogen. Als sie sahen, daß die Fremden auf den Weg zugingen, der unmittelbar in den Wald hineinführte, tippten sie sich an den Schild ihrer Kappen und nickten feierlich, als wüßten sie Bescheid über den Zweck des Besuchs und erklärten sich mit dessen Richtigkeit und Bedeutung einverstanden.

Der von Fußspuren übersäte Weg zog sich schnurgerade wie ein Korridor eine halbe Meile durch die Fichten und Schierlingstannen bis zur einer Lichtung, die von etwas gesäumt war, was wie unbeschnittene Hekken aussah, in Wirklichkeit jedoch die Überreste einer alten, von Efeu überwucherten Steinmauer war. Auf der gegenüberliegenden Seite stand neben einer windschiefen alten Scheune ein Haus, dessen Fenster keine

Scheiben mehr hatten und das den Eindruck erweckte, als würde es unter dem in der Mitte durchhängenden Dach jeden Augenblick zusammenbrechen. Zwischen Scheune und Haus lag auf Radnaben und Achsen das Wrack eines Kutschwagens. Das einzige Zeichen sich regenden Lebens waren zwei Krähen, die über diesem Bild der Verwahrlosung kreisten; dennoch führte ein feinsäuberlich ausgetretener Trampelpfad durch das hohe Unkraut bis zum Haus. Mit dem Zettel und dem Tabak in der Hosentasche tastete sich Nathaniel argwöhnisch vor, Will und die Brüder folgten vorsichtig im Gänsemarsch. Sie sahen aus wie eine Abordnung nervöser Bittsteller, die sich dem Schloß einer launenhaften Königin näherten.

Das Haus mußte schon vor Jahrzehnten verlassen worden sein. Die Stufen waren zu einer schwammigen Masse verfault, die zwar noch die ursprüngliche Form erkennen ließ, aber keinen festen Halt mehr boten. Den Eingang bildete ein klaffendes türloses Loch, das ins dunkle Innere führte, wo außer ein paar verrotteten Holzbalken und knöchelhohem Staub und Dreck nichts zu erkennen war. Der mit Müll übersäte Acker hinter dem Haus wurde von den kläglichen Überresten eines Zauns begrenzt. Ein Teil des Mülls schien jüngeren Ursprungs zu sein.

»Der alte Penner hat uns verarscht«, sagte Drew und schaute seinen ältesten Bruder vorwurfsvoll an.

»Scheint so«, sagte Will. »Sieht aus wie die städtische Müllkippe.«

Weil der Pfad ohnedies dorthin führte, gingen sie weiter, um sich den Acker genauer anzuschauen, und fanden zu ihrer Überraschung entlang des verfallenen Zauns Stapel mit frischgeschlagenem Feuerholz. »Heiliger Strohsack und was sonst noch so alles heilig ist«, murmelte Will, als sie den Zettel lasen, der an einem der

Stapel steckte: »Für Tante Phrony. Halt dir den Hintern warm. *Jean Frances*. Grand Banks. 25. Mai 1901.«

Sie schwärmten auf dem Abfallhaufen aus, der ein wahres Paradies für Lumpensammler war: ein ausgefranster Pullover hier, eine Strickmütze da, ein Paar Damenschuhe und anderes Zeug, das bis zur Unkenntlichkeit verrottet oder verrostet war. An manchen Stellen lugte durch das grüne Unkraut schüchtern eine flach auf dem Boden liegende, verwitterte Grabplatte hervor, deren Inschrift man vor lauter festgetretenem Dreck kaum noch lesen konnte. »In liebenvollem Gedenken ...« war auf einer noch zu erkennen. Ein Stück weiter eine andere – »Ebenezer Reed. Geboren 19. November 1731. Bruder von ...«, und dann folgten Zeichen, die ebensowenig zu entziffern waren wie Hieroglyphen auf einer babylonischen Schrifttafel. Ein Friedhof und ein Müllhaufen, dessen Müll kein Müll war: Überall verstreut sah man Papierfetzen, die mit Steinen und korrodierten Schnupf- und Kautabakdosen beschwert waren, damit der Wind sie nicht wegwehte. Die Zettel trugen Botschaften, denen jedoch wie den Inschriften der Grabsteine Sonne, Regen und Frost derart zugesetzt hatten, daß man nichts mehr lesen konnte. Bis auf zwei, die Eliot entdeckte: die eine war um eine metallene Twining's-Teedose gewickelt, die andere klebte an einer Dose, wie sie auch Nathaniel in der Tasche hatte. Die erste Botschaft stammte von einem Schiff namens *Reuben Phillips*, das erst am 9. April von Charleston ausgelaufen war. »Für Tante Phrony. Halte deine schützende Hand über die *Golden Rocket*. Ausgelaufen nach Caracas am 6. Mai 1901«, lautete die zweite.

»Mann, das ist vielleicht ein Ding«, sagte Eliot, der die Fäuste in die Hüften gestemmt hatte und verwundert die Opfergaben betrachtete. »Das ist so ziemlich das Verrückteste, was ich jemals gesehen habe.«

»He, schaut euch das an, das ist erst was«, rief Will, der ein paar Meter weiter die hohen Unkrautbüschel um eine Gruppe von vier Grabsteinen niedertrampelte. Man hatte sie anfangs wohl senkrecht aufgestellt, doch neigten sie sich inzwischen in verschiedene Richtungen. Wenn man nah genug herantrat, konnte man die in den Schiefer geritzten Namen, Daten und Sprüche entziffern.

Auf dem ersten stand:

»Im Gedenken an Capt. Uriah Reed. Geboren in Devon, England, 1727. Vermißt vor der Küste von Georgia. 17. September 1769. Errichtet von seinem ihn allzeit liebenden Weibe Sophronia Reed.«

Auf dem nächsten:

»Nathan Reed. Geliebter Sohn von Uriah und Sophronia. Geboren am 14. April 1757. Ertrunken vor Eastern Head. 9. Juni 1768.«

Auf dem dritten folgte ein weiteres Kapitel der Leidensgeschichte:

»Alden Reed. Geliebter Sohn von Uriah und Sophronia. Geboren am 12. Oktober 1754. Gestorben bei einem Seegefecht gegen die Engländer vor South Carolina. 16. Mai 1777.«

Und schließlich der Stein, vor dem sich die Gaben und Bittschriften von Seeleuten, Fischern und allen anderen Arten von zur See fahrenden Menschen am höchsten türmten. Die Tafel beugte sich vornüber, als lasteten auf ihr all die Verluste der Frau, deren Grab sie bezeichnete:

»Sophronia Reed. Ergebenes Weib von Uriah. Geliebte Mutter von Alden, Nathan, Abigail und Susan. Geboren in Devon, England, 1731. Gestorben Isle au Haut, Maine. 11. Februar 1833. ›Der Tod ist, was der Natur geschuldet, ich habe bezahlt, was dereinst auch du erduldest.‹«

»Mann. Einhundertzwei Jahre!« sagte Eliot. »Hab immer gedacht, außer Methusalem wäre nie jemand so alt geworden.«

Die Grabsteine und die Geschichte, die sie so nackt und knapp erzählten, ließen Nathaniel verstummen. Er verspürte so etwas wie Ehrfurcht und das unbestimmte Gefühl, daß der einsame Ort ein Geheimnis barg, welches dieser Frau Mann und Söhne geraubt hatte. Ein Geheimnis, dessen Unergründlichkeit so wenig auslotbar war wie die tiefste Tiefe des Ozeans.

»Also ich kapier wirklich nicht, warum jeder hierherkommt, um sich bei ihr seine Portion Glück abzuholen«, sagte Drew trocken und kratzte sich am Kopf. Er wandte sich den anderen Grabsteinen zu. »Ihrer eigenen Sippschaft hat's auf jeden Fall nichts genutzt.«

Es war, als murmelte jemand in der Kirche gotteslästerliche Sprüche.

Nathaniel fuhr Drew ärgerlich an: »Halt's Maul! Kapierst du das wirklich nicht?«

Gedankenverloren stand er kurz da und legte schließlich die Opfergabe der *Double Eagle* oben auf die anderen.

»Also gut. Erledigt. Hauen wir ab.«

Als die *Double Eagle* aus der kleinen Bucht heraussegelte, hob jeder der Zimmerleute den Arm hoch in die Luft und winkte ihnen ein erhabenes Lebewohl zu. Nathaniel winkte zurück. Die Männer nahmen ihre Arbeit nicht wieder auf, sondern beobachteten weiter die Abfahrt des Schoners, als würden sie, wenn sie das Schiff mit ihren Augen nicht bis außer Sichtweite begleiteten, gegen irgendeinen Kodex oder irgendein Protokoll verstoßen. Die ganze Zeit schwangen sie langsam und würdevoll die Arme hin und her, als wäre diese Geste nicht nur ein Abschiedsgruß, sondern auch ein Zeichen brüderlicher Verbundenheit. Vielleicht, dachte Nathaniel, waren sie ja einst, als es an Land keine Arbeit mehr für Schiffszimmerleute gab, ebenfalls auf große Fahrt gegangen und verabschiedeten jetzt gewissermaßen ihresgleichen.

Der Schoner umrundete die Landzunge an der Mündung der Bucht, legte sich im Nordwind über und nahm Fahrt auf. Nathaniel steuerte nach Lee, befahl, die Schoten zu schricken, brachte das Kielwasser auf eine Linie mit dem Leuchtfeuer der Isle au Haut und sah jetzt Steuerbord voraus den Leuchtturm von Saddleback Ledge. Die *Double Eagle* fiel Süd zu West ab. Will laschte das Bliss-Patentlog an eine Kante der Heckreling, um die Logleine vom Davit für das Beiboot klarzuhalten. Dann schleuderte er den Propeller achteraus, die Leine straffte sich, und der Propeller verschwand im Kielwasser, aus dem wie blaßgrüner Rauch ein Schwall Luftblasen an die Oberfläche drang.

»Sechseinhalb«, sagte er, während er auf den Fahrtmesser schaute.

Nathaniel war überzeugt, daß sie bei einem Wind wie diesem mehr schaffen müßten, und wies seine Brüder an, ein bißchen mehr Segel zuzugeben (anscheinend wirkte Tante Phronys Segen schon, sie hatten mitten im Juni kräftigen Wind aus Nordwest). Das Schiff machte den Bruchteil eines Knotens mehr Fahrt. Die Windstärke lag konstant bei fünfzehn Knoten, als sie den Saddleback-Leuchtturm passierten, und sie beratschlagten, ob sie die Toppsegel setzen sollten. Während die vier noch debattierten, meldeten sich in Nathaniel die zwei Seiten seines Wesens, die das Meer hervorgebracht hatte, zu Wort. Die konservative innere Stimme sagte ihm, er solle sich lieber auf die Seite der Vorsicht schlagen, der Draufgänger in ihm plädierte dafür, soviel Segel wie irgend möglich zu setzen. Das Ergebnis der internen und externen Erörterungen war ein lauwarmer Kompromiß parlamentarischen Zuschnitts: Der Flieger würde genügen.

Mit dem Argument, er benötige noch Praxis, ging Will nach vorn, setzte und trimmte das Segel und kam dann wieder zurück, um das Log zu kontrollieren: siebeneinhalb. Im Westen, jenseits der Brimstone Islands, spielten Sonnenlicht und Wolkenschatten auf den dunklen Wäldern von Vinalhaven und produzierten dadurch wechselnde Grünschattierungen. Der Nordwestwind hatte den Dunstschleier vom Sommerhimmel gefegt, so daß ihnen das fünf Meilen entfernte Vinalhaven nun viel näher vorkam. Gedanken an Constance, die jetzt da drüben auf der anderen Seite der Durchfahrt nach Vinalhaven in dem großen gelben Haus war, geisterten durch Nathaniels Kopf. Der Gesichtsausdruck mußte ihn verraten haben (er hatte nicht die Gabe seiner Mutter oder seines Halbbruders, Gefühle zu verbergen; jede Anwandlung einer Stimmung war sofort auf dem Gesicht ablesbar), denn Eliot klopfte ihm auf den Rücken und sagte: »Das Ganze war deine Idee. Lächle, großer Bruder, und schlag sie dir aus dem Kopf.«

Eliot ging unter Deck und holte seine Gitarre.

Er schlug ein paar Akkorde an, die anderen erkannten das Lied, und dann fing Eliot an zu singen, wobei er bezüglich eines weiblichen Namens eine Textkorrektur vornahm:

> *Sing so long to Connie and so long to Sue,*
> *Way you Rio!*
> *And you who are listening, sing so long to you,*
> *For we're bound to the Rio Grande.*

Es war ein schönes, spritziges Seemannslied, das man üblicherweise beim Auslaufen sang und für das Eliot genau die passende Stimme hatte. Den Refrain sangen sie zusammen und sprachen dabei das »Rio« so aus, wie es die alten Ostküstenseefahrer taten: *Reioo*.

> *And away Rio. Way you Rio!*
> *Sing fare ye well my bonny young girls,*
> *For we're bound to the Rio Grande.*

Gekonnt wanderten Eliots Finger über Saiten und Bünde. Er leitete in die nächste Strophe über, die er diesmal den lokalen geographischen Gegebenheiten anpaßte:

> *Oh, you North Haven ladies, we will let you know,*
> *Way you Rio!*
> *We're bound to the south'ard, O Lord let her go,*
> *For we're bound to the Rio Grande.*

Es folgte erneut der Refrain, den sie dem Wind, der von prasselndem Buggischt angemessen begleitet wurde, herzhaft entgegenschmetterten:

> *And away Rio. Way you Rio!*
> *Sing you fare ye well my bonny young girls,*
> *For we're bound to the Rio Grande.*

Steuerbords glitt Vinalhaven an ihnen vorbei, sie näherten sich dem winzigen, in der Ferne flach aufscheinenden Matinicus, ließen auch das hinter sich und hielten auf den offenen Golf von Maine zu. Weiter und immer weiter blieben die Erhebungen des Festlandes zurück, bis sie schließlich nirgendwo mehr Land oder Leuchttürme sahen, nur noch den großen, vollkommen geschlossenen Kreis des Meeres. Das gischtumsprühte Bugspriet wies unerschrocken nach Süden. Will grinste wie ein Dieb, der sich mit einem Säckchen Diamanten davongemacht hatte.

»Sieht ganz so aus, als ob wir's tatsächlich machen, Natters.«

»Verlaß dich drauf«, sagte Nathaniel. Er schaute sich um und sah befriedigt die kerzengerade, glitzernde Furche, die die *Double Eagle* in die blaugrüne Ebene pflügte.

10

Um halb elf waren sie losgesegelt, und bei Sonnenuntergang neun Stunden später zeigte das Log immer noch siebeneinviertel Knoten. Will berechnete die Entfernung und zeichnete ihre Position ein: etwas nördlich des 43. Breitengrads, ungefähr auf der Höhe von Kittery. Sie konnten Kittery nicht sehen. Die *Double Eagle* war in westlicher Richtung weiter davon entfernt, als sie südlich der Isle au Haut lag, die siebzig Seemeilen entfernt war. Diesen Umstand hatte ihnen Drew mitgeteilt, der unter Wills Anleitung seine navigatorischen Fähigkeiten verfeinerte. Die logische Folge daraus verkündete er, wie eine Figur aus einem Märchen ihren Eintritt in das Herrschaftsgebiet eines Menschenfressers verkünden würde: »Wir sind noch nie so weit von der Küste weg gewesen«, sagte er und meinte sich und seine Brüder. »Als wir von Nova Scotia zurückgesegelt sind, waren wir nie weiter als fünfzig Meilen von der Küste entfernt.«

Die Entfernung machte eigentlich keinen großen Unterschied: ob fünfzig, siebzig oder tausend Meilen – wenn er kein Land sah, war das für Drew alles das gleiche. Er war irgendwie eine widersprüchliche Person, ein Junge, der kalte trockene Fakten, besonders mathematische Fakten, liebte, ja sogar verehrte; und gleichzeitig war er geschlagen mit der Vorstellungskraft eines leicht erregbaren Poeten. Für seinen Geist bedeuteten diese zwanzig Meilen mehr als nur einfach Zahlen: Sie waren der Maßstab dafür, wie weit er von allem ihm Vertrauten abgeschnitten war. Er fühlte sich verbannt in eine Leere ohne jeden Bezugspunkt, in eine Art unablässig wogender Sahara. Er betrachtete das rastlose Gebirge, dessen blaue Farbe in der sich bedrohlich herabsenkenden Dämmerung schwarz zerfloß. Drews Blässe wurde noch fahler als sonst, und er bildete sich ein, nicht mehr richtig durchatmen zu können. Da genau die gleichen Symptome schon auf dem Rückweg von Kanada aufgetreten waren, bekämpfte er sie nach dem Schema, das schon damals gewirkt hatte: Aus dem gleichen Grund, aus dem jemand mit Höhenangst es vermied, von einer Leiter oder dem Rand eines Kliffs nach unten zu schauen, blickte er starr auf einen Punkt vor seinen Füßen und hütete sich davor, hinaus aufs Wasser zu schauen. Will meinte dazu, wenn Drew die Augen auf eine Stelle an Deck anstatt auf den Horizont richte, dann würde ihm erst recht schlecht werden. Nathaniel klärte Will auf: Drews Gebrechen sei nicht *jene* Art von Seekrankheit, sondern *diese*, wobei er sich an die Stirn tippte. Es mache Drew einfach krank, wenn das Festland außer Sichtweite sei.

»Wir haben doch schon seit Stunden kein Land mehr gesehen«, sagte Will verblüfft. So etwas hatte er noch nie gehört. »Warum dann auf einmal jetzt?«

Es komme in Schüben, erklärte ihm Nathaniel. Das beste Heilmittel sei eine steife Brise. Genau das sei nämlich letztes Jahr passiert, als sie die Mündung der Fundybai durchquert hatten. Die *Double Eagle* habe eine ziemlich steife Brise erwischt, und Drew sei körperlich so mitgenommen gewesen, daß er die andere Art von Übelkeit völlig vergessen habe. Will war gar nicht erfreut, das zu hören. Drew war immerhin sein Wachmatrose. Ob man wohl darauf zählen könne, daß er jede der Vierstundenschichten am Ruder allein durchstand?

»Keine Sorge«, sagte Drew. Er ärgerte sich darüber,

daß in seinem Beisein über ihn gesprochen wurde, als wäre er gar nicht anwesend. »Es macht mich nur irgendwie nervös, außerdem geht es bald wieder vorbei.« Er hob den Kopf und zwang sich, zum Horizont im Osten zu schauen. »Na also. Macht mir nicht das geringste. Ist alles wieder in Ordnung.«

Nathaniel und Eliot wechselten sich halbstündlich am Ruder ab. Während der eine am Steuerrad stand, hielt der andere nach entgegenkommenden Schiffen Ausschau. Sie wunderten sich über den konstanten Wind: Seine sanften Bewegungen glichen fließendem Öl, ganz selten ein Luftloch, kein schraler oder aufschießender Wind. Die *Double Eagle* benötigte so wenig Ruderarbeit, daß es schien, als glitte sie auf einer unsichtbaren, von einem wohlwollenden Geist verlegten Trasse dahin. Lag es vielleicht am Wirken von Tante Phrony? Eine Zeitlang unterhielten sie sich darüber, fragten sich, wie und wann der Aberglaube begonnen hatte zu wirken und ob wirklich etwas daran sei. Wenn das alles Unsinn sei, wunderte sich Nathaniel laut, warum hatte sich dann der Glaube an ihre beschützenden Kräfte bis zum heutigen Tage gehalten? Es war einfach pures Glück – das war Eliots Meinung. Sicher habe es auch eine Menge Seefahrer gegeben, die sich ihres Schutzes versichert hatten, aber trotzdem nie wieder nach Hause zurückgekehrt waren. Das kommt von denen, die rumlaufen und jedem erzählen, sie verdankten ihr Leben Tante Phrony. Und das glaubt dann jeder.

»Kann sein«, sagte Nathaniel nach einer kurzen Pause. »Aber trotzdem. Als wir da an ihrem Grab waren, hab ich irgendwie ein besonderes Gefühl gehabt. So ein Gefühl wie in der Kirche. Weißt du, was ich meine?«

»Langeweile?« sagte Eliot. »Das ist immer mein einziges Gefühl in der Kirche.«

»Und sonst nie was?«

»Nein.«

Nathaniel schaute ihn an, so lange, daß er einen Knick in die gerade, akkurate Linie steuerte, die wie eine phosphoreszierende Schleppe dem Boot folgte. An den flatternden Segeln erkannte er, daß er vom Fahrtweg abgekommen war. Er riß das Ruder herum und brachte die *Double Eagle* wieder auf Kurs.

»Aber du glaubst doch an Gott?« sagte er zaghaft. Er und Eliot vermieden im allgemeinen das Thema Religion.

»Die reine Wahrheit?«

»Die reine Wahrheit.«

»Die reine Wahrheit ist, daß das einzige, was mir einleuchtet, das ist, was ich mal in einem Buch von meinem Zimmergefährten auf der Schule gelesen habe. Da ging es darum, daß Gott so was Ähnliches wie ein Techniker ist«, sagte Eliot. »Er hat das Universum aufgebaut und dann, als es funktionierte, hat er es in Ruhe gelassen und sich was anderem zugewendet. Vielleicht, um ein anderes Universum zu bauen. Ab und zu wirft er wieder einen Blick drauf und bastelt etwas dran rum, repariert einen Planeten oder einen Stern, der nicht mehr ganz sauber funktioniert. Er schaut auf den Meßgeräten nach, ob der Dampf- oder Öldruck noch stimmt. So was in der Art. Nur das Wichtigste. An den Kleinkram wie Schrauben, Bolzen und Muttern verschwendet er keinen Gedanken und kümmert sich auch nicht drum. Er sitzt nicht da oben und hört uns jedesmal zu, wenn wir um irgendwas wie zum Beispiel ein neues Fahrrad zu Weihnachten bitten. Er sitzt auch nicht da und macht sich jedesmal Notizen, wenn einer von uns beiden Mist baut.«

»Mann, ich wette, unser Schwarzkittel würde dir dafür das Fell abziehen«, sagte Nathaniel in Anspielung auf ihren Schulkaplan.

»Von mir aus. Schau dir das alles da oben doch an ...« Eliot ließ die Hand über den Himmel schweifen, der so mit Sternen bepflastert war, daß er an manchen Stellen mehr weiß als schwarz aussah. »Ein Haufen Zeug zum Aufpassen – selbst für Gott. Glaubst du wirklich, daß es ihm was ausmacht, ob man ein neues Fahrrad bekommt, oder daß er sich jedesmal Notizen macht, wenn du an Constance denkst und anfängst Taschenbillard zu spielen?«

Nathaniel kurvte einen weiteren Schlenker ins Kielwasser des Schoners.

»Das mach ich nicht.«

»Schon klar.«

»Ich meine, ich denk nicht an Constance, wenn ich so was mach.«

»Ist auch egal, an wen du denkst. Gott schreibt es auf keinen Fall auf und sagt dem Teufel Bescheid, daß er dir schon mal ein Zimmer in der Hölle freimachen soll. Er hat viel zuviel zu tun mit dem wirklich wichtigen Zeug.«

Nathaniel grübelte eine Zeitlang darüber nach und entschied dann, daß er das so nicht akzeptieren könne. Er wollte zwar nicht weiter darüber streiten, aber er hing nun einmal an der Vorstellung, daß ihn und die gesamte Menschheit ein göttliches Auge beobachtete.

»Na ja, ich glaube, wichtig ist nur, daß man an die Existenz Gottes glaubt«, sagte er, womit die Diskussion beendet war. Manchmal macht der nächtliche Ozean aus Seeleuten Plaudertaschen – in der Einöde kann der Klang der menschlichen Stimme sehr beruhigend sein. Doch dann kommt immer wieder der Moment, wo der Ozean Stille gebietet, wo er, dem das Schicksal derjenigen, die sich auf seiner Oberfläche tummeln, gleichgültiger ist als Gott, seinem Stöhnen, Atmen und Rollen zuzuhören gebietet.

Sie machten das Licht im Kompaßhaus aus und segelten nach den Sternen. Auf der Steuerbordseite zwischen Großmast und Want war die Spika im Sternbild der Jungfrau gut zu sehen, und Nathaniel glaubte, daß er nach deren Position den Kurs halten könne. Es gefiel ihm, ohne Instrumentenhilfe zu steuern, und das Wissen, weiter als je zuvor vom Festland entfernt zu sein, verursachte ihm ein Prickeln. Er wünschte nur, er wäre noch weiter draußen, dort, wo die großen Kriegs- und Handelsschiffe ihrer Arbeit nachgingen. Was auch immer der Ozean an Überraschungen für sie bereithielte, er war überzeugt davon, mit Wills Hilfe als Navigator fast alles meistern zu können. Sein Glaube an einen gerechten und fürsorglichen Gott – ein noch nicht erprobter Glaube, weder durch den Tod eines geliebten Menschen, eine verheerende Krankheit oder vernichtende Niederlage noch durch Hunger, Armut oder eine der zahllosen anderen Prüfungen und Kümmernisse, die die göttliche Vorsehung bereithält, um eines Menschen Glauben auf die Probe zu stellen – war der Quell seines Glaubens an sich selbst, eines weiteren Glaubens, dessen Erprobung noch bevorstand. Die kurze Anwandlung von Selbstzweifel, der an ihm genagt hatte, nachdem ihm sein Vater die Verantwortung für das Schiff und die Brüder übertragen hatte, war zu unerheblich, um als Prüfung gelten zu können. Außerdem hatte er sich davon vollständig erholt, war wieder ganz der Nathaniel, der er als Kapitän der Boxmannschaft und des Junior-Football-Teams war, der Nathaniel, der in Segelregatten so viele Siegerschleifen gewonnen hatte, daß ihm die natürliche Ordnung der Dinge wie auf den Kopf gestellt vorkam, wenn er einmal nicht als Erster durchs Ziel ging. Von den drei Spielarten der Selbstsicherheit – Erfahrung, Dummheit und Unwissenheit – speiste sich seine aus letzterer, was bedeutete, daß er die Selbstsicherheit eines kräftigen, gesunden, sportlichen und gutaussehenden Sohnes aus wohlhabendem Hause besaß, dessen Lebenserfahrung sich auf Bostons Back Bay, Sommerfrischen und den Campus seiner Privatschule beschränkte. Wie unter jungen Menschen allgemein üblich (ausgenommen diejenigen, die ihr Leben in Kriegen oder Naturkatastrophen ließen) litt er an der Wahnvorstellung, unsterblich zu sein. Die angenehmen Umstände seines Lebens waren allerdings auch für den einzigen schwarzen Fleck in seiner Vorstellungswelt verantwortlich. Er konnte sich einfach nicht vorstellen, daß ihm etwas Schlimmes zustoßen könnte, einfach deshalb, weil ihm überhaupt nie etwas zustieß. Einen Hoffnungsschimmer in seinem ansonsten dämmerigen Geisteszustand gab es aber dennoch. Im Gegensatz zu Dummheit ist Unwissenheit nicht unheilbar: Sie kann durch Bildung kuriert werden.

»Heute morgen habe ich drei Strichpeilungen vorgenommen.« Will saß am Kartentisch und führte Drew mit professoralem Gestus in die Feinheiten der astronomischen Navigation ein. Er deutete auf die Leerkarte, die an drei Ecken mit dem *Nautischen Jahrbuch*, den *Nautischen Tafeln* und der neuesten Ausgabe von Nathaniel Bowditchs *Practical Navigator* beschwert war. Auf der vierten Ecke lag Wills Sextant, ein praktischer Hughes mit Ebenholzrahmen. »Für den Breitengrad hab ich eine Linie durch den Polarstern gezogen, den Längengrad krieg ich durch Arkturus und Capella, und schon haben wir unseren wahren Schiffsort. Tja, der alte Nat hätte es nicht besser machen können – nicht unser Nat, dieser Nat«, sagte er und klopfte mit den Fingerknöcheln auf den *Practical Navigator*. »Nat ist mal stangengerade in den Hafen von Salem gesegelt, durch Nebel wie in einer Waschküche, und das drei Tage, nachdem er seine letzte Messung vorgenommen hatte. So überzeugt war er von sich. Und jetzt zeig ich dir, wie überzeugt ich von der Genauigkeit meiner Messung bin. Ich zeig dir, und zwar ziemlich genau auf den Punkt, wo wir heute morgen um vier waren. Genau hier.« Er legte die Hand flach auf die Karte und bedeckte etwa einhundert Quadratmeilen des Golfs von Maine. Weder veränderte sich Drews nüchtern aufmerksamer Gesichtsausdruck, noch wandte er die Augen von der Seekarte und der Leerkarte, auf der die Linien durch den Polarstern sowie Arkturus und Capella und deren Schnittpunkt eingezeichnet waren. »He, das war ein Witz«, sagte Will. »Du mußt jetzt lachen. Oder wenigstens lächeln.«

»Unser kleiner Bruder ist ein intelligentes Bürschchen, aber manche Sachen kapiert er einfach nicht«, bemerkte Eliot, der am Eßtisch saß und einen Brief an ihre Mutter schrieb. Er versuchte die Bewegungen des Stiftes an das langsame, träge Rollen des Schiffes anzupassen.

»Die Art von Klugscheißerei kenn ich eigentlich nur von Nat«, sagte Drew. »Ganz abgesehen davon, woher willst du wissen, was der Witz dabei war? Du hast gar nicht gesehen, was er gemacht hat.«

»War nur eine ganz allgemeine Feststellung.«

»Den Witz hab ich schon kapiert. Fand bloß, daß er nicht gerade lustig war.«

»Das nächste Mal werde ich mir mehr Mühe geben«, sagte Will. Er nahm das Kurslineal und den Stift und zeichnete auf der Karte ein kleines × ein. »Da wir ja so verdammt ernst sind, hier waren wir heute morgen um vier. Wenn wir also einen sicheren Hafen hätten finden wollen, was hätten wir tun müssen?«

Drew lugte über Wills Schulter.

»Den Kurs ändern und nach Gloucester segeln.«

»Aber auf welchem Kurs?« Will stellte mit einem Arm des Lineals eine Verbindung zwischen dem × und Gloucester her, verschob den anderen Arm zur Kompaßrose und las blinzelnd die Peilung ab. »Zwei einundfünfzig. Und, was sagst du?«

»Würde sagen, zwei einundfünfzig ist falsch. Das ist der Stand des äußeren Maßstabs, nämlich rechtweisend Nord. Du mußt den Kurs nach dem inneren Maßstab nehmen, mißweisend Nord. Die Abweichung ist fünfzehn Grad West, also zwei sechsundsechzig. Das ist doch Kinderkram. Vater hat mir das schon letztes Jahr beigebracht. Willst du mich veräppeln?«

»War bloß eine kleine Eignungsprüfung.« Will zog eine etwa siebzig Meilen lange, dünne Linie über das Wasser. »Wenn wir also wegen Nebel keine Sicht gehabt hätten und aus irgendeinem Grund nach Gloucester hätten segeln müssen, hätten wir das genauso glatt hingekriegt wie Anno dazumal Nathaniel Bowditch. Ein guter Christ, der gute Messungen vornimmt, braucht keinen Nebel zu fürchten. Und jetzt die nächste Frage aus dem Kapitel Kinderkram. Warum hab ich die Sterne um vier und nicht um zwei oder drei gemessen?«

Die aufgehende Sonne färbte die Felsen von Paradise Cliffs rot. Thacher's Island mit seinen beiden Leuchttürmen sah aus wie eine islamische Moschee, deren Bild Drew einmal in einem Buch gesehen hatte ... Eastern Point tauchte in der Morgendämmerung auf, und das Leuchtfeuer blinkte Willkommen, Willkommen, Willkommen ... Die *Double Eagle* passierte in Drews Gedanken Ten Pound Island und glitt in den Innenhafen auf den Wald von Masten zu, der an den Landungsstegen in den Himmel ragte ... Drew verließ das Schiff und betrat Land, gesegnetes, festes Land ...

»He, bist du noch da?« fragte Will.

»Was?«

»Warum hab ich um vier gemessen und nicht um zwei oder drei?«

»Weil ein Sextant den Winkel zwischen einem Himmelskörper und dem Horizont mißt«, plapperte er wie ein Papagei Wort für Wort das nach, was er von seinem Vater gelernt hatte. »Damit man den Horizont sehen kann, muß es hell genug sein.«

»Und somit schließen wir das Kapitel Kinderkram«, sagte Will. »Du mißt jetzt den Sonnenstand, und dann berechnen wir unseren momentanen Standort.«

»Man kann mit bloßem Auge sehen, wo wir sind«, sagte Eliot und blickte von seinem Brief auf.

»Das ist eine Unterrichtsstunde«, klärte ihn Will auf und ging mit dem Sextanten an Deck, wo Nathaniel gähnend am Ruder stand.

»Schätze, wir haben nicht mal eine halbe Meile geschafft, seit sich der Wind gelegt hat«, sagte er und zeigte in Richtung der dunklen Wand von Siasconset Head, die in der Ferne aufragte.

Er schaute nun schon seit fast einer Stunde aus unverändert gleichem Winkel auf diese Wand, was ihn zunehmend beunruhigte wie langweilte. Die *Double Eagle* hatte während der ersten vierundzwanzig Stunden erstaunliche einhundertvierundsiebzig Seemeilen zurückgelegt und Nathaniel damit zu einigen optimistischen Zahlenspielereien veranlaßt – bei dieser Geschwindigkeit würden sie noch neun Tage bis Key West brauchen. Als sollte er für diese Vermessenheit zurechtgewiesen werden, flaute der Wind ab, und der Schoner schlingerte nurmehr auf langen, sanften Wellen durch die Mündung des Nantucket Sound.

»So wie ich das seh, wird der Gott des Windes seine Meinung bald ändern«, sagte Will und ging mit dem Sextanten zum Großmast. »Wir kriegen jeden Moment Wind, und zwar so, wie es sich für die Jahreszeit gehört – mitten ins Gesicht.« Kniend wandte er sich zu Drew um. »Also los, Magellan junior. Runter auf die Knie wie ich. Spreiz die Beine etwas, dann hast du besseren Halt. Da ist die Sonne, da der Horizont. Probier's.«

Drew schlang sich die Halteschlaufe ums Handgelenk, preßte das Auge ans Fernrohr, richtete den Sextanten auf die Sonne – und war verwirrt, als sie nicht auftauchte. Er schwang das Instrument vor und zurück, auf und ab, und plötzlich war sie da. Ihre grellen Strahlen waren gedämpft, durch den Filter des Horizontspiegels hatte sich ihre Farbe verändert. Durch das Fernrohr sah sie aus wie eine matte, grünliche Sonne aus einer fremdartigen Welt.

»Und jetzt beweg die Alhidade, bis die Unterkante der Sonne den Horizont berührt. Für diese Messung nehmen wir den unteren Rand«, sagte Will geduldig. »Wenn sie sich berühren, sagst du ›Markierung‹. Okay?«

Aus irgendeinem Grund rührte sich die Alhidade nicht vom Fleck. Im selben Moment, als Drew etwas fester dagegendrückte, fing das Boot an zu schlingern. Als ob sie eine unsichtbare Hand vom Himmel gepflückt hätte, plumpste die grüne Kugel nach unten und verschwand.

»Ich hab sie versenkt, Will.«

»Hast du nicht. Was glaubst du, wer du bist? Der Allmächtige? Versuch's noch mal.«

Beim vierten Versuch senkte sich die Sonne, oder besser ihr Spiegelbild in dem geteilten Spiegel, bis auf ein, zwei Zentimeter an den Horizont. Er korrigierte ein klein wenig, die Sonne schien jetzt auf der Oberfläche des Meeres zu schweben, und rief: »Markierung!«

Will schaute auf die Uhr.

»Gut – elf Minuten und dreißig Sekunden nach zwölf«, sagte er. »Was sagt der Sextant?«

Drew neigte den Sextanten auf die Seite und schaute blinzelnd auf die Elfenbeinskala des Gradbogens.

»Achtundsechzig ... Nein ... Neunundsechzig Grad.«

»Gut. Und jetzt ab nach unten. Die Berechnungen sind das Schwierigste an der ganzen Sache.«

Drew rührte sich nicht. Er schaute durchs Fernrohr und genoß die frischerworbenen Kenntnisse und das Gefühl der Macht, die Bewegungen der Sonne zu beherrschen. Mit einer Berührung des Fingers ging sie unter, mit einer weiteren ging sie wieder auf. Er ließ sie so lange wie einen Ball auf dem Horizont hüpfen, bis Will ihn zurechtwies, daß ein Sextant kein Spielzeug sei.

»Berechnet ihr unsere Position?« fragte Eliot, als sie die Leerkarten, die Seekarte, das Lineal und den Zirkel auf dem Eßtisch ausbreiteten. »Ich wette, das kann ich ohne Sextanten.« Mit geschlossenen Augen, die Arme über der Brust verschränkt, wiegte er sich vor und zurück und betete in leierndem Singsang: »Abrakadabra, Simsalabim. O du allwissender Geist, wo zum Teufel bin ich hier?« Er riß die Augen auf und schüttelte den Kopf, als erwachte er gerade aus einem Trancezustand. »Der Geist hat gesprochen. Ungefähr zehn Meilen Nord-Nordost von Nantucket. Und, Will? Wie nah bin ich dran?«

Auf Wills langem Gesicht lag ein Ausdruck duldsamer Nachsicht, als er Eliot vorschlug, an Deck zu gehen. Es seien jede Menge Schiffe unterwegs, und Nathaniel könne auf seinem Posten sicher Hilfe gebrauchen.

»Aye, aye, Erster Offizier.« Eliot salutierte pompös. »Vielleicht gibt's ja an Deck so was wie Sinn für Humor.«

»Und jetzt, wo wir nicht mehr gestört werden, schauen wir uns mal an, was dein Papa dir so beigebracht hat«, sagte Will zu Drew. »Als du eben die Messung vorgenommen hast, stand die Sonne in einem Neunzig-

Grad-Winkel über einem bestimmten Punkt der Erde. Das nennt man geographische Position. Alles, was wir bei der Navigation benutzen – Sonne, Mond, Sterne, Planeten –, hat eine geographische Position, und die können wir hier nachschlagen.« Er deutete auf das dicke, ehrfurchtgebietende *Nautische Jahrbuch*. »Verstanden? Das ist absolut notwendig, weil wir mit dem Sextanten berechnen, wo wir uns in Relation zu diesem Himmelskörper befinden. Und es ist äußerst wichtig, nein, es ist von entscheidender Bedeutung, daß du den Zeitpunkt deiner Messung so exakt wie möglich notierst. Und warum ist das so entscheidend?«

»Weil die Sonne und die Planeten und das alles sich dauernd bewegen.«

»Und wie schnell bewegen sie sich?« fragte Will. »Wenn du zum Beispiel eine Messung vornimmst und dann vier Sekunden lang deine Schnürsenkel zubindest, bevor du die Zeit notierst, um wieviel hätte sich die Sonne dann weiterbewegt?«

»Ziemlich weit, schätze ich.«

»Ich geb dir einen Tip. Die Erde dreht sich mit einer Geschwindigkeit von neunhundert Meilen pro Stunde um ihre Achse.«

Drew senkte den Kopf und versuchte angestrengt, sich an die Vorträge seines Vaters vor einem Jahr zu erinnern. Die Lösung fiel ihm ein, als er es schon beinah aufgegeben hatte, sie fiel ihm ein, wie einem Lösungen zu mathematischen Problemen oft einfallen, weniger als Ergebnis anstrengender, schrittweiser Arbeit, sondern wie eine plötzliche Offenbarung.

»Eine Meile«, sagte er. Will nickte zustimmend, und Drew spürte in sich die gleiche Wärme, die er spürte, wenn ihm sein Lehrer an der Boston Latin zur Lösung von Gleichungen gratulierte oder wenn ihn der Pfarrer in der Sonntagsschule dafür lobte, daß er die Bücher der Bibel erst in alphabetischer Reihenfolge, von Apostelgeschichte bis Zephanja, und dann chronologisch, vom Buch Genesis bis zur Offenbarung, richtig aufgesagt hatte. Da er nicht so boxen oder footballspielen konnte wie Nat und auch nicht so rudern wie Eliot, der einer der Cracks im Boot von Andover war, lechzte er nach den Trophäen, die sein Geist für ihn errang, und zog daraus seine Befriedigung.

»Eine Meile«, sagte Will. »Genauso viel liegt man daneben, wenn man vier Sekunden vertrödelt, bevor man die Zeit notiert. Macht keinen großen Unterschied, wenn man nicht weit weg segelt. Wenn man aber mit so einem Fehler weit genug und lange genug segelt, dann landest du in Afrika, obwohl du dachtest, du kommst in Irland raus. Somit schließen wir diese Lektion.«

Der Schoner schaukelte auf den langen, gleichmäßigen Wellen, die Segel hingen wie Vorhänge in einem Salon schlaff an den Masten, und die schwingenden Spieren machten den typischen knarzenden und knallenden Radau eines Schiffes bei Flaute. Will und Drew nahmen sich die nächsten Lektionen vor. Um den wahren Schiffsort zu bestimmen, dozierte Will, mußte man erst einen gegißten Standort berechnen, das heißt den, wo man glaubt, sich gerade zu befinden. Im allgemeinen erhält man den gegißten Ort durch Besteckrechnung. Dann muß man sechsmal im *Nautischen Jahrbuch* und dreimal in den *Nautischen Tafeln* nachschlagen, und nach einundzwanzig Berechnungen kann man dann, indem man den Sextantenwert zum Zeitpunkt der Messung mit dem des gegißten Orts vergleicht, seine Standlinie einzeichnen.

Will lotste seinen Schüler gewissenhaft durch die Materie. Drew kam sich vor wie in einem dunklen Raum, der durch zahlreiche, immer dünner werdende Vorhänge abgeteilt ist. Zu Beginn war alles völlig dunkel, aber dann hob sich der erste Vorhang, und er sah ein schwaches, ganz schwaches Licht. Der nächste Vorhang ging in die Höhe, und das Licht wurde schon etwas heller. Er schlug sich mit dem Greenwicher Stundenwinkel, der identisch war mit der geographischen Länge eines Himmelskörpers, und dem Ortsstundenwinkel herum, kämpfte gegen Deklination, Berichtigung der Kimmtiefe und der Strahlenbrechung und andere Rätselhaftigkeiten. Er konzentrierte sich mit äußerster Kraft und spürte, wie sich die Muskeln seines Gehirns bei der Anstrengung überdehnten, all die Vorhänge hochzuziehen und all die Rätsel im Glanz des Verstehens erstrahlen zu lassen.

Nat ging auf alles und jeden los, was ihn ängstigte, bedrohte oder verwirrte – letztes Jahr in dem Sturm hatte er den Wind angeschrien. Eliot bahnte sich witzelnd oder singend seinen Weg durch dunkle oder gruselige Situationen. Drew dagegen bezähmte seine Ängste mit Vernunft, umstellte die Mächte des Unbekannten mit einer Wagenburg aus Wissen. Als er neun war, hatte er sich einmal während eines fürchterlichen Gewitters unter dem Bett versteckt, wo er dann zitternd neben Trajan lag. Wie er da mit einer verängstigten Katze in seinem Versteck kauerte, kam er sich so albern vor, daß er am nächsten Tag in die Bibliothek ging und anfing, alles über Gewitter zu lernen. Er eignete sich alles an, was er über die Formation der Kumulonimbus, über die Ursachen von atmosphärischer Instabilität, über Aufwinde und Konvektionsströme finden konnte. Wenn jetzt ein Unwetter hereinbrach, sagte er sich, daß das, was wie ein glühender, gezackter Arm herabfuhr, um ihn zu vernichten, nichts weiter sei als eine elektrische Entladung, die hervorgerufen wurde durch das Zusammentreffen von Wasser und Eiskristallen in einer

Gewitterwolke. Bei jedem Krachen, das seine Ohren zerriß und die Fensterscheiben erzittern ließ, murmelte er vor sich hin: »Das ist nur das Geräusch einer Druckwelle, die durch die extreme Erhitzung und Ausdehnung der Luft entsteht, wenn der Blitzstrahl hindurchschießt.« Die ganze Zeit gab er Sätze wie diesen von sich. Er hörte sich an wie ein Schamane am Amazonas, der, während der Himmel tobt und Feuer spuckt, in seiner Hütte kauert und mit Beschwörungsformeln den Zorn seiner heidnischen Götter zu besänftigen sucht. Drews wissenschaftliche Gesänge konnten zwar nicht verhindern, daß sein Herz bei jedem Blitz einen Satz machte und sein Körper bei jedem Krachen zusammenzuckte, aber sie gaben ihm die Kontrolle über seine Ängste. Er brauchte sich nicht länger mit Trajan unter dem Bett zu verstecken. Das war eben der Unterschied zwischen einem menschlichen Wesen und einer Katze.

Als gestern der letzte Schimmer Land verschwand und es ihm schien – das war zumindest seine Erinnerung daran –, als wäre der ganze Kontinent nichts weiter als eine Fata Morgana gewesen, bereute er, daß er sich anfangs einschüchtern lassen und dafür geschämt hatte, diese Reise mitzumachen. Er hatte Angst davor gehabt, was seine Brüder von ihm gedacht hätten, wenn er zu Hause geblieben wäre, oder was sein Vater gedacht hätte oder – das vor allem – was er über sich selbst gedacht hätte. Banale Sorgen verglichen mit der Angst, die später die gesichtslose See in ihm hervorrufen sollte. Nirgends Bäume, Hügel oder Landzungen, die einem auch nur den winzigsten Hinweis darauf gaben, wo man sich befand. Wenn man weit draußen auf dem Ozean war, sah es immer und überall gleich aus: Obwohl einem das Kielwasser oder der Zeiger des Logs sagten, daß man sich bewegte, schien man doch nirgendwohin unterwegs zu sein. Man trieb lediglich auf einer eintönigen Scheibe von unendlichen Ausmaßen, deren Horizont sich ständig zurückzog und unerreichbar blieb. Doch nun erkannte er in der Kunst der astronomischen Navigation das Werkzeug, mit dem er seinen Schrecken vor dieser Leere bezwingen konnte. Wenn er es schaffte, den Sextanten und die verwirrenden Tabellen zu beherrschen, wenn er es schaffte, eine Brücke zwischen Ozean und Himmel zu schlagen, dann brauchte er sich hier draußen nie mehr verlassen und orientierungslos zu fühlen. Die Sonne, die Sterne und die Planeten wären seine Bäume, Hügel und Landzungen.

Die Berechnungen waren so einfach, wie Will vorhergesagt hatte – Kinderkram aus der sechsten Klasse. Ermüdend war nur, die Prozedur Schritt für Schritt abzuhaken. Wie nach einer schwierigen Prüfung in der Schule legte Drew schließlich stöhnend den Stift zur Seite.

»Was hast du rausbekommen?« fragte Will und fuhr sich mit der Hand durchs Haar.

Zaghaft schob er den von Ziffern ganz übersäten Zettel über den Tisch.

»Letztes Jahr, als wir mit Dad unterwegs waren, da hat uns Nat nach Salt Lake City verfrachtet«, sagte er und hoffte damit, etwaige Kritik abzumildern, falls er einen Fehler gemacht haben sollte.

»Und du? Was hattest du rausgekriegt?«

»Ich war noch nicht so weit mit dem ganzen Zeug. Dad hat gesagt, weil ich erst zwölf bin, wär das noch zu kompliziert für mich.«

Will studierte eine Zeitlang die Zahlen, zeichnete den Standort auf der Karte ein und zündete sich anschließend eine Zigarette an. Dann verkündete er, daß das für einen Anfänger gar nicht so schlecht sei.

»Ehrlich?«

»Wesentlich besser als Salt Lake City. Rhode Island – Providence, um genau zu sein. Ungefähr achtzig Meilen von hier. Ich zeig dir, was du falsch gemacht hast«, sagte er und drehte den Zettel um, damit Drew mitlesen konnte. »Hier hast du vergessen zu notieren, ob die Deklination plus oder minus war. Kommt ziemlich oft vor der Fehler. Und hier, an diesen beiden Stellen, hast du die Addition so gemacht, als ob ein Grad hundert Minuten hätte. Du hast übersehen, daß ein Grad nur sechzig Minuten hat, was auch ein häufiger Fehler ist. Dreißig Minuten und vierzig Minuten ergeben eben nicht siebzig Minuten, sondern einen Grad, zehn Minuten.«

Drew konnte nicht fassen, daß er einen so grundlegenden Fehler gemacht hatte. Dabei hatte er so aufgepaßt! Ein beunruhigender Gedanke schoß ihm durch den Kopf. Er hatte die Messung und die Berechnungen bei völliger Windstille gemacht: Wie sollte er das je bei schwerer See schaffen, wenn der Sextant in seinen Händen hin und her schwankte, wenn das Jahrbuch und die Tabellen und die Karten überall auf dem Tisch herumrutschten?

Der Wind kam auf, wie er abgeflaut war – ohne Vorwarnung. Von Süden kommend zog er eine mächtige graue Wolkenwand hinter sich her. Die schweren Tropfen prasselten wie Kieselsteine auf das Deck der *Double Eagle*. Ohne Toppsegel und mit gerefftem Vor- und Großsegel stemmte sie sich hart am Wind gegen die Böen und die hohen Wellen. Bei ihrem unermüdlichen Kampf gegen die schier endlos auf sie zurollenden, stahlfarbenen Wellenkämme hatte sie nichts mehr von der Eleganz, die ihr sonst zu eigen war. Vor ihnen, ein paar Strich nach Steuerbord, lugte Nantucket durch den Regen. Es war nur in braunen, verschwommenen

Umrissen zu erkennen und machte einen trostlosen Eindruck. Eine Walherde tauchte auf; die Luftfontänen, die aus den Blaslöchern schossen, sahen aus wie Rauch. Ein Wal tauchte ab, wobei die Schwanzflosse, die von Spitze zu Spitze bestimmt fünf Meter maß, senkrecht in der Luft stand. Eine Minute später brach der Wal wieder durch die Wellen und schoß trotz seiner weiß Gott wie viele Tonnen Wasserverdrängung zwölf Meter in die Höhe. Die Höcker auf dem Kopf wiesen ihn als Buckelwal aus. Einen Augenblick lang hing er in der Luft, bevor er mit einem explosionsartigen Knall wieder aufs Wasser krachte. Es klang, als hätte das schwerste Geschütz eines Kriegsschiffes eine Kanonenkugel abgefeuert.

Während der Hundewache, als sie sich in der Fahrrinne zwischen den Sandbänken vor Nantucket befanden, stand Will am Ruder und hielt den Schoner auf Kurs. Der Wind blies jedoch schwach in Fahrtrichtung, so daß sie dicht an die Insel getrieben wurden. Obwohl er während der nächsten halben Stunde des öfteren versuchte, die *Double Eagle* ganz vorsichtig höher an den Wind zu steuern, wollte sie sich nicht fügen und geriet nach und nach aus der Fahrrinne in die Grundsee über den Sandbänken. Das war einer dieser seltenen Momente, in denen Drew die Nähe von Land einmal nicht behagte. Eingemummt in Ölzeug stand er an Deck, vom Schild seines Südwesters tropfte der Regen. Er beobachtete die Stromkabbelung, die sprunghaft sich aufwerfenden Wellen, deren Spitzen wie Hexenhüte aussahen, und stellte sich die unter Wasser lauernden Gefahren vor, die unter ihrem Kiel dahinglitten. Und zwar schon ziemlich dicht unter dem Kiel, sagte Will. Auf den Sandbänken betrug die durchschnittliche Tiefe drei Faden, bei Ebbe an manchen Stellen sogar nur zwei, und gerade jetzt herrschte fast schon Niedrigwasser. Da der

Schoner gute zwei Meter Tiefgang hatte, könnte die Sache noch interessant werden. Will stampfte mit dem Fuß dreimal auf die Decksplanken und scheuchte Nathaniel aus seinen trockenen Träumen. Als er auf Deck auftauchte, die Öljacke lag wie ein Cape lässig über den Schultern, schlug Will vor zu wenden, die Fahrrinne zurückzusegeln und Nantucket auf der anderen Seite zu umrunden, durch den Nantucket Sound. Will sagte, die Gewässer dort seien zwar auch tückisch, aber er würde sie ganz gut kennen, und die Wellen seien im Windschatten von Nantucket bestimmt etwas flacher. Vielleicht stehe der Wind ja wieder günstiger, wenn sie die Insel umrundet hätten, und dann könnten sie wieder auf Kurs gehen.

Sie kreuzten also auf, segelten mit raumem Wind westwärts durch die Meerenge und passierten den Muskeget-Kanal zwischen Nantucket und Martha's Vineyard. Am Mittag des folgenden Tages – der Himmel war immer noch trüb, und der Wind blies ihnen mit Stärke 6 ins Gesicht – waren sie zwar vierzig Meilen näher am Festland, aber immer noch nicht viel weiter südlich von dem Punkt, an dem sie den Kurs geändert hatten. Um überhaupt ein Stückchen in Richtung Süden zu segeln, mußten sie kreuzen und immer wieder kreuzen – ein endloser Zickzackkurs auf einem Ozean, der die Farbe von Erbsensuppe angenommen hatte. Vom ständigen Hin und Her ausgelaugt, gaben sie sich dem Wind schließlich geschlagen und fielen in östlicher Richtung auf raumem Kurs in Richtung offenes Meer ab. Da Drew aber wegen der hohen Wellen seekrank wurde, änderten sie wieder die Richtung und hielten auf die Küste zu, wo sie in dichten Nebel – in sehr dichten Nebel gerieten. Es war, als steckte die *Double Eagle* in einer Wolke aus klebriger grauer Wolle. Selbst wenn die Wolke kurz aufriß und eine etwas bessere Sicht von vielleicht fünfzig Metern zuließ, konnten sie nie mehr als ein paar Meter weit sehen. Und was sie sahen, war immer das gleiche: sich auftürmende Wellen, die flüssigem Granitgestein glichen.

»Der Wind hat nicht nachgelassen«, sagte Nathaniel. Er zog die Augen zusammen und reckte den Hals in die Höhe, als könnte er mittels purer Kraftanstrengung durch den Nebel hindurchsehen. »Ich werde nie verstehen, wie man starken Wind und dichten Nebel zur gleichen Zeit haben kann. Man sollte doch denken ...«

»Wind hat damit gar nichts zu tun«, sagte Drew. »Was Nebel verursacht ...«

»Es ist mir scheißegal, was Nebel verursacht. Nebel ist Nebel. Alles klar, Brüderchen? Heißt nur, daß man scheißblind ist, man sieht keinen Felsen, keine Sandbank, kein anderes Schiff. Was macht's für einen Unterschied, was Nebel verursacht?«

Drew hielt es für besser, auf eine Entgegnung zu verzichten, und ging unter Deck, um ein Nickerchen zu halten.

Um entgegenkommende Schiffe zu warnen, fing Nathaniel an, die Glocke zu läuten. Eine Stunde später hörte er das metallische Motorenstampfen eines großen Schiffes. Es klang wie das gleichmäßige Schlagen einer Trommel. Der Nebel spielte mit dem Geräusch: einmal schien es ganz nah, fünf Sekunden später konnte er es kaum noch hören, bis es wieder anschwoll, lauter als zuvor. Als ein undeutlicher, riesiger und furchterregend naher Schatten aus dem Dunst auftauchte, fielen ihm alle Gruselgeschichten über das Meer ein, die er je gehört hatte: all die Geschichten von einlaufenden Dampfern, an deren Klüsenrohren Masten und Takelage von kleinen Booten baumelten, und von im Nebel blinden Ozeanriesen, die in den Grand Banks Schoner in zwei Teile zerschnitten hatten. Obwohl er sich sicher war, daß ihn wegen der hämmernden Motoren, dessen Lärm durch die halb flüssige, halb gasförmige Beschaffenheit der Luft noch verstärkt wurde, niemand an Bord würde hören können, riß er wie wild an der Glocke. Dann merkte er, daß das Schiff gar nicht auf sie zuhielt, sondern – wenn auch ganz nahe – längsseits an ihnen vorbeifuhr. Er beobachtete, wie das Schiff vorbeiglitt, ein schemenhafter Schatten, so hoch wie ein Haus, majestätisch, bedrohlich. Das am Heck aufschäumende Kielwasser prallte mit Wucht gegen die *Double Eagle*, während die Wellen sie auf und ab schleuderten. Sekunden, nachdem der Dampfer an ihnen vorbeigerauscht war, ließ sein Nebelhorn ein verspätetes Tuten vernehmen.

11

Sechs Stunden später rüttelte ihn Will aus einer traumlosen Bewußtlosigkeit, und er stand wieder auf Deck. Der Nebel lag immer noch über dem Wasser, und schwerer Tau tropfte von der Takelage. Die Topp- und Hecklaternen brannten, die Seitenlichter waren von diffusen roten und grünen Schleiern umgeben. Die beleuchtete Kompaßrose zeigte an, daß sie immer noch fast genau nach Westen segelten. Will sagte, soweit er das einschätzen könne, befänden sie sich außerhalb des Rhode Island Sound, irgendwo zwischen Block Island und Martha's Vineyard.

»Sperrt die Augen auf. Ich weiß wirklich nicht genau, wo wir ... Gott, was ist das?«

Er zeigte längsseits auf ein leuchtendes langgestrecktes Etwas tief unter der Wasseroberfläche. Es stieg schnell aus den Tiefen empor und wurde dabei immer größer und heller. Die Aufwärtsbewegung hielt etwa ein, zwei Faden unterhalb der Oberfläche inne. Es war länger als das Schiff, so groß, daß es dem Menschen wie bei der Betrachtung eines hohen Berges mehr noch als Furcht das immer gleiche Gefühl einflößte, Zeuge eines Wunders zu sein. Stumm unter den schwarzen Wellen dahingleitend, schwamm es mehrere Minuten neben dem Schiff her; dann, mit einem Schlag seiner riesigen Schwanzflosse – Will und Nathaniel konnten das kalte Leuchten der beiden Schwanzspitzen erkennen –, tauchte das Seeungeheuer ab, wurde immer kleiner und kleiner und war schließlich verschwunden.

»Mann, das ist *die* Kamingeschichte für den Winter«, sagte Will. »Wahrscheinlich auch ein Buckelwal, und was für ein Kaliber! Glaub kaum, daß ich mich jetzt aufs Ohr hauen kann. Könnte kein Auge zumachen bei dem Gedanken, daß ein Kumpel vom dem da rumschwimmt, der nicht so gute Laune hat.«

Will legte sich trotzdem hin, aber als Nathaniel und Eliot gerade fünfzehn Minuten ihrer Wache hinter sich hatten und auf einmal »Brecher!« brüllten, stolperte er hastig wieder den Niedergang hinauf. Gerade riß der Nebel für einen Moment auf und gewährte ihnen einen kurzen Blick durch das gazeartige Mondlicht auf ein Steilufer, das in einer Viertelmeile Entfernung geradewegs vor ihnen lag und an dessen Felsen sich die Wellen brachen. Will übernahm das Steuer, und die Braithwaites stürzten sich auf die Segel. »Klar zum Wenden! Ruder hart nach Lee!« Wills hysterische Stimme überschlug sich fast. Segel knallten, und Leinen schwirrten durch die Luft, während Will das Steuerrad hart nach Lee einschlug, der Schoner sich auf dem Kiel drehte und breitseits in ein Wellental sackte. Während die *Double Eagle* mit steil nach oben ragender Luvreling um jeden Meter kämpfte und die Mannschaft wie eine Seilschaft an einer Bergflanke auf dem schrägen Deck hing, begann sie sich allmählich aus der Gefahrenzone zu entfernen. Als sie um die Landspitze herumsegelten, sahen sie hoch oben auf dem Steilufer den Leuchtturm, dessen Signalfeuer wie ein Säbel durch den Nebel schnitt. Nach einem Blick in die Seekarten verkündete Will, daß das Leuchtfeuer Montauk Point markiere.

»Montauk!« brüllte Nathaniel. »Herrgott, Will, wir sind dreißig Meilen weiter westlich, als du gedacht hast. Wir waren verdammt nah dran, mitten in die Vereinigten Staaten reinzuknallen!«

Will gestand den Irrtum ein und entschuldigte sich

so demütig wie möglich, ohne dabei seiner Würde allerdings unangemessenen Schaden zufügen zu wollen. Er schob es auf den Nebel und die Erschöpfung.

Mit der Morgendämmerung verzog sich der Nebel, der Wind blies jedoch unverändert hartnäckig aus Süden. Will hielt den Wind für die Ausläufer eines tropischen Sturms, der noch einige Tage anhalten könnte. Er schlug vor, sich entweder irgendwo ein nettes windstilles Plätzchen zu suchen und sein Ende abzuwarten oder durch den Long Island Sound Kurs auf New York zu nehmen. Als sie das Wort New York hörten, wurden Eliot und Drew wieder ganz munter, während sich Nathaniel demonstrativ den Finger ins Ohr stopfte und vorgab, daß er wohl nicht richtig gehört habe.

»Wir haben ja keinen festen Termin, zu dem wir in Key West sein müssen«, sagte Will und ließ die rethorische Frage folgen: »Oder etwa doch? Anstatt also in irgendeiner Bucht untätig rumzuhängen oder uns den Arsch abzuplacken, schnappen wir uns doch den idealen Wind und segeln sauber und glatt durch die Meerenge. Kleiner Abstecher nach New York. Ein schnuckeliges Restaurant mit tollem Essen, ein heißes Bad ...«

»Und eins von deinen Bordellen, möchte ich wetten.«

»Die Möglichkeit ist mir tatsächlich schon durch den Kopf gegangen.«

»Hört sich nicht schlecht an«, sagte Eliot.

»Was? Ein Bordell? Du bist doch noch nie in einem gewesen, und wenn du in einem drin wärst, wüßtest du nicht mal, was du da anstellen sollst, selbst wenn sie dir eine Schautafel und eine Gebrauchsanweisung in die Hand drücken würden.«

»Ich meine New York. New York hört sich nicht schlecht an«, sagte Eliot zu Nathaniel. »Außerdem muß ich irgendwo den Brief zur Post bringen.«

»Du willst hundert Meilen nach New York segeln, nur um den verdammten Brief einzuwerfen?«

»Das sind wir Mutter schuldig. Wir sind ihr mehr schuldig als das, was wir in unserem Telegramm geschrieben haben.« Er machte eine Pause. »Und außerdem, fällt mir gerade ein, könnten wir in New York Lockwood besuchen. Vielleicht weiß er, was mit dem alten Herrn los ist. Wenn wir mal da sind, kriegen wir vielleicht raus, in was für einem Schlamassel er steckt oder so.«

Nathaniel spürte das Verlangen seiner Crew, der Druck war fast mit Händen zu greifen. Sie brauchten schon jetzt eine Ruhepause von der See. Er sah die meuterischen Aufwallungen schon vor sich, wenn er ihren Wünschen nicht nachkam.

»Na, klasse«, sagte er mit schneidender Stimme. »Ich werde schon ganz krank, wenn ich nur zwölf Meilen vom Kurs abkomme, und ihr wollt einen Umweg von hundert. Für ein heißes Bad und einen Briefkasten. Genau wie eine Bande Sommerfrischler, die ein bißchen auf dem Meer rumschippert.«

»Wenn man's genau nimmt, sind wir das ja auch«, sagte Will.

Sie segelten an Gardiner's Isand vorbei, dann zwischen Plum Island und Orient Point hindurch und hielten auf die Küste von Connecticut zu, eine sanftere Küste, wo die Felsen kleiner und nicht so bedrohlich aussahen wie die von Massachusetts oder Maine, wo Salzwiesen Schneisen in die schattigen, sommerlichen Wälder schlugen, welche die rechtschaffenen Städte wie Mystic, Stonington und Essex umgaben. Auf Höhe der Mündung des Connecticut River nahmen sie einen Passagier mit, einen Königsfischer mit kastanienbraunem Bauch, der sich auf der Heckreling niederließ und bis zum Sonnenuntergang mit ihnen segelte. Dann hob er ab und flog in Richtung Küste, wo auf den mit Spartgras bewachsenen Marschebenen große Silberreiher umherstolzierten wie räuberische Engel. Sie passierten Leuchttürme, die auf Sandbänken und abgeschiedenen Felsen errichtet waren (die Wärter und ihre Familien winkten ihnen manchmal von den Türmen aus zu), und segelten schließlich am Abend an den Inseln von Norwalk vorbei, wobei sie eine Schleppe aus Speckschwartenstreifen hinter sich herzogen. Sie fingen zwei ganz anständige Blaubarsche und begegneten auf Höhe des Sheffield-Leuchtfeuers einem Fischer, der sie nach ihrem Ziel fragte. Sie teilten es ihm mit, worauf er einen Batzen Tabaksaft über die Reling spuckte, wobei allerdings nicht klar wurde, ob er nur seinen Rachen säuberte oder ob er damit ihre Aussichten kommentierte, jemals Key West zu erreichen. »Vor New York paßt auf Hell Gate auf«, rief er ihnen von seiner kleinen Slup aus zu. »Versucht bloß nicht, gegen die Strömung anzusegeln. Da gibt's so viele Felsen, da haben bloß die Felsenbarsche was zu lachen. Wartet die Ebbe ab, und dann durch, so schnell's geht.«

Da sie das Gate nicht bei Dunkelheit angehen wollten, warfen sie Anker, blieben über Nacht und waren am nächsten Morgen kurz vor Sonnenaufgang wieder unterwegs. Die Meerenge wurde nun immer enger und ging schließlich in den East River über. Es herrschte fast schon Ebbe, und die Strömung ergoß sich mit geballter Kraft westwärts durch die Meerengen und um die Inseln herum in Richtung New York Bay. Es schien, als sauge die große Stadt, von der die Mannschaft der *Double Eagle* noch nichts sehen konnte, das ganze Wasser in sich hinein. Getragen von der Strömung, segelten sie an den Farmen und Dörfern der Bronx vorbei und folgten der scharfen Biegung des Wasserwegs in südlicher Richtung. Der Fluß zog sich zusammen, die Strömung nahm zu und schoß zwischen Holzlagerplätzen und niedrigen, an den Ufern aufragenden Ketten von Kohlehügeln dahin. Vorbei an eisernen Lastkähnen, die dicht an dicht am Ufer festgemacht waren, trug die Strömung den Schoner an Wards Island vorbei ins Hell Gate – in ein Durcheinander von Gegenströmungen, Strudeln und Neerströmen, die für Nathaniel keinen Sinn ergaben. Obwohl das Schiff ohnehin schon aus der Bahn geworfen war, taten die Gebäude – Gebäude, die aussahen, als wären sie miteinander verschweißt – ein übriges, so daß sich der Wind nun ebenso chaotisch verhielt wie die Strömung. Als sie Hell Gate schon halb hinter sich hatten, erstarb der Wind plötzlich völlig. Die *Double Eagle* ließ sich kaum noch steuern, geriet in die Fänge eines Strudels und tanzte auf dem Wasser. Nur knapp verfehlte sie das Boot eines Fischhändlers, das flußaufwärts tuckerte. Um die Kreiselbewegung zu stoppen, drehte Nathaniel das Steuerrad um, doch wurden sie von einer Neerströmung, deren Wirkung von einer flatternden Windbö noch verstärkt wurde, wieder in die entgegengesetzte Richtung herumgewirbelt und auf das Ostufer zugetrieben. »Paßt auf!« brüllte er. »Mein Gott, wir ...« Er sprach den Satz nicht zu Ende, da der Bug schräg in einen an der Pier vertäuten Lastkahn krachte. Er hörte ein Geräusch wie von einer Startpistole und war sich sicher, daß der Klüverbaum abgebrochen war; es war jedoch lediglich der Bootshaken, der zersplittert war, als Will versucht hatte, die Kollision mit dem Kahn zu verhindern. Mit dem Heck voraus trieb die *Double Eagle* schwankend in der etwa vier Knoten schnellen Strömung. Während er sich abrackerte, den Bug herumzureißen, und dabei gleichzeitig vier oder fünf verschiedene Kräfte spürte, die am Ruder zerrten, fiel ihm eine Geschichte ein, die ihnen Lockwood einmal über ihren Vater erzählt hatte – wie dieser in Nova Scotia mit einem Schiff, das dreimal so groß war wie die *Double Eagle*, in einer Strömung, die stärker war als diese hier, in einem Hafen angelegt, *angelegt* hatte. Nathaniel war sich sicher, daß die Besatzungen der Lastkähne lachten oder verächtlich die Köpfe schüttelten angesichts des Schauspiels jämmerlicher Seemannskunst, das er ihnen bot. Was seine Crew dann aber tat, war vom Feinsten und zudem sehr schlau: Sie liefen nach vorn, machten die Schoten an Fock und Flieger los und schwenkten beide Segel auf die andere Seite. Die backgehaltenen Segel drückten den Bug der *Double Eagle* herum; als sie sich durch den Wind hindurchdrehte, schlug Nathaniel die Pinne scharf nach Lee ein, und sie segelte sauber aus Hell Gate hinaus. Jetzt war sie wieder ein Schiff und nicht irgendein Stück Treibgut oder der Spielball eines kapriziösen Flusses.

»Schätze, wir haben gerade gelernt, wie Hell Gate zu seinem Namen gekommen ist«, sagte Eliot, der sich mit einer Hand an der Greifleine festhielt und nach hinten hangelte.

Die Strömung spülte sie mitten hinein in das lärmende Herz der Stadt, in eine Welt, die der *Double Eagle* so fremd war wie einem Fisch der Himmel oder einem Vogel der Meeresgrund; eine Welt aus Stein, Ziegeln und Eisen, wo aus Schornsteinen und Schloten weißer und schwarzer Qualm aufstieg, um die Gewölbe des Himmels braun einzufärben. Der Fluß hatte die Farbe und auch etwas von der Beschaffenheit von Melasse und wurde an seinem unteren Ende überspannt von der erhabenen, schwindelerregenden Geometrie der Brooklyn Bridge. Unter der Brücke fuhren in beiden Richtungen Schiffe jeder nur vorstellbaren Größe und Form hindurch: elegante Gaffelschoner; schwerfällige Kohlenschiffe; abgewrackte Barkentinen, die von qualmenden Schleppern gezogen wurden; Küstensegler, deren Toppmasten gefiert waren, damit sie unter den Brücken hindurchfahren konnten; Bananenfrachter sowie Fähren, auf denen es wimmelte, als beförderten sie die Einwohnerschaft ganzer Kleinstädte. Jedes der Schiffe machte seine eigenen Geräusche, doch während jedes einzelne Heulen, Pfeifen oder Tuten eines Signalhorns seine Bedeutung hatte, ergab alles zusammen einen undefinierbaren Lärm. Die Kakophonie vermischte sich, oder besser, war unterlegt von einem Geräusch, das sich aus vielen Geräuschen zusammensetzte, aber doch stärker war als die Summe seiner akustischen Einzelteile: es hörte sich an wie ein dumpfes, unablässiges Grollen, es hörte sich an wie Brandung. Es kam von der Stadt, und plötzlich erkannte Nathaniel, daß es die Stadt selbst war, die ungeheuer große, grölende, quirlende Stadt.

»Mann, dagegen kommt einem Boston wie ein Bauernkaff vor.«

»Natters, Boston *ist* ein Bauernkaff dagegen«, sagte Will, dessen Gesicht erwartungsvoll leuchtete. »Bei jeder Gelegenheit bin ich rein in den Zug, rauf auf die Fähre und von Yale hierhergefahren.«

Der Fluß zwängte sich durch einen kaum fünfhundert Meter breiten Kanal zwischen Brooklyn (das erst kürzlich, wie Will im Tonfall eines Reiseführers verkündete, in die Stadt eingemeindet worden sei) und dem Seehafen an der South Street. Ein weitläufiger Kai folgte dem anderen, überall stapelte sich Frachtgut, standen Fuhrwerke, wuselten Menschen herum. An jedem Kai lagen Schiffe; Schornsteine und Masten bildeten eine endlose Galerie. Will suchte mit dem Fernglas das Ufer ab. Er sagte, er halte Ausschau nach der Werft, wo sie der Yawl von Tony Burtons Vater den letzten Schliff verpaßt hatten. Dort könnten sie bestimmt einen Liegeplatz für die Nacht bekommen.

Nathaniel folgte mit den Augen der Bewegung des Fernglases und sah dann etwas Merkwürdiges: Über den Hausdächern zog eine Lokomotive eine Reihe von Personenwagen.

»Wenn ich es nicht besser wüßte, würde ich sagen, das ist ein fliegender Zug«, sagte er.

»Das ist die Hochbahn der Manhattan Railway Company«, erklärte ihm Will vorsichtig, so als spräche er zu einem Wilden, der mit den Neuerungen der Moderne noch nicht vertraut war. »Auch etwas, was New York hat und Boston nicht.«

Während er beobachtete, wie der Zug an Fahnenmasten und Kirchturmspitzen vorbeipuffte, und sein Blick über die steilen Schrägen der Gebäude schweifte, dachte Nathaniel an Maine und die dortigen kleinen Dörfer, die ganz von den Wäldern geprägt waren, die sie umgaben. Er dachte daran, daß man sich in bestimmten Vierteln von Boston sogar noch vorstellen konnte, wie die Stadt ausgesehen hatte, als sie noch ein Außenposten der Kolonie am Rande der Wildnis gewesen war. In New York kamen einem solch kuriose Bilder nicht in den Sinn; hier war die Natur nicht erobert, sondern ausgemerzt worden. Und doch war auch hier durch Menschenhand etwas entstanden, was in seinen Ausmaßen einem Naturwunder glich, das einem das Gefühl völliger Bedeutungslosigkeit vermittelte.

Die Werft lag in der Nähe der Pier 22, fast am unteren Ende der South Street im Schatten der Brücke, unter der alles zu zwergenhafter Größe schrumpfte. Der Leiter der Werft war ein untersetzter Schotte, der offenbar erst kürzlich eingewandert war, da er seine gutturale Sprechweise noch nicht abgelegt hatte. Er machte ihnen für den Liegeplatz einen Preis von einem Nickel pro Fuß Schiffslänge und Tag. Da es seine Idee gewesen war, nach New York zu fahren, übernahm Will die Kosten, und die *Double Eagle* wurde also zwischen einen Lastkahn und eine Flußbark gequetscht, die ein Haufen Schmutzwäsche zierte.

Erleichtert, dem Fluß und seinem beängstigenden Verkehr entronnen zu sein, streckte sich Nathaniel auf dem Kajütdach aus und starrte in den dunstigen Himmel.

»Ist vielleicht ein bißchen spät, jetzt noch davon anzufangen, aber wir haben keine Ahnung, wo Lockwood überhaupt wohnt«, sagte er zu Eliot. »Hast du irgendeinen Vorschlag, wie wir ihn in diesem Ameisenhaufen finden sollen?«

»Gleason's Boarding House, James Slip Nummer vierzehn. Wo immer das auch ist.«

Die Auskunft kam von Drew. Nathaniel verrenkte sich den Hals und schaute ihn fragend an.

»Stand auf einem Brief, den er Mutter letztes Jahr zu Weihnachten geschickt hat«, sagte Drew zur Erklärung, woher er die Adresse habe.

»Glück gehabt. James Slip ist gleich hier ums Eck«, sagte Will. »Außerdem ist an der Ecke Franklin ein erstklassiges öffentliches Badehaus. Dampfendes Wasser, Badewannen aus Kupfer, Handtücher so dick wie Teppiche.«

Als sie die South Street hochgingen, attackierte New York ihre Sinne mit einer Unmittelbarkeit und Hingabe, die sie auf dem Fluß noch nicht gespürt hatten – vor allem ihren Geruchssinn. Der gesamte Kai am Fulton Market stand voller Wagen und Karren, Hunderte davon drängelten sich die Straße hinunter. Der Gestank des Dungs und der Abwässer, der sich mit den nach toten Fischen, Austern und Muscheln stinkenden Schwaden vermischte, die aus den Lagerhäusern herausquollen, war fast mit Händen zu greifen und trieb ihnen das Wasser in die Augen. Auch die Ohren bezogen ihre

Prügel: eine Pfahlramme hämmerte; eine kreischende Hochbahn schlitterte mit ihren Wagen um eine Kurve; das Horn eines Frachters mit der Aufschrift THE STANDARD FRUIT COMPANY, der längsseits eines Lagerschuppens festgemacht war, heulte schrill auf und übertönte die Stimme eines dunkelhaarigen Mannes, der mit italienischen Flüchen die Schauerleute beschimpfte, welche gerade einen großen Bananenkarren beluden. Nathaniel fiel auf, daß die meisten Schiffe Dampfschiffe waren; nur vereinzelt machte er Spieren, Masten und Bugspriete aus, deren Spitzen mit der anachronistischen Ritterlichkeit von Kavallerielanzen in den Himmel ragten. Nun ja, immerhin verwandelten sich durch dampfgetriebene Schiffe wahrscheinliche Liefertermine in verläßliche.

Will schlug eine Schneise durch Schwärme von Bowlern und Walroßschnäuzern (der Seehafen war eine ausschließlich männliche Domäne). Wie man in New York zu Fuß vorwärts kam, beherrschte er offenbar. Die Kunst schien darin zu bestehen, durch abrupte Geschwindigkeitsänderungen und schnelle Drehungen der Schultern Zusammenstöße mit anderen Fußgängern zu vermeiden und somit gleichzeitig dafür Sorge zu tragen, daß man nicht gegen Laternenpfähle, Fuhrwerke oder irgendein anderes großes Hindernis gerammt wurde – wie zum Beispiel den verwesenden Pferdekadaver, der mitten auf der Kreuzung von South Street und James Slip lag.

Das Schild an Gleason's Boarding House, das zwei Blocks weiter auf der James lag, hieß Seeleute ausdrücklich willkommen. Der rote Ziegelbau hatte es sich zwischen zwei Unternehmungen bequem gemacht, die zwei der elementarsten Bedürfnisse von Seeleuten befriedigten – einer Fabrik für Schiffszwieback und einer Großhandlung für Spirituosen. Die Fenster im Kolonialstil mit ihren weißen Läden verliehen dem Gebäude ein heimeliges Aussehen. Angesichts der Gerüchte über Lockwoods finanzielle Nöte hatte Nathaniel etwas Schäbigeres erwartet.

Noch bevor sie den Mund aufmachen konnten, sagte die Frau, die ihnen die Tür geöffnet hatte, daß kein Zimmer frei sei.

»Wir wollen kein Zimmer«, sagte Nathaniel beziehungsweise stammelte er, denn die Frau war von verwirrender Schönheit. Sie hatte kastanienbraunes Haar, war etwa fünfunddreißig Jahre alt und trug ein gestreiftes Kleid, das eine Wespentaille einschnürte. »Äh, wir wollen zu jemandem, der hier wohnt. Lockwood Braithwaite.«

»Und wer seid ihr?«

»Wir sind seine Brüder« – er deutete auf Eliot und Drew –, »und das ist unser Freund Will. Wir sind gerade von Maine hier runtergesegelt und dachten, wir könnten mal vorbeischauen.«

»Brüder? Er hat nie erwähnt, daß er Brüder hat«, sagte die Frau, wobei sie die Augenbrauen zweifelnd in die Höhe zog.

»Tja, das sind wir aber. Ich bin Nat, der mittlere ist Eliot, und Andrew ist der jüngste. Sind sie die Besitzerin?«

»Ich bin Mrs. Gleason. Stimmt, wenn man genauer hinschaut, kann man die Ähnlichkeit sehen. Zumindest mit ihm. Andrew, oder?« Sie winkte sie herein. Sie betraten den Flur, in dem eine große Uhr tickte und die Wände nach frischer Farbe rochen. »Nun ja, Lockwood ist gerade aushäusig. Ich hab ihn seit gestern morgen nicht mehr gesehen. Verzeihung, junger Mann, wo und wie hat man Ihnen denn Benehmen beigebracht?«

Die Frage war an Will gerichtet, der nicht zu wissen schien, was er darauf sagen sollte.

»In Anwesenheit einer Dame sollte es wohl die Höflichkeit gebieten, daß man zuerst fragt, ob das Rauchen gestattet ist.« Sie schaute auf die Zigarette, die sich Will gerade anzünden wollte.

»Entschuldigung. Meine Manieren sind wohl auf See geblieben. Darf ich rauchen?«

»Nein. Gehen Sie nach draußen, wenn Sie es nicht lassen können. Warum starren Sie mich so an?«

»Ihre Schönheit ist atemberaubend«, sagte Will, ohne dabei zu stottern.

»Sie sehen zwar nicht aus wie ein Ire, aber etwas Irisches muß an Ihnen sein, bei einem derartigen Hang zum Süßholzraspeln. Ich darf wohl behaupten, daß ich alt genug sein dürfte, um Ihre Mutter zu sein.« Obwohl jedes Haar an seinem Platz war, befühlte sie beide Seiten ihrer Pompadour-Tolle. »Bei seinem Beruf ist Lockwood ja oft unterwegs. Ich sorge dafür, daß er von Ihrem Besuch erfährt, sobald er zurückkommt. Wenn Sie es wünschen, können Sie ihm auch eine Nachricht hinterlassen.« Sie deutete auf den Tisch neben der Uhr, auf dem ein Korb für die Gästepost stand. Dann setzte sie ein Gesicht ernster Betroffenheit auf. »Ich hoffe doch, daß Sie keine schlechten Nachrichten haben.«

»Nein. Wie ich schon sagte, wir wollten nur mal vorbeischauen.« Nathaniel machte eine Pause. »Wieso fragen Sie?«

»Oh, in den letzten Tagen schien er sich über etwas Sorgen zu machen. Vielleicht hat es ja mit seiner Arbeit zu tun. Ist er nicht bei einer Seeversicherung angestellt?«

»Ja, Ma'am. Bei Merrill, Chapman & Scott.«

»Ja, genau das ist die Firma«, sagte sie. Der Gong der Uhr schlug vier Uhr.

»Ist die hier in der Nähe?« fragte Nathaniel.

Sie zuckte mit den Achseln und sagte, sie glaube, es

sei auf der anderen Seite der Stadt, am Ufer des Hudson River. Die Hochbahn würde sie hinbringen. Sie könnten den Schaffner oder einen Polizisten nach der Adresse fragen.

»Wissen Sie, es kommt mir ziemlich merkwürdig vor, daß Lockwood nie von ihnen gesprochen hat«, sagte sie wieder, während sie die Haustür öffnete. »Mein Mann und ich legen Wert darauf, unsere Dauergäste sonntags zum Essen einzuladen, und Lockwood hat uns eine Menge von sich und seinem, ich sollte wohl besser sagen, *Ihrem* Vater erzählt. Aber er hat mit keinem Wort erwähnt, daß er drei jüngere Brüder hat.«

Nathaniel war die Schlußfolgerung unangenehm, aber er sagte knapp: »Wir stehen uns nicht so nahe.«

Während sie mit dem fliegenden Zug quer durch die Stadt fuhren, erhaschten sie kurze Blicke in dämmrige Bruchbuden, deren verdreckte Fenster wegen der Hitze offenstanden. Die Straßen unter ihnen waren Gräben mit hüpfenden Kappen und Mützen, die wie Wellen zwischen Schubkarren und Pferdewagen wogten und in Läden hinein- und aus ihnen herausschwappten, deren Fronten mit Markisen gegen die Sonne geschützt waren. Eliot kam sich vor wie auf einem fliegenden Teppich, der über eine fremde Insel mit der Bevölkerungsdichte eines Termitenhügels flog. Nathaniel sehnte sich wieder hinaus aufs Meer, weg von der Tyrannei der Menschen und Pflastersteine. Durch den Rauch aus zahllosen Schornsteinen betrachtete Drew fasziniert die stählernen Gerippe neuer Gebäude, die in der Ferne in den Himmel ragten. Der Anblick erinnerte ihn an ein surreales Bild, das er einmal in einem Buch gesehen hatte, auf dem Berge aus dem Dampf der noch jungen Erde ragten. Ein neues Jahrhundert, jawohl, und New York sah aus wie seine Wiege. Die Worte seines Vaters fielen ihm wieder ein, nicht so wie dieser sie vor zwei

Wochen ausgestoßen hatte, bitter und kalt, sondern mit der erregenden Stimme, als er ihrem Nachbarn in der Marlborough Street, Tom Willoughby, letztes Jahr die Zeitungs- und Zeitschriftenartikel über die Weltausstellung in Paris gezeigt hatte. In der vor ihnen liegenden Zukunft werde es keinen Krieg mehr geben, da die Menschen zu wohlhabend und zu aufgeklärt sein werden, um noch zu kämpfen. Sie würden auf beweglichen Gehwegen oder mit Automobilen von Ort zu Ort gelangen und über Ozeane hinweg via Telephon miteinander sprechen; eine elektrifizierte und elektrisierende Zukunft, in der die ganze Welt tanze, wie die Besucher der Weltausstellung getanzt hatten – zu einem Walzer aus Lichtern. Doch Mr. Willoughby war ein Ungläubiger, was den Fortschritt betraf. Er zog Gehwege, die fest im Boden verankert waren, und das Klappern von Pferdehufen dem Lärm von Automobilen vor. Er schlug die Möglichkeit aus, mit Dad in eine Telephongesellschaft zu investieren, weil er glaubte, das Telephon sei eine neumodische Erfindung, deren die Menschen bald überdrüssig würden. »Wie viele Menschen, Cy, wollen sich wohl über einen Draht miteinander unterhalten?« hatte Dad ihn zitiert, wobei er die Art, wie Willoughby in seinem sonoren Bostoner Oberschicht-Akzent das Wort »Draht« aussprach, übertrieben nachäffte. Als Strafe für seine Rückschrittlichkeit entging ihm der Profit, als die Aktien der Telephongesellschaft sprunghaft in die Höhe schnellten, und seine Familie bezahlte dafür mit einem Leben, das so schnell aus der Mode kam wie Reifröcke. Sie kommunizierten immer noch mittels Brief und Boten und lasen bei Gaslicht; die Braithwaites telephonierten, und ihr im letzten Herbst an elektrischen Strom angeschlossenes Haus erstrahlte wie eine Geburtstagstorte bei Nacht.

Und mit einem Mal, inmitten des Gestanks und des

fesselnden Treibens von New York, erinnerte sich Drew an das Weihnachtsfest vom letzten Jahr, als er zusammen mit Nat und Eliot, die für die Ferien nach Hause gekommen waren, von Zimmer zu Zimmer gerannt war. Sie drückten alle Schalter, um das Wunder von Lampen zu bestaunen, die weder qualmten, rochen oder tropften, die kein Streichholz oder Feuer benötigten, um angezündet zu werden, sondern deren Licht mit einem Fingerdruck sofort zur Verfügung stand. Nachdem jedes Zimmer außer denen auf der Dienstbotenetage in Festbeleuchtung erstrahlte, standen sie draußen im Schnee und begutachteten das Resultat. In seiner Fröhlichkeit spiegelte das Haus die Weihnachtszeit; jedes einzelne Fenster ein Leuchtfeuer, welches das dumpfe, archaische Glänzen hinter den Fenstern der Willoughbys beschämte. In den blendenden Vierecken loderten die Hoffnungen und Verheißungen der Zukunft, von denen ihr Vater gesprochen hatte. In jenem Augenblick schienen sie ihnen ganz allein zu gehören – Verheißungen und Hoffnungen, deren Erfüllung jetzt, da ihr Leben auf so schwankendem Boden stand, nicht mehr so sicher war.

In dem großen, von einer Kuppel gekrönten Postamt an der Park Row warf Eliot den Brief ein, und dann gingen die vier zu dem niedrigen, aus Granitstein errichteten Bürogebäude von Merril, Chapman & Scott, das sich vom Hudson einen Block weiter landeinwärts befand. Hinter einer Rauchglasscheibe, auf der in schwarzen Buchstaben die Wörter SCHADENSBÜRO und NACHFORSCHUNGEN standen, saß ein schlechtgelaunter Mann, der ihnen mitteilte, daß Lockwood heute noch nicht im Haus gewesen sei, nein, er könne ihnen auch nicht sagen, wo er sei, daß er sich aber einen neuen Job suchen könne, wenn er morgen auch nicht auftauchen sollte. Der Mann zog seine Taschenuhr hervor und sagte, das

Büro werde gleich schließen. Und tatsächlich erhoben sich gerade die Tippsen von den Schreibtischen und klappten die Maschinen zu, und die Büroangestellten und Versicherungsagenten knipsten ihre grünen Schreibtischlampen aus.

»Glaubst du, daß sie ihn wirklich rausschmeißen?« sagte Eliot, als sie wieder draußen waren und an Gelbgießereien und Maschinenwerkstätten vorbeigingen. »Was meinst du, Nat?«

»Ich hab doch gleich neben dir gestanden. Woher soll ich also mehr wissen als du?«

»Er steckt in der Klemme, genau wie wir gedacht haben. Irgendwie hat das alles damit zu tun.«

Nathaniel sagte eine Zeitlang kein Wort. Ihn beschlich wieder einmal das Gefühl, daß er und seine Brüder Schauspieler in einem Stück waren, von dem sie nicht wußten, worum es ging oder was die anderen Darsteller sagten oder taten. Der Unterschied zu neulich war, daß es ihm jetzt einerlei war, worum es bei dem Stück ging. Er hatte vor, die Handlung selbst zu gestalten.

»Was kümmert uns eigentlich Lockwood?« sagte er schließlich. »Ich wette, wir haben in unserem ganzen Leben keine zehnmal ernsthaft mit ihm gesprochen. Also, vergessen wir das Ganze und gehen zum Boot zurück.«

»Wunderbarer Vorschlag. Dachte schon, ich hätte die ganze Zeit in New York nichts anderes zu tun, als mir euer Gerede über Familienangelegenheiten anzuhören.« Will ging plötzlich auf die andere Straßenseite, wo ein paar Austernkähne vor Anker lagen, und steuerte einen Stand an, unter dessen festlicher Plane ein Mann Muscheln für zwei Cent das Stück verkaufte. Auf einem an einen Pfosten genagelten Schild stand, daß das Eiswasser gratis sei. Will kaufte sich ein halbes Dutzend, legte die geöffneten Schalen eine um die andere an den

Mund und ließ das glitschige, graue Fleisch in den Mund gleiten.

»Muß für die Vergnügungen heute abend ein bißchen Kraft tanken«, sagte er und schluckte die letzte Auster hinunter. »Das Zeug steigert die sexuellen Kräfte. Ein halbes Dutzend davon verwandelt einen in eine unermüdliche Maschine der Lust. Seid ihr dabei?«

Die Braithwaites antworteten nicht darauf, da sie nicht wußten, ob Will damit das Austernessen oder die abendlichen Vergnügungen oder beides meinte. Er kaufte noch ein halbes Dutzend und gab jedem zwei Austern.

»Ich merk keinen Unterschied«, sagte Eliot, während sie zur Haltestelle der Hochbahn gingen. Der Junge am Zeitungsstand an der Bahnsteigtreppe hielt eine *New York World* in die Höhe und schrie: »Kokainsüchtige überschwemmen die Stadt! Lesen Sie die ganze Geschichte!«

»Ich auch nicht«, sagte Nathaniel.

»So wirken die auch nicht, ihr Trottel.« Will schüttelte großmütig den Kopf. »Die wecken keine Begierden, sie geben einem nur die Kraft weiterzumachen, nachdem die Begierden geweckt worden sind – zum Beispiel von einer attraktiven, erfahrenen Hure. Und dann kann man sie die ganze Nacht ficken.«

Als Drew das verbotene Wort hörte, preßte er sich schnell die Hände auf die Ohren.

Der fliegende Zug brachte sie in Windeseile wieder zurück zur East Side, wo sie sich im Badehaus in der Franklin Street den Panzer aus trockenem Schweiß und Salzwasser abschrubbten. Auf dem Boot zogen sie sich frische Sachen an und fütterten Trajan. Will sang ein paar Strophen von »There'll Be a Hot Time in the Old Town Tonight« und lud sie dann zum Abendessen ein.

Sie machten ein Lokal ausfindig, das sich »German

Lager Bier Haus« nannte. Es wurde mit elektrischen Lampen angestrahlt und leuchtete gegen die Abenddämmerung der Stadt. Ein Schild über dem Eingang versprach Gratis-Lunch und ein großes Glas Freibier für jeden Seemann und Dockarbeiter. Von beiden hatten sich jede Menge eingefunden. Sie standen an der langen Theke unter einem Zelt aus Rauch, spuckten in Spucknäpfe, erzählten sich lachend Geschichten oder ließen sich mit systematischer Ernsthaftigkeit vollaufen. Sprenkel fremder Sprachen durchsetzten den englischen Redestrom – amerikanisches Englisch, englisches Englisch, Englisch mit irischem Einschlag und dem schwungvollen Zungenschlag der karibischen Inseln. Weiße standen Schulter an Schulter mit Schwarzen. Wie an Bord eines Schiffes herrschte in dieser Hafenbar eine Art ruppiger Demokratie.

Die Jungen fanden einen freien Tisch. Ein Kellner mit buschigem blondem Schnauzbart brachte ihnen die Speisekarten, was sich jedoch als reine Formalität herausstellte, da an diesem Abend nur ein Gericht serviert wurde – gebratener Fisch mit Kartoffeln, alles zusammen für fünfundsiebzig Cent. Will fragte, ob das Angebot für den Gratis-Lunch und das Freibier denn nicht auch am Abend gelte, worauf der Kellner sagte: »Abends kein Essen umsonst. Für Freibier müßt ihr Barkeeper fragen. Vielleicht gibt er euch.«

Will und Nathaniel quetschten sich durch die Gästemenge und fragten den Barkeeper, der unter seinen Hängebacken stolz einen Knebelbart zur Schau trug. Er schüttelte den Kopf und sagte, wenn sie ein Freibier wollten, sollten sie morgen mittag wiederkommen. Augenzwinkernd fügte er hinzu, daß das Angebot nur für Seefahrer und Schauerleute gelte.

»Was glauben Sie, was wir sind? Landratten?« sagte Nathaniel beleidigt. »Ich hab gerade einen Gaffelschoner von Maine bis hier runter gesegelt. Das da ist übrigens mein Navigator, und von hier geht's weiter nach Florida.«

»Siehst ein bißchen jung aus für einen Skipper«, sagte der Barkeeper mit hinterhältigem Grinsen. »Wenn ich's mir recht überlege, auch noch ein bißchen jung für Bier.«

Er ließ sie stehen und kümmerte sich um einen anderen Gast.

»Da geht er hin. Ein Blick, und er weiß, was mit den Leuten los ist.«

Der Kommentar mit dem leicht irischen Zungenschlag kam von dem Mann, der neben Will stand. Er schien etwa fünfundzwanzig Jahre alt zu sein und war von mittlerer Größe, hatte allerdings ein breites Kreuz und Finger so dick wie Zigarren. Über der vernarbten Stirn saß schief ein schwarzer, schweißfleckiger Bowler.

»Oder, Jim? Stimmt's nicht?« fragte er seinen älteren Kumpel. »Stimmt's nicht, daß George nur einen Blick braucht? Braucht nur einen Blick, dann weiß er, ob was faul ist an einer Sache oder ob sie koscher ist. Stimmt doch, oder?«

Der ältere sagte nichts, nahm einen Schluck von seinem Bier und leckte sich den Schaum von den Lippen.

»Reden Sie von mir?« Nathaniel spürte ein Trommeln in der Brust.

»Verdammt, nein, ich red von George«, sagte der mit dem Bowler. »Könnt dich nicht mal von einem Haufen Pferdescheiße unterscheiden. Aber George, der braucht nur einen Blick und weiß Bescheid. Wenn George zum Beispiel einen Trottel wie dich sieht, dann weiß er sofort, das ist kein Seemann. Und kein Skipper erst recht nicht.« Er langte mit der Hand über Will hinweg und klopfte Nathaniel genau auf die Stelle, wo das Trommeln war. »Und wenn ich dich jetzt so anschau, tja, muß sagen, George hat recht. Du bist kein Skipper, du bist bloß ein kleiner Hurensohn, der uns die Hucke voll lügt.«

»Herrgott, Mike, jetzt fang keinen Scheiß an, ist doch noch ein Kind«, sagte der ältere, und Will packte Nathaniel am Ärmel und zog ihn zurück zum Tisch.

»Was ist denn mit dem los?« sagte Nathaniel, während er sich setzte. Die Feindseligkeit des Mannes war ihm ein Rätsel.

»Das ist ein Schläger, außerdem ist er besoffen. Achte gar nicht drauf«, sagte Will.

Das erwies sich als gar nicht so leicht. Der Mann namens Mike drehte sich nämlich mit dem Rücken zur Theke und starrte Nathaniel bösartig grinsend an. Der Kellner brachte das Essen, doch mit dem Schläger vor Augen, der ihn mit animalischer Fröhlichkeit anglotzte, brachte Nathaniel keinen Bissen hinunter. Dann knallte Mike seinen Krug auf die Theke, schob sich durch den Raum und baute sich mit weit gespreizten Beinen vor dem Tisch der Jungen auf.

»Jeder Penner, der uns die Hucke voll lügt, kommt hier nicht raus, bevor er mich nicht umgehauen hat«, sagte er mit so lauter Stimme, daß sich einige der Gäste an der Bar umdrehten und zu ihnen hinüberschauten. »Gehört hier zur Hausordnung. Also hoch mit den Fäusten, Käpt'n, oder ich hau dich sofort vom Stuhl.«

»Mein Freund hat nicht gelogen«, sagte Will, ganz Vernunft in Person. »Er hat wirklich ein Boot von Maine bis hierher gesteuert. Außerdem ist er erst sechzehn. Was wollen Sie beweisen, wenn Sie ihn verprügeln?«

»Wie steht's denn dann mit dir, mein Junge? Wie alt bist du denn?« sagte der Mann, drehte sich zu ihm und schlug eine kurze, scharfe Rechte, die, wäre der Mann nüchtern gewesen, Will voll am Kinn erwischt und glatt umgehauen hätte. Obwohl ihn der Hieb nur streifte, riß es ihm den Kopf nach hinten.

Die Fäuste auf Brusthöhe, trat der Mann namens Mike einen Schritt zurück, um sich Platz für einen Schwinger zu verschaffen, falls Will ihn angreifen würde. Will hatte jedoch nicht vor, etwas Derartiges zu versuchen. Während ihm das Blut aus dem Mund strömte, konnte er nur völlig erstarrt dasitzen.

Mike wandte sich wieder Nathaniel zu und forderte ihn mit einer Handbewegung auf, aufzustehen und zu kämpfen. Nathaniel war unfähig, sich zu bewegen. Vor den Boxkämpfen in Andover hatte er manchmal Angst verspürt, aber jene Angst hatte ihn jedesmal nur stimuliert, hatte ihn zum Kampf angestachelt. Was er jetzt spürte, war jedoch eine urzeitliche lähmende Angst, als stünde er einem wilden Tier gegenüber. Kurz darauf tauchte der Barkeeper auf und schwang etwas, das wie der Schlagstock eines Polizisten aussah. Von hinten klopfte er damit zweimal auf Mikes Schulter.

»Mach hier keinen Quatsch, Downey! Erledigt das draußen!«

Nathaniels Erleichterung dauerte nur so lange, wie Mike Downey brauchte, um herumzuwirbeln und den Barkeeper mit zwei schnellen Schlägen in die Magengrube auf die Knie zu schicken. Klappernd, Holz auf Holz, fiel der Schlagstock auf den Boden. Jemand schrie: »Eine Schlägerei! Downey schlägert wieder!« Die Menge wußte offensichtlich genau, wie sie sich zu verhalten hatte, denn binnen Sekunden räumte sie den Platz vor der Theke und bildete eine Art Arena: an drei Seiten standen die Männer, die Theke war die vierte Seite. Außerdem blockierten zwei große Gäste den Eingang.

»Was ist jetzt, Käpt'n, na los, du Hurensohn!« knurrte Downey, der nicht einmal eine Armeslänge entfernt vor Nathaniel stand.

Nathaniel war immer noch unfähig, sich zu bewegen. Im nächsten Moment sprang Downey vorwärts, schlug zu und riß Nathaniel beängstigend mühelos vom Stuhl. Nathaniels Knie knickten ein, und er stolperte nach hinten. Der Schlag hatte ihn hart auf die Brust getroffen. Er hatte ihn nicht kommen sehen, spürte keinen Schmerz, nur eine plötzliche Schwäche in den Knien. Jemand packte ihn von hinten und verhinderte dadurch, daß er auf den Boden fiel. Eine Stimme brüllte ihm ins Ohr: »Kämpf, Junge, oder er schlägt dich nur aus Spaß zu Brei.« Man stieß ihn zurück in die Mitte des Kreises. Auf wackeligen Beinen wankte er über die Holzdielen. Downey duckte sich, die Fäuste kreisten vor der Brust; den Bowler hatte er abgenommen, die geröteten Augen standen eng beieinander. Nathaniel nahm die Hände hoch; er nahm nichts außer der feindseligen Gestalt wahr, die da vor ihm stand, und ihn überkam die eigenartig lähmende Erkenntnis, daß er sich nicht in einem Kampf befand, sondern in einer tödlichen Schlacht. Am liebsten hätte er sich übergeben.

Mit pumpenden Fäusten griff Downey an, und im Bruchteil einer Sekunde übernahm der geschulte Boxer in Nathaniel das Kommando. Mit Sidesteps wich er den meisten der auf ihn einprasselnden Schläge aus. Ein Schlag streifte seine Schläfe zwar nur, doch hart genug, daß er glaubte, in seinem Schädel würde irgend etwas dumpf explodieren. Er schüttelte den Kopf, begegnete dem nächsten Angriff wieder mit Sidesteps und wurde diesmal nicht getroffen. Die Wucht der Vorwärtsbewegung ließ Downey in die Menge stolpern. Die betrunkenen und halbbetrunkenen Männer johlten, fluchten und trieben die Kämpfenden brüllend an. Die meisten feuerten Downey an, aber manche auch Nathaniel.

Downey wirbelte wild herum, kam wieder auf ihn zu und holte mit der Rechten zu einem Schwinger aus, den

Nathaniel mit der Linken parierte, um mit einer eigenen Rechten zu kontern. Sie krachte auf Downeys Ohr. Er hatte seinen ersten Schlag angesetzt und gleich getroffen! Befreit von den Fesseln der Angst, bewegte sich sein Körper jetzt flüssig und schnell, ja sogar elegant. Mit einem Mal wurden seine Gedanken außergewöhnlich klar. Er konnte sogar taktisch denken. Sein Gegenüber hatte die Figur eines Kleiderschranks und war weitaus stärker als Nathaniel. Wenn es nötig war, selbst Prügel einzustecken, damit Downey seine eigenen Dinger anbringen konnte, schien diesem das nichts auszumachen. Aber er war auch betrunken, hatte Nachteile in der Reichweite und verfügte nicht über die Geschicklichkeit, nicht über das echte Können. Wenn der größere Nathaniel ihn sich mit seinen längeren Armen vom Leib halten konnte, dann konnte er ihn auch umhauen. *Ich kann ihn umhauen.* Die Worte gruben sich ihm ins Hirn. Als Downey wieder angriff, tauchte Nathaniel nach links ab, antwortete mit zwei geraden Jabs und stoppte die Attacke. Zwei weitere Jabs: der erste daneben, der zweite ließ Blut aus Downeys Nase spritzen. Beim Anblick des Blutes verspürte Nathaniel eine viehische Freude, ein Gefühl, das er noch nie zuvor gespürt hatte, eines, das er nie in sich vermutet hätte. Er machte einen Schritt nach vorn und landete einen kurzen rechten Chop auf die Stirn des Mannes, wobei ihm selbst ein stechender Schmerz durch den ganzen Arm schoß. Der Schlag riß Downey, als hinge er an einer Schnur, aus der geduckten Haltung senkrecht in die Höhe. Nathaniel setzte mit einem leichten Jab nach, worauf Downeys Hände zum Schutz des Gesichts nach oben schnellten und den Körper entblößten. Nathaniel erkannte die offene Flanke, nahm, wie er es von seinem Trainer gelernt hatte, die linke Schulter herunter und plazierte einen Haken auf die Rippen. Der kleinere

Mann zuckte zusammen, ließ die Deckung fallen, und Nathaniel knallte ihm einen weiteren Haken auf die Schläfe. Ein heißer, elektrischer Schlag zuckte ihm durch die Knöchel. Er ignorierte den Schmerz, beobachtete, wie Downey mit der Seite gegen die Theke stolperte, vergaß alle Boxkunst, ließ seinen Killerinstinkt von der Kette und ging auf den Mann los. Mit rotierenden Armen deckte er ihn aus allen Richtungen mit Schlägen ein. Nur zwei fanden ihr Ziel, aber die reichten aus. Downey sackte über der Theke zusammen, die ihn noch kurz auf den Beinen hielt, bevor er vollends zu Boden stürzte. Auf allen vieren stützte er sich ab, schüttelte den Kopf, spuckte Blut und kotzte sich das Bier aus dem Bauch. Nathaniel machte einen Schritt zurück, behielt aber die Hände oben; die gestauchten Knöchel pochten heftig. »Hast du jetzt genug?« wollte er sagen, seine Lunge jedoch brannte, als hätte er stundenlang gekämpft, obwohl die Prügelei nicht einmal eine reguläre Runde gedauert haben konnte. Einer der Zuschauer schrie: »Mann, das Bürschchen hat ja echt was drauf!« Ein anderer brüllte: »Los, Junge, mach ihn richtig fertig!«

»Der ist fertig«, sagte Nathaniel keuchend.

Doch Downey war noch nicht fertig. Er rappelte sich auf, stürzte nach vorn und rammte Nathaniel den Kopf erst in den Bauch und dann unters Kinn. In Nathaniels Kopf drehte sich alles, und er schmeckte Blut. Er wurde von einem eisenharten Klammergriff gepackt und zu Boden gerissen. Downey nahm ihn in den Schwitzkasten und preßte ihm die Kehle zu. Alles, was Nathaniel sah, war das verschwollene, wutverzerrte Gesicht des anderen, die Decke aus Blechplatten, elektrische Lampen und aufwirbelnder Rauch. Wie eine Stahlrute preßte ihm der Unterarm die Luftröhre ab. Nathaniel würgte, wurde schlaffer und kämpfte gegen die drohende Ohnmacht an. Dann bekam er wieder Luft. Auf dem Gesicht über ihm breiteten sich wie die Sprünge in einer Fensterscheibe Rinnsale von Blut aus, und bevor er sich auf die Seite rollte, um dann reglos liegenzubleiben, sah er gerade noch, wie sich Downeys Augäpfel nach hinten drehten und im Kopf verschwanden. Über ihm stand mit schaurigkaltem Gesichtsausdruck Drew, der kleine Drew. Die gezähmte Wildheit seiner Züge erinnerte Nathaniel an ihre Mutter, an den Tag, als sie Lockwood mit dem Sonnenschirm geschlagen hatte. Drew hatte eine tödlichere Waffe gewählt – den Knüppel des Barkeepers.

»Alles in Ordnung, Nat?« fragte er. Seine Stimme war so bar jeder Gefühlsregung, als wäre Nathaniel nur ausgerutscht und hingefallen.

Er kam wieder zu Atem und stand auf. Blutspukkend – bei dem Kopfstoß hatte er sich in die Zunge gebissen – starrte er erst den regungslos daliegenden Mike Downey und dann Drew an. Er war sprachlos, genauso wie die Menge, deren verblüfftes Schweigen schließlich von einer schreienden Stimme gebrochen wurde. »Habt ihr das gesehen? Der kleine Scheißer hat Mike den Schädel eingeschlagen. Ihr habt's alle gesehen!« Der Mann, den Nathaniel als Downeys Trinkkumpanen erkannte, kniete sich hin, drehte seinen bewußtlosen Freund auf den Rücken und legte ihm das Ohr auf die Brust. Als stünde er vor einem großen Rätsel, schaute er verblüfft auf und sah Drew scharf an.

»Er lebt noch«, flüsterte er. »Du bist mir vielleicht einer. Du hättest ihn umbringen können. Weißt du das?«

»Genau das hatte ich vor«, sagte Drew.

»Kenn keinen, der es mehr verdient hätte.« Der Einwurf kam vom Barkeeper, der sich den Bauch rieb. »Gib mir den Prügel, Junge.« Er streckte die Hand aus, und Drew gab ihm den Knüppel. »Ist wohl das beste, wenn ihr abhaut. Bevor einer von Mikes Kumpeln auf die Idee kommt, die Sache wieder grade zu biegen. Das Essen geht aufs Haus.«

»Ist mehr recht als billig, Mister«, sagte Drew. »Sind ja kaum dazu gekommen, das Zeug zu probieren.«

12

Durch dunkle Schluchten, die von kleinen Inseln elektrischen Laternenlichts unterbrochen wurden, gingen sie zurück zum Boot. Will preßte sich eine Serviette gegen den Mund – die anderweitigen Vergnügungen des Abends konnte er vergessen –, Nathaniel spuckte blaßroten Schleim, und keiner sprach ein Wort. Das Grollen der großen Stadt drang nur noch gedämpft an ihr Ohr, war aber nicht völlig verstummt. Droschken klapperten über Ziegelpflaster, in der Ferne rumpelte eine Hochbahn. Wie eine erschöpfte Patrouille in Feindesland hasteten die vier Jungen stumm durch die Straßen. Sie erreichten den Kai und schließlich die *Double Eagle*. Wie sehr hatten sie sie vermißt.

Unter Deck zündete Eliot die Lampe an. Er kramte den Arzneikasten mit den Wattebäuschen, den Mullbinden und der Jodtinktur heraus und betupfte Wills geschwollene Lippen. Dann schöpfte er aus dem Wassertank Wasser in eine Pfanne und hackte etwas Eis von dem Block im Eiskasten hinein, so daß Nathaniel seine gestauchten Knöchel eintauchen konnte. Noch immer sagte keiner ein Wort. Sie hatten keinerlei Grund, ihren Triumph zu bejubeln; die Sache war zu knapp ausgegangen, der Preis war zu hoch gewesen. In Nathaniels Vorstellung schien die Episode nicht ihm selbst widerfahren zu sein, sondern einer Figur aus irgendeinem schrecklichen Märchen. Mit der Absicht, zu Abend zu essen, in ein Lokal zu marschieren und Minuten später mit einem Fremden, der ihn ohne Grund haßte, in einen

Kampf um sein Leben verwickelt zu werden, war jenseits der Vorstellung, die er vom Lauf der Welt hatte. Zudem konnte er immer noch nicht ganz fassen, was Drew da getan hatte. Sein kleiner Bruder verfügte doch tatsächlich über die Fähigkeit, blitzschnell und rücksichtslos zu handeln – noch etwas, das er sich nie hatte vorstellen können. Jetzt brach er das Schweigen und bedankte sich bei ihm.

Drew, der zusammengesunken auf der Sitzbank hinter dem Kombüsentisch saß, zuckte schüchtern mit den Achseln und sagte: »Du bist mein Bruder.«

»Hattest du denn keine Angst?«

»Nein.« Drew schien unschlüssig, als müßte er es ihnen genauer erklären, um nicht als Großmaul dazustehen. »Ich hab überhaupt nichts gefühlt. Der Knüppel lag gleich vor meinen Füßen, ich hab ihn nur aufgehoben, zugeschlagen und überhaupt nicht drüber nachgedacht. Wenn ich nur eine Sekunde drüber nachgedacht hätte, hätte ich's nicht getan. Es war, wie wenn einer mit dem Finger dein Auge berührt. Dann blinzelt man halt einfach.«

»War das ernst gemeint, was du da gesagt hast? Daß du ihn umbringen wolltest?«

»Er wollte dich umbringen.«

»Kann sein.«

»Das war sicher.« Nachdenklich schaute er durch die Oberluke. Sie umrahmte ein Sternenbild, das wie die Kassiopeia aussah. Er war sich aber nicht sicher, da die Sterne im Licht und Dunst der Stadt verschwammen. »Du hättest machen sollen, was der eine Kerl gesagt hat.«

»Welcher Kerl?«

»Der hinter mir. Der, der gesagt hat, du sollst ihn endgültig fertigmachen.«

»Ich hab gedacht, der wär fertig. Ich hatte ihm die Nase eingeschlagen ...«

»Du hättest ihm ins Gesicht treten sollen. So fest du konntest. Dann wäre er fertig gewesen.«

»Jetzt komm, Kleiner. Man hat uns nicht beigebracht, jemanden zu treten, wenn er schon am Boden liegt. Dir auch nicht.«

Draußen auf dem Fluß ertönte eine Schiffssirene. Ankertrossen knarzten, und die *Double Eagle* wogte sanft auf dem ans Ufer rollende Kielwasser.

»Dein Problem ist, Nat, daß du glaubst, alles ist Wettkampf und jeder ein fairer Kämpfer.«

Nathaniel ärgerte sich ein bißchen. Drew hatte seine Sache zwar gut gemacht, aber das berechtigte ihn noch lange nicht dazu, solche Urteile abzugeben.

»Ich hab nicht gedacht, daß das ein Scheißwettkampf ist. Ich hab gewußt, daß es der Kerl bitterernst meint. Trotzdem, man hat mir beigebracht, fair zu kämpfen. Weißt du, was mir wirklich zu schaffen macht, mehr als alles andere? Ich kann mir einfach nicht erklären, warum er so sauer auf mich war, daß er mir den Schädel einschlagen wollte.«

Drew senkte den Blick. Nat kapiert's nicht, dachte er. Nat würde es nie kapieren. Nat, der Sportsmann, der faire Kämpfer. Weil Drew kleiner war als die anderen, war er so oft schikaniert und bedroht worden, war Zielscheibe des Spotts von Klassenkameraden gewesen, daß er die Moral der Geschichte besser verstand als seine Brüder.

»Manche Menschen sind einfach bösartig, richtig gemein und bösartig. Einfach so«, sagte er. »Die brauchen keinen Grund.«

Das Licht schimmerte grau, und Wolkenflotten rasten über die Stadt, während die Ebbe sie flußabwärts trug. Sie erwischten einen Südwestwind, der in die Bucht von New York hineinblies und ihnen volle Segel bescherte. Sie passierten Ellis Island und die Freiheitsstatue, deren steinerne Fackel in einen von Rauchschwaden verdunkelten Himmel ragte. Die Blitze aus den lodernden Hochofenschornsteinen am sumpfigen Ufer von Jersey kamen so unerwartet und unregelmäßig, daß es aussah, als fingen Luftfetzen urplötzlich Feuer.

Sie segelten durch die Narrows in die Lower Bay, wo der Wind aus Westen blies, so daß sie aufs offene Meer zuhalten konnten. Wie ein Wesen, das weder in der Luft noch im Wasser, sondern wie Sturmschwalben oder fliegende Fische in beiden Elementen heimisch war, setzte die *Double Eagle* über die Wellen hinweg, anstatt sie zu durchschneiden. Achtern sahen sie die Stadt nach hinten wegkippen, bis nichts mehr zu sehen war außer den über ihr schwebenden Riffen aus Rauch, die der Sonnenaufgang in blutrote Farbe tauchte und die dann ebenfalls hinter dem Horizont versanken. Eliot ging unter Deck, um das Frühstück zu machen, und stimmte das Lied an, das die Empfindungen der ganzen Mannschaft zum Ausdruck brachte.

> *This New York Town ain't no town for me,*
> *Away Rio!*
> *I'm packin' my bags and goin' to sea,*
> *For we're bound to the Rio Grande.*

Sie aßen an Deck. Aus dem Kombüsenschornstein sprühten Funken, die leewärts flogen. Da er das Besteck nicht halten konnte, aß Nathaniel sein Corned Beef mit den Fingern. Will löste sein Problem, indem er die Gabel zwischen den geschwollenen Lippen in den Mund schob und alles auf einmal hinunterschluckte. Da er hinterher nicht rauchen konnte, wurde er übellaunig, und seine Sprechversuche hörten sich an, als hätte man ihm ein Stück von der Zunge abgeschnitten. Da ihn die Beschneidung seiner Konversationsfähigkeit ärgerte, ging er nach unten, um ein Buch zu lesen. Drew folgte ihm, er hatte vor, die Geheimnisse des *Nautischen Jahrbuchs* und der Tabellensammlung zu enträtseln.

Nathaniel und Eliot blieben an Deck und beobachteten die langen, weißen Strände, die steuerbords an ihnen vorbeizogen. Durch ihre Ferngläser sahen sie, daß es am Ufer von Badegästen und Sonnenschirmen nur so wimmelte – der Sommer war fast so heiß wie der im letzten Jahr, und der war der heißeste seit Menschengedenken gewesen. Als sie an Sandy Hook vorbeikamen, klebten ihre Blicke an einem Vollschiff, das gerade dabei war, die Schleppleine loszuwerfen. Den schwarzen Rumpf schmückten weiße Verzierungen, und auf dem Heck prangten Elfenbeinornamente, unter denen der Name und der Heimathafen stand: SLEIBRECHT – BREMEN. Offiziere brüllten mit kehligen Stimmen Kommandos, Verszeilen irgendeines teutonischen Seemannsliedes wehten über das Wasser, und die Morgensonne verlieh den Segeln – Kaskaden flikkenbesetzten, von den Rahen stürzenden Flachses – die Farbe geschmolzener Butter. Als die Schleppleine fiel, salutierte der Schlepper mit einem Pfiff der Sirene, das Schiff nahm Fahrt auf, löste sich in Richtung Osten und ritzte sein silbernes Kielwasser in die Schiefertafel des Ozeans.

»Ist das nicht der grandioseste Anblick, den es gibt?« sagte Nathaniel. Ein wenig Trauer lag in seiner Stimme, da dieser Anblick irgendwann im Laufe des vor ihnen liegenden neuen Jahrhunderts nur noch in den Erinnerungen alternder Seeleute einen Platz haben würde.

Sie stürmten weiter in Richtung Süd zu Ost und hofften, vor der Delawarebucht auf die Route ihres ursprünglichen Kurses einzuschwenken. Da Nathaniel die Finger nicht um das Steuerrad legen konnte, stand Eliot während der ganzen Wache am Ruder. Er redete von der

Schlägerei und wie verblüfft er gewesen sei, als Drew den Schlagstock genommen und damit den Schädel des Raufbolds geknackt habe. Das sei der Beweis, sagte er, daß einer der Lieblingssprüche ihres Vaters wahr sei: Die Not gebiert keinen Charakter, sie läßt ihn zutage treten. Allmählich gingen Nathaniel diese Lobpreisungen auf die Nerven; er war sich nicht völlig sicher, ob Drew damit Mut bewiesen hatte, ein Zweifel, den er jetzt laut aussprach.

»Ich glaub einfach nicht, daß du so was sagen kannst«, sagte Eliot und runzelte die Stirn.

»Ich sag ja nicht, daß ...«, fing Nathaniel an und begann dann noch mal von vorn. »Also, um Mut zu beweisen, muß man vorher erst mal Angst haben. Darum geht es bei Mut. Die Angst überwinden. Aber Drew hat es wirklich so gemeint, als er gesagt hat, daß er keine Angst gehabt hat, daß es wie ein Reflex war. Findest du es nicht ein bißchen komisch, daß ein dreizehnjähriger Junge in so einer Situation keine Angst hat?«

»Du willst ihm nur die Anerkennung verweigern. Und zwar, weil du nicht zugeben willst, daß er zehnmal, Scheiße, hundertmal so viel für dich getan hat, wie du jemals für ihn getan hast. Du weißt ganz genau, was ich meine.«

Er meinte jenen Nachmittag im Speisesaal der Boston Latin. Drew war in der fünften Klasse, Nathaniel in der achten. Drew saß wie gewöhnlich für sich allein und war in ein Buch vertieft. Schon damals lastete auf ihm der Ruf des Intelligenzlers und Lieblings aller Lehrer. Einer von Nathaniels Klassenkameraden schaute ihn dreckig grinsend an. »Das ist der Speisesaal, nicht die Bibliothek. Du sollst hier essen, nicht lesen.« Drew sagte kein Wort oder hob auch nur die Augen von seinem Buch. Der Junge warf ein Stück Orangenschale nach ihm. »Los, friß!« Drew las weiter. Ein anderer Junge warf eine Orangenschale, und ein dritter sagte: »Oho. Er mag keine Orangenschalen, er mag wohl lieber Äpfel. Er ist nämlich ein Bücherwurm, und Würmer kriechen gern in Äpfel. Und außerdem ist er auch noch ein Arschkriecher.« Dann holte er aus und schleuderte einen Apfelbutzen wie einen Baseball knapp an Drews Kopf vorbei. Drew hob die Hände an den Kopf, tat aber sonst nichts, um sich zu schützen. Wie der sich duckende ewige Verlierer die Wut des Packs erst recht zum Angriff reizt, so heizte Drews Passivität die Grausamkeit der älteren Jungen nur noch mehr an. In einem Trommelfeuer aus Schalen, Butzen und gehässigem Gelächter rannte Drew schließlich weinend aus dem Saal. Nathaniel hatte sich zwar an der Quälerei nicht beteiligt, endete aber trotzdem mit seinen drei Klassenkameraden und entblößtem Hinterteil im Büro des Rektors, um sich seine Hiebe abzuholen. Seine Freunde bekamen drei Schläge. Er bekam einen zusätzlich, weil er es versäumt hatte, sich so vor seinen Bruder zu stellen, wie man das von einem älteren Bruder erwarten durfte. »Was bist du doch bloß für ein Feigling!« sagte der Rektor. »Daß du bei so was zuschauen kannst, ohne auch nur den Versuch zu unternehmen, dem ein Ende zu setzen!« Es war keine Feigheit – Nathaniel war größer und kräftiger als alle anderen Jungen, und ein besserer Kämpfer war er obendrein. Wenn es sein mußte, konnte er es mit allen auf einmal aufnehmen. Nein, es war keine Feigheit, sondern etwas, wofür er keinen Namen hatte, etwas Dunkleres und Abscheulicheres.

»Drew hat Mumm. Mehr Mumm, als du oder der alte Herr ihm je zugestehen würdet. Und jetzt verweigerst du ihm auch noch die Anerkennung dafür«, sagte Eliot.

»Ich will ihm überhaupt nichts verweigern.«

»Natürlich willst du das. Und zwar, weil du ihn dann nicht mehr schikanieren könntest, wenn er seekrank wird oder ein Segel nicht genau so aufzieht, wie du das gern hättest.«

Nathaniel bereute, daß er das Thema angesprochen hatte, und sagte nichts mehr. Obwohl er genau wußte, daß Eliot in einem Punkt recht hatte: Das Verhältnis zu seinem jüngsten Bruder war jetzt ein völlig anderes. Er mußte Drew jetzt als ebenbürtig behandeln, und das kam ihm unnatürlich vor. Aber trotzdem: Was er gesehen hatte, hatte er gesehen, was er gehört hatte, hatte er gehört. Diesen völlig leeren Blick in Drews Augen, die tonlose Stimme, als er zu Mike Downeys Kumpan »Genau das hatte ich vor« sagte. Da war etwas gewesen, das war so ... Er suchte nach dem Wort und fand *rational*. So rational an Drew. Ein Rationalismus, in dem eine Spur Kaltblütigkeit lag.

Mit einer alten, zusammengefalteten Ausgabe von *Tip Top Weekly* in der Gesäßtasche ging er nach vorn, setzte sich am Fockmast auf den Boden und fing an zu lesen.

> ... *Die Vorbereitungen für das Meilenrennen waren in vollem Gange ... Dann, kurz bevor die Läufer zur Startmarke gerufen wurden, erhob sich auf den Rängen mit den Yale-Studenten ein wildes Gebrülle. »Merriwell! Merriwell! Merriwell!« Man sah, wie Frank Merriwell quer über den Sportplatz gelaufen kam ...*

Sein Blick wanderte über die Seite, blieb mal an dem einen Satz hängen ... *Schulter an Schulter mit Dalton von der Columbia schoß er vom Start* ... mal an dem anderen ... *Jeder Muskel, jede Faser seines makellosen Körpers war gespannt* ... bis er die Augen schließlich ganz abwandte. Es war einer dieser seltenen Nachmittage, die das Herz jeden Seemannes höher schlagen lassen: Wolken wie gemalt, leicht rollender Seegang bei leichter Brise, Sturmtaucher, die über wie aus Stein gemeißelte Wellenkämme hinwegstrichen. Eine Herde Delphine tauchte auf und vergnügte sich eine Viertelstunde mit dem Schoner. Sie tauchten und flitzten wie grüne Torpedos unter dem Bug hindurch, schossen aus dem Wasser und vollführten akrobatische Sprünge, bei denen die glatten, gewölbten Rücken in der Sonne funkelten. Als sie davonschwammen, wandte sich Nathaniel wieder der künstlichen Zerstreuung seiner Zeitschrift zu ...

... mit dem letzten Schritt hatte Merriwell den Sieg errungen und Yale die Führung beschert ... Männer lagen sich in den Armen, klopften sich auf die Schultern, tanzten und kreischten und waren fast ohnmächtig vor Freude ... »Merriwell!« brüllte die Menge ...

Ach, Quatsch. Die Masse war ganz sicher nicht ohnmächtig vor Freude, dachte er, und warf die zerlesene Zeitschrift über Bord. Für den Augenblick hatte er die Nase voll von Merriwell! Merriwell!, der mit seinem makellosen Körper und seiner unbefleckten Tugendhaftigkeit immer mit dem letzten Schritt gewann, immer die chinesischen Banditen austrickste und immer schneller zog als die texanischen Viehdiebe. Dieser Merriwell! Merriwell!, der hatte es aber auch noch nie mit einem brutalen Schläger wie Mike Downey zu tun gehabt.

Er schaute wieder hinaus, vorbei an dem sanften Auf und Ab des Fockbaums, projizierte auf den realen Ozean den auf den Karten eingezeichneten und kam zu dem Schluß: Mike Downey wollte ihn zusammenschlagen, weil er ihm nicht geglaubt hatte, daß er ein richtiger Kapitän war, und er hat es mir deshalb nicht geglaubt, dachte Nathaniel, weil ich nicht wirklich das

Kommando übernommen habe. Ich benehme mich nicht wie ein Skipper, und ich höre mich nicht an wie ein Skipper. Als also Will und Drew an Deck stolperten, um ihre Wache zu übernehmen, verkündete er der Mannschaft in einem Ton, der keinen Widerspruch duldete: »Ab jetzt gibt's keine Umwege mehr. Verstanden? Wir segeln auf direktem Weg nach Key West mit allem, was das Boot hergibt.«

Und dann konnte man das altehrwürdige Ritual der Wachablösung beobachten. Eliot behielt die Hände am Steuerrad, während er einen Schritt zur Seite trat und erleichtert das Kommando übergab.

»Süd ein Viertelstrich Ost«, sagte er.

»Süd ein Viertelstrich Ost. Aye, aye«, erwiderte Will und übernahm das Ruder.

Wache folgte auf Wache. Die Tage waren nicht gegliedert in helle und dunkle Zeitspannen, sondern schritten in Abschnitten von je vier Stunden voran. Sie waren wieder Seeleute, im Einklang mit dem Lauf des auf- und untergehenden Mondes wie der auf- und untergehenden Sonne, daran gewöhnt, mittags tief zu schlafen und hellwach zu sein, wenn der Nachthimmel über sie hinwegzog. Der Wind drehte von Südwest nach Südost und wieder nach Südwest und zog sie fast den ganzen zweiten Tag, nachdem sie New York verlassen hatten, so nah an die Küste, daß rund um die Chesapeake Bay kurz das in bläulichen Dunst gehüllte Festland aufschien. Während des ganzen folgenden Tages blies kein Wind, und die *Double Eagle* dümpelte fast wie tot vor sich hin. Das von verirrten Lüftchen oder Unterwasserströmungen leicht gewellte Wasser glich einer großen blauen Bestie, deren Fell die ganze Welt umspannte. Auch in der Nacht trieb das Schiff reglos auf dem Wasser. Will und Drew lauschten dem Flattern der Segel und beobachteten Sternschnuppen. Um zehn Uhr sahen sie etwas Rotes am Horizont. Drew tippte auf das Seitenlicht an der Backbordseite eines Schiffes, änderte aber seine Meinung, als der Lichtschein größer wurde: Es sah aus, als brannte das ganze Schiff. Das Licht wurde größer und größer, ein lodernder Ballon, und Drew und Will erkannten schließlich, was es war: der Mond.

Am nächsten Morgen ließen sie das Beiboot zu Wasser und befestigten es mit der Schleppleine an einem Poller. Als stärkster der vier versuchte Nathaniel, den Schoner aus der Windstille zu pullen, aber die *Double Eagle* war zu schwer und die Hebelwirkung der zu kurzen Riemen des Beiboots zu gering. Die wunden Hände schmerzten, und Nathaniel brach den Versuch nach zwanzig Minuten und nicht mal hundert Metern wieder ab.

Sonnenuntergang. Im Süden türmten sich Haufenwolken, deren Spitzen sich amboßförmig ausbreiteten und an den Rändern golden glühten. In den Wolken zitterten Blitze, und der am Morgen noch herbeigesehnte Wind stürmte ihnen mit der Tücke eines sich erfüllenden Stoßgebets entgegen. Mit eingerolltem Großsegel und doppelt gerefftem Vorsegel segelten sie ins Auge des Gewitters. Als sie wieder hinaussegelten, kam es ihnen so vor, als träten sie durch eine Tür von einem lärmerfüllten in ein friedliches Zimmer. Die Wellen glätteten sich, die Sterne glitzerten wie kristallklare Himmelsnieten, und weit hinter dem Kielwasser wichen die Armeen flackernder Wolken immer weiter zurück, bis ihr Grollen in einem schwachen Trommelwirbel verendete.

Drew übte so lange mit dem Sextanten, bis er die Messungen fast ebenso schnell und die Berechnungen schließlich sogar schneller als Will durchführen konnte. Er studierte die Stellung der Planeten und beobachtete, wie sich mit fallender geographischer Breite ihre Position veränderte. Als zuverlässige Landmarke beziehungsweise Himmelsmarke diente ihm das Sommerdreieck – die Wega im Sternbild der Leier, der Deneb im Schwan und der Altair im Adler. In klaren Nächten nahm sein Schrecken vor dem offenen Meer ab, er fühlte sich eins mit den altehrwürdigen Fahrensleuten, die ohne Kompaß, Sextanten oder gar Astrolabium nur mit der Kenntnis des Himmels ihren Weg gefunden hatten.

Der im Kielwasser schwimmende Propeller des Patentlogs maß Geschwindigkeit und Entfernung derart akkurat, daß sie eine gewisse Zuneigung zu dem pfeilförmigen Metallzylinder faßten. Er wurde zu einer Art Maskottchen und erhielt für die Messung der zurückgelegten Meilen ihres Exodus den Ehrennamen »Little Israel«. Wenn das Log durch Seetang verschmutzt war, holten sie es ein, säuberten es und warfen es mit liebevollen Klapsen und der Anweisung, nun schön wieder an die Arbeit zu gehen, zurück ins Wasser. Einmal, als Nathaniel und Eilot Wache hatten, hielt ein riesiger Schwertfisch das Log fälschlicherweise für ein genehmes Stück Beute und versuchte, ihm mit einem Schwerthieb den Garaus zu machen; als es weiterschwamm, ging der Schwertfisch, dessen ganzer Körper eine schillernd blaue Farbe annahm, zum Angriff über. Für einen Augenblick schien Little Israels Schicksal besiegelt zu sein, doch dann riß die mit sechs Knoten dahinjagende *Double Eagle* dem Fisch die Beute aus dem Maul. Im nächsten Augenblick schoß er wie eine Rakete senkrecht aus dem Wasser. Die blauen, violettgestreiften Flanken bebten in einer Wolke aus Gischt. Am Scheitelpunkt angekommen, bog er den Körper durch und stieß kopfüber wieder ins Wasser. Die beiden Brüder schauten sich an, als wären sie Zeugen einer Halluzination geworden. Das Tier hatte nicht ausgesehen wie ein

Schwertfisch in Neuengland, denn das Schwert war kürzer, die Farben waren schillernder gewesen. Sie schauten in einem Bildband über Salzwasserfische nach, den Drew mit auf die Reise genommen hatte, und bestimmten den Fisch als *makaira nigricans*, auch Blauer Marlin. In dem Buch stand, daß Blaue Marlins eigentlich in subtropischen Gewässern beheimatet seien, weshalb Will vermutete, daß der, den Nathaniel und Eliot gesehen hatten, einem Nebenstrom des Golfstroms gefolgt sein müsse. Gestützt wurde die Theorie von der eher tiefkönigsblauen denn grünen Färbung des Meeres und den fliegenden Fischen, die wie silberne Steine über die Wasseroberfläche hüpften.

Der Golfstrom! Der mächtige Fluß im Ozean. Anhand der täglich im Logbuch verzeichneten Positionen wußte Nathaniel, daß die *Double Eagle* sich dem 35. Breitengrad und den Hatteras Banks näherte; doch mehr als es jede Ziffer in einem Logbuch vermocht hätte, begeisterte ihn die Färbung des Ozeans und die anhaltend warme Luft, die ihm bewiesen, daß sie auf südlichem Kurs waren.

In den letzten beiden Junitagen wehte nur leichter Wind, und die Diamond Shoals lagen glatt und friedlich da. Lediglich die Masten und Schornsteine gestrandeter Schiffe zeugten davon, daß sie sich in den gefährlichsten Gewässern der Ostküste bewegten.

Am 1. Juli kam Ostwind auf, der ihre Segel voll aufblähte. Nathaniel hielt sich wie die meisten Heranwachsenden für den Mittelpunkt der Welt und glaubte an einen Gott, der ein persönliches Interesse an ihm hatte, sei es nun, um ihm zur Hilfe zu eilen oder Einhalt zu gebieten. Er war überzeugt davon, daß der günstige Wind eine Belohnung war für seine Standhaftigkeit gegenüber zahllosen Sturmfronten und Totenflauten. Ohne daß sich auch nur ein Fältchen auf den Segeln zeigte, legte die *Double Eagle* von Mitternacht des 1. Juli bis Mitternacht des 2. Juli auf raumem Kurs einhundertzweiundachtzig Meilen zurück, soviel wie sie noch nie an einem Tag gesegelt war. In den nächsten vierundzwanzig Stunden verbesserte sie diese Marke sogar noch um vier Meilen, und die Mannschaft feierte den Rekord und den Anbruch des Unabhängigkeitstages mit vier Schüssen aus der L.C. Smith Kaliber zwölf. Eliot marschierte rund ums Schiff, wobei er durch eine zusammengerollte Zeitschrift »Stars and Stripes Forever« trötete. Ein Vergleich der Koppelrechnung mit Wills Bestimmung der Himmelskörper ergab Breiten- und Längengrade, die eine Position von etwa einhundertzwanzig Meilen östlich von Savannah, Georgia, ergab. Bei anhaltendem Wind wären sie etwa mittags auf der Höhe von Jacksonville; bei weiter anhaltendem Wind kämen sie um die folgende Mitternacht in Sichtweite der Küste von Florida. Keiner wagte das auszusprechen, aber alle dachten daran, und das genügte den Göttern des Meeres, um sie zu bestrafen. Binnen einer Stunde verringerte sich die Windstärke auf fünf Knoten; als es dämmerte, drehte der Wind auf Süd, fiel unter fünf, und die *Double Eagle* trödelte unter Toppsegeln und Stagsegel nur noch mit zwei Knoten dahin.

Nathaniel döste gerade auf dem Kajütdach, als ihn Wills Schrei unter Deck aufschreckte. »Ruder nach backbord!« Mit zwei Sätzen stürzte Nathaniel den Niedergang hinunter und sah Will, der schreiend versuchte, den Kopf durch ein Bullauge zu pressen. »Brecher recht voraus! Ruder nach backbord!« Von oben brüllte Eliot: »Wovon zum Teufel redet der? Da sind auf hundert Meilen keine Brecher!«

»Er schlafwandelt wieder mal«, rief Nathaniel nach oben und schüttelte Will, bis dieser wieder zu sich kam.

»Hab schlecht geträumt, Natters, tut mir leid für den

falschen Alarm«, sagte er, als er langsam im Kopf klarer wurde.

»Was sollen wir bloß mit dir anstellen? In der Koje festbinden, wenn du keine Wache hast?«

Nathaniel fühlte sich seltsam überspannt und gereizt, was er irgendwie der ungewohnten Hitze zuschrieb. Die Luft war so dick, als würde sie sich jeden Moment von Gas in Gelatine verwandeln. Trajan, der die meiste Zeit der Reise vor sich hin gedöst hatte, trippelte nervös herum.

»Das ist eine Hitze wie im Höllenschlund«, sagte Nathaniel und zupfte an seinem schweißfleckigen Baumwollhemd.

Will wischte sich die Schweißperlen von der Oberlippe und zündete sich eine Zigarette an. Dann machte das Boot eine langsame, schwerfällige Schaukelbewegung; Wills Körper spannte sich, und er neigte den Kopf zur Seite, als würde er einem schwachen Geräusch lauschen. Er ging zum Bullauge und sagte: »Diese verdammt hohe Dünung, wie lange haben wir die schon?«

»Eine halbe Stunde vielleicht. Warum?«

Will sagte nichts, schaute auf das Barometer und kontrollierte dann die letzte Eintragung im Logbuch. »Um ein Zehntel gefallen, seit Drew und ich Wache hatten«, sagte er und eilte an Deck.

Wie die Brustkörper von schlafenden Riesen hoben und senkten sich mit schwerfälligen Bewegungen überall hohe, breite Wellenkämme. Die langen Wellen rollten von Süden heran, wo knapp über dem Horizont ein unheimlicher, milchigweißer Dunstschleier hing; der Himmel unmittelbar über ihnen war bis auf ein, zwei schmächtige Federwolken klar. Über dem Bug kreiste elegant ein einzelner Sturmtaucher, der ihnen abwechselnd mal die weiße, mal die braune Seite seines Gefieders zuwandte; ansonsten war weder ein anderes Lebewesen noch ein Schornstein oder Segel zu sehen. Fast täglich hatten sie Schiffe zu Gesicht bekommen, doch jetzt schien der Schoner wie von allem Leben abgeschnitten allein auf dem unendlichen Meer zu treiben.

Nachdem er sorgfältig das Meer abgesucht hatte, stieg Will den Niedergang hinunter, um zehn Minuten später mit einem Zettel voller Berechnungen wieder zurückzukommen.

»Bring sie auf Kurs West ein Viertelstrich Nord«, sagte er mit ruhiger, aber eindringlicher Stimme zu Eliot. »Nat, du und Drew, ihr haltet die Leinen klar, damit wir zur Not die Segel schnell reffen oder bergen können. Haltet auch das Sturmöl bereit. Und dann kümmern wir uns um alles, was wir anlaschen und verschalken müssen. Lukendeckel auf die Oberlichter.«

Mit den Worten »Kurs West ein Viertelstrich Nord, aye, aye« begann Eliot abzudrehen. Nathaniel faßte ins Steuerrad und hinderte ihn daran, den Kurs zu ändern.

»Was fällt dir eigentlich ein?« sagte er zu Will. »Hab ich etwa die feierliche Übergabe des Kommandos verpaßt?«

»Irgendwo südlich von hier braut sich ein Kaventsmann von Sturm zusammen. Mit ziemlicher Sicherheit ein Hurrikan, und mit ziemlicher Sicherheit kann der nur in zwei Richtungen blasen – nach Westen oder nach Norden. Bläst er nach Westen, gibt's wahrscheinlich keine Probleme, bläst er nach Norden, wär's besser, wir sitzen schön gemütlich in Savannah, wenn er zuschlägt.«

»Savannah? Hab ich nicht gesagt, daß es keine Umwege mehr gibt?«

»Das ist keine Vergnügungsfahrt mehr. Jetzt heißt's, einen sicheren Hafen anlaufen.«

»Woher willst du überhaupt wissen, daß es ein Hurrikan ist? Hat dir das ein kleines Vögelchen eingezwitschert?«

»Hat euch euer alter Herr, der Meister aller Salzgewässer, mal irgendwas über tropische Wirbelstürme erzählt? Nicht? Dann mach ich's.« Will deutete hinaus auf die Wellen. »Das da und das fallende Barometer sind meine kleinen Vögelchen. Kann ein Hurrikan sein, muß aber nicht. Aber ich will verdammt noch mal nicht hier draußen sein, um das rauszufinden. Könnte nicht schaden, wenn du mal genauer in den *Practical Navigator* reinschaust, Natters. Da steht, daß ein Hurrikan mit zehn bis zwanzig Knoten daherkommt, und die Wirbel, die von seinem Zentrum ausgehen, wehen mit fünfundzwanzig bis fünfunddreißig Knoten vor ihm her. Nach den Wellen hier zu urteilen, würde ich schätzen, daß das Lüftchen noch etwa dreihundert Meilen entfernt ist. Wenn es in unsere Richtung bläst, haben wir noch dreißig Stunden, um uns aus dem Staub zu machen. Und Savannah liegt am nächsten.«

Die Demonstration seemännischen Wissens brachte den gereizten Nathaniel in Rage: Sein Freund ließ ihn wie einen Idioten aussehen. Trotzdem war er unschlüssig.

»Bist du jetzt der Kapitän? Also gut, *Käpt'n* Terhune, wie weit ist es bis Jacksonville? Wenigstens liegt das im Süden und nicht im Westen.«

»Hab's nicht berechnet, aber ...«

»Dann also Jacksonville. Ich will auf jeden Fall nach Florida. Kurs Süd ein halb West, Eliot.«

Obwohl Eliot in diesem Fall eher Wills Meinung zuneigte, bestätigte er die zweite Kursänderung und steuerte nach backbord. Nathaniel glaubte, sein Kommando über das Schiff sei wiederhergestellt, und lief zur Nagelbank, um die Segel zu trimmen. Will nutzte seine kurze Abwesenheit, schob Eliot beiseite und bemächtigte sich des Steuerrads.

»Schrick die Schoten, Natters. Wir fallen hart steuerbord ab«, rief er und steuerte die *Double Eagle* wieder nach Westen.

»Ich verpaß dir noch eine zweite dicke Lippe!«

Nathaniel ließ die Schoten flattern und rannte mit Mordgelüsten nach achtern. Er packte Wills Hand und zerrte an dessen Fingern, um sie vom Steuerrad wegzubekommen. Als das mißlang, trat er einen halben Schritt zurück, um ihm einen Faustschlag zu versetzen. In dem Augenblick schlingerte das Boot so stark, daß er ihn verfehlte. Gleichzeitig prallte eine Welle ans Boot, was ihn zu Boden schleuderte. Im Fallen klammerte er sich an Wills Ärmel und riß Will mit, der daraufhin auf ihn fiel. Der Krawall hatte Drew aufgeweckt. Als er nun den Kopf durch die Luke der Hauptkajüte steckte, bot sich ihm ein seltsamer Anblick: Will und sein Bruder wälzten sich kämpfend an Deck, und niemand war am Ruder. Als ob sie von den Händen eines unsichtbaren Steuermanns dirigiert würde, blieb die *Double Eagle* aber auf Kurs. Er wußte, daß das nicht mehr lange so gehen würde, sprang daher an Deck, übernahm das Steuerrad und rief: »Welcher Kurs?« Von vorn antwortete Eliot, der dort gerade die losen Schoten belegte: »West ein Viertel Nord! Nach Savannah! Wir kriegen Sturm!«

Nathaniel hatte das mitbekommen. Seine ganze verdammte Mannschaft war also gegen ihn! Obwohl er Will am Boden festgenagelt hatte, spürte er, wie ihn Wut und Kampfeslust verließen: wie Wasser, das aus einem durchlöcherten Ballon schoß.

»Okay, du hast gewonnen«, sagte er, während er aufstand.

»Gewonnen? *Gewonnen?* Herrgott, Natters.«

»Hör endlich auf mit diesem gottverdammten Natters. Ich hasse das.«

»Aber ich hab dich doch schon immer Natters genannt.« Will schaute hinaus aufs Meer und dann wieder zu Nathaniel. »Nat, kapierst du denn nicht? Richtung Westen segeln wir raumen Kurs und sind schneller. Richtung Süden nach Jacksonville haben wir den Wind von vorn, und wenn der Sturm nach Norden bläst, segeln wir mitten rein.«

Natürlich kapierte er es. Jetzt. Er versank in Selbstmitleid. Er strengte sich doch so an! Er war es, der in seinen freien Stunden wachlag und durch das normale Knarren, Quietschen und Klopfen des Schiffes auf das nicht normale Knarren, Quietschen und Klopfen horchte. Er war es, der die Bilge kontrollierte, um sicherzugehen, daß die Nähte dichthielten, der die Leinen auf durchgescheuerte Stellen absuchte, der täglich die Eintragungen ins Logbuch machte. Er strengte sich so an, der Aufgabe gerecht zu werden, die ihm sein Vater – oder er sich selbst oder sie gemeinsam in einer Art Teilhaberschaft – auferlegt hatte. Und jetzt lauerte irgendwo da draußen ein Hurrikan, und er wußte nicht, was er tun sollte, weil er nicht wußte, was der Sturm im Sinn hatte. Über die unheilvollen Wellen starrte er nach Süden und spürte deutlich, daß der Sturm dort war. Er wurde ein lebendiges Wesen für ihn: ein unergründliches Wesen, das auf der Suche nach Beute die Ozeane durchstreifte.

13

Fast den ganzen Morgen kämpfte die *Double Eagle* gegen die unablässig wogenden Wellen an. Verklumpter Beerentang, der aus seinen Ursprungsgewässern in der Sargassosee nach Norden getrieben war, verschmutzte immer wieder das Log. Wenn es funktionierte, zeigte es eine Geschwindigkeit von drei Knoten an; nur mit äußerstem Glück würden sie es in dreißig oder weniger Stunden bis nach Savannah schaffen. Will wandte sich an Nathaniel und sagte, da Nathaniel der religiöseste von ihnen sei, sei es auch an ihm, für Westwind zu beten. Oder zumindest dafür, daß das Zentrum des Sturms hinaus aufs Meer treibe, wenn er denn nach Norden blase, denn dann würde es die *Double Eagle* im schlimmsten Fall nur mit den schwächeren Ausläufern am Rand zu tun bekommen.

Leichte, launische Winde aus allen Richtungen spielten mit dem Schiff. Als der trübe Nebel am südlichen Rand der Welt sich verdüsterte und immer höher stieg, nahm der Ausdruck »Dreckswetter« seine buchstäbliche Bedeutung an: als ob eine unsichtbare Hand eine verdreckte Wolldecke über den Himmel zog. Hohe, gesprenkelte Federwolken wanden sich aus der Wolkendecke spiralförmig in den Himmel und breiteten sich über ihnen aus. Die durch sie hindurchdringenden Sonnenstrahlen ließen das Schiff wie ein messingfarbenes Wrack erscheinen, und die sich auftürmenden Wellen nahmen eine bleierne Farbe an.

»»Makrelenhimmel, Wolken in Fetzen; Skipper ruft

aus: Kein Tuch mehr setzen!'« zitierte Will flüsternd eine Grundregel alter Seeleute. »Was denkst du, Natters?«

Er dachte nur an den Rat, den Cudlip ihnen gegeben hatte: *Jeder Idiot kann es volle Pulle krachen lassen, aber nur der Weise weiß, wann er die Segel reffen muß.* Aber was bedeutete in ihrem Fall »wann«? Wenn sie die Segel jetzt refften, kämen sie nur noch im Schneckentempo voran; wenn sie sie nicht refften und der erste Windstoß erwischte sie mit zu großer Wucht, könnten sie kentern oder den Mast verlieren. Er durfte nicht wankelmütig erscheinen, also spielte er den Entschlossenen: »Wir reffen erst, wenn wir dazu gezwungen sind, keine Minute früher.«

Schon bald waren sie dazu gezwungen. Mittags wurde der Wind stärker und blies mit zwanzig Knoten. Sie fierten die Toppsegel, und die *Double Eagle* machte sieben Knoten, als ob das Schiff aus eigenem Willen fest entschlossen sei, den sicheren Hafen zu erreichen. Spätnachmittags hing der Himmel wie ein geschlossenes, graues Gewölbe über ihnen, und weit im Südosten zogen bedrohliche schwarze Schwaden auf – der Rauch eines Waldbrandes ohne Wald. Der Sturm kam näher. Keine langen Wellen mehr, sondern bösartige Wellen, die sich auftürmten und wieder zusammenstürzten, getrieben von einem Wind, der mit dreißig Knoten Geschwindigkeit heulte ... Groß- und Vorsegel doppelt gerefft ... fünfundvierzig ... Groß- und Vorsegel bis zum dritten Reffbändsel gerefft, Focksegel zu einem stumpfen Dreieck verkleinert ... die Nacht bricht herein, immer noch über vierzig ... das zweite der beiden großen Segel wurde geborgen, lediglich ein Stagsegel blieb oben, um das Boot noch steuern zu können. Nathaniel und Eliot standen auf Zehenspitzen auf dem Kajütdach, das vom sprühenden Gischt wie frischlackiert glänzte, und reihten mit Reihleinen die Segel an; Will stand am Ruder, während die am Bug aufspritzende, schaumige See ihm prasselnd gegen die Öljacke schlug; der hoffnungslos seekranke Drew lag unter Deck. Die Wellen rollten geradewegs von Süden auf die *Double Eagle* zu und trafen sie querab – eine endlose Meute, die an ihrer Flanke riß. Während sie die Attacken heldenhaft abwehrte, legte sie sich bisweilen um dreißig Grad über, und fast hätte eine der über Deck krachenden Wellen Nathaniel und Eliot über den Großbaum geschleudert. Als sie mit dem Anreihen fertig waren, robbten sie sich auf dem Bauch liegend mit den Ellbogen nach achtern, warteten ein Wellental ab und zogen sich dann auf die Füße.

Will beugte den Kopf zu Nathaniel und brüllte ihm ins Ohr, daß sie noch mindestens dreißig Meilen vor sich hätten. Und dann sagte er, was er nicht sagen wollte und seine Zuhörer nicht hören wollten: »Wir schaffen es nicht!« Sie könnten nicht weiter aufkreuzen, ohne Gefahr zu laufen, daß die *Double Eagle* kentere. Von den beiden Möglichkeiten, die sie hätten – mit dem Wellengang zu segeln oder den Treibanker zu werfen und den Sturm abzureiten –, scheine die zweite die weisere zu sein.

»Wir haben bisher verdammtes Schwein gehabt!« brüllte er.

In der Tat waren die beiden Braithwaites froh darüber, daß sie noch an Bord waren, meinten aber auch, daß Wills Einlassung noch eines flankierenden Belegs bedürfe. Mit einer Kinnbewegung deutete Will auf den in südöstlicher Richtung hängenden, rußigen Dunst.

»Das ganz da hinten ist das Sturmzentrum! Hab schon die ganze Zeit ein Auge drauf! Zieht nach Nord zu Nordost, hält aufs offene Meer zu! Wir kriegen die Ränder ab! Oder die kriegen uns! Schlimmer kann's nicht werden!«

Reicht auch so schon, dachte Nathaniel, während er sich mit der Lukenklappe abplagte, um von unten den Treibanker zu holen. Das mußten jetzt fünfzig Knoten sein, Windstärke 10. Er schlug von innen die Klappe zu. Das Heulen des Windes und das Donnern der überbrechenden Wellen drang nur noch dumpf an sein Ohr, während er das Bild der Unordnung, das sich ihm bot, betrachtete: Schubladen und Schränke standen offen; der Boden war übersät mit Werkzeugen; überall in der Kombüse lagen Töpfe, Pfannen und zerbrochenes Geschirr herum; die Türen der Kombüsenschränke, deren Messingriegel lose herabhingen, baumelten an den Scharnieren.

Als er sich schwankend seinen Weg bahnte, kam er an Drews Schlafkoje vorbei. Er lag mit angezogenen Knien auf der Seite.

»Alles in Ordnung?«

»Nein, keineswegs. Ich versuch, mich zusammenzureißen, Nat ...«

»Ja, ich weiß«, sagte Nathaniel nachsichtig. In die Nachsicht für Drews Zustand spielte auch eine seltsame Befriedigung hinein. Nicht, daß ein Anfall von Seekrankheit Drews heroische Tat in New York aufhob, aber es war ein Zeichen dafür, daß das Kind in seinem jüngsten Bruder, das Kind, dessen Schwäche Nathaniels Stärken erst zum Vorschein brachte, noch nicht ganz verschwunden war.

»Kannst du hier unten ein bißchen Ordnung machen?« sagte Nathaniel. »Die Türen an den Kombüsenschränken müssen schleunigst festgemacht werden, sonst reißen sie ganz ab.«

Drew setzte sich auf und stolperte in Richtung Kombüse.

Nach der vergleichsweise friedvollen Stille im Innern hörte sich das Heulen draußen doppelt so laut wie zuvor an. Entgegen Wills Vorhersage war das Wetter noch schlechter geworden. Ein heftiges Gewitter hatte sich aus dem weitentfernten Zentrum des Wirbelsturms gelöst – ein Sturm innerhalb des Sturms – und prasselte nun auf sie herunter. Der Wind blies stärker, sintflutartiger Regen stürzte schneidend aus dem Himmel. Blitze, aus deren Rändern spitze Zacken züngelten, schossen senkrecht nach unten und schleuderten Schlaglichter auf die wirbelnden Schaumkronen der fünf Meter hohen Wellen.

Unter Deck machte Drew im Schein der schwingenden Lampe die Türen der Kombüsenschränke fest und kämpfte währenddessen gegen das Schlingern des Bootes und seinen Brechreiz an. Dicht neben der Steuerbordseite schlug ein Blitz ein – das Innere der Kajüte loderte für einen Moment bläulich auf, wobei er das Krachen mehr spürte als hörte; er spürte, wie es in sein Innerstes drang und an den Knochen zerrte. Als wenig später auf der anderen Seite des Schiffes ein weiterer Blitz einschlug, fing er an, seine Beschwörungsformeln zu murmeln: »Das ist nur eine elektrische Entladung, verursacht durch ... Das ist nur das Geräusch einer Druckwelle, verursacht durch ...« Seine tiefsitzende Angst, daß der Himmel mit böser Absicht Blitze auf ihn und seine Kameraden schleuderte, konnte er damit aber nicht überwinden.

Nachdem er den letzten Kombüsenschrank in Ordnung gebracht hatte, kroch er auf allen vieren zu seiner Koje zurück und legte sich wieder hin. Er sehnte sich nach seinem Zimmer in der Marlborough Street, sehnte sich nach acht Stunden ungestörten Schlafs in einem Bett, das nicht schwankte, stampfte und kippte. Er hörte das tosende Meer, das sich wild grollend am Rumpf rieb, und ihm wurde nur zu bewußt, wie zerbrechlich das Schiff war: Lediglich anderthalb Zoll dicke Planken, ein paar Messingnägel, ein bißchen Teer und Werg waren alles, was ihn vom Ertrinken trennte. Ihm kam der Gedanke, daß das gelbe Ölzeug, das er und seine Kameraden trugen, genau die passende Farbe hatte, denn sie glichen Küken in einem zerbrechlichen Ei, welches das Meer, wann immer es wollte, zerquetschen konnte. Und dennoch hielt es durch, es hielt durch, das zähe kleine Schiff, das von eisernen Yankees gebaut worden war, die das eine oder andere über schweres Wetter wußten.

Bevor Nathaniel und Eliot den Treibanker – ein länglicher Baumwollkegel mit einer fünfzig Faden langen Ankerleine – auswerfen konnten, mußten sie das Stagsegel bergen. Mit den Gummistiefeln auf dem triefend nassen Deck kamen sie sich vor wie auf einer Eisbahn, die ohne Vorwarnung heftig von einer Seite zur anderen schwankte. Um sicher nach vorn zu gelangen, hielten sie sich an Relingsdrähten, Wanten und allem, was sonst noch in Reichweite ihrer Finger lag, fest.

Vom ersten Moment an lief alles schief. Ein Fall verhedderte sich, und sie brauchten fünf Minuten, um es wieder in Ordnung zu bringen. Dann donnerte eine hinterhältige Welle, die fast zwei Meter höher als ihre Kumpane war, in die *Double Eagle*, hob sie in die Höhe und schleuderte sie in einem gräßlich steilen Winkel wieder nach unten. Die nächste Welle schlug über ihr zusammen und rauschte über das Kajütdach hinweg, so daß Nathaniel und Eliot für einen Augenblick in den Wassermassen verschwanden. Sie klammerten sich am Fuß des Fockmastes fest und kämpften, während die brausenden, an Armen und Händen zerrenden Fluten versuchten, sie vom Mast loszureißen, um nichts weniger als das nackte Überleben. Als der Bullenstander riß, knallte es wie bei einem Pistolenschuß, der Fockbaum schwang nach Lee, bis er mit einem Rums anschlug, schwang zurück und wieder nach vorn. Der Schoner lag stark über: Baum, Gaffel und beschlagenes Segel bohrten sich ins Wasser und wurden von dem vorwärts treibenden Boot mitgerissen. Fürchterlich krachend brach der Baum vom Mast, Sekunden später zersplitterte auch die Gaffel, und beide Spieren gingen mit dem Segel über Bord. Eliot warf den Treibanker, ohne daß sich das Schiff in den Wind drehte. Will stand am Steuerrad und brüllte etwas, aber Nathaniel und Eliot konnten ihn nicht hören. Er fuchtelte und gestikulierte, bis sie das Problem erkannten: Das zersplitterte Rigg hing mit der Fockschot, die sich raffiniert um eine Want gewickelt hatte, immer noch am Boot. Die zerfetzte Fock schleifte im Wasser, zog den Bug nach Lee und sorgte dafür, daß sich das Schiff zur Leeseite neigte. Die beiden Braithwaites zogen die Messer aus den Scheiden und hackten und sägten an der verhedderten Schot herum. Als sie abriß, schossen Baum und Gaffel, massive Spieren, die wie Strohhalme abgeknickt waren, davon, und die *Double Eagle* richtete sich langsam wieder auf. Sie schlingerte in ein Wellental, kämpfte sich dann ein Stückchen weit eine Welle hinauf, stieß durch deren Wölbung, fand schließlich ihre Lage und reckte die Nase dem Ozean entgegen. Sie hatte eine Abreibung bekommen, aber sie war nicht zu Boden gegangen; jetzt sammelte sie ihre Lebensgeister, ging wieder in Angriffsstellung und stellte sich erneut dem Gegner.

Mit einem Türkenbund setzten sie das Steuerrad fest. Dann gingen sie nach unten, verriegelten die Luke und hockten sich zu Drew. Sie kauerten in der Kajüte wie belagerte Soldaten in ihrem Unterstand.

Der Sturm blies erbarmungslos, und der Seegang drückte die *Double Eagle* leicht westlich nach Norden. Stunde um Stunde trieb sie weiter ab und verlor mit jeder Stunde die während ihrer Rekordfahrt gutgemachten Meilen. Wie viele Meilen genau war schwer zu sagen. Die Jungen saßen und lagen auf dem Boden, während draußen der starke Wind unablässig ächzte und die Wellen dumpf aufs Deck hämmerten. Untätigkeit widersprach dermaßen Nathaniels Wesen, daß er das hilflose Warten kaum ertragen konnte. Er dachte dauernd, er müßte irgend etwas unternehmen; einmal trieb ihn die Unruhe sogar hinaus in die heulende Sintflut, um am Bug Sturmöl ins Wasser zu gießen. Im übrigen konnte er nichts tun, und Nichtstun, erkannte er auf einmal, war eine Kunst für sich.

Nach Mitternacht, als der Sturm abzuflauen begann, vollbrachte Eliot das Wunder, einen Kessel Teewasser aufzusetzen, und kramte außerdem aus einem Vorratsschrank gesalzenen Kabeljau und Zwieback hervor. Das Boot hangelte sich an einer Welle hinauf, donnerte wieder hinunter und wurde von Bug bis Heck durchgerüttelt; das Bimmeln der Glocke auf Deck hörte sich an wie das schrille Klirren eines Metallmobiles. Drews Teller schlitterte über den Boden und prallte, ohne umzukippen, gegen ein Schott.

»Na, ist das nicht was?« sagte Eliot. »Tante Phrony kümmert sich doch um einen.«

»Bin mächtig froh, daß wir den Umweg gemacht haben. Den Sturm hat das alte Mädchen ja bestens im Griff«, sagte Drew, als er aufstand, um sich sein Abendessen zurückzuholen. Die nächste Welle kugelte ihn quer durch die Kajüte und ersparte ihm die Mühe, seine Bewegungsabläufe selbst zu koordinieren. Es erschien ihm ratsamer, neben dem Teller sitzenzubleiben und das Mahl an Ort und Stelle zu beenden. »Stimmt. Tante Phrony kümmert sich einwandfrei. Mein lieber Scholli!«

»Vielleicht haben wir ihr den falschen Priem mitgebracht«, sagte Eliot. »Vielleicht hätte sie statt Copenhagen lieber Redman gehabt.«

»Kann sein. Deshalb läßt sie uns jetzt absaufen.« Drew versuchte, gleichzeitig den Mund und eine Handvoll Kabeljau an die gleiche Stelle zu manövrieren. »Und dann können wir uns alle gleich neben ihrer Sippschaft einen niedlichen Grabstein aufstellen lassen.«

»Halt's Maul, Drew!«

»Immer mit der Ruhe, Nat«, sagte Eliot mit einem warnenden Seitenblick. Auf derart beengtem Raum konnten sie sich, erschöpft und verängstigt wie sie waren, schnell gegenseitig auf die Nerven gehen.

Um vier Uhr morgens war das Schlimmste vorüber. Der Zorn des Sturms war zwar noch nicht gänzlich besänftigt, aber doch erlahmt. Will ging nach oben, um einen Blick aufs Meer zu werfen. Eine Minute später stampfte er dreimal auf – ihr verabredetes Signal für »Alle Mann an Deck« – und schrie: »Brecher in Lee!« Der Wind hatte sich auf fünfzehn Knoten abgeschwächt und blies jetzt aus Osten. Der Schoner lief gegen über zwei Meter hohe Wellen auf eine Leeküste zu, die sie wegen der Wolkenfetzen, die den untergehenden Mond verdunkelten, aber noch nicht sehen konnten. Alle Ohren horchten auf Brandungsgeräusche – nichts. Will beteuerte, daß er diesmal keinen Alptraum beim Schlafwandeln gehabt habe, schon aus dem einfachen Grund, da er genau wie sie kein Auge zugetan habe. Nathaniel holte das Lotblei, ging zum Heck und warf es, um die Abtrift auszugleichen, so weit er konnte über Bord. Fünfzehn Faden. Er warf es noch einmal aus. Wieder fünfzehn. Dann zwölf, und beim vierten Versuch zehn. Nun konnten sie alle die Brecher hören, ein stetiges Brausen wie in einem Kiefernwald bei starkem Wind. Jetzt gab es eigentlich nur eines: Vorsegel vergrößern,

Großsegel aufziehen und anluven in Richtung offene See. Da sie jedoch viel zu ausgepumpt waren, ließen sie statt dessen nur den Anker fallen und brachten auf der sicheren Seite zusätzlich den Wurfanker aus.

»Hallo! Lebt ihr noch, oder hat's euch erwischt?«

Die Stimme weckte nur Eliot. Er schaute sich um und fand, daß seine kreuz und quer in ihrem Ölzeug herumliegenden Kameraden ganz gut als Leichen durchgehen würden. Sie hatten sich, nachdem sie die Anker ausgebracht hatten, allesamt zum Verschnaufen auf dem Deck niedergelassen und waren dann eingeschlafen.

»Sieht so aus, als ob ihr noch mal von der Schippe gesprungen seid. Wie steht's mit deinen Kumpels?«

Der Sprecher stand an der Pinne einer Austernslup, die längsseits der *Double Eagle* beigedreht hatte. Er sah selbst ein bißchen so aus, als wäre er von den Toten auferstanden. Er war nicht nur dünn, sondern völlig ausgezehrt, der Hals glich einem Wurm, die Brust war eingefallen, und von den knochigen Schultern hing lose ein weißes Baumwollhemd. Er hatte das verwitterte und korkfarben gebrannte Gesicht eines Fischers, und obwohl die Stimme zu einem jungen oder einem Mann mittleren Alters gehörte, glänzte sein Haar silberweiß. Blaßblaue Augen glotzten durch Brillengläser, die so dick waren, daß er fast so blind wie dürr sein mußte.

Eliot stieß Nathaniel, Drew und Will in die Rippen. Sie wachten auf, rieben sich die Augen und schauten verwirrt auf die Slup und deren Skipper. Keine zweihundert Meter dahinter erstreckte sich, so weit das Auge reichte, nach Norden und Süden ein weißer Strand, der hier und da von schmalen Wasserläufen und Flußmündungen durchbrochen war. Die brennende Sonne stand hoch an einem makellosen Himmel, und die Luft glich warmem Ahornsirup, nur schmeckte sie nicht so süß. Statt dessen war sie durchdrungen vom Gestank der flachen Tidengewässer, die durch den vom Sturm aufgewühlten Schlamm eine kaffeebraune Farbe angenommen hatten.

Ihnen fiel auf, daß sie unmöglich so nah am Festland gewesen sein konnten, als sie geankert hatten. Die Flut mußte die *Double Eagle* also samt der durch den losen Untergrund pflügenden Anker an die Küste getragen haben, bis die Anker wieder Halt gefunden hatten.

»Morgen«, sagte der Austernfischer, wobei der vorstehende Adamsapfel hüpfte. Er blinzelte in die Sonne und fügte hinzu: »Wohl eher Nachmittag.«

Sie nickten, und er hob zum Gruß einen Finger und stellte sich als Phineas Talmadge vor. Er habe sie vor einer halben Stunde entdeckt und sich gedacht, schau's dir mal an, kommt nicht oft vor, daß man in diesen flachen Küstengewässern einen Schoner zu Gesicht bekommt.

»Was dagegen, wenn Sie uns sagen, wo wir ungefähr sind?« fragte Will.

»Ungefähr kann ich euch nicht sagen. Ich kann euch sagen, wo ihr genau seid. Nämlich im wunderbaren South Carolina, direkt vor der Mündung vom Saint Helena Sound.«

South Carolina! Sie mußten mindestens fünfzig Meilen nördlich von Savannah angetrieben worden sein.

»Seh grad an eurem Heckspiegel, daß ihr Jungs aus Blue Hill kommt. Wo ist das denn schon wieder?«

»In Maine«, sagte Nathaniel, dessen Brust schwoll, als er merkte, wie Talmadges Augen ein bißchen größer wurden.

»Maine! Bin zwar nicht sicher, wie weit weg das genau ist, muß aber ziemlich weit sein. Hat euch der Sturm gestern erwischt? Das Schiff sieht ganz danach aus. Mann! Das Lüftchen hatte Pfeffer im Arsch.«

»Kann man wohl sagen, Mr. Talmadge.«

»Würd mir die Geschichte ja gern anhören, aber ich glaub, es ist besser, wenn wir hier nicht zu lange rumquatschen. Wollt euch bloß sagen, wenn ihr nicht sofort euern Anker rausholt und hinter mir in den Kanal da herfahrt, dann sitzt ihr im wunderbaren South Carolina fest bis zum Sankt-Nimmerleins-Tag. Kann nicht mehr lange dauern, dann kommt die Ebbe, und die schießt mit fuffzig Meilen pro Stunde raus aufs Meer. Dann sitzt euer schönes Boot in dem Scheißmatsch hier fest, und ihr kriegt das Ding nie wieder flott. Könntet genauso versuchen, 'nem Borsch die Oschis zu klauen, also folgt mir.«

Während sie noch überlegten, was das bedeuten sollte, einem Borsch die Oschis zu klauen, machten sie sich unverzüglich an die Arbeit. Will und Drew zogen per Hand den Wurfanker an Bord. Nathaniel und Eliot legten die Hebel in der Tautrommel um und lichteten den Hauptanker. Mit Schmetterlingssegeln – das Vorsegel nach Backbord, das Großsegel nach Steuerbord – folgte die *Double Eagle* der Slup in den Kanal, was für das geschlängelte Rinnsal, dessen Lauf lediglich durch fähnchenbewehrte Pfosten in den ufernahen Austernbänken markiert war, eine reichlich anspruchsvolle Bezeichnung war. Wenn auch nicht so schnell, wie Talmadge behauptet hatte, ging der Wasserstand doch stetig zurück. Als die beiden Schiffe die Mündung des Saint Helena Sound hinter sich gelassen hatten, glitzerten die Untiefen und Schlammbänke, die zehn Minuten zuvor noch unter Wasser gelegen hatten, schon in der Sonne. Da Nathaniel das Schiff nicht gänzlich der Führung eines fremden Steuermannes überlassen wollte, kletterte er an den Webeleinen der Wanten bis zur Spitze des Großmastes hinauf, damit er die Farbe des Wassers und die Verästelungen des Kanals beobachten konnte. Durch wogende Eichen- und Kiefernwälder und Marschlandschaften, deren seichtes Wasser sich in der Brise kräuselte, schlängelten sich wie ein riesiges Gefäßsystem nach allen Richtungen Flüsse und Meeresarme. Als sie sich einer malerischen Ansiedlung näherten – am Ufer und auf Stelzen im Wasser stehende Hütten aus rohem Holz, deren Eintönigkeit von einer kleinen Austernbootflotte mit Lateintakelung und kecken Spieren aufgelockert wurde –, fielen ihm in Ufernähe ein paar verkrüppelte, verkümmerte Bäume auf.

»Palmen!« rief er nach unten. »Da drüben an Backbord. Da sind Palmen!«

Eliot und Drew kletterten den Mast hoch, bis sie unterhalb von Nathaniel waren, um von dort aus den Anblick zu genießen. Will stand schulterzuckend am Ruder und konzentrierte sich auf seine Aufgabe. Er hatte einmal auf den Bermudas die majestätischen Königspalmen gesehen, und verglichen mit denen waren die Fächerpalmen von Carolina kaum mehr als Sträucher. Nichtsdestoweniger waren es Palmen, die ersten, die die Braithwaites je zu Gesicht bekamen – exotische, fremdartige und grüne Sinnbilder dafür, wie weit sie gesegelt waren.

Etwa einhundert Meter von der Ansiedlung entfernt (jemand, der das als Stadt bezeichnet hätte, konnte nur dem Größenwahn verfallen sein) machten sie die *Double Eagle* in tiefem Wasser fest. Talmadge schoß auf und drehte längsseits bei. Er lud die Jungen zum Abendessen ein. Sie waren sprachlos, eine derart ungestüme Gastfreundschaft brachte sie völlig durcheinander; in Boston mußte man jemanden schon fünf Jahre kennen, bevor man zum Essen eingeladen wurde.

»Was ist, Jungs?« sagte Talmadge. »Müßt doch mächtig Hunger haben.«

»Klar. Wir kommen gern«, sagte Nathaniel. »Gibt's hier irgendwo eine Bootswerft? Wir haben in dem Sturm Fock, Fockbaum und Gaffel verloren. Wir müssen das reparieren lassen.«

Der Austernfischer dachte kurz nach.

»Jeb Kincaid. Der hat eine Sägemühle, und bei dem arbeitet ein Zimmermann, Ray Sykes. Wenn mal was an unsern Booten ist, macht der das. Segelmacher gibt's hier aber nicht. Schätze, Jungs, da müßt ihr nach Beaufort.«

»Ist es weit bis Beaufort?«

»Zwanzig Meilen.«

»Unsere Mutter ist in Beaufort geboren.«

»Dann seid ihr Jungs also gar keine richtigen Yankees? Könnt was nützen bei den Leuten hier in der Gegend. Trotzdem, wenn ihr nach Beaufort reinwollt, ist es besser, ein bißchen Geld im Kreuz zu haben.«

Nathaniel hörte das gar nicht gern und fragte Talmadge, ob er sich vorstellen könne, wieviel Mr. Kincaid verlangen würde.

»Weiß nicht, ist aber ein ganz vernünftiger Kerl. Also, Gentlemen, wär ganz gut, wenn ihr nicht zu spät kommt. So vier, halb fünf.«

Ob sie irgend etwas mitbringen sollten?

»Leerer Magen reicht.« Er machte eine Pause und drückte mit der Zunge eine Backe hinaus. »Wenn ihr Jungs vielleicht ein paar Zeitschriften habt, die ihr nicht braucht. Für einen gebildeten Menschen ist es in Snead's Landing ziemlich schwer, an was zu lesen zu kommen. Für eine Zeitung muß ich bis nach Beaufort.«

Will sagte, er habe eine Flasche braunen Rum im Seesack, und bot an, sie mit ein paar Flaschen Coca-Cola mitzubringen.

»Brause ist in Ordnung. Den Rum laßt ihr Jungs lieber auf'm Boot. Gibt drei Sachen, die hier verboten sind:

Nigger, Schnaps und Fluchen. Na ja, beim Fluchen machen wir ab und zu mal eine Ausnahme.«

Er hatte sie gebeten, früh zu kommen, damit sie die Austern knacken könnten, die sie dann essen würden. Zur Entschuldigung, daß er oder seine Frau das nicht erledigten, führte er an, seine Frau liege mit Fieber im Bett, und er müsse sich heute nachmittag ums Geschäft kümmern. Ob sie wüßten, wie man Austern knackt? Sie wußten es nicht. Sei nichts dabei. Man nimmt das hier – er legte ein Messer, dessen schwere Klinge an der Spitze einen Haken hatte, auf den Arbeitstisch am Ende der Pier –, schiebt die Klinge zwischen die Schalen und spießt mit dem Haken das Muskelfleisch auf; dann dreht man die Klinge ein-, zweimal hin und her und bricht die Schale auf. Kinderleicht. Gibt sogar wirklich Kinder, die das machen, erzählte er ihnen, in dem Austernbetrieb in Beaufort. Für ein paar Pennys am Tag knackten die bergeweise Austern.

Nathaniel nahm eines der Schalentiere aus der Wanne und versuchte es; mit dem Ergebnis, daß er sich in den Finger schnitt. Talmadge machte es ihnen vor. Mit geschickten Bewegungen präsentierte er ihnen binnen zwei Sekunden eine Auster auf einer Schalenhälfte. Kaum hatte er das getan, da stieß eine Ringschnabelmöwe herab, schnappte sich das Fleisch und flog davon.

»Hab vergessen, euch Jungs vor den Möwen zu warnen. Sind ganz schön frech hier«, sagte er und schaute dem Vogel hinterher, der über das schokoladenfarbene Wasser der Meerenge davonflog. »Kommt daher, sagt der Priester, daß ich Mist gebaut hab mit meinen Gaben. Also bis gleich dann.«

»Merkwürdiger Spruch«, sagte Eliot, nachdem Talmadge gegangen war.

Will zuckte mit den Achseln und gab zum besten,

daß Snead's Landing ja auch wie ein ziemlich merkwürdiger Ort aussehe. »Nigger, Schnaps und Fluchen verboten, jawoll, Kameraden, wir sind mitten drin im tiefsten Baptistensüden.« Eliot sagte, daß er ähnliche Ansichten auch schon von seriösen Bürgern in Boston gehört habe, nur hätten die sich gewählter ausgedrückt.

Eine Stunde und einen weiteren angeschnittenen Finger später – diesmal war es einer von Eliot – war die Wanne gefüllt. Während er das schleimige Durcheinander betrachtete, ging Nathaniel durch den Kopf, daß das erste menschliche Wesen, das eine Auster gegessen hatte, entweder sehr hungrig oder sehr mutig gewesen sein mußte.

Er und Will schleiften die Wanne zu der winzigen Küchenbaracke, die sich ein gutes Stück hinter Talmadges Hütte in einem Wäldchen zwischen langblättrigen Kiefern und moosbärtigen Eichen befand. Ein blondes Mädchen, groß und fett, öffnete die Tür der Baracke. Ihre großen blauen Augen hätten, wären sie nicht völlig ausdruckslos gewesen, für hübsch gelten können. Ihr leerer Blick heftete sich sofort auf Will und blieb an ihm hängen. Als sie ins Freie in einen Streifen Sonnenlicht trat, der durch die moosigen Zweige drang, blitzten ihre Augen wie die einer Katze in einem dunklen Raum. Ohne ein Wort zu sagen, hob sie die Wanne an und zog sie mühelos wie einen Korb Blumen hinüber zur Pumpe. Während sie mit einem ihrer kräftigen Arme pumpte, bückte sie sich und säuberte mit rührenden Bewegungen des anderen Arms die Austern. Unter dem groben, selbstgewebten Kleid zeichneten sich die Schenkel eines Pferdes ab. Dann trug sie die Wanne in die Baracke.

»Seine Frau?« dachte Nathaniel laut.

»Er hat gesagt, daß seine Frau krank ist. Das Mädchen ist alles andere als krank«, bemerkte Will. »Außerdem ist sie höchstens vierzehn oder fünfzehn. Ist wohl die Tochter. Habt ihr gesehen, wie sie mich angeschaut hat? Ist mir kalt den Rücken runtergelaufen. Wie wenn einen ein Totenkopf anguckt, in dem sich plötzlich Leben regt.«

14

Beim Abendessen übergab Will ihrem Gastgeber eine drei Monate alte Ausgabe von *Scribner's*, und Nathaniel steuerte ein *Tip Top Weekly* bei, das so zerlesen war, daß es fast auseinanderfiel. Talmadges Dankbarkeit war fast schon mitleiderregend. Mitleiderregend war auch die Zärtlichkeit, mit der er die zerknitterten Seiten glattstrich, der Hunger, mit dem er die Titelblätter betrachtete. Es schien so, als wollte er, noch bevor er seinem eingefallenen Bauch das von dem großen blondhaarigen Mädchen gekochte Austernstew gönnte, seinen darbenden Geist mit den Worten aus dem Innern der Zeitschriften füllen.

Sie saßen auf der kleinen, die Meerenge überblickenden Vorderveranda, Talmadge an einem Ende des aus Kiefernbalken gezimmerten Tisches, das Mädchen am anderen Ende. Sie sagte kein Wort und bediente sich – mächtig wie sie war – mit sparsamer Zurückhaltung, während er – mager wie er war – zwei Portionen Stew mit Maisbrot und in Schmalz gebratenem Gemüse hinunterschlang. Aus einer Tonne stieg Qualm auf, um die Moskitos und Sandfliegen draußen in der Bucht zu halten. Da sich die Wirkung in Grenzen hielt, wurde das Mahl vom Geräusch klatschender Hände begleitet, die auf Unterarme und Stirne schlugen. Talmadge entschuldigte sich dafür, daß sie im Freien essen müßten. Im Haus liege seine kränkelnde Frau, und er halte es für unangebracht, sie zu stören oder Gäste in das Haus einer Kranken zu bitten. Nachdem sie ein Sechsmonatsbaby mausetot zur Welt gebracht habe, gehe es ihr jetzt schon seit einer Woche schlecht, sie leide an Fieber und Kopfschmerzen. Er gab das alles unaufgefordert zum besten, nicht gerade in gleichgültigem Tonfall, aber doch klaglos und ohne jede Bitterkeit, so als spräche er über ein totgeborenes Hunde- oder Katzenjunges.

»Letzten Sonntag hab ich den Reverend Dewey Jenkins gefragt – das ist der Priester, der immer predigt, wenn der Dampfer aus Beaufort vorbeikommt –, ob das tote Kind wieder so eine Strafe des Herrn ist, und wenn's eine ist, was der Herr mit mir vorhat. Oder ob das wie bei dem Hiob aus der Bibel ist, der einfach so ohne Grund dauernd eine Strafe kriegt. Da hat er kurz nachgedacht und gesagt, daß das keine Strafe des Herrn ist, nee, Mister. Dann hat er noch gesagt, daß Hiob nicht einfach so eine Strafe gekriegt hat. Die Strafe hat er gekriegt, damit er lernt, daß am Anfang der Weisheit die Furcht vor unserm Herrn steht. Und das hat der Herr auch mit mir gemacht. Ich krieg jetzt keine Strafen mehr, sondern kann jetzt anfangen zu lernen, und dann kann ich wieder ein richtig erleuchteter Christ werden. Der Reverend hat gesagt, daß ich ... Also, er hat da so ein Wort benutzt, das heißt, daß ich gerade so zwischen zwei Sachen bin ...«

»Übergangsstadium?« wagte Drew einzuwerfen, der nicht die geringste Ahnung hatte, wovon der Mann überhaupt redete.

»Genau, das war's!« Plötzlich hielt Talmadge inne und schaute das Mädchen an. »Finde, Kaffee wär jetzt nicht schlecht, Clara, und ein bißchen was von deinem Kuchen«, sagte er. Er sprach sehr langsam und bewegte dabei überdeutlich die Lippen. Wortlos und ohne jegliche Veränderung im Gesichtsausdruck räumte Clara das Geschirr ab und ging in die Hütte.

»Entschuldigen Sie bitte die Frage«, sagte Will, »ist das Ihre Tochter?«

Talmadge schüttelte den Kopf. »Ist nicht von mir. Ist mir vor drei Jahren vom Herrn geschickt worden, ist so, als wär sie mein eigen Blut. Ihre Leute – haben in den Sümpfen gelebt, weit weg von hier – sind an Malaria gestorben, Mama, Papa und ihr kleiner Bruder. Ich hab sie gefunden, als ich beim Entenjagen war, hat in einem Kanu gelegen, das den Fluß runtergetrieben ist. Hab schnell gemerkt, daß sie keine Zunge hat. Ich mein, sie hat schon eine, aber sie kann nichts mit machen. Hören tut sie auch nix. Versteht einen schon, wenn man sie anschaut und dann ganz langsam redet. So wie ich's eben gemacht hab. Aber ist so taub wie ein Stück Holz. Also, als ich sie da gesehen hab, mitten in dem Schilf, hab ich mir so gedacht, daß sie so was Ähnliches ist wie Moses, nur als Mädchen halt. Der Herr hat sie geschickt, daß ich sie aufzieh, als wär sie mein eigenes Kind. Und wenn ich meine Sache gut mach, dann würd der Herr aufhören, mich zu bestrafen. Nicht gleich auf einmal, nee, Mister, so wie wenn man im Knast ist, und wenn man sich gut führt, dann hat man's ein bißchen leichter. So was in der Art. Genau, und seit damals ist Clara hier. Der Name ist von mir, hab nie rausgekriegt, wie sie wirklich heißt, wo ja alle ihre Leute tot sind.«

Er zog eine Pfeife aus der Brusttasche und stopfte sie mit Tabak, den er aus einem Baumwollbeutel zupfte. Er hatte den Kopf gesenkt, als wäre er ganz in Gedanken versunken. In die Pause hinein fragte ihn Nathaniel, der die Geschichte wie seine Kameraden verwirrend fand, woher er wisse, daß Claras Familie an Malaria gestorben sei.

»Sie hat mich hingeführt. Bin mit ihr in meinem Skiff den ganzen Fluß hochgerudert. Und da waren sie dann, haben noch gelebt, haben aber geschwitzt und gezittert und vor sich hin gebrabbelt wie Verrückte. Kenn ich sofort, wenn einer Malaria hat. Hab getan, was ich konnte, bin mit dem Mädchen wieder zurück und dann mit dem Austernboot nach Beaufort und hab den Doktor geholt. Bis dann der Doktor da war, waren drei Tage vorbei und alle waren tot – Mama, Papa und der kleine Bruder. Dann haben wir sie begraben, und das war dann die Zeit, wo ich gedacht hab, daß ich jetzt der Vater von dem Mädchen bin und daß ich so mit unserm Herrn klar Schiff machen kann.«

Clara kam wieder nach draußen. Sie trug ein Kiefernbrett, das als Tablett diente und auf dem eine Kaffeekanne, Becher und eine Platte mit noch dampfendem Kuchen standen. Eliot hatte Talmadges Geschichte richtig berührt, in seiner Phantasie fügten sich zu den Worten die Bilder. Ein schlammiger Fluß, eine verfallene Hütte in einem von Hakenwürmern verseuchten Sumpf, eine ganze Familie tot auf dem Boden. Und dennoch konnte er es nicht begreifen, es war zu fremdartig für seine Erfahrungswelt. Einmal, als er eine schlimme Erkältung hatte, rief seine Mutter per Telephon Dr. Matthews herbei, und es war dann ganz genauso, wie es in den Reklameanzeigen der Telephongesellschaft stand: Innerhalb einer Stunde stand der Doktor vor der Tür. Hier hatte das drei Tage gedauert. Solche Sachen durften einfach nicht passieren, dachte er, nicht in diesem neuen Jahrhundert; und doch hatte Talmadge davon erzählt, als wäre Derartiges einfach unvermeidlich.

Nathaniels Gedanken waren mehr pragmatischer Natur. Er wollte unbedingt die *Double Eagle* reparieren lassen, um die eingebüßten Meilen so schnell wie möglich wieder aufzuholen. Unverblümt wechselte er das Thema und fragte Talmadge, ob er Mr. Kincaid heute nachmittag schon gesehen habe.

»Nee. Hoffe, daß ich ihn morgen erwisch«, sagte Talmadge, in Gedanken noch ganz weit weg. »Jeb hat einen Haufen zu tun. Außer der Sägemühle gehört ihm noch der Kramladen und der Laden, wo er Köder verkauft. Heißt zwar nicht viel, aber er ist so was wie der große Macker in Snead's Landing.«

Er strich ein Streichholz an und brachte seine kalte Pfeife wieder zum Glühen. Dann zündete er die Petroleumlampe auf dem Tisch an. Die Sonne war inzwischen untergegangen. Der Saint Helena Sound schien sich zurückgezogen zu haben und glich nurmehr einem blassen schwarzen Tümpel, den das noch dunklere Schwarz der Wälder am gegenüberliegenden Ufer säumte. Grillen zirpten, im Marschland jenseits der Stadt quakten die Frösche im Chor, und Clara starrte wieder stumm Will an. Er hielt es nicht länger aus und fragte mit einem gutmütigen Lächeln: »Warum ... schaust ... du ... mich ... so ... an?«

Schließlich rührte sich auf dem breiten, teilnahmslosen Gesicht, das durch den Schein der Lampe in fahle Blässe getaucht war, so etwas wie Leben. Sie schluckte schwer, stieß ein paar unverständliche Laute hervor und schaute dann hilfesuchend Talmadge an.

»Weiß auch nicht recht ... Was hast du noch mal gesagt, wie du heißt?«

»Will«, sagte Will.

»Vielleicht ist sie verknallt. Kann nicht sagen, wie alt sie ist, aber letztes Jahr hat sie zum ersten Mal die Tage gekriegt. Und seitdem ist sie irgendwie ganz hibbelig. Vor zwei Monaten erst, da hat sie auf einmal einen von den Jungs in der Stadt angestarrt. Billy Holcomb. Ist überall hinter ihm her, wie an einer Hundeleine. Hat ihn ganz schön wahnsinnig gemacht.«

Will paffte an einer Zigarette und nickte, um zu zeigen, daß ihm nun einiges klar sei. Wie Talmadge, so war es auch den Braithwaites nur zu bewußt, daß es ihm nicht gerade behagte, das neue Objekt von Claras Zuneigung zu sein.

»Nehmt's ihr nicht übel, sie weiß halt nicht, was sich gehört«, sagte Talmadge. Dann wandte er sich an das Mädchen, wobei er jedes Wort sorgfältig betonte und mit einem Wedeln der Pfeife unterstrich: »Paß auf, Clara, du sollst diesen jungen Mann nicht so anstarren wie Billy. Kapiert?«

Sie reagierte nicht.

»Clara. Claaraa?«

Es folgte eine schnelle Bewegung, mehr ein Zucken als ein Nicken. Ihr Vormund sagte ihr, sie solle ins Haus gehen und Wasser zum Geschirrspülen heiß machen. Mit den mechanischen Bewegungen eines schwerfälligen Automatenmenschen erhob sie sich. Talmadge schlug auf seinem Handgelenk nach einem Moskito und zerquetschte das Insekt zu einem schmierigen Blutfleck.

»Hätt eigentlich wissen müssen, daß es mal Probleme gibt. Hab damals aber nicht so weit gedacht. Hätt aber auch nicht viel geändert. Wenn der Herr dir sagt, was er von dir will, dann hast du keine Wahl.« Motten schossen um die Lampe herum und warfen Schatten an die Wand, die so groß wie Fledermäuse waren. »Wißt ihr, Jungs, vor zehn Jahren da hatt ich noch die Gabe, daß ich wußt, daß irgendwas passiert, bevor's überhaupt passiert ist.« Es war nicht ganz klar, ob er mit einer neuen Geschichte anfing oder ob er die alte weiterspinnen wollte, indem er auf einem umständlichen Umweg zu deren Anfang zurückkehrte. »War nicht so, daß ich in meinem Kopf Bilder gesehen hab oder daß ich Stimmen gehört hab, die mir was erzählt haben. War einfach so, daß ich's irgendwie gewußt hab. Weiß nicht, ob ich das von Beelzebub hab, aber sicher hat's dem Teufel genutzt. Jungs, ich war so was, was die Heilige Schrift einen falschen Propheten nennt.«

Drew lehnte sich auf seinem Stuhl zurück, verschränkte die Arme und verzog das Gesicht.

»Ich erwart ja gar nicht, daß ihr mir glaubt. Aber die Wahrheit ist, daß ich die Gabe hatte, in die Zukunft zu sehen. Eigentlich war's ja kein Sehen, hab ich ja schon gesagt, sondern daß ich's gewußt hab. Daß ich gewußt hab, daß was so und so passiert. Ich war mal mit meinem Austernboot ein Stück die Küste runter. Da kommt ein starker Wind auf, und ich fahr in eine kleine Bucht, wo kein Mensch lebt. Und da, ihr werdet's nicht glauben, landet ein junger Adler auf meinem Boot. Dacht mir, der Adler denkt sich, daß er hier auf'm Boot besser durch'n Sturm kommt als irgendwo auf'm Baum. Dann war wieder alles schön ruhig, und was macht der Adler? Der bleibt auf'm Boot. Hab ihn mit nach Hause genommen, war dann wie 'n Haustier. Hab ihn gefüttert und alles. War jetzt alles ganz bequem für ihn, hat er genau gewußt. Manchmal ist er kurz weggeflogen, ist aber immer wieder gekommen. Einmal – war ein eiskalter Tag im Februar – fütter ich ihn grad mit Alsen, die ich gefangen hab, da schau ich ihm in die Augen, und er schaut in meine. Und da erzählt mir der Vogel, also er hat mir irgendwie gesagt, wo da draußen neue Austernbänke sind, wo noch keiner gesucht hat. Hab sofort gewußt, daß das wahr ist. Und was sag ich, als ich wieder zurückkomm, da war mein Boot bis oben hin voll mit Austern. Also, Jungs, was sagt ihr jetzt?«

»Tja ... das ist sehr interessant«, sagte Nathaniel, der es für besser hielt, den Mann bei Laune zu halten, weil sie ihn noch brauchten, damit er für sie die Sache mit Kincaid regelte.

»Wird sogar noch interessanter«, fuhr Talmadge fort. »Der Adler fängt an zu erzählen, wie das Wetter wird. Gut oder schlecht, ich wußt's immer vorher. Dann ist wieder so ein Tag, wo der Adler und ich uns so in die

Augen gucken, und da krieg ich auf einmal so ein richtig schlechtes Gefühl. Ein wirklich übler Sturm würd kommen, mit Toten. Bin überall rum, hab alle gewarnt, aber keiner hat mir geglaubt. Dachten, ich wär nicht ganz dicht. Der Sturm hat dann drei volle Tage und drei volle Nächte geheult. Zwei Boote und vier Männer sind draufgegangen. Das ganze Dorf hat nur sechzig Männer oder so, vier Tote, das war da nicht ganz so wenig. Von da an haben sie immer auf mich gehört, war der Wetterprophet.

Und jetzt, Jungs, kommt der Teufel ins Spiel. Hab mir gedacht, könnt ich mit reich werden mit der Gabe. Hab angefangen, Geld zu verlangen für das, was mir der Adler erzählt. Inzwischen hat der Adler angefangen, mir auch noch andere Sachen zu erzählen. Wenn zum Beispiel eine schwanger war, ob's ein Junge wird oder ein Mädchen und wann's zur Welt kommt. Hab auch dafür Geld kassiert. Dauert nicht lange, da war ich überall berühmt, die ganze Küste hoch und runter, sind von überall hergekommen, wollten alles mögliche wissen. Tja, und da gab's dann Zeiten, da hat der Adler nix erzählt, und dann hab ich halt was erfunden. Manches hat dann nicht gestimmt, aber oft hat's doch gestimmt – war wohl reines Glück –, und der Haufen mit den Dimes und Nickels und Quarters wurde immer größer. Ich war jetzt ein Wahrsager. Der Reverend Dewey Jenkins hat dann mitgekriegt, was los war, und ist fuchsteufelswild geworden. Hat dann einen Sonntag über mich gepredigt. Zeigt mit dem Finger auf mich, vor der ganzen Kirchengemeinde, und sagt, daß die Bibel zu Hexern und Weissagern, so hat er's genannt, einiges zu sagen hat. Und zwar nix Gutes. Hat dann was aus der Schrift vorgelesen, kann mich nicht mehr erinnern, was ...«

»Fünftes Buch Mose oder das Buch Jeremia«, unterbrach ihn Drew. Sich so einen Unsinn anhören zu müssen, beleidigte seine Intelligenz. Es war bei weitem schlimmer als das ganze Geschwafel über Tante Sophronia. »Jeremia neunundzwanzig, Verse acht und neun. ›Laßt euch nicht täuschen von den Propheten, die unter euch sind, und von euren Wahrsagern. Hört nicht auf die Träume, die sie träumen. Denn Lüge ist das, was sie euch in meinem Namen sagen; ich habe sie nicht gesandt.‹«

Talmadge stieß seinen Stuhl zurück und schlug auf den Tisch.

»Da soll mich doch ... Das waren genau die Worte.«

»Er liest eine Menge, außerdem hat er ein photographisches Gedächtnis«, sagte Eliot.

»Muß wohl. Ist nämlich genau das, was der Reverend Dewey Jenkins gesagt hat. Stellt mich vor der ganzen Kirchengemeinde bloß. Hab ihn hinterher gefragt, warum er das gemacht hat. Hat gesagt, daß er mich mit Absicht bloßgestellt hat. Hat gesagt, daß sich ein wahrer Christ an die göttliche Vorsehung hält, wenn's darum geht, was in der Zukunft passiert. Daß es Sünde ist, wenn man die Gedanken von Gott dem Allmächtigen lesen will. Hat gesagt, ich hab gleich doppelt gesündigt, weil ich auch noch Geld dafür genommen hab. Und wenn ich nicht damit aufhör, dann werd ich bestraft und alles, hat er gesagt. Aber Beelzebub hatte mich in den Klauen, also hab ich weitergemacht mit meiner Wahrsagerei. Und jetzt erzähl ich euch, wie's aufgehört hat.

Paar Leute drüben in Beaufort hatten von mir und dem Adler gehört. Der Reverend hat sie scheint's draufgebracht. Waren Leute von so einem Verein, der sich um Tiere kümmert, heißt Human Sociation. Haben eine ganze Abordnung geschickt, und die haben gesagt, ich muß den Adler freilassen. Ich hab gesagt: ›Sieht hier irgendeiner einen Käfig? Der Adler ist so frei wie nur was, der ist freiwillig hier.‹ Wollten nix davon hören. Dann haben sie ihm einen Sack übern Kopf gesteckt und sind wieder weg. Haben ihn einfach geklaut, war aber doch irgendwie legal. Das war's mit der Wahrsagerei, aber der Ärger hat dann erst richtig angefangen. Meine Haare sind ganz weiß geworden, dabei bin ich nicht mal vierzig. Dann sind meine Augen immer schlechter geworden. Mußte alle drei Monate oder so nach Beaufort für eine neue Brille. Dann, als ich einen Tag draußen war mit dem Boot, kamen so viele Möwen, wie ich vorher noch nie auf einem Haufen gesehen hab, und haben sich meinen ganzen Fang geschnappt, Austern und alles. Eine Auster mit der Schale drumrum ist für so eine Seemöwe ganz schön schwer, aber die waren vom Himmel geschickt, soviel Kraft hatten die. Das ist dann jedesmal wieder passiert, wenn ich raus bin. Dauert nicht lange, da hab ich keine Austern mehr, die ich verkaufen kann, und meine Alte und ich haben nix mehr zu essen. So ist das gekommen, daß ich heut nur noch Haut und Knochen bin. Der Reverend hat gesagt, das sind die Strafen, jetzt geht's los. Hätt den Herrn nicht groß beeindruckt, daß ich nicht mehr wahrsag, hätt ich ja nicht freiwillig gemacht, sondern nur, weil die von der Human Sociation den Adler geklaut haben. Ich hätt nicht wirklich bereut.

War einfach furchtbar! Meine Alte und ich haben so gehungert, daß die Leute angefangen haben, uns was zu essen zu bringen. O ja, und dann hab ich bereut! Hab zum Herrn gebetet, daß er mir zeigt, wie ich wieder zurückkomm auf den richtigen Weg. Und dann hat er mir Clara geschickt, und von da an hat er's mir wieder viel leichter gemacht. Aber manchmal schickt er mir immer noch eine Strafe, wie die Möwe, habt ihr heut nachmittag ja selber gesehen. Nur, damit ich noch dran denk, daß ich immer noch ein Sünder bin.«

Es folgte eine lange Pause, in der lediglich die Geräusche der Grillen und der Frösche und der Wind, der durch die Bäume und das herabhängende Moos strich, zu hören waren.

»Jetzt kennt ihr meine Geschichte, Jungs«, sagte Talmadge, als hätten sie darum gebeten, daß er sie erzählte. Er klopfte an seinem Stuhlbein die Pfeife aus und fragte, als er merkte, daß seine Zuhörer ein Gähnen unterdrückten, ob sie jetzt schlafen gehen wollten.

Alle vier nickten gleichzeitig. Der bekehrte falsche Prophet nahm die Lampe, zeigte ihnen den Weg hinunter zur Pier und wünschte eine gute Nacht.

»Was haltet ihr von der Sache?« fragte Nathaniel, während er ruderte. In der Stunde, bevor der Mond aufging, war das Wasser so schwarz, daß es schien, als ruderte er mitten durch die nächtliche Luft.

»Was ich davon halte? Wir sollten morgen früh als erstes nach Beaufort fahren«, sagte Will. »Da muß es doch eine Bootswerft geben, wo wir für einen anständigen Preis unseren Kahn flicken lassen können.«

»Wie wär's, wenn wir erst mal nachfragen, was dieser Kincaid anzubieten hat.«

»Meinetwegen, Natters. Aber dann sollten wir so schnell wie möglich von hier verschwinden. Dieses Loch ist noch verrückter als ich dachte.«

Am nächsten Nachmittag stakte ein ärmlicher kleiner Mann sein Skiff durch das flache Wasser zur *Double Eagle*. Im Ebbstrom posierten regungslos wie Bildhauermodelle große blaue Reiher; ihre flinken, gelben Augen warteten darauf, daß sich im zurückweichenden Wasser die ersten Elritzenschwärme zeigten.

»Schönen Tag auch«, rief der Mann und warf Nathaniel die Leine zu. Er war klein und drahtig, das Kinn war von grauen Stoppeln bedeckt, und auf der Nase glänzte eine Warze so groß wie ein Bienenstich. »Ich komm vorbei, um mir mal euer ramponiertes Boot anzugucken. Hilf mir mal hoch. Bin nicht mehr so jung wie du.«

»Sind Sie Mr. Kincaids Zimmermann?«

»Nee. Bin's selber.«

Mit dem geflickten Hemd, der speckigen Hose, die von zerschlissenen Hosenträgern gehalten wurde, und dem schmutzigen Strohhut glich er eher einer Sumpfratte als dem ersten Bürger von Snead's Landing. Er spuckte einen Batzen Kautabak über Bord und sagte:

»Hab von unserem Dorfdeppen gehört, daß ihr aus Maine seid und daß euch vorgestern der Sturm erwischt hat.«

»Sprechen Sie von Mr. Talmadge?«

»Von wem sonst? Hat er euch den Stuß von dem Propheten erzählt?«

»Ja, Sir ...«

»Erzählt er jedem Fremden, der hier auftaucht. Braucht euch unser Städtchen ja nur anzuschauen, da wißt ihr, daß so was hier nicht gerade jeden Tag passiert. Hoffe, ihr meint jetzt nicht, daß wir alle so sind. Wir haben zwar keinen Bürgermeister hier, aber wenn wir einen hätten, dann wär das wohl ich. Die Leute sollen nicht denken, daß wir eine Bande beschränkter Idioten sind.«

Erpicht auf das Wohlwollen des Mannes, versicherte ihm Nathaniel wahrheitsgemäß, daß sie das nicht dächten.

»Heißt nicht, daß wir nicht auch unseren Anteil an beschränkten Idioten hätten, nämlich die, die Phineas eingewickelt hat. Phineas ist ein bißchen verrückt und mächtig faul. Und er hat eine lebhafte Phantasie. Eines Tages hat sich der Verrückte mit dem Faulen zusammengetan, dann haben die beiden mit seiner Phantasie geplaudert, und dann hat er sich ausgeknobelt, wie man, ohne eine Hand zu rühren, zu ein bißchen Geld kommen könnte. Das einzige, was an der Geschichte stimmt, ist, daß er das Mädchen zu sich genommen hat. Phineas hat ein großes Herz, das kann ich zu seinen Gunsten sagen, größer als meins allemal. Also, was braucht ihr? Phineas hat sich da nicht so klar ausgedrückt.«

Nathaniel führte ihn nach vorn, zeigte es ihm und sagte, Talmadge habe angedeutet, daß sie einen vernünftigen Preis kriegen würden.

»Verglichen mit dem, was sie euch in Beaufort abknöpfen, bestimmt«, sagte er. »Was eure Segel betrifft, da gibt's einen Segelmacher in Beaufort, heißt Geslin. Wir nennen ihn aber bloß Frenchy. Ist so freundlich wie eine Mokassinschlange, aber er macht euch sicher einen vernünftigen Preis.«

Kincaid musterte mit durchtriebenem, berechnendem Blick den Fockmast, strich dann mit den Fingern über den Großbaum und stieß einen leisen Pfiff aus.

»Das ist Sitkafichte. Ihr Jungs seid wohl Millionäre, oder habt ihr die Jacht gestohlen?«

Nathaniel verschlug es kurz die Sprache, und er sagte nicht gleich, daß sie weder Millionäre noch Piraten seien. Er überlegte hin und her, wie er ihm erklären könnte, daß vier halbwüchsige Jungen im Besitz eines derart edlen Schiffes waren. Wenn er Kincaid verriet, daß es ihrem Vater gehörte, wäre er vielleicht versucht, ihnen noch den letzten Dollar abzuknöpfen.

»Wir sind im Bergungsgeschäft, und unten in Florida wartet der erste Auftrag auf uns«, sagte er und hoffte, sein übertriebener Gesichtsausdruck würde ihn nicht verraten. »Wir haben den Schoner etwa vor einem Jahr entdeckt, meine Brüder, ich und unser Kumpel. Sollte gerade abgewrackt werden, da haben wir ihn für ein Butterbrot bekommen. Wir haben jeden Cent, den wir hatten, und unsere ganze Arbeitskraft reingesteckt, bis er wieder in Schuß war.«

»Wenn man jemandem einen Bären aufbinden will, mein Sohn, dann übertreibt man besser nicht«, sagte Kincaid ernst, aber mit einem nachsichtigen Zwinkern. »Sieht mir ganz und gar nicht wie ein Bergungsschiff aus. Und selbst wenn es eins ist, außer einem Millionär kommt keiner auf die Idee, sich für Masten und Spieren Sitkafichte aus Alaska kommen zu lassen, wo's doch die ganz normale Kiefer auch tut, und zwar zum halben Preis. Also, Jungs, warum sagt ihr mir nicht einfach die Wahrheit, damit ich weiß, mit wem oder was ich es hier eigentlich zu tun hab.«

Eliot und Drew, die unter Deck waren, mußten die Unterhaltung mitbekommen haben, denn jetzt steckten sie ihre Köpfe durch das Luk der Vorderkajüte. Eliot nahm es auf sich, die ganze Geschichte zu erzählen und beendete sie mit der Darlegung ihrer finanziellen Lage: Von den dreißig Dollar, die ihnen ihr Vater mitgegeben habe, seien noch etwas über fünfundzwanzig übrig, und ihr Freund Will hätte noch mal zwanzig.

»Also gut, wie schon in der Heiligen Schrift geschrieben steht: ›... und die Wahrheit wird euch befreien.‹ Aber das heißt nicht, daß die Sache kostenlos über die Bühne geht«, sagte Kincaid. Mit einem Stück Schnur, das er aus der Hosentasche gezogen hatte, und gespreizter Hand fing er an, Maß zu nehmen – eine in den Augen Drews erbärmlich primitive und ungenaue Methode. »Hab drüben in der Sägemühle einen Stamm Kiefer – aus Georgia. Sind ein paar Risse drin, aber wenn ihr was von Spierenhölzern versteht, dann wißt ihr ja, daß die besten die mit den Wetterrissen sind und die schlechtesten die, wo ganz glatt sind. Ist genau wie mit den Menschen. Also, das Ganze kostet euch zwanzig Dollar. Wenn ihr das Lackieren selber macht, fünfzehn.«

»Lackieren können wir selber«, sagte Nathaniel. »Also dann abgemacht, Mr. Kincaid.«

»Fünf im voraus«, sagte Kincaid. Während er den Schein zusammenfaltete und in die Brusttasche steckte, fügte er noch an, daß Frenchy Geslin, so vernünftig seine Preise auch seien, für das Geld, das sie noch übrig hätten, nie im Leben die Segel zuschneiden könne, die sie benötigten. Sie müßten sich schon was einfallen lassen, um an das Geld zu kommen: betteln, leihen, stehlen – oder dafür arbeiten. Der Austernbetrieb in Beaufort suche eigentlich immer Arbeitskräfte. Allerdings sei die Bezahlung so schlecht, daß es Wochen dauern könne, bis sie genug zusammengespart hätten.

Das waren nun wieder entmutigende Neuigkeiten. Nathaniel sah die trübseligen Wochen schon vor sich. Für ein paar Pennys würden sie Austern knacken, und die Hoffnung, die Keys zu erreichen und dort die *Annisquam* zu finden, könnte er begraben. Entweder das oder den Rest der Reise einschließlich des Rückwegs ohne Focksegel. Doch auf einmal – Verzweiflung ist die Mutter der Inspiration – hatte er eine Idee.

»Leihen wäre vielleicht eine Möglichkeit. Wir haben Verwandte in Beaufort. Unsere Großtante Judith«, sagte er mehr oder weniger in Gedanken.

Eliot reagierte mit Spott auf den Vorschlag, der, wie er dachte, mal wieder typisch für seinen weltfremden älteren Bruder sei. Sie wüßten nicht mal, sagte er, ob ihre Großtante Judith überhaupt noch lebe, und wenn, wie sollten sie das denn anstellen? Einfach an ihre Tür klopfen und um ein Darlehen bitten? Sie hätten sie doch noch nie gesehen, außerdem wüßten sie nicht mal ihren Nachnamen.

»Sagt mal, Jungs, ihr *redet* ja nun wirklich nicht so, als ob ihr Verwandte in Beaufort habt«, warf Kincaid ein. »Hört sich eher so an, wie die Yankee-Blauröcke geredet haben, die ich im Krieg im Knast gehört hab.«

Drew fühlte sich durch die Art, wie der Mann das

Wort *Yankee* förmlich ausgespuckt hatte, und durch die unausgesprochene Andeutung, daß sie nicht die Wahrheit sagten, gekränkt. Er sagte, ihre Mutter sei in Beaufort geboren und aufgewachsen und der Vater ihrer Mutter sei während des Bürgerkriegs im Kampf für den Süden gefallen.

»Ach ja, tatsächlich?« Kincaids Gesichtsausdruck verdüsterte sich. »Gefallen im was, was hast du da gesagt?«

»Im Bürgerkrieg, Sir.«

»Ich hab dich gefragt, im *was*?«

»Im Bürgerkrieg«, wiederholte Drew völlig durcheinander. Gerade eben noch hatte der Alte selbst vom Krieg gesprochen, und jetzt tat er so, als hätte er noch nie davon gehört.

Mit starrem Blick, so wie Trajan einen Hund oder eine fremde Katze anstarrte, die ihm zu nahe kam, legte Kincaid die Hände auf Drews Schultern (er war nicht einmal eine Handbreit größer als Drew) und hauchte ihm die Ausdünstung seiner schlechten Zähne und seines muffigen Kautabaks ins Gesicht.

»Wenn du wirklich einen Großvater gehabt hättest, der für den Süden gekämpft hat, dann wüßtest du, daß wir den Krieg hier unten ›Krieg zwischen den Staaten‹ nennen, und zwar, weil er genau das war. War verdammt noch mal kein bißchen bürgerlich. Jetzt bin ich bürgerlich, jetzt schon, aber der Krieg, der war's nicht, mein Sohn.« Kincaid knöpfte sein Hemd auf und entblößte eine Narbe, die sich wie ein rosafarbener Wurm vom Brustbein bis zum Nabel wand. »Da ist nichts bürgerlich dran, oder? Seven Pines, 28. Mai 1862. Ich war bei der Truppe von Longstreet, dem großartigsten Mann, den South Carolina je hervorgebracht hat. Krieg zwischen den Staaten, merk's dir. Wenn ihr wieder zu Hause seid in Maine oder wo zum Teufel ihr auch immer herkommt, könnt ihr ihn ja wieder Bürgerkrieg nennen.«

Drew schluckte und sagte: »Ja, Sir.«

»Also, da wir das jetzt geklärt haben, laßt mal hören, was das mit eurem Großvater auf sich hat.«

Obwohl sich Stimme und Körper entspannt hatten, schien der Mann doch so empfindlich zu sein, daß sie Angst hatten, er könnte alles, was sie sagten, als Beleidigung auffassen.

»Ich hoffe doch stark, daß ihr mir darüber keinen Bären aufgebunden habt.«

»Er wurde in der Schlacht am Antietam Creek getötet«, sagte Drew.

»In Sharpsburg. Hier unten ziehen wir den Namen Sharpsburg vor.«

»Ja, Sir. Sharpsburg. Herbst 1862.«

»Richtig. Euer Großvater, hat der auch einen Namen gehabt? Oder kennst du den auch nicht?«

»Lightbourne. Er hieß Pardon Lightbourne.«

Kincaids Kopf zuckte kurz zurück, doch fing er sich sofort wieder und schaute sie erneut mit harter und zweifelnder Miene an.

»Weißt du noch ein bißchen mehr?«

»Unsere Mutter hat gesagt, daß er Captain war. Das hat ihr ihre Tante erzählt, unsere Großtante Judith. Sie hat Mutter großgezogen, nachdem Großmutter gestorben war.«

»Hat eure Mutter ein Bild von ihrem Vater?«

Nathaniel sagte, daß sie nur ein einziges habe, eine Photographie, auf der ein großer Offizier mit sehr dünnem Haar und einem Schnauzbart zu sehen sei.

»Das ist ja ein Ding«, murmelte Kincaid und nahm den Hut ab, unter dem ein kahler Kopf mit ein paar grauen Strähnen zum Vorschein kam. Mit dem Finger wischte er das Schweißband ab. »In dem Freiwilligenregiment, das sie in Beaufort County aufgestellt haben, da gab's tatsächlich einen Captain Pardon Lightbourne. Die Soldaten haben ihn ›den Schweden‹ genannt, weil er so groß war und Haare wie Maisfäden und genau so einen Schnauzbart hatte. Als sie mich in Seven Pines angeschossen haben, da hab ich in dem Regiment als einfacher Soldat gedient.«

»Sie haben unseren Großvater gekannt?« fragte Nathaniel, den ein wohltuendes Frösteln durchströmte.

»Kann nicht grade sagen, daß ich ihn gekannt hab. Er war Captain, ich einfacher Soldat, noch dazu in verschiedenen Kompanien. Ich weiß, daß ich ihn mal gesehen hab. Das einzige Mal, daß ich mit ihm gesprochen hab, außer salutieren und guten Morgen und so, war, als mich mein Captain mit einer Nachricht zu ihm geschickt hat. Weiß ich noch ganz genau, das war, bevor Longstreets Korps, zu dem unser Regiment gehört hat, bei Seven Pines gegen Burnside aufmarschiert ist. Captain Lightbourne und ein Sergeant von seiner Kompanie und noch ein Leutnant haben am Feuer gesessen und über ihre Familien geplaudert. Der Captain hat gesagt, daß er einen Brief von seiner Frau bekommen hat, und daß sein Sohn – schätze, das war dann euer Onkel – angefangen hat zu sprechen, und daß er, wenn er aus der Sache morgen lebend rauskommt, um Urlaub bittet und nach Hause fährt, damit er hören kann, wie der Junge Daddy zu ihm sagt. Weiß ich noch genau, weil dieses ›Wenn ich aus der Sache morgen lebend rauskomm‹ jedem im Kopf rumgegangen ist, aber keiner außer dem Captain sich getraut hat, was zu sagen. Hat er ganz ruhig gesagt, einfach so, ganz nüchtern. Er war ein mutiger Mann. Und jetzt seid ihr hier, die Enkel von dem Captain, ausgerechnet in Snead's Landing, den ganzen Weg von Maine runter. Wie kommt's, daß ihr Jungs Yankees seid?«

Nathaniel berichtete die Geschichte, so knapp es ging, wobei er wohlweislich jeden Hinweis auf ihres Vaters Dienst in der Marine der Union aussparte. Er war wie elektrisiert von der Wiederbelebung ihres Großvaters, eines Mannes, von dem er und seine Brüder kaum mehr als den Namen kannten, einer Gestalt, die nur auf einer rissigen Photographie existierte, ohne Stimme und Persönlichkeit. Es war einfach wunderbar, jemanden zu treffen, dessen Augen ihn als lebendigen Menschen gesehen hatten, der mit ihm gesprochen hatte, der ihn hatte sprechen hören. Berauscht von der Romantik des längst Vergangenen, vom Glanz des Krieges, nahm die Szene in Nathaniels Vorstellung Gestalt an: der blonde Offizier im grauen Rock der Rebellen, der zusammen mit anderen Offizieren am Vorabend der Schlacht am Wachfeuer sitzt. Lediglich ein einziger Aspekt des fesselnden Bildes beunruhigte ihn.

»Sind Sie sicher, daß unser Großvater von einem *Sohn* gesprochen hat?« fragte er Kincaid. »Daß das ein Junge war, der da angefangen hat zu sprechen?«

»Und ob. Gibt Sachen, die im Krieg passiert sind, die weiß ich noch, wie wenn sie letzte Woche passiert wären, Sachen, an die ich mich sonst nicht erinnern würde. Komische Frage. Wie kommst du darauf?«

Ein Gefühl riet Nathaniel, den wahren Grund für sich zu behalten, aber bevor er noch eine stimmige Antwort formulieren konnte, platzte es aus Drew heraus:

»Unsere Mutter hat uns nie ein Wort davon erzählt, daß sie einen Bruder hat.«

»Wirklich?« sagte Kincaid und rieb an der Warze auf seiner Nase. »Tja, das ist allerdings komisch.«

»Na ja, väterlicherseits ist es auch nicht anders«, plapperte Eliot fröhlich dazwischen. »Wir sind überhaupt eine ziemlich komische Familie.«

»Geht mich eigentlich nichts an, aber vielleicht kann

eure Großtante ja was zu dem Puzzle beisteuern. Wie hieß sie noch gleich, Judith? Wenn ich's mir genau überleg, in Beaufort gibt's eine alte Witwe, die heißt Judith Wilcox. War die Frau von Lucien Wilcox, und dem hat die größte Bank in Beaufort gehört. Hatte mal mit dem zu tun. Wenn das eure Judith ist, dann habt ihr Jungs vielleicht Glück! Die Witwe von einem Bankier sollte einem eigentlich was leihen können.« Er setzte sich den Strohhut wieder auf, verpaßte ihm wie einem Stetson aus Filz in der Mitte einen zackigen Kniff und stand auf, um zu gehen. »Für den Fall, daß sie euch nichts leihen kann oder daß es nicht die richtige Judith ist, mach ich euch Jungs den Job auch für den Fünfer, den ich schon hier in der Tasche hab. Teufel noch mal, was soll's, ich mach's einfach.«

Nathaniel dachte kurz daran, der Form halber Einspruch zu erheben, entschied sich aber anders und bedankte sich.

»Denkt bloß nicht, daß das ein Almosen ist. Ich mach's, weil ihr enge Verwandte von Captain Lightbourne seid. Das gleicht's ein bißchen aus, daß ihr Jungs alle Yankees seid.« Er rubbelte Drew mit den Knöcheln über den Kopf. »Und denk dran, es heißt ›Krieg zwischen den Staaten‹.«

15

Überall auf der Bay Street und im Hafenviertel von Beaufort war unter Kaufleuten und Fischern das einzige Thema das Wetter – es war so heiß, daß sich sogar die Einheimischen unwohl fühlten, und die Braithwaites glaubten, sie wären in einer Hafenstadt am Amazonas gestrandet. Sie kamen vor Hitze fast um, als sie in ihrer Landganggarderobe durch das Geschäftsviertel gingen, das man mit dem Adjektiv *geschäftig* nur dann zutreffend beschriebe, zöge man zum Vergleich ein Hinterwäldlerkaff wie Snead's Landing heran. Ein paar Neger, die einen schwerfälligen Dialekt sprachen, der zwar wie Englisch klang, aber doch irgendwie kein English war, stapelten neben einem Lagerhaus Baumwollballen auf. Ihre Bewegungen glichen denen von Männern, die an leichten Lähmungserscheinungen litten. Aus einem Laden kamen zwei Frauen und spazierten lustlos im Schatten ihrer Sonnenschirmchen die Bay Street hinauf. Ein keuchendes Pferdegespann mit einem Lastkarren voller Möbel plagte sich auf der Straße ab. Beaufort bewegte sich an diesem glutheißen Nachmittag in gemächlichem Tempo, und außerhalb des Ortszentrums bewegte sich gar nichts mehr. Als sie in die Carteret einbogen, die zwischen regungslos paradierenden immergrünen Eichen an den aus Kalkmörtel oder Holz errichteten Herrschaftshäusern der besseren Gesellschaft vorbeiführte, sahen die Jungen weder eine Menschenseele noch ein Fuhrwerk. Das gleiche Bild bot sich ihnen in der Port Republic. Alles in allem machte

Beaufort den Eindruck einer Stadt, die man wegen der Pest oder einer drohenden Invasion aufgegeben hatte. Die trostlose Atmosphäre verstärkte die Unsicherheit der Jungen noch. An der Ecke blieb Nathaniel stehen und schaute wie ein Tourist, der die Orientierung verloren hatte, mit verwirrtem Gesichtsausdruck die Straße hinauf.

»Also, entweder wir ziehen das jetzt durch, oder wir lassen es bleiben«, sagte Eliot.

Er selbst war nicht gerade begeistert. Ihm widerstrebte die Unternehmung von ganzem Herzen, erstens aus moralischen Erwägungen – Nats Plan verlangte ein gewisses Maß an betrügerischer Energie – und zweitens aus praktischen Erwägungen: Sie wußten, daß sich Tante Judith erbittert gegen die Hochzeit ihrer Mutter gewehrt hatte; daraus folgte, daß sie für die Sprößlinge dieser Verbindung weder ihr Herz noch ihren Geldbeutel öffnen würde. Das einzig Vernünftige wäre, ihren Vater telegraphisch um das Geld zu bitten – sein ausdrückliches Verbot, sich zu melden, schloß einen solchen Notfall bestimmt nicht ein, und sicher würde er sogar darauf bestehen, daß seine so verdammt wertvolle Yacht so schnell wie möglich repariert würde. Aber Nathaniel lehnte das ohne Angabe von Gründen ab. Gründe waren eigentlich auch gar nicht nötig, Eliot wußte ohnehin Bescheid. Außerdem hatte Drew sich auf Nats Seite geschlagen, nicht aus falschem Stolz dem Vater gegenüber, sondern weil er herausfinden wollte, ob sie einen lange verschollenen Onkel hatten und wenn ja, warum ihre Mutter ihnen nie von ihm erzählt hatte.

»Ich muß mir nur noch mal kurz alles durch den Kopf gehen lassen, bevor wir da hochgehen«, sagte Nathaniel gerade. »Denkt dran, das Reden überläßt ihr mir.«

»Aye, aye, Skipper.«

Sie überprüften die Hausnummern, während sie die Port Republic hinaufgingen, und kamen schließlich zu einem verschnörkelten Eisenzaun, hinter dem ein weißes, zweigeschossiges Haus stand. Es hatte schwarze Fensterläden, und über der Veranda war ein Balkon. Nathaniel öffnete das Tor und führte die Gruppe über einen Ziegelsteinweg und einen Treppenvorbau hinauf zur fensterlosen Haustür. Auf ihr Klingeln öffnete eine ziemlich große mokkafarbene Negerin, die graue Strähnen im Haar hatte. Sie sagte etwas in demselben Dialekt, den sie schon bei den Negern mit den Baumwollballen gehört hatten. Nathaniel verstand kein Wort und fragte, ob Mrs. Wilcox zu Hause sei.

Die Frau brabbelte etwas, das sich wie »Klaisseda« anhörte, was er als Bestätigung auffaßte.

»Bitte geben Sie ihr das.« Er zog ein Formular der Telephongesellschaft aus der Jackentasche, auf dessen Rückseite er ein paar einführende Sätze geschrieben hatte.

Sie warteten eine Minute, drei Minuten, fünf Minuten ...

»Wir haben doch gewußt, daß sie ein Telephon hat«, flüsterte Eliot und wischte sich mit seinem Halstuch das Gesicht ab. »Wir hätten erst anrufen sollen.«

»Persönlich ist besser«, sagte Nathaniel. »Dann kann sie uns nicht so leicht abwimmeln.«

Eine weitere Minute verstrich. Drew, der herumdruckste, als müßte er aufs Klo, fragte sich laut, ob Judith Wilcox vielleicht doch keine Verwandte von ihnen sei.

Nach dem, was sie von der Angestellten der Telephongesellschaft erfahren hatten, war es aber eher wahrscheinlich, daß sie es war. Nathaniel hatte sich gedacht, daß es im Haus eines Bankiers ein Telephon geben müsse, und vorgeschlagen, in den Telephonverzeichnissen Judith Wilcox' Adresse nachzuschlagen. Er fand einen L. A. Wilcox in der Port Republic 414 und fragte die Angestellte, ob das der Lucien Wilcox sei, dem die Bank gehöre. Sie bejahte, sagte aber auch, daß der Bankier vor zwei Jahren gestorben sei. Jetzt lebe nur noch seine Witwe da – arme Frau, hatte schon zwei Ehemänner überlebt. »Wirklich?« sagte Nathaniel, der versuchte, einen harmlosen Eindruck zu machen. Das sei doch nicht etwa die Judith Wilcox, deren erster Mann im Krieg an Cholera gestorben sei? Warum, ja, genau die, antwortete die Angestellte. Dann verdüsterte sich ihr Gesicht, und sie fragte die Jungen, wer sie seien, und Nathaniel sagte, sie seien alte Freunde der Familie, und verließ dann umgehend das Gebäude. Er war stolz auf seine Detektivarbeit. Verdammt, hatte er seinen Brüdern erzählt, ich könnte glatt bei Pinkerton anfangen.

Nach etwa zehn Minuten kam das Hausmädchen zurück. Sie öffnete die Tür und sagte: »Kommse rein.« Sie betraten eine düstere Halle, von der in der Mitte eine Treppe nach oben führte, und wurden in ein Wohnzimmer geführt, auf dessen Wände streifiges Sonnenlicht fiel. Es drang durch die Lamellen der Fensterläden, die ebenso wie die Fenster selbst geschlossen waren. Sie sollten offensichtlich die Hitze draußen halten, bewirkten aber nur den gegenteiligen Effekt. Die stickige Luft wurde durch den starken Geruch nach Eau de Cologne und Arznei, eine Duftmischung aus Boudoir und Apotheke, noch stickiger. Im hinteren Eck thronte in einem Sessel mit ovaler Rückenlehne eine alte Frau, die ein dunkelblaues Kleid mit spitzenbesetztem Kragen und Manschetten trug und einen Stock in der Hand hielt.

»Danke, Arthurlene«, sagte sie fast flüsternd und

drehte dann den kleinen Kopf, um den Jungen geradewegs ins Gesicht zu schauen. Die Züge verschwommen im Schatten, doch fiel ihr einer der Lichtstäbe quer über die Augen – zwei stahlgraue Knöpfe, festgenäht unter grauen Brauen, die so buschig waren wie die eines Mannes. »Würde den Herren ein Schluck Limonade zusagen? Mir scheint, an einem Tag wie diesem ist Limonade das passende Getränk«, sagte sie. Der Akzent erinnerte die Jungen an ihre Mutter: einsilbigen Wörtern fügte sie eine Silbe an, aus zweisilbigen wurden dreisilbige.

»Limonade wäre wunderbar, Ma'am«, sagte Nathaniel. Im Vergleich zu der ihren klang seine Aussprache schroff, überhastet und irgendwie unhöflich.

»Arthurlene, dreimal Limonade bitte«, sagte sie zu dem Mädchen und murmelte dann, nachdem sie ihre Großneffen wieder lange angeschaut hatte: »Ihr seid also Elizabeths Jungen.«

»Ja, Ma'am.«

»Verzeiht, daß ich euch bei dieser scheußlichen Hitze habe draußen warten lassen. Ich war nicht darauf vorbereitet, Besucher zu empfangen.«

»Das macht überhaupt nichts ...«

»Ihr müßt mir ebenfalls verzeihen, daß ich nicht aufstehen kann. Die Arthritis quält mich sommers wie winters. Kommt etwas näher, damit ich euch genauer anschauen kann.«

Sie durchquerten das Zimmer und stellten sich in einer Reihe vor ihr auf. Sie hob ihre Lorgnette an die Augen und betrachtete genau, aber auf distanzierte Art, jedes der Gesichter.

»Und ich hatte mich schon damit abgefunden, daß ich euch nie zu Gesicht bekommen würde. Wie wundervoll, in meinem Alter noch solche Überraschungen zu erleben«, sagte sie. »In dir erkenne ich deutlich Elizabeth.« Sie deutete auf Nathaniel. »Du hingegen, junger Mann, bist ganz das Abbild deines Vaters. Ich erinnere mich genau an ihn, und auch an den seltsamen, stillen Jungen, den er bei sich hatte – ja, du siehst ganz genauso aus.«

»Das war mein Halbbruder Lockwood«, sagte Drew, der sich wünschte, jemand würde ein Fenster öffnen.

»Hat er so geheißen? Das habe ich wohl vergessen. Und wie heißt du? Auf dem Zettel stand Nathaniel, Eliot und Andrew, aber wer ist wer? Elizabeth hat mir die Geburtsanzeigen geschickt – sie war immerhin so aufmerksam, mir wenigstens diese Gefälligkeit zu erweisen –, aber ich kann mich nicht mehr entsinnen, wer wann zur Welt kam.«

Nachdem Nathaniel diese Frage geklärt hatte, bedeutete sie ihnen mit einer Handbewegung, sich zu setzen. Nathaniel nahm den einzigen anderen Stuhl, seine Brüder ließen sich auf einer zerschlissenen Sitzbank nieder. Als sie sich setzten, stiegen von den Polstern Staubwölkchen auf, die durch die heißen Sonnenstreifen wirbelten. Arthurlene kam mit einem Krug Limonade und drei Gläsern zurück. Der Durst gewann die Oberhand über ihre Manieren, und gierig stürzten sie das Getränk hinunter.

»Gott, ihr müßt ja ganz ausgedörrt sein!« sagte Tante Judith. »Nun ja, ich nehme an, daß ihr in Maine an eine derartige Hitze nicht gewöhnt seid. Lebt ihr immer noch da? Nein, richtig, Boston. Das letzte Mal, als ich von eurer Mutter gehört habe, wart ihr gerade nach Boston umgezogen.«

»Kurz nach meiner Geburt, als Vaters Geschäft in Schwung gekommen ist«, sagte Nathaniel. »Dad kommt aus Boston, wie Sie sich vielleicht noch erinnern.«

»Ich erinnere mich«, sagte sie und überhäufte sie dann mit Fragen über ihre Mutter, ihren Vater und sie selbst. Sie war weder feindselig noch freundlich, sie verhielt sich genauso wie Mutter gegenüber Lockwood: *korrekt*. Als sie fertig war, bat sie um Entschuldigung, daß sie sie so unnachgiebig ausgefragt habe. Aber, wißt ihr, Jungs, abgesehen von den Geburtsanzeigen hat es eure Mutter nicht für angezeigt gehalten, die Verbindung aufrechtzuerhalten. Sie sagte das mit einer Gehässigkeit, die ihr honigsüßer Tonfall nicht nur nicht verbergen konnte, sondern im Gegenteil sogar verstärkte.

»Wirklich? Wir haben immer geglaubt, daß es genau anders herum ...«, fing Drew an, bis ihm Nathaniel mit einem scharfen Blick das Wort abschnitt. Er sah eine Möglichkeit, Tante Judith zu schmeicheln, und sagte, daß ihre Mutter nur in höchsten Tönen von ihr gesprochen und dabei immer die Worte »meine liebe Tante Judith« benutzt habe.

»Sie hat immer gesagt, wenn wir mal nach Beaufort kommen, sollten wir Sie unbedingt besuchen. Und hier sind wir.«

Die alte Frau beugte sich vor und verschränkte die Hände im Schoß, wobei die blauen Adern deutlich hervortraten.

»Ich bin überrascht, daß sie überhaupt meine Adresse kennt. Ich habe ihr schon seit, tja, zehn oder elf Jahren nicht mehr geschrieben. Ich kam mir allmählich so vor wie jemand, der Zettel in eine Flasche steckt, die nie jemand aufklaubt.« Sie schürzte die Lippen, von denen Falten senkrecht nach oben verliefen. »Was mich zu der Frage bringt, was ihr hier eigentlich macht. Seid ihr allein hier?«

»Wir sind ganz ohne Mutter und Vater hier, wenn Sie das meinen.«

»Genau das meine ich. Für drei junge Burschen wie euch, ohne Begleitung, ist das ein furchtbar weiter Weg.

Zumal, wenn ihr nur gekommen seid, um mich zu besuchen.«

Das war die Gelegenheit, auf die Nathaniel gewartet hatte. Er gab ihr einen kurzen Abriß, wie die Reise vom ersten Tag an verlaufen war. Er hielt sich strikt an die Fakten bis gegen Ende des Berichts, wo er erzählte, daß sie in der Absicht, sie zu besuchen, auf Beaufort zugehalten hätten. Dann sei ihr Schiff in einen Sturm geraten und beschädigt worden, worauf sie in den Saint Helena Sound abgetrieben worden seien. Von dort seien sie heute morgen hierher gesegelt, um die Reparaturen erledigen zu lassen.

»Also haben wir uns gedacht, Mrs. Wilcox, daß wir am besten bei Ihnen vorsprechen, bevor die Reparaturen in Angriff genommen werden.« Die Anstrengung, sein verräterisches Gesicht zu kontrollieren, trieb ihm frische Schweißperlen auf die Stirn. »Wir haben nicht gerade viel Zeit, weil wir ja ein Auge darauf haben müssen, daß die Arbeiten auch korrekt durchgeführt werden. Und dann müssen wir auch noch zur Arbeit in dem Austernbetrieb.« Er machte eine Pause, um ihren Gesichtsausdruck zu mustern. »Der Boss hat uns gesagt, daß es derzeit nicht ohne Überstunden ausgeht.«

Verwirrt hob Tante Judith die buschigen Augenbrauen. »Entschuldige bitte, aber was meinst du mit Arbeit in einem Austernbetrieb? Was wollt ihr denn da machen?«

»Austern knacken, Ma'am.«

»O ja, sicher, ihr wollt da Austern knacken. Was sollte man in einem Austernbetrieb auch sonst tun? Aber das ist ja wohl kaum eine angemessene Beschäftigung für einen Gentleman.«

»Ich will es einmal so erklären, Mrs. Wilcox: Wir sind dazu gezwungen, damit wir die Reparatur des Schiffs bezahlen können.«

»Verzeihung, aber ich verstehe nichts von Schiffen und Schiffsreparaturen. Ist das teuer?«

»Manchmal schon. Es hat uns was von unserer Takelage weggefetzt, ich meine, in dem Sturm haben wir ein Segel eingebüßt, und wir müssen uns ein neues machen lassen. Heute morgen haben wir mit einem Segelmacher gesprochen. Geslin. Frenchy Geslin, so nennen sie ihn hier. Kennen Sie ihn?«

»Ich bin mir ziemlich sicher, daß ich niemanden kenne, der auf den Namen ›Frenchy‹ hört«, bemerkte sie spitzbübisch.

»Er hat uns einen Kostenvoranschlag gemacht, und der ist ein ganzes Stück höher, als das, was wir noch haben. Also haben wir uns entschlossen, den Job in dem Austernbetrieb anzunehmen. Wenn wir drei ungefähr zwei Wochen da arbeiten, müßten wir das Geld zusammenhaben.«

Sie fragte nach der Höhe des Betrags, und Nathaniel nannte ihn. Er fühlte sich wie ein Pokerspieler, der nur noch eine Karte zum Flush brauchte. Tante Judith legte nur den Kopf auf die Seite und fragte, ob sie noch etwas Limonade wollten, wenn ja, solle er doch so nett sein, an der Kordel in der Ecke hinter ihm zu ziehen. Er tat, wie geheißen.

»Wir haben ein Telegraphenbüro hier in der Stadt«, sagte Tante Judith, während Arthurlene aus dem Schatten auftauchte und das Tablett holte. »Warum telegraphiert ihr nicht eurem Vater, daß er euch das Geld schickt?«

Eliot schaute Nathaniel an, während dieser sagte, das sei nicht möglich.

»Ich kann Ihnen leider nicht erklären, warum, weil wir es nämlich selbst nicht wissen. Als wir losgesegelt sind, hat er uns nur gesagt, daß das Geld – dreißig Dollar, das hatte ich noch nicht erwähnt – ausreichen würde und daß er uns auch nichts mehr schicken würde.«

Das Mädchen kam mit frischer Limonade zurück und schenkte drei Gläser ein. Als Tante Judith sagte, sie wolle auch ein Glas, schenkte sie auch ihr eines ein.

»Das ist empörend, Nathaniel«, sagte die alte Frau. »Ich muß ehrlich sagen, daß ich eure Lage empörend finde. Willst du etwa andeuten, daß Elizabeth euch das Geld auch nicht schicken würde?«

»Dad hat die Hand am Geldhahn, Mrs. Wilcox.«

»Tante Judith, bitte.« Sie nahm mit zittriger Hand das Glas. »Beantworte mir eine Frage. Die ganze Wahrheit. Ihr Jungs steckt doch nicht in irgendwelchen Schwierigkeiten? Ihr seid doch nicht von zu Hause ausgerissen, oder?«

Nathaniel war erleichtert, wahrheitsgemäß beschwören zu können, daß dem nicht so war. Seine Brüder bekräftigten den Schwur.

Es entstand eine kurze Pause, während deren Tante Judith die Redlichkeit der Jungen abschätzte. Dann sagte sie das, worauf sie so verzweifelt gewartet hatten: Ob ihr Vater das Geld wohl zurückzahlen würde, wenn sie ihnen etwas leihe? Sie nehme doch an, daß jeder Mann, der noch ein Fünkchen Ehre im Leib habe, das tun würde.

»Ich bin mir sicher, das würde er«, sagte Nathaniel, der sich selbst keineswegs durch und durch ehrbar vorkam. »Aber Sie müssen das nicht tun. Wir können auch in dem Betrieb ...«

Sie hob eine Hand, deren bleiche Innenseite mit tiefen Furchen überzogen war, und ließ den Einspruch verstummen.

»Mir ist völlig klar, daß ich das nicht muß, junger Mann. Ich muß überhaupt nichts – außer atmen, essen, ausscheiden und sterben, wobei letzteres schon sehr bald unausweichlich sein dürfte. Sei so nett und klingle nach Arthurlene.«

Wie ein Geist tauchte diese wieder auf und erhielt die Anweisung, Briefpapier, Feder und Tinte zu bringen. Nachdem das Gewünschte gebracht worden war, erhob sich Tante Judith langsam, wobei sie sich zitternd auf ihren Stock stützte. Um ihrer Wohltäterin zu helfen, sprangen die Braithwaites auf und rannten sich dabei beinah gegenseitig über den Haufen. Sie winkte sie beiseite und stand aus eigener Kraft auf. Sie waren überrascht, wie klein sie war – kaum größer als Drew. Sie ging zu dem Tisch, auf dem Arthurlene Papier und Schreibzeug bereitgelegt hatte, und fing an zu schreiben. Sie zerknüllte den ersten Versuch und begann von neuem.

»Gib das diesem Frenchy. Ich bin mir ziemlich sicher, daß er weiß, wer ich bin«, sagte sie und reichte Nathaniel einen Schuldschein mit der Anweisung, Mr. Geslin solle alle Rechnungen zur Begleichung an sie schicken.

Im Chor überhäuften die drei Brüder sie mit ihren Dankesbezeugungen.

»Ihr braucht mir nicht zu danken«, sagte sie abwinkend. »Wenn ich es mir recht überlege, dann könntet ihr vielleicht ... Ich hätte da ein paar Fragen, auf die ich gern eine Antwort hätte. Fragen, die mich schon seit Jahren verfolgen ... Ja, damit könnt ihr euch am besten bedanken.«

»Aber sicher doch, wenn wir können, Tante Judith«, sagte Nathaniel und fügte hinzu: »Auch uns beschäftigt eine Frage. Und zwar hat sie mit unserem Großvater zu tun.«

»Später, später. Es ist jetzt Zeit für mein Nickerchen. Und das ist heilig. Beim Abendessen. Pünktlich um halb sechs. Und ich meine pünktlich, wenn ich das sage.

Nicht irgendwann zwischen halb sechs und halb sieben, in dieser Sache halte ich es nämlich nicht mit den Sitten des alten Südens.«

»Wir werden da sein. Würde es Ihnen etwas ausmachen, wenn wir unseren Schiffskameraden mitbringen? Er heißt Will Terhune und …«

»Tut mir leid, aber das macht mir sehr wohl etwas aus«, sagte sie herrisch. »Meine Fragen sind persönlicher Natur. Um halb sechs, Jungs.«

Sie rannten förmlich von der Port Republic zur Carteret, weiter die Carteret hinunter zur Bay Street und von dort aus zu den Kais, stürmten durch die Tür eines Ziegelbaus und die Treppe hinauf in eine niedrige Werkstatt unter dem Dach, wo Männer in Segeltuchschürzen an langen Tischen saßen, nähten, zuschnitten und mittels Fußpedalen die schweren Nähmaschinen in Schwung hielten. Sie übergaben den Brief an Frenchy Geslin, der sich als so reizbar herausgestellt hatte, wie von Kincaid beschrieben. Als Will und die Braithwaites zuvor versucht hatten, für das neue Focksegel einen niedrigeren Preis auszuhandeln, hatte er sie angefaucht: »Ich bin Geschäftsmann und nicht von der Wohlfahrt.« Jetzt war er so umgänglich, wie man sich nur vorstellen konnte, und erklärte, Tante Judiths Bürgschaft sei so gut wie Bargeld und er werde sich gleich heute noch an die Arbeit machen.

Sie eilten die Treppe hinunter, rannten in den Hafen zur *Double Eagle* und teilten Will, der auf dem Kajütdach in der Sonne lag, die Neuigkeiten mit.

»Klasse Arbeit, Natters. Hätte nie gedacht, daß Doppelzüngigkeit eine deiner starken Seiten ist.«

Die Bemerkung rührte an Eliots Gewissen: Sie hatten einer ältlichen Dame, die obendrein eine Blutsverwandte war, eine beträchtliche Summe abgeschwindelt.

»Wenigstens bleibt es in der Familie«, sagte Will spöttelnd.

»Wir haben ihr das Geld nicht abgeschwindelt, Dad zahlt ihr todsicher alles zurück«, sagte Nathaniel. Er rekapitulierte noch einmal alles und kam zu dem Schluß, daß sie kein völlig falsches Spiel mit Tante Judith getrieben hätten. Die Geschichte mit dem Austernbetrieb sei ja im großen und ganzen wahr: Sie hätten dort immerhin nach Arbeit gefragt, oder etwa nicht? (Obwohl Nathaniels Motiv, überhaupt dort vorzusprechen, einzig darin gelegen hatte, ihrer Geschichte zu etwas mehr Glaubwürdigkeit zu verhelfen.) Aber der Vorarbeiter habe nun einmal mit der Begründung abgelehnt, er brauche keine Arbeitskräfte mehr.

»Dann hätten wir ihr das auch erzählen sollen«, sagte Eliot. Er erinnerte sich daran, wie erleichtert er gewesen war, daß der Vorarbeiter sie nicht hatte brauchen können, denn als er die käsebleichen Gesichter der Frauen und Kinder gesehen hatte, die dicht an dicht in Wolken von Dampf und Gestank auf den Bänken saßen und Austern knackten, hatte es ihn geschaudert.

»Klar, aber dann hätten wir auch gleich mit der Sprache rausrücken und um das Geld betteln müssen. Braithwaites betteln nicht«, sagte Nathaniel. »Wir haben sie sozusagen ein bißchen angestupst, daß sie es uns freiwillig gibt.«

In Wirklichkeit, fuhr er mit seinen rationalen Erklärungen fort, sei nur gelogen gewesen, daß sie unterwegs nach Beaufort gewesen seien, um Tante Judith zu besuchen, und daß ihre Mutter in höchsten Tönen von ihr gesprochen habe. Und da diese Unwahrheiten Tante Judith gutgetan hätten, fielen sie auch nicht weiter ins Gewicht.

»Ach ja? Ich frage mich, was dein getreuer Held aus den Groschenheften dazu sagen würde.«
»Frank Merriwell ist nur erfunden«, sagte Nathaniel.

Obwohl es noch zwei Stunden bis Sonnenuntergang war, brannte im Eßzimmer, dessen Fensterläden ebenfalls geschlossen waren, ein elektrischer Kronleuchter, der durch einen Kandelaber Schützenhilfe erhielt. Gebadet und gekämmt, sahen die Jungen so präsentabel aus, wie man es anläßlich eines Abendessens nur sein konnte. Das für das Carolina-Tiefland übliche Festmahl bestand aus Reis und Yamswurzel, Brathühnchen und gebackenem Schinken, Okraschoten und flaumigen, mit Puderzucker bestäubten Krapfen. Tante Judith hatte ihr dunkelblaues Kleid gegen ein dunkelrotes eingetauscht und präsidierte der Tafel am Kopfende des Tisches, aß selbst aber kaum etwas. Ihre Verdauung, so klagte sie, sei auch nicht mehr das, was sie einmal war.

Die Fragen, die sie ihnen stellen wollte, kamen zunächst nicht zur Sprache. Statt dessen hob sie zu einem Monolog über Marshlands an, jene Reisplantage, die sie und ihr Mann, ein gewisser Caleb Maxey, in der Nähe von Port Royal besessen hatten. Im neutralen Tonfall eines Historikers erzählte sie von der Zerstörung der Plantage durch die Flotte der Union, die mit ihrer Blockade im Herbst 1861 kurz vor der Geburt ihrer Mutter den Port Royal Sound abgeriegelt hatte. Sie erzählte davon, wie Beaufort nach der Kapitulation der konföderierten Garnison auf Hilton Head Island von der Union besetzt worden, wie die Stadt praktisch ein Außenposten der Nordstaaten geworden sei, daß man jetzt überall Blauröcke gesehen habe und deren General Stevens Hauptquartier in der Bay Street genommen habe und wie die durch die Bajonette der Yankees befreiten Inselsklaven sich jetzt frei zwischen ihren früheren Herren hätten bewegen können – und das zwei Jahre vor Lincolns berühmter Proklamation. Sie erzählte ihnen, daß die Episkopalkirche in ein Militärkrankenhaus umgewandelt worden sei und sie dort als Freiwillige gedient habe, und all das Leiden, all die Greuel, die sie gesehen habe: Auf Grabsteinen, die man als Operationstische benutzte, hätten die Ärzte Gliedmaßen abgesägt und die Namen schon lang Verstorbener mit dem vermischten Blut des Südens und der Yankees befleckt und besudelt. Schließlich beschrieb sie in knappen Worten ihren Schwager, den Großvater der drei Jungen: seine Geschäftstüchtigkeit (zwei Jahre vor Kriegsausbruch hatte er ein Maklergeschäft für Baumwolle und Indigo begonnen), seine angenehme Erscheinung, seine Tapferkeit. Die Großmutter der Jungen erwähnte sie jedoch mit keinem Wort. Sie fragten nicht nach, da ihnen Tante Judith keine Gelegenheit dazu gab.

Während Arthurlene das Geschirr abräumte, kam Tante Judith auf den Tag zu sprechen, an dem durch einen von General Longstreet persönlich unterzeichneten Brief die Nachricht von Pardon Lightbournes Tod bekannt wurde. Mit gemischten Gefühlen lauschten die Jungen ihren Worten. Es fiel ihnen schwer, ja es war ihnen in Wahrheit völlig unmöglich, die Bewunderung für seinen Mut mit dem ihnen von ihrem Vater eingeimpften Widerwillen gegen die Sache, für die jener gestorben war, in Einklang zu bringen. Auch konnten sie ihre Zuneigung zur Großtante nicht mit dem Wissen in Einklang bringen, daß diese kleine, zerbrechliche und großzügige Frau einmal Besitzerin von einhundert Menschen gewesen war. Und dann blieb noch dieser letzte qualvolle Widerspruch: Wenn sich ihr Vater und der Vater ihrer Mutter vor über vierzig Jahren begegnet wären, dann hätten beide ihr möglichstes getan, den anderen zu töten.

Das Mädchen kam wieder aus der Küche und flüsterte ihrer Herrin etwas zu, woraufhin diese die Jungen fragte, ob sie gern Eiskrem zum Pfirsichkuchen hätten. Sie bejahten einstimmig, und Drew wollte wissen, welche Sprache Arthurlene denn spreche. Keines ihrer Worte hätte sich wie Kuchen oder Eiskrem angehört. Tante Judith sagte, die Sprache heiße Gullah und würde von den Negern der Küsteninseln gesprochen. Sie beherrsche sie zwar kaum, aber da sie und Arthurlene schon so lange zusammenlebten, könne sie die Sprache mittlerweile immerhin verstehen.

»Eure Mutter hat als Kind fließend Gullah gesprochen«, fügte sie hinzu, während sie den Kopf schüttelte, als Arthurlene ihr einen Dessertteller hinstellte. »Die Kirchenlieder und die Schlaflieder sind wirklich schön, richtig betörend. Arthurlene hat Elizabeth immer eines vorgesungen, nachdem die Schwindsucht ihre Mutter von uns genommen hatte. Hat sie euch das denn nie vorgesungen?«

Alle drei schüttelten den Kopf.

»Nein, wohl kaum«, sagte ihre Großtante nach einer kurzen Pause. »Mir kommt es so vor, daß eure Mutter, nachdem sie von hier weggegangen ist ... Hat sie euch überhaupt irgend etwas von ihrem Leben hier erzählt?«

»Ja, Ma'am«, sagte Nathaniel.

»Und sie hat gut von mir gesprochen? Wenn ihr vorhin nicht ehrlich wart, dann seid es wenigstens jetzt.«

»Ja, sicher. Darüber, daß Sie ihr beigebracht haben, wie man sich als Dame benimmt, daß Sie ihr Französisch beigebracht ...«

»Lediglich *Floskeln*, Nathaniel. Keine Grammatik, von der ich ehrlich gesagt selbst nichts verstehe. Nur Floskeln wie *enchantez* und *au fond* und *comment allez-vous*. Was für die Ausdrucksweise einer Dame das ist, was Puder und Schminke für ihr Gesicht sind.«

»Was meinen Sie damit?« fragte Drew mit der ihm eigenen plumpen Offenheit.

»Für eine Frau ist es oft notwendig, daß sie sich schöner präsentiert, als die Natur sie gemacht hat, kultivierter, als sie vielleicht in Wirklichkeit ist. Frauen sind Zauberkünstler. Die Kunst besteht darin, ein Trugbild zu schaffen, das nicht unbedingt betrügerisch ist, aber dazu geeignet, die Welt lebenswerter zu machen. Arthurlene, ich glaube, die Sonne ist untergegangen. Sei so nett, öffne die Fensterläden und laß die Abendluft herein.«

»Wir können ihr dabei helfen«, sagte Nathaniel. Das Angebot entsprang weniger dem ehrlichen Wunsch, hilfsbereit zu sein, als dem Bestreben, möglichst schnell kühle Luft in das dampfige Zimmer zu lassen.

»Das werdet ihr bleiben lassen«, sagte Tante Judith, während Nathaniel schon den Stuhl zurückschob. In ihrem Befehlston hörte er das Echo der früheren Herrin einer Plantage mit einhundert Sklaven. »Arthurlene steht in meinen Diensten, sie hat ihre Aufgaben. Ihr seid Blutsverwandte, und als solche habt ihr eure Pflichten. Und zwar« – ihr Tonfall wurde jetzt sanfter – »die Fragen zu beantworten, die ich an euch habe. Wenn ihr dazu, wie gesagt, in der Lage seid.«

»Wir werden uns bemühen«, sagte Nathaniel. »Aber haben Sie etwas dagegen, wenn wir zuerst unsere Frage stellen?«

»Auch ich werde mich bemühen.«

»Haben wir einen Onkel? Oder hatten wir einen?«

Tante Judith senkte den Blick und zupfte an den spitzenbesetzten Manschetten.

»Welchen Zweig der Familie meinst du?«

»Na ja, Ihren natürlich. Den von Mutter. Hat sie einen älteren Bruder gehabt?«

Der Blick ihrer grauen Augen löste sich vom Ärmel, verweilte kurz auf Nathaniels Gesicht und wanderte dann zu Arthurlene, die mit dem Rücken zum Zimmer stand. Beide Hände der Negerin lagen auf einem der Schiebefenster, während sie sich halb umdrehte und Tante Judith erschrocken anschaute.

»O je. Schon wieder das ausgeleierte Fenster. Es scheint so, Nathaniel, als wäre nun doch ein kräftiger Mann vonnöten.«

Er stand auf und drückte von unten gegen das Schiebefenster. Er hatte erwartet, daß es sich sperrte, aber es schoß nach oben und knallte gegen die Oberkante des Rahmens.

»Wie köstlich! Das ist ja ein leibhaftiger Herkules, den Elizabeth da zum Sohn hat«, sagte Tante Judith süßlich, als er sich wieder setzte.

Wie köstlich! Mutters Lieblingsausdruck.

»Ich bin nicht so stark«, sagte er. »Das Fenster hat nur gar nicht geklemmt.«

»Zu deiner Frage. Hat deine Mutter denn jemals einen älteren Bruder erwähnt?«

»Nein, Ma'am, aber ...«

»Nun, das sagt doch wohl alles, oder? Wenn sie einen Bruder hätte, dann hätte sie das euch bestimmt erzählt. Wie bist du nur darauf gekommen?«

Er erzählte ihr Kincaids Geschichte, die sie sofort mit einer Handbewegung abtat.

»Daß ihr dem über den Weg gelaufen seid, ist schon ein ungewöhnlicher Zufall. Ich fürchte, der alte Mann hat da etwas durcheinandergebracht. Es liegt doch auf der Hand, daß dein Großvater von seiner Tochter gesprochen haben muß.«

»Das haben wir erst auch gedacht. Aber wenn ich alles richtig verstanden habe, dann hat das Gespräch, das Mr. Kincaid belauscht hat, vor irgendeiner Schlacht im Frühjahr 1862 stattgefunden. Da wäre Mutter etwa sechs Monate alt gewesen. Ist das nicht ein bißchen früh, um mit dem Sprechen anzufangen?«

Tante Judith lachte kurz auf.

»Elizabeth war zwar immer intelligent, aber so intelligent nun auch wieder nicht. Wenn ihr irgend etwas über unseren Zweig der Familie wissen wollt, Jungs, dann fragt mich oder sie, aber hört nicht auf einen alten Hinterwäldler, dem das Erinnerungsvermögen Streiche spielt.« Sie nahm die Serviette von ihrem Schoß und legte sie auf den Tisch. »Da wir das Thema jetzt geklärt haben, könnt ihr mir vielleicht sagen, ob ihr wißt, warum es eure Mutter all die Jahre nicht für angezeigt gehalten hat, die Verbindung zu mir aufrechtzuerhalten. Warum ist jeder meiner Briefe unbeantwortet geblieben? Warum hat sie mir jede Nachricht über das vorenthalten, was mir außer eigenen Enkelkindern auf ewig am nächsten stehen wird? Ich kann verstehen, warum sie Beaufort hat vergessen wollen. Das Leben hier war mühselig, wie für alle von uns. Aber ich war wie eine Mutter zu ihr, und dann diese Stille, das war grausam von ihr. Es ist eine Wunde. Es ist wie ... wie wenn sie mich *persönlich* zurückstößt. Ich kann die Gründe dafür einfach nicht verstehen und hoffe, daß ihr etwas Licht in das Dunkel bringen könnt.«

Ihr dringendes Bitten klang aufrichtig, aber Nathaniel war zu durcheinander, um ihre Frage beantworten zu können, denn die Versionen von Tante und Nichte über den Bruch widersprachen sich zu sehr.

»Wie soll ich euer Schweigen verstehen, Jungs?« sagte die alte Frau. »Daß ihr die Antwort nicht kennt oder daß ihr sie kennt und nur zögert, sie mir mitzuteilen? Ich bin auf freimütige Antworten gefaßt.«

Unglücklicherweise nahm Drew sie beim Wort und sagte: »Vielleicht weil Sie unseren Dad nicht mögen?«

»Wie bitte? Euren Vater nicht mögen? Warum sollte ich euren Vater nicht mögen, Andrew?«

»Weil er ein Yankee ist und ...«

»*Wie bitte?* Junger Mann, diese Stadt war vier Jahre lang von fünfzehntausend Unions-Soldaten besetzt, und wenn ich auch nicht behaupten kann, daß ich ihnen sonderlich zugetan war, so habe ich mich doch an sie gewöhnt und in ihren Reihen auch manch ehrenhaften Mann kennengelernt. Warum? Schaut euch die Stadt doch an. Sie wurde weder zerstört noch geplündert. Ich muß zugeben, daß sie sie ziemlich gut in Ordnung gehalten haben, und es gibt im Süden bis zum heutigen Tag Leute, die dafür, daß ich das ausspreche, meinen Kopf fordern würden. Ich habe deinen Vater für eine geeignete Partie für Elizabeth gehalten. Er hat über Mittel verfügt, er war offensichtlich ehrgeizig, und ich mochte die Art, wie er den Jungen behandelt hat, diesen seltsamen, stillen Jungen ...«

»Lockwood.«

»Ja, Lockwood. Er war ihm sehr zugetan, und natürlich war er hingerissen von Elizabeth. Bis über beide Ohren verliebt. Hat ihr Verse geschrieben ...«

»Wirklich?« Nathaniel war verblüfft.

»Ja. Hast du das nicht gewußt?«

Er schüttelte den Kopf und spürte das schmerzhafte Verlangen, seinen Vater schon damals, bevor ihm die Poesie abhanden gekommen war, gekannt zu haben.

»Das einzige Problem war das seines Alters, aber das war eher für eure Mutter ein Problem, nicht für mich«, fuhr Tante Judith mit erregter Stimme fort. »Einmal ist sie zu mir gekommen und hat mich deshalb um Rat gefragt, und ich habe ihr gesagt, daß ein älterer Mann durchaus schicklich sei und wahrscheinlich auch geeigneter als ein jüngerer. Falls es irgendwelchen Groll zwischen mir und eurem Vater gegeben haben sollte, so muß ich leider sagen, daß er von ihm ausgegangen ist. Wißt ihr, für ihn habe ich eine gewisse Art von Frau in den Südstaaten verkörpert. Euer Vater hat ein bißchen meinem ersten Mann geähnelt – er hatte kein Ohr für Zwischentöne. Die Dinge waren entweder so oder so, und bei Menschen waren sie genauso.« Sie packte mit beiden Händen fest die Tischkante, wobei echte Farbe in die künstliche auf ihren Wangen sickerte. »Ganz abgesehen davon, daß ich mich über die Gesetze dieses Staates hinweggesetzt habe, weil ich so vielen unserer Neger, wie ich nur konnte, Unterricht gab. Ich habe ihnen Lesen und Schreiben beigebracht. Mein eigener Mann hat mir untersagt, die Stunden abzuhalten, ich war nämlich Anlaß für Gerede. Aber ich war jung und starrköpfig und habe solche Verordnungen für durch und durch barbarisch gehalten, also habe ich mich auch über ihn hinweggesetzt. Wenn ihr die Wahrheit wissen wollt, ich habe unser ganz spezielles System für durch und durch barbarisch gehalten. Und deshalb habe ich schon lange vor dem Krieg gewußt, daß uns dafür das Strafgericht Gottes würde büßen lassen. Doch das findet weder hier noch sonstwo statt. Ich hätte der Heirat nie zugestimmt, wenn ich geglaubt hätte, euer Vater würde keinen guten Ehemann abgeben. Natürlich, ich hätte mir gewünscht, daß er eine bessere Meinung von mir gehabt hätte, aber das war nicht wichtig. Wichtig war nur das Glück eurer Mutter.«

»Sie haben der Heirat zugestimmt, Tante Judith?« fragte Eliot und wagte damit einen einfältigen Versuch, der Wahrheit näherzukommen.

»Mehr als das, ich habe sie sogar dazu ermutigt«, sagte sie, gerade als Arthurlene mal wieder wie ein Geist aus dem Nichts auftauchte. »Ja, unbedingt, ich werde mich selbst bald zurückziehen«, antwortete die alte Frau auf das Flüstern des Hausmädchens.

Als Arthurlene hinausging, sagte Drew: »Wir haben immer gedacht, daß Sie gegen die Heirat waren. Wir hatten sogar Angst hierherzukommen. Wir haben gedacht, daß Sie uns wegjagen würden ...«

»Gegen die Heirat? Nur weil euer Vater aus dem Norden stammte?« Tante Judith schaute sie bedrückt an. »Wie seid ihr bloß auf so etwas gekommen?«

Blind für die Wirkung seines Geredes, stolperte Drew in das nächste Fettnäpfchen.

»Mutter hat das gesagt. Daß sie und Dad weglaufen mußten, weil Sie gegen die Heirat gewesen sind.«

Tante Judith reagierte darauf wie auf eine Ohrfeige.

»Sie sind nicht weggelaufen! Elizabeth kann unmöglich so etwas gesagt haben!«

»Verzeihung, Ma'am, aber ...«

Da seine Beine nicht lang genug waren, um ihm unter dem Tisch gegen das Schienbein zu treten, sagte Nathaniel zu seinem Bruder, er solle aufpassen, was er sage, er würde alles durcheinander bringen.

»Das hast du mir selbst erzählt, Nat«, sagte Drew mit quengelnder Stimme.

»Nein, hab ich nicht!«

Tante Judith klopfte mit dem Knauf ihres Stocks auf den Tisch.

»Nathaniel, du bist der Älteste«, sagte sie mit jetzt eisiger Stimme. »Sag mir bitte eines: Hat deine Mutter erzählt, daß ich deinen Vater nicht mochte und daß sie wegen meiner durchbrennen mußten?«

»Nein, Ma'am.«

»Ich verlasse mich auf dein Wort. Andrew, du solltest darauf achten, was du sagst. Achte darauf, daß du keine Unwahrheiten sagst, besonders wenn es um deine Mutter geht.«

»Ich bin kein Lügner«, brummelte Drew.

Sie legte die Hand ans Ohr und beugte sich vor.

»Ich hab gesagt, daß ich kein Lügner bin, Ma'am.« Die Unterlippe zitterte, er schien verletzt. Bevor Nathaniel ihn aufhalten konnte, platzte es aus ihm heraus. »Nat hat Eliot und mir erzählt, daß er mal mit Mutter gesprochen hat. Und da hat sie gesagt, daß sie wegen Ihnen weglaufen mußte, damit sie heiraten konnte, weil das einzige, was noch schlimmer gewesen wäre, als unseren Dad zu heiraten, wäre in Ihren Augen gewesen, wenn sie einen Neger heiraten würde.«

So etwas zu sagen war selbst für jemanden wie Drew von geradezu niederschmetternder Tumbheit, dachte Nathaniel. Lange, oder was in dieser heißen, niederdrückenden Stille wie eine lange Zeit erschien, schaute Tante Judith seinen jüngsten Bruder an. In ihrem Blick lag mehr Schmerz als Zorn.

»Muß ich euch etwa wie ein Polizist ausfragen, um herauszufinden ... Na ja, was soll's. Elizabeths Schweigen ist ja schon Antwort genug. O je, was müßt ihr drei für einen prächtigen Eindruck von mir haben.« Sie faltete die Serviette und strich die Kante glatt, öffnete sie, faltete sie wieder und strich sie wieder glatt. Nathaniel sah, was er schon so oft bei seiner Mutter gesehen hatte – zuckende Kinnmuskeln, während sie mit aller Macht ihre Gefühle zu unterdrücken suchte. »Dieser Eindruck hat euch aber nicht davon abgehalten, hierherzukommen und mich um Geld anzugehen, oder?«

»Nein, Ma'am! Ich meine, wir sind nicht deshalb ...«

»Also bitte, Nathaniel. Ich bin zwar sehr alt, fünfundsiebzig werden's dieses Jahr, aber ich bin kein Dummkopf. Ihr sollt wissen, daß ich sehr glücklich war, euch drei kennenzulernen, euch schließlich doch noch kennenzulernen. Wenn ihr darum gebeten hättet, hätte ich euch fünfmal soviel geliehen.«

»Tante Judith, wir haben nicht schlecht von Ihnen gedacht, ehrlich.«

»Keine Angst. Ich habe nicht die Absicht, meine Zusage zurückzuziehen. Ich habe meinen Stolz. Außerdem kann ich das Darlehen ja als Bezahlung für eure Erklärungen betrachten, auch wenn ihr mir nicht aufrichtig erklären wollt, warum eure Mutter mich all die Jahre gemieden hat. Sie hatte Angst, daß ... Sie hielt es für besser, einen klaren Schnitt zu machen ...« Sie machte eine schneidende Handbewegung. »Vielleicht hätte ich in ihrer Lage ja genauso gehandelt. Allerdings glaube ich nicht, daß ich so weit gegangen wäre und meine Kinder gegen die Frau aufgehetzt hätte, die mich nicht nur aufgezogen, ja, die mich gerettet hat. Nein, ich glaube nicht, daß ich das getan hätte.«

»Sie hat uns nicht gegen Sie ...«, begann Nathaniel, doch wieder gebot ihm die blasse, zerfurchte Hand Einhalt.

»Ich bin kein Dummkopf! Ich bin auch nicht die Sorte Frau, als die mich anscheinend eure Mutter – und wahrscheinlich auch euer Vater – hinstellen wollte. Nämlich die Sorte Frau, die sagen würde, daß es nur schlimmer sei, einen Neger zu heiraten als euren Vater.«

Ihre Hände lagen flach auf dem Tisch, und sie saß für einen Augenblick still da. Dann sagte sie: »Ich muß euch ein Geheimnis anvertrauen, Jungs. Rückt etwas näher, das kann man nur ganz leise erzählen.« Mit einer Hand winkte sie die Jungen zu sich heran, den Zeigefinger der anderen Hand hob sie an die Lippen. Sie beugten sich zu ihr vor, dann sagte sie mit gedämpfter Stimme. »Ich glaube, daß Neger menschliche Wesen sind, genauso wie ihr oder ich. Das habe ich schon immer getan. Pst! Ihr dürft das auf keinen Fall irgend jemandem hier in der Gegend erzählen. In gewisser Hinsicht stehen die Dinge heute sogar noch schlechter als früher. Habt ihr mitbekommen, was erst letztes Jahr in Georgia passiert ist? Ein paar Hinterwäldler haben sich einen Negerjungen geschnappt, der angeblich eine Beziehung zu einer weißen Frau gehabt haben soll. Sie haben ihn aufgehängt, ihm Arme und Beine abgehackt und dann den Körper verbrannt. Die abgeschnittenen Teile haben sie daraufhin in einem Ladenfenster zur Schau gestellt. Pst, kommt mit.« Sie nahm den Stock von der Stuhllehne und stand langsam auf. »Los. Ich möchte den unvorteilhaften Eindruck, den ihr von mir habt, richtigstellen.«

In einer Wolke aus Eau de Cologne und Arznei folgten sie ihrer Tante, die auf ihren arthritischen Gelenken in einen kleinen Raum humpelte, dessen einzig erkennbarer Zweck darin bestand, Photographien und Porträts ihrer Vorfahren zu beherbergen. Die größten waren Ölgemälde ihrer beiden Ehemänner: Caleb Maxey, der Edelmann des alten Südens, thronte im Sattel eines weißen Pferdes und blickte auf die gegenüberliegende Wand zu Lucien Wilcox, den nüchtern gekleideten Bankier, der an einem Schreibtisch saß. Zwischen den zwei Fenstern an der Rückwand hing eine Photographie von Pardon Lightbourne. Die Jungen erkannten, daß es die gleiche wie im Wohnzimmer ihrer Mutter in Boston war, nur daß dieser Abzug hier von einem Künstler koloriert worden war. Man sah jetzt die Haar- und Augenfarbe ihres Großvaters, die gelben Epauletten und Paspeln auf Rock und Hose der grauen Uniform, das Silber in der Degenscheide, die glänzte, als wäre sie vom Strahl der Sonne geschmiedet worden.

»Er hat eine ziemliche stattliche Figur abgegeben, nicht wahr?« sagte Tante Judith, als sie die bewundernden Blicke der Jungen sah. »Das wurde aufgenommen, kurz bevor er mit Longstreet nach Seven Pines ausgerückt ist.«

Sie ging über den stellenweise zerschlissenen Teppich, setzte sich an einen Sekretär und zog ein ledergebundenes Album hervor. Während sie darin blätterte, trat Nathaniel vor die Photographie seines Großvaters, um sie sich genauer anzuschauen. Unmittelbar darunter bemerkte er ein kleineres Photo, das den Großvater stehend in Zivil und ohne Schnauzbart zeigte. Neben ihm saß eine junge Frau, die einen Säugling im Schoß hielt. Ihr schwarzes Haar war in der Mitte gescheitelt und über den Ohren streng zurückgekämmt. Der harte Mund ließ sie wie eine vierzigjährige, vom Leben enttäuschte Matrone aussehen. Der Säugling – offenbar Nathaniels nur wenige Monate alte Mutter – war in ein mit Rüschen besetztes weißes Tuch gewickelt.

»Ist das unsere Großmutter?« fragte er, wobei er das Wort *das* unbeabsichtigt betonte. Er war enttäuscht, denn sie war bei weitem nicht so anziehend, wie er erwartet hatte.

Tante Judith hob ruckartig den Blick, schaute ihn an und sagte mit vorwurfsvoller Stimme: »Was schaust du dir da an?«

»Die Frau auf dem ...«

»Das ist meine Schwester Henrietta. Was ist mit ihr?«

»Nichts. Es ist bloß so, daß wir noch nie ein Bild von unserer Großmutter gesehen haben.«

»Das kann ich mir gut vorstellen.«

Weil ihn ein paar Dinge auf dem Photo irritierten, fragte er, wann man es aufgenommen habe.

»Offensichtlich kurz nach der Geburt deiner Mutter«, sagte Tante Judith ärgerlich und schaute ihn streng an. Anscheinend war das ein Thema, über das sie nicht zu reden wünschte.

»Mutter hatte als Kind blonde Haare ...?«

»Das kommt sicher von dem Pulverblitz«, sagte sie, ohne die Miene zu verziehen, und legte einen Briefbeschwerer auf das Album, damit es nicht zufiel. »Da ihr so interessiert an Photographien seid, schaut euch das mal an.«

Sie stellten sich hinter sie und sahen einen hellhäutigen Neger. Der Kopf mit den dicken Koteletten, wie sie vor fünfundzwanzig oder dreißig Jahren in Mode waren, ragte aus einem gestärkten Kragen.

»Das ist Hosea«, sagte sie. »Hosea Maxey. Seine Eltern hatten unseren Namen angenommen. Sie und natürlich auch Hosea gehörten meinem Mann. Er war Stallbursche auf Marshlands. Jetzt ist er Rektor einer High-School für Farbige in Virginia, und hin und wieder schreiben wir uns noch. Ich habe ihm Lesen und Schreiben zu einer Zeit beigebracht, als es, wie ich euch ja schon erzählt habe, für Neger in diesem Staat illegal war, lesen und schreiben zu lernen. Hosea trägt die Narben seines Wissens, und das meine ich wörtlich.« Während sie sprach, verharrte ihr Blick auf dem Bild, als würde sie zu ihm sprechen. »Eines Tages – das muß 1860 gewesen sein – hat Mr. Foley, der Aufseher meines Mannes, Hosea in der Scheune erwischt. Anstatt die Pferde zu striegeln, hat er in einer Fibel gelesen, die ich ihm gegeben hatte. Foley hat das Vergehen gemeldet, worauf Caleb mich zur Rede gestellt hat. Ihr erinnert euch, daß er mir verboten hatte, unsere Farbigen zu unterrichten, und daß ich mich ihm widersetzt hatte. Caleb kannte mich genau. Er wußte, er würde mich in meiner Entschlossenheit nur bestärken, wenn er es wieder nur bei Vorhaltungen beließe. Also hat er ihn auspeitschen und mich dabei zuschauen lassen. Weil Hosea noch sehr jung war, faßte ihn Mr. Foley nicht ganz so hart an. Zwölf Schläge auf den Rücken. Ich werde das nie vergessen. Hosea auf den Knien, die Handgelenke an einem Wagenrad festgebunden, das Knallen der Peitsche auf dem Fleisch, das Blut und das Schreien.«

Sie schloß behutsam das Album, schob es in die Schublade und schloß sie ab. »Das war das Ende meiner Karriere als Lehrerin. Mit dem Wissen, dafür verantwortlich zu sein, hätte ich solch einen Anblick nicht noch einmal ertragen können.

Nach dem Krieg ist Hosea in Mitchellville zur Schule gegangen, drüben auf Hilton Head Island. Das war eine Siedlung, die die Yankees während der Besatzung für freigelassene Sklaven gebaut hatten. Er hat die höhere Schule abgeschlossen und danach die Aufnahmeprüfung für die Howard University oben in Washington bestanden. Er war in einer der ersten Klassen, die dort den Abschluß gemacht haben. Ich habe wieder von ihm gehört, als er sein Diplom bekam. In einem Brief hat er sich bei mir bedankt, sich für alles *bedankt*, was ich für ihn getan hätte. Ich kann euch gar nicht sagen, wie sehr mich das berührt hat. Ich hatte immer gedacht, all meine Bemühungen hätten lediglich zur Folge gehabt, daß man ihm im Alter von dreizehn Jahren den Rücken blutig geschlagen hatte. Genau dein Alter, Andrew, oder?«

»Ja, Ma'am«, sagte Drew, der sich schämte, ohne zu wissen, warum.

»Hosea hat geschrieben, ich hätte ihm etwas gegeben, was ihm niemand, auch noch so viele Peitschenhiebe nicht, wieder würde nehmen können«, berichtete sie weiter. »Er hat mir erzählt, daß während der Schläge eine Art Offenbarung über ihn gekommen sei. ›Sie können es mir nicht mehr nehmen‹, hätte er gedacht. ›Sie können mich auspeitschen bis zur Ohnmacht, aber sie können es mir nicht mehr nehmen. Sie schaffen es nur, wenn sie mich totpeitschen.‹ Das sei mein Geschenk an ihn gewesen, und als die Zeit reif war, hätte er es mir soviel geschuldet wie sich selbst, das Bestmögliche daraus zu machen. Ich werde diesen Brief immer in meinem Herzen bewahren. Möchtet ihr ihn gern sehen, Jungs, als endgültigen Beweis dafür, daß ich nicht diese voreingenommene Hexe bin, die eurer Mutter ihr Glück verwehrt hat? Wie kann nur jemand behaupten, daß ich das getan hätte?«

»Wir haben das nie gedacht«, versicherte ihr Nathaniel. Unerwähnt blieb dabei die bittere Wahrheit, daß er und seine Brüder so mit ihren eigenen Leben beschäftigt gewesen waren, daß sie nie auch nur irgend etwas über sie gedacht hatten, sei es nun etwas Gutes oder etwas Schlechtes.

»Angesichts dessen, was eure Mutter euch über mich erzählt hat, kann ich mir nicht vorstellen, daß ihr etwas anderes denken konntet.«

Nathaniel sagte nichts darauf.

»Ihr Wohlergehen war immer mein wichtigstes Anliegen«, fuhr Tante Judith fort, während sich Nathaniel gleich über zwei Dinge auf einmal zu ärgern begann: über Drews plumpe und dumme Offenheit, die ihre Gefühle verletzt hatte, und über das offensichtliche Ausmaß ihrer Betroffenheit. Diese Südstaatler, dachte er, reagieren doch auf jede Winzigkeit überempfindlich.

»Ich habe ihr mehr als meine Zustimmung gegeben, ich habe ihr meinen Segen gegeben.«

»Ja, Ma'am. Das haben Sie schon erwähnt.«

»Es war völlig klar, daß euer Vater der beste war, den sie kriegen konnte.«

Nathaniel war sich nicht sicher, ob ihm das behagte, was da anklang, aber er hielt den Mund.

Eliot, dem das ebenfalls nicht behagte, wollte der Bedeutung dieser Bemerkung aber auf den Grund gehen und fragte deshalb, ob sie damit all die Männer meine, die durch den Krieg zu Invaliden geworden seien. Ihre Mutter habe ihnen erzählt, wie es im Beaufort jener Tage zugegangen sei: überall konföderierte Veteranen mit leeren Ärmeln und Hosenbeinen und kaum einem Dollar in der Tasche.

»Ja, so war es.«

»Aber Sie meinen doch nicht die Jungen, die eher in Mutters Alter waren, oder?« forschte Eliot vorsichtig weiter. »Die, die zu jung für den Krieg waren? Ich wette, von denen hätte sie jeden haben können, den sie wollte. Sie muß höllisch gut ausgesehen haben damals – tut sie ja heute noch.«

»Ja, Eliot, aber ihr Aussehen ... Das spielte keine Rolle ...« Sie hielt inne, aber ihre Lippen mit den schnurrbartähnlichen Runzeln bewegten sich stumm weiter. Plötzlich stampfte sie heftig mit dem Stock auf den Boden, drehte sich auf ihrem Stuhl zur Seite und starrte auf einen weit entfernten Punkt im Nichts.

»Ich fürchte, ihr müßt jetzt gehen. Bitte.«

»Tante Judith, hab ich irgendwas ...«

»Nein, Eliot. Das hat nichts damit zu tun. Ich wünsche, nicht weiter über Elizabeth zu reden, und ich bin mir sicher, ihr würdet es auch nicht wollen. Arthurlene ist schon zu Bett gegangen, ihr findet bestimmt selbst hinaus.«

Völlig verblüfft stammelten sie die Abschiedsworte.

»Eine Bitte habe ich noch«, sagte sie, als sie gerade das Zimmer verlassen wollten. »Ich mache euch nicht für Elizabeths unfreundliche, ja undankbare Bemerkungen verantwortlich. Aber ich bitte euch auch, mich nicht mehr zu besuchen. Gute Nacht.«

»Mann, da sind wir ja hochkant rausgeflogen, was?« sagte Eliot, als sie sich auf den Rückweg zu den Kais machten. »Was meinst du, hat sie damit gemeint, daß wir auch nichts mehr über Mutter hören wollen?«

»Warum glaubst du eigentlich immer, daß ich die Gedanken anderer Leute lesen kann?« blaffte ihn Nathaniel an. Eine innere Unruhe trieb ihn vorwärts, und er machte so große Schritte, daß Drew fast rennen mußte, um ihm auf den Fersen zu bleiben. »Und nun zu dir, kleiner Mann. Wenn wir jemals wieder bei irgend jemandem zum Essen eingeladen sind, *und zwar völlig egal, wo*, dann hältst du deinen Mund. Hast du nicht gemerkt, daß du sie mit deinem Gerede gequält hast?«

»Aber sie hat mich einen Lügner genannt«, jammerte Drew, als sie die Bay Street hinuntergingen. Das gelbliche Licht der Straßenlaternen beleuchtete ganze Wolken von Insekten, die in der schwülen Nacht herumschwirrten.

»Nicht wörtlich«, sagte Nathaniel. »Manchmal führst du dich wirklich auf wie einer, der ins Konzert geht und keinen verdammten Ton vom anderen unterscheiden kann.«

In stinkendem Zigarettenqualm, der die Lampe fast völlig einnebelte, lag Will auf der Sitzbank der Hauptkajüte und las Zeitung. Er fragte, wie es gewesen sei, und Nathaniel sagte, das Essen sei klasse gewesen, was er von der Konversation allerdings nicht gerade behaupten könne.

»Keine angenehme Gesellschaft eure Großtante?«

»Reden wir nicht drüber. Was hast du in der Zwischenzeit angestellt?«

»Bin rumgelaufen, ob irgendwo was los ist. War's aber nicht. Hier klappen sie die Bürgersteige schon hoch, *bevor* die Sonne untergeht. Also hab ich mir gedacht, machst dich ein bißchen schlau, was so abläuft in der Welt.« Er schlug mit dem Finger auf die Zeitung. »Wir kämpfen immer noch auf den Philippinen. Präsident McKinley kann sich nicht entscheiden, ob er annektieren soll oder nicht, und Mark Twain macht sich für die Anti-Imperialisten stark.« Seitenrascheln. »Was aus unseren Breiten: Mann in Atlanta von Automobil getötet.

Und hier was direkt aus dem wunderschönen Beaufort: Telephongesellschaft sucht für die Vermittlung große Frauen, weil die mit ihren langen Armen das Schaltbrett besser bedienen können. Wollt ihr noch was wissen?«

»Wie lange dauert es, bis einem ein Schnurrbart wächst?«

»Soll das ein Witz werden, Natters?« fragte Will, während er sich mit der Zeitung Luft zufächelte. Wegen der Moskitos waren die Luke und die Bullaugen geschlossen, weshalb die Luft in der Kabine zum Ersticken war.

»Nein, er will nur ein bißchen erwachsener aussehen«, sagte Eliot.

»Es ist wegen dem Bild. Das von Großvater mit Großmutter und Mutter. Da hat er keinen Schnurrbart.«

»Und?«

»Auf dem darüber, wo er die Uniform trägt, hat er einen. Aber Tante Judith hat gesagt, das ist vor der Schlacht aufgenommen, von der Kincaid geredet hat. Im Frühjahr 1862. Auf dem anderen Bild sieht Mutter so aus, als wäre sie ungefähr sechs Monate alt. Drum muß es ungefähr zur gleichen Zeit aufgenommen worden sein.«

»Vielleicht war sie noch keine sechs Monate alt«, sagte Eliot. Manchmal konnte er den gewundenen Gedankengängen seines älteren Bruders einfach nicht folgen.

»Ja, vielleicht. Darüber zerbreche ich mir ja gerade den Kopf. Ob Großvater in so wenigen Wochen ein so großer und dichter Schnurrbart wachsen konnte. Oder ob das Bild schon älter ist, als Tante Judith behauptet hat.«

»Der große Detektiv Nat Pinkerton wieder im Einsatz. Willst du damit sagen, daß einer von den Typen auf den beiden Bildern gar nicht Großvater ist?«

»Nein, es ist auf beiden Photos bestimmt er. Ich frage

mich nur, ob der Säugling auch wirklich unsere Mutter ist.«

Die Frage quälte ihn fast die ganze Nacht. War der Säugling vielleicht Mutters älterer Bruder, und wenn ja, warum hat sie nie von ihm gesprochen? Warum sollte Tante Judith sie anlügen? So sehr er die Fragen auch drehte und wendete, er fand nicht einmal den Ansatz einer Antwort. Irgendwann schlief er ein.

16

Da Frenchy Geslin ihnen mitgeteilt hatte, daß es ein paar Tage dauern werde, bis das neue Segel fertig sei, fuhren sie am nächsten Morgen auf dem Beaufort River zurück nach Snead's Landing, nur um herauszufinden, daß sich der Zimmermann und seine Säge noch nicht um den Kiefernstamm gekümmert hatten. Sie machten ein bißchen Druck, bis Sykes schließlich den Stamm auf die gewünschten Längen zurechtschnitt; ein bißchen mehr Druck am nächsten Tag brachte ihn dazu, die Spieren zu fräsen und zu hobeln, bis sie die gewünschte Rundung und Glätte aufwiesen. Er tat das jedoch mit derart langsamen Bewegungen, daß es so aussah, als kämpfte ein Taucher unter Wasser gegen einen Widerstand an.

Wegen der schwülen Hitze fühlten sich auch die Jungen so, als lebten sie unter Wasser. Die Sandfliegen waren eine zusätzliche Plage, eine Plage, die durch die Plage der Schaulustigen noch verschlimmert wurde – für die Leute aus der Stadt stellte die *Double Eagle* und ihre Mannschaft aus jungen Nordstaatlern eine Attraktion dar, der sie nicht widerstehen konnten. Die hageren, ausgemergelten Frauen und die Männer in Latzhosen oder Hosen, an denen ein Stück Seil den Gürtel ersetzte, waren eine maulfaule Meute, die an Bord des Schoners kam, ohne erst um Erlaubnis zu fragen. Einige stöberten wie Kriminalbeamte, die Beweismaterial für einen ohnehin schon wasserdichten Fall suchten, mit oberflächlicher Neugier überall herum. Andere saßen stumm auf dem Achterdeck und verfolgten mit gleichzeitig mißtrauischen wie gespannten Blicken jede Bewegung der Jungen. Am meisten ging ihnen auf die Nerven, daß sie nicht wußten, was sie zu den ungebetenen Gästen sagen oder was sie mit ihnen anfangen sollten. Die Leute umgab wie Kincaid eine Aura überempfindlichen Stolzes, der durch ein falsches Wort oder ein falsche Bewegung leicht verletzbar schien. In Snead's Landing herrschte eine Atmosphäre wie an einem ausländischen Fürstenhof, der von gesellschaftlichen Regeln beherrscht wurde, in die Fremde nicht eingeweiht wurden.

Will litt unter einer zusätzlichen Bürde: Jedesmal, wenn er und die Braithwaites an Land gingen, um in der Sägemühle Sykes' Fortschritte zu überprüfen, tauchte die bedauernswerte Clara auf, folgte Will wie ein Schatten und starrte ihn mit ihrem üblichen tranceartigen Gesichtsausdruck an. Am fünften Tag in Snead's Landing, nachdem der Zimmermann ihnen versprochen hatte, die Spieren bis zum morgigen Tag fertigzuhaben, änderte sich Claras Verhalten auf einmal. Sie näherte sich Will, machte Handbewegungen und stieß gutturale Laute aus, deren Bedeutung zunächst unverständlich blieb. Dann erkannte er, daß sie ihn um einen Kuß bat oder um die Erlaubnis, ihn küssen zu dürfen, und er flüchtete die Hauptstraße hinunter (in Wahrheit die einzige Straße, da alle anderen lediglich zwischen den Hütten verlaufende Pfade und Feldwege waren). Die Braithwaites rannten hinter ihm her und lachten über seine Pein (obwohl Eliot, der auch lachte, irgendwie Mitleid mit dem stummen Mädchen verspürte).

Am späten Nachmittag bekamen sie Besuch von einem Mann und einem Jungen in einem Plattbodenboot. Zwischen den Riemen lag ein Haufen toter Vögel, im

Bug lehnten zwei Schrotgewehre. Der Junge war ungefähr fünfzehn Jahre alt, hatte schiefstehende Schlitzaugen und blondes, zu Stoppeln geschorenes Haar. Er stand aufrecht im Boot und hielt drei Paar Sumpfhühner hoch, und sein Vater, ein Mann mit mächtigem Brustkorb und hartem, unnachgiebigem Gesicht, fragte, ob sie die Vögel zum Abendessen wollten. Nathaniel fragte, wieviel er dafür wolle; der Mann antwortete mit einem Kopfschütteln, was wohl heißen sollte, sie seien ein Geschenk. Nathaniel nahm das Geschenk an und lud die Jäger im Gegenzug zu geschmorten Sumpfhühnern ein. Die beiden kletterten an Bord. Ohne ein weiteres Wort zu verlieren, machten sie sich mit grausamer Entschiedenheit an die Arbeit, rupften ihre Beute und nahmen sie aus. Die Vögel stanken nach dem Marschland, in dem sie genistet hatten, nach den Krabben und Fischen, von denen sie sich ernährt hatten. Sie stanken im rohen Zustand, und sie stanken beim Schmoren. Eliot dünstete sie in der großen gußeisernen Pfanne zusammen mit Zwiebeln und Kartoffeln, und gab auch Knoblauch dazu, vom dem er hoffte, er würde den Geruch überlagern.

Während des Essens, das der Mann als »echt gut« bezeichnete, bekam die *Double Eagle* weiteren Besuch: Talmadge. Er machte sein Skiff längsseits des Boots der Jäger fest, brummte hallo und lehnte die angebotene Portion Schmorhuhn ab. Kincaid habe ihm erzählt, daß die Arbeit morgen erledigt sei, sagte er zu den Jungen, und das heiße dann wohl, daß sie wieder wegführen. Oder etwa nicht?

»Hab also gedacht, zeig euch Jungs, wie ihr leicht, sicher und bequem runter nach Florida kommt. Wo ihr euch keine Sorgen machen braucht, daß wieder so 'n Sturm kommt«, sagte er. »Geht durchs Binnenland. Da gibt's Kanäle und Fahrrinnen, die gehen mitten durch

Georgia, quer durch die Meerengen von Georgia. Habt ihr Karten an Bord?«

Will holte sie nach oben und breitete sie nacheinander auf dem Kajütdach aus. Während Will die Kanten an den Seiten nach unten drückte, blinzelte Talmadge durch seine flaschenglasdicken Brillengläser und arbeitete ihnen einen Kurs von der Mündung des Savannah River bis zum Saint Johns River aus, der gleich südlich der Grenze zu Florida ins Meer mündete. Er behauptete, er sei schon überall an der Küste hinter Austern, Krabben, Fischen und Enten her gewesen. Es gebe Fahrrinnen, die deutlich ausgeschildert seien, durch andere wiederum komme man nur auf gut Glück und mit Gottes Hilfe. Die Gezeiten seien mächtig kniffelig und mächtig stark, aber mit den Strömungen kämen sie selbst bei Totenflaute gut nach Süden runter, sie müßten nur immer genau die Zeiten für Ebbe und Flut messen. Sie brauchten sicher nicht länger als drei oder vier Tage für den Abstecher.

»Durchs offene Meer und bei gutem Wind könnten wir es aber in zwei Tagen schaffen«, sagte Will.

»Na los, dann mach's halt!« sagte Talmadge steif, als hätte man ihn beleidigt. »Ist 'n freies Land, oder? Ihr Jungs könnt hin, wo ihr wollt. Aber wenn ihr keinen guten Wind habt, dann war's nicht meine Schuld.«

»Ich wollte Sie nicht kritisieren, Mr. Talmadge«, sagte Will. »Die Sache ist nur, daß unser Boot für solche Rinnen zu groß ist. Wär viel zu eng, wenn wir aufkreuzen müßten.«

»Wenn's einen Sturm gibt, dann seid ihr im Binnenland sicher, und wenn's überhaupt keinen Wind gibt, dann habt ihr die Gezeiten, die euch da hinbringen, wo ihr hinwollt. Ich tu euch bloß einen Gefallen, will euch bloß was davon abgeben, was ich weiß.«

Im selben Moment schoß Trajan mit den Knochenresten eines Huhns im Maul den Niedergang hinauf auf Deck. Flink wie eine Schlange schnellte die Hand des Jungen nach vorn. Er packte die Katze beim Schwanz, nahm ihr die Knochen aus dem Maul und steckte diese in seinen blutverschmierten Jagdbeutel.

»Kann man eine gute Suppe draus machen«, sagte er.

Drew nahm die verstörte Katze in den Arm und tätschelte ihr den Kopf.

»Kann schon sein«, sagte er ärgerlich. »Aber deshalb brauchst du meiner Katze nicht weh zu tun.«

»Hab ihr ja gar nicht weh getan.« Die schmalen Augen des Jungen wurden noch schmaler. »Ich hab mal mit einer Katze einen Katzenhai gefangen, ehrlich. Hab mir gedacht, einen Katzenhai fängt man am besten mit einer Katze. Hab mir also ein kleines Kätzchen geschnappt, hab einen großen, dicken Haken reingesteckt und hab sie ins Wasser geworfen. Und was sag ich, kommt der große dicke Katzenhai nach oben und schluckt sie einfach so weg. Tja, da hab ich einer Katze wohl weh getan.«

Allmählich regten der Mann und der Junge Nathaniel auf. Er bedankte sich für deren Großzügigkeit, sagte, hoffentlich habe ihnen das Essen geschmeckt und daß er und seine Kameraden sich gefreut hätten, ihre Bekanntschaft zu machen. Aber sie hätten noch ziemlich viel Arbeit vor sich und müßten sich weiter um ihre Route kümmern. Nachdem er sich die diplomatische Aufforderung zu gehen hatte durch den Kopf gehen lassen, sagte der Mann: »Also dann.« Die beiden kletterten in ihr Boot.

»Das ist Tom Holcomb und sein Sohn Billy«, sagte Talmadge und sah den beiden hinterher, die über die flache Meerenge, in der sich die untergehende Sonne spiegelte, davonruderten. »Wißt schon, der Junge, in den

Clara verknallt war.« Er machte eine Pause und schaute Will freundlich an. »Und das bringt mich auf den Hauptgrund, warum ich hier rausgekommen bin. Clara sagt, daß du sie heute geküßt hast.«

Will schaute ihn erstaunt an.

»Ich bin nicht sauer, mein Sohn. Das heißt, wenn du sie nicht angerührt hast.«

»Ich hab sie nicht geküßt, Sir.«

»Sie sagt, doch.«

»Entschuldigung, aber wie hat sie Ihnen das denn gesagt.«

»Ich versteh sie schon. Was soll das heißen? Daß sie mir was vorgeschwindelt hat? Hat sie noch nie.«

»Das sag ich ja gar nicht.«

»Also hast du sie geküßt?«

»Nein!«

»Also, damit ich da nix durcheinanderbring.« Er rieb sich das Kinn. »Sie sagt, du hast sie geküßt, du sagst, sie schwindelt nicht. Das heißt dann für mich, daß du sie geküßt hast.«

Wie ein Mann eilten die Braithwaites Will zu Hilfe und schworen, daß Will das Mädchen niemals angerührt habe. Es sei sogar so gewesen, daß Will weggelaufen sei, als offensichtlich wurde, daß Clara von ihm geküßt werden wollte. Das brachte Talmadge erst recht durcheinander. Er sagte, er habe noch nie in seinem ganzen Leben gehört, daß ein normaler junger Mann sich davonmache, wenn ein Mädchen scharf darauf sei, geküßt zu werden.

»Also, jetzt paß mal auf, Clara ist nicht nur einfach verknallt in dich, Will, so wie's bei Billy war. Die ist komplett verliebt, das ist sie. Sie weiß, daß du bald wieder wegfährst, und sie ist todunglücklich deshalb.«

Will drückte sein Bedauern aus; traurige Abschiede gehörten aber nun mal zum Leben eines Seefahrers.

»Aber was, wenn sie mit euch Jungs mit könnte, mit nach Florida? Dann wär sie nicht mehr traurig.«

Der Vorschlag schockte sie so, daß es ihnen die Sprache verschlug.

»Das ist der Grund, warum ich euch die Route durchs Binnenland gezeigt hab. Wenn sie mit euch mitfährt, will ich, daß sie sicher ist.«

Er habe sich alles überlegt und auch für sie alle gebetet, fuhr er fort, und in den letzten Tagen sei es ihm gekommen, daß er seine Schuld vor dem Herrn voll abbezahlen könne, wenn er Clara an einen guten Mann verheirate. Als er das mit dem Kuß gehört habe, sei er sich ziemlich sicher gewesen, daß Will genau der Richtige sei. Seine Frau, die jetzt wieder wohlauf sei, meinte das auch. Wenn der Reverend Dewey Jenkins am Sonntag zum Predigen komme, habe er vor, auch noch mit dem darüber zu sprechen.

»Das ist aber erst in ein paar Tagen, also hab ich mir gedacht, es wär gut, wenn ich mir erst anhör, was ihr dazu sagt, bevor ich mit dem Reverend sprech.«

Will, der noch verblüffter als nach dem Faustschlag in New York schaute, war vollends die Spucke weggeblieben.

»Klar, ich weiß ja, daß das alles ein bißchen plötzlich kommt«, sagte Talmadge verständnisvoll. »Ich weiß auch, daß Clara so ihre Nachteile hat. Sie kann nicht reden, aber seht's doch mal von der anderen Seite, Jungs. Sie kann ihrem Mann auch nie mit irgendwelchen blöden Sprüchen kommen.«

Eliot, der etwas abseits an der Heckreling lehnte, hatte es allmählich gedämmert, daß dieser intrigante Bauerntölpel auf eine Möglichkeit gestoßen war, sich eine Verantwortung vom Hals zu schaffen, der er zweifellos allmählich überdrüssig wurde.

»Mr. Talmadge, es gibt da etwas, das Sie wissen sollten«, sagte er und kam einen Schritt näher. Ihm war eine Idee gekommen. »Will ist schon verheiratet.«

Talmadge zuckte zusammen und schielte mit zweifelnder Miene auf Wills Hände.

»Seh aber nirgends einen Ehering.«

»Den hat er in dem Sturm verloren«, sagte Eliot, der sehr angetan von seiner Schlagfertigkeit war.

»Und wo ist die Frau?«

»In Boston.«

»Dachte, ihr kommt aus Maine. Soweit ich mich erinner, ist Boston nicht Maine.«

»Wir sind von Maine aus losgesegelt, aber wir kommen alle aus Boston.«

Talmadge schien immer noch nicht überzeugt zu sein und dachte kurz nach.

»Ich kann ja verstehen«, sagte er zu Will, »daß du nicht gerade mächtig begeistert bist und mir vielleicht was vorschwindeln willst, was das mit deiner Frau angeht. Brauchst vielleicht ein oder zwei Tage, um noch mal in Ruhe drüber nachzudenken und in dich zu gehen.«

Will fand seine Sprache wieder und sagte, daß das nicht nötig sei, denn er sei wirklich und wahrhaftig verheiratet. Seine geliebte Susan erwarte in Boston seine Rückkehr. Sicher sei es nicht Talmadges Absicht, Clara in einen Fall von Bigamie zu verwickeln.

»Nee, bestimmt nicht.« Knochige Hände klatschten auf knochige Knie. Talmadge stand auf und warf Will einen strengen Blick zu. »Da kommt ein verheirateter Kerl daher und küßt einfach so ein junges Ding, das ist nicht in Ordnung. Ist vielleicht in Ordnung bei euch da oben, wo ihr herkommt. Hier unten nicht.«

»Wie oft sollen wir Ihnen noch sagen, daß ich sie nicht geküßt habe.«

»Also hat sie geschwindelt?«

»Ich fürchte, ja«, sagte Will.

»Nehm ich nicht auf die leichte Schulter, wenn man bei so einer Sache schwindelt«, sagte Talmadge und hangelte sich in sein Skiff. »Werd sie noch mal fragen, und wenn sie dabei bleibt, dann gibt's nur eine von zwei Möglichkeiten: Wir zwei beide, Will, müssen noch mal von Mann zu Mann drüber reden, oder Clara kriegt 'ne Tracht Prügel, und aus.«

»Das sollten Sie nicht tun, Mr. Talmadge, bitte«, sagte Eliot. »Sie ist nicht die Schlaueste und weiß wahrscheinlich gar nicht, daß sie geschwindelt hat.«

»Das mit der Erziehung, das überläßt du lieber mir, mein Sohn«, sagte Talmadge und stieß sich ab. »Schätze, was jetzt stimmt, kommt ziemlich bald raus.«

Sobald er außer Hörweite war, setzten die Jungen sich zu einer kurzen Besprechung zusammen und beschlossen, daß sie sofort auslaufen müßten. Wenn nicht sofort, dann auf jeden Fall noch vor morgen. Nathaniel hatte ein Idee, wie sie an ihre Spieren kommen würden; den Rest der Arbeit könnten sie dann in Beaufort selbst erledigen.

Sie ruderten im Dunkeln an Land, schlichen zur Sägemühle, die sich in einem Eichenwäldchen am Rand der Siedlung befand, und öffneten die Tür der Baracke. Nathaniel zündete die Petroleumlampe an, die sie mitgebracht hatten. Der Lichtschein fiel auf die in einem Haufen aus Sägemehl und Hobelspänen stehenden Holzböcke, auf denen der Baum und die Gaffel eingespannt waren. Obwohl sie sich nur das holten, was ihnen gehörte, kamen sie sich wie schäbige Diebe vor. Jedesmal wenn sie einen Hund bellen hörten, schnürte es ihnen die Kehle zu. Sie trugen die Spieren zum Wasser, Will und Nathaniel den Baum, die beiden Jüngeren die leichtere Gaffel. Sie banden die beiden Spieren zusammen, zurrten sie am Heck des Bootes fest und ruderten zurück zur *Double Eagle*.

Sie setzten die Segel und belegten die Schoten. Jetzt kam das Schwierigste: Sie mußten sich in einer mondlosen Nacht durch die schmale Fahrrinne schlängeln. Nathaniel stand am Ruder, Eliot und Will standen mit Laternen am Bug und beleuchteten zu beiden Seiten das seichte Wasser. Über die Schultern riefen sie Nathaniel Richtungsanweisungen zu. »Backbord ... Noch ein bißchen backbord ... Recht so ... Jetzt steuerbord ... Recht so ...« Zwei oder dreimal hörten sie das gräßliche Geräusch des über den Grund kratzenden Kiels. Einmal, als der Schoner zu schwerfällig auf das Ruder reagierte, bohrte er sich mit dem Bug in eine Austernbank und saß fest. Sie stakten mit den Riemen des Beiboots und dem zerbrochenen Bootshaken, aber es half nichts. Die Stangen waren nicht lang genug, um bis auf den festen Grund unter dem Schlick durchzudringen. Mit dem Beiboot ruderten sie in tieferes Wasser, warfen den Reserveanker und bekamen die *Double Eagle* durch Warpen wieder frei. Ihre Mannschaft verspürte die spannungsgeladene Freude von entflohenen Sträflingen, die sich ihrer Sache noch nicht ganz sicher sind.

Eine Stunde später hatte die Flut fast ihren Höchststand erreicht. Die *Double Eagle* bekam zwei volle Faden unter den Kiel und kämpfte gegen die Strömung des Beaufort River an, den sie nur von der Uferlinie unterscheiden konnten, wenn sich hin und wieder glimmende Sterne im Wasser spiegelten. Die Jungen hörten Fische aus dem Wasser springen, konnten sie aber nicht sehen. Nah bei den Bäumen auf der Steuerbordseite verursachte etwas Großes ein platschendes Geräusch; es hörte sich an, als würde ein Baumstamm ins Wasser geworfen. Will und Eliot, die auf ihren Posten im Bug die Fahrrinne nach Bojen ableuchteten, schwenkten die Laternen nach rechts und sahen, daß sich zwei Meter vom Boot entfernt etwas auf der Wasseroberfläche bewegte, das wie zwei glühende Kohlen aussah. Im selben Moment erkannten sie, daß es die Augen eines Alligators waren, der drei Meter lang und dessen Rücken einen Meter breit war.

»Außer im Zoo habe ich noch nie einen gesehen«, flüsterte Eliot, als müßte er seine Anwesenheit vor dem Reptil verbergen.

»Ich hasse diese Gegend«, stöhnte Will. »Krokos, bescheuerte Hillbilly-Wahrsager und genug Moskitos, um Millionen Pferden das Blut abzusaugen.«

Kurz nach Mitternacht, der Tidenstrom war gekentert und trieb sie jetzt flußabwärts, sahen sie unmittelbar vor sich die Lichter von Beaufort.

Den ganzen nächsten Tag verbrachten sie damit, die Spieren abzuschmirgeln und zu firnissen: eine mühselige und zehrende Plackerei, da der Firnis wegen der feuchten Hitze an manchen Stellen Blasen warf. Die mußten sie dann immer wieder abschmirgeln und frisch überstreichen. Will stand unter dauernder Anspannung, da er halbwegs damit rechnete, daß ein Rollkommando auftauchen und ihn zwecks Zwangsverheiratung zurück nach Snead's Landing schleppen würde. Gegen Abend, als vom Fluß die Stechmücken aufstiegen und ausschwärmten, um jedes nackte Fleckchen Menschenfleisch wund und rot zu beißen, machten Will und Drew sich in die Stadt auf, um Lebensmittel zu kaufen. Sie hatten die Speisekammer in der vergangenen Woche dermaßen geplündert, daß die Vorräte nicht bis Key West reichen würden. Währenddessen lieferten zwei von Geslins Angestellten das neue Focksegel ab; obwohl der Firnis auf den Spieren noch klebrig war, beschlossen Nathaniel und Eliot, sofort auszuprobieren, ob die Größe stimmte. Piek, Schothorn und Hals wurden angeschlagen, das Unterliek an den neuen Baum, der Kopf an die neue Gaffel angereiht, das Vorliek an die Mastringe angesteckt. Dann hißten sie das Segel. Es saß makellos.

Am folgenden Morgen, noch bevor die Kirchenglocken begonnen hatten, in Beaufort den neuen Tag einzuläuten, lief die *Double Eagle* ein weiteres Mal aus. Bei leichtem Wind aus Süden glitt sie in den Port Royal Sound, kreuzte entlang der wilden Strände von Hilton Head, durchquerte die breite Mündung des Savannah River und begann, nachdem sie am Nachmittag Tybee Island passiert hatte, ihre Reise entlang der zerklüfteten Küste Georgias.

Da die Jungen wußten, daß es fast unmöglich gewesen wäre, ein Vierzehn-Meter-Boot durch das Labyrinth kleiner Flüsse und schmaler Kanäle zu steuern, nahmen sie statt Talmadges Inlandroute den Kurs über die offene See. Mit dem schwachen Wind, der ihnen ins Gesicht blies, schafften sie es bis zum Einbruch der Nacht allerdings nur bis Saint Catherines Island. Unter Führung von Arkturus, Spika und dem blaßroten Leitstrahl des Antares segelten sie weiter. In der Morgendämmerung kreuzten Delphine vor dem Bug auf und zeichneten grünglühende Strudel ins Wasser. Eine Stunde nach Tagesanbruch nahm Will eine Morgenmessung vor und bestimmte ihren Schiffsort – sie befanden sich vor Saint Simons Island, in der ganzen Nacht hatten sie lediglich dreißig Meilen zurückgelegt. Das Barometer fiel, und kurz darauf kämpften sie wieder gegen starken Wind und sich auftürmende Wellen an. Als der Wind nach Südost drehte und sie Richtung Küste trieb, zogen sie die Gezeitentafeln und das Küstenhandbuch zu Rate. Sie fielen ab und segelten auf raumem Kurs durch den Saint Simons Sound, dessen Fahrrinne durch schiefe Pfosten markiert war, an die man rohe Holzpfeile genagelt hatte. Auf einer rauschenden Drei-Knoten-Tide ritten sie durch eine breite Passage, vorbei an Salzwiesen und Reismarschen und der Küste vorgelagerten Inseln, die bis an die Ufer dicht bewaldet waren. Die moosbehangenen Zweige der Kiefern und Eichen tauchten ins Wasser wie Bärte alter Männer, die sich über eine Wasserstelle beugten. Nachtreiher duckten sich ins Riedgras, große Blau- und Silberreiher steckten ihre stengelartigen Hälse durch das Spartgras, und kurz vor Jekyll Island entdeckte Drew die ersten Pelikane. Beim Abheben gaben sie eine ulkige und ungelenke Figur ab, sobald sie jedoch in der Luft waren, glitten sie mit atemberaubender Grazie dahin.

Der Kapitän eines altertümlichen Dampfers, der mit schaufelndem Heckrad das Wasser aufwühlte, ließ zur Begrüßung der *Double Eagle* die Dampfsirene heulen. Sie durchquerten den Saint Andrews Sound und sahen an der Mündung des Saltilla River scharenweise Küsteninsel-Neger, die durch Austernbänke wateten, ein Anblick, der sie an die Fischer in den Muschelbänken von Gloucester erinnerte. Der Tidenstrom kenterte, doch verhielt sich die Strömung anders, als in den Tafeln vorausgesagt; sie kämpften jetzt gegen Strömung und Wind von vorn und schafften höchstens noch einen Knoten über Grund. Später drehte sich die Strömung wieder zu ihren Gunsten, und wieder später, in der breiten, von Inselchen verstopften Durchfahrt zwischen dem Festland und Cumberland Island, bekamen sie sie wieder von vorn. Talmadge hatte recht, die Gezeiten waren knifflig. Warum dem so war, erzählte ihnen ein Austernfischer, den sie unterwegs trafen. Auflaufendes und ablaufendes Wasser seien von Meerenge zu Meerenge verschieden. Herrschte hier Flut, herrschte ein paar Meilen die Küste runter Ebbe. War man also bei günstiger Strömung auf einem Flüßchen zwischen den beiden Meerengen unterwegs, dann konnte es einem ruckzuck passieren, daß man mittenmang in eine Gegenströmung reinrauschte oder, was noch schlimmer war, auf einmal so auf dem Trockenen saß, daß nicht mal mehr genug Wasser da war, um die Teller abzuspülen. Vergeßt eure Gezeitentafeln, sagte er, ihr müßt euch in der Gegend auskennen. Und wenn ihr euch nicht auskennt, bleibt euch nichts anderes übrig, als bei steigender Flut zu segeln und bei fallender den Anker zu werfen.

Also warfen sie den Anker, unmittelbar neben einer kleinen namenlosen und unbewohnten Insel, die völlig von Zypressen und Fächerpalmen bedeckt war.

Da der Wind die Moskitos fernhielt, konnten sie bei geöffneten Luken und Bullaugen schlafen. Am Morgen verzog sich der Nebel, der Wind erstarb, und in der Morgenröte glich das regungslose Wasser einem Fluß aus Lava. Während Eliot das Frühstück machte, scheuchte sie ein schrilles Pfeifen an Deck. Ein großes dreieckiges Floß aus gefällten Baumstämmen trieb genau auf sie zu. Der Schleppkahn, der das Floß zog, ließ seine Sirene heulen, weil das Heck der *Double Eagle* mit dem letzten Gezeitenwechsel in die Fahrrinne getrieben war. Es blieb ihnen kaum Zeit, den Schoner mit der Ankerkette aus dem Weg und näher zur Insel zu ziehen. Sie schafften es gerade noch rechtzeitig, bevor der Schwimmbaum so nah an ihnen vorbeischwenkte, daß sie hätten draufspringen können. Wieder dieses schrille Pfeifen; der Kapitän des Schleppers lehnte sich aus dem Ruderhaus, fuchtelte mit der Faust herum und ließ sie wissen, was er von ihrer Intelligenz und der Existenzberechtigung ihrer ganzen Sippschaft hielt. Da die Krise nun gut überstanden war, ließen sie sich zum Frühstück nieder. Drew schüttete für Trajan Kondensmilch in eine Untertasse, rief ein paarmal nach ihm und verkündete dann mit bebender Stimme, daß die Katze verschwunden sei. Nathaniel sagte, daß sicher das Heulen der Sirene sie verschreckt habe und sie sich bestimmt nur irgendwo verstecke; nachdem sie jedoch jeden nur möglichen Schlupfwinkel abgesucht und sogar in der Bilge nachgeschaut hatten, mußten sie sich der furchtbaren Wahrheit stellen: Ihr Maskottchen, das tausend Meilen mit ihnen gesegelt war, das Gewitter und Nebelbänke und sogar ausgewachsene Sturmböen unversehrt überstanden hatte, war spurlos verschwunden. Wahrscheinlich war Trajan beim letzten Heulen der Sirene auf den Schwimmbaum gesprungen. Oder er war außer sich vor Angst ins Wasser gesprungen und von der Strömung mitgerissen worden. Bei dem Gedanken, daß der Kleine irgendwo einsam ertrank oder auf den Stämmen einem ungewissen Bestimmungsort und Schicksal entgegentrieb, wurde ihnen ganz elend. Vor allem Drew.

»Wir können nichts mehr machen«, sagte Nathaniel mit all der Anteilnahme, deren er fähig war. »Die Flut steigt, wir müssen weg.«

Sie hatten gerade begonnen, die Segel zu setzen, als Eliot ein Geräusch vernahm, das von der Insel kam. Es hörte sich wie ein schwaches Wimmern an, sagte er.

»Das ist er!« schrie er. »Er ist auf der Insel! Er muß vom Boot gesprungen und rübergeschwommen sein! Trajan! Trajan!«

Obwohl die Entfernung nicht groß war, konnte sich Nathaniel nicht vorstellen, wie der Kater das geschafft haben sollte. Nach allem, was er wisse, könnten Katzen nicht schwimmen.

»Können sie doch!« sagte Drew und rief dann Trajans Namen. Im selben Augenblick hörten alle das seltsam klagende Jammern.

Eine Minute später hatten sie das Beiboot mit Eliot und Drew an Bord zu Wasser gelassen.

»Nehmt das mit«, sagte Nathaniel und reichte ihnen die L.C. Smith und eine Handvoll Patronen hinunter.

»Da treiben sich Alligatoren und weiß Gott was alles herum.«

Sie brauchten nur zwei Riemenschläge, und schon waren sie drüben. Eliot und Drew machten das Beiboot an einem Baumstumpf fest und tauchten in den sumpfigen Zypressenwald ein. Grünliches Licht sickerte durch die Baumwipfel und zeichnete Kreise auf urzeitliches Farnkraut und wie Knie gebeugte Baumstämme. Auf ihre Rufe antwortete die Katze mit einem verängstigten Schrei, der rechterhand vom Wasser kam. Eliot ging mit der Schrotflinte voraus, während sie sich durch das Unterholz schlugen. Sie fanden Trajan in einem seichten Tümpel. Er klammerte sich halb unter Wasser getaucht an einem Stengel Riedgras fest und sah mit seinem verfilzten Fell so schmächtig und glatt wie ein Bisamrattenjunges aus. Vermutlich war er in seiner Angst vom Boot gesprungen, hatte sich an dem zufällig vorbeitreibenden Stengel festgekrallt und war dann von dem aufgewirbelten Wasser in den Sumpf getrieben worden. Drew stürzte in den Tümpel und holte ihn heraus; dann beeilten sie sich, so schnell wie möglich zum Boot zurückzukommen. Eigentlich blieb es nur bei dem Versuch, sich zu beeilen – in dem Matsch und dem Gewirr von Baumstrünken, die ihnen gegen die Beine schlugen, kamen sie nur mühsam voran. Währenddessen lag Trajan wie tot in Drews Armen. Als sie nur noch zehn Schritte vom Boot entfernt waren, schreckte Trajan plötzlich auf, als hätte ihn ein Stromstoß zurück ins Leben gejagt. Er kreischte, versuchte zu fliehen und zerriß dabei mit den Krallen Drews Hemd, bis das Blut darunter hervorsickerte. Fast im gleichen Moment schoß links von ihnen, dort wo der sumpfige in trockenen Untergrund überging, aus einer im Schatten liegenden Schneise etwas geradewegs auf sie zu; etwas, das so groß wie ein Fohlen war, mit pechschwarzen, gesträubten Haaren, mit kleinen roten Augen in einem riesigen Kopf und Fangzähnen, die spannenlang aus dem Kiefer blitzten. Ohne zu überlegen, riß Eliot die L.C. Smith herum und drückte den vorderen Abzug; die Vorderbeine der Bestie flogen seitlich weg, die Schnauze bohrte sich in den Morast. Augenblicklich kam die Bestie wieder hoch und griff erneut an; sie machte halb brüllende, halb quiekende Geräusche, Geräusche, die Eliot und Drew noch nie zuvor gehört hatten. Etwas in Eliots Gehirn ließ alle Bewegungen langsamer ablaufen. Obwohl das Tier schnell auf ihn zustürmte und keine fünf, sechs Schritte mehr von ihm entfernt war, konnte er exakt die Stelle ausmachen, auf die er schießen mußte. Während er auf den Buckel hinter dem gesenkten Kopf zielte und dann den hinteren Abzug drückte, schienen seine Bewegungen sehr bedächtig. Der Schuß krachte, dem Keiler – erst jetzt erkannte Eliot, was es war – riß es die Beine weg, und er stürzte hart zu Boden. Aus beiden Wunden spritzte das Blut, dessen leuchtend rote Farbe sich auf furchteinflößende Weise vom schwarzen Fell abhob. Eliot lud nach und feuerte noch zweimal, bevor der Keiler mit halb abgerissenem Kopf regungslos liegenblieb.

Als Eliot und Drew zum Schiff zurückkamen, waren sie immer noch so mitgenommen, daß sie kaum ein Wort herausbrachten, um Nathaniel und Will zu erzählen, was passiert war. Trajan war durch den Schicksalsschlag völlig gelähmt.

»Diese gottverdammten Brackwassertümpel sind einfach nichts für richtige Segler«, sagte Nathaniel hoheitsvoll, nachdem das Beiboot aufgeholt und wieder am Davit festgemacht war. »Also nichts wie zurück aufs offene Meer. Entweder wir schaffen's heute noch bis Florida, oder wir saufen eben ab.«

Während seine Brüder von weiteren Pflichten entbunden wurden, steuerten er und Will die *Double Eagle* ins freie Wasser vor Cumberland Island. Auf einer Landzunge keine zwei Meilen voraus machten sie zwischen Fächerpalmen und Kiefern eine Stadt aus; östlich von ihnen strömte durch eine Öffnung zwischen der Landzunge und der Südspitze von Cumberland ein Fluß ins Meer. Um sich zu vergewissern, daß sie die Karten richtig gelesen hatten, preiten sie mit der Flüstertüte einen vorbeifahrenden Fischer und fragten ihn nach dem Namen des Flusses. »Saint Marys«, rief dieser. Sie gingen an den Wind und kreuzten in Richtung Süden – entlang der Küste Floridas.

17

»Das ist das erste große Tier, das ich geschossen hab«, sagte Eliot. »Hab vorher nicht mal ein Reh geschossen.«

Er und Drew waren vorn und trimmten die Fock. Backstagsweise steuerbord schwebte ein brauner Tölpel neben der *Double Eagle* und nutzte mit seinen weiten Schwingen den vom Großsegel abgelenkten Wind.

»So ist's gut«, rief Nathaniel vom Steuerrad zu ihnen herüber, worauf Eliot die Schot um den Belegnagel wickelte.

»Wenn ich jetzt drüber nachdenke, krieg ich eine Scheißangst«, sagte Eliot. »In dem Moment hab ich aber überhaupt keine Angst gehabt, hatte einfach nicht die Zeit. Weißt du, was ich sagen will?«

Drew brummte, das wisse er.

»Ich frag mich, warum uns der Keiler angegriffen hat.«

»Aus dem gleichen Grund, warum dieser Kerl Nat die Birne runterhauen wollte«, sagte Drew und schaute nach achtern zu dem großen braunen Vogel, der sich an sie angehängt hatte.

»Ich glaube, der Vogel bedeutet das gleiche wie ein Albatros. Sollen die nicht Unglück bringen?«

»Dachte, du glaubst nicht an so ein Zeug.«

»Tu ich auch nicht. Ich frag nur.«

»Ja, glaub schon«, sagte Eliot, während sich Drew an den Mast setzte und die Beine an die Brust zog. »Schätze, wir haben unsere Portion Unglück schon gehabt. Ab jetzt ist es nur noch ein Kinderspiel. Mann, wir sind schon so gut wie da.«

»Dann schau mal auf die Karte. Florida ist über dreihundert Meilen lang, und dann sind's noch mal hundert bis Key West. Das ist so weit wie von Boston zur Chesapeake Bay.«

Vier volle Tage sahen sie die Küste Floridas an der Steuerbordseite vorbeiziehen. Als Anhaltspunkte für ihr Vorankommen dienten ihnen die Leuchttürme – Saint Augustine, Ponce de Léon, Cape Florida. Die Küste war langweiliger, als sie erwartet hatten: Meile um Meile menschenleerer weißer Sand, an den mit Kiefern und Fächerpalmen bewachsenes Ödland und sumpfige Savannen angrenzten, die so monoton wie die Prärien des Mittelwestens waren. Für die einzige Abwechslung inmitten dieser überbordenden Trostlosigkeit sorgte Daytona Beach, das mit seinen Stränden, Badegästen, Kutschen und Sonnenschirmen aussah wie ein Stückchen Atlantic City, das zwölfhundert Meilen nach Süden getrieben war. Obwohl die *Double Eagle* die ganze Zeit gegen Wind von vorn ankämpfen mußte, war das genau die Art Segeln, die Drew mochte: sanfte Brisen über wohlwollenden Wellen, tiefes Wasser nahe der Küste, tagsüber immer Sichtkontakt mit dem Festland, und in den unfehlbar klaren Nächten brannten die Signallampen, die er inzwischen in- und auswendig kannte: das Sommerdreieck, der mattglänzende Diamant der Waage, der Skorpion, an dessen Kopf der Antares glänzte und dessen gekrümmter Schwanz, als wollte er jeden Moment zustechen, nach Osten auf den Schützen zielte.

Da das Eis im Eiskasten geschmolzen war, mußten sie eine schäbige kleine Stadt namens Fort Pierce anlaufen, um neue Eisblöcke zu kaufen. Als sie dort ankamen, war jedoch der Speck schon schlecht geworden und das in Beaufort frisch eingekaufte Gemüse verrottet. Da sie knapp bei Kasse waren, entschlossen sie sich, keine Lebensmittel zu kaufen, sondern von dem zu leben, was das Meer hergab. Hinter dem Log zurrten sie die Angelrute samt Rollenfuß mit einer Ersatzreffleine an einer Heckrelingsstütze fest, spießten batzenweise ranzigen Speck auf den Haken und zogen den Köder hinter sich her. Der einzige Fisch, der zwischen Fort Pierce und Miami anbiß, war ein Barrakuda, und der kostete sie Little Isreal, da sich der Fisch mit seinen scharfen Zähnen auf den kleinen Metallpropeller gestürzt und die Logleine zerbissen hatte.

Der Leuchtturm am Cape Florida auf Key Biscayne markierte Amerikas Grenze zur See. Jenseits dieses Punktes lagen die tückischen Gewässer der Südatlantikküste: ein ganz anderes Land, wo in früheren Zeiten die Kanonen der Piraten gekracht hatten und kriegerische Seminolen in langen Paddelbooten aus den Everglades geglitten waren, um die Inselstädtchen abzufackeln.

Die Jungen befanden sich in der Nähe von Key Largo, als sie über einer Lagune Wolken von Vögeln ausmachten – Graureiher, Silberreiher, Pelikane und Weißscheiteltauben. Eliot überredete Nathaniel zu einem Abstecher, da er hoffte, die Tauben seien eßbar. Vielleicht könne er ja ein paar schießen. Die *Double Eagle* schlüpfte zwischen der Nordspitze von Key Largo und der Old Rhodes Key hindurch in die auf ihren Karten als Card Sound eingezeichnete Lagune. Sie tasteten sich vorsichtig durch einen Wasserlauf, der von ein paar schiefen Pfosten und vermoderten Pfählen markiert war, durch braunes Wasser, das stellenweise kaum tiefer war als Senf auf einem Stück Brot. Als das Wasser immer seichter wurde, ließen sie den Anker fallen und fierten das Beiboot. Nathaniel und Eliot ruderten die Westseite von Key Largo entlang, vorbei an Mangroven, deren Wurzeln sich krümmten wie gigantische

Spinnenbeine, deren Zweige Galerien über düsteren kleinen Bächen bildeten, die ganz danach aussahen, als versteckten sich dort Alligatoren. Im nächsten Augenblick sahen sie auch schon einen. Ein knapp ein Meter langes Junges, das sich auf einem Baumstamm in der Sonne aalte. Dann tauchte seine Mutter oder sein Vater auf, schlängelte sich aus einer kleinen Bucht heraus und kreuzte vor dem Bug ihren Weg. Nathaniel ruderte rückwärts, während er und sein Bruder mit angehaltenem Atem den Alligator beobachteten, der ein oder eineinhalb Meter länger war als ihr Boot. An dem spitz zulaufenden Kopf erkannten sie, daß es sich nicht um einen Alligator, sondern um ein Salzwasserkrokodil handelte, eine gewaltige Masse gepanzerter Muskelkraft, mit einem Rachen, der aussah, als könnte er jeden von ihnen auf einmal hinunterschlingen.

Tauben gurrten tief im Innern der Mangroven, aus dem auch eine Art vorgeschichtliches Krächzen drang, das hin und wieder zu einem Grollen anschwoll. Obwohl das Geräusch von nichts Bedrohlicherem als einem Reihernest kam, hatte es doch etwas Beunruhigendes an sich. Als sich vor dem Bug ein Taubenschwarm in die Lüfte erhob, riß Eliot das Gewehr hoch, schwang es herum, feuerte noch in der Bewegung, und zwei der Vögel fielen nach unten, als wären sie gegen eine unsichtbare Wand geprallt. Nathaniel legte sich in die Riemen, doch bevor er noch die Stelle erreichte, war schon etwas anderes vor ihm dort gewesen. Da lediglich ein kurzes Aufschäumen des Wassers zu sehen war, bevor die toten Vögel verschwanden, war schwer zu sagen, ob es ein großer Fisch, ein Alligator oder ein Krokodil gewesen war. Nathaniel sagte, sie könnten es genausogut gleich aufgeben, was sie dann auch taten. Sie ruderten auf einem breiten blutroten Pfad, den die Sonne, die offene Wunde des Himmels, auf die Riedgrasebenen der Everglades geworfen hatte, zurück. Langhalsige Kraniche standen statuengleich im rotgefärbten, seichten Wasser, über das Ibisse und rosa schimmernde Löffelreiher strichen. Ein anderes Krokodil, vielleicht war es aber auch das, das sie schon zuvor gesehen hatten, hielt Wache am Ufer des Wasserlaufs, in dem die *Double Eagle* wie verloren vor Anker lag. Nathaniel legte sich mächtig ins Zeug, schwitzte in der Hitze, die in nichts dem glich, was er kannte, während Eliot vergeblich nach Stechmücken und Moskitos schlug. Beide Jungen fühlten sich, als wären sie aus ihrer Hemisphäre, aus ihrem neuen Jahrhundert hinaus und zurück in ein ursprüngliches, von Menschen noch nie betretenes, von Reptilien und wilden Vögeln beherrschtes Paradies gesegelt.

Nach Sonnenuntergang erstarb der Wind, und die ganze Nacht wälzte sich die *Double Eagle* auf dem schwarzen, vom Licht des Mondes vergoldeten und tief aus dem Innern glühenden Meer. Wenn nicht die Gegenströmung des Golfstroms gewesen wäre, die sie mit ein, zwei Knoten vorwärtsstupste, hätte sie festgesessen wie ein Schiff vor Anker. Eine Stunde vor Tagesanbruch prasselte ein Gewitter auf sie nieder: Sturmböen aus Westen trieben schräge Schauer vor sich her, bliesen ihr ins Gesicht und gegen die Strömung, bauten aufeinanderprallende Wellen auf, die den Bug in die Höhe hoben und das Heck hart nach unten schleuderten. Irgendwie löste sich die Leine am Davit auf der Steuerbordseite, das Heck des Beiboots krachte nach unten und hing in einem Winkel von fünfundvierzig Grad herunter. Der hintere Teil des Beiboots lief voll Wasser und machte das Steuern schwierig. Nathaniel stand am Ruder, während Will, Eliot und Drew an der Davitleine zogen, um das Boot wieder aufzuholen. Da das Gewicht des überkommenen Wassers jedoch wie ein Felsbrocken auf ihm lastete, mußte zuerst das Wasser ausgeöst werden. Drew als leichtester der vier übernahm freiwillig diese Aufgabe. Das eine Ende einer Sorgleine wurde an der Heckreling, das andere Ende an der um seine Taille geschlungenen Bugleine festgemacht. Er packte den Eimer und stieg über die Reling, blieb für einen Augenblick stehen und schaute hinunter auf die dunklen Wellen. Wenn sich die Sorgleine löste, würden sie ihn einfach wegspülen. Das war was anderes als die Schlägerei in New York, das hier hatte nichts mit Reflexen zu tun. Er war sich dessen bewußt, was er tat, und er war sich des Risikos bewußt; allerdings stellte er mit Befriedigung fest, daß er trotz seiner Furcht fähig war zu handeln. Er stieg ins Boot und fing an zu ösen, doch für zwei Eimer, die er ausschöpfte, kippte ihm die schwere See die Hälfte davon wieder zurück ins Boot. Wir gebrauchen unser Hirn nicht, dachte er, und rief Will und Eliot zu, sie sollten die Leine des Steuerborddavits fieren. Nachdem sie das getan hatten, kroch – besser gesagt – kletterte er am Boot hoch und setzte sich rittlings auf den Bug. Seine achtunddreißig Kilo und die gefierte Leine sorgten dafür, daß der Bug nach unten gedrückt und das Heck angehoben wurde: zwar nur knapp einen halben Meter, aber es reichte aus, daß kein Wasser mehr hineinschwappte. Da das Boot nun fast waagerecht hing, konnte er es ganz lenzen. Dann zogen ihn Will und Eliot an der Sorgleine wieder zurück an Bord. Das Boot wurde aufgeholt und festgemacht. Eliot wandte sich an Nathaniel und flüsterte: »Wenn ich noch einmal von dir höre, daß er nicht das Herz eines Seemanns hat, dann hau ich dir einen Belegnagel über den Schädel.«

Kurz bevor die Sonne aufging, strahlten Jupiter und Saturn hell über dem Horizont, bevor sie dann untergingen. Nathaniel war sich nicht sicher, ob das ein gutes oder ein schlechtes oder überhaupt kein Zeichen war; auf jeden Fall trieb das Gewitter über die Floridastraße hinweg auf Kuba zu, Wind aus Südost kam auf, und die *Double Eagle* segelte wieder auf Raumschotkurs. Mit der Strömung im Rücken machten sie genug Tempo, um den Frachter einer Fruchthandelsgesellschaft abzuhängen, der schwerfällig dem Golf von Mexiko und irgendeiner weit entfernten Bananenrepublik entgegendampfte. Gemäß den Gepflogenheiten zogen die Jungen am Masttopp einen Deckschwabber auf, worauf ein Offizier auf der Brücke, zum Zeichen, daß er die Schmähung mitbekommen hatte, vergnügt die Faust schüttelte.

Fliegende Fische schossen aus dem Kabbelwasser an den Rändern der Strömung, und meilenlange, an manchen Stellen zehn bis zwanzig Meter breite Teppiche aus Beerentang formten auf der Meeresoberfläche goldene Heerstraßen. Ein Haken mit Speck und einem grellen weißen Stoffetzen tanzte im Kielwasser. Eine Mittelmeermakrele biß an, dann noch eine und dann ein Bonito. Die Makrelen wurden auf einem Hackbrett zerteilt, gesalzen und zum späteren Verzehr im Eiskasten verstaut, der in Stücke geschnittene Bonito diente als Köder. Das rote Fleisch lockte eine große Dorade unter einem Tangteppich hervor. Ein greller Farbfleck blitzte im rauschenden Kielwasser auf, die kräftige Bambusrute bog sich durch, und die 24er Leinenschnur zischte von der Rolle. Die Dorade schoß mit erstaunlicher Geschwindigkeit davon, vollführte mehrere wilde Sprünge und entblößte dabei ihren butterfarbenen Bauch und die grünschillernden Flanken, bevor sie wieder anzog. Um mehr Zug zu bekommen, drückte Eliot kräftig gegen den ledernen Fingerschutz, der wegen der Reibung leicht zu qualmen begann. Durch das Leder hindurch spürte er die Hitze in den Fingern. Der Fisch war dem

Druck der Leine und der Zugbewegung des Schoners nicht gewachsen und kapitulierte. Bevor Eliot ihn an Bord zog, wälzte sich der Körper im Kielwasser hin und her – ein großes Männchen, wie am charakteristischen Delphinprofil des Kopfes zu erkennen war, das bestimmt seine fünfundzwanzig bis dreißig Pfund wog. Nathaniel beugte sich weit über das Schandeck und schaffte es gleich beim ersten Versuch, die Dorade mit dem Fischhaken an Deck zu wuchten. Als diese hart auf die Planken klatschte, spritzte das Blut nach allen Seiten. Will schlug dreimal mit einem Belegnagel auf den Fisch ein, was diesem schließlich den Rest gab. Es hatte etwas Tragisches an sich, wie die kraftvollen Farben fast augenblicklich verblaßten. Eine Viertelstunde später brutzelten in der Pfanne Schweineschmalz, Zwiebeln und ein dickes, zuvor in Limettensaft gewendetes Filet. Sie aßen es mit Schiffszwieback und waren sich einig, daß das der wohlschmeckendste Fisch war, den sie je probiert hatten.

Sie segelten weiter, wobei der Kompaß fast überflüssig war, da das Riff und die unterschiedlichen Farben des Wassers – die Trennlinie zwischen dem Blau des Golfstroms und dem Grün der Küstengewässer war so scharf wie ein Wasserpaß – ihnen den Weg wiesen. Die Inselkette schlängelte sich so zerrissen und gewunden dahin, daß sie an die Wirbelsäule eines auf der Streckbank gefolterten Menschen erinnerte. Dad hatte gesagt, daß die Inseln auf frühen spanischen Karten als »Los Martires« – »Die Märtyrer« – verzeichnet waren. Leuchttürme, die wie Bohrtürme aussahen, überragten das Riff, das einer gigantischen Halskette aus regenbogenfarbenen Felsen glich, und jeder einzelne Leuchtturm markierte eine weitere Station auf dem Weg des Schoners – Carysfort, Alligator, Sombrero: geflüsterte Namen, die Nathaniel noch aus den Geschichten seines

Vaters und Lockwoods im Ohr hatte. Als er die Inseln jetzt mit eigenen Augen sah, fühlte er sich wie ein Einwanderersohn, der in die Heimat seiner Vorväter zurückkehrte.

Sie passierten querab den Leuchtturm von American Shoals, dessen rote Eisenträger vom Guano der dort nistenden Seevögel ganz weiß waren. Auf hoher See zog ein Viermaster in Richtung Westen, in den Küstengewässern warfen die Segel kleiner Fischerschmacken und Handelsboote weiße Dreiecke auf das dunkle Grün der Inseln. American Shoals verschwand achtern aus ihrem Blickfeld, und der Klüverbaum zeigte jetzt genau geradeaus auf einen weiteren Leuchtturm, dessen immer höher aus der See aufragendes Gerüst sich gegen eine Schicht Haufenwolken abzeichnete. Will schaute auf die Karte und sagte, daß das der Leuchtturm und die Wetterstation von Sand Key seien. Nathaniel fiel ab auf Kurs West zu Nord und durchquerte das Riff durch den Hawk Channel. Tiefstehende Federwolken umgarnten wie rote und purpurne Seidenfäden die goldgeränderten Haufenwolken. Ein Dampfer stampfte in Richtung Süden, wahrscheinlich mit Kurs Havanna. Etwa drei, vier Meilen vor ihnen tauchte eine flache Insel auf, auf deren westlichster Spitze ein Leuchtturm in der Abenddämmerung weiß blinkte, dann grün, dann wieder weiß. Will stand an der Reling, klopfte eine Zigarette aus seiner letzten Packung Duke's und sagte: »Tja, Natters, wir haben es uns zwar selbst ziemlich schwergemacht, sieht aber ganz so aus, als ob wir es geschafft hätten.«

18

Logbuch der Double Eagle *vom 21. Juli: ... Ankunft Hafen Key West 18:15. Haben außerhalb der Fahrrinne in zwei Faden Tiefe festen Untergrund zum Ankern gefunden. Gesamtreisezeit: 34 Tage, 6 Stunden. Tage unter Segel: 26. Zurückgelegte Entfernung: 1.644 Seemeilen. Durchschnittsgeschwindigkeit: 2,6 Knoten. Anmerkungen: Verdammt langsame Fahrt wegen Zwischenstopps in New York und South Carolina, vorherrschendem Gegenwind und dem Unvermögen des Schiffes, mit großer Geschwindigkeit hart am Wind zu segeln.*

Während sie nachliest, was sie bis jetzt geschrieben hat, fragte ich Sybil, ob sie den Charakter ihres Großonkels richtig getroffen hat. Es besteht eine Diskrepanz zwischen dem Nathaniel, der diese akkurate, ja fast schon überakribische Aufzeichnung trockener Fakten erstellt hat, und dem ruhelosen Romantiker, den sie sich aus den Einzelteilen zusammengepuzzelt hat, die sie von Myles und aus Nathaniels Hinterlassenschaft erfahren hat (im wesentlichen ein Notizbuch, das unter anderem den von ihm selbst per Hand übertragenen *Ulysses* von Tennyson enthält, Auszüge aus seinen Lieblingsgeschichten mit Frank Merriwell, eine Photographie von Theodore Roosevelt in seinem Rough-Rider-Aufzug, und ein Aufsatz, den er in seinem ersten Jahr in Andover geschrieben hat und in dem er sich zu seinem Neid auf den sonnengebräunten, auf den Weltmeeren umherstreifenden Halbbruder bekennt). Er und seine Mannschaft hatten keine geringe Leistung vollbracht; obwohl man das nie an den Eintragungen in seinem Logbuch hätte ablesen können, sagt Sybil zu mir, muß das ein triumphales Gefühl für ihn gewesen sein. Vielleicht verfügte er nicht über das Vokabular, um seine Gefühle auszudrücken; wahrscheinlicher sei, daß er das Logbuch seinem Vater zeigen wollte und es deshalb auf eine Art verfaßte, die ihm unzweifelhaft die Anerkennung des unsentimentalsten Menschen überhaupt sichern würde.

Sie kann sich nicht ausmalen, was ihr Großvater und seine Brüder in den ersten Tagen in Key West gemacht haben. Sie nimmt an, daß sie nach Artemis Lowe gesucht haben, dem Taucher von den Bahamas, der bei der Bergung der *Annisquam* teilweise erblindet war, oder nach jemandem, der ihnen etwas über das gesunkene Schiff erzählen konnte; im übrigen blieben diese Tage eine Leerstelle. Ihre Vorstellungskraft bleibt stumm, weil das Logbuch stumm bleibt. Trotz dessen dumpfer Nüchternheit scheint sie das Logbuch zu brauchen, um das Fenster zur Vergangenheit öffnen zu können; sie muß Nathaniels mit der Hand in dünner brauner Tinte geschriebenen Sätze sehen und die mit Schimmel befleckten Seiten berühren. Als ob seine Erinnerungen darin eingebettet lägen und darauf warteten, daß sie durch ihre Haut in sie einsickerten.

Zwölf Uhr mittags. Die weiße Sonne am erhabenen Himmel, über ihnen wolkenlos, doch am nördlichen Horizont, wo der Golf von Mexiko zu enden scheint, eine Wand aus Gewitterwolken. Als ob in irgendeiner himmlischen Schmiede heißes Eisen gehämmert würde, sprühten Blitze durch die amboßförmigen Dächer der Wolken. Auf See hätte den Jungen das gedämpfte

Grollen Sorge bereitet, nun, da es Erlösung von der Hitze versprach, war es Anlaß zum Jubel. Die Simonton Street, deren irdenes Bett Splitter von Korallen, Muscheln und kugelförmigen Kieseln namens Erbssteinchen bedeckten, war weißer als das sich darin spiegelnde Licht, das auf ihre Gesichter fiel; Gesichter, denen eine Woche Subtropen die Farbe von Muskatnuß in die Haut gebrannt hatte. Nathaniel war der dunkelste der drei Brüder. Mit seinen schokoladenbraunen Augen und dem gewellten schwarzen Haar war er erst heute morgen für einen Kubaner gehalten worden, und zwar von einem anderen Kubaner, der ihn auf der Straße in rasendem Spanisch angesprochen hatte.

»No, no, nix sprechen Español«, hatte Nathaniel geantwortet, bis Will sich einschaltete und herausfand, daß der Mann gerade von der Fähre aus Havanna kam und den Weg zur Cortez-Zigarrenfabrik wissen wollte. Will erklärte ihm den Weg, wobei der Kubaner etwas verwirrt wirkte, einerseits über Nathaniels Reaktion auf seine Frage, andererseits darüber, daß er nun von dem blondhaarigen und blauäugigen Will die Antwort in seiner Muttersprache erhielt.

Die Lower Keys Sponge and Fruit Company lag am Anfang der Simonton Street. Unter einem überdachten Dock waren Pyramiden von Schwämmen, die einen beißenden Geruch verströmten, zum Trocknen ausgebreitet. Eine lange Flachwasserslup lag vertäut am Dock, und ein Dutzend ähnlicher Boote, alle mit einem Rattenschwanz kleiner Kähne am Heck, lagen in dem ungeschützten Hafen vor Anker.

»Wie haben es der alte Herr und Lockwood fast fünfzehn Jahre hier aushalten können?«

Während sie auf eine Bretterbude am Anfang des Docks zugingen, nahm Eliot seine Kappe ab und fuhr sich mit dem Halstuch über die Haare. Mit den ländlichen Holzhäuschen und den mit Schindeln verschalten herrschaftlichen Villen sah Key West wie eine Yankee-Stadt aus. Allerdings fühlte man sich in ihr wie in der Hölle; die Hitze war weniger ein meteorologischer Zustand denn eine Heimsuchung. Man bekam nie richtig Luft in die Lunge. Manchmal suchte Eliot im Wasser Linderung und sprang nackt wie ein Neugeborenes vom Schoner, doch selbst das bot keine Erfrischung; das Wasser fühlte sich an wie die Luft, nur dichter. Er bekam langsam Heimweh und träumte von Zuhause – von den kräftigen Windböen, die ihm in Neuengland ins Gesicht schlugen, von den kalten grünen Buchten in Maine und Gloucester. Nach dem, was Nathaniel heute in einem Stadtviertel namens Africa Town von einem nach Rum stinkenden alten Neger erfahren hatte, sah es jedoch so aus, als blieben sie noch ein bißchen länger auf diesem kochenden Felsen.

Als Nathaniel an die Tür der Hütte klopfte, öffnete ihnen ein Mann, der einen länglichen schmalen Kopf hatte und der sich – kaum zu glauben – eine Fliege um den gestärkten Hemdkragen geschnallt hatte.

»Sind Sie Mr. Pinder?« fragte Nathaniel.

»Ich bin Mr. Carey.« Er deutete auf ein ungestrichenes Holzgebäude auf der anderen Seite des Platzes, vor dem ein paar Pferdekarren standen. Die Schädel der Schindmähren hingen in der Gluthitze des Mittags schlaff herunter. »Mr. Pinder ist im Büro.«

»Vielen Dank«, sagte Nathaniel und drehte sich um.

»Er wird so bald keine Zeit für euch haben. Hat gerade ein paar Einkäufer da. Vielleicht kann ich euch ja helfen?«

»Man hat uns gesagt, Sie haben Arbeit. Wir brauchen welche.«

Sie waren hungrig, wenn auch nicht unbedingt auf Arbeit. Will hatte gerade einmal noch sieben Dollar, und das Portefeuille der Braithwaites war auf fünf geschrumpft.

»Da bin ich euer Mann«, sagte Carey und winkte sie herein. An der Decke mühte sich träge ein Ventilator. Carey setzte sich an ein Rollpult und zog ein liniertes Blatt Papier aus einem Fach. »Setzt eure Namen ein, und schreibt auf, wo ihr wohnt. Ihr könnt doch schreiben, oder?«

»Natürlich. Aber wir wohnen nicht an Land, sondern auf einem Boot.«

»Dann schreibt den Namen des Schiffs auf und wo es vor Anker liegt. Für den Fall, daß ihr nicht pünktlich auftaucht und ich jemanden vorbeischicken muß, um euch aufzuscheuchen.«

Sie schrieben alles wie verlangt auf, und dann sagte der Mann, die Arbeitszeit beginne um acht und ende um sechs und die Bezahlung sei fünf Dollar pro Woche bei sechs Tagen die Woche. Sie sollten jetzt zum Dock gehen und sich an einen Mann namens Sweeting wenden, der ihnen sagen werde, was sie zu tun hätten.

»Sie meinen, wir sind angeheuert? Einfach so?«

Carey schaute Nathaniel aus schmalen Augen an und sagte: »Was zum Teufel hast du erwartet, mein Sohn? Daß die Blaskapelle der U.S. Navy einen Tusch für euch bläst?«

»Nein, Sir. Ich hätte da übrigens noch eine Frage. Kennen Sie einen Artemis Lowe? Man hat uns erzählt, daß er hier in der Gegend als Schwammtaucher arbeitet.«

»Klar kenn ich den. Ist der einzige Nigger-Schwammtaucher auf der ganzen Insel. Alle anderen sind Kubaner, Griechen oder Abschaum hier aus der Gegend. Er ist gerade draußen bei Big Pine, müßte heute oder morgen wieder reinkommen.«

»Dann lebt er also tatsächlich noch hier?«

»Schon seit Jahren.« Carey wandte sich auf seinem Drehstuhl um und machte ein Gewese daraus, Papiere durchzugehen. »Schluß jetzt mit Fragen, macht euch an die Arbeit. Geht schon alles auf Arbeitszeit.«

Sweeting, der schmerbäuchige Vorarbeiter, sagte ihnen, was sie zu tun hätten, und reichte sie an zwei Männer weiter, die ihnen alles weitere erklären würden. Der eine war ein kleiner rothaariger Mann, der wegen seiner geschwollenen grünen Froschaugen Popeye genannt wurde, der andere ein muskulöser Weißer von den Bahamas, den Sweeting mit »Doris« ansprach und der den Jungen erzählte, daß er vor fünf Jahren bei Ebbe zu Fuß von Great Abaco nach Key West gekommen sei. Doris (niemand erklärte ihnen, wie dieser Mann mit Ringerfigur an so einen Spitznamen kam und warum er den auch noch so gutgelaunt ertrug) setzte sie auf Hocker, die vor hohen, mit Schwämmen gefüllten Strohkörben standen. »Paßt mal auf«, sagte er in seinem Bahama-Cockney und hielt ihnen in jeder Hand einen Schwamm hin. »Die hier, die wie Wolle aussehen, die heißen Sheepswool, und die gelben, die heißen Yellows. Die muß man von den andern aussortieren, weil das die besten sind beim Baden oder beim Pferde abreiben oder wenn man eine Wand saubermacht. Sind ganz weich, kratzen überhaupt nicht.«

Dann zeigte er ihnen, wie man die Qualität von Sheepswools und Yellows beurteilte. Man schaute sich die Poren an, durch die die Schwämme die Nahrung aufgenommen hatten: je kleiner die Öffnungen, desto besser. Drew, der Wissenschaftler, wollte natürlich wissen, was Schwämme aßen. Doris sagte, das wisse er nicht genau, versuchte dann aber trotzdem, seine Sachkenntnis unter Beweis zu stellen, indem er referierte, daß Schwämme weder Tiere noch Pflanzen seien, sondern »nix weiter als ganz gewöhnliche Salzwasserfossile«, und daß er diesen Standpunkt – er tat ganz so, als wäre die Natur des Schwamms ein heiß diskutiertes Thema – vor jedermann vertreten würde. Popeye unterwies sie in der Kunst, wie man mit einem Schälmesser die Wurzel des Schwamms von Korallensplittern säuberte und wie man mit einer Schafschere überstehende Fransen abschnitt, damit der Schwamm die angenehm runde oder ovale Form erhielt, die die Blicke der Käufer auf sich zog.

So verbrachten sie den ersten Arbeitstag: Sheepswools und Yellows vom Ausschuß trennen, säubern, beschneiden. Wenn sie nicht damit beschäftigt waren, stopften sie die Schwämme, die den ersten Trockendurchgang hinter sich hatten (damit das Blut, das den Gestank verursache, auslaufen könne, sagte Popeye), in Gitterkästen, die so ähnlich wie Hummerfallen aussahen, und hängten sie ins Wasser, damit sich die Schwämme wieder vollsaugen konnten. Die Schwämme, die die erforderliche Zeit von drei bis fünf Tagen im Wasser gewesen waren, wurden hochgezogen, wieder zum Trocknen aufgestapelt und waren danach bereit zum Beschneiden. Eliot war dankbar für das schattenspendende Dach, auch wenn man es nicht zum Wohle der Angestellten aufgestellt hatte, sondern zum Schutz der Schwämme, die durch direkte Sonneneinstrahlung ruiniert würden. Drew löcherte Doris und Popeye mit Fragen über die Lebensgewohnheiten von Schwämmen, wie alt sie würden und warum Sheepswools und Yellows so weich wären und andere Sorten nicht. Nathaniel (dem die Arbeit im Vergleich zu der in den Steinbrüchen ziemlich leicht vorkam) schaute manchmal in den Hafen hinaus. Er hoffte, eine einlaufende Schwammtaucherslup mit einem schwarzen Mann an Bord zu sehen.

Am Ende des Arbeitstages stapften die drei Brüder

müde in Richtung Hafen – vorbei an der Cortez-Zigarrenfabrik und den sie umringenden Holzhäuschen der Zigarrenmacher, vorbei an den Palmen, Genip- und Sapotillbäumen, die wie Pflanzen in einem Treibhaus regungslos dastanden, vorbei an in Flammen stehenden Flamboyants. Am Ende des Porter-Kais, wo Passagiere den Raddampfer *City of Key West* verließen, winkte Eliot mit seiner Kappe zu Will hinüber, damit er sie mit dem Beiboot abholen komme. Während sie warteten, beobachteten sie, wie fette Beute – Tarpune, wie sie inzwischen erfahren hatten – in den Hafen einlief: massige Leiber, gepanzert mit Schuppen so groß und glänzend wie frischgeprägte Silberdollars. Jenseits der weiten glänzenden Fläche seichten Niedrigwassers sahen die äußeren Inseln im Westen wie eine Flotille vor Anker liegender Schiffe aus. Viele Meilen dahinter, unsichtbar für die Augen in Nathaniels Kopf, aber sichtbar für die seiner Vorstellungskraft, lagen die Dry Tortugas.

Als sie wieder an Bord der *Double Eagle* waren, präsentierte Will ihnen ein Gericht aus Fischen – die Einheimischen nannten sie Knurrfische –, die er heute nachmittag gefangen, geschuppt, ausgenommen und gewürzt hatte. Alles war fix und fertig, um zusammen mit einem Berg Maisgrütze, die sie in Beaufort gekauft hatten, verspeist zu werden. Da seine navigatorischen Fähigkeiten derzeit nicht gebraucht wurden, hatte sich Will für den Fall, daß die Braithwaites Arbeit an Land fanden, mit der Degradierung zum Schiffskoch einverstanden erklärt. Das war ja wohl das mindeste, was der Faulpelz tun konnte, dachte Nathaniel, der wegen Wills Weigerung, mit ihnen auf Jobsuche zu gehen, immer noch vor Wut kochte. Der Snob hatte erklärt, er sei ein Yale-Mann, ein Mann des Segelsports, solange ihn der Hunger also nicht dazu nötige, würde er sich nicht durch knechtische Arbeit erniedrigen. Angesichts der Unmengen an Fisch in diesen Gewässern und der bei Cudlip erstandenen Vorräte (was schon ein Jahr her zu sein schien), die noch fast vollständig in den Kombüsenschränken lagerten, war das eine ziemlich abseitige Drohung. Er habe sich ausgerechnet, daß er die sieben Dollar noch zwei Wochen strecken könne, und dann seien sie ja ohnehin schon wieder auf dem Rückweg.

Eigentlich war sein Kontostand schon auf sechs Dollar und neununddreißig Cent geschrumpft, denn er war an Land gegangen und hatte sich Zigaretten und die *Key West Gazette* gekauft, aus der er den Braithwaites während des Essens laut vorlas. Sie aßen an Deck und genossen die vergleichsweise kühle Luft, während die Sonne dankenswerterweise ihrem Untergang zustrebte. Die Trambahn der Key West Electric, die vor zwei Jahren den Betrieb aufgenommen hatte, wollte ihr Netz erweitern ... In einem Saloon entlud sich ein Disput zwischen einheimischen Schwammtauchern und einer griechischen Crew aus Tarpon Springs in Schlägereien ... Folgende Nachrichten, die uns Associated Press übermittelte ... Ein Priester in Ohio, der auf der Kanzel in einen Übertragungsapparat sprach, übermittelte seine Predigt per Telephon an die Schäfchen seiner Herde, die ans Haus gefesselt waren. »Erlösung per Ferngespräch«, witzelte Eliot, während er mit seiner Gabel auf den Blechteller tickerte ... In der seit einem Jahr bestehenden American League hatten die Chicago White Stockings die Milwaukee Brewers mit drei zu eins geschlagen ... General Funston, der auf den Philippinen auf glorreiche Weise Aguinaldo festgesetzt hat, wird im Herbst in die Vereinigten Staaten zurückkehren, um über seine Heldentaten zu berichten ... Die Anti-Imperialist League bezeichnete Aguinaldo als Helden der philippinischen Unabhängigkeit und ruft dazu auf, die Vortragsreise des Generals zu boykottieren ...

»Diese Schlappschwänze. Schlappschwänze und Aufschneider.« Nathaniel spuckte eine Gräte über Bord. »Funston ist hundert Meilen durch den Dschungel direkt in Aguinaldos Lager marschiert und hat ihn sich geschnappt. Potteinfache Sache.«

»Wenn ich mich recht erinnere, Natters, dann ist das nicht ganz so einfach gelaufen. Er hat eine *ruse de guerre* angewendet.«

»Was ist das denn?«

»Funston hat Aguinaldo ausgetrickst.«

»Na und? Haben die Griechen die Trojaner nicht auch ausgetrickst?« Nathaniels Blick schweifte hinaus zu den äußeren Inseln, die sich jetzt als schwarze Tupfer vor einem purpurnen Himmel darboten. »Weißt du was? Nach Andover sollte ich vielleicht anstatt aufs College zur Armee oder zur Marine gehen und mich freiwillig für die Philippinen melden.«

Eliot und Drew schauten ihn an, und Eliot sagte: »Das hör ich zum ersten Mal.«

»Ist mir selbst gerade erst durch den Kopf gegangen.«

»Bis dahin ist der Krieg wahrscheinlich schon aus«, sagte Will und fuhr sich mit dem Kamm durchs Haar. »Na ja, egal, wenn du allerdings so scharf drauf bist, dich abknallen zu lassen, dann hol ich doch einfach die L.C. Smith rauf, dann kannst du es gleich selbst erledigen. Wenigstens hat dich dann einer umgebracht, den du kennst.«

Am selben Abend hievten sie den Anker, hißten die Fock und brachten die *Double Eagle* weiter in den Hafen hinein, wo sie den Anker in der Nähe der zusammengepferchten Slups der Schwammtaucherflotte wieder warfen. Jetzt brauchten sie morgens vor der Arbeit nicht mehr so weit zu rudern.

Eliot war als erster wach, ging auf Deck und putzte sich mit Natronpulver die Zähne. Es war die weiche, graue Stunde, welche Seeleute die nautische Morgendämmerung nennen. Das matte Leuchten im Osten, über den Bäumen, den Schindeldächern und dem hohen Ziegelbau mit der Zollstation, erinnerte ihn daran, sich des Augenblicks zu erfreuen; die wütende Sonne würde noch früh genug aufgehen. Er tauchte die Schöpfkelle in die Trinkwassertonne, spülte sich den Mund aus und spuckte das Wasser über Bord, genau zwischen ein paar Stachelmakrelen, die wild um sich schlagend in einem Schwarm Glasaale wilderten. Er knöpfte sich die Unterhose auf, spannte die Leistenmuskeln an und pinkelte mit kräftigem Strahl ins Wasser. Plötzlich sprang er erschrocken von der Reling zurück. Ein Tarpun von furchterregender Größe, das weit aufgesperrte Maul so groß wie ein Faß, tauchte aus den Tiefen auf und verschlang mit seinem träge zur Seite rollenden Kopf zwei Stachelmakrelen auf einmal. Mann Gottes, was für ein Schlund, hätt mich locker genauso wegschlucken können, dachte Eliot, knöpfte sich die Unterhose zu und hörte dann irgendwo in weiter Ferne einen Mann singen, dem mehrere Stimmen antworteten. Wieder hörte er das Singen, wieder die Antwort: eine schnelle, rhythmische Melodie, die schwach über den Hafen wehte. Er verstand die Worte nicht, doch irgend etwas an dem Lied kam ihm vage bekannt vor. Er schaute nach Süden in Richtung der an ihren Ankern schwingenden Dampf- und Segelschiffe. Ein paar hundert Meter entfernt glitt hinter einem Frachter ein Boot mit weißem, schaumumspültem Rumpf hervor. Es sah aus wie eine yawlgetakelte Skipjack. Wegen ihres scharf ausgeprägten Decksprungs erweckte sie den Eindruck eines am Heck überladenen Schiffes. Wie Entchen hinter ihrer Mutter segelten unmittelbar hinter dem

Boot drei Skiffs. Mehr angetrieben durch die Flut als durch den fast nicht vorhandenen Wind, kamen sie langsam näher.

Die einzelne kräftige Stimme fing nun wieder an zu singen, und die anderen antworteten im Chor:

> *Shallow, shallow in de mornin' ...*
> *Shallow, shallow brown!*
> *Just before de day is dawnin' ...*
> *Shallow, shallow brown!*

Fünf Männer mit brauner Hautfarbe standen oder saßen um das Deckshaus herum und hielten entweder klatschend oder auf das Dach des Deckshauses trommelnd den Takt. Ein sechster Mann, mit noch dunklerer Gesichtsfarbe und einem breiten Strohhut auf dem Kopf, lehnte an der Ruderpinne.

> *Thought I heard de Cop'in say ...*
> *Shallow, shallow brown!*
> *Tamarra is our salin' day ...*
> *Shallow, shallow brown!*

Eliot ging unter Deck in die Eignerkajüte im Achterschiff und schüttelte Nathaniel an den Schultern.

»He, Nat. Los, raus aus der Kiste.«

Nathaniel drehte sich um und öffnete die Augen.

»Was ist los?« Seine Stimme klang heiser und verschlafen.

»Komm an Deck.«

Nathaniel klatschte sich mit der Hand ins Gesicht und folgte Eliot in Unterhosen nach oben, wo das Licht des neuen Tages etwas Farbe auf die schäbigen Segel der Yawl gezaubert hatte. Die Yawl war inzwischen ein Stückchen an der *Double Eagle* vorbeigesegelt. Sie hatte aufgekreuzt und schlüpfte gerade durch die Lücke zwischen dem Schoner und der Schwammtaucherflotte, die an den Docks der Simonton Street vertäut war.

> *De blackbird sang and de crow went caw ...*
> *Shallow, shallow brown!*
> *Let's set dis sail by half past four ...*
> *Shallow, shallow brown!*

»Könnt ihr euch noch dran erinnern? Als wir klein waren?« fragte Eliot. »Wenn Lockwood zu Hause war, hat er das immer gesungen. Einmal hab ich ihn gefragt, wo er das her hat, und er hat gesagt, von einem alten Neger von den Bahamas, der mal für Dad gearbeitet hat. Auf dem Boot sind sechs Neger, einer von denen muß Lowe sein.«

> *We're bound away for Nassau town ...*
> *Shallow, shallow brown!*
> *So run aloft, den come on down ...*
> *Shallow, shallow brown!*

Obwohl Artemis Lowe kurze Beine hatte, schauten die nackten, braunen Füße aus einer baumwollenen Latzhose, die um einiges zu kurz war. Er lehnte lässig an der Pinne der *Euphrenia Mae* und schob den Palmstrohhut zurück, der seine Augen überschattete. Das rechte Auge war haselnußbraun, das linke eine blinde Glasperle, das Weiße in beiden von roten Rändern umgeben. Er hatte einen merkwürdigen Körperbau. Er war höchstens eins siebzig groß, wovon zwei Drittel der nackte Rumpf ausmachte, der unter dem Latz seiner Hose wie ein Bierfaß aussah und in dem die Lunge des Tauchers pumpte, der er einmal gewesen war.

»Herr und Gott Jehova! Käpt'n Cy, den hab ich zwanzig Jahre nicht gesehen«, sagte er mit dröhnender Stimme. »Und ihr seid die Jungs von Käpt'n Cy? Ihr nehmt mich doch nicht auf den Arm?«

Nathaniel stand auf dem Kai und sagte: »Nein, Sir. Warum sollten wir?« Neben ihm standen Eliot und Drew, und neben den beiden stand einer der Schwammtaucher, dem zwei seiner Kollegen körbeweise die Schwämme von Lowes Boot hinaufreichten. Zwei weitere waren im Deckshaus und warfen die Schwämme aus dem Laderaum nach draußen.

»Na ja, gibt 'nen Haufen Leute, wo einen auf den Arm nehmen wollen«, sagte Artemis Lowe. »Glauben, das ist mächtig lustig.« Er drehte den breiten Kopf, der fast halslos auf den Schultern saß, zur Seite und schaute sich die *Double Eagle* an. »Und mit dem Boot da seid ihr den ganzen Weg von Maine runter? Für einen kleinen Ausflug mächtig groß, für so was aber ziemlich klein. Tja, schätze, ihr nehmt mich nicht auf den Arm. Käpt'n Cys Blut. Na, dann werd ich euch mal die Hand schütteln.«

Mit den kurzen, dicken Beinen kostete es ihn einige Mühe, vom Boot zu kommen. Er schüttelte jedem die Hand, wobei sein Lächeln ein schiefes Gebiß mit einem Goldzahn unten in der Mitte zeigte.

»Wir haben überall in der Stadt nach Ihnen gefragt«, sagte Nathaniel. »Gestern haben wir dann einen Kerl getroffen, der hat gesagt, daß er Sie kennt und daß Sie immer noch hier in der Gegend sind.«

»War denn das für ein Kerl?«

»Wie er heißt, weiß ich nicht. Groß, dünn ...«

»Weiß oder schwarz?«

»Schwarz.«

»Und ziemlich betrunken«, sagte Drew und fügte mit mißbilligendem Blick hinzu: »Es war erst neun Uhr morgens.«

»Großer, dünner Nigger, schon um neun betrunken? Kann nur Desmond Knowles sein, sonst keiner. Hat mal für mich gearbeitet. Bis er so tief in Rum reingefallen ist, daß er sogar unter seiner eigenen Bettdecke Schwämme gesehen hat. Bloß unter Wasser, da hat er alles gesehen, nur keine Schwämme.« Artemis funkelte böse einen seiner Männer auf dem Dock an. »He, Corey, was gibt's denn da zu gucken?«

»Guck nirgendwohin, Papa. Hör bloß zu«, sagte Corey, der im Gegensatz zu Artemis' karibischem Akzent im Tonfall des Südens sprach.

»Dann mach Schluß mit Zuhören und kipp die Körbe aus, damit Sweeting sehen kann, was wir haben. Kauft nix, was er nicht sehen kann.« Er wandte sich wieder an die Braithwaites. »Ist mein Jüngster, Corey. Die beiden andern sind im Laderaum, die zwei auf Deck sind Neffen von mir. Hab ein kleines Familienunternehmen. Stell sie euch vor, wenn wir fertig sind. Verdammich! Hätt nie gedacht, daß ich mal Käpt'n Cys Söhne zu Gesicht krieg. Ich mein, die zweite Fuhre. Erste kenn ich ja schon, Lockwood. War schon damals kein kleiner Junge mehr, war schon ein richtiger Seemann. Große Klasse. Wie geht's dem so? Muß ja schon Frau und Kinder haben.«

Nathaniel schüttelte den Kopf und sagte, daß Lockwood immer noch allein sei und daß er beim Versuch, in Tampa im Schwammgeschäft Fuß zu fassen, Pleite gemacht habe.

»Ehrlich? Schade. Hätt vorher mit mir drüber reden sollen. Hätt ihm gesagt: ›Wenn du kein Grieche bist, laß die Finger von dem Geschäft.‹« Artemis nahm den Hut ab und entblößte einen kaffeebraunen Schädel, auf dem quer über den Augenbrauen eine Furche und über den Ohren ein zerzauster, weißgesprenkelter Haarkranz zum Vorschein kam. »Gottverdammte griechische Ausländerschweine, reißen sich alles untern Nagel!« sagte er und schlug sich mit dem Hut auf den Oberschenkel. »Kommen den ganzen Weg von Tarpon Springs runter. Arbeiten ganz anders wie wir. Nicht mit den Glasbodeneimern und dem hier ...« Er langte ins Boot und holte einen Rechen mit drei Zinken hervor, der an einem langen Stiel befestigt war. »Nee. Die tauchen in Taucheranzügen runter und fuhrwerken durch die ganze Schwammkolonie wie damals in der Bibel die Heuschrecken in Ägypten. Und was diese Scheißausländer nicht mitnehmen können, machen sie kaputt, stampfen mit ihren verdammten schweren Taucherstiefeln drauf rum. Schade, daß Lockwood nicht erst mit mir geredet hat. Hätt ihm gesagt, was Sache ist. Hab den Jungen immer gemocht. Guter Seemann. Große Klasse.« Er stopfte sich den Hut auf den Kopf und funkelte wieder seinen Sohn Corey an. »Hörst schon wieder zu, anstatt zu arbeiten, hä?«

»Was sind das für Leute, Papa?«

»Also gut, bringen wir's hinter uns. Vielleicht machst du dann endlich deine Arbeit.« Er klopfte mit dem Rechen auf das Schandeck der *Euphrenia Mae* und rief nach den beiden Männern im Laderaum. »George! Ethan! Kommt mal raus. Will euch wem vorstellen.«

Aus der niedrigen Deckshausluke tauchte tief gebückt ein junger Mann von zwanzig, einundzwanzig Jahren auf. Er hatte wie Corey die stämmige Statur und das breite, offene Gesicht seines Vaters. Dann erschien ein drahtiger Bursche, dessen glatte Haut nur einen Hauch dunkler war als das Walnußbraun des sonnengebleichten Hemdes, das er trug. Sie lehnten sich mit dem Rücken an den Großbaum, um den lose das schmutzige Segel gewickelt war.

»Der erste da ist George, ist mein Zweiter. Der nächste, der so spanisch aussieht, ist Ethan, mein Ältester.

Seine Mutter ist aus Kuba, war eine Schwarze mit ein bißchen Spanierblut drin. Erinnert ihr euch, Jungs, daß ich euch mal von meinem alten Käpt'n erzählt hab, Cy Braithwaite? Der, wo sich um euern Papa gekümmert hat, wo der halb blind geworden ist, damals, wo wir zu dem Postdampfer runtergetaucht sind?«

»Klar, sehr gut«, sagte Ethan. »Schätze, die Geschichte erzählst du uns einmal im Jahr, mindestens. Ist wie eine Kirchenpredigt.«

»Sehr lustig. Wenn du so arbeitest wie du Witze machst, kannst du's vielleicht mal zu was bringen. Die drei hier sind Nat, Eliot und Andrew, sind die Söhne von Käpt'n Cy, die zweite Fuhre. Und wenn ihr zugehört hättet, statt zu arbeiten wie unser Corey hier, dann hättet ihr vor fünf Minuten mitgekriegt, daß die Jungs hier den ganzen Weg von Maine runtergesegelt sind.« Er deutete auf die *Double Eagle*. »In dem Gaffelschoner da, zweitausend Meilen, oder fast soviel. Haben das Blut von ihrem Papa, und von ihrem Bruder. Seemannsblut. Große Klasse.«

Die beiden ungleichen Brüder nickten sich zu, machten aber keine Anstalten, ihnen die Hand zu schütteln. Ethan zog den massigen Kopf zwischen die Schultern und fragte: »Wie kommt's, daß ihr so weit hier runterkommt?«

»Richtig, hab ich selbst noch gar nicht gefragt«, sagte Artemis. »Warum seid ihr hier runtergesegelt, ist doch nix weiter als ein gottverlassener alter Felsen?«

»Wegen der *Annisquam*«, sagte Eliot. Er fuhr sich mit dem Handrücken über die Stirn. Es war erst halb acht, aber schon machte sich die Hitze bemerkbar. Die Luft war ekelhaft feucht.

»Was ist damit?«

»Wir wollen wissen, was damals passiert ist«, sagte Nathaniel.

»Oh, darüber erzählt er euch gern was«, sagte Ethan und grinste spöttisch, während George nur feierlich nickte. »Bis es euch zu den Ohren rauskommt.«

»Reißt euch gefälligst am Riemen!« Artemis schaute Nathaniel verwirrt an und legte sein lederbraunes Gesicht in Falten.

»Hab noch nie gehört, daß einer fast zweitausend Meilen segelt, damit er sich eine Geschichte anhören kann. Muß schon eine verdammt gute Geschichte sein. Die Geschichte von der *Annisquam* ist schon gut, aber so gut nun auch wieder nicht. Hat's euch euer Papa nie erzählt?«

»Nicht viel. Aber es geht noch um was anderes als nur um die Geschichte.« Nathaniel blickte über Artemis' Schulter zu einer Schwammtaucherslup, die gerade den Hafen verließ. Ihr Kielwasser schickte Falten über das glatte Wasser. »Aber wenn Sie uns was darüber erzählen könnten, wären wir Ihnen sehr dankbar. Natürlich nur, wenn Sie Zeit haben.«

Artemis drehte sich um und senkte den Kopf. Er schien die fetten Schnapper zu studieren, die um einen mit Grünalgen bemoosten Pfahl herumwuselten.

»Heut nicht. Muß erst ausladen, dann das Boot saubermachen und mich ein bißchen hinlegen. Und heut abend muß ich mich ein bißchen um meine Euphy kümmern, war jetzt fünf Tage draußen. Morgen sind wir wieder hier, von mir aus dann. Also, wo und wann?«

»Wie wär's mit morgen abend? Auf unserem Boot. Wir treffen Sie hier, und dann fahren wir zusammen rüber.«

Artemis deutete auf den grauen Fleck unter seiner linken Augenbraue. »Wißt ihr, was die Leute hier auf der Insel über mich und euern Papa gesagt haben, damals, wo das passiert ist? Daß, wenn man uns beide zusammentut, ein Mulatte rauskommt, der auf beiden Augen blind ist oder mit beiden Augen sehen kann. Kommt ganz drauf an, welche Augen der Halbnigger erwischt. Ihr Jungs habt da was am Köcheln, und ich will wissen, was es ist.«

19

Eliot und Drew lagen auf dem Kajütdach und tranken Coca-Cola, während Nathaniel mit Artemis und Will an der Heckreling auf dem Boden saß, wo sie aus einer Blechtasse Rum schlürften. Weit jenseits der Mündung des Hafens stürzte aus einer niedrigen Wolke die schlanke, schräge Spirale einer Wasserhose, die für kurze Zeit die Wolke mit dem Meer verband, bevor sie wie die Leine einer Winsch wieder nach oben gezogen wurde. Artemis leckte sich die Lippen und sagte:

»O Mann, der Rum aus Bermuda ist der beste, kommt gleich nach dem aus Haiti. Gibt ja Leute, die sagen, der aus Kuba ist der beste, aber m-mh. Der ist einfach zu *weiß*.« Er lachte laut auf, wobei der mächtige Brustkorb unter seinem Hosenlatz bebte. »Den guten, alten schwarzen Rum aus Bermuda oder Haiti, den könnt ich jeden Tag vertragen.«

»Ich dachte, die Zeugen Jehovas dürfen keinen Alkohol trinken«, sagte Will. Artemis hatte zuvor erwähnt, daß er der Sekte vor ein paar Jahren beigetreten sei.

»Wo hast du denn das her? Zeugen Jehovas dürfen Alkohol trinken, dürfen sich nur nicht zum Idioten machen, so wie diese Schnapsdrossel Desmond Knowles. Rauchen dürfen wir auch, aber mit Zigarren und Zigaretten und so 'nem Scheiß hab ich nichts zu schaffen.« Er schaute nach oben zu einem Fregattvogel, der als dunkler Fleck über ihnen kreiste. Backbord stieß ein Tarpun durch die Wasseroberfläche; der Rücken schimmerte wie Bronze im schrägen Licht der untergehenden

Sonne. »Hab einen Typen gekannt, mit dem zusammen bin ich auf Harbour Island aufgewachsen. Konnten noch gar nicht richtig laufen, da haben wir beide schon für so 'nen weißen Arsch getaucht. Konnten damals bei fünf Faden fünf Minuten unter Wasser bleiben. Wo wir dann älter waren, hat er angefangen, diese Scheißzigaretten zu rauchen. Genau wie du, Will. Und irgendwann konnt er dann nicht mal mehr lange genug die Luft anhalten zum Furzen. So geht das nämlich mit den Dingern.«

Will inhalierte den Rauch und blies ihn durch die Nasenlöcher wieder aus. »Wenn es darum geht, einen krachen zu lassen, bin ich der Größte. Ich kann's beweisen.«

»Bloß nicht!« Artemis warf den Oberkörper zurück und fing wieder an zu lachen; ein Lachen, das sich mit zunehmender Wucht von den Knien nach oben arbeitete. Er nahm einen weiteren kräftigen Schluck Rum. Mit dem gesunden Auge, das vom jahrelangen Blinzeln in die grelle Sonne an den Rändern zerfurcht war, blickte er den Großmast auf und ab und dann hinüber zum Steuerrad und dem davor montierten Kompaßhaus. »Ist wirklich ein wunderbares kleines Schiff. Wenn ich's mir so anguck, seh ich richtig Käpt'n Cy vor mir.« Er stand auf und ging zum Steuerrad. Mit seinen dicken, von harter Arbeit gezeichneten Fingern packte er die Staken. Mit liebevollem Gesichtsausdruck fragte er: »Wie läuft sie denn so, Jungs? Von der *Main Chance* hat euer Papa immer gesagt, daß sie auf den Wellen reitet, daß es den Möwen vor Scham die Tränen in die Augen treibt.«

»Von der hier sagt er das gleiche«, sagte Eliot. »Außerdem hat sie Mumm. Unterwegs hat sie vor den Carolinas einen Sturm überstanden, der locker seine fünfzig Knoten hatte.«

»Schätze, euer Papa hat Wert drauf gelegt, daß sie das im Kreuz hat. Die *Main Chance* hat's gehabt. Damals, wo wir auf Bergungstour waren, da haben wir immer die Stürme abgeritten. Stürme abreiten ist so ziemlich das Gefährlichste, wo man mit einem Bergungsschiff anstellen kann. Du fährst raus, wenn jeder andere Käpt'n mit ein bißchen Grips im Hirn so schnell wie möglich reinkommen will. Du wartest drauf, daß irgendein Schiff auf ein Riff kracht oder auf eine Sandbank läuft. Genau das haben wir damals gemacht, wo die *Annisquam* bei den Tortugas auf Grund gelaufen ist. Ist ungefähr siebzig Meilen von hier.« Er zeigte auf den orange und scharlachrot leuchtenden Horizont, über dem die Fäden von Federwolken ein Kreuzmuster gewoben hatten, das so symmetrisch wie die Karos eines karierten Hemdes war. »War heiß an dem Tag, viel zu heiß für Frühjahr, so heiß wie heute. Das Glas war ein bißchen gefallen, aber euer Papa hat nur auf den Wind geachtet«, sagte er und setzte sich wieder zwischen Will und Nathaniel auf den Boden. »O ja, der konnt den Wind lesen genauso wie das Buch vom Propheten Jesaja.

Normalerweise kommt der Wind zu der Jahreszeit aus Südost, dann aus Süd, dann aus Südwest. Immer weiter, wie der Zeiger von einer Uhr, bis er schließlich aus Nord kommt. Dann bläst es einen Tag, vielleicht auch zwei, aus Nord. Dann dreht er sich weiter, bis der Zeiger wieder bei Südost ist. An dem Tag damals, war der 10. März 1879, ist der Wind bei Südwest stehengeblieben. Ist einfach stehengeblieben. Dann fängt er an und bläst ganz leicht, wirklich ganz leicht – nicht mal fünf Knoten – bläst den ganzen Tag lang immer aus West. Rückdrehender Wind, Jungs, was heißt, es wird ungemütlich. Wenn's hier in der Gegend im Frühjahr rückdrehenden Wind hat, dann gibt's fast sicher Sturm aus West, vom Golf von Mexiko. Und Jungs, hoohee, die Frühlingsstürme aus West, die haben's in sich, da wird schnell ein Hurrikan draus.

Die *Annisquam* war ein schneller Postdampfer aus Boston, war auf'm Weg nach Corpus Christi. Sie hat ein paar Tage hier vor Anker gelegen, hat Fracht ausgeladen, frisches Wasser und Proviant an Bord genommen. Morgens um fünf am Zehnten ist sie mit der Ebbe raus aus Key West. So um sieben steigt euer Papa auf den Ausguckturm beim Tifton-Kai, wo die Skipper von den Bergungsschiffen immer raus auf See geschaut haben, und will gucken, wie das Wetter so ist. Mit seinem Fernglas sieht er, wie die *Annisquam* in Richtung Westen segelt – macht nicht viel Tempo bei dem leichten Wind. Aber ganz hinten im Westen sieht er noch was anderes, einen schwarzen Streifen, hängt ganz tief am Himmel. Und das war keine Hoffnung, keine Prophezeiung, das war eine gottverdammte Ga-ran-tie, daß ein Sturm anrauscht. Und der Sturm und der Dampfer würden sich todsicher irgendwo bei den Tortugas treffen. War keine Garantie, daß das Schiff irgendwo aufläuft, Chancen standen aber nicht schlecht. Steht nämlich bis heute noch auf keiner Karte, was da für wildes Wasser, was da für Riffe und Felsen und Untiefen sind. Käpt'n Cy trommelt uns also alle zusammen, und wir kommen mit dem nötigsten Zeug unterm Arm angerannt. Was man sich halt an Klamotten und Essen auf die Schnelle noch schnappen kann. Ich und noch zwei andere Taucher, Jim Wakefield und Bodden Cross – Jungs von Harbour Island, genau wie ich, Bodden war der mit den Zigaretten. Dann war da noch Hank Albury, der Maschinist, wo sich mit der ganzen Technik von den Bergungsgeräten ausgekannt hat, zehn Leute – Matrosen und Tagelöhner – als Mannschaft, Ben Moreno, war so ein halber Spanier, der jetzt schon tot ist und wo der Erste Offizier von euerm Papa war, und dann euer Papa und

Lockwood. Ich kann euch sagen, Jungs, große Klasse die Mannschaft! Wenn vom Turm einer gebrüllt hat: ›Wrack in Sicht!‹, dann war die *Main Chance* fast immer als erste draußen und hat sich das Bergungsrecht gesichert. Da könnt ihr einen drauf lassen, daß wir die in null Komma nix unter Segel hatten und raus sind, mitten rein in den Sturm ...«

»Aber warum ...«, sagte Nathaniel.

»Immer mit der Ruhe, junger Mann. Komm gleich drauf«, sagte Artemis. »Klar, wir haben's wegen der Fracht gemacht, wegen der Beute, aber auch wegen den Leuten auf'm Schiff. Waren hunderteins Leute an Bord von der *Annisquam*. War ein Rahschiff, mit Skipper, der hieß Robinson, brauchte die vierundvierzig Mann Besatzung. Die andern waren Passagiere. Damals haben viele gesagt, besonders die Leute von den Versicherungen, daß wir nix besser waren wie Piraten, nix anderes wie Blackbeard höchstpersönlich. Laufen aber noch ganz schön viele auf unserer schönen Erde rum, die könnten jetzt nur noch den Fischen guten Morgen sagen, wenn wir nicht ihre wertlosen Ärsche aus'm Wasser gezogen hätten. Klar, unter den Abwrackern gab's auch ein paar Schweine, wenn die die Wahl hatten zwischen der Beute und ihrer eigenen Mama, dann haben die nur: ›Tut mir leid, Mama‹ gesagt. Aber Käpt'n Cy war nicht so einer.«

Nein, so einer war er nicht, dachte Nathaniel, während Artemis eine Pause einlegte, um einen Schluck Rum zu nehmen. Frachtgut und Menschenleben. Gier und Pflichterfüllung – das waren die Kohlen, die den Heizkessel von Vaters Ehrgeiz befeuerten. In den meisten Fällen vertragen sich die beiden nicht miteinander, und doch muß er im Bergungsgeschäft die Berufung gefunden haben, die es ihm ermöglichte, beide gleichzeitig lodern zu lassen.

»Und jetzt zum Geld«, fuhr Artemis fort, während am Himmel schon die ersten Sterne auftauchten. »Das wichtigste an unserm Geschäft war, wenn's ging rauszukriegen, was ein Schiff geladen hatte, und in der Stadt ist das Gerücht rumgegangen, daß die *Annisquam* so goldene Kerzenständer an Bord hatte. Keine so kleinen für Zuhause, sondern riesengroße, die so groß sind wie ein ausgewachsener Mann und ganz aus Gold. Sieben Stück, hat's geheißen. Hat der Zweite Offizier von dem Schiff erzählt, wo er betrunken war in der Nacht, bevor sie raus sind. Hat erzählt, daß die für eine Kirche in Vera Cruz sind, drüben in Mexiko.«

»Osterkerzen«, unterbrach ihn Drew.

»Keine Ahnung, aber wenn die so groß sind und ganz aus Gold, da haben wir immer dran denken müssen, was die wohl bringen auf der Versteigerung. Herr und Gott Jehova, vergib mir, aber wo wir raus sind, da hab ich drum gebetet, daß das Schiff auf die Felsen kracht. Und ich wette, daß das alle anderen auch gedacht haben, vielleicht sogar Käpt'n Cy, auch wenn er nicht so einer war. He, Will, gib mal den Rum rüber.«

Will gab ihm die Flasche, und Artemis schenkte sich nach.

»Der Sturm, das war ein ganz schönes Lüftchen, kann ich euch sagen. Östlich von den Tortugas, in der Rebecca Passage, sind wir mitten rein und haben ihn abgeritten. Kaum waren wir drin, da hab ich unsern Herrn und Gott Jehova schon angefleht, daß er meinen Niggerarsch retten soll. Hab dann später gehört, daß diese Maschinen von den Jungs bei der Marine achtzig Meilen die Stunde gemessen haben, wo der Sturm über Key West weg ist. Da war ein vierzig Meter langer Schoner, den hat's im Hafen einfach aus'm Wasser gehoben und auf die Front Street geschmissen. Auf der Insel hat's kleine Bäume aus'm Boden gerissen, so wie wenn meine Euphy ihre Nadeln aus'm Nadelkissen zieht. Hat Kokosnüsse von Palmen gerissen, die sind wie Kanonenkugeln in die Fensterscheiben reingekracht. Und draußen auf See, da waren die Wellen so hoch wie die Zollstation da drüben.

Nach einer Stunde war's vorbei, der Wind hat nur noch fünfundzwanzig gemacht, und wir machen uns auf'n Weg, immer nach Westen gegen den Wind an. Oben im Krähennest sitzt einer auf Posten, und es ist grade Mittag, und man kann schon Fort Jefferson sehen, da schreit er: ›Wrack in Sicht! Vier Strich steuerbord voraus! Entfernung zehn Meilen!‹ Käpt'n Cy gibt Befehl zum Abfallen, und rein geht's in den Southeast Channel. Dann haben wir sie gesehen, auf den Felsen oben am Riff an der Nordseite der Tortugas, ganzes Stück nördlich von Hospital Key. Die Tortugas haben sieben Inseln, und Hospital Key ist eine von den kleinsten. Da liegt sie also, mit dem Bug Volldampf auf den Felsen gekracht, und mit der Schlagseite war auch schon die Bilge voll. Ziemlich hohe Wellen sind auf sie draufgekracht, und Käpt'n Cy hat Angst, daß sie in zwei Stücke bricht, also will er hin, bevor sie auseinanderfällt. Ist nämlich ein ganzes Stück einfacher, wenn sie noch über Wasser ist. Und dann gibt's auch noch Bergegeld, wenn man das Schiff und die Takelage rettet, und dann gibt's noch mal was extra dafür, daß man bei schwerem Wetter raus ist und daß man, wie's die Richter beim Admiralsamt nennen, Unternehmungsgeist bewiesen hat. Auch wenn wir die goldenen Kerzenständer nicht kriegen, schaut immer noch ein Haufen Geld für uns raus. Albury, der Mechaniker, macht seine Sachen klar – den Bergungsanker, die Dampfwinsch, die Trossen und die Pumpen. Was wir machen wollten, war folgendes: Wenn sie voll Wasser ist, flicken wir erst die Lecks, dann pumpen wir sie aus und setzen sie bei der nächsten Flut mit dem Heck zuerst ins Wasser. Wir sind keine Meile mehr weg, da sieht der Ausguck östlich von uns zwei Rettungsboote. Sind vollgestopft mit Leuten, und die rudern wie der Teufel, weiß nur unser Herr und Gott Jehova, wo die überhaupt hin wollten. Wollten vielleicht zu der Leuchtturmstation auf Loggerhead Key oder zu dem großen Fort auf Garden Key. Egal, auf jeden Fall waren sie in der falschen Richtung unterwegs!«

Artemis nahm wieder einen Schluck und fuhr dann fort. Die Braithwaites hörten gespannt und mit stolzgeschwellter Brust zu, als sie hörten, welch ehrenvolle Entscheidung ihr Vater dann traf. Er gab Befehl aufzukreuzen und ließ die Überlebenden an Bord nehmen, die durchnäßt, verängstigt und zitternd den Launen des Windes ausgesetzt gewesen waren. Einer der Geretteten war der Erste Offizier, der der Mannschaft der *Main Chance* alles berichtete. Kapitän Robinson hatte sein Schiff mit dem unteren Großtoppsegel in nördlicher Richtung durch den Sturm gesteuert. Als die Windgeschwindigkeit dann unvermittelt auf achtzig Knoten oder mehr stieg, verloren sie das Segel. Die nach oben geschickten Matrosen hatten gerade das neue Segel angeschlagen, als der Wind noch stärker wurde und auch dieses zerfetzte, so daß ihnen nichts übrig blieb, als mit nackten Spieren vor dem Wind zu segeln. Robinson dachte, daß er sich vor den Tortugas-Riffen in Sicherheit gebracht hätte, aber dem war nicht so. Das Schiff krachte mit dem Bug voraus gegen die höchste Spitze eines langen Riffs, das wie eine Mondsichel aussah. Die *Annisquam* hatte einen Tiefgang von sechs Metern, lief bei knapp zwei Faden Wassertiefe auf Grund und schlug leck. Das Heck war jetzt dermaßen gewaltigen Wellen ausgesetzt und wurde mit solcher Wucht hin und her geschleudert, daß Robinson fürchtete, das Schiff würde auseinanderbrechen. Mit der Maßgabe, nach Fort Jefferson zu rudern, beorderte er den Großteil der Mannschaft und alle Passagiere in die Rettungsboote, während er selbst, der Schiffszimmermann und eine Handvoll Männer an Bord blieben.

»Die Rettungsboote wollten nach Garden Key. Aber auch jetzt, wo der Sturm nicht mehr so stark war, mußten sie sich gegen Wellen abrackern, die immer noch drei Meter hoch waren. Sind aber nicht dagegen angekommen, bloß das Boot ist vollgelaufen. Also haben sie umgedreht und sind mit den Wellen nach Osten gerudert, wollten jetzt nach Middle oder East Key, und die sind nicht größer als ein Hinterhof. Die Leute in den Booten konnten die Inseln noch nicht mal sehen. Das war, wo wir sie aufgesammelt haben. Und dann hat uns der Offizier die schlechte Nachricht gesagt. Waren nämlich *drei* Rettungsboote, wo sie weggefiert haben. Wußte auch nicht, wo das dritte abgeblieben war, hat gesagt, die sind jetzt wohl Fischfutter. Euer Papa wollt das nicht glauben und wollt sie finden. Ist schon fast dunkel, da sieht der Ausguck einen Mann auf East Key, wo mit einem weißen Hemd winkt. Konnten wir mit der *Main Chance* aber nicht hin. Herr und Gott Jehova, das Wasser ist da so flach, da kann man sich auf'n Rücken legen, da wird nicht mal die Nase naß. Also lassen wir unsere Barkasse runter und holen sie von da weg. Sind da auf'm Haufen rumgesessen und haben gebetet. Auf East Key, da gibt's nix, kein Wasser, keine Bäume, nix als Sand und Korallen, und der Mann, der wo gewunken hat, sagt, daß sie schon nicht mehr dran geglaubt haben. Einer von denen, der hatte eine goldene Uhr an einem goldenen Armband, und die hat er ins Meer geworfen und gesagt: ›Brauch jetzt keine Zeit mehr, und ihr braucht auch keine mehr, weil Gott hat uns verlassen.‹ Hat der, wo mit dem Hemd gewunken hat, erzählt.«

Artemis sprach weiter; Will und die Braithwaites hingen an seinen Lippen und sahen und hörten alles genauso, als wären sie selbst an Bord der *Main Chance* gewesen. Nach Einbruch der Dunkelheit preite ihr Vater das Wrack mit dem Sprachrohr und ließ in sicherer Entfernung vom Riff den Anker fallen. Man ließ eine Barkasse zu Wasser und ruderte Cyrus zur *Annisquam*, deren Hecklicht und Topplicht wie Sterne leuchteten. »Welches Schiff?« brüllte Kapitän Robinson in sein Sprachrohr. »Bergungsschiff *Main Chance*, Key West«, antwortete Cyrus. Er bot ihnen ihre Hilfe an und fragte um Erlaubnis, an Bord kommen zu dürfen, um zu besprechen, was zu tun sei. Kapitän Robinson antwortete, er würde keinen verfluchten Hurensohn von Piraten an Bord seines Schiffes lassen.

»Müßt ihr euch so vorstellen, Jungs. Die Postdampfer damals, das waren die besten Schiffe überhaupt, und die Kapitäne waren die besten, die man kriegen konnte. War mächtig peinlich für so einen Kapitän, wenn er auf Grund läuft. Also hat er sich gedacht, ich spar meinem Reeder das Bergegeld und mir selbst die Blamage und krieg das Ding selber wieder flott; ich laß den Schiffszimmermann die Löcher flicken, werf die Pumpen an und pump sie leer. Euer Papa hat ihm dann die Lage erklärt. Zwischen Ebbe und Flut wär nicht mehr als einen halben oder einen Meter Unterschied, das Wasser würd also nie ausreichen, um so ein großes Schiff wieder zum Schwimmen zu kriegen. Ging nur, wenn man sie mit dem Wurfanker und der Winsch von dem Felsen da runterzieht. Und wär höchste Zeit, weil hinter dem Sturm wahrscheinlich schon der Wind aus Nord anrauscht, und dann gibt's die Wellen voll von der Seite, und dann würd die *Annisquam* sicher auseinanderbrechen. War aber ein stolzer und sturer Bock, der Käpt'n Robinson, und hat gesagt, daß er auf solche Tricks von uns Halunken nicht reinfällt, und wir sollen uns zum Teufel scheren.

Käpt'n Cy ist dann zurück zur *Main Chance*, und was er jetzt machen will, ist dableiben und abwarten, bis der sture Bock endlich vernünftig wird. Wir hatten jetzt dreiundneunzig Leute an Bord, und das waren zu viele für die *Main Chance*. Paar waren auf Deck, paar in den Quartieren von der Mannschaft, paar sogar im Laderaum, und alle sind naß und zittern. Jetzt, wo der Wind aus Nord ankam, wurd's ziemlich kalt für die Gegend. Und die waren naß und zittern, und manche haben schon, was man Dalirjum nennt. Da war so ein Prediger aus Texas, und der hat die ganze Zeit die eine Geschichte aus der Bibel erzählt, wo sie den heiligen Paulus retten, der Schiffbruch erlitten hat. Redet und redet, und die Zähne klappern, hat uns fast wahnsinnig gemacht. Und dann hört er auf einmal auf und ist tot. Einfach so. Als wenn ihn einer erschossen hat. Paar von den anderen sahen genauso aus, und Käpt'n Cy hatte schon Angst, daß er den nächsten Morgen ein Schiff voll mit toten Leuten hat. Also ist er wieder rein in die Barkasse und hat an der Wand von der *Annisquam* seine Bergungslizenz hingenagelt. Das macht man immer, dann wissen die anderen Bergungsschiffe, daß man als erster da war. Dann haben wir den Anker gelichtet und Segel gesetzt und haben die Leute ins Krankenhaus von der Marine nach Key West gebracht. War mitten in der Nacht. Haben dreizehn Stunden gebraucht für die siebzig Meilen, weil zwischen dem Sturm und dem Wind aus Nord war fast gar kein Wind.«

Am nächsten Tag schaffte die *Main Chance* mit dem Nordwind dreizehn Knoten und war nachmittags wieder am Wrack. Die Mannschaft war ziemlich überrascht, dort auf ein anderes Bergungsschiff zu treffen, die *Flying Storm*, deren Kapitän, ein Mann namens Sanford, etwas abseits der *Annisquam* Anker geworfen hatte. Cyrus' Bergungslizenz war auf rätselhafte Weise verschwunden. Wie er vorausgesagt hatte, krachten die Wellen von der Seite auf das Wrack. Sanfords Mannschaft war dabei, die auf Deck gestapelte Fracht über Bord zu werfen, um das Gewicht des Schiffes zu verringern.

»Dieser Sanford war so einer von den Schweinen, von denen ich euch schon erzählt hab. Mieser Halunke, und die Mannschaft, das waren auch alles Halunken. Als dann euer Papa durchs Rohr fragt, wo zum Teufel seine Lizenz abgeblieben ist, da brüllt Sanford ins Rohr, daß er keine Ahnung hat, wovon er überhaupt redet. Euer Papa sagt, daß er die Lizenz letzte Nacht an die Wand von dem Schiff genagelt hat, aber Sanford sagt, daß der Skipper von der *Annisquam* gesagt hätt, er hätt das Angebot abgelehnt, und wenn er das sagt, dann hat Käpt'n Cy kein Recht drauf, das Schiff zu bergen. Und Käpt'n Robinson hätt jetzt eben seine Meinung geändert, sagt Käpt'n Sanford, und jetzt würd er das Schiff bergen. Ist halt so, sagt er, daß er von Käpt'n Robinson einen Vertrag hat, wo drinsteht, daß die *Flying Storm* das Schiff bergen darf.

Und da sieht euer Papa, verdammt, das haben wir alle gesehen, daß da gar kein Bergungsanker und gar keine Winsch auf der *Annisquam* ist. Die wollten das Schiff gar nicht von dem Felsen runterziehen! Käpt'n Cy hat sich dann gedacht, daß die beiden, Käpt'n Robinson und Käpt'n Sanford, eine Abmachung haben. Und die ging so: Das Schiff sitzt in dem Riff in so einer kleinen Rinne fest. Die Rinne geht von Ost nach West. In Nord und Süd von der Rinne war das Riff noch flacher, höchstens ein Faden. Jetzt schmeißen sie die ganze

Ladung, die auf Deck ist, über Bord, dann ist das Schiff leichter. Wenn dann die Flut kommt, schwappt das Schiff rüber auf das flache Riff, und wenn's die Flut nicht schafft, dann schaffen's sicher die Wellen, die von der Seite auf sie draufkrachen. Und wenn das Schiff dann erst mal da oben drauf ist, dann bricht's sicher auseinander. Totalverlust. Und das, hat sich euer Papa gedacht, ist die Abmachung. Käpt'n Sanford und Käpt'n Robinson teilen sich den Anteil von dem Versicherungsgeld, das Käpt'n Sanford kriegt. Ist nämlich so, Jungs: Wenn ein Bergungsschiff an einem Wrack arbeitet, und das Wrack ist dann ein Totalverlust, hat es ein Anrecht auf einen Teil von dem Versicherungsgeld. Kommt nicht oft vor, daß das einer macht, aber manchmal doch. Sanford hat sich wahrscheinlich gedacht, daß euer Papa, weil er ihm das Wrack vor der Nase weggeschnappt hat, vor Gericht geht, und daß euer Papa da aber ziemlich gut aussehen würd, weil er die ganzen Leute gerettet hat, wo ja ziemlich gefährlich war. Also hat euer Papa sich gedacht, daß Sanford zu Robinson gesagt hat, dafür daß er ihm den Gefallen tut und das Geld mit ihm teilt, sollt er vor Gericht für ihn aussagen, wenn Käpt'n Cy vor Gericht geht. Nicht richtig lügen, aber ein bißchen an der Wahrheit drehen. Daß er so was sagt, wie daß er kein Vertrauen zu Käpt'n Cy gehabt hat oder daß Käpt'n Cy ihm gedroht hat und daß er deshalb das Angebot abgelehnt hat. Ist das Recht von einem Käpt'n, daß er das Angebot von einem Bergungsschiff ablehnt. Tja, euer Papa, der hat die Tricks von dem Geschäft alle gekannt. Hat er selber nie gemacht, gewußt hat er aber alles. Schlaueste wär jetzt gewesen, daß wir zurücksegeln nach Key West und daß euer Papa zum Richter geht. Aber die ganzen zwei Tage, bei dem Sturm und wo wir dreiundneunzig Seelen gerettet haben, da haben wir fast gar nix geschlafen, und euer Papa konnt da auch nicht mehr richtig denken. He, Will, gib mir noch mal die Pulle.«

Einmal mehr wanderte die Flasche von Wills in Artemis' Hände über, einmal mehr gluckerte die Flüssigkeit in die Blechtasse. Und dann vernahm das gefesselte Publikum, wie an Bord der *Main Chance* eine kleine Kanone, die sonst dazu verwendet wurde, Rettungsleinen und Gurte auf ein gestrandetes Schiff zu schießen, mit Nägeln und Bolzen geladen und auf die *Flying Storm* gerichtet wurde. Moreno, also der Erste Offizier, und der Maschinist sowie zwei Mann, die man mit Winchester-Repetiergewehren bewaffnet hatte, blieben zusammen mit Lockwood, den Cyrus unter Deck geschickt hatte, an Bord. Mit dem Rest der Mannschaft bestieg Cyrus die Barkasse, und sie ruderten hinüber zur *Annisquam*.

»Hatten Mausergewehre dabei, ein paar Hinterlader aus'm Krieg, und euer Papa hatte seinen alten Colt von der Marine dabei und im Gürtel noch eine Vorderladerpistole. In der Tasche hatte er Marvins *Bergung und Gesetz*. Ist die Bibel von jedem Bergungsseemann, ist von Richter Marvin höchstpersönlich. Wir rudern also, und Moreno ruft rüber zu Sanford, daß er und alle Mann, die er auf der *Flying Storm* hat, ihren Hintern nicht vom Fleck rühren sollen, sonst gibt's eine Ladung Schrot ins Gebälk, und wenn irgendwer irgendwas macht, kriegt er eine Winchesterkugel zwischen die Seitenlichter.

Wir kommen also längsseits von dem Wrack, auf der Leeseite, gleich neben der Barkasse von der *Flying Storm*. Von denen auf Deck kümmert sich keiner um uns, schmeißen bloß die ganze Zeit Ladung über Bord. Hättet euren Papa sehen sollen, mit dem roten Bart hat er ausgesehen wie der alte Barbarossa höchstpersönlich, und dann das graue Auge, das aussieht wie eine

Miniékugel. Ich sag euch, Jungs, wenn ihr's nicht sowieso schon wißt, wenn Käpt'n Cy dachte, er ist im Recht, dann konnt ihn nix aufhalten, und wenn er dachte, daß ihn wer betrügt oder belügt, dann konnt er den einfach übern Haufen schießen. Wär der letzte auf unserer schönen Erde, bei dem man's versuchen würd, rumzutricksen oder zu bescheißen. Die Enterhaken fliegen also hoch, und euer Papa ist der erste, wo oben ist und rüber über ...«

Der schwungvolle Tonfall der Karibik führte die Braithwaites zurück durch die Zeit. Sie brauchten sich gar nicht vorzustellen, wie ihr Vater den ersten Mann, den er auf der *Flying Storm* zu fassen bekam, packte, ihm den Colt in den Mund steckte und ihm befahl, mit seinen Kameraden das Schiff zu verlassen. Die Jungen brauchten es sich deshalb nicht vorzustellen, weil sie gewissermaßen nicht mehr Zuhörer waren, sondern Zeugen. Sie hörten den drohenden Tonfall, mit dem Cyrus dem Seemann beschied, wenn dieser sich nicht augenblicklich vom Schiff schere, dann sei sein Gehirn das einzige, was noch auf der *Annisquam* bleibe. Seine Leiche wandere nämlich in den Ozean und seine Seele ohne Umwege in die Hölle.

»Wir sind jetzt auch alle oben, o Mann, wie Piraten, und der Mann, den wo euer Papa am Wickel hat, der schaut in das Auge mit der Miniékugel in Käpt'n Cys Kopf, und der weiß sofort, daß das kein Späßchen ist. Und dann haben wir sie vom Schiff gejagt, zurück zu ihrer *Flying Storm*. Und dann auf Wiedersehen, sie lichtet den Anker und segelt zurück nach Key West. Jetzt sind da noch wir zwölf und Käpt'n Robinson und seine paar Leute, und wir stehen uns gegenüber und schaun uns an. Und Robinson, der dreht fast völlig durch, der ist stinksauer. Brüllt rum, daß euer Papa ein Seeräuber ist und daß er ihn aufhängen läßt. Euer Papa aber ist so ruhig, wie man nur sein kann, geht zu ihm hin, hat in der einen Hand das Gesetzbuch von dem Marvin und in der anderen Hand den Colt, und sagt ihm erstmal, was Sache ist. Daß er, Käpt'n Cy, das Recht hat, mit Gewalt an Bord von einem Schiff zu gehen, das gestrandet ist, wenn nach seinem Urteil das Schiff in Gefahr ist. Und zwar so eine bestimmte Gefahr, wenn nämlich die Gefahr gerade dabei ist ...«

»Ich glaube, Sie meinen ›imminente Gefahr‹«, sagte Drew.

»Ja, glaub, so heißt's. Bist ein schlauer Bursche, Andrew.«

»Brauchen Sie ihm nicht extra zu sagen«, sagte Eliot. »Das weiß er schon.«

»Käpt'n Cy sagt also zu Käpt'n Robinson, daß nach seinem Urteil die *Annisquam* in so einer Gefahr drinsteckt, daß nach seinem Urteil Käpt'n Robinson nicht alles getan hat, damit sie gerettet wird, und daß nach seinem Urteil das Bergungsschiff, das Käpt'n Robinson angeheuert hat, die Sache nicht richtig angepackt hat. Keine Bergungsanker, keine Trossen an den Winschen, nix, außer daß sie die Fracht runtergeschmissen haben, nicht mal die wollten die retten. Haben die einfach ins Wasser geschmissen. Also mit oder ohne die Erlaubnis von Käpt'n Robinson, sagt euer Papa, werd ich das Schiff retten, bevor es auseinanderbricht. Und das haben wir dann gemacht. Wir haben's wenigstens versucht.

Vor ihrem Heck, da wo das Wasser tief war, da haben wir zwei Wurfanker reingeworfen, und dann haben wir die Trossen an den beiden Winschen festgemacht. Die eine war eine Dampfwinsch, und die andre war eine alte, die man noch mit der Hand drehen mußte. An der waren sechs Mann von uns dran. Der Hilfsmotor an der Dampfwinsch, der hat vielleicht geschnauft! Und die

Männer, die haben genauso geschnauft, haben geschuftet wie die Teufel, wo sie an der Handwinsch gekurbelt haben. Wie die Tiere haben die geochst, immer rum, immer rum. Das große Schiff war wie festgemauert auf dem Felsen, aber dann hat sich doch was bewegt. Nicht viel, nur ein bißchen. Drei oder vier Meter von dem Heck haben wir ins tiefe Wasser rübergekriegt, waren aber immer noch sechzig Meter auf'm Felsen, wo mit dem Wind aus Nord auf einmal die eine riesige Welle reingekommen ist. Die hat das Schiff hochgehoben und dann wieder runterplumpsen lassen. Und dann war da das fürchterlichste Geräusch, wo es überhaupt gibt, hat geächzt und geknirscht. Genau da ist sie dann wieder ein Stückchen abgerutscht, und das Heck ist schon halb geschwommen, und dann kam noch eine Welle und noch eine, und sie hüpft nach oben und wieder nach unten und ächzt und knirscht, und dann hören wir, wie Käpt'n Robinson brüllt: ›Sie bricht gleich auseinander!‹ Und das, Jungs, das ist dann wirklich gefährlich. Unsere ganzen Männer waren auf dem Schiff drauf. Aber euer Papa sagt, wir sollen weiterkurbeln, und wieder rutscht sie ein Stückchen weiter, und jetzt können wir auch sehen, daß sie einen richtigen Buckel hat, daß sie schon fast vorm Auseinanderbrechen ist, daß sie gleich von unten aufreißt. Sie hüpft hoch und runter wie eins von diesen Dingern für Kinder auf'm Spielplatz, wie eine Wippschaukel.«

Wenige Minuten später erkannte Cyrus, daß das Spiel vorbei war. Er rief den Männern auf der *Annisquam* zu, die Trossen loszumachen und sich und das Gerät vom Schiff zu schaffen. Was sie dann auch sofort taten, und zwar keine Sekunde zu früh. Das Schiff brach auseinander; es wurde in zwei Teile zerrissen, das vordere blieb senkrecht auf dem Felsen stehen, das Heck kippte halb auf die Seite. Die berstenden Planken kreischten, ein furchtbares Geräusch, als ob das Schiff vor Schmerzen aufschrie.

»Wir haben gesehen, wie das Heck umgekippt ist, ein bißchen ist es noch oben geschwommen und dann gesunken. Die Teile vorn hat's in die Brandung gespült, dann ganz von den Felsen runter, und dann sind die auch untergegangen. Jungs, wir leben ja von Schiffen, die irgendwo auflaufen, aber es gibt nirgendwo keinen Seemann, dem nicht das Herz weh tut, wenn er sieht, wie so ein Schiff untergeht.

War nicht grade tief an der Stelle, sieben, vielleicht acht Faden. Verdammt, von oben konnte man die Aufbauten sehen, war nicht mal drei Meter unter uns. Aber was soll's, sie war weg, war kein Gedanke mehr dran, daß man noch was von dem Schiff oder von der Takelage retten konnte.

Dann haben wir uns erstmal aufs Ohr gelegt, weil morgen, da mußten wir ja runtertauchen. Am Abend hat euer Papa Käpt'n Robinson gefragt, wo die Kerzenständer verstaut sind, und Robinson hat gesagt, daß wir für ihn nix weiter als Piraten sind und daß er uns nicht mal sagen würd, wieviel Uhr es ist. Ich und Wakefield und Bodden Cross haben dann am nächsten Tag mit dem Tauchen angefangen. Die haben uns in so einem Geschirr mit Gewichten dran runtergelassen. Wir hatten noch eine Leine dabei, um dran zu ziehen, Körbe und Enterhaken, wo die von oben das Zeug mit hochziehen konnten. So haben wir das damals gemacht. War noch nix mit Anzügen und Schläuchen, wo die scheißgriechischen Schwammtaucher da jetzt haben. Eins kann ich euch sagen, Jungs, damals hat's noch mehr wie 'ne gute Lunge dazu gebraucht. Mußte man echt gute Nerven haben, wenn man da rein ist in so einen Laderaum, wenn man da im Dunkeln rumtastet und nie weiß, ob man nicht seine Hand ins Maul von so einem Scheißhai reinsteckt. An dem Tag haben wir alles mögliche Zeug nach oben geschafft – Zahnbürsten, Kaffeemühlen, Lampen, Laternen, Messer mit so Knochengriffen dran, Schießpulver, alles mögliche, nur keine Kerzenständer aus Gold. Nächsten Morgen machen wir weiter, war ein wunderschöner Tag, der Nordwind hat aufgehört, und das Meer war ganz flach. Am Abend dann, da hatten wir, ich und Jimmy Wakefield, so ein Brennen in den Augen, war aber nicht, wie man's sonst vom Salzwasser kriegt. Bodden, der woanders in dem Schiff arbeitet, weiter vorn, der hat gesagt, seine Augen sind in Ordnung. Wir gehen den dritten Tag runter und dann den vierten, und endlich finden wir was Richtiges – Seide aus China und Silberzeug, ganze Kisten voll, und Lampen aus irgendeinem teuren Laden in New York. Haben vier Tage wie die Ochsen geschuftet, haben auch was rausgeholt, aber Kerzenständer waren keine dabei. Den fünften Tag ist das Brennen dann immer schlimmer geworden, und nach dem ersten Tauchen konnte ich dann nicht mehr runter, Wakefield auch nicht, das Brennen war einfach zu schlimm. Euer Papa hat uns die Augen gewaschen, mit frischem Wasser und Natronpulver, hat aber nix genützt. Paar Stunden später konnt ich nicht mehr richtig sehen, Jimmy auch nicht. Und dann hat der gottverfluchte Robinson gesagt, daß die *Annisquam* auch so Arznei zum Einreiben für Pferde dabeihatte. Selber hat er's ›Mexikanische Mustangtinktur‹ genannt und hat gesagt, daß wir bestimmt in dem Laderaum waren, wo's gelegen hat, und daß die Flaschen bestimmt zerbrochen sind, wo das Schiff auseinandergebrochen ist, und daß sich dann das Meerwasser damit vermischt hat. Mann, wir haben ganz schön die Hosen voll gehabt, ich und Jimmy! Sitzen jetzt oben auf Deck mitten in der Sonne, und alles sieht so dunkel aus wie unter Wasser. Euer Papa hat dann die ganze Sache abgeblasen. Bodden hat noch was nach oben geschickt, wo ausgesehen hat wie was, wo aus Kristall gemacht ist, und das war dann das letzte, wo wir hochgeholt haben. Käpt'n Cy läßt dann Segel setzen, und wir sind zurück nach Key West. Ist so schnell gesegelt, wie's nur ging, und ich und Jimmy sind dann in das Krankenhaus von der Marine gekommen, aber da haben wir schon fast nix mehr gesehen. Jimmy hat richtig geheult, und ich war auch schon fast soweit. Wo wir im Krankenhaus sind, kommt dann der Gerichtsmarschall und hat euern Papa von wegen schwerem Diebstahl auf See verhaftet. Und so war das Ganze dann aus.«

»Aber da kam doch bestimmt noch was, oder?« sagte Nathaniel nach einer Pause. Er hatte die Öllampe angezündet, und das weiche Licht verlieh Artemis' Gesicht eine mahagonifarbene Tönung, die in der lauen Abendluft glänzte. Über ihnen wölbte sich die Milchstraße, die wie ein weiß bestäubter Regenbogen aussah.

»Klar gibt's noch mehr. Wollt ihr noch mehr hören? Hab schon ziemlich lange geredet.« Er schaute zur Seite zu Will, der ihm daraufhin einmal mehr die Flasche gab.

»Eins ist mal sicher. Ihr Zeugen Jehovas könnt wirklich einen Stiefel vertragen.«

»Macht nicht viel aus, bei dem ganzen Salzwasser in meinem Bauch. Mit der Zeit konnt ich dann wenigstens auf dem einen Auge wieder sehen, bei dem armen Jimmy ist es gar nix mehr geworden. Bißchen Licht kann er noch sehen, oder so Schatten, aber wenn du ihm die Hand vors Gesicht hältst und willst wissen, wieviel Finger er da sieht, kann er's dir nicht sagen. Euer Papa mußt vor Gericht, Bundesgericht, drüben in Monroe County, in dem großen roten Ziegelbau auf der Whitehead Street. Wir waren alle da, die ganze Mannschaft von der *Main Chance*, auch von der *Annisquam* waren welche da, und dann noch Käpt'n Robinson und Käpt'n Sanford – der hatte ihn ja angezeigt gehabt, als er zurück ist nach Key West. Die Mannschaft von der *Annisquam* hat gegen euern Papa ausgesagt, die Geretteten, die haben für ihn ausgesagt. Euer Papa hat einen Anwalt gehabt, wo dem Richter gesagt hat, daß Käpt'n Cy einen guten Grund gehabt hat, mit Gewalt auf das Schiff zu gehen, weil ja das Schiff kurz vorm Auseinanderbrechen war, und daß wenn Käpt'n Robinson auf euern Papa in der ersten Nacht gehört hätt, dann wär das ganze Schiff und alles, wo drauf war, jetzt gerettet. Das ganze Trara von den Rechtsanwälten ging drei oder vier Tage. Ihr hättet euern Papa sehen sollen, hatte seinen besten Anzug an und überhaupt nicht ausgesehen wie ein Pirat und auch nicht wie einer, wo schuldig ist, hat kerzengerade dagestanden wie ein Prediger, der einen Royal Flush in der Hand hat. Und dann das Auge, wo aussieht wie eine Miniékugel. Wo Sanford und Robinson im Zeugenstand waren, da konnten die mit ihren beiden Augen nicht gegen das eine von euerm Papa an.

Weil er bei dem Sturm raus ist auf den grausamen Ozean und die hunderteins Menschen gerettet hat, deshalb war der Richter für Käpt'n Cy. Aber er war gar nicht für euern Papa von wegen der Sache, daß er mit einer Pistole in der Hand und mit elf andern, die auch Gewehre dabeihatten, auf das Schiff rauf ist. Jetzt wußt er nicht, was er tun sollte. Hat gesagt, daß euer Papa eine Belohnung und eine Strafe, beides auf einmal, verdient hätt. Das hat er dann auch getan. Euer Papa konnt wählen. Die Belohnung, daß er die Menschen gerettet hat, das war der Kapitänsanteil an der Versteigerung für die Ladung – zehntausend Dollar! Die Strafe, daß er bewaffnet aufs Schiff ist, also Entzug der Bergungslizenz für fünf Jahre. Die andere Wahl war, daß er die Lizenz behalten konnt und den Anteil an dem Gewinn an Käpt'n Sanford abgeben muß. Weiß nicht, was euer Papa euch erzählt hat, aber wenn ihr ihn kennt, dann wißt ihr ja, was er gemacht hat.«

»Er ist das Riskio eingegangen, hat die Menschen und die Fracht gerettet, also stand ihm auch sein Bergungsanteil zu«, sagte Nathaniel.

Artemis nickte feierlich.

»Ging ums Prinzip, nicht um die Beute. Nach der Verhandlung geht euer Papa zu Käpt'n Sanford hin und fragt, wo zum Teufel die Kopie von der Lizenz abgeblieben ist, die er an das Schiff drangenagelt hat. Er will bloß eine ehrliche Antwort, aber Sanford sagt, er hat keine Ahnung und Käpt'n Cy soll sich zum Teufel scheren. Da knallt ihm Käpt'n Cy eine mitten zwischen seine beiden Seitenlichter, und Sanford, der steht da noch eine Sekunde, bevor er dann langsam anfängt umzukippen, aber für euern Papa, da fällt er nicht schnell genug, also knallt er ihm noch eine rein, und die hat ihn dann versenkt. Mitten auf der Straße, gleich vorm Gericht von Monroe County! Ging ums Prinzip, das war's. Sag euch eins, Jungs, jeder auf der Insel hat gewußt, daß euer Papa aus Boston kommt, aus einer aufrechten und anständigen Familie. Weiß bloß eins: Wenn einer, wo bei euch in der Stadt von der hellen Seite vom Bahndamm kommt, so einen Schlag hat, dann möcht ich nix mit einem zu tun haben, wo aus der dunklen Ecke bei euch kommt.« Artemis lächelte bei der Erinnerung an den Vorfall. »Ging ums Prinzip, nicht um die Beute. Zweitausend hat er für sich behalten, hat damit die Ausgaben für das Schiff und den Anwalt bezahlt. Den Rest hat er mir und Jimmy Wakefield gegeben, fiftyfifty. Hat genau gewußt, daß es keine Arbeit mehr gibt für einen Taucher mit einem Auge, und für einen, der gar nix mehr sieht, schon gleich gar nicht. Hat sich um uns gekümmert. Mit den viertausend hab ich das Haus gekauft drüben auf der Petronia Street, gleich bar bezahlt, und auch die Möbel, die drinstehen, und das Boot, alles bar bezahlt. Keine Bank, keine Hypothek, kann mir keiner mehr nehmen. War ein guter Anfang für mich, und alles von Käpt'n Cy.«

»Was ist aus dem anderen geworden, diesem Wakefield?« fragte Eliot und warf eine leere Cola-Flasche ins Wasser.

Artemis blieb stumm, hob schwerfällig den Kopf und schaute über die Spitze des Großmastes hinauf in den Himmel.

»Wie heißt der Stern da oben? Der da so hell leuchtet, gleich da über uns? Hat im Sommer immer nach dem gesteuert, euer Papa. Hat mir mal gesagt, wie der heißt …«

»Wega«, sagte Drew.

»Wega. Genau.« Artemis senkte den Blick. »Ich konnt mit dem einen Auge noch was machen, aber Jimmy, der konnt nix mehr machen. Die ganze Welt war für ihn so dunkel wie der Ozean, wo er mal sein Geld verdient hat. Hat fast das ganze Geld versoffen, und was er nicht versoffen hat, haben ihm die Huren abgeknöpft. Die waren natürlich immer ganz hibbelig, wenn er aufgetaucht ist. O Mann, wenn du viertausend Dollar versaufen und verhuren willst, dann ist das ein Haufen Arbeit. Aber Jimmy hat's geschafft, hat drei Jahre dazu gebraucht. Wo er auf seine letzten fünfzig runter war, ist er rüber in diese Spelunke in Africa Town und hat die ganze Nacht den ganzen Laden freigehalten. Wo er dann nur noch einen Silberdollar übrig hatte, hat er irgendeinem Typen gesagt, daß er den Dollar haben kann, wenn er ihn rüber zum Tifton-Kai führt. Das hat der Typ dann gemacht, und wo sie da ankommen, da sagt Jimmy schönen Dank auch, holt aus einer Tasche den Dollar raus und gibt ihn dem Typen. Dann holt er aus der andern Tasche seine Pistole raus, hält sie sich hinters Ohr, drückt ab und kippt ins Wasser vom Hafen, wo grad Ebbe ist. Schätze, die hat ihn dann raus bis zum Riff gespült, vielleicht auch noch weiter bis zum Golfstrom, wenn ihn nicht vorher die Haie erwischt haben. Und das war's dann, Jungs, das war die ganze Geschichte von der *Annisquam*. Genauso war's.«

Wie das so oft nach einer langen Geschichte ist, sagte keiner ein Wort; es war, als wären die Worte vom vielen Erzählen selbst erschöpft. Ganz in der Nähe war kurz spritzendes Wasser zu hören, wie plötzlicher, heftiger Regen: ein Schwarm kleiner Fische in panischer Flucht vor einem großen Fisch. Nathaniel blickte auf das Sternbild von Anker- und Topplichtern, die über dem Hafen flackerten, und sagte in die Stille:

»Und niemand hat jemals diese goldenen Kerzenständer hochgeholt?«

»Nee. Wird auch nie passieren, weil die nämlich gar nicht da unten sind«, sagte Artemis.

Alle vier schauten ihn erwartungsvoll an.

»Die sind überhaupt nie da unten gewesen. Das ist bei der Versteigerung von der Ladung rausgekommen. Der Auktionator hat die Frachtliste gehabt, und da stand nix drauf von Kerzenständern, stand überhaupt nix drauf, wo aus Gold war. Der Zweite Offizier von der *Annisquam* hat im Suff Geschichten erzählt, und irgendwer kriegt das mit, aber der ist auch besoffen, und der erzählt's seinem Kumpel – kannst sicher sein, der war auch bis zum Anschlag voll mit Rum und Whiskey –, und der erzählt's auch weiter und tut dann auch noch den eigenen Senf dazu, damit's sich besser anhört. Am Morgen also, wo sie raussegeln, weiß jeder in der ganzen Stadt, daß die sieben Kerzenständer aus Gold an Bord haben und die sind für eine Kirche in Vera Cruz, was aber auch nicht stimmt, wie dann rauskommt, weil die eigentlich gar nicht nach Vera Cruz wollten. Die wollten nach Tampico, und zwar von wegen dem Mustangzeugs, von dem Jimmy Wakefield und ich blind geworden sind.«

Nach dieser Enthüllung entstand wieder eine lange Pause, während deren Will und die Braithwaites Blicke austauschten und versuchten, mit der Tatsache fertigzuwerden, daß sie eintausendsechshundertvierundvierzig Meilen gesegelt waren, um einer Legende, einer uralten Lüge irgendeines Trunkenbolds hinterherzuhecheln.

»He, was ist los? Warum guckt ihr auf einmal, wie wenn grad euer bester Freund gestorben wär?« sagte Artemis.

»Wir hatten vorgehabt«, begann Nathaniel, befand dann, daß *vorgehabt* nicht das passende Wort sei, und sagte, sie hätten gehofft, die *Annisquam* aufspüren und dann selbst deren Schätze bergen zu können.

»He, Will, ist noch ein Schluck von dem Bermuda-Rum da?«

»Nicht mehr viel«, sagte Will und legte mit einer inzwischen schon fast reflexartigen Handbewegung die Flasche über seinen Bauch hinweg in Artemis' Hände.

»He, was zum Teufel machen Sie da?« Verblüfft schaute Will Artemis an, während dieser den Inhalt der Flasche über die Heckreling kippte.

»Kümmre mich um euch, als wärt ihr meine eigenen Jungs. Sieht nämlich ganz so aus, wie wenn ihr den Fusel da den ganzen Weg von Maine bis hier in euch reingekippt habt. Sonst würdet ihr nicht so daherplappern wie Schnapsdrosseln. Glaubt ihr etwa, wenn man nach Seemuscheln und Seeigeln taucht, das wär das gleiche, wie wenn man zu einem untergegangenen Schiff runtertaucht und die Ladung hochholt? Ihr seid als Segler große Klasse, weiß ich, müßt ihr ja, bei dem, wo ihr gemacht habt. Aber nach untergegangener Fracht tauchen, das ist kein Job für Jungs. Das ist ein Job für Männer, für Männer, die wissen, was sie da tun. Mann, bin verdammt froh, daß ich euch die Geschichte erzählt hab. Ist aber nur eine Geschichte, nix weiter. Warum ich froh bin? Wenn ich sie euch nämlich nicht erzählt hätt, dann würdet ihr da rausfahren und absaufen, und dann bin ich im Himmel und treff euern Papa, und dann muß ich dem erklären, warum ich euch nix erzählt hab, und den Blick von seinem einen Auge könnt ich mit meinem nicht aushalten.«

Nathaniel kam sich plötzlich sehr klein vor.

Eliot sprang vom Kajütdach und sagte mit der Stimme eines Propheten, dem endlich Gerechtigkeit widerfährt:

»Hab ich's dir nicht gesagt, Nat? Damals in North Haven? Daß das Arbeit für Fachleute ist? Daß du verrückt bist, wenn du glaubst, daß wir das schaffen?« Er wandte sich zu Artemis. »Ich hab's ihm gesagt. Noch bevor wir losgefahren sind. Ich hab's ihm gesagt.«

»Kann schon sein, Junge, aber jetzt bist du hier, zusammen mit ihm.«

»Schätze, das stopft dir das Maul«, sagte Nathaniel. Er sprang auf, lief nach unten in den Navigationsraum und blätterte die Karten bis zur letzten durch. Sie trug die Aufschrift: VEREINIGTE STAATEN VON AMERIKA. FLORIDA KEYS. MARQUESAS KEYS BIS DRY TORTUGAS. *Peilungen bei mittlerem Niedrigwasser in Faden.*

Er breitete die Karte auf dem Kajütdach aus und beschwerte sie mit der Öllampe.

»Erinnern Sie sich noch an die Stelle, wo die *Annisquam* gesunken ist?«

»Glaubst wohl, ich hab euch einen Bären aufgebunden, wie? Nee, nee, zeig ich euch ganz sicher nicht, die Stelle. Dann fahrt ihr bloß raus und taucht nach dem Zeug, wo überhaupt nie da war.«

»Ich glaube Ihnen, Mr. Lowe. Ich will nur auf der Karte sehen, wo sie untergegangen ist. Ehrenwort.«

Artemis schaute ihn zweifelnd an. Unter der tiefen, vom Hut verursachten Furche legte sich die Stirn in Falten.

»Ist jetzt schon zwanzig Jahre her. Weiß nicht, ob ich mich noch dran erinnern kann.« Er beugte sich über die Karte, blinzelte im schwachen Schein der Lampe mit den Augen und fuhr mit dem Zeigefinger über Wasser und Inseln. »Wie gesagt, am westlichsten Eck an der Nordseite von dem Riff ist sie aufgelaufen. Kumpel von mir, der ist Fischer, der weiß es bis auf'n Meter genau, also, soweit ich noch weiß, ist es hier.« Der Finger hielt inne und zeigte auf einen Punkt am äußersten Zipfel einer blauen Mondsichel, die das Riff darstellte. Nathaniel machte ein × an die Stelle.

»Also gut, jetzt hab ich euch gezeigt, wo's ungefähr ist, und jetzt, Nathaniel, sagst du mir, was du vorhast. Und erzähl mir keinen Scheiß nicht.«

»Ich will sie einfach nur sehen. Wenn wir wieder zu Hause sind, kann ich Dad sagen, daß ich sie gesehen habe«, sagte Nathaniel, dem es von ganzem Herzen ernst damit war. »Man kann sie von oben sehen, stimmt's? Sie haben gesagt, daß die Bordwand nur drei Meter unter Wasser liegt.«

»Vielleicht ein bißchen mehr, und jetzt ist sie bestimmt auch schon tiefer im Schlamm und Sand drin. Aber sehen kann man sie, großes, dunkles Ding, zwei Teile davon, ist nach Backbord umgekippt. Das Wasser ist ganz klar da draußen. Mann, da kann man bis auf'n Grund runterschauen, fünfzehn Meter tief. Und das ist alles? Nur mal draufschauen, damit du's deinem Papa erzählen kannst?«

»Ja, das ist alles.«

»Kapier ich nicht, aber so wie du's sagst, hört's sich so an, als ob's ziemlich wichtig wär für dich.«

»Wenn es sein muß, dann segle ich das Boot ganz allein raus«, sage Nathaniel und schaute dabei Will und seine Brüder herausfordernd an.

»Weißt du, was ich jetzt grad hör? Hör Käpt'n Cys Stimme, so wie du redest. Ganz fest entschlossen, der Mann.« Artemis verstummte kurz und rieb sich die Furche auf der Stirn. »Aber dein Papa, der war nicht so sturschädelig. Der hatte gesunden Menschenverstand. Damals, wo es so aussah, daß das Schiff auseinanderbricht, da hat er zu der Mannschaft gesagt, sie sollen die Trossen losmachen und sollen runter vom Schiff. Jetzt paß mal auf. Ich fühl mich verantwortlich für dich. Keine Ahnung, warum, ist aber nun mal so. Du versprichst jetzt dem alten Inselnigger, daß du da nicht runtertauchst.«

»Versprochen. Ehrenwort.«

»Weiß auch nicht, warum«, sagte Artemis grinsend. »Aber wie du das sagst, Ehrenwort, das hört sich an, wie wenn du das Gegenteil meinst. Das verdammte Wrack bringt bloß Unglück. Der Prediger, wo sich da zu Tode zittert, ich und Jimmy und dein Papa, wo die Lizenz verliert …«

»Aber Ihnen hat es doch auch Glück gebracht. Hat Ihnen zu einem guten Anfang verholfen.«

»Das war ja von Käpt'n Cy. Wann wollt ihr los?«

»Darüber haben wir noch nicht gesprochen, aber ich vermute, am Sonntag. Wenn wir die Woche bei Pinder hinter uns haben.« Nathaniel schaute wieder Will, Eliot und Andrew an. »Mit eurem Einverständnis, Kameraden.«

»Danke der Nachfrage, Natters. Wirst ja auf deine alten Tage noch richtig demokratisch. Aber von mir aus. Sonntag. Wie steht's mit euch, ihr Kettenbrüder.«

Eliot und Drew nickten.

»Also, denk mir das so: Die siebzig Meilen bis zu den Tortugas schafft ihr leicht.« Artemis hob drei Finger. »Zwölf Stunden für den Hinweg, zehn oder zwölf für den Rückweg, macht einen Tag.« Er bog einen Finger nach unten. »Dann einen Tag, wo ihr euch da draußen bei dem Wrack rumtreiben könnt, macht zwei Tage.« Der zweite Finger knickte ein. »Und noch ein Tag, wenn ihr Flaute habt oder sonst irgendwas passiert, wo ihr nicht mit rechnet. Macht drei.« Finger Nummer drei. »Sonntag, Montag, Dienstag. Dienstag abend seid ihr wieder da. Spätestens Mittwoch morgen – spätestens. Noch was versprecht ihr mir. Ihr sagt mir Bescheid, wenn ihr rausfahrt, und ihr sagt mir Bescheid, wenn ihr wieder da seid. Wenn ihr dann nicht wieder da seid, kann ich Meldung machen, so macht man das nämlich unter Seefahrern. Wenn ich nicht zu Hause bin, sagt meiner kleinen Euphy Bescheid. Das Haus ist drüben in der Petronia Street. Könnt jeden Nigger in Africa Town fragen, wo's ist, kennt jeder. Versprochen?«

»Versprochen. Hundertprozentig«, sagte Eliot, bevor Nathaniel auch nur den Mund aufmachen konnte. Eliot hatte den Eindruck, daß diesem Alten von den karibischen Inseln, den sie kaum kannten, ihr Wohlergehen mehr am Herzen lag als ihrem eigenen Vater.

»Gut«, sagte Artemis. »Vielleicht kann ich noch den Kumpel von mir auftreiben, den Fischer, dann kann ich nämlich noch was für euch tun. Der weiß genau, wo das Wrack ist, und ich sag euch dann noch bis Sonntag, wo's ist. Dann braucht ihr nicht lange rumsuchen. Ist nicht grade spaßig da draußen auf dem grausamen

Ozean, ist grad die Zeit für Hurrikane. Also gut, Nathaniel. An die Riemen, schaff mich rüber an Land.«

Er schwang sich über die Reling, ließ sich ins Beiboot hinunter und setzte sich ins Heck. Sein polterndes Lachen dröhnte herauf. »O Mann, fühl mich wie der Pharao höchstpersönlich!«

»Ich mußte gerade dran denken, was das wohl für ein Gefühl für Sie wäre, der Skipper von so einem Schoner zu sein«, sagte Nathaniel, während er die Riemen in die Dollen legte.

»Wär sicher ein tolles Gefühl. Wenn ich was mag, dann ein gutes Schiff.«

»Ja, das dachte ich mir.« Nathaniel fing an zu pullen. »Die *Double Eagle* sieht nicht nur gut aus, sie segelt auch so. Wenn wir am Sonntag raumen Wind erwischen, dann fliegen wir zu den Tortugas.«

»Es gibt nix Schöneres als einen Gaffelschoner bei raumem Wind.«

»Sie schafft zehn Knoten, zehn und mehr. Als wir zu den Keys runtergesegelt sind, haben wir einen Dampfer überholt. Das hätte Ihnen sicher gefallen, Mr. Lowe.«

»Schätz ich auch.« Artemis lehnte sich an den Heckspiegel und breitete die Arme aus. Die Hände lagen links und rechts auf dem Dollbord. »Wo willst du drauf raus?«

Nathaniel hörte auf zu pullen.

»Sobald sie mit Ihrem Kumpel gesprochen haben, warum zeigen Sie uns dann nicht selbst den Weg zum Wrack? Geld kann ich Ihnen zwar keins anbieten, und den letzten Rest von unserem Rum haben Sie ja auch schon über Bord gekippt, aber die *Double Eagle* würde für drei Tage Ihnen gehören. Was immer Sie auch verlangen, wir machen's.«

»Ha! Erste Mal, daß mich so ein junger Bursche zum Käpt'n macht. Was soll das Ganze, Nathaniel? Glaubst du, mit mir seid ihr sicherer da draußen? Muß meinen Lebensunterhalt verdienen, muß Schwämme raufholen, bin schon so genug auf'm Wasser.«

Nathaniel beließ es dabei und ruderte quer durch den dunklen Hafen. Die Lichter der Schiffe in der Ferne glichen Miniaturmonden, die wabernde weiße Spiegelbilder aufs Wasser warfen.

20

Noch vor sechs Wochen hätte Drew jeden für verrückt erklärt, der ihm gesagt hätte, es würde der Tag kommen, an dem er froh sei, wieder hinaus auf See zu fahren. Jedenfalls war er froh darüber, sowohl die Lower Keys Sponge and Fruit Company als auch Doris, der sich als ein bösartiger Mensch herausgestellt hatte, hinter sich zu lassen. In der letzten Woche hatte Doris keine Gelegenheit ausgelassen, Drew wegen schluderiger Arbeit zu beschimpfen und zu demütigen. Drew säuberte die Wurzeln nie so gründlich, daß Doris damit zufrieden war, beschnitt die überstehenden Fransen der Schwämme nicht richtig oder verwechselte die minderwertigen Sorten mit den bevorzugten Yellows und Sheepswools, so daß Doris sie noch einmal sortieren mußte. Die ganze Zeit über verfluchte er Drew als den nutzlosesten kleinen Scheißer, den er je getroffen habe, als einen Burschen mit derart erbärmlichen Fähigkeiten, daß er es sicher nie zu etwas bringen würde (als ob Doris als Beispiel dafür taugte, wie weit es ein Mann bringen konnte, wenn er sich nur richtig anstrengte). Drew haßte Doris, wollte ihn aber nichtsdestotrotz zufriedenstellen, und sei es auch nur aus dem Grund, dessen Kritik zu entgehen. Aber es war unmöglich, Doris zufriedenzustellen. Es lag nicht daran, daß Drew nicht kapierte, was man von ihm verlangte, vielmehr war die Arbeit mit den immer gleichen Handgriffen dermaßen langweilig, daß er sich höchstens eine halbe Stunde darauf konzentrieren konnte, bevor er sich in Tagträumereien über Boston und seine Mutter verlor. Zuweilen, wenn er sich an längst vergangene Winter erinnerte, vermißte er sie so sehr, daß es ihn physisch schmerzte. Nach Eröffnung der Schlittensaison auf der Beacon Street hatte er sich immer auf dem Rücksitz des Familienschlittens unter dem Büffelfell an sie gekuschelt. Ihr warmer Körper, die behagliche Felldecke und der Dampf, den die Pferde in die frostige Luft schnaubten, vermischten sich in der Erinnerung zu einem quälenden Verlangen nach seiner Mutter und der lebendigen Januarkälte von Boston, die in der drückenden Hitze von Key West in Zeit und Raum so weit entfernt schien wie ein Stern.

Manchmal bekämpfte er die Einsamkeit und die Eintönigkeit der Arbeit, indem er im Kopf mathematische Probleme löste. An der Boston Latin war er in einer Mathematikklasse für Fortgeschrittene gewesen und hatte nach den Stunden noch Privatunterricht in Algebra und quadratischen Gleichungen bekommen, was alles eigentlich erst Stoff der High-School war. Während er einen Schwamm wie verlangt kugelförmig oder länglich zurechtschnitt, befaßte er sich mit deren mathematischen Kurven – dem eleganten Schwung der Parabeln zwischen vertikalen und horizontalen Achsen. Oder er dachte über die Theorie nach, die hinter der astronomischen Navigation stand. Will hatte nicht die blasseste Ahnung von dieser Theorie – warum auch, das *Nautische Jahrbuch* und die Umrechnungstafeln hatten die Probleme ja schon gelöst. Drew allerdings hatte sich immer gefragt, was ein Navigator tun würde, wenn er zufällig das Jahrbuch und die Tafeln verlöre. Wills Ausgabe des *American Practical Navigator* enthielt unter anderem auch eine Erläuterung des sphärisch-astronomischen Grunddreiecks und komplexe trigonometrische Formeln, die, wandte man sie richtig an, die Errechnung der Position auch ohne die Nachschlagewerke ermöglichten. Abends vertiefte er sich in das Buch, doch mit all den geheimnisvollen Ausdrücken – Kosinuskurs, Sinus des Kurswinkels, Sekante des Kurswinkels – blieb es ihm genauso unzugänglich wie Will. Der Unterschied war nur der, daß diese Unzugänglichkeit an ihm nagte, während sie Will nicht im geringsten betrübte. Völlig unnötig, das Rad neu zu erfinden, sagte Will; doch genau das war es, was Drew wollte.

Trennen. Säubern. Beschneiden. Die Gitterkästen hochziehen. Die Gitterkästen runterlassen. Die noch nicht fertigen Schwämme in der Trockenbaracke aufschichten. Die fertigen Schwämme in die Lagerräume packen. Und mittendrin Drew, der über diejenigen Aspekte der Theorie brütete, die sich ihm erschlossen. Angenommen, dachte er, der Sextant mißt die Höhe des Sterns Wega. Neunzig Grad minus der angezeigten Höhe ist gleich die Entfernung zwischen der Position des Messenden und der geographischen Position der Wega über der Erde. Aber warum? Und wie? Er stellte sich ein Diagramm aus Wills Buch über astronomische Navigation vor: der Globus und drei Linien. Eine Linie senkte sich vom Nordpol vertikal ins gedachte Zentrum der Erde und stellte den Zenitwinkel dar, 90 Grad; die beiden anderen Linien stellten den Sextantenwinkel des Messenden und den Winkel der geographischen Position des Sterns dar. Was man also eigentlich mißt, ist nicht die tatsächliche Höhe des Sterns, sagte er zu sich selbst, sondern der Innenwinkel der geographischen Position des Sterns und der Zenitlinie, und das müßte das gleiche ergeben wie die Differenz zwischen dem Sextantenwinkel des Messenden und 90 Grad. Wenn der Sextantenwinkel 50 Grad beträgt, dann beträgt der Innenwinkel der Wega 40 Grad, und 40 Grad entsprechen im Bogenmaß auf der Erdoberfläche 2.400 Seemeilen, weil jeder Grad im Bogenmaß 60 Seemeilen ausmacht ... Deshalb ist die Position des Messenden 2.400 Meilen von dem Punkt der Erde entfernt, über dem die Wega genau senkrecht steht.

»He, Bürschchen! Schaff deinen faulen Hintern hier rüber und schau dir das an – und zwar sofort!« Drew erhob sich von seinem Hocker und ging vorsichtig zu Doris, der in einem dämmerigen, stickigen Eck der Trockenbaracke stand, die an einen der Lagerräume grenzte. (Das alles geschah gestern nachmittag.) In der Hand hielt er einen Sheepswool-Schwamm, den Drew gestern beschnitten hatte. »Als es noch auf'm Grund von dem Scheißozean gelegen hat, da hat das Schrumpelding hier nicht so beschissen ausgesehen wie jetzt. Was spukt bloß in deinem Kopf rum?« Anstatt sich zu entschuldigen und Besserung zu geloben, wie er es an den anderen Tagen immer getan hatte, sagte Drew: »Zahlen, Sir.« Doris blinzelte. »Was meinste damit, Zahlen? Was für Zahlen? Was ist los mit dir? Verrückt geworden, oder was?« Drew stellte fest, daß er noch klar sei im Kopf, und sagte, daß er über Winkel und die Größe von Winkeln nachgedacht habe, weil nämlich Zahlen und Winkel und Gleichungen für ihn genauso wundervoll seien wie für andere Menschen Poesie. Angesichts dieser Erklärung fehlten Doris die Worte. Er starrte auf Drew herunter, dessen Unterlippe unwillkürlich zitterte. Doris starrte ihn lange mit merkwürdigem, gleichzeitig hartem und sanftem Gesichtsausdruck an: das große rote Gesicht, das wie ein Schinken aussah, Hände wie Schinkenkeulen, von denen sich jetzt eine hob, um sich Drews Gesicht zu nähern. Drew zuckte zurück. »Immer ruhig, mein Junge. Ich hau dir schon keine runter. Hast du etwa Angst vor mir?« Drew hielt es für klüger zu nicken. »Tja, das solltest du auch, weil ich dir nämlich richtig weh tun kann, wenn ich Lust dazu hab. Hab im Moment aber keine Lust dazu, weil du nämlich ein richtig hübscher Junge bist.« Die Hand ruhte jetzt sanft auf Drews Wange. Er wand sich unter der Hand, als wäre sie irgendein klebriges, glitschiges Ding aus den Tiefen des Meeres. »Echt schade, daß so ein hübscher Junge wie du soviel Scheiße im Hirn hat. Du bist echt der verrückteste kleine Scheißer, den ich je gesehen hab. Zahlen! Nee, ich werd dir nicht weh tun. Ich denk bloß grad dran, daß ich eigentlich Sweeting Bescheid sagen müßt, daß er dich und deinen kleinen Arsch hier rausschmeißt für die ganze Scheiße, die du hier baust. Soll ich?« Drews Herz klopfte bis zum Hals, als er den Kopf schüttelte. »Hast verdammt recht, daß du das nicht willst. Hier unten ist es nämlich so, daß man die Woche nur bezahlt kriegt, wenn man auch die ganze Woche arbeitet.« Doris blickte sich nach allen Seiten um, ließ die Hand auf Drews Kragen sinken und zwirbelte daran herum. »Aber Strafe muß sein für den ganzen Mist, den du gebaut hast. Brauchst eine Lektion, ein für alle mal. Komm mal hier rüber.« Er zerrte Drew zur Tür des Lagerraums, stieß sie mit dem Knie auf und zog ihn zu den zu Wällen aufgetürmten, sauberen Schwämmen hinein. »Jetzt zeig ich dir mal, wer hier die Musik macht, Junge. Und kein Piepser, verstanden? Keinen Muckser.« Er zog den Gürtel aus der Hose, wickelte sich ein Ende um die Hand und befahl Drew, die Hose herunterzuziehen. Als Drew sich weigerte, packte er ihn an einem seiner Hosenträger. Drew wirbelte herum und schoß in Richtung Tür, wurde aber von den elastischen Trägern wie ein Ball an einem Gummiband wieder zurückgerissen. Er versuchte es wieder, wobei die Knöpfe des Hosenträgers abrissen. »Willst es dir wohl selbst schwermachen. Auch gut, mir soll's recht sein.« Doris schnaufte jetzt heftig, die Lippen waren naß. Er schnappte sich den anderen Hosenträger, aber Drew sprang mit solcher Kraft von ihm weg, daß auch der zweite Träger abriß. Doris stand mit den Hosenträgern in der Hand da, und Drew rannte weg, wobei er mit beiden Händen die Hose raffte. »He, Junge! Das war doch nicht ernst gemeint! Wollt dir bloß ein bißchen Angst einjagen! Halt bloß den Mund, sonst ...«, brüllte Doris hinter ihm her. Doch da war Drew schon draußen, außer Hörweite, und floh zum Kai.

Drew hielt den Mund; weil er Angst hatte und weil er sich irgendwie schämte, obwohl er sich selbst nicht erklären konnte, was er getan hatte, dessen er sich hätte schämen müssen. Als Popeye sah, wie Drew sich als Ersatz für seinen Gürtel ein Stück Seil von einem der Gitterkästen abschnitt, fragte er ihn, was er sich dabei denke, Firmeneigentum zu beschädigen. Drew antwortete, seine zerschlissenen Hosenträger seien abgerissen und er wisse nicht, wie er sich anders behelfen solle. Popeye schaute ihn mißtrauisch an, hob dann den Blick und fand sein Mißtrauen bestätigt, als er Doris mit verschränkten Armen vor der Trockenbaracke stehen sah. »He, Mann! Der kleine Bastard hat Mist gebaut!« rief er. »Wollt ihm bloß eine Lektion verpassen, sonst nix.« Popeye nickte ausdruckslos und wandte sich wieder an Drew. »Behalt das Stück Seil, Junge«, sagte er. »Ist wohl besser, du bleibst von ihm weg und arbeitest von jetzt an mit mir.«

Am Abend erwähnte er gegenüber Will oder seinen Brüdern nichts von der Sache. An Bord des Schiffes hatte er zwar von Doris nichts zu befürchten, aber diese seltsame Scham, dieses Gefühl, daß er irgendwie beschmutzt wäre und sich davon auch mit Wasser und Seife nicht befreien könnte, blieb an ihm haften. Er hatte gespürt, daß Doris irgendwie noch mehr wollte, als ihn nur zu verprügeln, irgendwas, was er sich nicht richtig vorstellen konnte, außer daß es sicher etwas Sündiges war; auf die eine oder andere Art mußte er Doris

Anlaß gegeben haben, dieses Sündige tun zu wollen, und das war die Ursache für sein Schamgefühl. Er zog sich mit dem *Practical Navigator* in seine Koje zurück, um sich wieder in die Erläuterungen des sphärisch-astronomischen Grunddreiecks und der trigonometrischen Formeln zu vertiefen. Er konnte ihren Sinn zwar immer noch nicht verstehen, aber, überlegte er, die Herzen der Menschen bargen Geheimnisse, die waren noch unzugänglicher als die der Mathematik, und in der Welt jenseits der Welt, aus der er und seine Brüder verbannt worden waren, lauerten ebenso viele Gefahren wie auf hoher See. Letztere waren eindeutig vorzuziehen, dachte er, denn die konnte man erklären.

»He, Anker lichten, aber ein bißchen flott!« Artemis lachte schallend, während Nathaniel backbord und Eliot steuerbord an der Ankerwinde kurbelten. »O Mann, wird euch noch leid tun, daß ihr mich zum Käpt'n gemacht habt, Jungs. Bei mir gibt's richtig Pfeffer in den Arsch.«

Langsam kam die Kette an Bord. Sie war so gespannt, daß von dem zitternden Eisen winzige Wassertropfen abplatzten. Will legte die Kette im Kettenkasten aus, der sich unmittelbar hinter der Vorpiek befand. Als der Anker endlich ausgebrochen war, konnten Nathaniel und Eliot schneller kurbeln. Kurz darauf rasselte die sieben Meter lange Kette durch die Deckshalterungen. Der Anker tauchte aus dem Wasser auf. Nathaniel packte die Kette, tauchte den Anker ein paarmal ins Wasser und spülte den grauweißen Schlamm ab, der an den Ankerflunken klebte. Dann hievten er und Eliot die sechzig Pfund Eisen an Bord und zurrten sie fest.

Artemis grinste breit, wobei der Goldzahn wie ein massiver, fest im Kiefer verankerter Goldbarren aussah. Er gab dem Ruder einen Stoß, und die *Double Eagle* legte sich in den Wind. Das Großsegel flatterte, Drew lief zum Vorpiekfall und setzte mit Wills Hilfe Vorsegel und Toppsegel, dann Fock und Flieger. Hart am Wind kreuzte die *Double Eagle* aus dem Hafen hinaus. Die Palmblätter am Strand wiegten sich in der mäßigen Brise aus Süd wie federleichte grüne Standarten. Obwohl die gegen die Windrichtung aus dem Hafen drängende Ebbe für bockige Fahrt sorgte, blieb das Deck der mit straffen Segeln vorwärtstreibenden *Double Eagle* trokken. Sie segelte am Marinedepot vorbei, auf dessen Panzerturm eine Flagge flatterte, am Zollamt, dessen hohe Ziegelmauern so gar nicht zu den darunterliegenden, verwitterten Holzhäusern paßten, an den in der Morgensonne weiß glänzenden Gebäuden der Küstenstation und dem Marinekai, wo eine Fregatte vor Anker lag, aus deren Schießscharten in den gepanzerten Kasematten bedrohlich schwarze Geschütze ragten.

»Damals, da hättet ihr den Hafen sehen sollen, Jungs, bei dem Krieg mit den Spaniern«, sagte Artemis. »Hoohee! Alles voll mit Kriegsschiffen! Die ganze Flotte, überall!«

Jenseits des Marinekais erhoben sich drohend die wuchtigen Zinnen von Fort Taylor, das durch einen Damm mit der Insel verbunden war. Artemis gestikulierte mit den Händen, als er von dem Tag erzählte, an dem die U.S.S. *Maine* vor dem Fort vor Anker gelegen hatte und dann mit qualmenden Schornsteinen zu ihrer verhängnisvollen Fahrt nach Havanna aufgebrochen war. Nathaniel beneidete ihn darum, Zeuge dieses Bruchstücks Geschichte gewesen zu sein, und beobachtete, wie die mächtigen roten, mit Küstenkanonen bewehrten Mauern steuerbord an ihm vorbeizogen. Das Fort verschwand achterlich aus dem Blickfeld, und die immer noch aufkreuzende *Double Eagle* erreichte die offene See. Befreit von der Enge des Hafens, büßte die

Strömung ihre geballte Kraft ein. Die Wellen wurden größer, waren aber nicht mehr so kabbelig und wogten, unterbrochen von weiten Wellentälern, auf und ab.

Recht voraus in etwa sieben Meilen Entfernung kroch das Leuchtfeuer von Sand Key den Horizont hinauf. Um besser sehen zu können, kletterte Drew an den Webeleinen der Wanten den Großmast hinauf und konnte so die mit Schindeln verkleidete Wetterstation ausmachen. Sie kauerte unter dem Signalfeuer auf einem runden, nicht einmal fünfzig Meter breiten Flecken Sand. Jenseits davon zog der Golfstrom dahin, der dem Ozean eine indigoblaue Tönung verlieh. Allmählich verstand Drew die Anziehungskraft, die seinen Vater, Lockwood und Nathaniel aufs Meer hinauszog. Die See, dachte er, während er eine einzelne herabstoßende Seeschwalbe dabei beobachtete, wie sie sich einen mikroskopisch kleinen Leckerbissen von einer Welle pickte, die See glich der Mathematik in der Hinsicht, daß sie ebenso rein und unbestechlich war. Sie wurde von eigenen Gesetzen regiert, welche die Menschen vielleicht begreifen, aber nie beherrschen würden, die sie zu ihrem Nutzen nie würden beugen oder verdrehen können. Die See hatte ihn, seine Brüder und Will mit ihren Nebelbänken blind gemacht; sie hatte sie mit ihren Gewittern und Stürmen durchnäßt und in Schrecken versetzt; ihre Totenflauten hatten die Jungen zur Verzweiflung getrieben; doch nie hatte sie absichtlich geblendet oder beunruhigt, in Schrecken versetzt oder zur Verzweiflung getrieben. Es lag in ihrem Wesen, neblig oder klar zu sein, windstill oder stürmisch; sie kümmerte sich kein Jota um die Wirkung ihrer Launen auf Seefahrer und Schiffe. Drew hatte seinen Vater vom Meer sprechen hören, als hätte es einen Geist, ein Herz, einen Willen: Es war grausam oder freundlich, wutschnaubend oder friedlich – in Wahrheit jedoch war es nichts von alledem. Das Meer existierte einfach, genauso wie eine Gleichung oder ein physikalisches Gesetz einfach existierte, ungeachtet dessen, was Menschen darüber dachten oder wie sie es gern hätten. Und was war mit dem Festland? Das Festland, das er zu Anfang der Reise so vermißt hatte und nach dem er sich so zurückgesehnt hatte? Er dachte an Mike Downey und an den alten, verrückten Talmadge und an Clara, die Waise in ihrem stummen Gefängnis; er dachte an die verbitterte und einsame Tante Judith und an Doris und die obszöne Feuchtigkeit, die auf dessen Lippen glänzte, als dieser ihm befohlen hatte, die Hose herunterzuziehen. Das Meer war ein Krongut der Reinheit; das Land aber die Provinz der Gewalt, der Unvernunft, des Leidens, der Einsamkeit, der abseitigen Leidenschaften.

»He, du! Komm runter, dein Käpt'n hat dir was zu sagen!«

Widerwillig verließ er seinen Hochsitz und gesellte sich auf dem Achterdeck zu Will und seinen Brüdern.

»Wir kreuzen jetzt erstmal so weiter, noch ein paar Meilen oder so, dann fallen wir ab auf Kurs West, und dann geht's mitten rein ins Riff«, sagte Artemis, dessen gesundes Auge auf irgendeinen weit entfernten Punkt fixiert war. »Kommen dann an ein paar Inseln vorbei, die lassen wir zwei, drei Meilen nördlich liegen, dann kommen noch mal ein paar Inseln, aber die sind noch weiter weg im Norden. Das sind die Marquesas Keys. Wenn wir dann nach Süden gucken, dann können wir einen kleinen Leuchtturm sehen, das ist der von Cosgrove Reef. Das Licht verschwindet dann achterlich backbord, und dann fallen wir noch weiter ab, West zu Viertel Nord. Noch ein Stückchen, dann kommt eine Bake, und da geht's rein in die Rebecca Passage. Wenn der Wind noch stärker wird, dann könnt das Wasser da ein bißchen happig werden. Die Bake lassen wir steuerbord liegen, und dann sehen wir Fort Jefferson, das ist auf Garden Key, mitten in den Dry Tortugas. Kann man gar nicht verpassen. Ist so groß wie eine richtige Stadt! Wenn wir das sehen, dann fallen wir wieder ab, halten genau nach Norden, hin zu den Middle und East Keys. Sind fünf Meilen Abstand zwischen den beiden. Sperrt eure Seitenlichter auf, die sind nicht größer als ein Maulvoll Spucke. Wenn wir die verpassen, geht's ab durch die Mitte bis Texas, tausend Meilen. Alles klar? Okay. Nächste ist, einer muß hoch und den Ausguck machen, von wegen den Baken. Und von wegen den Korallenköpfen, die sind nämlich auf keiner Karte drauf. Das wär's. Euer Käpt'n hat gesprochen.«

Die Inseln hießen Cottrell, Ballast, Man, Woman und Boca Grande. Jede einzelne umgab ein schmaler Sandstreifen, der zum Wasser hin mit Seegras bewachsen war. Dahinter erstreckten sich verwilderte Mangrovenwälder, die von vereinzelten Kokospalmen überragt wurden, deren Stämme sich dem nie nachlassenden Wind beugten. In einer Durchfahrt zwischen zwei Riffen flogen Pelikane Angriffe auf Glasaal- und Sardinenschwärme; die Vögel kreisten am Himmel, schossen dann mit angelegten Flügeln nacheinander blitzschnell nach unten und tauchten wie eine Salve explodierender Torpedos klatschend ins Wasser. Was Nathaniel, der die erste Wache in der Takelage übernahm, jedoch in hypnotische Trance versetzte, war die Farbe die Wassers: Marmorierungen von heller Jade und dunkler Jade, von Smaragd, Aquamarin, Chartreuse und Türkis. Er stand auf einer Saling des Großmastes und entdeckte verborgene, verschlungene Fahrrinnen, die sich flaschengrün durch seichte, beigefarbene Tidengewässer schlängelten. Da die Ebbe fast ihren Tiefststand erreicht hatte, glich das trockene Land, das an manchen Stellen herausschaute, abgeernteten Weizenfeldern, auf denen weiße Reiher herumstolzierten, die wie lebendige, schneebedeckte Vogelscheuchen aussahen. Die verlassenen, mit Tang und Treibholz übersäten Inseln, das weite, glänzende Meer, die Schwärme wilder Küsten- und Seevögel – über allem lag ein eigenartiger Zauber, eine windgepeitschte Einsamkeit, eine irgendwie bedrohliche Schönheit. Die Bedrohung offenbarte sich Nathaniel, wenn er dicht unter der Wasseroberfläche lange schlängelnde Schatten von Flossen oder den regungslosen Schatten eines großen Korallenkopfes entdeckte.

Will löste ihn ab, und Nathaniel kletterte nach unten, um Artemis am Ruder abzulösen. Artemis fühlte sich aber so wohl auf seinem Posten, daß er ablehnte.

»Sie ist richtig störrisch, will immer mit dem Bug gegen den Wind. Muß sie richtig rannehmen, ist wie ein Pferd, wo sich noch ans Zaumzeug gewöhnen muß.«

»Das schaffen Sie nie. Außerdem, wer will das schon«, sagte Nathaniel. »Sind Sie jetzt doch froh, daß Sie mitgekommen sind?«

Artemis pfiff ein paar Takte jenes Seemannsliedes aus der Karibik, »Shallow Brown«.

»Hängt davon ab, wie gut Ethan und George das mit dem Schwammtauchen allein hinkriegen. Müßt aber klappen, wo ich denen das doch schon von klein auf beigebracht hab. Schätze, bin mehr drüber froh, daß ich jetzt mit euch da rausfahr und gucken kann, daß ihr keinen Mist macht und absauft oder so. Kann dann Käpt'n Cy sagen, in dem Leben hier oder was danach kommt, daß das unser Herr und Gott Jehova so gewollt hat.« Mit den Fingern hielt er die Spaken fest umschlossen, während er auf die Kompaßrose schaute, deren Zeiger unverändert auf das schwarze W zeigte. »Meine Euphy glaubt, ich wär nicht mehr ganz richtig im Kopf. Bin grad erst fünf oder sieben Tage auf'm Wasser, und dann fahr ich auch noch aus Spaß raus! Ist, wie wenn der

Postbote einen Spaziergang macht, sagt meine Euphy. Aber Euphy weiß ja auch nicht, wie das ist. Manchmal, da haß ich das Meer, aber an Land bleiben kann ich auch nicht. Das ist das, was meine Euphy nicht kapiert. Bin mir nicht sicher, ob ich's selber kapier. Ist aber einfach wunderbar, am Ruder von so einem Schiff zu stehen, mit einer Mannschaft, wo weiß, was Sache ist. Große Klasse.«

Nathaniel quittierte das Kompliment mit einem Nikken. Von oben rief Will, daß er in großer Entfernung eine Insel sehen könne, etwa drei Strich steuerbord voraus. Artemis beugte sich nach rechts vor, schaute unter dem Großbaum hindurch und sagte, das seien die Marquesas Keys.

»Hoohee! Haben's gleich! Mein Schwammboot hätt dafür fast den ganzen Tag gebraucht. Tja, mit dem raumem Wind, den du haben wolltest, hat's geklappt, und der Schoner ist ja auch wirklich geflogen! Wie schnell, was meinst du?«

»Wenn wir unser Log noch hätten, dann könnte ich es Ihnen ganz genau sagen. Das hat sich aber ein Barrakuda geschnappt. Wie weit sind die Marquesas von Key West entfernt?«

»Weiß nicht genau. Achtzehn, vielleicht zwanzig Meilen.«

Nathaniel warf einen Blick auf seine Taschenuhr, rechnete mühsam hin und her und erklärte dann, daß die *Double Eagle*, falls die Marquesas zwanzig Meilen entfernt seien, mehr als acht Knoten mache.

»Kommt mir nicht wie acht vor«, sagte Eliot, der völlig anderer Meinung war. Es war auch die Art, wie Nat die Geschwindigkeit verkündet hatte, die ihn ärgerte – als verkündete er die Heilige Schrift. »Erstens liegen die Marquesas noch gar nicht querab – sie liegen immer noch vor uns. Zweitens sind es ja vielleicht doch achtzehn statt zwanzig Meilen. Ich wette einen Quarter von meinem hart erarbeiteten Geld, daß wir höchstens sieben Knoten machen.«

»Einverstanden. Und wie willst du's beweisen?«

»Schau auf die Uhr, wenn die Inseln genau querab liegen. Wirst schon sehen. Sieben.«

»Ich kann's euch jetzt gleich sagen«, sagte Drew, ging unter Deck und kam mit einer leeren Streichholzschachtel wieder zurück. »Paß auf, Nat, du gibst mir die Zeit«, sagte er und ging nach vorn. Er kniete sich hin, warf die Schachtel auf der Leeseite ein Stück vor dem Bug ins Wasser und brüllte genau in dem Moment, als sie aufs Wasser traf: »Jetzt!«

»Vier Sekunden!« rief Nathaniel, als die Schachtel am Heck vorbeihüpfte und vom Kielwasser verschluckt wurde.

Drew kam wieder zurück und setzte sich aufs Kajütdach. Er schloß die Augen, senkte den Kopf und bewegte die Lippen, als wäre er in ein stilles, inbrünstiges Gebet vertieft.

»Eliot hat recht«, verkündete er eine Minute später. »Nach meiner Rechnung exakt sechs Komma neun Knoten. Vielleicht ein Zehntel mehr oder weniger.«

»Du kannst das unmöglich alles im Kopf ausgerechnet haben«, sagte Nathaniel.

Drew blinzelte mit den Augen und bekräftigte mit einer Stimme, die weder die eines Kindes noch die eines Mannes war, daß er das sehr wohl getan habe. Man müsse nur ausrechnen, welchen Teil von einer Meile die Bootslänge von sechsundvierzig Fuß ausmache und welcher Teil von einer Stunde vier Sekunden seien und dann die Entfernung durch die Zeit dividieren. Sei ganz einfach.

Jetzt ging Nathaniel unter Deck. Er blieb etwa zehn Minuten und kritzelte ein Stück Papier mit Bruchrechnungen voll. Dann kam er triumphierend den Niedergang hinauf und wedelte mit dem Stück Papier vor Drews und Eliots Gesichtern herum.

»Tut mir ja wirklich leid, kleiner Mann. Das Familiengenie hat zur Abwechslung mal nicht recht. Acht Knoten. Eliot, den Quarter.«

»Kann ich mal sehen?« Drew streckte die Hand aus.

Nathaniel gab ihm die Berechnungen. Drew warf einen Blick darauf, und sofort machte sich ein blasiertes Grinsen auf seinem Gesicht breit.

»Tja, Nat, knapp daneben. Du hast mit fünftausendzweihundertachtzig Fuß – eine Landmeile – anstatt mit sechstausendachtzig Fuß für die Seemeile gerechnet. Wir machen acht Landmeilen die Stunde, und das sind sechs Komma neun Knoten.«

»Du kannst mir das Geld geben, wenn wir wieder zu Hause sind«, sagte Eliot, während Nathaniel das Papier zerknüllte und über die Reling schleuderte. Warum, zum Teufel, hatte Gott aus seinem jüngsten Bruder nur einen derartigen Klugscheißer gemacht?

Nachdem sie abgefallen war und Cosgrove Light hinter sich gelassen hatte, pflügte die *Double Eagle* durch die Wellen, als wollte sie sich für all die Nackenschläge revanchieren, die ihr das Meer versetzt hatte. Auf den fünfzig Meilen zwischen den Marquesas Keys und den Dry Tortugas sahen sie kein Land mehr. Am Horizont türmten sich in alle Richtungen Gewitterwolken, so daß es den Anschein hatte, der Schoner durchquere ein riesiges, rundes, kobaltgrünes Plateau, das von schneebedeckten Bergen umringt war. Hoch über ihnen schwebten Fregattvögel auf den thermischen Strömungen. Nur wenige Meter neben der Luvreling brach ein zwei Meter langer und zwei Meter breiter Leopardenrochen durch die Wasseroberfläche. Mit seinen weiten, weißgesprenkelten Brustflossen segelte er durch die

Luft, und Artemis erzählte ihnen von dem Tag, an dem ein Rochen in sein Schwammboot gesprungen war. Er hatte so wild um sich geschlagen, daß ein Riemen zersplittert war, einer seiner Partner sich den Knöchel gebrochen hatte und er selbst über Bord gegangen war. »Wenn er nicht wieder ins Wasser gesprungen wär, hätt er unsre kleine Schüssel kurz und klein geschlagen. Und wo er dann zurück ins Meer ist, wo er hingehört, da bin ich wie der Teufel zurück ins Boot, wo ich hingehör.« Er riß sich den Hut vom Kopf und schwenkte ihn überschwenglich hin und her. »O Mann! Das Meer um die Keys rum, Jungs, das ist wild, ist so wild wie der Wilde Westen, nur eben naß!«

Um fünf Uhr, als sie schon in das schräge Licht der sinkenden Sonne schauten, sichteten sie die hohen Ziegelmauern von Fort Jefferson auf Garden Key. Eliot, der oben auf Posten stand, empfand den Anblick als einen der seltsamsten, den er je erlebt hatte: Das von der Sonne von hinten angestrahlte Fort sah aus wie ein märchenhaftes Schloß, das in der Mitte des Ozeans trieb. Die Schoten wurden gefiert, die Bäume schwenkten aus, und das Kielwasser der *Double Eagle* beschrieb ein abgerundetes L, während sie einen Haken in nördlicher Richtung schlug und durch den Southeast Channel East Key ansteuerte.

East Key bestand aus etwa ein bis eineinhalb Hektar Kalkstein, Sand und ausgebleichten Korallen. Bis auf etwas Mangrovengestrüpp, ein paar Kormorane und Möwen, die auf der Windseite des Eilands hockten und die Schnäbel in den Wind hielten, war es völlig tot. Zwischen zwei Riffen, die sich keine zwei Meter unterhalb der Wasseroberfläche befanden, machten sie eine tiefe Rinne aus, in der sie ankerten. Knapp einen Meter hinter dem Heck des Schoners schwamm ein großer Hammerhai quer durch die Rinne. Die blaßbraune Rückenflosse durchschnitt die Wasseroberfläche, die sichelförmige Schwanzflosse bewegte sich träge hin und her, und der Kopf schwang in etwa einem halben Meter Tiefe von einer Seite zur anderen. Der Kopf glich einem Stück aus einem Alptraum – aus der Schnauze ragten knochige Buckel, aus deren Spitzen die Augen lugten. Eliot ging unter Deck, holte die Schrotflinte und legte auf den Hai an. Artemis schob den Lauf beiseite.

»Ist jetzt sowieso schon außer Schußweite. Einzige, was das bringt, ist, daß er ganz wild wird. Wollen wir ja nicht.«

Eliot nahm die Flinte herunter und schaute der Rückenflosse des Hais hinterher. Er blickte auf das kahle Eiland, hinaus auf den Golf von Mexiko, der sich in unendlicher Weite verlor, und hatte den Eindruck, er wäre am letzten Außenposten der bekannten Welt angekommen.

»Sind hier die Leute in dem dritten Rettungsboot gestrandet?« fragte er.

Artemis nickte, während er eine Angelschnur herrichtete, um das Abendessen zu fangen.

»Tja, jetzt verstehe ich, warum die alle Hoffnung haben fahren lassen.« Ihn beschlich ein Gefühl der Beklommenheit.

»Ja. Hier draußen gibt's nix, aber davon eine ganze Menge. Ist bloß ein Felsen im grausamen Ozean.«

Die Angelvorrichtung bestand aus einer Gewichtschnur, die um eine geriffelte Holzspule gewickelt war, welche ungefähr den doppelten Durchmesser einer Wagenradnabe hatte. An der Schnur war etwa einen Meter oberhalb des Hakens ein eiförmiges Senkblei festgebunden. Artemis steckte als Köder Makrelenstücke auf den Haken, stand auf, holte mit einer schnellen Drehung aus und warf die Leine ins Wasser. Die letzten drei Meter der Leine ließ er lose an Deck liegen.

Die Sonne ging unter, der Mond erstrahlte am Himmel, und Artemis saß an der Reling, summte vor sich hin und hielt locker die Schnur zwischen den Fingern. »He, da knabbert was«, flüsterte er. »Los, Junge, schluck's runter.« Das lose Ende der Schnur lief durch seine Hände. Als die Leine sich straffte, riß er kräftig an, und der Haken saß fest. Er stand auf und gab dem Fisch etwas Zeit, um sich auszutoben, wobei die im Wasser hin und her schlagende Schnur leise zischte; dann spulte er mit geschickten Bewegungen die Schnur auf und zog einen fetten, eiförmigen Fisch heraus, der mit der Schwanzflosse wild um sich schlug. Artemis wickelte mehrere Schlaufen Schnur um die Hände und hievte den Fang an Bord. Zappelnd, mit pumpenden Kiemen lag der Fisch an Deck, die Flanken schimmerten im Dämmerlicht rötlichorange. »Hammelfisch, Fuffzehn-Pfund-Brummer«, sagte Artemis, der vor Anstrengung schwer schnaufte. »Hoohee! Da brutzelt heut abend was ganz Feines in der Pfanne, Jungs.«

Der Rauch aus dem Kombüsenschornstein trieb nach Lee, während Artemis und seine Mannschaft an Deck der *Double Eagle* zu Abend aßen. Sie saßen unter Sternbildern, die sich wie die Steine einer Rathausuhr drehten: in der Mitte des nordwestlichen Himmels der Große Bär, dessen Zeiger in einer Richtung zum Polarstern, in der anderen zum Löwen deutete, und tief am südlichen Himmel, jenseits der Floridastraße über Kuba, bildeten vier schimmernde Sterne ein erhabenes Kruzifix.

»Hab nicht gewußt, daß man es so weit im Norden noch sehen kann«, sagte Nathaniel, während er zum Himmel zeigte.

»Bis fünfundzwanzig Grad nördlicher Breite. Wir sind ungefähr bei vierundzwanzigeinhalb«, sagte Will.

Nathaniel war wie elektrisiert. Jetzt konnte er behaupten, daß er einmal irgendwo gewesen sei, wo er etwas Seltenes gesehen habe. Er machte einen großen imaginären Satz tief hinein ins neue Jahrhundert und hörte sich als alten Mann seinen Enkeln die Geschichte erzählen, wie er mit sechzehn als Kapitän eines Schoners von Maine bis in die Breitengrade des Kreuzes des Südens gesegelt sei.

Artemis goß sich Kaffee in eine Blechtasse und fing an, in Erinnerungen an seine Kindheit auf Harbour Island zu schwelgen. Wie von dort aus die von den Bahamas kommenden Bergungsschiffe zu den Riffen in Florida ausgelaufen seien, damals in den Tagen seines Vaters und Großvaters, als in Florida noch die Könige und Königinnen Spaniens geherrscht hätten. Er erinnerte sich an weiße Kapitäne wie den alten Albury, der die Straßen von Dunmore Town mit der Fracht von spanischen Schiffen, die auf dem Weg nach Havanna auf Grund gelaufen waren, überschwemmt hatte. Er erinnerte sich an Negerkapitäne von der Black Fleet, bei der er sich im Alter von vierzehn Jahren als Taucher verdingt hatte, und daß das Herumstreifen zwischen den Inseln rund um die Bahamas sein Verlangen angestachelt hatte, die Welt kennenzulernen. Und dann hatte er als Vollmatrose bei der britischen Handelsflotte angeheuert.

»War drei Jahre unterwegs, bin überall gewesen. Mit zwanzig, da war ich schon in London«, sagte er. »War die Rückfahrt von London, wo ich schließlich auf Key West hängengeblieben bin. War das beschissenste Schiff, auf dem ich je gefahren bin. Hieß *Sophia*, war ein löchriger Rahsegler, alles voll Ratten, Schiffszwieback war mehlig, Schweinefleisch war schon halb verfault, und der Käpt'n, der hieß McIntyre, der war noch beschissener als der Fraß. Das war achtzehndreiundsiebzig, aber der Skipper, der hat sich aufgeführt, als wie wenn noch alles so wie damals bei Käpt'n Bligh war.

Haben in Santiago Ladung gelöscht und Zucker geladen für Britisch-Honduras, aber das Schiff hat so geleckt, da ist der ganze Zucker kaputtgegangen. Mußten den ganzen Kahn neu kalfatern. Nächste Hafen war Key West, und wo wir da angekommen sind, ist Artemis runter vom Schiff und hat sich nicht mal mehr umgeguckt! Bin einfach abgehauen. Jimmy Wakefield, mein alter Kumpel aus Harbour Island, ist da schon in Key West gewesen, der hat mich in Africa Town versteckt, falls der Hurensohn von McIntyre nach mir sucht.

Nach dem Krieg damals war ganz Africa Town voll mit den Sklaven aus Afrika. Yankee-Marine hatte die alle von den Sklavenschiffen befreit. Manchmal hat man da so Trommeln gehört. Trommeln!« Um den Wahrheitsgehalt seiner Worte zu unterstreichen, nickte Artemis heftig mit dem Kopf. »Die Nigger von Afrika haben noch nicht mal an Gott geglaubt. Nur dieses ganze Voodoo-Zeugs aus Afrika, *Obeah*. Hab manchmal die Trommeln gehört und hab gedacht, wo ich da nur reingeraten bin. Jimmy, der hat da schon für euern Papa gearbeitet, hat ein gutes Wort für mich eingelegt. Nächste war, daß ich zur Mannschaft von der *Main Chance* gehört hab. War so verdammt gut, wenn ich das so sagen darf, Jungs, daß mich Käpt'n Cy schon nach'm Jahr zum Cheftaucher gemacht hat. Bin dann sechs Jahre bei euerm Papa geblieben. Bis zu dem Tag, wo die *Annisquam*, wo wir uns morgen angucken, gestrandet ist und ich auf dem einen Auge blind geworden bin.«

Ein Flecken weißen Lichts im Westen, der Mond geht unter, Röte im Osten, die Sonne geht auf. Unter Großsegel und Fock stieß die *Double Eagle* nach Norden vor, wobei sie dem sichelförmigen Riffbogen folgte, der die Inseln abschirmte. Ein portugiesisches Kriegsschiff, dessen luzide purpurne Segel im Licht der Morgendämmerung aufschienen, glitt an ihnen vorbei. Nathaniels Pullover blähte sich im Wind, während er auf den Webeleinen balancierte und sich mit einem Arm an die Saling des Großmastes, mit dem anderen an eine der Wanten klammerte. Er suchte das morgendliche Meer nach der Boje ab, mit der Artemis' Fischerfreund das Wrack markiert hatte.

»He, Ausguck, schon was gesehen?« rief Artemis, der am Ruder stand, nach oben.

»Wenn ich was sehe, sing ich's aus«, sagte Nathaniel. Er lehnte sich in die Webeleinen, nahm die rechte Hand vom Want und hielt sie sich zum Schutz gegen die Sonne über die Augen. Mit den nackten Füßen, den im Wind flatternden, zotteligen Haaren und der Messerscheide am Gürtel der bis zu den Knien aufgekrempelten Hose glich er einem Seemann aus längst vergangenen Zeiten. Wenn er nach achtern schaute, konnte er Hospital Key, ein weiterer kahler Felsklumpen mit niedrigem Mangrovengestrüpp, und zwei Meilen dahinter Fort Jefferson sehen. Wenn er nach unten ins Wasser schaute, das fast ebenso klar wie die Luft war, sah er unter dem Kiel dunkle Korallenköpfe vorbeiziehen. Genau vor ihm kreiste einsam ein Fregattvogel, dessen schwarze Flügel die Form von Bumerangs hatten. Das war alles, was er sah – Korallenfelsen, einen einzigen Vogel und zerrissene Wellenbänder, die der Südwind auf die Riffe warf. Allmählich kamen ihm Zweifel. Der ganze Aufwand, nur um einen Blick auf ein gesunkenes Schiff zu werfen? Und doch, aus keinem anderen Grund war er aufgebrochen. Wenn er jetzt aufgeben würde, könnte er nicht mehr in den Spiegel schauen. *Gib nicht auf*, hatte ihm sein Vater vor seinem ersten Boxkampf vor zwei Jahren gesagt. *Du magst gewinnen, du magst verlieren, Nat, aber keiner meiner Söhne gibt auf.*

Recht voraus sah er etwas: ein rotes Flackern, das

nahe der westlichsten Spitze des Riffs auf den Wellen hüpfte. Er blinzelte in das reflektierende Licht.

»Da ist sie!« rief er.

»Was? Was ist da?«

»Die Boje, Artemis! Recht voraus, ungefähr eine halbe Meile entfernt!«

Artemis hielt darauf zu und schoß auf. Um sicherzugehen, daß sich der Anker nicht im Wrack verfing, ließen sie ihn in gebührender Entfernung von der Boje fallen. Das Beiboot wurde zu Wasser gelassen. Zuerst stieg Nathaniel in das kleine Boot, und nach ihm kletterten Eliot und Drew hinein. Eliot setzte sich an die Riemen. Der Wind legte sich, und die Wellen glätteten sich. Als ob ihn die aufkommende Flaute mit Bedacht empfing, dachte Nathaniel; die Natur ordnete ihre Elemente, um es ihm einfacher zu machen.

»Ich bleib lieber hier«, sagte Will und beugte sich über die Reling. »Wenn ihr irgendwelche Meerjungfrauen mit exorbitanten Eutern sichtet, sagt mir Bescheid.«

»Hier, falls es da wirklich Meerjungfrauen hat.« Artemis reichte ihnen einen der Glasbodeneimer aus Eichenholz nach unten, die er beim Schwammtauchen benutzte.

Bei der Boje handelte es sich um eine Stahltrommel, die dick mit roter Rostschutzfarbe angestrichen war. Eliot fuhr mit einem Riemen unter die Tonne und lupfte die Muringleine heraus, an der Drew dann die Vorleine festzurrte. Ganz in der Nähe schwebte an der Wasseroberfläche eine Karettschildkröte, deren ein Meter breiter Panzer kurz darauf gemächlich in der Tiefe versank. Nathaniel schwang den Eimer über Bord, bückte sich hinunter und steckte den Kopf in die Öffnung. Er war hingerissen von dem ersten ungetrübten Blick in die Unterwasserwelt, eine Welt voller brillanter Farben und bizarrer Formen: ockerfarbene Korallen, die aussahen wie Wälder aus Kreuzpollern; Korallen, die mit ihren gewundenen Furchen und Kämmen gigantischen menschlichen Gehirnen ähnelten; Korallen, die wie züngelnde Flammen emporschnellten; purpurne Venusfächer, die sich in der Strömung wiegten. Flotillen grellbunter Fische zogen vorbei und nahmen ihm immer wieder die Sicht auf den Meeresboden: gesprenkelte Fische, gestreifte Fische, Fische, deren Schuppen wie die roten, grünen und gelben Federn von Papageien aussahen. Er gab den Eimer an Drew weiter, der ebenfalls staunend in die Unterwasserwelt eintauchte – was er da unten sah, glich einem riesigen, phantastischen Aquarium. Er versuchte, eine der Spezies zu bestimmen, aber es waren einfach zu viele Fische, die da blitzschnell durch sein Blickfeld schossen. Dann war Eliot an der Reihe. Er beobachtete einen Schwarm hellblauer Pilotbarsche, als etwas aus einer kleinen Höhle in der Korallenwand hervorstieß: ein gräßliches, grünes, aalartiges Ding, das so dick und zweimal so lang wie der Arm eines Mannes war. Es saugte sich einen der Pilotbarsche in den Rachen und schoß zurück in sein Versteck. All das geschah in Sekundenschnelle. Eliot hob den Kopf und berichtete, was er gesehen hatte.

»So ein Leben ist nicht viel wert da unten«, lautete sein Kommentar. »Aber wo zum Teufel ist denn nun das Wrack? Ich hab nichts gesehen, was so ausgesehen hätte.«

»In der Richtung da«, sagte Nathaniel. »Die Boje ist durch den Tidenstrom abgetrieben worden.« Drew machte die Vorleine los, und Eliot begann wieder zu rudern, während Nathaniel durch den Eimer schaute. Die mit Seetang verklebte Muringleine beschrieb einen Bogen und trieb etwa zwanzig Meter von der Senke des Riffs weg. In acht oder zehn Faden Tiefe, gleich hinter dem Muringstein, an dem die Muringleine angeschäkelt war, tauchte schemenhaft der hintere Teil des Schiffes auf. Das zerbrochene Ruder, so groß wie ein Scheunentor, die mit Entenmuscheln überkrustete Reling und Takelage, der mit graubraunem Schlick überzogene Rumpf, der zersplitterte Besanmast, der schräg vom wurmzerfressenen Achterdeck abstand. Wie beschrieben, lag das Schiff auf der Backbordseite. Der vordere Teil – der Mittelteil, als die *Annisquam* noch ein Ganzes war – war etwa einen Meter in den Grund eingesunken, der Kiel war gezeichnet von den Quetschungen und Narben, die die Felsen verursacht und damit dem Leben der *Annisquam* ein Ende gesetzt hatten. Fische schwammen durch die klaffenden Öffnungen und Luken und knabberten an den Organismen, die das Schiff beharrlich und unerbittlich verschlangen. Unter Nathaniels Anleitung pullte Eliot langsam über das ganze Schiff hinweg: backbord, steuerbord, recht so. Hinter dem vorderen Teil des Achterschiffs lagen Wrackteile, die auf einem schmalen Streifen verteilt waren – Decksbalken, Kniestücke, Spanten und Frachtkisten, deren Umrisse sich unter dem weißen Sand auf dem Grund abzeichneten wie Möbelstücke, die man mit Bettlaken zugedeckt hatte. Dahinter, mit der Oberseite nach unten, lag die vordere Hälfte des Schiffes. Bugspriet samt Baum waren von der Strömung weggerissen oder von Würmern zerfressen worden oder lagen begraben unter dem Sand, der eigentlich kein Sand war, sondern die von den unablässigen Bewegungen des Meeres zu Pulver zerriebenen Skelette toter Korallen.

»Ruder zurück, Eliot, dann könnt ihr auch mal schauen.«

Wieder glitt das Wrack unter ihnen hinweg und entfaltete sich wie ein Diorama.

»Bleib hier auf der Stelle«, sagte Nathaniel, als das Beiboot wieder über dem Heck der *Annisquam* angelangt war. Er gab Eliot den Eimer und zog sich den Pullover aus.

»He, Nat, was machst du da?«

»Das Deck ist keine sechs Meter tief.« Er zog die Hosen aus. »Ich hol ein Stück rauf und bring's Dad mit.«

»Wir sollen nicht runtertauchen, hat Artemis gesagt!« Drew zeigte auf die *Double Eagle*, die etwa hundert Meter entfernt war.

»Er ist bloß Skipper, weil ich das so wollte.«

Um schneller nach unten zu kommen, schnappte sich Nathaniel den Pilzanker des Boots, holte dann mehrere Male tief Luft und sprang ins Wasser. Den Anker preßte er sich mit beiden Armen an den Bauch. Die zehn Pfund Blei zogen ihn binnen zwei Sekunden nach unten. Mit den Füßen berührte er den verschlammten Rumpf. Die verrotteten Planken, die sich so weich wie Riedgras anfühlten, drohten unter seinem Gewicht zusammenzubrechen. Der Druck in über drei Faden Tiefe verursachte stechende Schmerzen in seinen Trommelfellen. Er hielt mit der rechten Hand den Anker fest, preßte sich mit zwei Fingern der linken die Nase zu und blies. Mit einem Plopp wurden seine Ohren frei, und der Schmerz ließ nach. In flachem Wasser konnte er die Luft zwei Minuten anhalten, in dieser Tiefe gab er sich die Hälfte. Während ihm durch den Kopf ging, daß er wahrscheinlich schon fünfzehn Sekunden von der Minute verbraucht hatte, schaute er sich nach einem passenden Souvenir um; ohne den Glasbodeneimer war jedoch alles verschwommen, das Wrack ein unscharfer bräunlicher Klumpen im schräg einfallenden Sonnenlicht, die Fischschwärme verschmierte, blasse Farbtupfer. Dennoch sah er genug, um die Heckreling zu erkennen, aus der einige Teile herausgebrochen waren, so daß sie aussah wie ein grinsendes Maul voller Zahnlücken. Er ließ den Anker fallen, umklammerte mit beiden Händen eine der Relingsstützen und riß, während es seine Beine durch den Auftrieb nach oben zog, so fest er konnte, an der Reling. Ein fast zwei Meter langes Stück brach ab. Er strampelte mit aller Kraft, um es an die Oberfläche zu befördern, aber es war zu schwer und zog ihn wieder nach unten. Er ließ los, packte die Ankerleine und beobachtete, wie das Stück Reling dem weitere zehn Meter unter ihm liegenden Meeresgrund entgegenschwebte. Als es aufschlug, scheuchte die lautlose Explosion aus Sand und Erde einen Leopardenrochen auf, der aus seinem Versteck schoß und mit kraftvoll schlagenden Brustflossen das Weite suchte. Unter den Schleiern aus Sand, die die Schwingungen aufwirbelten, blitzte in der Mulde, die sich der Rochen in den Meeresgrund gegraben hatte, etwas Goldenes auf. Nathaniels erster Gedanke war, daß die Legende von dem versunkenen Schatz doch keine bloße Legende war; dann erkannte er, daß er die Reste eines mit Blattgold überzogenen Schriftzugs vor sich hatte. Er konnte die Buchstaben nicht entziffern, hatte aber auch nicht mehr genügend Luft, um noch tiefer zu tauchen. Als er in einem Strudel aus Luftblasen an die Wasseroberfläche schoß, war er der Ohnmacht nahe. Er schwamm zurück zum Boot und klammerte sich japsend ans Dollbord.

»Verdammt noch mal, Nat!« sagte Eliot. »Wolltest du den ganzen Morgen da unten bleiben?«

Nathaniel kam wieder zu Atem und zog sich an Bord.

»Was regst du dich auf? Verdammt, Eliot, aus dir wird noch mal ein feines Großmütterchen.«

Eliot sagte nichts. Er wollte nicht zugeben, welches Unbehagen ihm diese Gewässer einflößten; verwirrende Gewässer, in deren Tiefen Hammerhaie schwammen und große grüne Aale aus Korallenhöhlen schossen.

Nathaniel nahm den Eimer, schaute hindurch und fand bestätigt, was er unter Wasser gesehen hatte. Da unten schimmerten die teilweise abgeblätterten Goldbuchstaben ANNI. Sie waren in die eine Hälfte einer verzierten, etwa sechzig, siebzig Zentimeter breiten Holzbohle geschnitzt. Die andere Hälfte steckte im Sand.

»Das Namensschild ist da unten«, sagte er. »Die Halterung am Heck muß durchgerostet sein, und dann ist es abgefallen. Jetzt liegt es da unten und wartet nur drauf, daß man es rausholt. Wir holen es hoch und bringen es dem alten Herrn mit.«

»*Was?* Das Ding wiegt wahrscheinlich eine ganze Tonne.«

»Nein. Hiev den Anker. Ich hab da eine Idee.«

»O ja, das glaub ich gern. Irgendeine Idee hast du ja immer. Ideen produzierst du wie eine Fabrik. Meistens ziemlich kranke.«

Trotzdem hievte Eliot den Anker. Er wußte, daß er mitmachen würde, egal, was das für eine Idee war. Was nämlich unter Männern fast immer galt, das galt unter Jungen immer: Der Stärkere setzt sich durch.

»Nicht näher kommen!« rief Artemis ihnen zu. Er hatte den Hut abgenommen und hockte mit einem Wurfnetz über dem Arm auf der Relingsschiene am Heck. Neben ihm saß Will, der Essensreste ins Wasser warf. »Da treibt sich ein ganz netter Schwarm Gelbschwänze rum. Wenn Will die ein bißchen näher ranlocken kann, dann besorg ich uns was Feines zum Mittagessen.«

Eliot bewegte die Riemen in Gegenrichtung und hielt das Boot auf der Stelle. Der Wind hatte sich jetzt völlig gelegt. Der Schoner und die Köderbrocken schienen auf einer riesigen Platte aus geschmolzenem, grünem Glas zu treiben. Artemis gab ein Musterbild an Konzentration ab. Er blinzelte in das klare Wasser, über seinem linken Arm lag ausgebreitet das Netz, das er mit der rechten Hand halb geöffnet hielt. Eine volle Minute stand er auf diese Weise da; dann drehte er den Körper zur Seite, der linke Arm schoß nach vorn, und das Netz segelte durch die Luft. Es breitete sich aus und zeichnete einen weißen, hauchzarten Kreis von etwa drei Metern Durchmesser in den klaren Himmel. Mit einem leisen Platscher der in die Ränder eingenähten Bleigewichte senkte sich das Netz auf das Wasser. Artemis beugte sich vor, riß kräftig an der Leine und zog das Netz zusammen. »Hoohee!« hörten die Braithwaites ihn brüllen, als er das Netz Hand über Hand einholte. »Hoohee! 'ne Pfanne voll Gelbschwänze. Könnt jetzt kommen, Jungs.«

Sie kletterten an Bord, machten das Beiboot mit der Vorleine am Heck fest und ließen es im Wasser treiben. Die Fische hüpften im Netz hin und her. Zehn Fische von der Größe kleiner Barsche, graublaue Körper, auf denen sich gelbe Seitenstreifen und butterfarbene Flossen abzeichneten. Drew fand, sie seien fast zu schön, um sie zu essen. Nachdem der letzte seinen Todeskampf ausgestanden hatte, öffnete Artemis das Netz, und sie schlitterten über das Deck. Der Geruch brachte Trajan völlig aus der Fassung. Ein undeutlicher orangefarbener Strich schoß den Niedergang hinauf und machte sich mit dem kleinsten Fisch wieder aus dem Staub. Will ließ sich auf Hände und Knie nieder und schaufelte die restlichen Fische in einen Eimer. Dabei murmelte er etwas in der Art, auf welch klägliche Stufe er herabgesunken sei, er, ein Yale-Mann, ein Mann des Segelsports.

Artemis stemmte die Fäuste in die Hüften und begutachtete zufrieden seinen Fang. »Wenn's drum geht, was einem das Meer hier für die Pfanne zu bieten hat, kommt der Gelbschwanz gleich nach dem Hammelfisch«, sagte er. Dann setzte er sich den Hut wieder auf und heftete den Blick seines gesunden Auges auf Nathaniel. »Also, hast du dir jetzt alles angeguckt? War's das, was du wolltest?«

»Ja, und ...«

»Mußt ganz schön viel gesehen haben«, sagte Artemis, bevor Nathaniel den Satz beenden konnte. »Hab dich beobachtet. Ich bin der Käpt'n für die Fahrt hier, und das Wort vom Käpt'n ist Gesetz, und du hast es gebrochen. Früher, in den alten Tagen, da hätt ich jetzt dem Bootsmann gesagt, daß er die Neunschwänzige rausholt und dir ein paar übers Kreuz gibt.«

Zum Zeichen, daß er das nicht ganz ernst meinte, ließ er kurz ein Lächeln aufblitzen. Trotzdem dachte Nathaniel, daß es nichts gab, was den Despoten im Menschen so zum Vorschein brachte wie das Kommando über ein paar schwimmende Holzplanken.

»Das Namensschild liegt da unten. Ist abgebrochen. Ich will's hochholen und mit nach Hause nehmen. Würde Dad sicher eine Menge bedeuten.«

»Und was soll er damit machen, euer Papa? An die Wand hängen? Das Scheißding ist vier Meter lang und kein bißchen weniger.«

Daran hatte Nathaniel noch gar nicht gedacht. Es an die Wand zu hängen, schien keine schlechte Idee zu sein. Er sah es schon vor sich, wie es im Speisezimmer von Mingulay über dem Kamin hing. Die goldenen Buchstaben strahlten wieder in ihrer ursprünglichen Pracht, und der Name *Annisquam* verströmte seinen Glanz durch all die Jahre, in denen seine Enkel das Namensschild betrachteten und ihren Kindern davon erzählten, wie es sich zugetragen hatte, daß es nun da oben hing.

»Wie willst du das anstellen, daß das Riesending von da unten hier nach oben kommt?« sagte Artemis. »Einfach mit den Händen rauswuchten ist ein hartes Stück

Arbeit. Gibt keine Winde an Bord, außer der Ankerwinde da.«

»Genau mit der schaffen wir es auch. Wir bugsieren das Boot so nah an die Stelle ran, daß wir das Schild so senkrecht wie möglich hochziehen können. Wir ankern mit dem Wurfanker, schäkeln vom Hauptanker die Kette los und lassen die Kette ins Wasser runter. Ein oder zwei von uns tauchen runter und machen die Kette an dem Brett fest. Dann kurbeln wir es hoch. Dürfte nicht lange dauern.«

Artemis senkte den Kopf. Dann schüttelte er ihn, wobei die Spitze seines Strohhuts Nathaniels Nase streifte.

»Glaubst du nicht, daß das funktionieren könnte?«

»Doch, denk schon. Ist bloß ein Stück Holz, nix weiter. Damals, da haben wir Schiffsanker hochgeholt, das waren zwei Tonnen Eisen. Nee, das ist es nicht, ich denk über dich nach. Das verfaulte Stück Holz da, vielleicht bedeutet's euerm Papa ja was, vielleicht aber auch nicht. Aber dir, dir bedeutet's ganz sicher was. Stimmt's?«

»Und? Wenn es so wäre?«

»Nix und.« Artemis reckte die Arme in die Luft, dehnte sie und ließ die Knöchel seiner verschränkten Finger knacken. »Also, wenn wir's machen, gibst du mir dann dein Wort drauf, daß das alles war? Daß du dann zufrieden bist? Daß dann keine neue Idee in deinem Kindskopf mehr rumschwirrt?«

»O Mann, da kommt sicher noch was nach«, sagte Eliot, der neben dem Steuerrad auf dem Boden saß. Es juckte ihn, mit seinem gelenkigen großen Zeh eine Tasse hochzuheben. »Als nächstes kommt, daß er das ganze verdammte Schiff bergen will. Dann will er es wieder flottmachen und damit nach Hause segeln. Denken Sie an meine Worte, Artemis. Nats einziger Lebenszweck sind kranke Ideen.«

Er schaffte es, mit seinem Zeh den Henkel der Tasse zu greifen. Dann zog er gleichzeitig das Knie an und beugte sich vor, hob den Fuß und führte die Tasse an die gesenkten Lippen.

»So 'n Kunststück hab ich noch nie gesehen. Bist ja ein halber Affe, Eliot.« Artemis schaute hinunter auf die toten Fische, die steif in dem Eimer lagen. »Also los, wir nehmen jetzt die Fische aus und brutzeln uns was. Sonst werden die noch schlecht. Und dann holen wir den Holzstumpen da von Nathaniel hoch. Werd euch dabei helfen. Kleines Geschenk für Käpt'n Cy, daß er mir auf die Beine geholfen hat. Und vergeßt nicht, daß ihr ihm das sagt, wenn ihr wieder zu Hause seid. Und wenn das Ding an Bord ist, setzen wir sofort Segel nach Key West.«

»Es ist erst Montag«, sagte Nathaniel. »Wir haben Zeit bis Mittwochmorgen.«

»Die Flaute, die gefällt mir ganz und gar nicht. Die Sonne auch nicht.«

»Was ist damit?« fragte Drew.

»Der Kreis da außenrum, der gefällt mir nicht.«

Drew legte die Hand über die Augen, begutachtete die dunstig schimmernde Korona und sagte, die Ursache dafür seien Wasserdampf oder Eiskristalle in der oberen Atmosphäre.

»Was soll denn das jetzt wieder heißen?«

»Nichts. Nur, daß der Dampf oder das Eis die Lichtstrahlen krümmt. So ähnlich wie bei einem Regenbogen.«

»Ist ja interessant. Jetzt erzähl ich dir mal, was das heißt. Irgendwo da draußen, zwei oder drei Tage weg, da treibt sich schlechtes Wetter rum. Könnt leicht ein Hurrikan sein, jetzt um die Zeit. Hat mir Käpt'n Johnny Sawyer, war mein erster Skipper in der Black Fleet, beigebracht, und jetzt bringt's Artemis dir bei. Also, Junge, kümmer dich jetzt um die Gelbschwänze, der Käpt'n hat Hunger.«

Den Knauf der L.C. Smith gegen den Oberschenkel gepreßt, stand Eliot an der Reling und versuchte den glasharten Blick eines Mannes aufzusetzen, der mit einer wichtigen Aufgabe betraut ist. Das Täuschungsmanöver klappte nicht ganz. Einen Fremden, der zufällig vorbeisegelte, hätte er möglicherweise täuschen können, sich selbst konnte er nicht täuschen. Artemis und seinen Bruder vor Haiattacken zu schützen war ohne Frage eine wichtige Aufgabe, aber es war eine von der Sorte, die lediglich im Dienste einer aufsehenerregenden Schaunummer stand. So wie die Bereitstellung eines Rettungsbootes für die Verrückte, über die er in der Zeitung gelesen hatte, die, welche sich in einem Faß die Niagarafälle hinuntergestürzt hatte. Das Namensschild hochzuholen war zwar nicht so riskant, aber nicht minder sinnlos. Die Flinte war mit dem groben Schrot geladen, das man üblicherweise zum Schießen von Rotwild benutzte. Eliot hatte ein paar von den Patronen in der Munitionsschachtel gefunden, die sein Vater an Bord gebracht hatte. Ganz anders als das mit Vogelschrot der Fall wäre, konnte ein Treffer mit diesen Patronen einem Hai erheblich mehr Schaden zufügen, als ihn nur ein bißchen irre zu machen; wenn es ihn nicht auf der Stelle das Leben kostete, kostete es ihn garantiert den Appetit.

Artemis und Nat befanden sich über dem Wrack im Beiboot, das ungefähr zehn Meter von Eliots Standpunkt auf der *Double Eagle* entfernt war. Die Kette, die im Beiboot lag, war durch eine lange Leine mit dem Schiff verbunden. Die restlichen neunzig Meter Leine lagen aufgerollt neben der Ankerwinde auf dem Vorderdeck. Während Nathaniel durch den Glasbodeneimer schaute, saß Artemis an den Riemen und pullte in immer kleiner werdenden Kreisen um die Stelle herum. Die beiden hatten Schwierigkeiten, das Objekt der Begierde auszumachen. Endlich hörte Eliot seinen Bruder kreischen: »Da ist es! Wir sind jetzt genau drüber!« Artemis ruderte ein kurzes Stück gegen die Strömung, und Nat warf den Anker des Beiboots aus. Während er die Ankerleine ausließ, trieb das Boot wieder zu seinem Ausgangsort zurück. Er zurrte die Leine an der Bugklampe fest und hievte dann mit Artemis die Kette über Bord. Die zuvor waagerechten zehn Meter Leine stießen nun senkrecht nach unten und zogen etliche Windungen der Rolle vom Vorderdeck des Schoners in die grüne Tiefe. Nachdem die Kette auf den Grund aufgeschlagen war, steckte Will die Leine an der Ankerwinde an.

Jeder, dachte Eliot, verhielt sich bewundernswert fachmännisch. Und doch war es nur eine Schaunummer. Er fragte sich, wie Nathaniel es immer wieder schaffte, daß die Leute gegen besseres Wissen das taten, was er wollte. An seiner Kraft oder der Schnelligkeit seiner Fäuste lag es nicht; er hatte eine Gabe, die die Leute dazu brachte, ihm an Orte oder in Situationen, die sie sonst meiden würden, folgen zu *wollen*. Eliot wußte nicht, wie er diese Gabe nennen sollte; er wußte nur, daß er selbst sie nicht besaß.

»Also, Jungs, wir gehen jetzt gleich da runter«, rief Artemis. »Einer von euch schaut nach backbord, der andere nach steuerbord. Und du, Eliot, halt schön den Finger am Abzug. Wenn Käpt'n Hammerhai auftaucht, dann brenn ihm eins zwischen die Seitenlichter.«

»Aye, aye!« Eliot salutierte schwungvoll. Wichtige Aufgabe.

Artemis drehte sich zu Nathaniel um und hob einen der vier Ballastkörper hoch, die sie sich aus der Bilge der *Double Eagle* stibitzt hatten. Sie banden ein Seil der Länge nach um den Block. Die beiden um die Hüfte gelegten Seilenden würden, so Artemis, mit einem laufenden Palstek gesichert; das Gewicht säße dann auf dem Hintern.

»Laß dich langsam ins Wasser. Nicht springen, langsam reingleiten«, sagte er. »Halt dich am Boot fest und puste fünf- oder sechsmal, dann bläst es dir die verbrauchte Luft aus der Lunge. Dann ein paarmal tief Luft holen und jedesmal ein kleines bißchen davon wieder rauslassen. Wenn dir ein bißchen schwummerig wird, dann gehst du runter. Wenn du unten ankommst, kriegst du vielleicht wieder Auftrieb. Wenn das passiert, laß ein bißchen Luft raus, dann sinkst du wieder. Freies Tauchen, Mann. So wie früher. Alles kapiert?«

Nathaniel schluckte und sagte ja.

»Bin zwar älter, schätz aber trotzdem, daß ich's länger da unten aushalt als du. Also: Ich mach die Arbeit, und wenn ich dir ein Zeichen geb, dann packst du mit an. Wenn du glaubst, du mußt wieder hoch, dann machst du einfach das Gewicht los, und ab geht's nach oben. Aber langsam. Klar? Langsam.«

»Klar.«

»Wir haben vier von den Ballastkörpern. Das heißt: Zweimal tauchen. Wenn wir's mit zweimal nicht schaffen, dann hören wir auf. Auch kapiert?«

Nathaniel nickte.

»Bist ein störrischer Bursche, manchmal ein richtiger Sturschädel. Also, damit das klar ist: Zweimal, dann ist Schluß.« Er machte mit Zeige- und Mittelfinger ein V, nahm den Eimer, fuhr damit im Wasser herum und schaute sich das Wrack genau an. »Ja, da ist es. Das Unglücksschiff. Hab's nicht mehr gesehen seit dem Jahr, wo Ethan geboren ist. O Mann, wenn meine Euphy mich jetzt sehen könnt, würd sie denken, ich bin nicht mehr ganz richtig im Kopf. Was ich hier alles mach, und alles für nix.«

»Es geht nicht um die Beute«, sagte Nathaniel.

Artemis schaute ihn an.

»Nein.«

»Möglich, daß es Ihnen ja auch wichtig ist.«

»Möglich.« Er knöpfte die Träger seiner Latzhose auf und zog sich das Hemd aus. »Ja, ist durchaus möglich.«

Wegen der Ballastkörper kam Nathaniel der Abstieg eher wie ein kontrollierter Fall durch leeren Raum vor. Mit dem Kopf voraus stürzten sie abwärts. Der Meeresgrund – geriffelter Sand mit trübe schimmernden Flecken, Korallenköpfe, die unterseeischen Felsengärten ähnelten – schien auf sie zuzuspringen. Wegen der ungeschützten Augen sah Nathaniel alles nur verschwommen. Er konnte die Tiefe nicht mehr richtig einschätzen und baute fast eine Bruchlandung, weil er glaubte, der Grund sei noch weiter entfernt. Als er sich aufgerichtet, wieder orientiert und, um den stechenden Schmerz in den Ohren zu lindern, in die zusammengekniffene Nase geblasen hatte, hielt Artemis schon die Ankerkette in der Hand. Die Leine durchschnitt das Wasser schräg in Richtung Schoner, dessen kupferrote Unterseite man sogar aus fast fünfzehn Metern Tiefe erkennen konnte. Über ihnen bildete das Beiboot einen ovalen Klecks auf dem silberglänzenden Dach des Meeres. Ein paar Meter weiter links ragte das fast zehn Meter hohe Heck der *Annisquam* auf, eine umbrafarbene Wand, deren klaffende Öffnungen einen flüchtigen Blick auf die Dunkelheit im Innern gewährten. Artemis kniete im Sand, schob die Kette unter dem Namensschild hindurch und machte Nathaniel ein Zeichen, das Ende zu nehmen. Zusammen zogen sie einen Teil der Kette unter dem Brett durch. Sie waren jetzt etwa eine Minute unten, und Nathaniels Gehirn sendete das erste

Signal nach Sauerstoff. Artemis hob die Kette auf, machte ein paar komische plumpe Stapfer, kniete sich wieder hin, schob die Kette ein zweites Mal unten durch und zog auf der anderen Seite fest an. Er wiederholte die Prozedur noch einmal, so daß die Kette jetzt zweimal fest um das Brett gewickelt war. Artemis nahm jetzt den Schnappschäkel am Ende der Kette, um ihn an der stehenden Part der Kette einzuhaken und so ein Dreieck zu bilden, mit dem Schild als Grundlinie sowie dem kurzen Ende und der stehenden Part als den beiden Seiten. Er machte Nathaniel ein Zeichen, daß er Hilfe brauchte, doch der konnte sich schon fast nicht mehr auf den Beinen halten. Mit einer Hand signalisierte er Artemis, daß er auftauche, mit der anderen zerrte er an dem laufenden Palstek, um den Ballastkörper abzuwerfen. Aus irgendeinem Grund wollte sich der Knoten nicht lösen. Mit aller Kraft stieß er sich gegen das Gewicht vom Boden ab und schlug dabei mit dem rechten Bein gegen einen scharfkantigen Korallenkopf. Er geriet in Panik. Als er nach dem Messer griff, um das Seil an seiner Taille durchzuschneiden, fiel ihm ein, daß das Messer ja an seinem Hosengürtel hing, der jetzt im Boot lag. Das war sein letzter klarer Gedanke, bis er oben ankam. Er schlug um sich wie ein Wahnsinniger und japste so verzweifelt nach Luft, daß er genausoviel Meerwasser schluckte wie er Luft einatmete. Artemis packte ihn am Schopf und zog ihn – mit dem freien Arm paddelnd – die paar Meter bis zum Boot hinüber. Nathaniel klammerte sich ans Dollbord, war jedoch zu kraftlos, um sich ins Boot zu ziehen; er konnte nur würgend dahängen. Neben ihm hielt sich Artemis am Boot fest.

»He, was zum Teufel ist passiert?«

Nathaniel schüttelte den Kopf, um auszudrücken, daß er noch nicht sprechen könne.

»Strampelst mit den Füßen rum, schneidest mit meinem Messer das Gewicht los und schießt nach oben. War nix mit langsam. Was ist passiert, Mann?«

»Knoten ... ging nicht ... Immer fester ... Danke, danke ...«

»Wo ist dein Messer?«

Er klatschte mit der Hand an die Bootswand.

»O Mann. Ist meine Schuld. Hätt drauf achten müssen, daß du's dabeihast.«

Nathaniel hing noch eine Zeitlang schwer atmend am Boot.

»Und? Alles erledigt?« fragte er, nachdem er sich wieder erholt hatte.

»Hatte alle Hände voll zu tun, daß du nicht absäufst. Muß bloß noch die Kette anschäkeln. Ist bloß ein Klacks, aber du bleibst oben. Du gehst nicht noch mal da runter.«

Nathaniel widersprach nicht, sondern zog sich ins Boot. Er spürte ein Stechen an der Innenseite seines rechten Beins, unmittelbar über dem Knöchel. Die blutende Schramme sah aus, als wäre das Fleisch von einem Schleifstein abgerieben worden. Korallen sind wunderschön anzuschauen, dachte er, aber man kommt ihnen am besten nicht zu nahe.

»Hilf mir rauf«, sagte Artemis, der sich mit den Ellbogen aufs Dollbord stützte.

Nathaniel kniete sich hin, faßte ihm unter die Arme und half ihm hoch. Artemis wälzte sich mit dem Bauch voraus ins Boot. Er setzte sich zum Verschnaufen breitbeinig auf die hintere Ruderbank. Die nasse Baumwollhose war so durchsichtig, daß man die Farbe der Haut erkennen konnte.

»Werd langsam zu alt für so was, das ist mal sicher.«

»Vielleicht sollten wir die ganze Sache abblasen«, sagte Nathaniel.

»Nee. Sind jetzt schon so weit, dann machen wir's auch fertig. Ist nur ein Klacks.« Er band sich wieder ein Gewicht um die stämmige Hüfte und schaute hinauf zu einem Fregattvogel, der mit regungslosen Flügeln über ihren Köpfen kreiste. Ein Männchen, dessen Hals wie die Zwiebel einer karmesinroten Blume aussah. »Ja, ist mir tatsächlich wichtig. Muß den Bann brechen von dem verfluchten Unglücksschiff da. Hat mir mein Auge genommen. Und ich nehm mir jetzt seinen Namen.«

»Sie können das Ding behalten. Es gehört Ihnen«, sagte Nathaniel in einem Anfall von Dankbarkeit.

»Nee. Hab sowieso keinen Platz, wo ich's aufhängen kann. Will nur sagen können, daß ich's gemacht hab.«

Nathaniel zitterte.

»Was ist los? Etwa kalt?«

»Was da unten passiert ist. Es hat sich angefühlt wie ... Ich weiß nicht ... Wie wenn ein Stahlkabel meine Lunge eingeschnürt hätte. Läuft mir kalt den Rücken runter, wenn ich dran denke.«

»Dann denk einfach nicht dran.« Artemis schnaubte verächtlich. »Gibt Leute, die sagen, ertrinken ist ein friedlicher Tod. Ich war ein paarmal nah dran, so wie du grade, und ich weiß, daß das nicht stimmt. Gut, hab jetzt wieder Luft.«

Er atmete kräftig aus, holte dreimal tief Luft und ließ sich ins Wasser gleiten. Nathaniel beobachtete den Abstieg durch den Glasbodeneimer. Artemis bewegte sich anmutig wie ein Delphin mit kurzen, sparsamen Beinschwüngen, die Arme eng angelegt. Das Wasser war so klar, daß er weniger einem Taucher glich als jemandem, der in sanft strahlendem, aquamarinblauem Licht schwebte. Ein paar Sekunden später erreichte er den Grund. Neben dem drohend aufragenden Wrack sah sein Körper winzig aus. Er nahm das Ende der Kette auf, hüpfte zur etwa einen Meter entfernt stehenden

Part der Kette und schäkelte sie mit ein paar schnellen, gekonnten Handgriffen an. Um sicherzugehen, daß der Schäkel fest saß, zog er einmal kräftig an. Dann warf er das Gewicht ab und machte sich mit den gleichen anmutigen Bewegungen wie beim Abstieg auf den Weg nach oben. Luftblasen perlten aus seinem Mund, während er mit durchgedrücktem Rücken aufstieg. Laut prustend durchbrach er die Wasseroberfläche, packte das Dollbord und rief Will und Drew zu, sie sollten anfangen zu kurbeln.

»Du schaust durch den Eimer, Nathaniel. Paß auf, daß das Scheißding sauber hochkommt. Wenn die Kette rutscht, sag mir Bescheid.«

Will und Drew kurbelten an der Ankerwinde, Kette und Ankerleine strafften sich, und in einer Wolke aus aufgewirbeltem Sand löste sich das lange Brett vom Meeresboden. In sanftem Winkel stieg es langsam auf. Fünf Meter ... sechs ... sieben. Das Schild hing etwas schräg an der Kette, und Nathaniel sah jetzt die verschnörkelten Verzierungen an beiden Enden, den vollen, über die gesamte Breite eingeschnitzten Namen, ANNISQUAM, und die im Unterwasserlicht glitzernden Flitter Blattgold. Es kam an die Oberfläche, und nach ein paar weiteren Umdrehungen der Ankerwinde schaute ein Ende des Bretts aus dem Wasser und lehnte schräg wie eine Laufplanke an der Bugseite der *Double Eagle*. Eliot stellte die Flinte ab, ging nach vorn und half Will und Drew, das Ding an Bord zu hieven.

»Hab's geschafft, Mann«, sagte Artemis zu Nathaniel. »Gib dem alten Mann noch mal deine Hand.«

Er kniete sich wieder hin, griff unter Artemis' Achseln und wollte ihn gerade hochziehen, als ein riesiges, gespenstisches Etwas aus der Tiefe nach oben schoß. Etwas Bronzefarbenes, cremig Weißes blitzte unter Artemis' im Wasser baumelnden Beinen. Nathaniel spürte ein kräftiges Zerren, gegen das es keinen Widerstand gab. Artemis wurde ihm aus den Händen gerissen. Die Augen quollen Artemis aus den Höhlen, der Mund öffnete sich zum Schrei, brachte aber keinen Laut mehr hervor. Sein Körper wurde so schnell nach unten gezogen, wie ein Photoapparat klick macht. In etwa einem Meter Tiefe sah er ihn noch einmal kurz, die Arme schlugen wild um sich, der Goldzahn in seinem immer noch offenen Mund glänzte matt, dann verschwand er in einer dichten Wolke, die wie dunkelgrüne Tinte aussah. Nathaniel erhaschte noch einen flüchtigen Blick auf die gewaltige braune Schwanzflosse, die mit schnellen, schneidenden Bewegungen die Schwaden durchschnitt, bevor sie sich in der Tiefe verlor. Das Ganze hatte keine drei Sekunden gedauert. Nathaniel war wie betäubt, er konnte weder sprechen, noch konnte er sich bewegen. Sein Gehirn war völlig außerstande zu begreifen, was seine Augen gesehen hatten. Er kauerte auf den Knien und starrte auf die tintige Wolke, die sich auf dem glatten Wasser ausbreitete. Nur Augenblicke später war das Wasser wieder klar, und er konnte in acht Faden Tiefe den Sand und die Korallenköpfe sehen – sonst nichts. Es war, als hätte sich Artemis binnen einer Sekunde aufgelöst; es war, als hätte es ihn nie gegeben.

Die anderen drei Jungen waren so mit ihrer Arbeit beschäftigt gewesen, daß sie nichts von alledem mitbekommen hatten. Eliot entfernte gerade den Schäkel von der Kette, als er Nathaniel schreien hörte. »Schieß! Eliot! Um Himmels willen, schieß! Schieß doch endlich!«

Eliot rannte nach achtern und packte die Flinte. Als er sich umschaute, sah er aber nichts. Nathaniel schrie ihn weiter an, daß er schießen solle.

»Worauf denn?« brüllte er zurück.

»Auf den Hai, den Hai!«

»Wo denn? Welche Richtung?«

»Schieß endlich! Ein Hai! Er hat Artemis erwischt! Um Himmels willen, schieß!«

Beim Wort *Hai* waren Will und Drew zu Eliot gerannt.

»Was meint er damit, ein Hai hat Artemis erwischt?« sagte Drew. »Ist noch keine fünfzehn Sekunden her, da hab ich ihn am Boot hängen sehen.«

Eliot kniff die Augen zusammen und blinzelte in die Sonne.

»Im Boot ist er nicht, Drew.«

Alle drei verstummten. Das Entsetzen, das sie befiel, war fast sichtbar, fast greifbar. Ihre Blicke schweiften über das Wasser. Alles, was sie sahen, war Meer und Himmel, Felsen und Vögel.

»Verdammt, Eliot! Wenn du es nicht machst, dann knall ich das Vieh ab!«

Sie sahen, wie Nathaniel die Riemen packte und anfing zu rudern; er ruderte wie wild, ohne sich ein Stückchen vorwärts zu bewegen.

»Natters! Der Anker ist noch unten!« rief Will, der sich zu Besonnenheit zwang.

Nathaniel achtete nicht darauf und pullte weiter. Unter anderen Umständen wäre die Sinnlosigkeit seines Tuns zum Lachen gewesen. Alle drei riefen ihm zu, er müsse erst den Anker hochholen, aber es war, als wäre er taub geworden.

»Euer Bruder ist wahnsinnig geworden«, sagte Will. »Mein Gott, was hat er da nur gesehen, daß er sich so aufführt?«

»Ein Hai hat Artemis erwischt. Was zum Teufel denn sonst?« sagte Eliot.

Will zog schnell Pullover und Hose aus.

»He, nicht, da ist doch ...«, setzte Drew an.

»Hoffen wir, daß sein Hunger für den Moment gestillt ist.«

Will trat an die Reling, schaute sich sorgfältig um und hob dann zu einem weiten und flachen Hechtsprung ab, mit dem er fast die Hälfte der Entfernung zum Boot überbrückte. Die beiden jüngeren Braithwaites beobachteten ihn mit angehaltenem Atem. Eliot legte die L.C. Smith an. Er war fest entschlossen, auf den ersten verdächtigen Schatten, den er in diesen lieblichen, friedlichen und furchterregenden Gewässern erspähte, zu schießen. Mit zwei kräftigen Armzügen war Will am Boot. Er schien über den Heckspiegel hinwegzuhüpfen, als spränge er von festem Untergrund ins Boot. Er schlüpfte an Nathaniel vorbei, der Wills Anwesenheit anscheinend gar nicht bemerkte. Blitzschnell war der Anker gelichtet, und zwar genau in dem Moment, als sich Nathaniel wundersamerweise dazu entschloß, mit dem Rudern aufzuhören. Er sackte in sich zusammen, der Kopf fiel ihm auf die Knie, die Schultern bebten. Will zog ihn von der Ruderbank und setzte sich an die Riemen.

Zuerst weigerte sich Nathaniel, das Boot zu verlassen. Er saß einfach da und schluchzte leise in sich hinein. Schließlich beschwatzte ihn Will, an Bord zu kommen und zu erzählen, was passiert sei. Nathaniel plumpste schließlich aufs Achterdeck und saß mit ausgebreiteten Beinen da. Die Hände lagen schlaff zwischen den Beinen.

»Gottverdammt, Eliot, warum hast du nicht geschossen?« war alles, was er sagte.

»Da war nichts, worauf ich hätte schießen können. Wir haben nichts gesehen.«

Die Tränen, die seinem älteren Bruder übers Gesicht liefen, erschreckten Eliot. Er konnte sich nicht erinnern, ihn jemals weinen gesehen zu haben, selbst als Nat noch ganz klein war. Ihr Vater hatte sie zwar allesamt gelehrt, daß sich Tränen für einen Jungen nicht schickten, aber Nat war der einzige gewesen, der sich diese Lehre wirklich zu Herzen genommen hatte.

»Weil du nicht richtig geschaut hast«, sagte er würgend. »Wenn du richtig geschaut hättest, dann hättest du ihn gesehen und hättest ihn erschießen können, bevor er ... O Gott ...«

»Ich bin nur kurz nach vorn, Nat, um den beiden zu helfen«, sagte Eliot, den plötzlich Schuldgefühle plagten. »In der kurzen Zeit hätte sich kein Hai an ihn ranmachen können.«

»Der schon. Scheiße, der hat's geschafft.«

Irgendeine schnellwirkende alchimistische Reaktion verwandelte Nathaniels Trauer und Schock in Zorn. Er riß Eliot die Flinte aus der Hand, zielte auf die Stelle, wo zuvor das Boot gewesen war, und feuerte beide Patronen ab. Wasserfontänen spritzten auf.

»Genau so! Das wär alles gewesen, dann wär er jetzt noch hier!«

»Dann war's also meine Schuld?« schrie Eliot. »Du gottverdammter Huren...«

Will faßte Eliot am Arm und bedeutete ihm mit einem Kopfschütteln, den Mund zu halten.

»Willst du was zu trinken, Natters?« sagte er mit sanfter Stimme. »Ich wollte, ich hätte noch eine Flasche Rum, aber wie wär's mit Kaffee?«

Nathaniel machte eine ablehnende Handbewegung.

»Also gut. Was ist passiert? Das letzte, was wir von Artemis gesehen haben, war, daß er gerade ins Boot wollte. Was ist dann passiert? Das ist wichtig, wir sollten es nämlich seiner Frau erzählen. Wie hat er sie noch genannt? Euphy? Schätze, das steht für Euphrenia. Das sind wir ihr schuldig. Das ist dir doch klar, oder?«

»Das ist Nats Sache«, sagte Eliot. »Die ganze bescheuerte Geschichte war seine Idee. Dann kann er auch bei ihr an die Tür klopfen und ihr erzählen, daß ihr Mann getötet worden ist, als er dabei war, ein verrottetes, wurmstichiges und wertloses Stück Holz zu bergen. Wette, daß ihr das mächtig gefallen wird.«

Nathaniel warf Eliot einen tödlichen Blick zu, und Will sagte zu Eliot, er solle den Mund halten.

»Es ist die Schuld von uns allen, also gehen wir alle zusammen hin«, sagte er. »Also, Natters.«

»Ich hab ihm noch gesagt, wir sollten es bleiben lassen. Bevor er zum zweiten Mal runter ist, hab ich gesagt, ob es nicht besser wäre, wenn wir die Sache abblasen. Aber er wollte trotzdem runter.« Nathaniel wurde klar, daß er Alibis und Ausreden herunterrasselte wie jemand, den man eines Verbrechens beschuldigte. »Er wollte runter, weil er seine eigenen Gründe hatte. Er hat gesagt, er will den Bann des Unglücksschiffes brechen.«

»Das war eigentlich nicht das, was wir wissen wollten«, sagte Will.

Dann erzählte Nathaniel ihnen alles. Es dauerte einiges länger als der Vorfall selbst.

»Es ist alles so schnell gegangen. Ich weiß nicht mal, wie der Hai genau ausgehen hat«, sagte er am Ende. Er merkte, daß er Wills Blick nicht ertragen konnte, und schaute hinauf zu demselben Fregattvogel, der auch schon über dem Beiboot gekreist hatte: das Männchen mit dem scharlachroten Hals. »Ich weiß nicht, wo er hergekommen ist. Als wir das erste Mal unten waren, war nichts von einem Hai zu sehen. Vielleicht war's das hier.« Er zeigte auf die Verletzung über seinem Knöchel. »Ich hab mich an einem Korallenkopf geschnitten, ich schätze, das Blut, schätze, das hat ihn angelockt, und er hat sich da unten rumgetrieben und hat einfach gewartet ...«

Niemand sagte ein Wort. Nathaniel konnte die Stille

nicht ertragen. Sie glich irgendwie der Stille von Geschworenen, die sich vernichtende Zeugenaussagen anhörten. Es schnürte ihm die Kehle zu, und er fing an, sich zu verteidigen.

»Ich hab's nicht mit Absicht gemacht, Herrgott noch mal. Und ich war auch nicht unvorsichtig. Mir ist die Luft ausgegangen, ich hab mich abgestrampelt, um nach oben zu kommen. Ich hab die Koralle gar nicht gesehen ...«

Will hockte sich vor ihn hin und legte ihm die Hände auf die Schultern.

»Niemand macht dir einen Vorwurf. Darum geht's nicht.«

»Da hast du verdammt recht. Darum geht's nicht. Es geht ...« Eliot brach mitten im Satz ab, ging nach vorn und schäkelte die Kette los. Er bückte sich tief nach unten, wuchtete das Schild hoch und kippte es über Bord. Wegen der Löcher und Kanäle, welche die Würmer in das Brett gefressen hatten, trieb es noch eine Zeitlang mit der Schriftseite nach oben auf dem Wasser: ANNISQUAM. »Darum geht's, genau darum!« rief ihnen Eliot vom Bug aus zu. Er wartete darauf, daß sein älterer Bruder etwas unternahm, daß er sich mit den Fäusten auf ihn stürzte, daß er ins Wasser sprang, um sich seine Trophäe zurückzuholen. Aber Nat rührte sich nicht, und das Schild sank langsam zurück an den Platz, an dem es einundzwanzig Jahre lang gelegen hatte.

Danach sagte keiner ein Wort mehr. Sie hielten sich voneinander fern, die Bande ihrer Schiffskameradschaft waren für den Augenblick zerrissen. Eliot saß am Bug, Drew hockte auf der Hauptkajüte, Will stand an der Heckreling, und Nathaniel lag in der Eignerkajüte seines Vaters in der Koje. Er befand sich noch immer im Schockzustand. Obwohl sein Blick auf dem Gemälde der *Main Chance* ruhte, sah er es eigentlich nicht. Sein

Blick war so leer wie sein Kopf. Auch sein Herz war leer, ein taubes Vakuum, es sei denn, ein Bild von Artemis' Gesicht – unter Wasser aufgerissene Kiefer und weiße, hervorquellende Augen, die von tintigen grünen Schwaden verschlungen wurden – driftete an die Oberfläche seiner Erinnerung; dann wurde die innere Taubheit von würgender Übelkeit verdrängt. Nie zuvor hatte er den Tod gesehen, nicht einmal in seiner freundlichsten Gestalt – eine betagte Tante, die mit einem letzten Seufzer im Bett dahinscheidet. Tod war lediglich ein Wort für ihn gewesen, eine Abstraktion, die nicht mehr bedeutete als für einen Südseeinsulaner »vierzig unter Null«.

Auch für Will, Drew und Eliot war es bislang nichts weiter als ein Wort gewesen. Eliot saß auf dem Vorderdeck, hatte die Arme um die angezogenen Knie geschlungen und dachte an den kleinen Barsch, der im Bruchteil einer Sekunde von einer Muräne verschlungen worden war, während der Rest des Schwarms weiterschwamm, als wäre nichts geschehen. Daß ein menschliches Wesen, einen quicklebendigen Mann, den er noch vor Minuten gesehen hatte, das gleiche Schicksal treffen konnte, schien ihm unfaßbar. In die Tiefe gezerrt, in Stücke gerissen und aufgefressen, und das alles binnen weniger Sekunden. Ihn schauderte, und er fragte sich, ob er den Hai gesehen hätte, wenn er auf seinem Posten geblieben wäre, und wenn ja, ob er ihn hätte abschießen können, bevor er Artemis erwischte. Nach dem, was Nathaniel erzählt hatte, wohl kaum. Statt dessen hätte er vielleicht Artemis getroffen. Der Schoner begann, an der Ankerleine zu schwingen. Der Tidenstrom kenterte. In sechs Stunden würde er wieder kentern, er würde kentern und kentern, Ebbe, Flut, Ebbe, Flut. Die Fregattvögel schwebten immer noch auf den thermischen Strömungen. Der Himmel war noch genauso blau wie vor Artemis' Tod; die Sonne mit ihrer Korona schien noch genauso hell. Dieses Fortschreiten der Dinge erschreckte ihn. Ihm war danach, die Flinte zu laden und das gleichgültige Auge der Sonne zu zerschießen. Er wollte das Meer verletzen und die gesamte Natur zu der Erkenntnis zwingen, daß ein guter Mensch grundlos gestorben war.

Drew lehnte mit einem Arm am warmen Metall des Kombüsenschornsteins. Ihn beschäftigten andere Gedanken und Gefühle. Das Meer kümmerte sich keinen Deut darum, was den Menschen zustieß, die auf ihm segelten, sagte er sich. Oder in seine Tiefen hinuntertauchten. Und doch – als Jüngster von allen begriff er am wenigsten, daß Artemis für immer gegangen war. Er ertappte sich dabei, wie er sich ab und zu umdrehte und damit rechnete, Artemis neben sich zu sehen. Als ihm eine bemooste Hummerfalle auffiel, die weit entfernt auf der Strömung trieb, glaubte er für einen Moment, daß es Artemis' Kopf war, der da auf dem Wasser tanzte. Er kniff die Augen zusammen und schaute zu dem weit entfernten Ding. Irgendwie hoffte er, Artemis mit seinen kräftigen braunen Armen auf das Boot zuschwimmen zu sehen. Er würde die Strickleiter hinaufklettern, sein wundervolles Lachen lachen und ihnen erklären, so ein ausgiebiges Bad sei wirklich erfrischend.

Und so ging der lange Tag zu Ende. Sie setzten keinen Kurs für Key West, kochten sich kein Abendessen, noch überprüften sie das fallende Barometer. Sie taten überhaupt nichts. Eine tiefgreifende, lähmende Schwermut, die jetzt der fünfte Mann der Mannschaft war, verurteilte sie zu Untätigkeit. Sie stand am Ruder und bemächtigte sich unter Deck der Kajüte und der Kojen; sie kauerte in der Bilge und hing oben an den Salings und Wanten. Und so ging der lange Tag zu Ende, und die Sonne tauchte die steile Wolkenwand, die sich gerade im Westen über den Horizont erhob, in blutiges Rot. Jeder der Jungen kannte das uralte Sprichwort »Bei Abendrot hat der Seemann keine Not«, und natürlich empfanden sie das Sprichwort jetzt wie grausamen Hohn. Könnte Artemis aus dem Reich der Seelen jetzt zu ihnen sprechen, dann würde er sagen, sie sollten sich nicht mit solchen Gedanken herumschlagen; er würde sagen, sie sollten sich nicht in die Hosen scheißen, sondern Segel setzen, damit sie einen sicheren Hafen erreichten – weil sie nämlich in tropischen Breiten zur Hurrikanzeit ein tiefroter Sonnenuntergang sehr wohl in große Not stürzen könnte.

Teil Drei

In einem anderen Land

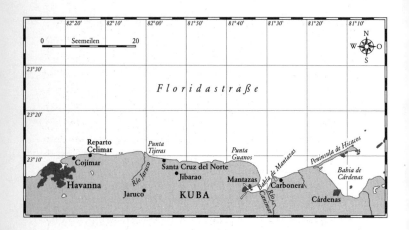

21

Auf See träumt man seltsame Träume. Die See beherbergt eine ganz eigene Geisterwelt, die aus dem immateriellen Beziehungsgeflecht ihrer Fische, Wale und Kraken besteht, und deren Geister dringen in die Herzen der schlafenden Seefahrer ein. Als das Wasser durch das zertrümmerte Oberlicht, die Bullaugen und die eingedrückten Luken hereinbrach, sprang Will aus seiner Koje, rannte durch die Hauptkajüte, stürzte den Niedergang hinauf und kletterte an den Wanten bis zur Spitze des Großmastes hinauf. Wie Tausende von schiffbrüchigen Seeleuten vor ihm, versuchte er ein paar zusätzliche Minuten zu ergattern, bevor das Schiff sank. Als er zu sich kam und erkannte, daß er sich mitten in der Nacht auf der Spitze des Mastes befand, wäre er vor Schreck fast heruntergefallen. Er wußte die genaue Uhrzeit nicht – seine Taschenuhr befand sich unter Deck in seiner Hose –, aber er schätzte, daß es zwischen ein und zwei Uhr morgens sein mußte, da sich die Plejaden im unteren Viertel des östlichen Himmels befanden und fast parallel dazu tief am Horizont im Norden der Große Bär stand. Die Windfäden auf den Wanten flatterten in die eine Richtung, baumelten herunter, flatterten in die entgegengesetzte Richtung, baumelten wieder herunter und flatterten dann in eine dritte Richtung: die Finger des Windes stupsten den Kompaß an und ließen ihn hin und her schwingen, lupften die Windfäden in die Höhe und ließen sie wieder fallen wie ein kokettes Mädchen, das mit seinen Haarbändern herumspielt.

Als er nach unten kletterte, fiel ihm auf, daß er das Sternbild des Schützen nicht sehen konnte, obwohl es im Südwesten eigentlich sichtbar sein müßte, wie es gerade unter die Ekliptik tauchte. Auch den Ras Alhague im Westen, den leuchtenden Stern im Schlangenträger, konnte er nicht sehen. Schlangenträger und Schütze waren verdeckt von einer scheinbar massiven Wand, die schwärzer war als der schwarze Himmel. Um die Höhe der Wolken zu messen, streckte er den Arm aus und schaute über die aufgestellte Handfläche. Bei Sonnenuntergang hatte er am Horizont im Westen nur ein leichtes Kräuseln gesehen, das er mit zwei Fingern hätte abdecken können; jetzt benötigte er drei Handbreiten. Das Meer wogte ganz sanft auf und ab; weit und breit war nichts von einer langen, glatten Dünung zu sehen, die einen Wirbelsturm angekündigt hätte. Das beruhigte ihn allerdings keineswegs; der Schoner ankerte in dem großen Becken, das von den Riffen der Tortugas umgeben war. Falls da draußen auf dem Golf von Mexiko irgendwelche Wellen anrollten, dann wurden sie wahrscheinlich von dem Riff westlich von ihnen – es hieß Loggerhead Reef – abgeschwächt.

Er ging zu seiner Koje und schaute auf die Uhr. Seine Schätzung war ein Volltreffer gewesen: Viertel vor zwei. Er ging in die Hauptkajüte, machte die Lampe an und warf einen Blick aufs Barometer. Auf der Stelle weckte er die Braithwaites.

»Irgendwas kommt da auf uns zu. Wir überlegen lieber schon mal, was zu tun ist«, sagte er, während sich die drei am Kartentisch gähnend und augenreibend um ihn scharten. Er zeigte aufs Barometer und sagte: »Gestern morgen hatten wir tausendzwanzig Millibar. Jetzt sind es tausendsechs, weiter fallend, und von Westen kommt eine Wolkenwand auf uns zu.«

»Der Ring um die Sonne gestern«, murmelte Drew. »Schlechtwetter, hat Artemis gesagt.«

Die bloße Erwähnung des Namens wirkte wie ein Leichentuch, das man über ihnen auswarf. Schweigend schauten sie sich an oder blickten auf den Boden, wo Artemis' Bündel lag – die Öljacke und ein zweites Hemd, verschnürt mit einem Streifen Segeltuch. Obendrauf lag zusammengefaltet sein Wurfnetz. Nathaniels Gesicht war eine gefühllose Wüste. Er sah ausgezehrt aus, und das war er auch: von innen ausgezehrt. Er konnte an nichts anderes denken als daran, daß der Hai Artemis seinen Armen so mühelos entrissen hatte, wie er selbst einem Säugling die Rassel hätte klauen können. Wenn er aufmerksamer gewesen wäre, wenn er den Hai früher gesehen und schneller reagiert hätte ... Aber das hätte er nicht können. Keiner hätte es gekonnt ...

»Schlechtwetter, das ist klar«, sagte Will gerade, während er die Karten auf dem Kartentisch ausbreitete. »Die Frage ist nur, was für eine Art Schlechtwetter, wieviel davon und was wir dagegen machen. Hier bleiben und abwarten? Oder nichts wie weg? Und wenn ja, wohin?«

Unter Artemis' Führung hatte Will keinen Anlaß gehabt, sich eingehend mit der Geographie der Dry Tortugas zu befassen. Jetzt zündete er sich eine Zigarette an und studierte sie mit der Aufmerksamkeit eines Gelehrten. Das längliche Tiefwasserbecken, das etwa acht, neun Meilen lang und vier Meilen breit war, wurde im Nordosten, Osten und Südosten von einem sichelförmigen Riff abgeschirmt, das Pulaski Shoal hieß. Im Süden lagen die Riffe, die Bush Key und Garden Key umgaben, und im Westen Loggerhead Reef und Brilliant Shoal. Drei Fahrrinnen – Northwest, Southwest und Southeast Channel – führten durch die Felsbarrieren. Der Grund jeder dieser Fahrrinnen war jedoch ein Hinderniskurs über Korallenhügel, Felsbänke, Korallenspitzen und Unterwasserwälle. Manche der Hindernisse lagen tief genug, daß der Schoner sie sicher passieren konnte, an anderen Stellen sprang der Meeresgrund jedoch abrupt von zwanzig Meter Tiefe bis auf zwei Meter oder weniger nach oben. Es gab nur wenige Markierungsbojen, und keine war beleuchtet. Das einzige landfeste Seezeichen war der Leuchtturm auf Loggerhead Key. Bei Dunkelheit aus diesem Labyrinth herausfinden zu wollen, sagte Will, könne leicht in einer Katastrophe enden.

Er schaute wieder auf die Karte und zog mit dem Finger eine Linie.

»Wir sind jetzt fast im Northwest Channel. Sieht so aus, als ob die Korallenhügel hier am tiefsten liegen. Hier – der seichteste ist in zweieinhalb Faden Tiefe, das reicht leicht. Wir könnten von hier aus ungefähr zwei Meilen genau nach Nord segeln und dann nach Ost abdrehen, immer an der Nordseite der Pulaski entlang. Vier Meilen, und wir sind dran vorbei. Dann gehen wir auf Kurs Südsüdost durch die Rebecca Passage und kommen wieder in die Rinne, durch die wir auf dem Hinweg gekommen sind. Dann Ost zu Nord in Richtung Key West.«

Eliot und Drew verzogen das Gesicht.

»Ja, ja, ich weiß«, sagte Will. »Aber was immer sich da draußen zusammenbraut, wenn uns das irgendwo zwischen hier und Key West am Wickel kriegt – tja, Schlupfwinkel gibt's dann keine mehr.«

Die Alternative – nichts tun und abwarten – war allerdings auch nicht verlockend. Loggerhead Reef war keine Meile breit und würde nicht viel Windschatten bieten.

»Vielleicht ist es ja gar kein Hurrikan«, sagte Eliot hoffnungsvoll. »Vielleicht ist es bloß ein Gewitter.«

»Vielleicht«, sagte Will, der im *Practical Navigator* zum

Kapitel über tropische Wirbelstürme blätterte. Er las laut vor und informierte seine Schiffskameraden darüber, daß Hurrikane im Golf von Mexiko meistens im Frühsommer vorkämen und meistens nach Nordwest oder Nordost zögen. Jetzt war Ende Juli, also Hochsommer, und die Wolkenbank zog genau nach Osten.

»Vielleicht ist es ja wirklich nur eine Gewitterfront«, sagte Will. »Wenn ja, dann ist sie allerdings höllisch groß. Was meinst du, Natters?«

»Weiß nicht«, sagte Nathaniel mit gleichgültiger Stimme und gleichgültigem Schulterzucken. »Du bist doch der Experte.«

»Ich hab gemeint, was wir tun sollen. Du bist doch hier der Skipper.«

»Ist hier irgendwo ein sicherer Hafen?«

»Der Hafen von Tortugas, der ist von hier nur fünf Meilen nach Südwest«. Er deutete mit dem Zirkel auf die Karte. »Aber ich weiß nicht, wie sicher das da ist. Er liegt auf der Westseite der Garden Key. Ist also offen für alles, was aus Westen kommt. Wenn wir uns dahin verziehen, könnten wir beide Anker ausbringen und die Leinen mit viel Spiel ausstecken. Wenn es dann tatsächlich so aussieht, daß es wirklich ekelhaft wird, können wir mit dem Beiboot an Land und im Fort unterschlüpfen.«

»Und was passiert mit der *Double Eagle*? Der Sturm schleudert sie auf die Riffe und macht Kleinholz aus ihr.«

»In dem Fall bin ich sowieso lieber im Fort. Das einzige Problem ist nur, daß die Hafeneinfahrt von dieser großen, felsigen Untiefe zugestöpselt wird, und die Fahrrinnen auf beiden Seiten sind anscheinend nur fünfzig Meter breit. Wahrscheinlich sogar weniger. Ich würde es ja probieren, wenn ich mich hier auskennen würde. Aber ich kenn mich hier nun mal nicht aus. Und das Ganze ist ganz sicher auch nichts, was ich mitten in der Nacht ausprobieren würde. Eigentlich müßten wir warten, bis es ein bißchen heller ist, nur daß es dann schon zu spät sein kann.«

Nathaniel zuckte wieder mit den Achseln. Eliot und Drew hatten ihn noch nie so erlebt – nicht einfach nur am Boden, sondern geradezu gleichgültig. Sie und Will warteten auf eine Antwort, aber Nathaniel blieb für eine weitere halbe Minute stumm. Die Hände lagen flach auf dem Tisch, die Augen blickten die Karte an, aber gleichzeitig geistesabwesend und trübsinnig in die Ferne.

»Natters, wir haben nicht ewig und drei Tage Zeit. Was passiert ist ... Wir dürfen uns jetzt nicht damit belasten ...«

»Nein, du nicht, du mußt ja auch nicht«, sagte er und drehte sich ein bißchen zur Seite, so als spräche er mit dem Schott, an dem das glänzende Messinggehäuse mit dem Barometer und dem Chronometer hing. »Du hast ihn ja auch nicht gesehen, wie ihm fast die Augen aus dem Kopf geplatzt sind und wie er den Mund aufgerissen hat, als wollte er schreien. Aber nicht mal dazu ist er mehr gekommen. Und dann die große Schwanzflosse, die hin und her geschlagen hat und dann runter, immer weiter runter durch die Wolke aus seinem Blut. M-mh, du hast das nicht gesehen, aber ich. Schätze, ich werde das noch sehen, wenn ich hundert Jahre alt bin.«

Dazu gab es nichts zu sagen. Will zündete sich am Stummel der ersten Zigarette eine zweite an, ließ den Rauch aus dem Mund quellen und inhalierte ihn durch die Nasenlöcher.

»Also gut, wir machen jetzt folgendes«, sagte Will. »Anlaschen und verschalken. Treibanker klarmachen. Pumpen testen, ob sie ansaugen. Das dürfte höchstens eine Stunde dauern. Dann machen wir uns auf den Weg zum Fort, wir setzen dreifach gerefftes Großsegel, Vorsegel und Stagsegel. Das Stagsegel brauchen wir fürs Quergleichgewicht.« Während er mit Nachdruck sprach, wippte die Zigarette zwischen den wulstigen Lippen auf und ab. »Wenn wir die Zeit richtig berechnet haben, müßten wir gegen Morgengrauen in der Nähe des Hafens sein. Dann ist es hell genug, daß wir uns durch die engen Fahrrinnen quetschen können.«

»Wenigstens ein Plan«, sagte Eliot. »Das beste an einem Plan ist, daß man überhaupt einen hat.«

Noch dazu war es ein guter Plan (wie Sybil beiläufig anmerkt). Selbst Männer mit großer Erfahrung würden den Plan wegen seiner Besonnenheit und seines Scharfsinns gutgeheißen haben. Qualitäten, die bei Einundzwanzigjährigen, selbst bei solchen mit einer Hochschulbildung aus Yale, nur selten anzutreffen sind. Will rechnete sich aus, daß sie, wenn die Winde von See zuschlagen würden, gemütlich hinter den zwei Meter dicken Mauern von Fort Jefferson sitzen würden. Das war der einzige Fehler in seinem Plan. Ein verzeihlicher Fehler, weil in jenen Tagen ohne drahtlose Telegraphie geschweige denn Seefunkdiensten, Luftaufklärung oder Satellitentelemetrie weder Will noch sonst jemand wissen konnte, daß sich der Hurrikan, eng zusammengerollt wie eine Schlange kurz vor dem Zustoßen, so schnell wie ein Luxusliner jener Tage in östlicher Richtung bewegte – viel schneller, als Will angenommen hatte.

Die jüngeren überprüften und sicherten die Sachen unter Deck – Schranktüren, Bullaugen, Steuerseile. Über Deck inspizierten Nathaniel und Will Wanten, Stage und Ankerleine und verrammelten das Oberlicht mit einem Lukendeckel. Die Wolkenwand war größer geworden und ähnelte jetzt einer anthrazitfarbenen Felswand, die aus dem Meer ragte. Will spürte den ersten Hauch des Westwindes im Gesicht. Während er mit Hochdruck arbeitete, trödelte Nathaniel träge herum. Keine seiner Ermahnungen wie »Los, beeil dich, hilf mir mal, wirf den Lotkörper raus« zeigten auch nur die geringste Wirkung. Sie hatten den gleichen Effekt wie tröstende Platitüden für jemanden, der wegen eines erlittenen Verlustes untröstlich ist.

Der Wind verstärkte sich auf zwanzig Knoten, die schwarzen Wellen wurden höher, und die Brecher attackierten in geschlossenen Reihen Loggerhead Reef. Drew ging nach oben, füllte zwei Eimer mit Meerwasser, ging wieder nach unten, öffnete ein Luk in den Bodenplanken und kippte den Inhalt eines Eimers in die Bilge. Eliot stand über die Mittschiffspumpe gebeugt und zog den Tauchkolben rein und raus. Das Wasser schwappte mit saugendem Geräusch heraus. Dann gingen sie mit dem zweiten Eimer zur vorderen Pumpe und wiederholten die Prozedur. Beide Pumpen lenzten einwandfrei.

Vier Uhr. Will hatte ein Barometer noch nie so schnell fallen sehen. Als sie ihr Ölzeug anzogen, war allen klar, daß es nun bald losging. Will übernahm das Ruder, Nathaniel blieb an seiner Seite für den Fall, daß zwei Paar Hände nötig würden. Eliot und Drew holten den Anker ein und bezogen Posten an den Schoten. Mit eingezogenen Schultern stemmten sie sich gegen den Wind, der jetzt schon in Sturmstärke über sie hinwegheulte. Der östliche Himmel glänzte grau wie das Innere einer Austernschale. Im Westen türmte sich wild und bedrohlich eine bewegliche Bergkette, von deren zerklüfteten Gipfeln sich dunstige Federwolken losrissen. Der Sturm raste auf sie zu. Noch der rationalste Meteorologe, hätte er den Sturm wie die Jungen vom Deck eines vierzehn Meter langen Schoners gesehen, hätte alles, was er je in Büchern über schweres Wetter gelernt hatte, vergessen und sich eins gefühlt mit den Karibenindianern, die als erste Menschen vor dem Fluch erzittert waren und ihm den Namen gegeben hatten – *Hurucan*, Wind des Dämons.

Während am Himmel ein Morgenstern nach dem anderen aufblinkte, stürmte die *Double Eagle*, deren Deck um dreißig Grad geneigt war, in südwestliche Richtung. Auf ihrer Wetterseite brachen sich die Wellen an den Korallenhügeln des Northwest Channel, dem breiten Riß zwischen Loggerhead Reef und Pulaski Shoal, formierten ihre Reihen neu und rückten vor, um den Schoner querab zu attackieren. Die *Double Eagle* schlingerte im Trommelfeuer der zahllosen, über zwei Meter hohen Wellen.

»Bei dem Tempo brauchen wir keine halbe Stunde mehr bis zum Hafen«, sagte Will, der wie alle anderen im Dreißig-Grad-Winkel auf Deck stand. »Wird leichter, wenn wir im Windschatten von Loggerhead Reef sind. Dann ist der Dampf erst mal raus aus den Wellen.«

Nur Minuten später sorgte der Sturm dafür, daß Will seine Versprechungen zurücknehmen mußte. Obwohl es den Jungen so schien, als täte der Sturm das mit Absicht, obwohl es ihnen so schien, als wäre er ein denkendes Lebewesen, kümmerte sich der Sturm keinen Deut mehr um die Versprechungen, Pläne und armseligen Hoffnungen und Träume dieser vier Halbwüchsigen als seine Vorfahren um die aus der Neuen Welt nach Hause zurückkehrenden Spanier, deren Hirne und Herzen in pompösen Weltreichphantasien und der Gier nach Reichtum befangen waren. Die Galeonen ächzten unter der Last erbeuteter Silberbarren, die Schiffstruhen waren übervoll mit Smaragden und mit Gold aus Minen, in denen unter spanischer Knute Azteken und Inkas schufteten. All das – Schiffe, Truhen, Münzen, Juwelen – wurde auf die Riffe geschleudert, wurde zerschmettert und versank. Während das Wasser sie einschloß, heulten die Barones und Baronesas aus Sevilla und Valencia sinnlose *Ave Marias*, aber der mächtige Wind riß ihnen die Gebete von den Lippen und zerstückelte die Worte, noch bevor sie ans Ohr des Himmels drangen. Keinen Deut mehr hatte sich eine der großen Schwestern dieses Sturms erst im vergangenen Sommer, am 8. September 1900, um die Menschen von Galveston gekümmert. Er brach über die Stadt herein und ließ sie nach wenigen Stunden zurück, als hätte sie eine Flotte Kriegsschiffe monatelang unter Beschuß genommen. Sechstausend aufgedunsene Leichen lagen inmitten der Ruinen der stolzen Stadt. Sechstausend Leben oder vier, spanische Galeone oder Yankee-Schoner, Conquistador oder gewöhnlicher amerikanischer Junge – für *Huru-can* war alles gleich. Bei der Durchführung seines Zerstörungswerks war er ein wahrer Verfechter des Egalitarismus.

Die *Double Eagle* hatte auf ihrem Weg durch den Northwest Channel eine Meile zurückgelegt und war nur noch eine halbe Meile vom windgeschützten Riff entfernt, als sie der erste herumwirbelnde Fetzen des Sturms erwischte. Der Himmel verschwand, und wie eine zerbrechliche Illusion im Angesicht der unerbittlichen Realität verlosch das Leuchtfeuer von Loggerhead in der aufgewühlten Dunkelheit. Der Regen fiel nicht einfach, er fegte waagerecht über die zerrissene See hinweg, gejagt von einem Wind, der nicht etwa stetig stärker wurde, sondern dessen Geschwindigkeit fast binnen einer Sekunde von fünfunddreißig auf fünfundfünfzig Knoten explodierte. Das Schiff bekam starke Schlagseite und wurde mit dem Bug voraus weitergetrieben, während an den Bullaugen der Kajüte weißes Wasser entlangpeitschte. Nathaniel, Eliot und Drew stürzten auf die Leeseite, grapschten nach Relingsstützen und Sorgleinen und hielten sich daran fest. Eine Sturzflut rauschte über das am Boden liegende Knäuel Leiber hinweg; es war, als wären sie im Gebirge in einen reißenden Fluß mit Salzwasser gefallen. Weil er sich mit den Beinen am Steuerradkasten festgeklammert hatte, stand Will noch aufrecht und hatte die Spaken fest im Griff. Er brüllte etwas, aber die drei Brüder konnten ihn durch den Wind und das Vibrato der Wanten und Stage, die bis an die Grenze ihrer Belastbarkeit gespannt waren, nicht verstehen. Auf Händen und Knien krabbelten sie zu ihm hinauf, eine Aufgabe, die so schwierig war, wie bei Gewitter ein steiles Dach hochzuklettern.

»Abfallen!« schrie Will, während Nathaniel die Arme um den Steuerradkasten schlang und Eliot und Drew sich an die Luvreling klammerten.

Ja. Ja. Sie hatten verstanden. Die Takelage konnte der Spannung nicht länger standhalten; entweder die Wanten würden reißen oder die Segel würden weggeblasen werden, und wenn nichts von beidem passierte, würde das Schiff umgeworfen werden und wahrscheinlich sinken. Sie mußten abfallen.

Auf ihren Bäuchen schlitterten die Braithwaites zwischen Reling und Hauptkajüte herum. Nur der kniehohe Aufbau der Kajüte bewahrte sie davor, daß sie wieder zurück zu der im Wasser liegenden Leeseite rutschten.

»Ihr zwei! An den Großmast!« schrie Nathaniel. »Ich ... nach vorn!«

Er berappelte sich, kauerte angespannt wie ein Läufer im Startblock auf allen vieren und stolperte dann hastig vorwärts, um die drei Meter freie Fläche zwischen Großmast und Vorderkajüte in der Mitte des Schiffs zu überbrücken. Er rutschte aus, hielt sich an einem der Wanten fest und erreichte schließlich den sicheren Platz am Schott der Vorderkajüte. Er kroch zum Fockmast, stützte sich knieend an ihm ab, tastete zwischen den Pflöcken der Nagelbank herum und zerrte die Leine von der Stag-segelschot. Um das Segel zu sehen, mußte er gar nicht erst nach oben schauen; da sich die Masten nun schon fast im Vierzig-Grad-Winkel auf die Seite legten, brauchte er nur geradeaus zu schauen. Die Salings waren nur noch einen halben Meter von den sich überschlagenden Wellenkämmen entfernt, und das Stagsegel strich über die Wellen hinweg wie ein Vogel. An der Leeseite zischte nur Zentimeter von Nathaniel entfernt das Wasser über das Deck.

»Schoten schricken, dann runter mit der Piek!« brüllte er Eliot und Drew über das Kajütdach zu. Die beiden saßen am Großmast. Drew hatte die Beine um den Mast geschlungen, und hinter ihm saß Eliot, dessen Beine wiederum Drews Taille umklammerten. Sie streckten die Arme senkrecht in die Höhe, mit den Händen krallten sie sich an der Großschot fest. »Schoten schricken und dann runter mit der Piek, alle zusammen, los!« rief Nathaniel wieder. Obwohl sie nur vier, fünf Meter von ihm entfernt waren, war er sich nicht sicher, ob sie ihn gehört hatten, also wiederholte er das Kommando. Seine Stimme überschlug sich.

Sie steckten die Schoten aus, beobachteten, wie der Baum zur Leeseite schwang und machten ihn dann fest. Die *Double Eagle* schwenkte auf raumen Kurs, richtete sich jedoch nicht auf; auf der Seite liegend stürmte sie weiter. Sie hatte zuviel Segel gesetzt.

»Jetzt runter mit der Piek!« schrie Nathaniel seine Brüder an und stürzte nach achtern, um ihnen zu helfen. »Sie braucht Hilfe! Runter mit der Piek! Runter damit!«

Er stolperte und prallte mit dem Bauch auf den Großmast. Von oben hätte es ausgesehen, als würde er einen schrägen Baumstamm entlangkriechen. Er machte das Fall los, ließ die Leine durch die brennenden Handflächen schießen, packte das Vorliek des Segels und riß es nach unten. So schnöde hatte er noch nie ein Segel geborgen. Eliot und Drew kletterten mühsam aufs Kajütdach und hängten sich mit den Oberkörpern über den Baum. Sie sahen aus wie Matrosen eines Rahseglers, die hoch oben über den Rahen hingen. Stück um Stück zerrten sie das Segel herunter, das so wild um sich schlug, daß es sie fast von den Füßen riß.

Nach und nach stopften sie es zwischen Baum und Gaffel, dann banden sie es mit der Großschot zusammen.

»Los, richte dich auf!« brüllte Nathaniel die *Double Eagle* an. »Verdammte Scheiße, komm hoch!«

Als er sich umdrehte, um zu sehen, was Will am Ruder machte, klatschte etwas gegen seine Backe, das sich anfühlte, als hätte eine Kanone mit Kieselsteinen auf ihn geschossen: Regen, der ihm mit sechzig Meilen die Stunde ins Gesicht peitschte. Jeder einzelne Zentimeter einer drei Meter hohen Welle, die die Farbe von Gewehrstahl hatte, stürzte sich auf die *Double Eagle*. Das Heck wurde in die Höhe gehoben, und sie büßte wieder etwas von ihrer Stabilität ein. Zu viel. Sekundenlang ritt sie vorn auf der Welle, wobei das Heck in die Höhe und der Bug schräg nach unten ins Wellental zeigte; dann wurde sie von einem erbarmungslosen Brecher erwischt, der sie noch über die Vierzig-Grad-Neigung hinaus auf die Seite warf. Das Bugspriet spießte den Rücken einer Welle auf, die Spitzen der Spieren schnitten durch Gischt und Schaum. Den Jungen dröhnte der eigene Herzschlag in den Ohren; sie warteten auf das Splittern des Bugspriets und der Spieren, auf das Querschlagen des Schiffs. Dann spürte Nathaniel ein Schlingern. Oder hatte er sich das nur eingebildet? Brachte er

Wunsch und Wirklichkeit durcheinander? Nein. Er stand jetzt aufrechter. Kurz darauf tauchte das Leedeck wieder auf, Wasser strömte von den Planken, und die Reling brach durch die Oberfläche.

»Sie schafft es! Verdammt, sie schafft es!« brüllte er jubelnd.

Er schaute zur Mitte des Schiffs, wo er Eliots und Drews aufgerissene Münder sah. Er hörte ihre Schreie, die vom Wind weggetragen wurden. Sie hatten dunkle Ringe unter den Augenhöhlen. »Sie richtet sich auf! Sie kommt hoch!«

Das Stagsegel auf dem Vorschiff hielt stand.

Sie trommelten mit den Fäusten auf Wills Rücken, schlugen ihm auf die Schultern und kreischten wie von Sinnen: das ist ein Schiff, Wertarbeit aus Essex, zäh, voller Leben, unerschrocken, nichts könne sie umwerfen.

»He, he, laßt die Pokale erst mal im Schrank, das war nur der Anfang«, sagte Will warnend und brachte die Nase der *Double Eagle* vorsichtig gegen den Wind und wieder auf Kurs. Die gesamte Takelage summte, und er warf einen besorgten Blick auf das voll aufgeblähte Stagsegel. »Kein Fort, kein Leuchtturm und keine Ahnung, wo wir genau sind. Die Fahrrinne in den Hafen schaffen wir bei dem Schweinewetter nie. Irgendwelche Vorschläge?«

Keiner sagte ein Wort. Teils weil die Wildheit des Hurrikans sie zur Stille zwang, teils weil sie sich nicht sicher waren, welche Strategie die beste sei. Jede hatte Vorteile, jede aber auch scheußliche Nachteile. Sie konnten umgehend beide Anker fallenlassen und versuchen, den Sturm abzureiten. Allerdings befanden sie sich in der Mitte des Beckens und waren damit fast so schutzlos wie auf offener See. Und bei zehn Faden Wassertiefe und den hohen Wellen, die gegen das Schiff schlugen, könnten die Anker mitgeschleift werden oder die

Trossen reißen; dann würden sie nach Lee abgetrieben, und in Lee befand sich das Zentrum des großen sichelförmigen Riffs. Sie könnten das Steuer anlaschen und mit kurzgeholtem Vorsegel beidrehen. Dann würde bei solchem Seegang allerdings das Ruder übermäßig belastet; sie könnten es verlieren, oder die Vorsegelschot könnte durchscheuern und reißen, und dann würde das Schiff auf die Felsen getrieben.

»Also, wenn keiner einen Vorschlag hat, ich hab einen!« sagte Nathaniel mit zusammengebissenen Zähnen. Er fühlte, daß er langsam wieder das Kommando übernahm, über sich selbst und über das Schiff. »Wir ändern den Kurs. Segeln mehr in südwestlicher Richtung auf Loggerhead Key zu ... Machen uns im Windschatten so nah wie möglich an die Insel ran ... Lassen die Anker fallen und reiten den Sturm da ab.«

Will hatte Einwände: Auf dem geänderten Kurs würde das Schiff höher am Wind segeln; der Druck auf die Takelage wäre gewaltig. Und wenn die Rückseite des Hurrikans da reinblasen würde, würde der Wind die Richtung ändern, und dann müßten sie die Anker wieder lichten und von Loggerhead verschwinden.

»Wir haben keine Zeit für lange Diskussionen!« unterbrach ihn Nathaniel. »Drew, Eliot, nach vorn und Stagsegel anholen! Bleibt da vorn! Bindet euch am Fockmast fest, wenn's sein muß! Gibt einen Haufen Untiefen zwischen hier und Loggerhead! Ich brauch einen Ausguck!«

Mit den schwerfälligen Schritten von Männern, die einen Steinblock vor sich herschieben, schwankten sie zum Vorderdeck. Sie lösten die Leinen der Stagsegelschot, holten das Segel an und machten es wieder fest. Während sie sich mit der Fockschot an den Mast banden, ging das Schiff immer höher an den Wind, bis er vorlicher als querab blies. Er peitschte dermaßen in ihre

Gesichter, daß sie dachten, er würde ihnen die Augen aus den Höhlen quetschen.

»Ausguck! Ha!« brüllte Eliot. »Gottverdammter Witz! Ich seh überhaupt nichts!«

Will sagte, er allein könne sie nicht auf Kurs halten. Nathaniel stellte sich dicht neben ihn und packte zwei der Spaken. Augenblicklich spürte er den Druck des Ruderblattes und den Zug auf seinen Unterarmen. Er war verblüfft, daß Will sie so lange hatte allein halten können.

Vor ihnen türmten sich schieferfarbene Wellen auf, brachen sich wieder und warfen das schaurig glitzernde gelbe Licht zurück, das durch die Wolken stieß, die wie zerrissene Stoffetzen über sie hinwegrasten. Die Takelage sang eine einzelne hohe, schneidende Note, der Wind schlug unterschiedliche Töne an, von schrillem Kreischen bis zu tiefem, opernhaftem Stöhnen.

Prasselnder Regen und Meeresschaum peinigten Drews Gesicht. Er beugte den Kopf. Sie waren Sünder in den Händen eines zürnenden Gottes, dachte er. Mr. Hayworth, sein Lehrer an der Sonntagsschule, hatte die Schüler die berühmte Predigt von Jonathan Edwards lesen lassen. Aber weder Mr. Hayworth noch Mr. Edwards selbst hatten auch nur die leiseste Ahnung davon, wie es war, tatsächlich in den Händen eines zürnenden Gottes zu sein. *Genauso* war es, dachte Andrew Braithwaite. Und doch spürte er einen merkwürdigen Jubel, der untrennbar mit dem Entsetzen verbunden war. Ich bin ein Sünder in den Händen eines zürnenden Gottes ... Er durfte nicht auf diese Weise über den Sturm denken. Es war bloß ein Hurrikan, keine Strafe. Es war ein Phänomen der Natur, ohne Gnade oder Grausamkeit, ohne Herz oder Geist: ein Tiefdruckgebiet, verursacht von der Corioliskraft – die Auswirkung der Erdumdrehung auf Luftströme über warmen

Ozeanen. So erklärte es der *Practical Navigator*. Mehr ist es nicht, murmelte Drew vor sich hin. Wetter.

Die Stagsegelschot riß. Die obere Hälfte der Schot flog nach hinten und lag wie ein Stock steif im Wind. Das Segel schoß in die Horizontale, killte zwei-, dreimal, bevor es in Fetzen gerissen wurde; ein Teil flog davon, der Rest wickelte sich um das Stag. Ohne Segel geriet der Schoner außer Kontrolle und schwankte und schlingerte breitseits in eine Schlucht voll schäumendem Gischt. Will und Nathaniel warfen das Ruder herum und plackten sich ab, den Kopf der *Double Eagle* nur mit Hilfe des Ruderblatts wieder herumzureißen. Aber sie war ein Spielball des Sturms und reagierte nicht mehr.

»Der Anker!« schrie Eliot Drew ins Ohr und löste ihre Fesseln. Sie fielen auf die Planken, robbten bäuchlings zum Kettenkasten und stemmten das Luk auf. Eine tückische Bö faßte unter das Luk und schleuderte es auf Eliots Finger. Er schrie auf. Drew zwängte die Hände unter das Luk und zog es wieder nach oben. Eine weitere Bö riß das Luk vollends aus den Scharnieren; die Schrauben zischten davon wie Kugeln, und das Luk kippte über die Leereling. Drew ließ sich an die Reling der Steuerbordseite rollen, wo der Hauptanker hing, löste den Zurring und ließ den Anker fallen. Die Kette rasselte durch die Buglippe auf der Steuerbordseite, und die Leine entrollte sich glatt aus dem Kasten. Gott sei Dank, dachte Eliot. Nein, Will sei Dank, dafür, daß er die Leine so akkurat aufgerollt hatte. Er lag flach auf dem Boden, die pochenden Finger der linken Hand mit der rechten umschlossen, und beobachtete, wie die Leine über das Deck und durch die Buglippe rauschte. Obwohl er nicht sagen konnte, warum, so wußte er doch, daß der Anker den Grund erreicht hatte; die Leine hatte nicht einmal für eine Sekunde schlaff durchgehangen.

Nachdem fünfundvierzig Meter der Ankerleine durchgelaufen waren, machte Drew sie am Poller fest. Als sich das zolldicke Tau aus Manilahanf straffte, war es so gespannt, daß es zitterte und knarzte. Der Bug schwang zurück in den Wind, und die Jungen sprangen auf, um nach achtern zu laufen und den Wurfanker zu holen. Der Wind wehte sie fast um, so daß sie sich einmal mehr wie Hunde kriechend vorwärts bewegten.

»Schnelle Arbeit!« sagte Nat.

»Wurfanker ... Du mußt Drew helfen ...«, keuchte Eliot. »Meine Hand, glaub, die ist gebrochen ...«

Schwerfällig setzten sie einen Fuß vor den andern, schleppten den Wurfanker mit seiner fünfundvierzig Meter langen Leine nach vorn und ließen ihn an der Backbordseite fallen. Nathaniel legte am Poller einen Törn, setzte sich auf den Boden, stemmte die Füße gegen die Bugreling und ließ die Leine durch die Hände gleiten.

»In Ordnung! Das wär's!« brüllte er.

Regungslos lagen die ausgepumpten Jungen an Deck. Sie klammerten sich mit den Händen an den Poller. Nathaniels Lippen zuckten. Wenn der alte Herr sehen könnte, was sie geschafft hatten, wäre er stolz auf sie, murmelte er. Eine Bemerkung, die Drew zu einem unflätigen Wortschwall inspirierte, der gar nicht zu ihm paßte.

»Scheiß auf den alten Herrn!« schrie er. »Ohne den alten Hurenbock hätten wir diese gottverdammte Scheiße gar nicht am Hals!«

Nicht zu leugnende Wahrheiten erfordern keinen Kommentar. Also gab Nathaniel auch keinen ab.

Kurz bevor er und Drew in die Vorderkajüte krochen, bekamen sie Gelegenheit zum Verschnaufen. Der Wind zeigte sich mildtätig und drosselte abrupt seine Geschwindigkeit auf vierzig Knoten. Die Wolkendecke riß auf, sie sahen einen aufreizend heiteren Streifen Blau und etwa eine halbe Meile entfernt in nordwestlicher Richtung den hochaufragenden, weißen Leuchtturm von Loggerhead. Die grüne Fresnel-Linse schickte einen gleißenden, Hoffnung und Erlösung verheißenden Lichtstrahl über das anarchische Meer; eine Erlösung, die außerhalb ihrer Reichweite lag, eine Hoffnung, an die sie nicht zu glauben wagten. Genausowenig, wie sie es wagten, sich von dem dünnen, flüchtigen Fleckchen Blau verführen zu lassen. Am Himmel im Westen ragte eine weitere dunkle, graue Steilwand zum Himmel auf, eine, die mehr und noch stärkeren Wind verhieß.

Die Hauptkajüte unter Deck sah aus, als wäre sie von einer Diebesbande unter Zeitdruck geplündert worden: verstreute Gepäckstücke, zerbrochene Flaschen, die aus der Medizinkiste geschleudert worden waren, Karten, Bücher und Blechteller, Töpfe und Pfannen, die bei jedem Schlingern und jedem Aufprall einer Welle klapperten.

Will kniete vor der Mittschiffspumpe und drückte und zog.

»Wir machen Wasser«, sagte er unnötigerweise.

»Wundert mich nicht. Ist ja genug davon da«, sagte Eliot, der neben dem Kartentisch auf dem Kajütboden saß. Er hatte sich einen Stoffetzen um die linke Hand gewickelt. Trajan lag starr vor Schreck in seinem Schoß.

Nathaniel und Drew stolperten durch den kurzen, engen Gang zwischen Vorder- und Hauptkajüte. Das Schiff wurde hochgehoben, stürzte wieder nach unten und riß die beiden dabei um. Drew fiel auf die Stufen des Niedergangs, Nathaniel auf Will.

»'tschuldigung«, brummte er und zwängte sich in die Eckbank am Eßtisch.

»Nichts passiert.« Will klappte das Luk über der Bilgenpumpe herunter. »Schätze, bevor das alles vorbei ist, lande ich auch noch mal auf deinem Kopf.«

»Könnte schon ziemlich bald vorbei sein«, sagte Drew, in dessen Stimme so etwas wie Hoffnung anklang. »Eben war der Wind schon etwas schwächer.«

»Jetzt pfeift er aber schon wieder stärker, das war bloß ein Loch. Hurrikanwinde haben Löcher genau wie normaler Wind. Nix da, Kameraden, bevor es wieder besser wird, wird's erst noch schlimmer. Der Augenwall hat uns noch gar nicht erwischt.«

Sie schauten Will an. Er war müde, der Kopf war leicht nach hinten geneigt, die Lider waren halb geschlossen.

»Was ist ein Augenwall?« fragte Eliot.

»Die Winde um das Auge, das Zentrum des Hurrikans. Das sind die stärksten.«

»Du meinst ...«

»Genau. Das bisher war noch gar nichts. Schätze, wir müssen uns auf hundert Knoten und mehr gefaßt machen. Die wirkliche Schreckensnachricht ist allerdings, daß ich nur noch drei Zigaretten hab.«

»Na und?«

»Ohne Qualm, Eliot, werde ich ziemlich unausstehlich. Was den Sturm angeht, das Auge – vorausgesetzt, daß wir bis dahin noch nicht abgesoffen sind – streicht nach dem Augenwall über uns weg, und dann wird es für eine Zeitlang ziemlich ruhig. Wie lang, hängt davon ab, wie groß das Auge ist. Ich verwette mein letztes Paar trockene Socken, daß unseres hier nicht besonders groß ist. Vielleicht zwanzig Meilen im Durchmesser. Je stärker der Sturm, desto kleiner das Auge. Danach, vielleicht eine halbe Stunde später, erwischt uns die Rückseite des Hurrikans. Normalerweise ist die Rückseite aber nie so ekelhaft wie die Vorderseite.«

»Hast du das aus deinem Buch da?« sagte Eliot. Er verzog das Gesicht, weil der Boden auf einmal unter ihm krachte und ihm der Schmerz durch die verletzte Hand schoß.

»Unser Skipper bei der Bermudaregatta hat uns ein Büchlein über diese Prachtburschen mitgegeben. Falls wir mal in einen reinrauschen.« Er zündete sich eine seiner restlichen Zigaretten an, begnügte sich aber mit zwei tiefen Zügen, bevor er sie wieder ausdrückte und in die Schachtel steckte. »Wenn wir im Auge sind, wartet ein Haufen Arbeit auf uns. Wir holen beide Anker ein – wenn's geht. Wenn's nicht geht, kappen wir die Leinen. Dann heißt's Segel setzen und freikreuzen, damit wir von Loggerhead wegkommen und bereit sind für die Winde von der Rückseite.«

»Loggerhead ist ungefähr eine halbe Meile weit weg«, warf Drew ein. »Nat und ich haben vor ein paar Minuten den Leuchtturm gesehen.«

»Meine Rede«, sagte Will. »Eine halbe Meile ist zu nah dran.«

»Wenn wir die beiden Anker verlieren, ist das alles sowieso für den Arsch«, sagte Nathaniel genervt. Allmählich fand er die Strategiediskussionen, die vielleicht gar keinen Sinn mehr machten, ermüdend. Sie verleiteten nur zu der Annahme, man könne die auf einen zurollenden Ereignisse steuern, obwohl man wahrscheinlich gar nichts steuern konnte. »Und es ist durchaus drin, daß wir die verlieren«, fuhr er fort. »Die Leinen könnten durchscheuern, wenn sie durch die Buglippe laufen, oder sie könnten zerreißen, wenn die Spannung zu stark wird. Genau wie die Stagsegelschot.«

»Also, *Capitano Furioso* junior, was sollen wir dann machen?« fragte Eliot.

Nathaniel sagte nichts. Sterben, dachte er. Ihn übermannte ein Fatalismus, der eigentlich wider seine Natur war. Wahrscheinlich sterben wir alle.

Will, dessen Kopf im Rhythmus des Boots auf und ab

hüpfte, rutschte auf allen vieren herum und durchwühlte die Karten, die den Boden bedeckten.

»Wir sind im Southwest Channel. Also gut. Wenn wir jetzt, wo wir noch auf der Vorderseite des Hurrikans sind, die Anker verlieren, dann werden wir von Loggerhead weg auf das Riff von Garden Key getrieben. Wenn wir sie auf der Rückseite des Hurrikans verlieren, dann landen wir auf den Felsen von Loggerhead. Was machen wir also, damit das nicht passiert? Also gut ... Das einzige, was meiner Meinung nach in Frage kommt ... Fock setzen, dreifach gerefft und ... und ... Tja, wenn wir außergewöhnliches Glück haben und die Anker erst verlieren, kurz bevor das Auge über uns wegzieht, dann könnten wir durch das Auge hindurch in den Hafen von Tortugas segeln. Dort lassen wir das Schiff liegen und schlupfen im Fort unter, bevor uns die Rückseite erwischt. Dafür hätten wir eine halbe Stunde Zeit. Oder wir versuchen, durch die Fahrrinne in Richtung offene See zu segeln, bis wir genügend Abstand zu den Felsen haben. Das sind nur etwa zwei Meilen. Da hilft dann nur beten, daß die Segel solange durchhalten. Wenn sie durchhalten und wir weg von den Felsen sind, dann können wir vor dem Wind laufen. Und wenn es uns die Segel doch zerfetzt, dann müssen wir eben vor Topp und Takel lenzen.«

Vor Topp und Takel lenzen – die letzte Zuflucht bei schwerem Wetter. Auf offener See vor Topp und Takel. Sie waren alle stumm, während die Worte langsam einsickerten.

»Aber Achtung«, fuhr Will fort, dem noch etwas einfiel. »Platt vor dem Wind können wir nicht ablaufen. Hat unser Skipper in Bermuda gesagt. Sonst geht man über Kopf. Und da gibt's noch was. Der Sinn ist, hat er gesagt, sich vor dem Auge davonzumachen, oder, wenn man schon drin ist, aus ihm rauszusegeln. Und das schafft man, wenn man Kurs hält mit Wind von achtern und dabei den Bug schräg nach außen hält. Auf diese Weise treibt einen der Wind wie ein Propeller auf den Rand des Sturms zu. Der Wind bläst gegen den Uhrzeigersinn und wirbelt einen schließlich bis nach draußen.« Er lachte sarkastisch. »Das einzige, woran ich mich nicht mehr erinnern kann, ist – ablaufen nach *welcher Seite*: backbord oder steuerbord?«

Schweigen. Dann zeichnete Drew mit dem Finger ein imaginäres Schaubild auf den Boden.

»Steuerbord«, sagte Drew. »Wenn der Wind gegen den Uhrzeigersinn bläst und der Bug vom Zentrum des Auges schräg nach außen zeigt, dann kann es nur steuerbord sein.«

Will dachte nach.

»Ja, stimmt. So war's. Steuerbord achteraus. Besser, wir reffen die Fock gleich. Jetzt ist noch Zeit. Wenn uns der Augenwall erst mal am Wickel hat, ist es vielleicht zu spät. Reffen und ein paar Leinen als zusätzliche Bullenstander, damit der Fockbaum keinen Millimeter ausschwingen kann, außer wenn – bis – wir es brauchen.«

Nathaniel stand auf, wurde aber gleich wieder auf die Sitzbank geworfen. Ein Kochtopf rollte über den Boden zu einer Kajütwand und dann wieder zurück.

»Will und ich machen auf Deck alles klar. Drew, Eliot, ihr bleibt hier. Mit der Hand kannst du sowieso nicht viel machen, Eliot. Du kannst Drew helfen, die Rettungswesten und die Festmacher rauszuholen.« Der Fatalismus, der Nathaniel gerade noch befallen hatte, war wieder verflogen. Es war unheimlich, daß sich seine Stimmungen so schnell drehten wie die Böen des Sturms. »Macht aus den Festmachern vier Sorgleinen, so lang wie möglich. An jede kommt ein starker und stabiler laufender Palstek. Ich will jeden in Rettungsweste, mit Sorgleine und mit Messerscheide am Gürtel sehen. Und das Messer *außen* an der Öljacke! Verstanden? Also dann.«

»O Nat, es ist einfach wunderbar, daß du wieder voll da bist und uns rumkommandierst«, sagte Eliot und setzte Trajan ab.

Die Katze schoß in den vermeintlichen Schutz eines Schranks im achteren Teil der Kombüse. Will und Nathaniel schlingerten zum Niedergang und gingen nach draußen.

»Rettungswesten. Ist doch toll, oder?« sagte Eliot sarkastisch, während er im Schrank mit der Schlechtwetterausrüstung herumkramte. »Weißt du, was die bei dem Scheiß da draußen bringen? Halten dich gerade so lange am Leben, bis du dir die Unterhosen vollgeschissen hast, bevor du absäufst.«

»Halt's Maul«, sagte Drew und zerschnitt mit seinem Messer einen Festmacher in drei Meter lange Stücke.

»Und das hier. Messer. Außen an der Öljacke, hat er gesagt, damit man leicht drankommt. Klar, wenn's uns auf die Felsen spült, können wir uns gegenseitig abmurksen und unserm Elend ein Ende machen.«

»*Halt dein Maul!*«

Will und Nathaniel kamen mit bleichen Gesichtern zurück, aufs neue bis auf die Haut durchnäßt, und berichteten von zwei beunruhigenden Entdeckungen. Erstens waren die Ankerleinen fast durchgescheuert, und zweitens erstreckte sich weit im Westen von Horizont zu Horizont ein Gebilde, das wie eine Hunderte von Metern hohe, walzende Wolke aus Kohlenstaub aussah: der Augenwall, das schwarze Zentrum des Hurrikans. Mit der gespannten Resignation von Städtern, die von einer Barbarenarmee belagert werden, kauerten sich alle vier auf dem Boden zusammen.

22

Eine Viertelstunde verstrich. Dann hörten sie ein fürchterliches Rumpeln, das auf sie zurollte. Die inneren Winde donnerten über das Schiff hinweg und rissen so an ihm, daß seine Mannschaft glaubte, es würde auseinanderbrechen. Binnen Sekunden veränderte das Rumpeln Tonhöhe und Charakter, variierte zwischen dämonischem Heulen und Brüllen und anhaltend stöhnendem Baß, ein ohrenbetäubendes, wahnsinniges Toben, als ob ein Geisteskranker auf die Tasten einer Kirchenorgel hämmerte. Ihnen fielen die Worte des alten Händlers Cudlip ein. Keiner von ihnen wußte, wie sich die Klagelieder der Verdammten anhörten, aber sie konnten sich unmöglich mit dem messen, was die Jungen jetzt hörten, ja spürten. Sie spürten es, wie Cudlip ihnen prophezeit hatte, zuerst zwischen den Beinen, dann überall am Körper und in den Knochen. Die *Double Eagle* bäumte sich vor monströsen Brechern, bäumte sich und zerrte wild an den Ankerleinen, die sie noch am Meeresgrund hielten. Die Schalkleisten der Luken platzten ab und knallten auf Deck, die Masten zitterten, die Spieren schlugen dumpf, das Tauwerk klapperte; eine gewaltige Welle stürzte aufs Kajütdach, und Salzwasser strömte durch den Schornstein und verwandelte den Herd in einen Waschzuber. Während der ganzen Zeit ließ der fürchterliche Krach nicht nach. Jeder für sich dachte, jeder auf seine Art: Das ist der Schlachtruf des Herrschers über das Universum. Er haßt das Unversehrte und trachtet nach dessen Zerstörung, er verabscheut Ordnung, Frieden und Zufriedenheit und trachtet nach dem Gegenteil. Es war die Stimme des Chaos. Drew preßte die Hände gegen die Ohren und rezitierte stumm seine Beschwörungsformeln – Corioliskraft ... warme Luft in der oberen Atmosphäre, niedriger Druck auf der Erdoberfläche ... Wetter, nur Wetter –, aber es half nichts. Er konnte sich nicht beruhigen. Er war überzeugt, daß sein Leben zwischen diesen verlassenen Riffen ein Ende finden würde. Er fing an zu weinen, krümmte sich zusammen und fiel in Nathaniels Schoß.

»Komm schon, Drew.« Nathaniel fühlte sich unwohl, wie immer, wenn er Mitgefühl zeigen mußte. »Komm schon, wir schaffen das schon, wirst sehen.«

»Warum singst du nicht was?« sagte Will zu Eliot, der ihn daraufhin fassungslos ansah. »Du bist doch der von uns mit der Stimme. Fang an, gib uns ein Lied vor. Mal sehen, ob wir lauter singen können, als der Wind heult.«

Und Eliot fing zu singen an und gab ihnen den »Mingulay Boat Song« und andere Seemannslieder vor, die ihm sein Vater auf den Sommertörns beigebracht hatte oder die er Lockwood in der Marlborough Street hatte singen hören: »Heave Away Me Johnnies« und »Cape Cod Girls« und »The Leaving of Liverpool«. Herausfordernd schleuderten sie ihre Stimmen den tobsüchtigen Flüchen des Sturms entgegen; doch letztlich waren sie nichts weiter als ein Quartett, das sich gegen das Gebrüll in einem Footballstadion Gehör verschaffen will. Mitten in einer Strophe machte das Schiff einen schnellen Schlenker nach Steuerbord, schwang zurück und hielt inne. Sie verstummten; sie waren sich fast sicher, einen Anker verloren zu haben. Nathaniel stolperte gebückt ins Vorschiff, holte den Treibanker und zwei Sturmölfäßchen, an deren Henkel Bändsel befestigt waren.

»Sieht so aus, als ob wir bald nach oben müssen«, sagte er mit sorgenvoller Stimme zu Will und ließ sich auf den Boden plumpsen.

Es war schon ziemlich bald – keine fünf Minuten vergingen. Eine kreischende Bö – Will schätzte sie auf einhundertzwanzig Knoten – heulte über sie hinweg, eine weitere nicht minder heftige folgte kurz darauf. Die *Double Eagle* wurde hochgehoben und schüttelte ihren Kopf. Als der Wind sich auf gleichmäßige einhundert Knoten eingependelt hatte, gab die zweite Ankerleine nach, der Schoner machte einen Satz rückwärts und prallte breitseits gegen die Wellen. Will packte die Fäßchen mit dem Sturmöl, stürzte den Niedergang hinauf und stemmte das Luk auf. Nathaniel hastete mit dem Treibanker hinter ihm her. Draußen konnten sie sich nicht einmal auf Händen und Knien halten, geschweige denn aufrecht stehen. Der Wind wütete fast doppelt so schnell wie ein Expreßzug über das Schiff und nagelte sie flach auf das Achterdeck. Einen Augenblick später ließ der Wind etwas nach. Sie nutzten die Gelegenheit und sprangen auf. Meer, Himmel und Wolken waren zu einem einzigen Element verschmolzen, ein Malstrom donnernder Luft und explodierenden Gischts, ein Wirbel aus Dampf, Regen und Meerwasser, der so undurchdringlich wie Nebel war. Das Schiff krängte gegen den Wind und gierte in die Strudel auf den Wellenkämmen, so daß die beiden Jungen die Orientierung verloren und nicht mehr wußten, wo vorn und hinten war. Sie schienen selbst das Gefühl für oben und unten zu verlieren. Nathaniel beugte sich vor und schaute auf die Kompaßrose. Sie segelten – oder besser, trieben – leicht in südöstlicher Richtung. Um aus der Fahrrinne herauszukommen und sich vor den Riffen in Sicherheit zu bringen, mußten sie südwestlichen Kurs laufen. Das Schiff machte einen Satz, und er schlug mit der Nase hart gegen das Messinggehäuse des Kompasses. Er spürte, wie ihm Blut aus den Nasenlöchern lief.

»Fock ... Heiß auf!« schrie er.

Der Wind warf sie auf die Fortbewegungsart von Reptilien zurück; auf Ellbogen und Bauch krochen sie vorwärts. Sie laschten ihre Sorgleinen am Fockmast an, stemmten sich auf die Knie und holten pullweise mit aller Kraft das Fall. Die Gaffel bewegte sich nach oben, doch als sich die Fock mit Luft füllte, war der Druck so stark, daß das Hissen des Segels so viel Kraft erforderte wie das Heraufziehen eines Fasses Blei vom Grund eines Brunnens. Die Jungen zogen, brüllten, zogen. Sie mußten das Schiff zum Segeln bringen; wenn sie es nicht schafften, würde es binnen Minuten auf die Felsen krachen. Während sie weiter brüllten und zogen, hatten sie das Gefühl, die Haut über ihren angespannten Muskeln würde platzen. Die Gaffel bewegte sich einen halben Meter weiter, dann noch einen halben Meter, und dann, mit einem Windstoß wie ein Hammerschlag, formte sich das gereffte Segel zu einer tiefen, horizontalen Mulde. Es war oben! Damit das Schiff abfallen konnte, fierten sie Schoten und Bullenstander. Will und Nathaniel rutschten zurück zum Ruder, banden die Sorgleinen am Steuerradkasten fest, packten die Spaken und gingen in die Knie, um mit ihrem ganzen Körpergewicht das Steuerrad zu drehen und die *Double Eagle* auf Kurs zu bringen. Sie hatte zwar ein großes Ruderblatt, doch schien für einen derartigen Seegang selbst ein Scheunentor zu klein zu sein. Sie reagierte nicht und trieb weiter auf der Seite, leblos wie ein Baumstamm, schicksalsergeben. Um zu sehen, wie nah sie schon am Riff waren, warf Nathaniel einen kurzen Blick nach Osten, doch zehn Meter jenseits der Reling war nichts als undurchdringlicher Nebel. Dann rührte sich die *Double Eagle* und unternahm einen letzten Versuch, sich zu retten. Sie fing an zu segeln. Keine gute Vorstellung, wie sie sich da seitlich an den Wänden der Wellen hinaufschwang und wieder hinunterglitt, aber sie segelte, gegen alle Widerstände. Nathaniel, der sich mit den Knien gegen den Steuerradkasten stemmte, dessen Finger sich anfühlten, als wären sie an den Spaken festgefroren, dessen Unterarme schmerzten, hielt den Blick starr geradeaus gerichtet. Er versuchte durch das verschmolzene Weiß von Meer und Himmel hindurchzusehen, durch Gischt, der schmerzte wie Hiebe mit einer knotigen Peitsche. Als der Schoner den Windschatten des Loggerhead Reef verließ, türmten sich die Wellen zu gräßlicher Höhe auf. Nathaniel wagte nicht, sie anzuschauen. Er hatte Angst, es würde ihn um den Verstand bringen.

»Abfallen ... Jetzt ... Langsam ...«

Wills Schreien war nur als kaum hörbares Flüstern zu vernehmen.

Nach und nach bewegten sie die *Double Eagle* ganz vorsichtig vom Wind weg, bis sie den Schoner auf einer Linie zwischen raumachterlichem Kurs und Kurs platt vor dem Wind hatten. Nathaniel wollte gerade nach vorn, um die Fock zu bergen, als eine plötzliche Bö ihm die Arbeit abnahm. Das Segel explodierte in einem Schauer aus Baumwollschuppen. Das nagelneue Segel, von Frenchy Geslin genäht, von Tante Judith bezahlt. Will ließ das Ruder los, zog den Pfropfen aus einem der Sturmölfäßchen und ließ den Behälter in der Windvierung auf der Luvseite ins Wasser fallen, damit er seinen wenn auch geringen Beitrag leisten konnte, um das Wasser zu glätten. Der Treibanker, der auf dem Achterdeck von einer Seite zur anderen gerollt war, wenn er nicht geradezu wie ein am Boden festgezurrter Ballon herumflog, wurde backbord achteraus über Bord geworfen. Der Wind packte ihn und wehte ihn nach vorn. Er schlug auf das Wasser auf, als der Schoner gerade eine Welle heruntersegelte, und die aufgeschossene Leine flog von Deck und straffte sich. Der Anker würde dem Schiff dabei helfen, den Kurs zu halten – wenn auch nur theoretisch – und die wilden Abwärtsritte auf den Wellen zu verlangsamen.

Will stand jetzt wieder auf seiner Seite des Ruders, der Backbordseite, hatte aber den Blick achteraus gerichtet, um nach bösartigen Wellen Ausschau zu halten. Nathaniel tat auf seiner Seite das gleiche und fühlte, wie sich ihm das Herz zusammenzog, als er genau auf die steile Wand einer auf sie zurollenden Welle blickte, deren Kamm sich in weißen Strudeln brach. Mit ihrem achteren Teil voraus wurde die *Double Eagle* in die Höhe gehoben. Anstatt vorwärts schien sie sich rückwärts zu bewegen. Während der schaumige Kamm sie umtoste, rollte die Welle erbarmungslos weiter. Der Bug stürzte in ein Wellental, das so breit war, daß es für einen Moment so aussah, als segelte der Schoner zwischen zwei hohen Bergketten auf einem schmalen See. Dann erklomm sie die nächste Welle und stürzte wieder hinunter. Und so lief sie zwischen den wandernden Gipfeln einer unendlichen, tobenden Düsterkeit in die Floridastraße ein, der Ungewißheit ausgeliefert, ob sie überleben oder sterben würde.

Nathaniel wünschte, er könnte jetzt eine Hand vom Ruder nehmen, um sich die blutende Nase abzuwischen. Er wünschte, er hätte eine Ahnung, wann der Sturm vorüber sei. Die Toppmasten bogen sich wie Ruten; die Masten zitterten derart, daß die Wanten zu splittern drohten. Wieviel von diesem Strafgericht konnte sie ertragen? Wieviel konnte *er* ertragen? Er wußte, daß unter Seeleuten die unumstößliche Wahrheit galt, daß ein kleines Schiff, wenn es gut gebaut war und Mumm hatte, größere Chancen hatte, schweren Seegang zu überstehen, als ein großes Schiff; es schwebte auf den Wellen, anstatt sie zu durchschneiden. Zu einem kleinen Boot gehörte eine gewisse unabdingbare Unterwürfigkeit, die nichts mit Preisgabe zu tun hatte. Und doch gab es auch für das standhafteste, tapferste Schiff eine Grenze, an der es scheitern konnte – der Augenblick, wenn die Kräfte erschöpft waren, wenn die letzte Münze ihrer Schatzkammer verbraucht war und es aufgeben mußte; oder es hatte noch Reserven, traf aber auf ein Meer und einen Wind, denen seine Kraft und sein Heldenmut nicht gewachsen war, und wurde besiegt. Und was ist mit dem Menschen? Hat jeder Mensch seine eigene Grenze, an der er scheitert? fragte er sich. Habe ich eine, und wo liegt sie, und was bringt sie zum Vorschein? Er sah dem Höhepunkt des Sturms voller Erwartung und Grauen entgegen – beides in gleichem Maße.

Als das Auge über sie hinwegglitt, schuf es die Illusion, als glitten sie in eine Oase der Stille. Der Wind verwirbelte sich zu einer Brise, die Wellen schrumpften, der Krach ließ nach. Über ihren Köpfen wurde ein blauer Kreis sichtbar, doch blieb der Horizont um sie herum von einer grauen Mauer umstellt. Obwohl Eliot und Drew wußten, daß die himmlische Ruhe lediglich Aufschub gewährte, kamen sie mit der Hoffnung auf Erlösung an Deck. Nathaniel war ausgepumpt und übel zugerichtet. Er wischte sich mit dem Ärmel die blutige Nase ab und sackte über dem Ruder zusammen. Will setzte sich auf den Boden und schaute verwirrt zum Himmel hinauf.

»Ich kapier das nicht. Als wir die Anker verloren haben und nach Süden abgefallen sind, hätten wir eigentlich vom Auge wegsegeln müssen. Statt dessen hat es uns mittenrein gesogen«, sagte er. Dann dachte er laut nach und versuchte, sich Klarheit darüber zu verschaffen, warum die Dinge anders verlaufen waren. Waren sie auf falschem Kurs gesegelt? War der Hurrikan zum Stillstand gekommen und hatte dann die Richtung geändert? Er murmelte Dinge wie fahrbares Viertel und Zugrichtung und spekulierte darüber, wie sie am besten darauf reagierten, wenn die Rückseite des Hurrikans zuschlug.

»Macht einfach keinen Sinn«, sagte er. »Der Sturm muß die Richtung geändert haben. Er bläst nach Süden, aber Hurrikane blasen fast nie nach Süden. Das kann nur passieren, wenn die Zugrichtung zusammenbricht und der Sturm dann in eine andere, ganz zufällige Richtung weiterbläst.«

Nathaniel schlug ihm mit dem Handballen fest auf die Schulter.

»Halt's Maul! Vergiß den Scheiß!« sagte er mit einer Stimme, die kurz davor war, ins Hysterische umzukippen. »Das ist doch alles Mist. Ich kann's nicht mehr hören. Wenn der Sturm uns umbringen will, dann tut er's einfach. Dran ändern können wir gar nichts.« Dann schnauzte er seine jüngeren Brüder an. »Statt hier wie die Idioten rumzustehen, holt uns lieber was zum Essen!«

Während sie unter Deck Corned-Beef-Büchsen vom Boden aufsammelten, bemerkte Drew flüsternd, daß Nat sich ein bißchen merkwürdig aufführe.

»Ganz und gar nicht«, sagte Eliot. »Er führt sich ziemlich genauso auf, wie er nun mal ist.«

»Diesmal ist es anders«, sagte Drew, der aber nicht genau ausdrücken konnte, was anders war.

Seine eigene Krise war vorüber. Egal, was noch passierte, er würde nicht mehr weinen. Nicht, weil Weinen nicht männlich war. Er war zuvor in Tränen ausgebrochen, weil er im Augenblick des Schreckens vergessen hatte, daß es gar nicht in der Absicht des Hurrikans lag, sein kurzes Leben zu beenden. Sein Leben war für den Hurrikan gleichgültig, also war es töricht, den Sturm persönlich zu nehmen. Das Problem mit Nat aber war, daß er fast alles persönlich nahm. Er kapierte einfach nicht, daß sich der Hurrikan auch um sein Leben nicht scherte. Er scherte sich um keines ihrer Leben. Drew war nicht der Meinung, daß man nichts mehr tun könne. Ihr Leben hing nicht an den Launen des Sturms, sondern daran, wie sie sich während des Sturms verhielten. Es lag an ihnen. Vielleicht auch an etwas Glück.

Er schlitzte die Dosen mit einem Beil auf (der Dosenöffner war in der Trümmerlandschaft der Kabine unauffindbar) und kippte den Inhalt auf zwei große Blechteller. Auf Deck schaufelten sie alle das Essen mit den Fingern in sich hinein. Kurz darauf hörten sie wieder das Rumpeln.

Als ob hundert Lokomotiven durch einen Tunnel rasten, schwoll es binnen Sekunden zu einem donnernden Vibrieren an. Die Wellen bauten sich auf und verdichteten sich. Jede einzelne war so hoch wie der Fockmast – ungefähr zehn Meter, wobei sich hin und wieder eine um weitere drei Meter aufrichtete und dann fast die Höhe des Großmastes erreichte. Ungewöhnlich schnell glitt der Schoner an den Vorderseiten der Wellen hinunter; zu schnell, um noch sicher zu segeln. Will erkannte an der hinter dem Heck wild hin und her schlingernden Leine, daß sie den Treibanker verloren hatten. Entweder war er ganz abgerissen, oder es hatte den Segeltuchsack des Ankers zerfetzt, so daß nur noch ein verbogenes Metallgerippe und neunzig Meter Leine übrig waren, um die Fahrt zu verlangsamen.

»Anbrassen!« schrie Will.

In hundert Metern Entfernung türmte sich eine Welle zu erstaunlicher Höhe. Sie mußte etwa fünfzehn Meter hoch sein. Während sie heranrollte, hörte Nathaniel das Krachen des sich brechenden Kamms. Er wollte wie vor einem angreifenden Löwen fliehen, doch gab es natürlich keinen Platz, wohin er hätte fliehen können. Die Welle hetzte das Schiff mit unversöhnlicher Rachsucht – zumindest kam es ihm so vor – und hob es dem unsichtbaren Himmel entgegen. In Ehrfurcht erstarrt, stand Nathaniel vor einer fast senkrechten Wand blauschwarzen Wassers, auf dem sich Adern aus Schaum, Gischt und Sprühnebel abzeichneten. Der Schoner erreichte den Gipfel, wo er, umtost von weißen Schaumkronen, auf einer Brandung oder Kabbelwasser zu reiten schien. Er und Will brauchten all ihre Kraft, um das Ruder gegen die Strudel, Strömungen und Gegenströmungen, die auf dem Wellenkamm gegeneinander ankämpften, auf Kurs zu halten. Die *Double Eagle* hing kurz in der Schwebe, so daß die Jungen aus der Perspektive einer Möwe einen entmutigenden Blick auf ein Gemälde werfen konnten, das das Werk eines Wahnsinnigen hätte sein können: eine endlos wogende und schwankende Wildnis. Das Schiff schoß die Welle hinunter, drehte sich und bohrte die Nase in das aufgewühlte Wasser. Für einen Augenblick schien die *Double Eagle* bis auf den Grund durchtauchen zu wollen, doch richtete sie sich tapfer auf und stieß mit dem Kopf wieder aus den Wellen. Gewaltige Wassermassen stürzten von vorn über das Deck, überfluteten das Kajütdach und rissen Will und Nathaniel von den Füßen. Während das Wasser über die Heckreling rauschte und die Jungen noch verzweifelt versuchten, wieder auf die Füße zu kommen, drehte sich das führerlose Schiff gegen den Wind, rollte und ging über Kopf. Die Masten zeigten jetzt senkrecht nach unten in Richtung der nächstgelegenen Landmasse, die in fünfhundert Faden Tiefe lag. Der Kiel durchschnitt die Luft.

Als der Rumpf mit einem fürchterlich dumpfen Schlag

kenterte, wurden Eliot und Drew gegen die Seitenwand der Kajüte geschleudert und stürzten dann zusammen mit Trajan, Blechdosen, Karten, Instrumenten und hundert anderen Dingen vom Boden auf die Decke, die nun der Boden war. Die Katze rannte kreischend im Kreis herum. Drew knallte gegen das Oberlicht, wobei er sich an dem splitternden Glas ins Fleisch schnitt. Wäre das Luk nicht verschalkt gewesen, wäre er hinaus ins Meer gefallen. Die Lukendeckel waren so gebaut, daß sie das Oberlicht zwar gegen überbrechende See, aber nicht vor Überflutung schützten. Durch den Zwischenraum zwischen Lukendeckel und Oberlicht drang Salzwasser und floß in der Mitte des Schiffs zu einer Pfütze zusammen. Außerdem sickerte Wasser durch Ritzen zwischen Luk und Schott der Hauptkajüte. Falls das verschalkte Luk nicht hielte, wäre es für den Ozean wie eine offene Tür. Weiteres Wasser blubberte durch das Ofenrohr herein, das jetzt ein Loch im Boden war, während der Herd an seinen Bodenhalterungen über ihnen hing.

Nathaniel und Will, die durch die Sorgleinen mit dem Schiff verbunden waren, zappelten wie Köder an der Angel, mal hüpften sie auf der Wasseroberfläche herum, mal wurden sie durch die Bewegungen des Schoners oder die Kraft der Wellen untergetaucht. Die Rettungswesten nutzten ihnen nichts. Nathaniel nahm undeutlich wahr, daß sich das Beiboot losgerissen hatte und die Leinen der Talje neben seinem Kopf herumschlackerten. Es war ihm egal. Wenn er durch die stürmische Oberfläche ins Wasser tauchte, genoß er die Stille. Er bildete sich ein, Dinge zu sehen: leuchtende Tropenfische, glänzende Oktopoden, phosphoreszierende Delphine, Lichter, die wie Sterne in einem unterseeischen Himmel funkelten. Zeichen und Wunder. Mit keinem Gedanken dachte er daran zu ertrinken; er dachte überhaupt nichts. Warmer Äther pulsierte in seinen Adern und versetzte ihn in eine schläfrige Glückseligkeit. Das Ringen mit dem Sturm hatte ein Ende. Der Krach, die Angst, die Strapazen für Hände, Arme und Rücken – alles hatte eine Ende ...

Keine halbe Minute, nachdem der unparteiische Ozean die *Double Eagle* zum Kentern gebracht hatte, richtete er sie wieder auf. Zusammen mit den gleichen Dingen, die schon zuvor mit ihnen durch die Luft gesegelt waren, fielen Eliot und Drew wieder auf die Bodenplanken. Das Wasser aus dem V-förmigen Oberlicht prasselte auf sie nieder, und aus dem Bauch des Herdes, dessen Klappe mit einem Knall aufgeflogen war, schossen Unmengen von Wasser und überfluteten die Hauptkajüte. Blitzschnell riß Eliot mit seiner gesunden Hand eine der Bodenluken auf, so daß das Wasser in die Bilge abfließen konnte. Drew stürzte sich auf die Pumpe.

Wie vom Meer ausgespuckte Essensreste wurden Nathaniel und Will wieder aufs Schiff geschleudert. Und zwar ziemlich grob. Nathaniel knallte mit dem Schädel an die Heckreling, und Will heulte vor Schmerz auf, als er mit den Rippen gegen das Steuerrad krachte. Man hatte sie zurückgeworfen in die Welt der Anstrengungen und der Mühen, des Schreckens und des Kampfes. Nathaniel war verblüfft, daß sie weder Masten noch Takelage eingebüßt hatten, und ärgerte sich fast über ihre Rettung. Er hatte das Gefühl, daß der Sturm mit ihnen herumspielte. Die Zeit würde kommen, in fünf Minuten oder in einer Stunde oder in zwei Stunden, dann wäre er des Spiels überdrüssig. Und das bedeutete dann ihr endgültiges Ende.

Naß bis auf die Haut und unterkühlt vom Wind, schlotterte Nathaniel am ganzen Körper. Nach ein paar Minuten versank er erneut in einen Zustand träumerischer Ermattung. Er wollte nur noch ausruhen, einfach zusammensinken und schlafen. Einmal mehr erklomm die *Double Eagle* eine riesige Welle, einmal mehr bot sich ihm und Will das Panoramagemälde des wahnsinnigen Malers dar. Bevor sie wieder in die Tiefe stürzten, sahen sie kurz eine dunkle Wolke, die sich windwärts quer über den gesamten Horizont erstreckte. War das wieder der Augenwall? Drehten sie sich nur ziellos um das Auge herum, waren sie dazu verdammt, wieder und immer wieder in den Sturm hineingesogen zu werden, bis er sich erschöpft hatte oder der Schoner sank? Als die nächste Welle das Schiff in die Höhe hob, sahen sie, daß die Wolke sich höher aufgerichtet hatte; nicht sie trieben auf die Wolke zu, diese trieb auf das Schiff zu: ein gewaltiger, sich nähernder Schatten, von dessen Spitze sich weiße Wirbel lösten. »Oh, oh«, murmelte Nathaniel vor sich hin. »Oh, oh.« Die *Double Eagle* stürzte in das nächste Wellental und mit ihr Nathaniels letzter Kampfeswille. Bis zu diesem Tag hatte sich das Meer – wie das Leben im allgemeinen – ihm gegenüber freundlich und großzügig gezeigt. Nie hatte es ihm gezeigt, wozu es fähig war, wenn seine Leidenschaften bis zum Äußersten getrieben wurden, nie hatte es ihn mit diesem Zorn heimgesucht, den man weder stillen noch besänftigen konnte, den man bestenfalls durchstehen konnte. Nun würde es diese Lücke in seiner Erziehung schließen. Es würde ihn mit der größten Welle konfrontieren, die er je zu Gesicht bekommen hatte, einer Welle, mit der es selbst ein Ozeandampfer während seines ganzen Lebens fast nie zu tun bekam; und er wußte, daß er sie nicht würde durchstehen können. Und die *Double Eagle* würde es auch nicht können. Sie war zu klein, zu zerbrechlich, um die Attacke dieses Monstrums zu überleben, das wie die Zeit mit unaufhaltsamer Wucht vorwärts drängte, das durch nichts von seinem Rachefeldzug abzuhalten war. Sie würde nicht am

Leben bleiben, genausowenig wie er, seine Brüder und Will.

Der Gedanke, das Ende auf sich zukommen zu sehen, war unerträglich. Eher würde er in das aufgerissene Maul eines wutentbrannten Grizzlys starren. Er ließ das Ruder los, lockerte den Palstek an seiner Hüfte, schlüpfte aus der Sorgleine und gab Will einen Klaps auf die Schulter, bevor er das Luk öffnete und nach unten stolperte. Sein Glaube, daß die Welt zu seinem Wohl eingerichtet sei, war völlig in sich zusammengestürzt. Mit diesem Verlust hatte er auch den Glauben an sich und die Überzeugung verloren, daß es nichts gebe, was er nicht schaffen könne. Das alles war beiseite gefegt worden von dem Gefühl, ein armseliger Schwächling zu sein, der zu keiner sinnvollen Tat mehr fähig war.

»Es ist alles vorbei«, sagte er zu Eliot und Drew und ließ sich auf den nassen Kajütboden plumpsen. Seine Stimme war gefaßt, sein ruhiger Gesichtsausdruck glich einer Maske; in seinem Inneren war er jedoch keineswegs ruhig, sondern erfüllt von resignierter Verzweiflung, die in Schlachten an Land oder Stürmen auf See bisweilen als unerschütterlicher Mut mißverstanden wird. »Keine Wolke ... Eine Welle. Es ist vorbei«, sagte er noch einmal und schloß dann die Augen.

Seine beiden jüngeren Brüder starrten ihn an. Eine Bö platzte in die Kajüte und ordnete den Trümmerhaufen neu: Nathaniel hatte sich erst gar nicht damit abgegeben, das Luk zu schließen.

»Was ist mit Will? Wo ist Will?« Drew kämpfte gegen die aufkommende Panik an.

Nathaniel rührte sich nicht, sondern machte lediglich eine unbestimmte Handbewegung.

»Steht Will jetzt allein am Ruder? Was ...«

Drew stockte. Er spürte, daß sie nur noch Minuten, wenn nicht Sekunden, von einer brenzligen Situation entfernt waren. Er sprang an Deck und verschloß hinter sich das Luk. Drew laschte seine Sorgleine am Steuerradkasten an. Will schien sich seiner Anwesenheit gar nicht bewußt zu sein. Er starrte gebannt auf die Wasserebene, die sich hundert Meter hinter dem Heck erhob und um vieles mächtiger als ein Haus war. Ihr brodelndes Dach überragte die Spitze des Großmastes, der seinerseits höher als der Schoner lang war. Die Welle war so riesig, daß auf ihr weitere Wellen rollten, kleinere Wellen, die als hüpfende Wälle von einem und anderthalb Meter Höhe über ihre Vorderseite verteilten waren. Das letzte, steil aufragende Stück formte sich zu einem nach hinten gestülpten Bogen, der im Licht des Sturms wie eine Höhle aus Wasser glänzte. Es war ein majestätischer Anblick. Als sich die Welle über ihm aufbäumte, hielt Drew den Atem an. Er war viel zu fasziniert, um Angst zu empfinden. Hätte die Sonne geschienen, wäre der Schoner vom Bug bis zum Heck im Schatten der Welle versunken.

Sekunden später erreichte die Welle die *Double Eagle*. Auf ihrer schnellen, fast senkrechten Fahrt nach oben versuchte sie verzweifelt, sich aufrecht zu halten. Kurz bevor sie den Gipfel erreichte, hing sie so schräg an der Vorderseite der Welle, daß Will und Drew, hätten sie nicht die Sorgleinen gehabt, zum Bug hinuntergefallen wären. Dann lag sie plötzlich in der Waagerechten. Die Oberseite der Welle, die der Kraft des Windes schutzlos ausgeliefert war, bildete eine fast ebene Fläche. Sie sah so wild und weit aus wie die Lachsflüsse in Maine, ein Irrenhaus hin und her schleudernder Schaumkronen. Drew versuchte sich den Bewegungen Wills anzupassen, der mit geschickten Drehungen des Steuerrads in die eine oder andere Richtung das Schiff auf Kurs zu halten suchte. Sie konnten die Vibrationen des Ruderblatts bis ins Steuerrad spüren. Der ganze Rumpf vibrierte. In diesem Moment schnellte ein Teil des Wellenbergs zu einem spitzen Gipfel senkrecht in die Höhe. Der Körper der Welle erzitterte wie die Erde bei einem Erdbeben, und der Gipfel stürzte in einem donnernden Niagarafall auf das Schiff. Die Wucht des Aufpralls ließ jeden Spant erbeben und drückte die *Double Eagle* fast unter Wasser. Will und Drew wurden von den Füßen gerissen und nach hinten geschleudert. Die Wucht war so stark, daß sich ihnen die Sorgleinen durch die Öljacken hindurch ins Fleisch brannten. Während die große Welle unter ihnen hindurchrollte und in die unendliche Weite entschwand, zerrte der heulende Wind an der durch das Kentern ohnehin strapazierten Takelage. Sie hörten ein lautes Knacken, dann noch eines und dann einen fürchterlichen Schlag. Der Fockmast ging über Bord. Als er abbrach, war auch das Genickstag zwischen Fockmast und Großmast nach unten gestürzt und hatte dabei den Großtopp und ein Stück des Großmastes abgerissen, das daraufhin die Lukendeckel des Oberlichts der Vorderkajüte eingeschlagen hatte. Der Zweimastschoner war jetzt nurmehr ein Halbmastschoner. Die restlichen sechs Meter des zersplitterten Großmastes ragten wie ein vom Blitz getroffener Baum aus einem Trümmerfeld aus Wanten und Tauwerk. Der Fockmast hing noch an seinen Wanten und Stagen und wurde auf der Steuerbordseite mitgeschleift. Es war wie bei dem Sturm vor South Carolina. Das ganze Rigg hing im Wasser – der Mast und auch der neue Baum und die neue Gaffel, die Ray Sykes in Snead's Landing geschreinert hatte. Die Spieren trommelten gegen den Rumpf und drohten, das Schiff leckzuschlagen.

»Reißt das Zeug runter!« brüllte Will.

Drew hetzte nach unten, um Eliot und Nathaniel Bescheid zu sagen, tauchte aber nur mit Eliot wieder auf.

Mit Bügelsäge und Beil bahnten sie sich durch das Gewirr heruntergerissener Leinen einen Weg zum Vorderdeck. Der Wind begann etwas abzuflauen – in den vergangenen Stunden hatten sich die Jungen wie Windmeßgeräte auf seinen Rhythmus eingestellt –, und die Wellen schienen auf neun Meter oder weniger zu schrumpfen. Verglichen mit dem Monstrum zuvor, das sich mit dem Wind verbündet hatte, ihre Masten zu kappen, war das nicht mehr als Kabbelwasser. Die beiden Jungen hatten sich mit den Sorgleinen an der Ankerwinde festgebunden und hackten und sägten zwanzig Minuten lang in einem fort, um das fürchterliche Durcheinander zu lichten. Da das Schiff ohne seine Masten nicht mehr nur rollte, sondern mit den zappeligen Bewegungen eines Spielzeugboots heftig hin und her schlug, mußte Drew sich übergeben. Schließlich wurde das Rigg von der wogenden See davongetragen, entweder um unterzugehen und seinen kleinen Teil zu all den anderen Wrackteilen auf dem Meeresgrund beizusteuern oder um an einem unbekannten Strand angeschwemmt zu werden, wo es vielleicht von irgendeinem Strandräuber aufgelesen wurde, der sich vielleicht Gedanken darüber machte, welches Schicksal das Schiff erlitten hatte, zu dem das Rigg einst gehörte.

23

Die Spätnachmittagssonne schien auf den grünen Rumpf eines Schoners, der in einer weitläufigen, schlammigen Bucht auf Grund gelaufen war. Das Deck sah aus, als hätten es Männer mit Kleinkalibergewehren als Übungsscheibe benutzt. Der Schoner lag so schräg auf der Backbordseite, daß das in zwei Teile zerbrochene Ruderblatt und der obere Teil des beschädigten Kiels zu sehen waren. Inseln besprenkelten die Bucht wie grüne Flicken, die man auf ein lehmfarbenes Kleidungsstück genäht hatte. Der Archipel erstreckte sich so weit das Auge reichte nach Osten. Wenn man nach Süden schaute, dampften in der Hitze niedrige Mangrovendschungel, die von einem schmalen Strandstreifen gesäumt waren.

Eliot, Will und Drew saßen auf der hohen Seite des Achterdecks unter einer Behelfsplane und ergötzten sich an der Stille wie Überlebende eines Schneesturms an einem prasselnden Feuer. Allerdings steckten sie nach der Rettung aus dem Sturm in einer neuen Zwangslage: Mit Essen und Trinkwasser für höchstens eine Woche saßen sie an irgendeinem tropischen Strand am Ende der Welt fest. Der letzte Wutanfall des Hurrikans hatte sie an diesen Ort irgendwo vor der Nordküste Kubas geschleudert. Die Brandung hatte die *Double Eagle* über ein zerklüftetes Riff, das aus dem Nichts aufgetaucht war, hierher gespült. Wie es schien binnen Sekunden – ganz bestimmt hatte es nicht mehr als ein paar Minuten gedauert –, war sie aus dem Schlund der

Floridastraße in kaum drei Meter tiefes Wasser katapultiert worden. Mit Schaudern erinnerte sich Drew daran, wie plötzlich riesige Schatten aus den wogenden Wellen aufgetaucht waren. Er erinnerte sich an Wills Brüllen – »Felsen! Da sind Felsen!« –, kurz bevor sie mit einem dumpfen Krachen, das das Schiff durch und durch erzittern ließ, zum ersten Mal die Felsen rammten. Sie wußten, daß sie das Ruder verloren hatten, weil im selben Augenblick der Druck auf das Steuerrad verschwunden war. Ein Brecher hob den Schoner in die Höhe und schleuderte ihn vorwärts. Sie rammten die Felsen ein zweites Mal, diesmal begleitet vom Kreischen splitternder Planken und Bohlen. Wasser lief in die Bilge, und schon Sekunden später begann die *Double Eagle* abzusacken. Unter der Wasserlinie leckgeschlagen, ohne Ruderblatt, ohne Masten, war sie wehrlos. Drew und Will, deren Hände immer noch nutzlos auf dem Steuerrad lagen, waren sich fast sicher, daß sie sich breitseits in die Brandung drehen, querschlagen und sinken würde; aber sie lief immer noch trotzig mit dem Wind, gab sich erstaunlicherweise immer noch nicht geschlagen, bis sie sich schließlich in eine Sandbank bohrte, die ihrer bewegten Laufbahn ein so abruptes Ende setzte, als wäre sie gegen eine Steinmauer geprallt. Auf der Windstärkenskala ging es schnell bergab, von Sturmstärke über starken Wind zu schwacher Brise, und zwischen den Wolken öffneten sich gezackte blaue Fenster. Die hohe Sturmflut verebbte, der Wasserspiegel fiel von zwei auf einen Meter. Es war drei Uhr nachmittags, als Will, der zusammengesackt auf dem Boden kauerte und sich mit beiden Händen die linke Seite hielt, sagte, daß sie nach seiner Schätzung in etwa neun Stunden hundert Meilen durch die Floridastraße getrieben worden waren. Das überraschte Drew weniger als die Tageszeit. Der Sturm hatte etwas weniger als zwölf Stunden gedauert, doch ihm, dem das schauerliche Grollen noch immer in den Ohren klang, war es wie eine Woche vorgekommen. Schon damals ahnte er, daß ihn diese zwölf Stunden für immer von seiner Kindheit abgenabelt hatten.

Als er und Will nach unten gingen, um die Schäden zu inspizieren, lag Nathaniel im Achterschiff in der Eignerkajüte. Er war unverletzt, sah aber aus, als hätte man ihn mit einem Knüppel verprügelt. Eliot war in der Hauptkajüte, die auf der Backbordseite unter Wasser stand. Auch er wirkte wie betäubt, während er durch das knietiefe, schlammige Wasser watete und zwischen den tausend herumschwimmenden Dingen nach etwas suchte. »Oh, verdammt!« sagte er, während er mit einer Hand ins Wasser fuhr und Trajans toten Körper herausfischte. Drew fand, es sei jetzt keine Zeit für Gefühlsduseleien, packte den kleinen Körper am Genick, ging nach draußen und warf ihn über Bord. »Warst eine gute Katze«, murmelte er und ging dann wieder nach unten, um zusammen mit Will und Eliot zu retten, was noch zu retten war.

Ihre Hauptsorge galt Lebensmitteln und Trinkwasser. Die Kupfertonne im Vorderschiff war leer; der abgebrochene Großmast hatte sich durch die Bodenplanken gebohrt und dadurch die Schlauchleitung zerrissen, so daß zweihundert Liter Wasser in die Bilge geflossen waren. Die Tonne im Achterschiff war noch zur Hälfte gefüllt. Da sie mit höchstens drei Tagen in den Tortugas gerechnet hatten, hatten die Jungen es nicht für nötig erachtet, die Tonne vor dem Auslaufen aus Key West noch aufzufüllen. In der überschwemmten Kombüse fanden sie einen Karton mit Konserven und ein paar einzelnen Dosen mit Pökelfleisch, Schwein und Rind. Alles andere – Zucker, Salz, Kaffee, Tee, Bohnen, Reis und Zwiebeln – war unbrauchbar und wanderte ins Meer.

Drew fühlte sich bemüßigt, war geradezu besessen davon, Ordnung in die Trümmerlandschaft zu bringen. Er kniete sich wie ein Wahnsinniger in die Aufräumarbeiten und beförderte alles, was zerstört oder von nicht mehr unmittelbar praktischem Nutzen war, über Bord – wie zum Beispiel Eliots Gitarre, deren Holz sich mit Wasser vollgesogen hatte. Ein ganzes Warenlager von Dingen, die einst unverzichtbar zu sein schienen, landete auf dem Meeresgrund oder trieb mit den Gezeiten davon. Das Logbuch, das den Sturm überstanden hatte, verschonte er; er wollte es als Erinnerungsstück aufheben. Die Spiegel an Wills Sextanten waren zersplittert, aber der Plath in seiner stabilen Teakholzkassette war immer noch funktionstüchtig. Das *Jahrbuch* und die Umrechnungstafeln, die völlig aufgeweicht waren, stellte er zum Trocknen auf Deck auf. Die klatschnasse Karte von Kuba, die eine quallige Transparenz angenommen hatte, breitete er vorsichtig auf dem Kajütdach aus, beschwerte die Ecken und hoffte darauf, daß die Sonne sie wieder in einen brauchbaren Zustand versetzen würde. Nachdem er all das erledigt hatte, zog er zusammen mit Will und Eliot den Flieger aus der Segelkoje, damit sie ihn als Schutzplane gegen die grausame Sonne aufziehen konnten.

Während sie jetzt zusammengedrängt unter der Plane hockten, suchten sie das Wasser nach einem Zeichen menschlichen Lebens ab. Der Schwarm weißer Vögel, der sich zwischen ihnen und dem Festland von einer kleinen, ungefähr eine Meile entfernten Insel in die Lüfte erhob, war so groß, daß er aussah wie eine Wolke. Näher an dem leidgeprüften Schoner wateten Flamingos auf langen, zweigengleichen Beinen durch eine sandige Untiefe. Das war alles, was sie sahen – Vögel, Tausende von Vögeln, einsame Koralleninseln und eine Küste, die, so stellten sie sich vor, so wild wie vor vierhundert Jahren war, als spanische Seefahrer sie zum ersten Mal auf ihren Karten verzeichnet hatten.

»Das Wichtigste zuerst«, sagte Will, der dabei zusammenzuckte und beide Hände auf seine verletzte Seite preßte. »Zuerst müssen wir berechnen, wo wir sind. Wenn überhaupt möglich. Am besten noch bevor die Sonne untergeht. Verdammt, ich glaube, ich hab mir ein paar Rippen gebrochen.«

Genau darüber wollte Drew nicht nachdenken. Und auch nicht über Eliots gebrochene Hand oder über die unheimliche Niedergeschlagenheit, die Nathaniel in sprachloser Bewegungslosigkeit unter Deck verharren ließ. Die körperlichen und geistigen Gebrechen seiner Kameraden legten nahe, daß nun er gefordert war. Er aber fühlte sich noch nicht so weit, einer solchen Anforderung gerecht zu werden. Er holte den Plath und die Nachschlagewerke und nahm eine Messung der untergehenden Sonne vor. Da die Buchseiten zusammenklebten und vorsichtig auseinandergezogen werden mußten und zudem die Zahlenreihen verschmiert und kaum zu entziffern waren, erforderten die Berechnungen mehr Zeit als gewöhnlich. Außerdem hatten sie kein trockenes Papier mehr, um darauf Notizen zu machen, so daß er und Will ihr Rechenwerk auf den Decksplanken erledigen mußten.

Während sie über den Zahlen saßen, beobachtete Eliot die sinkende Sonne, die über dem westlichen Rand der Bucht schwebte. Kurz bevor sie verschwand, nahm der letzte rote Lichtsplitter eine grellgrüne Farbe an und funkelte wie ein riesiger Smaragd.

»Ich hab's gesehen!« schrie er. »Zum ersten Mal überhaupt! Den grünen Blitz!«

Drew und Will, die über ihren Ziffern brüteten, sagten nichts.

»He! Ich hab gerade den grünen Blitz gesehen!« sagte Eliot noch einmal. »Von dem uns Dad immer erzählt hat! Er soll Glück bringen!«

»Der wird durch eine Strahlenbrechung in den unteren Schichten der Atmosphäre hervorgerufen. Hat mit Glück nichts zu tun«, sagte Drew mit der strapazierten Geduld eines Missionars, der einen über die Maßen beschränkten Wilden belehrt.

Während das Licht verblaßte, bestimmten er und Will Azimut und Höhe der Sonne anhand der HO-Tafeln und gingen dann aufs Kajütdach, um auf der Karte das Kurslineal an die Kompaßrose anzulegen.

»Demnach sind wir irgendwo auf dieser Linie«, sagte Drew. »In dieser Gegend da. Bahía de Cárdenas. Was heißt das eigentlich, Will?«

»Bucht von Cárdenas«, sagte Will. Er fügte noch etwas hinzu, das Drew als lächerlich penible Wertschätzung linguistischer Spitzfindigkeiten empfand. »Bahía« werde nicht *Ba-hie-a* ausgesprochen, sondern *Ba-ia*. Will, der sich nun über die Karte beugte, deutete mit dem Bleistift auf etwas und verzog er den Mund. »Wenn ich mir die Küstenlinie so anseh, würde ich sagen, wir sind ungefähr auf dieser Sandbank hier. Genau nördlich von dieser kleinen Insel, ungefähr fünf Meilen entfernt von dem Festland da. Punta de Piedras. Sieht zumindest so aus.« Mit Daumen und Zeigefinger maß er auf der Längengradskala zehn Meilen ab, setzte dann den Daumen auf die geschätzte Position des Schoners und den Zeigefinger auf einen Punkt am Anfang der Bucht, der ungefähr einen Zentimeter von dem Ort entfernt war, der als CÁRDENAS eingezeichnet war.

»Da ist die Zivilisation, ein Dorf, vielleicht sogar eine Stadt. Ist mehr oder weniger zwölf Meilen entfernt. Luftlinie übers Wasser. In südwestlicher Richtung. Nach den Peilungen beträgt die durchschnittliche Wassertiefe anderthalb Faden. Schade. Wenn es ein bißchen flacher wäre, könnten wir zu Fuß rüberlaufen. Verdammter Mist, daß wir das Beiboot verloren haben.«

Drew schaute angestrengt auf die Karte, hob dann den Blick und schaute die Küste entlang. Sie war geformt wie ein gekrümmter Daumen und bildete den Ostrand der Bucht.

»Ich hab's, Will. Wir sind nur etwa zwei Meilen vom Festland weg, und die Peilungen zeigen zwischen hier und dem Festland nur flaches Wasser. Nicht mehr als einen halben Faden tief. Wir können durchwaten. Dann immer die Küste entlang durch die Bucht bis zu dem Dorf.«

»Sieht aus wie ein Fünfundzwanzig-Meilen-Marsch. Ich bin nicht gerade in der Verfassung für so eine Tour.«

»Ich bin dafür, daß wir uns nicht vom Fleck rühren«, warf Eliot ein. »Wir rationieren Essen und Wasser und warten, bis uns ein Fischer oder ein Schiff aufgabelt. Früher oder später muß ja ein Schiff aus dem Dorf da rauskommen.«

»Was, wenn alle Schiffe in dem Dorf genauso aussehen wie unseres?« Drews Frage hatte mehr oder weniger rhetorischen Charakter. »Ich versuch's. Ich bin der Kleinste. Wenn ich da durchwaten kann, kann's jeder.«

Ohne weitere Kommentare abzuwarten, ließ er sich an der Backbordseite hinunter und fand sich bis zum Kinn im Wasser wieder, da er bis über die Knie im morastigen Untergrund versank. Sich zwei Meilen durch diesen Schlamm zu wühlen, dauert ewig, dachte er. Er griff nach der Reling und zog sich wieder an Bord. Der Matsch verklebte die Hose und sonderte einen schwefeligen Gestank ab.

»Tja, die glänzende Idee hat sich wohl erledigt«, brummte Eliot. »Flaches Wasser, tiefe Scheiße.«

Da es unten zum Ersticken heiß war und nach abgestandenem Bilgenwasser und Schimmel stank, schliefen sie alle vier auf Deck. Sie zuckten mit den Gliedern, und manchmal, wenn der Hurrikan zurückkam und durch ihre Träume heulte, schrie einer von ihnen Reffen! oder Hissen! oder Festmachen! Mitten in der Nacht schoß Nathaniel senkrecht in die Höhe. Ein Alptraum, in dem sich die riesige Welle vor ihm aufbäumte, hatte ihn aufgeschreckt. Ihr dunkler Körper war mit der festen, entsetzlichen Absicht auf ihn zugerast, seinem Körper das Leben zu entreißen. Während er hellwach unter den kalten und hochmütigen Sternen saß, sah er die Welle immer noch vor sich. Sie fällte ein fürchterliches Urteil. Er hatte Will im Stich gelassen, hatte ihn im Kampf gegen das Monstrum allein am Ruder zurückgelassen. Er hatte Will und seine Brüder verraten, so wie er zuvor schon Artemis verraten hatte; und das schlimmste von allem war, er hatte sich selbst und sein makelloses Selbstbildnis verraten. In der ersten schwerwiegenden Krise seines Lebens hatte er sich als Versager erwiesen: bei der erhabenen Prüfung, auf die er sich mit seinen Boxkämpfen, seinen Footballspielen und seinen Versandhaushanteln so gewissenhaft vorbereitet hatte. In dieser sich auftürmenden Masse zornigen Wassers war er auf eine Macht getroffen, der sein Geist nicht gewachsen war. Wenn sich seine Schiffskameraden genauso feige gedrückt hätten, könnte er jetzt vielleicht besser vor sich bestehen; doch während er auf den Grund seines Herzens geblickt und nur Leere, ein hohl und schändlich klaffendes Loch vorgefunden hatte, hatten sie die Kraft gefunden, der Bestie ins Auge zu blicken. So konnte er seinem Vater nicht ins Gesicht sehen. Er war sich nicht einmal sicher, ob er nicht sein eigenes Gesicht im Spiegel bespucken würde. Es war unmöglich, mit soviel Ekel vor sich selbst weiterzuleben. Zwar schoß ihm der verlockende und gleichsam fröstelnde Gedanke an Selbstmord durch den Kopf, doch wurde diesem Einhalt geboten durch die Hoffnung, daß das Leben in seiner grenzenlosen Gerechtigkeit und Gnade irgendwann eine andere Herausforderung an seinen Mut bereithalten würde, eine Herausforderung, die er annehmen und bewältigen und mit der er beweisen würde, daß er der Mann war, der er zu sein glaubte. Und wenn das Leben sie ihm nicht von sich aus bot, dann wäre er eben gefordert, danach zu suchen.

So vergingen drei endlose Tage und Nächte. Wenn sie nicht schliefen, saßen sie schweißgebadet herum und suchten die Bucht mit den Augen nach einem Schiff ab. Aber sie bekamen nichts zu sehen als blendendes Wasser, wilde Vögel und die mit Mangroven überwucherte Küstenlinie, die unter einer Sonne brütete, die keinerlei Trost für sie bereithielt. Mit der Zeit sprachen sie immer weniger, wurden allmählich trübsinnig und gingen sich unwillkürlich aus dem Weg. Die Überreste der *Double Eagle* waren inzwischen ebenso Gefängnis wie Zufluchtsort. So sorgfältig und sparsam sie das Trinkwasser, das nur Schöpflöffel für Schöpflöffel ausgegeben wurde, auch rationiert hatten, sie waren privilegierte amerikanische Jungen, die weder an Entbehrungen noch an die fremdartige Hitze gewohnt waren. Wenn die anderen nicht hinsahen, bediente sich immer wieder der eine oder andere außer der Reihe. Am Morgen des vierten Tages nach dem Sturm war der Inhalt der Tonne um ein Drittel geschrumpft.

Als Drew aufwachte, herrschte Ebbe. Die kleine Insel im Süden war völlig von trockenem Land umgeben: ein breiter Ring aus Sand, den das zurückgehende Wasser freigelegt hatte. Es war so verlockend wie eine Fata Morgana in der Wüste. Obwohl seine Angst vor dem Meer mittlerweile verschwunden war, hatte ihn noch nie ein derart heftiges Verlangen überkommen, wieder festen Boden unter den Füßen zu spüren. Es dauerte nicht mehr lange, da würde er festen Boden unter den Füßen spüren *müssen*. Allen wird es so gehen, dachte er, denn das restliche Trinkwasser wird nicht mehr lange reichen. Eine wichtige Sache hatte er auf dieser Fahrt gelernt: Im Leben ist es vor allem anderen notwendig, daß man dem Notwendigen mit scharfem Auge und klarem Kopf begegnete. Man ignorierte, wie man etwas gern hätte, und betrachtete es nur so, wie es tatsächlich war. Und dann handelte man – rücksichtslos, wenn die Situation Rücksichtslosigkeit erforderte. Er erkannte, daß die älteren so lange auf ein Schiff warten würden, bis sich noch der letzte Bissen in ihren Eingeweiden in Scheiße verwandelt hätte, bis sie noch den letzten Tropfen Wasser über Bord gepißt hätten. Klar, vielleicht tauchte ein Fischerboot auf und rettete sie; vielleicht aber auch nicht. Wenn er und Will ihre Position richtig berechnet hatten, dann war das einzige, was sie mit Sicherheit wußten, daß in fünfundzwanzig Meilen Entfernung an Land die Stadt Cárdenas lag. Für Drew hatten sie keine andere Wahl, als zu versuchen, sich zum Festland durchzuwaten, so lange für den Marsch noch genug Essen und Wasser übrig war.

Er verkündete seinen Entschluß, ließ sich über die Bordwand nach unten und versank erneut bis über die Knie in der Pampe, die irgendein niederes Dasein zwischen flüssig und fest fristete. Obwohl es war, als ginge man in nassem Zement, zwang er sich, vorwärts zu gehen. Zehn Minuten später war er ausgedörrt und schweißgebadet, hatte aber nur weniger als hundert Meter zurückgelegt. Bei dem Tempo, rechnete er sich aus, würde er für die zwei Meilen ungefähr acht Stunden brauchen, vorausgesetzt der Schlamm würde nicht tiefer werden. Er riß den linken Fuß nach oben, setzte ihn auf, riß den rechten nach oben und setzte ihn auf. Ein ums andere Mal. Als er wieder einmal den Fuß auf den Boden setzte, plötzlich aber in wadenhohem Wasser stand, auf einem Untergrund, der so hart wie Pflastersteine war, stöhnte er erleichtert auf. Er griff ins Wasser und holte ein Handvoll von etwas heraus, das wie gemahlener Kalkstein aussah. Um sicherzugehen, daß der feste Untergrund nicht nur eine vorübergehende Erscheinung war, stapfte er hastig weiter und schaffte die nächsten hundert Meter in weniger als der Hälfte der Zeit, die er für die ersten hundert gebraucht hatte. Er drehte sich um und schleppte sich ein Stück des Weges wieder zurück, legte die Hand um den Mund und schrie: »Es geht!« Zum Zeichen, daß er verstanden hatte, schwenkte Will die Arme. Die nächste Viertelstunde beobachtete er Will und seine Brüder dabei, wie sie irgend etwas erledigten – was, konnte er nicht erkennen. Als sie schließlich bei ihm ankamen, sah er, daß sie aus Seilen eine Art Geschirr für ein kleines Wasserfaß zusammengebastelt hatten. Sie hatten sowohl oben als auch unten jeweils ein Stück Seil um das Faß gebunden und zwei weitere waren im rechten Winkel dazu befestigt, um auf diese Weise als Schulterriemen zu dienen. Nathaniel trug das Faß, Eliot hatte die Schrotflinte geschultert. An ihrem Lauf baumelte ein Bündel aus Segeltuch, das ein paar Konserven und das Logbuch enthielt. Das mit dem Logbuch war Wills Idee gewesen: Er dachte, sie würden es vielleicht bei den kubanischen Behörden in Cárdenas brauchen, um ihre Geschichte zu dokumentieren. Wenn sie Glück, sehr viel Glück hätten, dann liefen sie ja vielleicht auch amerikanischen Soldaten über den Weg. Die Insel sei schließlich immer noch von amerikanischen Truppen besetzt.

Sie erreichten die Insel nach einem zweistündigen Fußmarsch und betrachteten, während sie sich ausruhten und vom mitgebrachten Wasser tranken, eingeschüchtert das vom Sturm angerichtete Zerstörungswerk. Als wären sie von einem wütenden Riesen niedergetrampelt worden, lagen die Mangroven flach am Boden. In der Ferne hoben sich gegen den bleichen Himmel die Umrisse der havarierten *Double Eagle* ab. Sie hatten sie gesegelt, und sie hatten sie geliebt; sie wiederum hatte die Jungen nie im Stich gelassen und sie schließlich vom – wie Artemis ihn immer genannt hatte – grausamen Ozean erlöst. Ihr Anblick ließ sie den Schmerz von Verlust und Trauer fühlen, einen Schmerz, wie ihn ein Flüchtling fühlen mochte, der einen letzten verstohlenen Blick auf sein vom Krieg oder durch eine Naturkatastrophe zerstörtes Heim wirft. Keiner fühlte das durch Schuldgefühle noch verschlimmerte Leid so stark wie Nathaniel; auch sie, seine *Double Eagle*, hatte er verraten, und sie jetzt im Stich zu lassen, an einer fremden Küste, empfand er als den schlimmsten Verrat. Wie versteinert stand er da und starrte sie an, bis Will ihn an der Schulter berührte und sagte: »Komm, Natters. Weiter.«

Sie gingen weiter. Auf dem Weg von der kleinen Insel zum Festland mußten sie durch einen breiten Streifen tieferes Wasser waten. An manchen Stellen reichte Drew das Wasser bis zur Brust, und einmal, er war in ein weißes Sandloch getreten, tauchte er sogar mit dem Kopf unter. Blaßbraune Haie, die keinen halben Meter groß waren, schlängelten sich träge über Seegraswiesen. Kleine Stachelrochen schwebten vorbei. Ihre Schwanzflossen ragten wie Peitschen aus schwarzen Körpern, die wie Backbleche aussahen.

Drew bot Nathaniel an, ihn beim Tragen abzulösen. Dieser lehnte ab und gelobte feierlich, das Faß den ganzen Weg bis Cárdenas zu tragen. Es war für ihn der Beginn einer selbstauferlegten Buße. Wenn das Leben ihm auf diese Weise eine Gelegenheit biete, seine Sünden abzugelten, so sagte er sich, dann müsse er sich dessen würdig erweisen, indem er sich durch Leiden und Opfer selbst reinigte. Er pries innerlich das Scheuern und Brennen der Hanfriemen, den Druck der zwanzig Pfund Wasser und Holz auf seinem Rücken. Er frohlockte über die Hitze, über seinen Durst, über die Kalksteinkiesel, die ihm in die nackten Fußsohlen stachen. Was ihn betraf, konnte er gar nicht genug leiden.

Fünf Stunden nach ihrem Aufbruch betraten sie einen Strand von der Breite eines Gehwegs. Nach dem Sturm war er mit Unmengen von Strandgut übersät: Koskosnüsse, zerbrochene Hummerfallen, Rollen mit Warpleine, Treibholz, ein Baumstumpf, der wahrscheinlich von einem weit entfernten Ort angeschwemmt worden war. Hinter dem Strand lagen noch mehr umgeblasene Mangroven und umgestürzte Keulenbäume, die alle wie abgeholzte Stämme kreuz und quer durcheinanderlagen. Ein paar Palmen standen zwar noch aufrecht, krümmten sich aber in aberwitzigen Verrenkungen und waren teilweise bis auf ein oder zwei Palmwedel nackt. Die Jungen ruhten sich abermals aus, tranken, aßen etwas gepökeltes Schweinefleisch, das sie mit den Fingern aus der Dose pulten, und machten sich dann im Gänsemarsch wieder auf den Weg. Manchmal verengte sich der Strand zur Breite eines Trampelpfads; oft verschwand er völlig, so daß sie gezwungen waren, sich durch die verworrenen Schlingen der Mangrovenwurzeln zu schlagen oder durch hüfthohe Wasserläufe zu waten, welche die Gezeitenströme ins Festland gefressen hatten. Sie schwammen durch die Mündung eines kleinen Flusses. Nathaniel stieß das Wasserfaß vor sich her, Will stöhnte vor Schmerz, und Drew hatte Eliot, der die gesunde Hand zum Paddeln brauchte, die Flinte und das Vagabundenbündel abgenommen. Bei Einbruch der Nacht erreichten sie den Anfang der Bucht, warfen sich in den Sand und schlossen die Augen. Da jedoch an Schlaf wegen der aus den Mangrovensümpfen ausschwärmenden Moskitos nicht zu denken war, gingen sie im Schein des Halbmondes weiter. Gegen Mitternacht waren sie schließlich so ausgepumpt, daß sie in den Sand sanken und auf der Stelle einschliefen.

Um die vergleichsweise kühle Morgenluft möglichst lange auszunutzen, machten sie sich schon bei Anbruch der Dämmerung wieder auf den Weg. Nach Wochen auf dem kleinen Schiff waren ihre Beine geschwächt. Die steifen Muskeln sträubten sich gegen jede schnelle Bewegung. Will fiel auf, daß die Uferlinie jetzt genau in westlicher Richtung verlief. Wenn er die Karte richtig gelesen hatte, dürfte Cárdenas keine zehn Meilen mehr entfernt sein. Zwei Stunden und möglicherweise genau diese Wegstrecke später tranken sie den Rest ihres Wassers. Nathaniel ließ das Faß fallen: Dieser Teil der Buße war erledigt. Da immer noch nirgends ein Zeichen von Zivilisation erkennbar war, kein Schiff, keine Farm, kein Dorf, setzten sie sich auf den Boden und gaben sich niederschmetternden Spekulationen hin. Vielleicht hatten sie ja den Kurs falsch berechnet und befanden sich gar nicht in der Bucht von Cárdenas, sondern an einem völlig verlassenen Abschnitt der kubanischen Küste? Erschöpfung und Hitze ließen sie in einen Schlaf fallen, der einer tiefen Bewußtlosigkeit glich. In den Träumen, die sie jetzt träumten, plätscherten die klaren Bäche des Nordens, sprudelten frische Quellen auf schattigen Lichtungen in Neuengland.

Als Will durch einen heftigen Stoß in die Rippen geweckt wurde, hielt er das nicht für einen Traum, sondern für eine Halluzination. Über ihm standen drei Gestalten, die die Nachmittagssonne von hinten anstrahlte. Er setzte sich auf, hielt die Hand gegen die Sonne und sah einen dunkelhäutigen Jungen von vierzehn oder fünfzehn Jahren, der einen Strohhut aufhatte und zerlumpte Baumwollhosen trug. An dem Stück Seil, das er als Gürtel um die Hüfte geschlungen hatte, baumelte eine Scheide mit einer Machete. Neben ihm stand mit einem Bündel Palmwedeln im Arm eine alte Negerin, deren verrunzeltes Gesicht wie eine Flußlandschaft aussah, und neben dieser noch eine große, etwa zwanzigjährige Frau mit rehbrauner Haut. Ihr schwarzes Haar wurde von einem blauen Tuch gehalten, das sie wie einen Turban um den Kopf gewickelt hatte. Die großen und ovalen Augen, die genauso schwarz wie das Haar waren, zeigten an den Seiten etwas nach unten und sahen aus wie die Augen einer Frau auf einem ägyptischen Fries. Ein goldenes Amulett hing zwischen ihren Brüsten, die zwar üppig waren, angesichts der breiten Hüften aber unverhältnismäßig klein wirkten. Dieser Makel tat ihrer Schönheit jedoch keinen Abbruch, im Gegenteil, er verstärkte sie: Die Frau war das beeindruckendste weibliche Wesen, das er je gesehen hatte. Hinter den dreien lag ein etwa fünf bis fünfeinhalb Meter langes Skiff mit Gaffeltakelung, strahlend blauem Rumpf und rotem Schandeck. Es war auf den Strand gezogen und mit der Fangleine an einer Mangrovenwurzel festgebunden worden.

»Quién es?« fragte der Junge.

»Yo?«

»Sí. Usted.« Der Junge grinste, als ob er sagen wollte: Wer denn sonst?

»Me llamo Willard Terhune.«

»Usted no es cubano, verdad? De dónde es usted?«

»Soy norteamericano.«

Der Junge machte den Eindruck, als wäre er ein zähes, kleines Bürschchen und erwachsener, als man seinem Alter nach vermuten würde. Er deutete mit dem Kinn auf die Braithwaites, die sich auf die Ellbogen gestützt hatten und in die Sonne blinzelten.

»Ustedes también son yanquis?«

»Mis amigos no hablamos español«, sagte Will. »Somos yanquis. Todos.« Er hielt inne und bemerkte, daß eine Hand des Jungen auf dem Griff der Machete ruhte und der Blick seiner wachsamen, dunklen Augen flink über ihre Gesichter huschte und schließlich an der Flinte in Eliots Schoß hängenblieb. Da ihm klar war, daß sie wie Desperados aussehen mußten, versuchte Will ihn zu beruhigen. »Somos marineros. La barca de nosotros...« Er stockte, weil er vergessen hatte, wenn er es je gewußt hatte, was *Schiffbruch* auf Spanisch hieß. »La barca de nosotros«, fing er wieder an und gestikulierte mit den Händen, um seinem Gegenüber klarzumachen, daß das Schiff gesunken sei. »Comprende?«

Der Junge nickte und fragte, ob das Schiff in dem Sturm gesunken sei, und Will bejahte. Der Junge sagte, daß das wirklich ein schlimmer und außerdem ungewöhnlicher Sturm gewesen sei, weil er nämlich von Norden und Westen anstatt wie bei einem Hurrikan um diese Jahreszeit üblich von Süden und Osten gekommen sei.

Die alte Frau, die schnell sprach und zudem einen Dialekt des klassischen Spanischs, das Will in der Schule gelernt hatte, sagte etwas, das er als »*Olokun* tut, was er will« übersetzte.

»Sí, Madrina«, bekräftigte der Junge in respektvollem Tonfall. »Veramente.«

Er erzählte Will, daß der Wind nicht nur das Dach des *bohío*, in dem ihre Familie lebte, weggeblasen, sondern auch einen ihrer Genipbäume entwurzelt hätte. Die schweren Regenfälle hätten Teile ihres Gartens weggeschwemmt, und der Krach des Regens und des Windes hätte eines ihrer Schweine *muy loco* gemacht. Es sei weggelaufen und nicht mehr zurückgekommen. Seine Familie, sagte er, hätte gewußt, daß ein Hurrikan im Anzug gewesen sei, weil seine *madrina* eine hochgeachtete *santera* sei, die mit den *orishas Olokun* und *Changó* in Kontakt stehe und deren Taten voraussagen könne. Auf ihre Weisung hin hätte seine Familie – in der Hoffnung, der Gott der Meere würde die Richtung des Sturms noch ändern – einen Hahn geschlachtet und diesen mit etwas Rum *Olokun* geopfert, doch habe es nichts genutzt. Wie seine *madrina* schon gesagt habe: *Olokun* tut, was er will.

»Pero, quién sabe? Wenn wir das Opfer nicht gebracht hätten, vielleicht hätte der Sturm nicht nur die *platanos*, sondern uns auch noch weggespült. Vielleicht hätte er nicht nur das Schwein, sondern uns alle verrückt gemacht.«

»Sí. Que es posible«, sagte Will, der einen leutseligen Ton anschlug, obwohl er nicht die geringste Ahnung hatte, wovon der Junge überhaupt sprach. *Olokun*, *Changó, orisha* – was hatte das alles zu bedeuten?

»Sus amigos – cómo se llaman?«

»Nathaniel, Eliot, Andrew«, sagte Will, während er auf jeden einzelnen zeigte und langsam den Namen aussprach. Er beobachtete, wie der Junge mit den Lippen stumm die fremden Namen formte, und fragte dann nach dessen Namen. Der Junge antwortete, er heiße Francisco Casamayor, und der Name der alten Frau, die seine Tante und *madrina* – Patin – sei, heiße Rosaria Balbontín. Die junge Frau sei seine ältere Schwester Elvira.

Als Will aufstand, um den dreien die Hand zu schütteln, fuhr ihm ein dumpfer Schmerz durch die Rippen. Pfeifend sog er Luft durch die Zähne. Er war überrascht, daß Elvira barfüßig so groß wie er war. Sie trug ein weites weißes Kleid, das vom Schweiß fast durchsichtig war – offensichtlich hatten sie, Francisco und Rosaria aus welchem Grund auch immer die Palmwedel im Wald geschlagen – und unter dessen feuchtem Stoff sich

Brustwarzen, Bauchnabel und Hüftknochen deutlich abzeichneten. Weder lächelte sie, als Will ihr die Hand gab, noch verriet ihr Gesicht ein Zeichen der Mißbilligung. Und dennoch war ihr Gesicht nicht ohne Ausdruck; er wurde nur nicht schlau daraus: Es war auf faszinierende Weise undurchdringlich. In ihrem Blick lag etwas Altehrwürdiges, etwas Tiefgründiges und Durchdringendes, so als könnte sie durch die äußere Schale einer Sache oder eines Menschen hindurchblicken und mit einem Blick deren Wesen erfassen.

»Bist du verletzt?« fragte Rosaria. Sie hatte sein Zukken bemerkt, als er Elvira die Hand gegeben hatte.

»Sí ...« Will kannte das spanische Wort für *Rippen* nicht, deutete auf seine Seite und sagte: »Huesos ... aquí ... Mi amigo también ... el mano.« Er zeigte auf Eliot.

Rosaria trat einen Schritt auf ihn zu, betastete seine Seite von oben bis unten und runzelte nachdenklich die Stirn. Sie fragte ihn, wo es schmerzte und wo nicht. Dann bedeutete sie Eliot aufzustehen, nahm seine Hand und knetete mit dem Daumen die Knöchel seiner Finger. Nachdem sie ihre Untersuchung beendet hatte, sagte sie, sie habe in ihrem Haus Kräuter zur Behandlung von gebrochenen Knochen; wenn Will und Eliot mitkämen, würde sie sie heilen – mit den Kräutern und dem passenden Zeremoniell für irgendwen oder irgend etwas mit dem Namen *Babạlu-Aye*.

»Eres una médica?« fragte Will skeptisch.

»Soy curandera«, erwiderte sie bestimmt.

»Wie wär's, wenn du uns mal aufklärst, worum es hier eigentlich geht«, sagte Eliot. »Wer sind diese Leute?«

»Der Junge heißt Francisco, die hochgewachsene Schönheit ist Elvira, seine Schwester, und die alte Dame heißt Rosaria. Ich glaube, sie ist so eine Art Wunderheilerin, so was wie ein weiblicher Medizinmann. Sie meint, sie hätte irgendeinen Zaubertrank und könnte damit unsere kaputten Knochen wieder hinkriegen.«

Eliot verzog das Gesicht und sagte: »Ich trink doch keinen zusammengepanschten Zaubertrank von einer Alten, die nicht mal unsere Sprache kann.«

»Wir sind in Kuba«, sagte Will. »Schon vergessen? Die sprechen hier Spanisch.« Er wandte sich wieder Rosaria zu: »Dónde está la casa de usted, señora?«

»Cárdenas«, sagte sie, drehte sich halb um und zeigte nach Westen.

Will erzählte ihr, daß sie ohnehin nach Cárdenas wollten, da sie nichts mehr zu essen und kein Wasser mehr hätten; sie hofften, dort jemanden aufzutreiben, der ihnen helfen könne, zurück nach Hause zu kommen. Als sie ihm antwortete, sprach die Frau so schnell, daß Will sie nicht richtig verstand.

»Habla usted más despacio, por favor«, sagte er.

»Ich habe gesagt, daß ihr schon jemanden gefunden habt, der euch hilft. *Olodumare*, der Herr des Schicksals, hat euch zu uns und uns zu euch geführt. Wir haben zu essen, zu trinken und Kräuter für eure Verletzungen. Vielleicht finden wir auch jemanden, der euch helfen kann, daß ihr wieder nach Hause gelangt. Kommt jetzt mit.«

Es klang mehr wie ein Befehl denn wie eine Einladung.

»Madrina, con permiso«, unterbrach Francisco sie. Er schaute erst Will an, dann Eliot und zeigte dann auf die Flinte. »Gib mir die.«

»Willst du die als Bezahlung? Wir haben noch etwas Geld ...«

Francisoco schüttelte den Kopf und schaute Will kühl und bestimmt an. »Mir ist lieber, ich trag das Gewehr, wenn ihr mit uns geht.«

Will übersetzte den Braithwaites das Angebot und

die Bedingungen. Eliot zog die Schultern hoch und weigerte sich, die L. C. Smith herauszugeben.

»Du kapierst wohl nicht«, sagte Will. »Der Bursche traut uns nur noch nicht. Und, ehrlich gesagt, ich würde es auch nicht, wenn ich in seiner Haut stecken würde. Wir sehen immerhin wie ziemlich abgerissene *hombres* aus. Gib ihm die verdammte Knarre, oder willst den Rest zu Fuß laufen?«

Eliot legte den Lauf in die Armbeuge und öffnete mit der gesunden Hand den rostigen Verschluß. Er schüttelte die Patronen heraus und gab Francisco dann das Gewehr.

»Wir setzen uns ins Heck, ihr vier setzt euch in den Bug. Dann hab ich euch im Auge. Einverstanden?«

»Wir sind fast zwei Tage zu Fuß unterwegs gewesen«, sagte Will. »Uns ist alles recht.«

Francisco grinste über Wills Antwort. Er setzte das geflickte Segel, zog am Fall des Schwerts und ließ es herunter. Bei Südostbrise segelte er zunächst eine Viertel Meile vom Ufer weg, holte dann an und kam in den Wind. Das kleine Skiff, dessen Freibord wegen des Gewichts der sieben Passagiere auf wenige Zentimeter geschrumpft war, lief jetzt westlichen Kurs. Das Boot machte höchstens zwei Knoten, und die Hitze war mörderisch. Dennoch waren die Jungen heilfroh und dankbar, daß sie nicht mehr laufen mußten und von Rosarias Wasserkrug trinken konnten.

»De dónde en Estados Unidos son ustedes?« fragte Francisco, der mit der Pinne unter dem Arm am Heckspiegel lehnte.

»Tu sabe Boston?«

Der Junge schüttelte den Kopf.

»Somos de Boston. »Está un ciudad en el norte. Tu sabe Key West? Cayo Hueso en español.«

»Das kenn ich. Ist auf der anderen Seite der Straße.«

»Sí. Wir sind gerade von Cayo Hueso gekommen, als uns der Hurrikan erwischt hat.«

»José Marti ist nach Cayo Hueso gesegelt, um Geld und Waffen für den Kampf gegen die Spanier zu besorgen. Er war unser großer Dichter, unser großer Patriot.«

»Cuba Libre!« sagte Will und prostete ihm mit dem Wasserkrug zu.

»Cuba Libre!« echote Francisco.

»Sieht ganz so aus, als hätte uns die Sonnenseite wieder«, sagte Will zu Nathaniel, der darauf keine Antwort gab. »Das Mädchen da ist doch umwerfend. Oder etwa nicht?«

Nathaniel, der gegen das Schandeck gepreßt auf der Backbordseite saß, blieb stumm.

»Stimmt was nicht, Natters?«

»Es tut mir leid, daß ich dich auf Deck alleingelassen habe. Ich habe dich feige im Stich gelassen. Gibt keinen anderen Ausdruck dafür.«

»Ist es das, was dich die letzten Tagen so umgetrieben hat?« warf Drew ein.

»Mit dir hab ich nicht gesprochen.«

»Ich sitz keinen halben Meter weg von dir. Ist kaum möglich, daß ich das nicht mitkriege.«

Will legte Nathaniel wie einem jüngeren Bruder die Hand auf die Schulter. »Ich mach dir das nicht zum Vorwurf. Keiner von uns tut das. Und du selbst solltest es dir auch nicht zum Vorwurf machen.«

Nathaniel sagte nichts und dachte über den Rat seines Freundes nach, obwohl er wußte, daß er ihn nie würde befolgen können. Ihm schwirrte der Kopf vor lauter Gedanken, die durch das scheinbare Chaos dennoch in eine bestimmte Richtung wiesen: Sie führten ihn zwei Jahre zurück zum letzten Tag des Streiks im Steinbruch auf Black Island. Als Vergeltungsmaßnahme dafür, daß Cyrus aus Boston Streikbrecher hatte kommen lassen, bewaffneten sich die Steinhauer mit Knüppeln und Steinen und marschierten zur Anlegestelle der Gesellschaft, wo ein Lastkahn mit Pflastersteinen beladen wurde, die die Streikbrecher gehauen hatten. Der Mob zerrte die Kutscher von den Fuhrwerken, die entlang des Schiffes abgestellt waren, durchschnitten die Zügel der Pferde, kippten die Wagen um und warfen die Pflastersteine ins Wasser. Ein paar Angestellte der Gesellschaft – sechs Maschinisten und Hufschmiede, die sie aufhalten wollten – wurden mit Steinen bombardiert. Cyrus war zusammen mit seinem Geschäftsführer, dem großen Schweden Pedersen, im Büro. Er rannte nach draußen und sagte den Streikenden, sie sollten nach Hause gehen. Er versprach, daß er mit ihren Anführern über die Beschwerden sprechen werde, sobald die Ordnung wiederhergestellt sei. Einer ihrer Anführer war ein großer Finne, der Cyrus ins Gesicht sagte, die Zeit zum Reden sei vorbei. Die Männer schwangen die armlangen Prügel, warfen mit Steinen und rückten auf Cyrus und Pedersen vor. Sie drängten sie immer weiter zurück, immer näher ans Ende der Anlegestelle heran. Als er mit den Hacken gegen die Eisenbahnschwelle stieß, die als Begrenzungsbalken am Rand des Kais lag, zeigte Nathaniels Vater auf den großen Finnen und fragte ihn, ob er schwimmen könne. Verblüfft schüttelte der Mann den Kopf.

»Ich auch nicht«, sagte Cyrus. »Und wenn ich da reinfalle, fällst du mit mir. Wir ertrinken zusammen. Wofür ich einstehe, dafür bin ich bereit zu ertrinken. Wie steht's mit dir? Bist du bereit, für Überstundenzuschläge zu ertrinken?«

Der Vormarsch der Streikenden kam augenblicklich zum Stehen; das Gebrüll und Geschiebe hörte auf einen Schlag auf. Die Knüppel wie die Fäuste mit den Steinen sanken nach unten.

»Los, komm schon«, forderte Cyrus den Finnen heraus. »Komm, und so wahr mir Gott helfe, wir fallen zusammen ins kalte Wasser, und wir ersaufen zusammen.« Immer noch rührte sich niemand. »Wenn das alles ist, dann macht kehrt und geht nach Hause. Beruhigt euch, und morgen früh besprechen wir die Sache wie vernünftige Männer.«

Und genau das machten sie dann. Obwohl die Männer für weitere zwei Wochen der Arbeit fernblieben, war das der Moment gewesen, in dem der Streik praktisch zusammengebrochen war. Auch wenn Nathaniels Sympathie den Steinbrechern galt – schon damals, ein Jahr bevor er Seite an Seite mit ihnen arbeiten sollte, hielt er ihre Anliegen für berechtigt –, konnte er nicht umhin, seinen Vater zu bewundern. Man mußte schon höllisch viel Mumm in den Knochen haben und höllisch viel moralische Autorität, um unbewaffnet, mit dem Rücken zum Ozean, eine Machtprobe gegen einhundertzwanzig zornige, knüppelschwingende Männer zu bestehen. So sah es aus, Nathaniels Vermächtnis, neben anderen die ihm hinterlassen wurden: von seinem Großvater, der Gefängnis riskiert hatte, um entlaufenen Sklaven zur Freiheit zu verhelfen, von seinem Großonkel, der einen vollen Tag und eine volle Nacht auf dem Achterdeck ausgehalten hatte, bis er seinen Klipper sicher durch den Taifun gebracht hatte. Mit einem Erbe wie diesem, wie konnte er sich da seine eigene Feigheit nicht zum Vorwurf machen?

Das Skiff lief in einen Hafen ein, der wie ein Sumpfloch stank. Das Wasser war überzogen mit grünem Schaum, der im Schein der Sonne wie künstlich glänzte. Der Holzkai und die Lagerhäuser, die das Ufer säumten, waren vom Sturm arg mitgenommen. Hinter dem Kai standen niedrige Steingebäude mit roten Dachziegeln und pastellfarbenen Wänden, und auf der

Kuppel einer romanischen Kathedrale erhob sich ein Kruzifix in den südlichen Himmel.

»Cárdenas«, sagte Francisco zu Will. »Wir wohnen etwas außerhalb im Westen der Stadt.«

Kurze Zeit später drehte er in den Wind und hielt auf einen schmalen, felsigen Strand zu, auf dem zahlreiche zerstörte Fischerboote auf der Seite oder kieloben herumlagen. Dazwischen türmten sich Berge von verklebtem Seetang, der übler als Dung stank. Durch die Farbenpracht der Boote wirkte deren Anblick nur noch trostloser. Dahinter standen in Reihen Holzhütten, von denen viele ohne Dach waren. Von den am nächsten zur Bucht stehenden war nicht viel mehr übrig als Haufen von Brettern, Dachbalken und Pfosten. Francisco zog das Schwert hoch und ließ das Skiff auf den Strand rutschen. Hingerissen beobachtete Will, wie Elvira ihr Kleid hochhob, um ans Ufer zu waten, und dabei die langen, bronzefarbenen Waden und einige Fingerbreit der prallen Oberschenkel entblößte. Die Braithwaites, die vom nackten Bein eines weiblichen Wesens in ihrem ganzen Leben noch nie mehr als den entblößten Knöchel gesehen hatten, waren schockiert. Während er Francisco half, das Boot an Land zu ziehen, mußte Nathaniel an Constance denken – seine liebliche, sittsame Constance, die ihre Kleider eher ruiniert hätte, als sie vor den Augen junger Männer so schamlos in die Höhe zu heben.

Vorbei an Baracken mit Wänden aus schiefen Brettern, zwischen denen Ritzen klafften, die von keinerlei Mörtel zusammengehalten wurden, führte sie Francisco über einen gewundenen Feldweg etwa eine halbe Meile ins Landesinnere. Jede Hütte, an der sie vorbeikamen, besaß einen kleinen Garten, einen Hühnerstall und einen Verschlag mit Schweinen. Männer mit nackten Oberkörpern – schwarze, braune, weiße Männer, manche eine Mischung aller drei Rassen – standen auf groben Leitern und reparierten die Dächer ihrer Hütten mit Palmenblättern, die sich bündelweise auf den überall herumstehenden Ochsen- und Eselskarren stapelten. Hier und da stampften Frauen in hohen Holzmörsern Kaffeebohnen. Der würzige Geruch der zerriebenen Bohnen vermischte sich mit dem Gestank von Exkrementen und dem süßlichen Duft von Blumen und Gartenkräutern. Der Geruchssinn der Jungen wurde auf eine harte Probe gestellt; roch es in einem Moment angenehm, stank es im nächsten erbärmlich. Egal, was sie gerade taten, oft unterbrachen die Männer und Frauen ihre Arbeit, um die vier Fremden anzustarren, die hinter Francisco hertrotteten. Mit der Flinte in der Hand sah er aus, als führte er einen Zug Sträflinge ins Gefängnis.

Schließlich kamen sie zu einem *bohío*, der sich in nichts von den anderen unterschied. Der abschüssige, festgetretene Boden vor der Hütte wurde überschattet von Kokospalmen und einem weit ausladenden Flamboyant mit scharlachrot lodernden Blüten. Auf dem Stück Land hinter der Hütte, das größer als ein Garten, aber kleiner als ein richtiges Feld war, wuchs irgendeine Sorte Getreide, und dahinter stieg das Gelände zu einer Art Wüstenplateau an, das von Agaven und Kakteen überwuchert war.

Im Innern war es dunkel und roch moderig. Die Fenster besaßen keine Scheiben, waren aber mit robusten Holzläden, die wie Schiffsluken aussahen, verschlossen. Francisco stieß sie auf und ließ die Baumwollaken, die zusammengerollt über den Fensterlöchern hingen, herunter. Dunstiges Licht fiel auf drei Betten, die U-förmig entlang der Trennwände eines etwa zwölf Quadratmeter großen Raumes standen, den wohl nur Seefahrer als geräumig bezeichnet hätten. Auf einem Waschtisch standen ein Krug und eine Schüssel aus Tonerde. Vor dem Durchgang zu einem zweiten Raum, der Küche,

Eß- und Wohnzimmer in einem war, hing ein dünner Vorhang und über dem Waschtisch ein Bild des gepeinigten Jesu Christi, der sein dornenumschlungenes Herz entblößte. Im übrigen waren die Wände so kahl wie die Zellenwände eines Mönchs oder Sträflings.

»Einer von euch muß wohl auf dem Boden schlafen«, sagte Francisco, während er auf die drei Betten deutete und dabei Will entschuldigend anschaute. »Bevor er getötet wurde, hat mein Vater in diesem Haus gelebt. Er ist in Santiago gestorben, als er zusammen mit den Guerillas an der Seite der Yankee-Armee gekämpft hat. Obwohl seitdem niemand mehr hier gewohnt hat, halten es meine Schwestern sauber, sollte die Seele unseres Vaters einmal zurückkommen und eine Nacht in ihrem früheren Heim verbringen wollen.« Er lehnte das Gewehr an einen der Bettpfosten. »Die Flinte könnt ihr jetzt wiederhaben. Ihr vier seht zwar wie *cimarrones* aus, aber ich bin mir sicher, daß ihr keine seid. Ich geh jetzt meinen Onkel Enrique suchen. Er kennt sich in vielen Dingen aus und weiß bestimmt einen Weg, wie ihr zurück nach Nordamerika kommt. Buenas tardes.«

»Más tarde«, sagte Will und winkte ihm hinterher. Dann berichtete er seinen Kameraden, daß sie auf Onkel Enrique warten müßten, welcher ihnen vielleicht helfen könne, nach Hause zu kommen. Er ließ sich auf eines der Betten fallen. Nach vier Nächten auf Deck und einer am Strand verhieß die Strohmatratze himmlischen Schlaf. Drew ging nach nebenan, um sich den anderen Raum anzuschauen. Eliot legte sich auch auf eines der freien Betten, während Nathaniel sich auf den Boden legte. Er fand, das habe er verdient.

24

»He, Will, was heißt ›San Pedro‹?« fragte Drew, der den Kopf durch den Türvorhang steckte.

»Kannst du dir das nicht denken? Heiliger Petrus.«

»Dann sind die Leute hier, diese Spanier, also Christen. Richtig?«

»Das sind Kubaner. Die sind genausowenig Spanier wie wir Engländer. Ja, stimmt, sie sind Christen. Katholiken.«

»Unser alter Herr würde Katholiken nicht unbedingt als Christen bezeichnen«, sagte Eliot, der mit seinem großen Zeh herumspielte. »Ich frag mich, ob sie sich wie Christen benehmen und uns mit Speis und Trank versorgen werden. Ich könnt vor Hunger einem Schaukelpferd den Schwanz abnagen.«

»Komm mal her und schau dir das an«, sagte Drew zu Will.

In dem anderen Raum öffnete er die Türen eines Schränkchens. Auf dem oberen Bord stand eine Holzfigur des heiligen Petrus. Der Sockel war auf eine Weise geschnitzt, daß er wie ein Felsen aussah. Auf den Borden darunter lagen eine Stoffpuppe, deren Haare mit Farbe oder Schuhwichse primitiv eingefärbt waren, eine merkwürdige kleine Statue mit Muscheln als Augen, ein paar Steine in einer grellbunten Schale und Miniaturausgaben von Waffen und Werkzeugen – eine Zange, ein Hammer und ein fingerlanges Schwert.

»Sieht mir nicht gerade nach Christen aus«, sagte Drew verächtlich.

»Irgendwas Heidnisches«, sagte Will.

Die Tür der Hütte flog auf und eine schwüle Brise blies durch den Raum, wo sie den Staub von dem festgestampften Lehmboden wirbelte.

»Ohe! Qué carajo hacen?«

Die laute Stimme schreckte sie auf wie ein Donnerschlag. Im Türrahmen stand ein etwa eins fünfundsechzig großer Mann, dessen walnußbraune Haut sich wie das Fell einer Trommel stramm über die Knochen spannte. Das kurzgeschorene dunkle Haar war von silbernen Strähnen durchsetzt und bedeckte nur noch den hinteren Teil des Schädels. Der schlaff herunterhängende Schnauzbart gab dem Gesicht das grimmige Aussehen eines Mannes, der eine unangenehme Aufgabe zu erledigen hatte. Das ausgebleichte rote Hemd hing über einer Khakihose, die für einen fetten Zwerg geschneidert worden sein mußte. Sie schlotterten um die dürren Beine, waren aber gleichzeitig viel zu kurz und endeten eine Handbreit über den Füßen, die in geschnürten Ledersandalen steckten.

In dem gleichen Dialekt und genauso rasend schnell wie Rosaria fing er wieder an zu sprechen.

»Cómo se dice?« sagte Will. »Más despacio, por favor.«

»Das war der *canastillero* meines Schwagers«, brüllte der Mann jetzt langsamer. »Das geht euch nichts an.«

Will schloß die Türen des Schränkchens, entschuldigte sich und sagte, daß sie nicht wüßten, was ein *canastillero* sei. »Bitte entschuldigen Sie unsere Unwissenheit.«

»Schon gut. Schließlich seid ihr *yanquis* – was zum Teufel wißt ihr schon? Paßt in Zukunft besser auf, daß ihr eure Nasen nicht in Sachen reinsteckt, die euch nichts angehen.« Wie er jetzt mit großspuriger Geste den Raum betrat, glich er den streitsüchtigen kleinen Hähnen, die draußen im Hof protzend herumstolzierten. »Dann bist du also der *yanqui*, der Spanisch kann, hä? Wie heißt du?«

»Will Terhune.«

»Me llamo Tío Enrique. Enrique Balbontín, esposo de Rosaria.« Er streckte eine schwielige braune Hand aus. »Soy el jefe aquí también. Ich bin der, der hier die Dinge bewegt. Mein Neffe hat mir erzählt, daß euch auf See ein Unglück zugestoßen ist und daß ihr zurück in die Vereinigten Staaten wollt. Wohin da? Ich hab von Texas gehört. Von Kalifornien und auch von New York. Das ist alles weit weg. Wenn ihr da hinwollt, kann ich euch nicht helfen.«

»Cayo Hueso.«

»Cayo Hueso? No habrá problema.« Enrique setzte sich an den kleinen quadratischen Eßtisch, schaute auf den Boden und rieb sich nachdenklich die Glatze. Die dröhnende Stimme, die so gar nicht zu seiner Größe paßte und Will fast an einen Bauchrednertrick glauben ließ, hatte Nathaniel und Eliot aus dem Schlafzimmer gelockt. »Das wäre eigentlich kein Problem«, fuhr er fort, »nur hat der Hurrikan die meisten Boote in der Gegend ziemlich beschädigt. Und die, die es nicht erwischt hat, sind zu klein, um vier Leute nach Florida zu bringen.« Er hob die blutunterlaufenen Augen. »Am besten geht ihr nach Havanna. Da findet ihr ein Schiff nach Florida. Die ganze Welt kommt nach Havanna. Außerdem gibt's da jede Menge *yanquis*, die euch behilflich sein können.«

»Und wie, Señor Balbontín, kommen wir von hier nach Havanna? Fährt da ein Bus hin?"

Enrique lachte kurz auf.

»Tja, wenn ihr das einen Bus nennen wollt. Ist eher ein Eselskarren. Außerdem ist die Straße gerade in sehr schlechtem Zustand, jetzt im Sommer bei dem vielen Regen. Übers Meer geht's auf jeden Fall schneller. Dauert mit dem Boot ungefähr zwei, drei Tage bis Havanna.«

»Aber wenn alle Boote ...«, setzte Will an.

»Paßt auf. Ich kenn da einen Fischer. Sein Boot ist noch gut in Schuß. Wenn er zwischen zwei Fahrten Zeit hat, bringt er euch vielleicht rüber. Habt ihr Geld?«

»Repita usted, por favor, y más despacio«, sagte Will. Er hatte ihn zwar verstanden, wollte aber noch etwas Zeit gewinnen, bevor er antwortete. Die Braithwaites hatten noch die fünfzehn Dollar, die sie in der Schwammfabrik in Key West verdient hatten, und er hatte noch drei.

»Cuántos dólares tiene usted?« sagte Enrique sehr langsam.

Will griff in die Tasche, öffnete die Hand und zeigte ihm drei Silberdollar. Enrique nahm einen zwischen Daumen und Zeigefinger, hielt ihn gegen das Dämmerlicht, das durch die offene Tür hereinfiel, und zwinkerte anerkennend.

»Der hier gehört mir. Dafür, daß ich mir die Zeit nehme, euch zu helfen.« Mit einem schiefen Grinsen, das tabakfleckige Zähne entblößte, steckte er ihn ein. »Für die beiden anderen bringt euch der Fischer rüber. Das heißt, ihr habt nichts mehr für Havanna. Es sei denn, ihr habt noch irgendwo was versteckt.«

»No, Señor Balbontín. Está es todos.«

Enrique zog einen dünnen und krummen braunen Stumpen aus der Brusttasche und zündete ihn an. Will schaute wie ein Verhungernder auf die glühende Spitze und den Rauch.

»Quiere un cigarro?«

»Sehr gern«, sagte Will und versuchte – allerdings ohne Erfolg –, nicht zu gierig auszusehen.

Der Stumpen war das Tabakgegenstück zu schwarzgebranntem Whiskey. Will sog den Rauch in die Lunge und mußte husten.

»Ohe! Die kann man nicht inhalieren wie Zigaretten«, sagte Enrique lachend.

»Kann ich denn hier irgendwo Zigaretten kriegen? Amerikanische? Vielleicht Duke's?«

»Mal sehen. Aber das kostet dich was. Hier, nimm die solange. Kleines Gastgeschenk für unsere *yanquis*.«

Er gab Will ein paar Stumpen, stemmte die Hände auf die Knie und stand auf.

»Also gut. Wer sind die beiden Verletzten? Rosaria hat was für euch. Im Handumdrehen seid ihr wieder wie neu. Sie kennt sich mit so was aus.«

Will bat ihn, noch einen Moment zu warten, bis er seinen Freunden alles erklärt habe. Danach gingen er und Eliot hinter Enrique hinaus in das dämmernde Abendlicht. Im Westen erstrahlte der Himmel in samtweichem Purpur, durch die Ritzen der Holzläden an den *bohíos* drang das Licht von Lampen oder Kerzen, und die Palmblätter rauschten in der Brise.

»Ich trink keinen Schluck von dem Gebräu dieser alten Vettel«, grummelte Eliot beim Betreten der Hütte.

Auf dem Lehmboden in der Mitte der Hütte stand eine Badewanne aus Holz. Aus einem großen Eisentopf, der auf einer Feuerstelle in der Ecke vor sich hin köchelte, stieg Dampf auf und erfüllte den engen Raum mit einem intensiven, angenehmen Geruch. Die bündelweise von den Dachbalken herabhängenden Kräuter mischten ihre Düfte dazu, und Kerzen tropften auf einen Altar, auf dem eine einen Meter hohe Gipsstatue Jesu Christi aufragte. Die Figur war mit einem scharlachroten Umhang umhüllt, von ihrem freiliegenden, von Dornen umwundenen Herz tropfte Blut. Neben der Statue stand ein *bohío* in Puppenhausformat – komplett mit muschelbesetztem Strohdach, winzigem Fenster und einer Tür, an der ein Paar Miniaturkrücken lehnte. So exotisch der Anblick auch war, nichts übte auf Will eine solche Faszination aus wie Elvira. Sie trug ein frisches weißes Kleid, das ihr bis zu den nackten Knöcheln reichte, Armbänder aus schwarzen und blaßblauen Perlen schmückten die Handgelenke, und am Hals hing wie zuvor das goldene Amulett. Während sie getrocknete Kräuter in den Topf rieseln ließ, glänzte ihre Haut im Schein der Kohlen und des Kerzenlichts, so daß sie wie eine lebendige, mit Bronze und Gold überzogene Heiligenfigur aussah. Als die beiden Jungen eintraten, drehte sie sich um, und ihr Blick verweilte kurz bei Will, bevor er zu Enrique weiterschweifte, dessen Anblick sie zu erschrecken schien. Rasch wandte sie sich wieder dem Topf zu, streute Gewürze hinein und rührte um. Nachdem Enrique wieder gegangen war, bat Rosaria, die auf einem Schemel vor dem Altar saß, ihre Patienten näher heran.

Die Jungen setzten sich vor ihr auf eine Schilfmatte. Das runzelige, braune Gesicht der alten Frau sah aus wie die Masken, die Lockwood einst aus Afrika mitgebracht hatte. Sie nahm Eliots Hand und fing an, seinen Handrücken mit den breiten, grellgrünen Blättern einer Pflanze abzureiben. Er spürte einen leichten Schauer und zuckte zurück. Bei dem, was sie als nächstes tat, hätte er beinahe aufgeschrien. Aus einem Korb, der neben ihr stand, zog sie eine geköpfte Taube hervor und ließ aus dem durchtrennten Hals Blut auf seine Hand tröpfeln. Dabei leierte sie mit hoher, tremolierender Stimme und in einer Sprache, die er und Will noch nie zuvor gehört hatten, Beschwörungsformeln. Elvira fiel in den litaneiartigen Gesang mehrere Male mit einem einzigen Wort ein – »*Babalu-Ayé*«. Einmal brach Rosaria ab, kehrte zum Spanischen zurück und sagte etwas zu der jüngeren Frau, die daraufhin die Litanei wiederholte. Obwohl er nichts von alledem verstand, ahnte Eliot intuitiv, daß Elvira die Schülerin in irgendeiner Art von Rezitationsübung war. Mein Gott, dachte er, sie waren Versuchskaninchen in einer Schule für Wunderheiler! Nichtsdestotrotz unterwarf er sich Rosarias geweihten Handlungen, teils weil er Angst hatte, sie zu beleidigen, wenn er es nicht täte, teils weil die Behandlung schon langsam Wirkung zeigte. Wie bei den Kampfereinreibungen, die ihm seine Mutter bei einer Erkältung immer verabreichte, durchdrang eine wohltuende Wärme seine Haut.

Rosaria nickte Elvira zu, die mit einer Holzzange einen Baumwollstreifen in den Topf tauchte und diesen dann Rosaria hinhielt. Die alte Frau legte einen Kräuterzweig auf Eliots Knöchel und umwickelte die Hand mit dem feuchten Stoff, der Hitzewellen durch die gebrochenen Gliedmaßen schickte. Dann sagte sie etwas zu Will.

»Du sollst das die Nacht über drauflassen und morgen zum Wechseln des Verbandes wiederkommen«, übersetzte Will.

»Meinetwegen, Will. Aber ich trink keinen Schluck von irgendeinem Zaubertrank.«

Rosaria bedeutete Will, er solle seinen Pullover ausziehen und die Arme hoch über den Kopf heben. Er war überrascht, wie peinlich es ihm war, vor Elvira seinen Oberkörper zu entblößen; in den Bordellen von New Haven und New York hatte er nie unter solcher Schüchternheit gelitten. Sie kniete sich neben ihn und fing an, mit einem Büschel stacheliger Blätter die angeknacksten Rippen zu massieren. Wie bei einer Mutter, die ihren Säugling wäscht, fuhren die kräftigen Hände sanft über seine Haut. Der Gesang, den sie unter Rosarias Führung sang, übte mit seinen zerhackten Rhythmen eine hypnotische Kraft aus.

Sie verstummte, erhob sich und tauchte wieder ein paar Baumwollstreifen in das Kräutergebräu. Den dampfenden Stoff ließ sie über dem Topf abtropfen, bevor sie sich wieder auf die Matte kniete und Wills Brust einwickelte. Er roch den Duft von Aloe und Salbei. Nur wenig fehlte, und Elviras Wange hätte die seine berührt. Sie kam ihm so nahe, daß sich die Luft zwischen ihren Gesichtern erwärmte. Seine Sinne verlangten nach einer Berührung, obwohl das Verlangen erregender war, als die Berührung selbst hätte sein können.

»Gut, das reicht für heute«, sagte Rosaria. Nicht viele Worte hätten für Will enttäuschender sein können als diese. Er war bereit, sich wie eine Mumie einwickeln zu lassen – solange Elvira das Einwickeln besorgen würde. »Morgen nimmst du in dieser Wanne ein Kräuterbad. Ich werde mit *Babalu-Ayé* sprechen, und dann werden wir sehen, ob die Kraft seiner Kräuter auch bei denen wirkt, die nicht an sie glauben.«

»Rosaria, qué es *Babalu-Ayé*?« fragte Will.

»Es *orisha* – una anima. Entiende usted?«

»No.«

»Der Geist der Krankheit und Gesundung. Wie der heilige Lazarus.« Ihr kleiner runder Kopf zuckte in Richtung des Miniaturhauses. »Sein *ashe* ist da drin. Entiende?«

»No. *Ashe. Orisha.* Das sind alles Wörter, die ich noch nie gehört habe. Genausowenig wie die, die Sie und Elvira gesungen haben.«

»*Lucumí.*« Die gefalteten Hände lagen zwischen den gespreizten Knien in der Mulde ihres Kleides. Sie beugte sich auf ihrem Schemel vor und schaute Will und Eliot leicht mißbilligend an. »Das ist die Sprache der Alten, die die Spanier in Ketten von Afrika hierhergebracht haben. Es sind ihre Worte. Es ist ihre Religion.«

»Ich dachte, daß Sie Katholiken sind«, sagte Will mit verwirrtem Gesichtsausdruck.

»Somos católicos, seguramente. Pero, somos *orisha* también. Hijos de santos.«

»Disculpe. No entiendo.«

»Wir folgen den Wegen der Heiligen. Es ist eine schönere Religion als die katholische. Das kann man nicht erklären, es ist zu kompliziert.« Sie winkte ihn näher heran. Er beugte den Kopf vor, und sie flüsterte: »Was hat dir mein Mann erzählt?«

Will berichtete, was mit Enrique besprochen worden war. Die alte Frau schnaubte und neigte hochmütig das Kinn zur Seite.

»Das sieht ihm ähnlich. Will Geld fürs Nichtstun. Ich kann dir sagen, was er als nächstes tut. Er sagt, daß er den Fischer nicht finden kann und daß er noch einen Dollar braucht, um für euch einen anderen Fischer aufzutreiben. Wenn du meinen Rat willst, gib ihm nichts mehr. Und jetzt hör zu. Ich hab einen Cousin, Luis Figueroa. Er hat ein großes Boot. Ich frage ihn, ob er euch mitnimmt. Ich will keinen Peso dafür, und er auch nicht. Ich bin eine *santera*, ich spreche mit *Olokun*, und ich erbitte *Olokuns* Segen für jede Fahrt von Luis. Wenn ich es ihm sage, nimmt er euch umsonst mit.« Sie senkte den Kopf und hielt die Lippen dicht an Wills Ohr. »Aber ich möchte dich bitten, etwas für mich zu tun«, flüsterte sie so leise, daß nur er sie verstehen konnte. »Ich glaube, es ist etwas, was du gern tun wirst. Aber bevor ich es dir sage, muß ich erst mit Luis sprechen. Einverstanden?«

Will zögerte. Er rätselte, zu was er sich und seine Schiffskameraden damit verpflichten würden.

»Glaub mir, du wirst die Aufgabe nicht unangenehm finden«, sagte sie, als sie sein Zögern spürte. Sie zog den Kopf zurück und richtete den Oberkörper auf. »Ich warte schon sehr lange auf jemanden wie dich. Ich glaube, ich wußte, daß du kommst. Ich würde ja gern sagen, daß es Glück war, daß wir dich heute am Strand gefunden haben. Aber so was wie Glück oder Pech gibt es nicht. Nichts geschieht zufällig. Glaubst du nicht auch?«

Will schüttelte den Kopf. Seine erst kürzlich gemachten Erfahrungen hatten ihn davon überzeugt, daß das Leben – ob an Land oder auf See – nichts als eine Kette von blinden Zufällen war.

»Nun, das wirst du schon noch«, sagte Rosaria mit prophetischer Stimme. »*Olodumare* hatte einen Grund dafür, daß er dich hierher geleitet hat. Denk darüber nach, wie du hierhergekommen bist, denk über all die kleinen und großen Dinge nach, die hätten verhindern können, daß du gerade hier gelandet bist. Denk darüber nach, dann verstehst du, was ich meine. Es war Schicksal. Was habt ihr heute schon gegessen?«

»Nada«, sagte Will. »Tenemos mucho hambre.«

»Vayan al bohío, usted y su amigo. Ich sorg dafür, daß ihr was bekommt. Gelben Reis, schwarze Bohnen, *plantanos*. Vielleicht etwas *sofrito*.«

Elvira, die an der Feuerstelle stand, drehte sich zu ihrer Tante und Patin um.

»Wenn du erlaubst, Madrina, würde ich gern für sie kochen«, sagte sie mit einer Stimme, die Will einen Stich versetzte. Seit er sie vor ein paar Stunden in der Gluthitze des Nachmittags zum ersten Mal gesehen hatte, waren das die ersten Worte, die er aus ihrem Mund hörte.

»Aber nicht allein. Das würde sich nicht schicken«, sagte Rosaria mahnend. Sie schaute erst ihre Nichte an und dann Will. »Ich komme mit. Ich bin zwar müde, und es ist schon spät, aber ich werde kommen und dir dabei helfen, für die Jungen, die uns das Meer geschickt hat, zu kochen.«

Sobald die beiden Frauen nach dem Essen gegangen waren, wanderte Will ziellos in dem kleinen Raum herum. Die Braithwaites hatten ihn noch nie so aufgedreht erlebt.

»Phantastisches Essen«, sagte Eliot und hielt die geballte Faust vor den Mund, um einen Rülpser zu unterdrücken.

»Was?« murmelte Will zerstreut. Er wühlte in seiner Hosentasche vergebens nach einem der Stumpen, die ihm Enrique gegeben hatte, ging in den Schlafraum, holte sich dort den Stummel, der auf dem Blechteller lag, den er als Aschenbecher benutzte, und zündete ihn an. Wieder lief er auf und ab, öffnete die Tür, schaute nach draußen und lief weiter aufgekratzt herum.

»Herrgott, Will, bist du denn gar nicht müde?« sagte Eliot. »Ich werde schon müde, wenn ich dich nur rumlaufen sehe.«

»Na, warum streichst du dann nicht die Segel, Matrose?« blaffte Will zurück.

»Was ist denn in dich gefahren?«

»Gar nichts. Verdammt, Eliot, warum hältst du nicht einfach die Klappe und legst dich schlafen.«

»Sollten wir vielleicht alle tun«, sagte Nathaniel. Er schaute Will an. »He, ist es etwa wegen dem Mädchen?«

»Was soll mit der sein?«

»Na ja, zunächst einmal ist sie eine Schwarze.«

Will drehte sich abrupt um und warf den Stumpen auf den Boden.

»Nicht ganz. Vielleicht nicht mal zur Hälfte.«

»Zur Hälfte reicht schon«, sagte Nathaniel. »Du kannst dich doch nicht ernsthaft in eine Schwarze verknallen.«

»Wer zum Teufel hat irgendwas davon gesagt, daß ich mich verknallt hab. Und wenn, was wär dabei? Man sollte doch meinen, daß du nach allem, was du auf unserer Fahrt mitgekriegt hast, ein paar Sachen gegenüber ein bißchen liberaler gesinnt bist.«

»Nun ja, sie sieht ja wirklich gut aus. Das schon.« Seine wahren Gefühle brachte Nathaniel mit dieser Bemerkung nicht zum Ausdruck. Wenn er daran dachte, wie schamlos Elvira ihr Kleid hochgehoben hatte, dann kam sie ihm vor wie die kubanische Luft – übermäßig schwül und ungesund.

»Der Körper ist einfach phantastisch, aber das ist es nicht«, sagte Will und fuhr sich nervös durchs Haar. »Auch nicht die Augen. Obwohl die auch phantastisch sind. Es ist was anderes. So was wie sie habe ich noch nie gesehen.«

»Ich auch nicht«, sagte Nathaniel. »Aber ich verknall mich nicht gleich in sie.«

Nachdem sie die Fensterläden für die Nacht geschlossen hatten, glich das Innere des *bohío* einem Panzerschrank an einem heißen Tag. Die Jungen schliefen unruhig und schwitzten die groben Bettlaken durch. Als Drew dann irgendwann die Läden aufriß, fielen Myriaden von Moskitos über sie her, so daß an Schlaf nun gar nicht mehr zu denken war. Hatten die Leute hier noch nie was von Fliegengittern gehört? beklagte sich Drew und schloß die Läden wieder. Ein paar Streifen Gaze würden völlig genügen, um die kühle Nachtluft hereinzulassen und die Mücken draußen zu halten. Eine weitere Unannehmlichkeit war, daß es nicht mal einen Abort gab. Die Jungen mußten ihre kleineren und größeren Verrichtungen im Gebüsch hinter dem Hof erledigen, wo es von Schlangen und Skorpionen wimmelte. Auf See waren solche Härten selbstverständlich, an Land hielt Drew eine derartige Rückständigkeit für unentschuldbar. Und während so der erste Tag in den zweiten und der zweite in den dritten überging, stellte

Drew allmählich fest, daß er Kuba und die Kubaner nicht mochte. Er haßte den Dreck und den Staub und die maßlose Hitze, die bis in den späten Nachmittag hinein immer schlimmer wurde, bevor schließlich von Südosten schwarze Wolken aufmarschierten und sie mit Regen bombardierte, als wäre im Himmel ein riesiger Wasserballon explodiert. Am meisten haßte er, daß er sich unter Fremden befand, deren Sprache er nicht verstand und deren Art zu leben ihm ein Rätsel war. Will hatte ihnen erzählt, was er von der merkwürdigen alten Dame, Rosaria, erfahren hatte – daß die Religion hier ein klein bißchen katholisch und jede Menge heidnischer Hokuspokus sei. Der ganze Zauber stamme aus Afrika, hatte Will beim Abendessen gesagt, und das große schwarze Mädchen, in das er verknallt war, habe erzählt, daß die Stoffpuppe in dem Schränkchen – *canastillero*, wie sie es nannten – an ihren toten Vater erinnere. Keine Photographie oder ein Gemälde – eine Stoffpuppe! Was war das bloß für ein abergläubischer Unsinn? fragte sich Drew, der das Ganze als Beleidigung seines empirischen Verstandes auffaßte. Am Ende des dritten Tages in Cárdenas wollte er nichts als fliehen. Die Sehnsucht nach seinem Zuhause, nach all den liebgewonnenen Annehmlichkeiten zerrüttete sogar die Herrschaft der Logik über seine Gedanken. Er lag schwitzend im Bett, lauschte dem Quietschen von Wills Bett – zweifellos dachte dieser an Elvira, während er sich versündigte – und machte dabei Pläne, wie er ein Boot kapern könne. Er entwarf einen Plan, wie er einen Ochsenkarren stehlen und damit nach Havanna fahren würde.

Es existierte, und existiert vielleicht immer noch, (so notiert Sybil in einer weiteren Randbemerkung) ein bestimmter Typus des patriarchalischen Angelsachsen, der sich mit dem, was er war, uneins fühlte. Dieser Typus bildete sich meist ein, in der bleichen Hülle seiner Haut wohne eine dunkle, sinnliche und leidenschaftliche Seele, er habe ein romantisches und hitziges Herz, das nach einem ganz anderen Takt als den hymnischen Rhythmen der rigiden protestantischen Tugenden schlage. Er fühlte sich zur Sonne, zu dunkelhäutigen Frauen, zu exotischen Landschaften hingezogen. Dort, so stellte er sich vor, würde sein wahres, endlich befreites Wesen in all seinen leuchtenden Facetten erblühen. Zu diesem romantischen Typus gehörte Willard Terhune.

Zwar befanden sich auch seine Gedanken auf unlogischen Abwegen, doch gingen sie in eine ganz andere Richtung als die von Drew. Er fühlte sich sonderbar heimisch auf Kuba, nicht wie jemand, den man der Heimat in der trüben Kälte Neuenglands entrissen hatte, sondern wie jemand, dem man die Heimat zurückgegeben hatte. Der wollüstig fette Boden und das verführerische Klima der Insel, die Aura von Magie und Mysterium, all das verkörperte Elvira. Sie war Erde und Wasser, Feuer und Luft; ihre Fruchtbarkeit war von einer Feuchtigkeit, welche die Mädchen aus Boston, die in ihren Fischbeinkorsetts steriler Anstandsregeln erstickten, wie Puppen aus Sand erscheinen ließ. Er spielte schon mit dem Gedanken, Elvira zu heiraten und auf Kuba zu bleiben. Die Bilder standen ihm deutlich vor Augen, sie beide zusammen in einem *bohío*, das ihnen ganz allein gehörte, oder mitten in der Stadt in einem dieser pastellfarbenen gekalkten Ziegelhäuschen. Im Schatten einer Veranda oder eines Innenhofs würden sie *arroz amarillo* und *frijoles negra* und *pollo arrosto* essen und sich dann in der Schläfrigkeit der *siesta* ins Schlafzimmer zurückziehen. Die feuchte Meeresbrise würde durch die Ritzen der verschlossenen Fensterläden wehen, während sie sich bis zum Einbruch der Nacht liebten. Sie würden betrunken vor Liebe sein. Er fühlte sich schon betrunken, wenn er nur daran dachte. Pikante kreolische Gerichte, der Duft von Kräutern, Zimmer hinter verschlossenen Läden, schwüle Luft, grelle Sonne, heidnische Geister, Elviras schwarze Augen und üppiges braunes Fleisch – all das vermengte sich in seiner Phantasie zu einem berauschenden Gebräu.

Drei Tage lang suchte er Rosarias *bohío* auf und nahm dort seine Kräuterbäder. Nicht weil sie jenseits einer vorübergehenden Linderung des Schmerzes irgend etwas bewirkt hätten, sondern weil sie die einzige Gelegenheit boten, in Elviras Nähe zu sein. Wenn sie die Bandagen wechselte, flossen die Bewegungen von Haut und Muskeln ineinander; wenn sie aufrecht stand, schien das durch die Ritzen der Wände dringende Licht durch den Stoff ihres Kleides, und die Silhouette ihres Körpers wirkte so erotisch, daß es ihm den Atem raubte. Er sehnte sich nach ihren Lippen und Brüsten, sehnte sich danach, so tief in sie einzutauchen, bis er sich verlöre. Rosaria ließ sie jedoch fast nie aus den Augen. Offensichtlich gab es in Kuba Anstandsregeln, die genauso streng wie die in Boston waren, mit dem Unterschied, daß diese das Verlangen unterdrückten, während jene es entflammten. Ihr so nah zu sein und sie dennoch nicht berühren zu können war eine heftige Qual.

Er polierte sein Spanisch auf, indem er den beiden Frauen von sich und Boston erzählte, von gelungenen wie mißlungenen Unternehmungen auf See berichtete und sie mit der Geschichte über den Hurrikan in Atem hielt. Am dritten Tag hatte Elvira ihre Scheu so weit abgelegt, daß sie ihm von sich erzählte. Umhüllt von einer duftenden Wolke aus Sarsparille, Aloe und Salbei, kniete sie auf der Schilfmatte vor dem Schrein des *Babalu-Ayé*. Neben ihr lag eine geköpfte Taube, mit deren Blut die Kräuter geweiht worden waren. Sie erzählte ihm, daß sie eine *iyawó* von *Babalu-Ayé*, eine Braut des *orisha*, werden wolle; das hieß, sie absolvierte ihr Noviziat als *Santería*-Priesterin. Als sie dreizehn war, starb ihre Mutter Mercedes an gebrochenem Herzen; ihr Vater hatte sich einer anderen Frau hingegeben – die Ehebrecherin hieß »Rebellion gegen die Spanier«. Elviras Vater Tomas Casamayor war Kreole gewesen, groß und gutaussehend – so gutaussehend wie du, Will (es elektrisierte ihn geradezu, aus ihrem Mund seinen Namen zu hören). Ihre Mutter war eine Schwarze gewesen und aus Sehnsucht nach Tomas gestorben, der wegen seiner Aufopferung für die Rebellion und José Marti nie bei ihr sein konnte. Nachdem die Mutter gestorben war und ihr in Santiago eine spanische Kugel den Vater genommen hatte, war Elvira so gramgebeugt, daß sie nichts mehr essen konnte. Ohne Rosaria und deren besondere Heilmethoden, die ihren Kummer linderten, hätte sie sich zu Tode gehungert. Ihr Interesse für die Religion war damals geweckt worden, aber erst seit einem Jahr studierte sie sie ernsthaft, lernte, wie die Kräuter aussahen, hießen und angewandt wurden, und sie lernte die alten Gesänge, die auf den Sklavenschiffen die Meere überquert hatten. Sie hoffte, schon bald den *asiento*, den Initiationsritus, bei dem ihr der *orisha Babalu-Ayé* auf den Kopf »gesetzt« würde, ablegen zu können.

Die Geschichte, wie sie zur Waise geworden war, fesselte Will dermaßen, verzauberte und rührte ihn derartig an, daß er nah dran war, es laut herauszuschreien. Heirate mich! Werde meine Frau! Ich werde immer für dich sorgen!

Am nächsten Tag in Rosarias *bohío* – Eliot nannte es inzwischen nur noch »die Hexenklinik« – behandelte Elvira wieder seine Rippen, kochte Kräuter und sang die afrikanischen Lieder. Rosaria korrigierte noch den kleinsten Fehler. Als sich Will für sein Bad auszog, drehten sich die beiden Frauen wie üblich um. Während er in der Wanne lag, erzählte Elvira ihm von einer Zeremonie, die *quinces* hieß. Als ihr Vater starb, war sie fünfzehn und hatte niemanden, der für sie die *quinces* ausrichtete. Der einzige, der dafür in Frage kam, war ihr Vormund Tío Enrique, der jedoch für die hohen Kosten nicht aufkommen wollte. Mit der Zeit konnte Rosaria ihren Mann überreden, ein paar Pesos für das Fest zu Ehren von Elviras Frauwerdung lockerzumachen. Rosaria hatte ihr ein neues Kleid genäht, und aus der ganzen Stadt kamen Leute, außer natürlich die Reichen. Es gab Musik, man tanzte, trank Wein und schlemmte *plantano* und in Pomeranzensaft mariniertes *porco arrosto*. Und was ist eine *quinces*? wollte Will wissen. Aus ihrer Erzählung schloß er, daß es so etwas wie eine Tanzveranstaltung war, die man auf Kuba für Mädchen zum fünfzehnten Geburtstag abhielt – daher auch der Name. Und der Grund sei die Bekanntgabe, daß sie jetzt in heiratsfähigem Alter seien.

Du mußt Tausende von Anträgen gehabt haben, sagte Will, der sich auf die Gelegenheit stürzte, ihr zu schmeicheln. Sie senkte die Augen und schüttelte den Kopf. Waren es etwa zehntausend? fragte er und lächelte ihren Rücken an. Sie schüttelte wieder den Kopf. Noch mehr? Hunderttausend? Eine Million? Sind denn alle jungen Männer von ganz Kuba vor deiner Tür aufmarschiert?

»Silencio, Will!« platzte es aus ihr heraus. Sie war so wütend, daß sie sich zu ihm umdrehte und ihn anschaute. »Hör auf, dich über mich lustig zu machen!«

Sie sah verletzt und aufgebracht zugleich aus. Sie zornig zu sehen, verwirrte ihn. »Lo siento, lo siento mucho«, sagte er und versicherte ihr, daß er sich nicht über sie hatte lustig machen, sondern nur seiner Bewunderung für ihre Schönheit hatte Ausdruck geben wollen.

»Die Wahrheit ist, daß ich keinen einzigen Antrag bekommen habe«, sagte sie mit einer Heftigkeit, die ihn zusammenzucken ließ. »Wegen meinem Onkel! Er verlangt für alles seinen Preis, und für die Unkosten meiner *quinces* hatte er auch einen Preis!«

Rosaria zischte etwas, worauf sich ihre Nichte umdrehte, den Kopf senkte und sich flüsternd dafür entschuldigte, daß sie sich hatte gehen lassen.

»Mein Mann ist sehr ...«, fing die alte Frau an und hielt inne, um nach dem passenden Wort zu suchen. »Fürsorglich. Er ist sehr fürsorglich gegenüber Elvira. Obwohl er ein Würstchen ist, da braucht man sich gar nichts vorzumachen, haben die meisten jungen Männer hier in der Gegend Angst vor ihm. Er ist *el jefe* hier. Er verkauft Lotterielose und segnet sie vorher, damit sie Glück bringen, comprende usted? Er veranstaltet die Hahnenkämpfe und segnet vorher die Hähne. Und wenn der Hahn gewinnt, kassiert er die Hälfte vom Preisgeld.«

»Aber warum jagt das den jungen Männern Angst ein?«

»Mein Mann ist, was wir hier einen Herrn über die Mysterien nennen. Er ist ein Hoherpriester unserer Religion, ein *babalawo*. Aber er ...« Als ob sie sich vergewissern wollte, daß niemand lauschte, schaute sich Rosaria nach allen Seiten um. »Die Heiligen mögen mir verzeihen, daß ich das zu einem Fremden, einem *yanqui*, sage. Manchmal benutzt er seine Mächte zu bösen Zwecken. Er hat Menschen mit Flüchen belegt. Mit seinen Mächten hat er über Leute, die er für seine Feinde hält, Krankheit und Tod gebracht. Und weil die jungen Männer hier um seine leidenschaftliche Fürsorge für Elvira wissen, haben sie Angst davor, ihn um ihre Hand zu bitten.«

Will hatte sich in den letzten vier Tagen an den Rand

eines emotionalen Abgrunds geklammert. Nun ließ er los.

»Was ist, wenn ich ihn frage?« sagte er und war über sich selbst erstaunt, daß er die Worte so gelassen aussprach, daß er nicht einen Anflug von Nervosität oder Unsicherheit spürte. Noch nie in seinem Leben war er sich einer Sache so sicher gewesen. »Wenn Elvira einverstanden ist, dann frage ich ihn. Ich habe keine Angst vor ihm. Ich glaube nicht an Flüche oder irgendeine Art von Schwarzer Magie.«

Es entstand eine lange Pause, während der Rosaria und Elvira, die ihm den Rücken zuwandten, regungslos wie Figuren auf einem Porträtgemälde dasaßen.

»Es gibt Leute, die haben keine Angst vor giftigen Schlangen. Das heißt aber nicht, daß die Schlangen nicht beißen, wenn man auf sie tritt«, sagte die alte Frau schließlich.

»Ich habe keine Angst vor ihm«, sagte Will noch einmal. Seine Bestimmtheit und Ernsthaftigkeit waren nicht gespielt, nicht nach allem, was er in den letzten zwei Monaten durchgemacht hatte. »Wenn Elvira es wünscht, werde ich ihn fragen. Ich liebe sie.«

»Es ist nicht nötig, das zu erwähnen. Vom ersten Moment an war offensichtlich, daß du für sie entflammt bist. Und ihre Gefühle sind die gleichen. Que es verdad, no, Elvira?«

Als er unter dem blaßblauen Tuch die leichte, scheue Bewegung ihres Kopfes sah, machte sein Herz vor Freude einen Satz.

»Steig aus der Wanne und zieh dich an«, befahl Rosaria. »Jetzt heißt es kühlen Kopf bewahren. Auch wenn dem Rest deines Körpers nicht danach ist.«

Nachdem er sich angezogen hatte, drehten sich die beiden Frauen zu ihm um. Elvira lächelte – es war das erste Mal, daß er sie lächeln sah. Rosaria ging zu ihrem *canastillero* und nahm ein Bündel Kräuter heraus. Sie tauchte es kurz in eine Pfanne mit Wasser, die auf der kalten Feuerstelle stand. Als nächste Vorbereitung auf ihre Zeremonie tränkte sie ein Stück Tuch mit Wasser.

»Knie dich auf den Boden«, sagte sie und winkte ihn zu sich heran.

Während er das tat, wirkten seine Bewegungen wie die eines Mannes in Trance. Dann begann die alte *santera*, ihm mit dem Tuch den Kopf zu waschen.

»Du hast sehr dichtes Haar. Ich glaube, daß es zu warm ist für deinen Kopf und wirre Gedanken verursacht. Damit er kühl und klar bleibt, reinige ich ihn mit *omiera*. Weil du kein Kind unserer Geister bist, bin ich mir nicht sicher, ob es wirkt oder ob es angemessen ist, aber ich tue es trotzdem. Es muß sein.« Nach der Waschung füllte sie aus einem Eimer klares Wasser in eine Muschelschale und ließ es über seinen Kopf laufen. Dabei stimmte sie mit ihrer hohen Stimme in der *Lucumí* genannten Sprache einen langen Gesang an. Während er vor der unergründlichen Frau kniete und ihren unverständlichen Gebeten lauschte, kam sich Will ein bißchen lächerlich vor. Wenn jetzt die Braithwaites hereinkämen, würden sie denken, er hätte den Verstand verloren, und, wenn er es recht bedachte, sie hätten wahrscheinlich recht damit.

»Was ich gerade gesungen habe, war die *rogación de cabeza*. Ich habe über deinem Kopf zu *Oshun* gebetet. Sie ist eine wunderschöne *orisha* und der Geist des kühlen, klaren Wassers und des klaren Gedankens. Vielleicht zeigt es Wirkung.« Sie nahm ihren Schemel und ließ sich darauf wie auf einem Thron nieder. »Gut. Setz dich jetzt. Escúchame. Es spielt keine Rolle, ob du vor meinem Mann Angst hast oder nicht. Du kannst ihn zwar um die Erlaubnis bitten, Elvira zu heiraten, aber er wird sie dir nicht geben. Niemals. Und weil er an ihres Vaters

Statt handelt, wirst du in Cárdenas keinen Priester finden, der die Trauung durchführt.«

»Es gibt also keine Hoffnung?«

»Escúchame, Will. Ich habe gestern mit meinem Cousin gesprochen. Sobald er für den Markt genügend Kokosnüsse beisammen hat, nimmt er dich und deine Freunde umsonst mit nach Havanna. Er glaubt, daß er in etwa zwei Tagen lossegeln kann. Wenn er soweit ist, sagt er mir Bescheid, und dann sage ich euch Bescheid. Nun zu der Sache, zu der angenehmen Aufgabe, die du erledigen sollst: Du wirst Elvira mit nach Havanna nehmen.«

Will sagte kein Wort. Elvira hatte ein Gesicht aufgesetzt, das so undurchdringlich wie die Fensterläden war. Ihre Gelassenheit, die fehlende Überraschung, sagte ihm, daß sie und ihre *madrina* den Plan gemeinsam ausgeheckt haben mußten. Seine Gedanken führten ihn zurück zu Talmadge und Clara. Es bestand eine sonderbare Übereinstimmung zwischen dem, worum ihn der alte Wirrkopf gebeten hatte, und dem, worum ihn diese Frau bat. Der Unterschied bestand darin, daß Will jetzt nur zu gern auf die Bitte einging.

»Aber wie können Sie ihr erlauben ...«, sagte er. »Wo wir doch nicht Mann und Frau sind ...«

»Du wirst auf sie aufpassen, als wärst du ihr Ehemann. Die Vorrechte eines Ehemanns in Anspruch zu nehmen ist dir jedoch verboten. Comprende? Ich glaube aber, man kann sich darauf verlassen, daß du dich wie ein Ehrenmann verhältst.« Sie zwinkerte verschmitzt. »Außerdem gibt's auf dem Boot meines Bruders ohnehin keinen verborgenen Winkel. Ihr werdet also gar nicht erst in Versuchung geraten, euch ungebührlich zu benehmen. Keiner von euch.«

Elviras Maske brach auf, und sie errötete. Auch Will fühlte, wie ihm die Hitze in die Wangen stieg.

»Ich muß erst noch mit meinen Freunden sprechen«, sagte Will. »Ich muß sie fragen, ob sie dem Plan zustimmen.«

»Por qué?« fragte sie scharf.

»Porque ellos son mis amigos. Meine Schiffskameraden. Amigos de la barca. Entiende?«

Sie nickte bedeutungsvoll und sagte: »Escúchame. Für meine Nichte und Patentochter ist es schon seit einiger Zeit notwendig, von hier fortzugehen, was wegen meines Mannes aber nicht möglich war. Sie ist ein alleinstehendes, achtzehnjähriges Mädchen. Deshalb konnte ich sie nicht gut ohne den Schutz eines Mannes wegschicken. Weil die Angst vor der Rache meines Mannes aber stärker als das Verlangen nach Elvira ist, gibt es hier niemanden, der ihr Beschützer sein will. Verstehst du, was ich sagen will? Lo siento, dann muß ich wohl deutlicher werden. Deine Freunde haben keine Wahl. Wenn Elvira nicht mitkommen kann, dann werde ich meinem Cousin sagen, daß er keinen von euch mitnimmt.«

»Entiendo«, sagte Will. »Darf ich fragen, warum Elvira unbedingt von hier wegmuß?«

Die beiden Frauen wechselten mit ein paar Blicken eine verschlüsselte Botschaft.

»Weil sie unbedingt den *asiento* ablegen muß, und das ist hier aus Gründen, die sehr kompliziert sind, nicht möglich«, sagte Rosaria. »Ich weiß von einer Frau von hohen Gnaden in Havanna. Einer Frau der *gente de color*, die eine große *santera* und Glaubensschwester der *Oshun* und des *Babalu-Ayé* ist. Eine der hier lebenden Schwestern wird Elvira ein Einführungsschreiben für sie mitgeben. Ich selbst kann nicht schreiben. Diese Frau in Havanna wird Elviras neue *madrina* sein und sie auf ihrem weiteren Weg begleiten.« Die alte Frau machte eine Pause. »In dem Schreiben werde ich bestätigen, daß ihr, wenn ihr heiraten wollt, meinen Segen habt. Die neue *madrina* und ihr Mann werden Elviras neue Familie sein. Sie werden sich darum kümmern, daß ein Priester ...«

»Un padre católico?«

»Por supuesto.«

»No soy católico.«

»Mach dir darum keine Sorgen. Wenn es nicht zu ihrem Nachteil ist, lassen sich Priester manchmal dazu überreden, ein Auge zuzudrücken. Hör mir jetzt genau zu. Wenn Elvira den *asiento* ablegt, steigt der *orisha* herab und ergreift Besitz von ihr. Sie wird für ein Jahr seine Braut. Hast du das verstanden? Für ein Jahr bleibt der Akt der Liebe zwischen Elvira und einem Mann, selbst wenn es ihr Ehemann ist, verboten. Glaubst du, Will, daß deine Liebe zu Elvira tief genug ist, um das auf dich zu nehmen?«

Er sagte nichts. Mit so etwas hatte er nicht gerechnet.

»Nun ja, wir werden sehen, wie sehr du sie liebst«, stellte Rosaria mit einem knappen, gequälten Lächeln fest. »Denk lieber mit kühlem Kopf darüber nach.«

»Ich glaube, daß ich ... Ja, ich könnte ...«

»Wir werden sehen. Geh jetzt und sprich mit deinen *amigos de la barca*. Ich rate dir, ihnen nur das zu erzählen, was ich auch Luis erzählt habe. So wenig wie möglich.«

Will schaute sie an.

»Er weiß nicht, daß Elvira ohne Wissen oder Einverständnis meines Mannes fährt.«

»Wär es nicht besser, er wüßte das? Was, wenn er Tío Enrique trifft und ihm erzählt, daß er Elvira nach ...?«

»Überlaß das mir. Du regelst das mit deinen Freunden.«

Und so war es dann auch, er erzählte ihnen fast nichts, erzählte lediglich, daß Elvira und der Cousin ihrer Patin nach Havanna führen und sie mitnehmen würden. In dieser Fassung fand der Plan auch die sofortige Zustimmung der Braithwaites. Sie hätten aber wahrscheinlich allem zugestimmt, so sehr brannten sie darauf, aus Cárdenas zu verschwinden.

Wie an jedem Abend kamen die beiden Frauen auch heute zu ihnen, um das Essen zuzubereiten. Wieder erfüllten das *bohío* die Düfte von grünem Pfeffer, Zwiebeln und Knoblauch, die sie in einer Eisenpfanne anbrieten, und die Jungen verschlangen gierig Bananen, Reis und *ropa vieja*, eine Art scharf gewürztes Rindshaschee. Während in einem kleinen achteckigen Topf starker Kaffee vor sich hin brodelte, sagte Rosaria zu Will, daß Luis Figueroa früher als geplant auslaufe, nämlich schon mit der Ebbe am morgigen Abend.

»Es sieht folgendermaßen aus«, fuhr sie fort. »Morgen nachmittag sage ich meinem Mann, daß ich mit Elvira zum Kräutersammeln gehe. Wir werden an einer Stelle am Strand außerhalb der Stadt warten. Ihr geht später zum Hafen, und Luis segelt dann zu der Stelle, wo Elvira und ich warten. Dann steigt Elvira zu euch ins Boot, und ich werde zum ersten Mal seit vielen Jahren, seit dem Tod ihrer Mutter, ohne Elvira nach Hause gehen.«

»Und das macht Sie traurig.«

»Traurig und glücklich – beides«, sagte sie. »Luis sagt, daß die Ebbe um fünf einsetzt. Bis dahin sollt ihr an seinem Boot sein. Es heißt *La Esperanza*.«

Zusammen mit den Frauen tranken sie aus kleinen Tassen den bitteren Kaffee. Als der Topf leer war, ging Rosaria nach draußen, um ihre Notdurft zu verrichten. Elvira sprang vom Stuhl auf und begann, den Tisch abzuräumen. Sie trug Tassen und Untersetzer zum Waschzuber, wobei ihr eine Tasse herunterfiel. Sie zerbrach auf dem festgestampften Lehmboden, der so hart wie Stein war. Als Will ihr helfen wollte, winkte sie ihn beiseite, bückte sich und kehrte die Scherben mit der Hand auf.

»Du scheinst nervös zu sein«, sagte er und beugte sich zu ihr hinunter.

»Natürlich bin ich nervös. Wenn du in meiner Lage wärst, wärst du auch nervös.«

»Es gibt nichts, wovor du Angst haben mußt.«

»O doch.«

»Als Rosaria dich heute morgen gefragt hat, ob du mich liebst, da hast du mit dem Kopf genickt. Kannst du es mir auch sagen? Ich möchte es gern hören. Ich möchte einfach hören, wie du sagst, Will, sangre de mi corazón, me encantas, te quiero, te amo.«

»Ich bitte dich, das Leben ist kein Liebeslied, kein Abenteuer. Bleib bitte ernst.«

»Ich meine es ernst.«

»In einer Stunde muß ich zum Haus der Frau, die mir den Brief mitgibt«, flüsterte sie und schaute dabei aufgeregt zur Tür. »Bitte geh zu dem *bohío*, wo du immer dein Kräuterbad nimmst. Ich muß dir was sagen. Jetzt setz dich wieder zu deinen Freunden, und sprich nicht mehr mit mir.«

Als er auf dem Weg zum *bohío* unsicher durch den Matsch des Nachmittagsregens stapfte, hatte er das Gefühl, die Kontrolle über sich selbst wie auch über die Ereignisse verloren zu haben. Das Gefühl erinnerte ihn an den Augenblick, als die *Double Eagle* ihr Ruderblatt eingebüßt hatte und er und Drew nur noch ein hilflos den Wellen und Strömungen ausgeliefertes Stück Treibholz gesteuert hatten. Dennoch gab es einen großen Unterschied: Die Ohnmacht, die er jetzt spürte, erregte und erschreckte ihn gleichermaßen. Und das Romantische dieses lustvollen Schreckens wurde zusätzlich verstärkt durch den Kitzel der Intrige. Der morgigen Abreise hafteten alle Merkmale von Durchbrennen oder

Entführung an, nur daß er sich nicht sicher war, wer da entführt wurde – Elvira oder er. Wenn er sie heiratete, würde er seiner Familie, seinen Freunden, der ganzen ihm vertrauten Welt den Rücken zukehren. Geächtet in Boston, dachte er, und lachte still in sich hinein. Ja, in Boston würde Elvira Terhune eine Geächtete sein und wahrscheinlich auch in New York, Chicago und Philadelphia, ganz sicher aber in jeder beliebigen Stadt des Südens, vielleicht mit Ausnahme von New Orleans. Vielleicht könnten sie dort eines Tages leben; wenn nicht, dann bliebe ihm eben keine andere Wahl, als in Kuba zu bleiben. Er hatte eine vage Vorstellung davon, daß das Kappen sämtlicher Rückzugswege etwas mit seinem Verlangen nach Elvira zu tun hatte, daß sich ihre Anziehungskraft aus ihrer Schönheit wie aus dem Tabu speiste. Wäre Willard Terhune älter und erfahrener gewesen, dann hätte er diese nebulösen Erkenntnisse vielleicht ins helle Licht des Bewußtseins geholt und die Echtheit und Reinheit seiner Leidenschaft in Frage gestellt. Vielleicht hätte er erkannt, daß er von diesem verlockenden und exotischen Vogel nicht das Herz wollte, sondern nur dessen Flügel, die ihn auf seiner Flucht vor dem Gewöhnlichen in luftige Höhen tragen sollten. Er hätte vielleicht innegehalten und sich gefragt, wie es sein würde, im selbstgewählten Exil Tag für Tag mit ihr zusammenzuleben, und was mit seiner Leidenschaft geschähe, sobald das Außergewöhnliche gewöhnlich und das Exotische vertraut würde, sobald des Ehelebens aufreibende Sorgen und Plagen, die so weltumspannend sind wie die Liebe selbst, sein Idyll zu zerfressen begannen.

Die Tür des *bohío* war zu, als er dort ankam. Er öffnete sie und ging hinein. Bis auf eine schräge Säule Mondlicht, die durch ein Luftloch zwischen Dach und einem der zugespitzten Bretter an den Seitenwänden fiel, war es im Innern dunkel. Er hörte Elviras angespannt flüsternde Stimme, ob er das sei. Er bejahte und sagte leise lachend, daß er sie überhaupt nicht sehen könne.

»Pssst!« zischte sie ärgerlich. »Ven aquí, Will.«

Er ging auf die Stimme zu und erkannte, nachdem sich seine Augen etwas an die Dunkelheit gewöhnt hatten, ihr weißes Kleid. Mit untergeschlagenen Beinen saß sie auf der Schilfmatte vor dem Altar, den sich Jesus Christus und der *orisha Babalu-Ayé* teilten. Er setzte sich neben sie, wobei er zwar einen diskreten Abstand wahrte, aber dennoch nah genug heranrückte, um sie riechen zu können: Ein weiblicher Moschusgeruch vermischte sich mit einem Duft, der wie die Kräuter in seinem Heilbad roch.

»Wissen deine Freunde, daß du bei mir bist?«

»Ich hab gesagt, ich würde einen Spaziergang machen, bin mir aber nicht sicher, ob sie es mir abgenommen haben. Was ist mit Rosaria und deinem Onkel?«

»Sie denken, daß ich bei Lydia bin, der Frau, die den Brief für mich schreibt. Ich kann nicht lange wegbleiben.«

»Was war das, was du mir erzählen wolltest?«

»Drei Sachen«, sagte sie und verstummte dann. Seine Augen hatten sich jetzt völlig an die Dunkelheit gewöhnt, und er konnte sie jetzt deutlicher sehen. Sie hockte auf den Fersen, die Hände lagen auf den Knien, und sie schaute nicht ihn an, sondern den schrägen Streifen Mondlicht, der in die Hütte fiel. »No soy virgen«, sagte sie nüchtern. »Ich möchte, daß du das weißt. Ich weiß nicht, ob das in Nordamerika wichtig ist. Hier ist es das jedenfalls.«

»Está no importante para me«, erklärte er. Er war sich nicht sicher, ob er sich richtig ausgedrückt hatte. »No soy virgen también«, fügte er hinzu, wobei er versuchte, einen unbekümmerten Ton anzuschlagen.

»Natürlich bist du das nicht. Du bist ein Mann. Mach keine Witze. Ich habe gehört, daß ihr *yanquis* immer Witze macht. Ich glaube, das liegt daran, daß ihr *yanquis* so reich seid und nicht wißt, daß die meisten Dinge schlecht ausgehen.«

»Manchmal gehen die Dinge auch für die Reichen schlecht aus«, sagte er. »Was ist das zweite?«

»Das, was du gern von mir hören willst. Aber nicht aus dem Grund, weil du es möchtest oder ich dir eine Freude machen will. Pero porque es verdad. Te quiero, te amo.«

»Auch wenn das nicht der Grund ist, es freut mich trotzdem. Ich habe mich noch nie über etwas so gefreut. Und das ist kein Witz. Und drittens?«

»Was meine *madrina* gesagt hat, ist wahr. Wenn ich den *asiento* ablege, ergreift der *orisha* Besitz von mir. Er dringt in mich ein. Nicht in meinen Körper, sondern in meinen Geist. Er wird mein Ehemann, und ich muß ihm ein Jahr lang die Treue halten. Und das werde ich auch tun. Eine *santera* zu werden ist sehr wichtig für mich. Es bedeutet, daß man respektiert und geehrt wird.«

»Sí. Entiendo.«

»Du sagt, daß du verstehst. Aber das tust du nicht. Du verstehst nur die Worte. Hör zu. Ich weiß nicht, wie lange es dauert, bis ich den *asiento* ablegen kann. Ich glaube, nicht allzu lange. Wenn du und ich verheiratet sind, dann wird das eine Qual für dich, no?«

Er nickte. Und doch – vielleicht verlor er wirklich den Verstand – kam ihm die Qual verlockend vor. Es übte einen kraftvollen Zauber auf ihn aus, dazu verpflichtet zu sein, sie zu lieben und gleichzeitig von dieser Liebe ausgeschlossen zu sein. Es war das Aphrodisiakum der Ehrfurcht und Verehrung und einer Abstinenz, die permanent Krieg gegen das Verlangen führte.

»Ich muß dir noch etwas erzählen. Lydia ist eine

Glaubensschwester der *Oshun*. Als ich in ihrer Obhut war, habe ich ihr das Innerste meines Herzens offenbart und sie gebeten, den Rat der *orisha* einzuholen. Vor einiger Zeit ist sie mit mir in diese Hütte hier gegangen, hat das *biague* geworfen und das *moyuba*, das Gebet, gesprochen und ... Will, mach ein Streichholz an, und schau neben mir auf die Matte. Sag mir, was du siehst.«

Er zündete ein Streichholz an. Flackernd beleuchtete es ihr schweißnasses, glänzendes Gesicht und die Stücke einer gevierteilten Kokosnuß, die mit dem Fruchtfleisch nach oben auf der Matte lagen.

»No entiendo«, sagte er und wedelte mit der Hand, um das Streichholz zu löschen.

»Die *obinu* sind mit der weißen Seite nach oben gefallen. *Alafia*. In der alten Sprache heißt das ja. *Oshun* wird uns ihren Segen geben. Sangre de mi corazón. Sangre de mi sangre. Sangre de usted, mi sangre. Uno«, sagte Elvira. Obwohl ihr Gesichtsausdruck nichtssagend war, spürte er irgendwie, daß es der gleiche wie an dem Tag war, als er sie zum ersten Mal gesehen hatte – ein angespanntes, scharfsinniges Gesicht, das seinen Geheimnissen keine Zuflucht bot, aber gleichzeitig die ihren hütete. »*Oshun* ist damit einverstanden, daß wir uns ohne Priester zu Mann und Frau verbinden«, fuhr sie in zitterndem Flüsterton fort. »Wir brauchen den Priester jetzt noch nicht. Er kann später kommen.«

Er fühlte sich wie ein Ertrinkender. Sie richtete sich auf den Knien auf, hob die Arme und zog sich das Kleid über den Kopf.

»O mein Gott«, murmelte er in seiner Sprache. Sie trug nur die Perlenkette mit dem kleinen goldenen Amulett, das zwischen ihren Brüsten hing. Zögerlich umfaßte er ihre Brüste und küßte dann die Brustwarzen. Durch die zusammengepreßten Zähne sog sie rasch und zischend Luft ein. Sie nahm sein Kinn in die Hände, hob es hoch und küßte ihn, während sie, ohne nach unten zu schauen, sein Hemd aufknöpfte. Nein, sie war bestimmt keine Jungfrau mehr.

Er streifte hastig die Schuhe ab, fummelte am Gürtel herum und riß sich die Hose herunter. Gemeinsam sanken sie auf die Matte. Sie lagen auf der Seite, die Beine ineinander verschlungen, seine Hände auf ihrem Hintern. Gierig verschmolzen ihre Zungen. Sie fuhr ihm mit einer Hand zwischen die Beine; es war, als hätte er dort kein Fleisch, als läge jeder Nerv und jedes Gefäß frei; aus Angst, er könnte jeden Moment bersten, schob er sie sanft zurück. Er streichelte ihren Hintern, den glatten Hügel ihres Bauches, berührte die feucht glühenden und harten Haare zwischen den Schenkeln und drang mit den Fingern in sie ihn.

Plötzlich versteifte sie sich, packte seine Handgelenke und drückte ihn von sich weg.

»Was ist?« fragte er keuchend. »Soll ich aufhören?«
»Lo siento. Es ist alles so schwierig.«
»Soll ich aufhören?«
»No, por todos los santos, no.«

Er dachte an die Spielchen und Kunststückchen, die er in den Bordellen gelernt hatte. Die Techniken der Liebe, die das Wesentliche ausklammerten, schienen jetzt aber unangebracht. Er überließ sich ganz seinen Instinkten, berührte, streichelte und küßte sie. Er schob das Gesicht zwischen ihre Schenkel und leckte die Lippen ihres Geschlechts, sog den Geruch von Meeresboden ein, faulig und frisch, salzig und süß. Wieder versteifte sie sich.

»Soll ich aufhören?«
»Nein.«

Er küßte sie am ganzen Körper, hinauf bis zu ihrem Hals, biß in die Perlen der Halskette. Sie wand sich unter ihm, stieß mit den Hüften gegen seinen Körper, preßte die Lippen an sein Ohr und flehte ihn an, keinen Laut von sich zu geben.

»Du mußt vor dem *orisha* von mir Besitz ergreifen. Jetzt. Du wirst mein erster Mann sein und er der zweite«, sagte Elvira und drehte sich auf den Bauch. Sie lag mit dem Gesicht auf der Matte und verschränkte die Hände über dem Nacken, erhob sich auf die Knie und bot ihm den Hintern dar. Er kniete sich hinter sie – zu knien schien ihm angemessen zu sein, da ihm auch das, was sie taten, heilig vorkam – und ergötzte sich an dem eleganten Bogen ihres Rückens, der mit den breiten, einladend gespreizten Hinterbacken verschmolz, die sich ihm herzförmig präsentierten. Als er sanft in sie eindrang, versteifte sich ihr Körper wieder, und er hielt einen Augenblick inne, bis sie mit der Hand nach hinten griff, ihn packte und gierig in sich hineinstieß. Ihr Inneres war glühendheiß – ein mit heißem, nassem Satin gefütterter Schacht. Er umfaßte ihre Taille, stieß immerfort zu und verlor sich. Keuchend löste sie sich von ihm, stieß wieder nach hinten und preßte ihre kreisenden Hinterbacken gegen seinen Unterleib. Warmer, dichter Schweiß lag schwer auf ihren Körpern. Jetzt stützte er sich mit den Händen auf dem Boden ab, und für ein paar Sekunden bewegten sie sich wie Hengst und Stute. Um ihre Schreie zu unterdrücken, biß Elvira in die Schilfmatte, Will stöhnte, und seine Unterkiefer verkrampften sich, als er in köstlichem Schmerz, in wilden Zuckungen seinen Samen in sie ergoß.

Länger als es klug gewesen wäre, klammerten sich ihre schweißnassen Körper aneinander. Sie keuchten leise, keiner sagte ein Wort. Über ihnen das kleine Haus, in dem der *ashe* der Geister wohnte, die Statue Christi, dessen Gipsaugen an die Decke starrten, aus dessen Gipsherz Blut aus Gips tropfte. Dann rollte sich Elvira auf die Seite, umarmte Will und küßte ihn.

»Otro vez?« fragte er mit flehender Stimme.

»Nein. Es ist schon spät. Wenn wir in Havanna sind, dann so oft, wie du willst. Aber nicht jetzt, nein, nicht jetzt ...«

Sie begann leise zu weinen.

»Was ist?« fragte er.

»Tío Enrique wartet schon auf mich. Ich habe Angst vor ihm wie alle anderen auch«, sagte sie. Abrupt stand sie auf, zog sich das Kleid über den Kopf, strich es glatt und fuhr sich mit der Hand durch die Haare. »Ich habe Angst um mich und um Rosaria.« Elvira hatte sich wieder gefangen, die Tränen waren verschwunden, und ihre Stimme war jetzt kühl und abweisend. »Wenn sie morgen wieder nach Hause kommt, wird sie Tío sagen, daß ich mit dir durchgebrannt bin. Und das ist die Wahrheit. Ich weiß nicht, wie sie ihm erklären will, wie das passieren konnte. Ich habe Angst um sie. Vielleicht glaubt er, daß sie was damit zu tun hat, und tut ihr was an.« Elvira machte ein Pause. »Außer sie tut ihm zuerst was an. Sie kennt sich mit ein paar von seinen Sachen aus. Vielleicht vergiftet sie ihn. Ich hätte nichts dagegen. Ich hasse ihn.«

Nach der Wärme der Liebe fand Will die Gehässigkeit, die in ihren Worten lag, verstörend.

»So sehr haßt du ihn? Warum?«

Sie schüttelte den Kopf.

»Por qué? Por qué?«

»Das hier« – sie berührte das Amulett – »hat mir Rosaria geschenkt, um mich vor dem Bösen zu beschützen. Aber das Böse in Tío Enrique ist stärker ...« Die eiskalte Ruhe, die sich ihrer so schnell bemächtigt hatte, fiel von ihr ab, und sie fing wieder an zu weinen. Nicht wie zuvor, sondern mit heiseren, krampfhaften Atemstößen.

Er stand auf und drückte sie eng an sich. Trotz ihrer Größe kam sie ihm jetzt sehr klein vor.

»Was ist los? Was quält dich so, Elvira?«

Sie stieß ein paar zusammenhanglose Worte aus: Ich hätte ... Eine vierte Sache ... Lo siento, ich hätte ...

»Was denn?« flehte er sie an. »Welche vierte Sache? Du hättest was?«

Sie antwortete, daß es schon spät sei und er zurück zu seinen Freunden gehen solle. Er spürte, daß sie das nur der Form halber sagte.

»Nicht bevor du mir gesagt hast, was eigentlich los ist«, sagte er.

Sie befreite sich aus seinen Armen, rieb sich mit dem Handrücken die Tränen aus dem Gesicht und wandte sich von ihm ab.

»Glaubst du, was wir gerade getan haben, hat mir Spaß gemacht?« fragte Elvira, deren Stimme auf einmal wieder kalt war. Offensichtlich waren ihre Gefühle plötzlichen und drastischen Schwankungen unterworfen.

»Wenn dem so ist, könntest du als Schauspielerin steinreich werden.«

»Nicht als Schauspielerin. Als *una puta*. Ich habe dir nur etwas vorgespielt. Como una puta. Vielleicht bin ich ja eine. Der Akt der Liebe bereitet mir Schmerzen. Manchmal finde ich es richtig ekelhaft, aber trotzdem tue ich so, als ob es mir Spaß macht, weil ich genau weiß, wie man das vorspielt. Ich habe es dir vorgespielt, aber nicht um dich zu täuschen. Nein, mein lieber Will, *mi corazón*, nicht um dich zu täuschen, denn ich liebe dich. Sondern um mich selbst zu täuschen.«

Elvira drehte sich ruckartig um und schaute ihn an. Was sie als nächstes sagte, sagte sie in derart kompliziertem Spanisch, daß ihm die Bedeutung ihrer Worte völlig unklar blieb.

»Du wirst benutzt wie die junge Rosaria?« sagte er und wiederholte die Worte genauso, wie er sie gehört hatte. »Das macht keinen Sinn.«

»Escúchame. Ich werde benutzt, *als wenn* ich die junge Rosaria wäre. Das war es, was ich gesagt habe.« Während Will einen Augenblick brauchte, um das für sich zu übersetzen, fügte sie mit gedämpfter Stimme, kaum hörbar flüsternd hinzu: »Von ihm. Von Tío Enrique.«

Nachdem die Worte verklungen waren, hinkte sein Verstand noch einige Sekunden hinterher, bevor Willard Terhune endlich begriff und seine weltmännische Fassade, wie alle falschen Dinge, die man einer Prüfung unterzieht, zerbröckelte. Er hatte von solchen Dingen gehört, in Bordellen oder in Gesprächen hinter den schützenden Mauern der Wohnheime von Yale, doch nahmen sie in seiner Welt den gleichen Platz ein wie Geschichten über grauenhafte Morde, wie Zeitungsberichte über die Zustände in den Elendsvierteln oder Kriege in weit entfernten Ländern. Obwohl das Opfer vor ihm stand, obwohl er dessen Atem im Gesicht spürte, konnte er das Ausmaß der gerade vernommenen Abscheulichkeit dennoch nicht begreifen.

»Das war der Preis für meine *quinces*«, fuhr Elvira mit so gedämpfter Stimme fort, daß er sich vorbeugen mußte, um sie zu verstehen. »Es ist am selben Abend passiert. Das Fest hat in der *cabildo* von Cárdenas stattgefunden, der Tío Enrique angehört. Hinterher hat er mich gebeten, noch zu bleiben. Er sagte, er hätte ein besonders Geschenk für mich, ein Kleid, das viel schöner wär als das, was Rosaria für mich genäht hat. Er ist mit mir in ein Hinterzimmer gegangen und hat gesagt, ich soll Rosarias Kleid ausziehen. Dann ist er aus dem Zimmer gegangen. Ich hatte Angst, ich hab gewußt, daß irgendwas nicht stimmt. Aber ich hab nicht gewußt, was es war, bis Tío Enrique zurückgekommen ist. Er war nackt. Er hat die Tür abgeschlossen und gesagt, daß ich keinen Muckser machen soll und daß er schon, seitdem ich dreizehn bin, ein Auge auf mich geworfen hat. ›Aber jetzt bist du fünfzehn‹, hat er gesagt, ›du bist alt genug, zu bluten, du bist alt genug, beschnitten zu werden.‹ Ich hab mich gewehrt, glaub mir, ich hab mich gewehrt. Schon damals war ich groß und stark. Aber Tío ist für einen kleinen Mann sehr stark. Als er jung war, hat er *pelote* gespielt, für Geld. Er hat gewußt, wie man zuschlägt, und er hat mich geschlagen. Dann hat er mich genommen wie ein wildes Tier, genau so wie ich heute abend wollte, daß du mich nimmst. Ich hab gedacht, wenn mich ein Mann auf die gleiche Weise nimmt, aber mit Liebe, zärtlich und sanft, dann würde vielleicht ... Aber es war genauso wie mit ihm. Lo siento, aber es war so. Nicht wegen dir, mein geliebter Will. Wegen ihm. Er hat mich zerstört. Du siehst also, daß er mich nicht beschützt, wie meine *madrina* dir vorgelogen hat. Er ist eifersüchtig. Ich könnte mein Gelübde also nie einhalten, wenn ich den *asiento* hier ablege.«

Will sagte nichts. Es gab nichts zu sagen.

»Ich habe es nie freiwillig getan«, sagte sie in die bleierne Stille hinein. »Nicht ein einziges Mal. Glaub mir, Will. Du mußt mir glauben.«

Er glaubte ihr und doch wieder nicht. Mit seinem Verstand glaubte er ihr, aber in der Tiefe seines Herzen lauerte der leise Verdacht, daß sie es das eine oder andere Mal doch freiwillig getan hatte.

»Und Rosaria?« fragte er.

»Lange hat sie so getan, als wüßte sie nichts. Aber es ist sehr anstrengend, sich die ganze Zeit zu verstellen. Und jetzt ist die Gelegenheit da, mich nach Havanna zu schicken. Sie tut das um meinetwillen, aber auch um ihretwillen.«

Sie küßte ihn scheu auf die Stirn und fragte ihn mit so trauriger Stimme, daß es ihm das Herz brach, ob er sie auch jetzt noch morgen abholen würde. Natürlich, antwortete er. Certamente.

»Wir müssen uns jetzt auf die gleiche Weise trennen, wie wir gekommen sind«, sagte sie. »Ich warte noch einen Augenblick hier.«

Als Will hinausging, befanden sich seine Gedanken und Gefühle in Aufruhr. Er öffnete gerade die Gartentür, da tauchte am Rand seines Blickfelds ein flüchtiger Schatten auf, und er hörte etwas oder jemanden in den Büschen hinter dem *bohío* rascheln. Voller Angst, daß er und Elvira beobachtet worden sein könnten, ging er auf das Geräusch zu. Aus dem Gebüsch unter einem Flamboyant kamen schnüffelnde Laute, und im nächsten Moment watschelte ein Schwein aus dem schwarzen Schatten, den die breite Baumkrone auf den Boden warf.

Um seine Gefühle an irgend etwas auslassen zu können, schleuderte er einen Stein nach dem Tier. Er ging den Weg entlang, dessen beiger Staub im Licht des Halbmondes bleich glänzte. Ohne viel Erfolg versuchte er, den Wirrwarr seiner Gefühle in den Griff zu bekommen. Beim Gedanken daran, was Tío Enrique getan hatte, erwog Will, der bislang immer darauf aus gewesen war, Gewalt aus dem Weg zu gehen, sich die Flinte zu schnappen und dem Bastard den Kopf wegzublasen. Im nächsten Moment richtete sich sein Zorn gegen Elvira, weil sie ihm ihr Geheimnis erst erzählt hatte, nachdem sie sich geliebt hatten – ein Zeitpunkt, den sie sicher aus Berechnung gewählt hatte. Wie die Fledermäuse und Nachtvögel, die an ihm vorbeijagten, jagten an seinem inneren Auge Bilder von ihr vorbei, wie sie in den Armen ihres Onkels lag. Bilder, die seinen Zorn steigerten, die gleichzeitig sein Mitgefühl wie seinen Ekel aufstachelten und ihn auf so perverse Weise erregten, daß er annähernd so entsetzt über sich selbst war wie über den Mann, der sein eigen Blut geschändet hatte. Er konnte den Verdacht nicht abschütteln, daß Elvira irgendwann nach dem ersten Mal doch ein williger Teilnehmer gewesen war – ein grausamer und ungerechter Verdacht, das wußte er, aber doch einer, der jenseits der Herrschaft seiner Ratio von ihm Besitz ergriff. Ebenfalls in Rage brachte ihn das falsche Spiel, das Rosaria spielte. Er wollte ihr keinen Vorwurf daraus machen, daß sie ihn benutzt hatte, ein Vorhaben voranzutreiben, das ihre eigene Demütigung beendete und ihrer Nichte weitere Erniedrigungen ersparte. Diese Einsicht richtete jedoch nichts gegen das Gefühl aus, benutzt worden zu sein. Obwohl er jetzt, da er die Wahrheit kannte, jedes Recht hatte, einen Rückzieher zu machen, wußte er, daß er das nicht tun würde. Ganz im Gegenteil verlangte die Wahrheit erst recht, daß er seinen Teil zu Elviras Erlösung beizutragen hatte. Vermutlich wäre es sogar die erste wahrhaft mutige und ehrenhafte Tat in seinem ganzen Leben.

Bis er zu der Hütte kam, wo er mit den Braithwaites wohnte, hatte er wieder ein gewisses Maß der Besonnenheit erreicht, die er nach Meinung der alten Frau benötigen würde. Meistens lagen Liebe und Pflichterfüllung in Widerstreit miteinander, in diesem Fall waren sie aber Verbündete. Er würde tun, was die Liebe von ihm forderte, und er würde sein Wissen vor seinen Schiffskameraden verheimlichen, da er keine Zweifel hatte, wie deren Reaktion andernfalls ausfallen würde. Er selbst war also auch nicht außerstande, ein falsches Spiel zu spielen, und fühlte sich deshalb ein bißchen wie ein Verräter, als er den Schlafraum betrat, wo Eliot und Drew schon schliefen, während Nathaniel noch wach auf dem Boden lag.

»Das war ja wirklich ein langer Spaziergang«, sagte Nathaniel gelassen.

»Viel länger, als du dir vorstellen kannst«, murmelte Will und legte sich aufs Bett. Er wollte, er wäre jetzt mit seinem Sextanten auf See, in den sicheren Gefilden von Winkeln und Bogengraden, von beständigen und unerschütterlichen Sternen. Das kratzende Rauschen der Palmenblätter verstummte die ganze Nacht nicht.

25

Die *La Esperanza*, ein stabiler, etwa zehn Meter langer Einmaster, war so breit, daß sie fast schon rund war – eine richtige Wanne. Sie hatte vorn eine enge, kleine Kajüte, die dem Skipper als Schlafplatz diente, eine lange Pinne, die am Kopf des schweren Ruderblattes befestigt war, und mittschiffs, unmittelbar achterlich des Mastes, eine Ladeluke. Von Handkarren mit hohen Seitenbrettern warfen Will und die Braithwaites Kokosnüsse in die Öffnung, die etwa so groß wie die Tür zu einem Sturmkeller war. Luis Figueroa nahm zwar kein Geld für die Überfahrt, ließ die Jungen aber dafür arbeiten. Er lag unter Deck und verteilte die Ladung gleichmäßig in die Kammer.

Er steckte den Kopf durch die Luke und trieb sie an. »Más rapido!« Er war ein großer, dunkelhäutiger Mann mit einer platten Nase und permanent gerunzelter Stirn, so als plagten ihn unablässig irgendwelche Sorgen. »Noch eine halbe Stunde, dann kommt die Ebbe.«

Will übersetzte das seinen Schiffskameraden, dann schoben sie die leeren Karren über die durchhängende, mit Vogelmist verdreckte Pier zum Kai, wo sich Pyramiden von Kokosnüssen auftürmten. Zwanzig Minuten später beluden Will und Drew den letzten Karren, während Nathaniel und Eliot Luis bei den letzten Vorbereitungen zum Auslaufen halfen. Wills Rippen hatten wieder zu schmerzen begonnen. Jedesmal, wenn er sich bückte, um eine Kokosnuß aufzuheben, verzog er das Gesicht.

»Die ganze Operation wär ruckzuck erledigt gewesen, wenn die einen Kran und ein Ladenetz hätten«, sagte Drew.

»Guter Verschlag. Warum sagst du das nicht Luis? Dein technisches Genie wird ihn sicher mächtig beeindrucken.«

»Was ist denn in dich gefahren?« brummte Drew. »Du bist schon den ganzen Tag so ekelhaft. Du hörst dich an wie Nat, wenn der schlechte Laune hat.«

»Tut wieder weh«, sagte Will und deutete auf die Rippen. »Und dann die Hitze.« Er zeigte auf die weißen Ringe, die der getrocknete Schweiß auf seinem dunklen Pullover hinterlassen hatte. »'tschuldige.«

»Nat sagt, daß du ganz aus dem Häuschen bist wegen dem schwarzen Mädchen.«

»Sie heißt Elvira.«

Drew kippte den letzten Armvoll in den Karren.

»Du bist doch nicht echt in sie verknallt, oder, Will?«

»Nein, ich liebe sie richtig.«

Drew blickte verständnislos drein. »Wie soll das denn gehen? Wir sind doch noch nicht mal eine Woche hier. Du mußt verrückt sein.«

»Schon möglich. Wie wär's, wenn du diesmal den Karren zum Boot schiebst? Die Rippen tun mir höllisch weh.«

Drew stellte sich hinter den Karren und schob ihn über die Pier. Will ging hinter ihm her.

»Ohe! Yanqui!«

Will drehte sich um und sah Francisco auf dem Kai. Einige widerspenstige Strähnen seines Lockenkopfs baumelten ihm vor der Stirn, und im Mundwinkel hing eine unangezündete Zigarette. Er sah aus wie eine Mischung aus kleiner Bengel und Hafenrüpel.

»Ich wollte nur auf Wiedersehen sagen. Ich hab gehört, daß ihr heute nach Havanna fahrt«, sagte er und kam auf Will zu.

Francisco steckte die Zigarette hinters Ohr und zuckte lässig mit den Schultern. Dennoch lag etwas in seinem Benehmen, das Nervosität oder gar Angst verriet. Unter dem rechten Auge bemerkte Will eine Schwellung. Francisco war durchgeschwitzt und schnaufte heftig, doch das konnte auch daher rühren, daß er den ganzen Weg zum Hafen gerannt war.

»Wie läuft's denn so, Francisco?« sagte Will, der ihn vorsichtig aushorchen wollte. »Sta bien?«

»Bien. Außer daß wir meine Schwester den ganzen Tag noch nicht gesehen haben. Mein Onkel sucht sie überall. Weißt du vielleicht, wo sie ist?«

Obwohl ihm das Herz bis zum Hals schlug, spielte Will den Gleichgültigen und schüttelte den Kopf.

»Klar, woher auch.« Francisco drehte sich zur Seite und warf einen kurzen Blick auf eine der großen Kutschen, die hier *volantes* genannt wurden. Sie klapperte über die Straße am Kai, die im langen Nachmittagsschatten der den Hafen säumenden Bäume und Häuser lag. »Hör zu. Tío Enrique hat ein schlechtes Gewissen, weil er dir für deinen Dollar kein Boot besorgen konnte«, sagte er. »Deshalb hat er dir ein Abschiedsgeschenk gekauft. Er hat mich hier runtergeschickt, damit du es auch sicher kriegst, bevor ihr lossegelt.« Francisco zog eine Packung Duke's aus der Brusttasche und gab sie Will. Er lächelte verkniffen. »War nicht leicht, welche aufzutreiben, aber Tío hat's geschafft. Hab mir eine geklaut«, sagte er und deutete auf die Zigarette hinter seinem Ohr. »Lo siento, aber ich konnte nicht anders. Sind hier ziemlich selten.«

»Behalt sie«, sagte Will. Und dann stopfte er die ganze Packung wieder in Franciscos Brusttasche. Von einem Mann wie Tío Enrique, dachte er, wolle er nichts annehmen. »Behalt sie alle. Ich hab sowieso mit dem Rauchen aufgehört.«

Der Junge zog das Kinn ein und schaute verwirrt nach unten auf die Brusttasche. Er zog die Packung heraus und drückte sie Will wieder in die Hand.

»Por favor ... Tío ist sicher ... Wenn ich das Geschenk nehme, das für dich gedacht war ... dann ist er sicher böse auf mich.«

»Also gut«, sagte Will. Er steckte die Duke's ein und streckte die Hand aus. »Gracias. Hasta luego, Francisco.«

»Hasta luego ... y tome está también«, sagte der Junge und griff mit der linken Hand in die Gesäßtasche, während er mit der rechten Wills Hand festhielt.

Will hörte deutlich ein metallisches Klicken und spürte dann einen scharfen Stich im Bauch. Franciscos Hand hatte sich so schnell bewegt – wie eine vorschnellende Schlange, die im Bruchteil einer Sekunde zubiß, um sich sofort wieder zurückzuziehen –, daß er sie nicht einmal gesehen hatte. »Esto es de mi tío y mi, por singarla, cabrón«, zischte Francisco. Dann rannte er zum Kai und verschwand hinter den Buden des Fischmarkts. Das Ganze dauerte kaum länger als ein Wimpernschlag.

Will starrte benommen auf die Buden und die blauen und gelben Häuser auf der anderen Straßenseite. Wenn er nicht den Fleck, der sich nun auf seinem Hemd ausbreitete, und das warm und klebrig seine Hose hinunterlaufende Blut gesehen hätte, wäre ihm gar nicht bewußt gewesen, daß ihm überhaupt etwas zugestoßen war. Die Klinge war so dünn und scharf gewesen, war so schnell wieder herausgezogen worden, daß er den Stich, den er unmittelbar über der Gürtelschnalle erhalten hatte, kaum spürte. Da war nur dieses Pieksen gewesen, wie von einer Wespe. Eine merkwürdige, befreiende Ruhe durchströmte ihn. Er knöpfte das Hemd auf und wischte sich mit seinem Halstuch das Blut vom

Bauch. Der Einstich, den er knapp neben seinem Bauchnabel sah, war nicht breiter als der Nabel selbst. Die Wunde war so klein, daß er glaubte, oder hoffte, er sei nicht ernstlich verletzt. Franciscos Abschiedsworte noch im Ohr, mutmaßte er, daß ein weiter unten liegender Teil seines Körpers das Ziel gewesen war, der Junge aber vor lauter Aufgeregtheit zu weit oben zugestochen hatte.

Will drückte das Halstuch auf die Blutung, knöpfte das Hemd wieder zu, zog die Hosen ein Stückchen höher und schnallte den Gürtel über dem zusammengeballten Tuch fest zu. Während er zum Boot ging, spürte er die ersten Wellen des Schmerzes. Als er die Laufplanke hinaufging, zwang er sich, soweit es irgend ging, unauffällig auszuschreiten. Er half Luis beim Hochziehen der Planke und Drew beim Loswerfen der Heckleine – Nathaniel und Eliot kümmerten sich derweil um die Bugleine – und gab dabei eine glaubwürdige Vorstellung. Mit seinem riesigen dreieckigen Großsegel löste sich das plumpe Boot von der Pier.

»Juchhe, Jungs!« sagte Eliot. »Kurs auf Heimatkurs.«

Will täuschte ein Lächeln vor. Es war jetzt wichtig, die Verletzung vor seinen Schiffskameraden geheimzuhalten. Sie würden – Gott segne sie – darauf bestehen, daß Luis umkehrte und einen Arzt holte. Dann der umständliche Vorgang der Erklärung, wer auf ihn eingestochen hatte. Man würde die Polizei rufen. Luis dürfte nicht mehr auslaufen. Man würde ihn und die Braithwaites befragen, was vorgefallen sei, und das alles verschaffte Tío Enrique genügend Zeit, um Elvira zu finden. Glücklicherweise hatte Will heute seinen marineblauen Pullover und dunkle Hosen an, so daß die Blutflecken von den Schweißflecken kaum zu unterscheiden waren. Glück im Unglück war es auch, daß er mit einem Stilett und nicht mit einem Küchenmesser oder etwas Ähnlichem verletzt worden war; der Einstich war nicht viel größer, als eine dickere Nadel ihn hervorgerufen hätte, so daß das Halstuch die Blutung eine Zeitlang stoppen würde. Er hoffte, daß dies lange genug sein würde, um Elvira an Bord und dann Kurs auf Havanna zu nehmen. Die natürlichen Reaktionen seines Körpers jedoch drohten die Tarnung durch seine Kleidung zu ruinieren; während das Boot, das ein kleines Beiboot im Schlepptau hatte, schwerfällig durch den verdreckten Hafen von Cárdenas schipperte, bemerkte Drew ihm gegenüber dessen unnatürlich blasse Gesichtsfarbe. Er fragte, ob alles in Ordnung sei.

»Die Rippen«, sagte er. »Die Schlepperei mit den Kokosnüssen ... Ich leg mich in der Kajüte ein bißchen hin. Geht gleich wieder.«

Er schaute zu Luis, der die baumstumpfgroße Pinne umklammerte, und fragte, ob er dessen Koje benutzen dürfe. Der großgewachsene Schiffer nickte. Will ging mit zusammengebissenen Zähnen nach vorn. Eine feingeschliffene Nadel durchbohrte unablässig seine Eingeweide.

In der fensterlosen, engen Kajüte herrschte die bedrückende Atmosphäre eines Grabgewölbes. Will streckte sich auf der muffigen Strohmatratze des heißen Verschlags aus. Wenn er auf dem Rücken läge, würde er wahrscheinlich weniger Blut verlieren und sich wieder besser fühlen. Eine Küchenschabe huschte über den Boden, verharrte kurz, um mit den Fühlern in der Luft zu schnuppern, und verschwand dann so schnell in einer Ritze, als hätte sie sich in Luft aufgelöst. Ein andere Schabe krabbelte über sein Bein. Er verscheuchte sie, lauschte dem angenehmen Wassergeräusch unter dem Kiel und spürte die wohlvertrauten Bewegungen eines Schiffes in Fahrt. Ein diesmal noch stechenderer, noch länger anhaltender Schmerz durchbohrte ihn, und er drückte den Rücken durch. Verdammte Scheiße. Ich muß an was anderes denken, sagte er sich, an etwas, was meine ganze Konzentration erfordert. Will Terhune preßte die gefalteten Hände auf das Tuch unter dem Hemd und versuchte sich eine logische Geschichte zusammenzupuzzeln, die ihm erklärte, wann und wie Francisco und Tío Enrique alles herausgefunden hatten. Wieviel hatten sie überhaupt herausgefunden, fragte er sich. Nur, daß ich mit Elvira geschlafen habe, oder auch, daß wir sie heimlich nach Havanna bringen? Wenn Tío Enrique das weiß, sollte Rosaria lieber auch gleich mitkommen, denn sonst würde es ihr schlecht ergehen. Sie hatte recht. Er mußte einen kühlen Kopf bewahren. Nicht, daß das jetzt noch viel änderte, aber einer hypothetischen Kette von bewußten Handlungen und reinen Zufälligkeiten nachzuspüren, half Will dabei, seine Gedanken von den Schmerzen des Körpers abzulenken.

So etwas wie Glück oder Pech gebe es nicht, hatte Rosaria behauptet. Tja, altes Mädchen, dachte Will. Tut mir leid, aber dem ist nicht so. Was mir passiert ist, war sehr wohl einfach nur Pech. Hätte Francisco nur fünf oder zehn Minuten später den Hafen erreicht, wäre ich schon weggewesen; wenn nicht ich Drew beim Beladen des letzten Karrens geholfen hätte, sondern Nathaniel, dann hätte Francisco an Bord kommen müssen, um an mich ranzukommen. Und ich bezweifle, daß er dazu die Nerven gehabt hätte.

Sowohl die Hitze in der Kajüte als auch der Blutverlust machten ihn schläfrig. Vielleicht sollte er sich lieber oben an Deck in die frische Luft legen. Nein. Das Boot hatte den Hafen noch nicht verlassen, und das Riskio, daß jemand seinen Zustand bemerkte, wäre zu groß. Will betastete vorsichtig das Tuch. Es war zwar naß, aber noch nicht völlig durchgeweicht. Er blutete offenbar nicht besonders stark, zumindest äußerlich nicht. Aber wie lange würde er ohne ärztliche Behandlung durchhalten können? Zwei Tage würde die Fahrt bis Havanna dauern, vielleicht drei. Das konnte er schaffen, sicher konnte er das; er war zwanzig Jahre alt und im übrigen in guter Verfassung. In Havanna mußte es haufenweise Ärzte geben, vielleicht sogar einen amerikanischen Militärarzt, der für die Behandlung von Kriegsverletzungen ausgebildet war. Sicher gab es einen. Ein Chirurg der Armee würde ihn wieder zusammenflicken, und wenn er soweit wieder auf dem Damm war, würde er Elvira heiraten, und sie würden immer in einem schönen Patio zusammen essen und sich dann hinter verschlossenen Fensterläden lieben.

»He, Will, wie fühlst du dich?«

Es war Nathaniel, der in der Luke der niedrigen Kajüte hockte.

»Alles in Ordnung.«

»Drew meint, daß es wieder die Rippen sind.«

»Ja. Aber nicht schlimm. Brauch nur ein bißchen Schlaf. Hab letzte Nacht nicht viel davon gehabt«, sagte Will, was soweit ja auch stimmte.

»Bist du dir sicher, daß du die Fahrt durchstehst?«

»Klar, Natters. Laß mich jetzt ein bißchen schlafen.«

Im Glauben, seine Rolle als jemand, den lediglich ein, zwei angeknackste Rippen zu schaffen machten, gut gespielt zu haben, schloß Will Terhune die Augen.

Keine Stunde später weckten ihn Stimmen; die Stimme von Luis und die Stimme, nach der er sich mehr als nach jeder anderen gesehnt hatte. Dónde está el otro señor? hörte er Elvira fragen und dann Luis Brummen, daß *el otro* unten in der Kabine schlafe. Er sei ohne Zweifel ein Weichling, der an Männerarbeit nicht gewöhnt sei und sich deshalb beim Beladen des Boots verletzt habe.

Will nahm all seine Kraft zusammen und setzte sich auf, wobei er mit dem Kopf an die Decke stieß. Im nächsten Augenblick tauchte Elvira in der Luke auf und hockte sich in den engen Zwischenraum zwischen Matratze und Bordwand. Der weite Ausschnitt ihres locker sitzenden weißen Kleides rutschte herunter und entblößte die Brüste. Der Duft ihres Körpers überflutete ihn. Sie sagte seinen Namen, sonst nichts, umfaßte seinen Hinterkopf und küßte ihn leidenschaftlich auf Wangen, Kinn, Nase, Augenbrauen und Lippen. Wie unbesonnen, wo Luis doch nicht wußte, daß sie ein Liebespaar waren. Elviras Zunge suchte seine Zunge und kostete seinen Geschmack aus. »Wenn hier unten etwas mehr Platz wäre, würde ich mich jetzt gleich auf dich stürzen!« flüsterte sie.

»Nein. Bitte nicht«, sagte Will.

Sie küßte ihn wieder. Sie verstand nicht, daß er so leidenschaftslos war, zog den Kopf zurück und schaute ihn fragend an. Er zwang sich zu einem Lächeln und versicherte ihr, daß sich an seinen Gefühlen wegen dessen, was sie ihm gebeichtet habe, nichts geändert habe; es sei nur so, daß er ihre Küsse nicht mit gleicher Leidenschaft erwidern könne, weil seine Seite wieder schmerze.

»Luis hat gesagt ...«, setzte sie an.

»Kümmere dich jetzt nicht um Luis«, unterbrach er sie. »Du bist hier. Du bist in Sicherheit.«

»Ich hatte mir vorgestellt, daß du mich mit dem kleinen Boot vom Strand abholst«, sagte sie. »Ich hatte so gehofft, daß du kommst, mi corazón. Das wäre sehr romantisch gewesen.«

»Ich wäre gekommen, aber ...« Er konnte den Satz nicht beenden: Der Schmerz schoß vom Bauch in den Unterleib und von da wieder hinauf in die Brust.

»Tut es sehr weh?« sagte sie.

Als sie die Hand ausstreckte, um seine Rippen zu befühlen, drückte ihm ihr nackter Arm auf den Bauch. Er zuckte zusammen. Sie spürte die Feuchtigkeit auf ihrem Arm, steckte einen Finger zwischen zwei Knöpfe seines Hemdes und führte ihn dann zur Zunge. Sie zog die dunklen Brauen zusammen, knöpfte das Hemd auf und hob das Tuch hoch. Bestürzt betrachtete sie die Wunde, um die herum getrocknetes Blut den Bauch verschmierte.

»Madre de Cristo!« stieß sie hervor. »Das sieht aus wie ... Was ist passiert?«

Er sagte nichts. Sie hob die Augen und schaute ihn an. Ihre schwarzen Augen wußten alles: Es schien fast überflüssig zu erzählen, was passiert und warum es passiert war.

»Will, das hast du dir bestimmt nicht beim Beladen des Boots zugezogen.«

»Was wir letzte Nacht getan haben«, fing er an, aber der Schmerz in den Eingeweiden glühte inzwischen wie heiße Kohlen. Er holte Luft. »Es war wunderschön ... aber ... nicht sehr schlau ... Francisco ... Vielleicht hat man ihn geschickt, weil du nicht rechtzeitig zurück warst ... heute nachmittag ... an der Pier ... Francisco ... Messer ...«

»Was? Was hast du da gesagt?«

»Francisco hat mir das Messer ...«

»Francisco?« schrie sie. »Er hat das getan? Francisco? Mi hermano? Imposible!«

»Francisco«, wiederholte Will. Ihm kam allerdings der Gedanke, daß er sich die Wunde irgendwie auch selbst beigebracht hatte.

Elvira starrte stumm auf den Einstich, drückte dann das Tuch wieder darauf und machte die Knöpfe zu.

»No mi hermano«, murmelte sie. »Mi tío. Francisco hat das Messer geführt, aber dieser *cabrón*, dieses Stück

Scheiße, das sich Bruder meiner Mutter nennt, dieses Schwein, das seinen *curo* in die eigene Mutter stecken würde, er hat meinen Bruder dazu angestiftet. Ich weiß, daß er es war ...«

»Beruhige dich«, sagte Will. Er war erstaunt über ihre Wut und ihre unflätige Ausdrucksweise. »Ich glaube, du hast recht. Aber gestern abend kann es ihm Francisco nicht erzählt haben ... Sonst hätte Enrique dich verprügelt und wär schon gestern hinter mir hergewesen. Nein. Ich glaube, Francisco wußte zunächst gar nicht, was er tun sollte. Aber dann, irgendwann heute, vielleicht, nachdem du und Rosaria weggegangen seid ... vielleicht hat er es dann erzählt ... Und dann hat ihn Enrique geschlagen, weil er es nicht früher erzählt hat ... Enrique hat ihm wahrscheinlich gesagt, daß er, wenn er ein Mann sein will, deine Ehre rächen muß ...«

»Meine Ehre!« Sie kreischte förmlich vor Lachen.

»Kein Wort, hörst du ... Meine Freunde ... Sie würden Luis sagen, daß er zurück nach Cárdenas ... Arzt ... Kannst nicht zurück ... Enrique sucht dich ... mußt noch ein bißchen weiterspielen, Elvira ... Bis wir weit genug ... Sind nur meine Rippen ... Sag ihnen das ... Comprende?«

»Sí, sí. Comprendo. Ich habe ein paar Kräuter dabei. Das wird dir helfen, bis wir in Havanna sind. O Will, mein Will ...« Sie nahm sein Gesicht in die Hände und küßte ihn noch einmal. »Ich werde mich um dich kümmern. Dica mi, warum muß das Gute immer schlecht ausgehen?«

»Es ... es ist noch nicht aus. Warten wir ab, wie es ausgeht.«

Sie machte aus einem Beutel mit Kräutern eine Art Breiumschlag, den sie auf seine Wunde legte. Sie sagte, er würde die Gifte aufsaugen. Dann griff sie in die Korbtasche, die den Brief und ihr ganzes Hab und Gut enthielt, zog ihr einziges Ersatzkleid heraus und riß es in Fetzen. Einen der Streifen wickelte sie ihm um Breiumschlag und Bauch. Der *Lucumí*-Gesang, den sie dazu anstimmte, lockte die Braithwaites an.

»Will? Will?« rief Nathaniel von oben. »Was zum Teufel ist da los?«

Da es inzwischen dämmerte und Elvira mit ihrem Rücken die Luke der kleinen Kajüte ganz ausfüllte, konnten die Jungen nichts sehen.

Will versuchte, so normal wie möglich zu sprechen.

»Werd grad erstklassig verarztet, Natters.«

»Was soll dieses Geleiere?«

»Eliot ... Frag ihn ...«

»Ist dieser Wunderheilerkram«, hörte er Eliot zu seinem älteren Bruder sagen. »Scheint irgendwie auch zu wirken. Meiner Hand geht's auf jeden Fall besser.«

Will vermutete allerdings, daß das eher dem natürlichen Heilungsprozeß als dem Einfluß afrikanischer Geister zuzuschreiben war. Falls diese *orishas* heilende Kräfte besaßen, dann kam deren Wirkung wahrscheinlich nur Menschen zugute, die an sie glaubten, und nicht einem weißen Kongregationalisten aus Boston namens Eliot Braithwaite oder gar einem weißen Episkopalen aus Boston namens Will Terhune.

Elvira hörte auf zu singen, legte Will ein feuchtes Tuch auf die Stirn, küßte ihn sanft auf den Mund und richtete sich auf.

»Ich werde für dich beten«, sagte sie mit gedämpfter Stimme und machte, so als ob sie ganz sichergehen wollte, alles Menschenmögliche getan zu haben, das Kreuzzeichen.

Allein im Dunkeln, bat Will mit einem stillen Vaterunser seinen eigenen Gott um Beistand. Er hatte die Worte fast schon vergessen und fürchtete, Gott könne ein klein bißchen erzürnt sein, weil er seit Jahren den heiligen Sonntag nicht mehr achtete, weil er Vater und Mutter nicht ehrte und vor allem, weil er sich fortgesetzter Unzucht schuldig gemacht hatte. Und dennoch – ein gnädiger Gott würde ihm diese und andere Vergehen sicherlich verzeihen und ihn nicht sterben lassen. Es war das erste Mal, daß er sich Gedanken über den Tod machte; sie waren mit Einbruch der Nacht zu ihm in die kleine Kajüte gekommen. Er konnte sich einfach nicht vorstellen oder damit abfinden, daß seine kostbare Zukunft, die ihm bei Tagesanbruch noch unerschöpflich erschienen war, jetzt bis auf höchstens ein paar Stunden abgelaufen war. Und obendrein deshalb abgelaufen war, weil ein verwirrtes kubanisches Bürschchen die verlorene Unschuld seiner Schwester rächen wollte, eine Unschuld, die sie überhaupt nicht mehr verlieren konnte. Daß Will dafür, für eine Schimäre, sein Leben verlieren sollte, während der Mann, der Elvira auf grausamstmögliche Weise ihrer Ehre beraubt hatte, weiterlebte, das konnte nicht sein, das durfte nicht sein. Das war zu ungerecht, um es überhaupt in Erwägung zu ziehen; schlimmer als ungerecht, es war lächerlich.

Während ihm diese Gedanken im Kopf herumtaumelten, wurden die Schmerzen im Bauchbereich immer schlimmer. Dabei fiel ihm der Hurrikan wieder ein; immer, wenn er davon überzeugt war, daß es nicht mehr schlimmer werden konnte, wurde es schlimmer. Schließlich hatte er das Gefühl, als risse ihm jemand die Eingeweide heraus. Er preßte die Zähne zusammen, bis er glaubte, er würde sie zu Pulver zermahlen. Dann sperrte er die Kinnladen weit auf und schrie.

Auf Deck war das Geräusch von Schritten zu hören. Und Stimmen. Nats Stimme. Die von Eliot, Drew und Elvira ... »Will, was ist los?« ... »Was fehlt ihm bloß?« ... »Er muß aus dem Brutkasten raus.« ... »Frische Luft.« ...

Jemand griff ihn an den Fesseln, jemand anders kroch in die Kajüte und packte ihn unter den Achseln. Er wurde nach draußen unter das Großsegel gezerrt. Er schrie, weil man ihn so grob anfaßte.

»Was ist passiert, Will? Hattest du einen Alptraum? Sag doch was!«

Es war Nathaniel. Will konnte vor Schmerz die Augen nicht öffnen. »Kalt«, sagte er. Ihm war plötzlich kalt.

»Kalt?« sagte Nathaniel. »Es ist höllisch heiß heute nacht.«

Will öffnete die Augen und sah die vor ihm knieende Elvira, die sich jetzt über ihn beugte.

»Frío«, sagte er zu ihr. »Soy frío.«

Sie stand auf. Er hörte, wie sie Luis etwas zuflüsterte. Kurz darauf kam sie zurück und deckte ihn mit etwas zu, mit etwas Schwerem und Steifem – einem Stück Segeltuch. Er schaute an ihrem Gesicht vorbei. Am höchsten Punkt des Himmels sah er einen hellen Stern. Welcher war das noch mal?

»Los, Will. Sag uns endlich, was los ist.«

Wieder Nat, der jetzt neben Elvira kniete.

»Schmerzen«, sagte Will.

»Wo?« fragte Nathaniel mit panischer Stimme. »Was?«

Will legte eine Hand auf den Bauch und zerrte an dem Segeltuch, war aber zu schwach, um es wegzuziehen. Am besten, ich sag's ihm gleich, solange ich noch kann, dachte er.

»Francisco«, sagte er. »Francisco ... Messer ...«
»Was?«

Jemand zog das Segeltuch weg, vielleicht Elvira .... Schwer zu sagen bei der Dunkelheit. Er spürte, wie sich ihre Finger an seinem Hemd zu schaffen machten. Dann hörte er Nathaniel rufen: »Mein Gott!«

»Gut. Besser so«, murmelte Will, da die Wellen des

Schmerzes nachließen, zumindest für den Augenblick. Aber er fühlte sich jetzt sehr müde. Und kälter. Er zitterte.

Luis zurrte die Pinne fest, damit das Boot auf Kurs blieb, zündete eine Lampe an und hielt sie über Will.

»Mein Gott!« schrie Nathaniel wieder, als er im Licht den provisorischen Verband und die blasse, mit entsetzlich rotem Blut verschmierte Haut sah.

Er machte den Verband ab, wunderte sich über das Bündel Blätter, das darunter zum Vorschein kam, und erstarrte, als er das kleine Loch sah, aus dem langsam, aber mit nicht nachlassendem Druck Blut sickerte.

»Francisco? Hat er Francisco gesagt?« fragte er niemand bestimmten. »Daß Francisco ihn mit dem Messer verletzt hat? Hat er das gesagt? Hat er Messer gesagt?«

»Ich hab gesehen, wie er mit Francisco geredet hat. Kurz bevor wir abgelegt haben«, sagte Drew mit bebender Stimme. »Aber ich hab nichts davon gesehen, daß er ... Sie haben sich nicht gestritten oder so ...«

»Warum sollte Francisco mit dem Messer auf ihn losgehen?«

»Keine Ahnung.« Der Anblick der Wunde versetzte sie allmählich in Panik. Drew versuchte, dagegen anzukämpfen. »Wir müssen Wasser heiß machen, Nat. Das muß desinfiziert werden.«

Nathaniel drehte sich zu Luis um.

»Wir brauchen Wasser«, sagte er. »Äh, Agua. Agua?« Während der paar Tage in Cárdenas hatte er ein paar spanische Worte aufgeschnappt. »Agua? Hast du *agua*?«

»Sí. Tengo«, sagte Luis, stellte die Lampe ab, ging zum Heck und holte dort einen Tonkrug aus einer Kiste. Er zog den Stopfen heraus, sagte: »Agua« und gab Nathaniel den Krug.

»Nein. Heiß. Das Wasser muß heiß sein. Kochen. Verstehst du? Gott, was heißt heiß auf Spanisch?«

Luis' ohnehin schon grimmiger Gesichtsausdruck wurde noch grimmiger.

»No comprendo. No hablo inglés«, sagte er.

»Das Wasser muß heiß sein. Es muß kochen. Herd? Kombüse? Gibt's an Bord eine Kombüse mit einem Herd?« Nathaniel beugte sich zu Will hinunter. »Was heißt auf Spanisch ›heiß‹? Will? Will?«

Will öffnete den Mund und fing an zu sprechen. »Cal ... cal ... cali ...« Mehr brachte er nicht heraus.

»Los, Will, sag schon.«

»Laß ihn«, sagte Eliot. »Nicht sprechen, Will. Ganz ruhig.«

»Weißt du es denn?« sagte Nathaniel hilflos zu Eliot. »Das spanische Wort für ›heiß‹?«

»Woher zum Teufel denn?« sagte Eliot. Er bereute alle schlechten Gedanken und Gefühle, die er Will gegenüber je gehabt hatte, und wünschte, er könnte das alles jetzt wiedergutmachen.

Nathaniel gestikulierte mit Händen und Füßen, um Luis klarzumachen, daß er Wasser kochen wolle, aber Luis brummte weiter nur kopfschüttelnd vor sich hin, daß er kein Englisch spreche. Nathaniel gab es auf, schüttete etwas kaltes Wasser auf die Wunde und wischte mit dem Stoffstreifen, der den Verband gehalten hatte, das Blut ab. Er überlegte, was man noch tun könne. Da ihm aber nicht das geringste mehr einfiel, trat er zurück, als Elvira seine Hand beiseite schob, um das Blätterbündel auszuwechseln, und überließ alles Weitere ihr.

Sie kniete mit gesenktem Kopf neben Will, schlug auf den Oberschenkeln einen schnellen, unregelmäßigen Rhythmus und stimmte wieder ihren leiernden Gesang an. Die Stimme klang tiefer als ihre Sprechstimme, und die Worte, die aus ihrem Mund drangen, schienen der Sprache einer weit entfernten Zeit zu entstammen.

Ibarago moyuba
Ibarago moyuba
Ibarago moyuba Elegba Eshulana ...

Sie sah wunderschön aus, wie verzaubert. Die Kurven und Linien ihres Gesichts zeichnete sich im Schein der Lampe scharf ab. Sie war so tief in sich versunken, daß Nathaniel sie für einen Augenblick gefesselt anstarrte. Kopf und Schultern wiegten sich im Takt des Trommelns, die Perlen der Halskette schwangen im Rhythmus des Körpers, nichts und niemanden schien sie wahrzunehmen.

Will hörte die Stimme, die von sehr weit weg zu kommen schien. Er fühlte sich plötzlich stark, öffnete die Augen weit, sah aber nicht Elvira. Statt dessen sah er den Stern inmitten des Himmels. Die Wega. Die Wega im Sternbild der Leier. Außerdem machte er fast senkrecht über sich die Sternbilder des Schwans und des Kepheus' aus. Der Schwan mit seinem Leuchtturm Deneb in der Mitte befand sich etwas achtern vom Sternbild der Leier. Achtern bedeutete östlich. Wir segeln fast genau nach Westen, wir haben die Bahía de Cárdenas hinter uns gelassen, halten uns am Rand des Golfstroms und laufen in westlicher Richtung auf Havanna zu. Es ist ungefähr zehn Uhr. Die Sterne verrieten ihm Kurs und Zeit: die beständigen und unerschütterlichen Sterne, alle befanden sich an den ihnen bestimmten Stellen.

Ago, ago ...
Ago, ago ...

Die schaurigen Beschwörungsformeln Elviras zerrten an Nathaniels Nerven, und er sagte ihr, sie solle damit aufhören. Sie sang weiter. Er faßte sie am Arm und sagte: »Hör auf damit! Ich kann nicht nachdenken«, aber sie hörte nicht auf, sich weiter hin- und herzuwiegen.

Ago ile ago ...

»Hör endlich auf damit! Das hat doch alles keinen Zweck!«
 »Señor, por favor, no.« Luis, der hinter ihm stand, legte Nathaniel die Hand auf die Schulter und bedeutete ihm mit Gesten, er solle sie in Ruhe lassen.
 »Su amigo ... Lo siento ...«, flüsterte er.
 »Was? Was sagst du da? Eliot, was sagt er?«
 »Verdammt, Nat, wie soll ich das wissen ...«
 »Su amigo«, sagte Luis noch einmal und deutete mit einer ruckartigen Bewegung des Kinns auf Will, dessen zu Schlitzen verengte Augen sich nicht mehr bewegten. Die Brust hatte aufgehört, sich zu heben und zu senken, der Kopf war zur Seite gekippt, und aus einem der Mundwinkel ragte die Zungenspitze. Nathaniel legte das Ohr auf Wills Brust und hörte die schlimmste, die lauteste Stille der Welt. Er packte Will am Kragen und schüttelte ihn. »Jetzt aber los, Will, los, komm schon.« Als liefe sein Freund ein Rennen und brauchte sich nur noch einen Tick mehr anzustrengen, um zu gewinnen.
 Luis schloß mit einer Hand Wills Augen und zog das Segeltuch über das Gesicht des Leichnams. Dann stellten sich er und Elvira und die drei Jungen, jeder auf seine Weise, dem großen, aberwitzigen Rätsel des Todes: Luis bekreuzigte sich, die Braithwaites schauten stumm und ungläubig zu ihrem zugedeckten Schiffskameraden hinunter, und Elvira stieß einen Schrei aus, der ein kurzes Stückchen über die dunklen Gewässer des Golfstroms dahinwehte und dann im Vergessen verhallte.

26

»Schön. Ich danke den jungen Herren. Das ist ja wirklich eine Geschichte.« Mr. Carrington, der amerikanische Konsul, war ein großer, korpulenter Mann, der einen cremefarbenen Leinenanzug trug. Er besah sich seine Notizen. »Wir müssen das Ganze noch mal durchgehen, damit mein Sekretär auch alles zu Protokoll nehmen kann. Ich hoffe, das macht euch nichts aus.«

»Alles, Sir? Von Anfang an?« fragte Nathaniel, der mit seinen Brüdern vor Carringtons Schreibtisch saß. Auf der weiten, eindrucksvollen Fläche aus dunklem Holz standen eine Messinglampe, Halter mit Schreibfedern und mit Etiketten versehene Ablagen, in denen säuberlich aufgeschichtet Schriftstücke lagen.

»Aber nein, dann säßen wir ja morgen noch hier«, sagte er, während er mit einem Finger innen an seinem gestärkten Kragen entlangfuhr, dessen Ränder durch den getrockneten Schweiß eine gelbliche Farbe angenommen hatten. Die amerikanische Flagge, die hinter ihm hing, und die Photographien von Präsident McKinley und Vizepräsident Roosevelt verliehen dem anderweitig nüchternen Büroraum patriotische Eleganz. »Nur den Zwischenfall, der euren Freund betrifft. Mr. Terhune, nicht wahr? Nur das ist hier von Belang. Ein amerikanischer Staatsbürger wurde von einem Staatsbürger Kubas ermordet. Vermutlich ermordet, sollte ich wohl besser sagen.«

Der Konsul erhob sich, öffnete eine Flügeltür und rief

leise in den angrenzenden Raum: »Joseph, würden Sie bitte mal hereinkommen?«

Der Genannte erschien in gestreiftem Hemd mit Ärmelhaltern in der Tür und fragte seinen Boss, ob es in Ordnung sei, daß er ohne Jackett hereinkomme, es sei aber auch mal wieder ein höllisch heißer Tag.

Mit einer Bewegung seiner Schreibfeder erteilte ihm Mr. Carrington die Genehmigung und sagte, in Havanna sei es so ziemlich an jedem Tag höllisch heiß. Der Sekretär setzte sich neben den Schreibtisch. Die hinter ihm zur Straße gehenden Flügelfenster standen offen, um frische Luft hereinzulassen, während die Lamellenläden geschlossen waren, damit die strahlende Nachmittagssonne nicht ungehindert hereinschien. Auf den übergeschlagenen Beinen klappte Joseph einen Stenographierblock auf, rückte die Nickelbrille zurecht und wartete. Der Bleistift schwebte über dem Papier.

»Adressat ist das Außenministerium«, begann Mr. Carrington. »Datum von heute, 14. August. Betrifft – mutmaßliche Ermordung eines Staatsbürgers der Vereinigten Staaten in Cárdenas, Kuba, durch einen Staatsbürger Kubas ...«

Joseph kritzelte in Kurzschrift auf seinen Block und schaute dann auf. Er war ganz Ohr für den Rest der Geschichte.

»Sehr geehrter Herr«, fuhr Carrington vor. »Ich darf das Ministerium davon in Kenntnis setzen, daß ich heute eine Unterredung mit drei Staatsbürgern der Vereinigten Staaten hatte, die mit dem Bericht bei mir vorstellig wurden, daß deren Begleiter, ebenfalls ein amerikanischer Staatsbürger, am Zehnten beziehungsweise spätestens am Zehnten des Monats im Hafen von Cárdenas, Republik Kuba, das Opfer eines Anschlags mit einem Messer geworden ist. Das Opfer, Mr. Willard Terhune« – der Konsul warf wieder einen Blick auf seine

Notizen – »Alter zwanzig, wohnhaft in Boston, Massachusetts, starb ungefähr fünf Stunden nach der mutmaßlichen Tat an den Folgen der Verletzung. Laut den mir zugänglichen Informationen trat der Tod auf einem kubanischen Schiff namens *La Esperanza* ein, das sich zu dieser Zeit in kubanischen Küstengewässern aufhielt, wo es auf dem Weg von Cárdenas nach Havanna war. Die Personen, auf deren Aussagen dieser Bericht beruht, kannten den mutmaßlichen Täter. Sein Name ist Francisco Casamayor, zirka fünfzehn Jahre alt ... Soweit alles korrekt?« fragte Carrington und schaute Nathaniel an.

»Ja, Sir.«

Carrington diktierte weiter. »Über diesen Vorfall wurde ich unterrichtet von den drei Brüdern Nathaniel Braithwaite, sechzehn, Eliot Braithwaite, fünfzehn, und Andrew Braithwaite, dreizehn. Als ihre Heimatadresse in den Vereinigten Staaten gaben sie Boston, Marlborough Street 239 an, wo sie mit ihren Eltern, Mr. und Mrs. Cyrus Braithwaite, leben. Im Folgenden wird auf die drei Brüder – der Einfachheit halber – als ›die Informanten‹ Bezug genommen. Bevor ich fortfahre, möchte ich das Ministerium auf folgendes hinweisen. Erstens: Die Informanten bildeten mit Mr. Terhune die Mannschaft eines Schoners, der *Double Eagle*, die im Besitz des Vaters der Informanten steht. Nathaniel Braithwaite war der Kapitän und Mr. Terhune der Navigator auf einer Fahrt von Maine zur Floridastraße, wo das Schiff am 30. Juli in einen Hurrikan geriet, von dort in die Bucht von Cárdenas abgetrieben wurde, dort auf Grund lief und schließlich aufgegeben werden mußte. Zweitens: Da die Informanten als Schiffbrüchige in Kuba anlangten, war es ihnen nicht möglich, sich mir gegenüber mittels Paß oder anderer Dokumente als Staatsbürger der Vereinigten Staaten auszuweisen; nachdem ich jedoch ausführlich mit ihnen gesprochen habe, bin ich davon überzeugt, daß es sich bei ihnen um amerikanische Staatsbürger handelt. Drittens: Nach vorübergehendem, mehrtägigem Aufenthalt in Cárdenas nahmen die Informanten und Mr. Terhune das Angebot an, sich an Bord der obengenannten *La Esperanza* mit der Absicht nach Havanna bringen zu lassen, von dort die Weiterreise in die Vereinigten Staaten zu bewerkstelligen. Viertens: Obgleich einer der Informanten, Andrew Braithwaite, kurz vor dem Auslaufen der *La Esperanza* aus Cárdenas ein Gespräch zwischen Mr. Terhune und obengenanntem Francisco Casamayor beobachtete, wurde keiner der Informanten Zeuge des mutmaßlichen Anschlags auf Mr. Terhune. Ihre Behauptung, Francisco Casamayor habe Mr. Terhune mit einem Messer angegriffen, beruht auf der Entdeckung einer Stichwunde im unteren Bauchbereich und der Aussage, die Mr. Terhune unmittelbar vor seinem Tod ihnen gegenüber gemacht habe, nämlich: ›Francisco hat mir das Messer in den Bauch gestoßen.‹« Carrington machte eine Pause, um sich mit einem Taschentuch die Stirn abzuwischen. »Haben Sie das, Joseph? Bin ich zu schnell?«

»Nein, Mr. Carrington, alles bestens«, sagte Joseph.

»Immer noch alles soweit korrekt?« Der Konsul wandte sich wieder an Nathaniel.

»Ja, Sir. Aber …«, sagte Nathaniel zögernd.

»Aber was, junger Mann?«

»So wie Sie es ausdrücken, hört es sich nicht besonders gut an. Ich meine, daß wir gar nicht gesehen haben, wie er es getan hat.«

»Ich bin kein Anwalt«, sagte Carrington. »Aber als Beweis in einem Mordfall macht sich das in der Tat grauenhaft aus. Nichtsdestotrotz, ihr habt mir die Information geliefert, und es ist meine Pflicht, diese weiterzuleiten. Mit eurer Erlaubnis werde ich jetzt fortfahren.«

Als der Konsul etwa zwanzig Minuten später mit allem durch war, klappte Joseph den Block zu und fragte, ob das alles sei.

»Noch nicht ganz.« Der Konsul lehnte sich in seinem Drehstuhl zurück und grübelte eine Weile über etwas nach. Der braune Schnauzbart zuckte, die Hände lagerten verschränkt auf der stattlichen Taille. Eine Taille, dachte Eliot, die eher an einen Plutokraten als an einen Diplomaten denken ließ. »Hat einer von euch Jungs eine Vermutung, was Franciscos Motiv gewesen sein könnte?« fragte er. »Andrew, du hast doch gesehen, daß sie miteinander gesprochen haben. Aber gestritten haben sie sich nicht, sagst du.«

»Was sie gesprochen haben, konnte ich nicht verstehen. Aber es hat sich nicht wie ein Streit angehört. Nein, Sir.« Drew mochte den frostigen Zweifel in Carringtons Gesicht nicht.

»Nathaniel? Eliot? Könnt ihr euch irgendeinen Grund vorstellen, warum dieser Bursche im Verlauf eines allem Anschein nach freundlichen oder zumindest nicht feindseligen Gesprächs plötzlich mit dem Messer auf euren Freund losgehen sollte?«

Sie schüttelten den Kopf.

»Und dann wäre da noch eure Mitreisende, Franciscos ältere Schwester. Vielleicht könnte sie ja etwas Licht in die Sache bringen. Ihr sagt, daß sie sofort, nachdem die *La Esperenza* angelegt hat, von Bord gegangen ist und daß ihr sie seitdem nicht mehr gesehen habt?«

Nathaniel dachte daran, wie Elvira weggegangen, wie sie einfach in der Menschenmenge von Havannas Innenhafen verschwunden war, und bestätigte Carrington, daß es genau so gewesen sei.

»Dann bleibt uns nur noch der Kapitän der *La Esperanza*, aber der, sagt ihr, ist heute zurück nach Cárdenas gesegelt. Dann haben wir also niemanden, der eure

Geschichte bestätigen kann. Außerdem haben wir keine Leiche. Die Jurisprudenz hier verfügt vielleicht nicht über die Feinheiten des angelsächsischen Systems, sie kennt aber sehr wohl die Habeaskorpusakte.«

»Was ist das, Sir?« fragte Eliot und dachte: ›Der glaubt kein Wort von dem, was wir gesagt haben.‹

»In diesem Fall heißt das: Wenn man bei Gericht einen Mord geltend machen will, sollte man als Beweis für den Mord am besten eine Leiche parat haben. Aber ihr behauptet, daß Mr. Terhune auf See bestattet worden ist.« Er hielt inne und fuhr sich wieder mit dem verschwitzten Taschentuch über die Stirn. »Bei der Gelegenheit könnten wir vielleicht noch mal die Einzelheiten der Bestattung durchgehen. Mr. Terhunes Familie wird zweifelsohne ein paar Fragen stellen, da ist es besser, daß wir so viele Einzelheiten wie möglich haben. Joseph, passen Sie auf, daß Sie alles genau notieren.«

Die Geschichte ein zweites Mal zu erzählen, war für Nathaniel nicht weniger schmerzvoll als beim ersten Mal. Am Morgen nach Wills Tod herrschte fast Windstille, so daß Luis, damit das Schiff vom Golfstrom nicht wieder zurückgetrieben wurde, aufkreuzen und Schutz im Riff suchen mußte. Zwei Meilen vor einem unwirtlichen, von hohen Klippen gesäumten Uferstreifen schlingerte die *La Esperanza* auf den Wellen und machte nur deshalb etwas Fahrt, weil eine träge Strömung sie in Richtung Westen trieb.

Die sengende Sonne schien auf das Segeltuch, unter dem Wills Leiche lag. Am späten Vormittag machte Luis wild gestikulierend seiner Auffassung Luft, daß man die Leiche unbedingt beseitigen müsse. Nathaniel hatte jedoch bestimmt, die sterblichen Überreste zwecks christlicher Beisetzung mit nach Hause zu nehmen. Obwohl er keine klare Vorstellung davon hatte, wie das zu bewerkstelligen sei, war er fest dazu entschlossen. Um etwaige Zweifel der anderen an seinem Entschluß im Keim zu ersticken, hatte er sich die L.C. Smith geschnappt und hielt nun schon seit annähernd drei Stunden neben der Leiche Wache. Inzwischen gab es keinen Platz mehr an Bord des kleinen Schiffes, wo man dem Gestank entkommen konnte. Er hing so dick über dem Boot, daß er fast sichtbar war, er brannte in den Nasenlöchern, trieb ihnen das Wasser in die Augen, durchdrang jede Faser ihrer Kleidung; anders als Luis, der mit diesem Geruch schon Bekanntschaft gemacht hatte, als er in den Reihen der Aufständischen gegen die Spanier gekämpft hatte, war den Braithwaites solch ein Geruch bislang unbekannt geblieben. Luis übergab Eliot die Pinne, riß zornig das Segeltuch von Wills Leiche und sagte zu Nathaniel: »Mira!« Wills Brust und Bauch waren aufgedunsen, darüber spannten sich die Knöpfe des Hemdes; das geschwollene, dunkelgelbe Gesicht war von schmierigen, blaßgrünen Flecken bedeckt.

Selbst dieser entsetzliche Anblick konnte Nathaniel noch nicht umstimmen. Es war Drew, der ihn schließlich davon überzeugte, daß sein Vorhaben sinnlos sei. Das sei nicht mehr Will, sondern eine Masse verwesenden Fleisches und sich auflösender chemischer Verbindungen. Was auch immer Wills Wesen ausgemacht habe, es sei verschwunden – in den Himmel, in die Hölle oder in die Luft, auf jeden Fall verschwunden. Nathaniel gab nach, bestand aber darauf, daß die Masse verwesenden Fleisches nicht einfach taktlos über Bord gekippt, sondern auf gebührende Weise in den Tiefen des Meeres bestattet würde. Er machte Luis Zeichen, daß sie ein Gewicht benötigten. Luis stieg in den Laderaum hinunter und kam mit einem Ballaststein zurück. Nathaniel hielt sich mit seinem Halstuch Nase und

Mund zu, deckte den Leichnam wieder zu, verschnürte das Segeltuch mit einer Bugleine und machte daran den Stein fest. Dann packte Luis den verhüllten Körper an den Fußgelenken, Nathaniel griff ihm unter die Achseln, und gemeinsam wuchteten sie die Leiche auf das Schandeck.

Da die gebührende Bestattung eines Seemannes Gebet und Gesang erforderte, bat Nathaniel für die Seele von Willard Terhune um Einlaß in das Reich Gottes und sagte dann zu Eliot, er solle die »Navy Hymn« anstimmen. Eliot wandte zögernd ein, ob das nicht ein bißchen zuviel des Guten sei; schließlich sei Will nicht bei der Marine gewesen.

»Aber er war ein Schiffskamerad von uns. Also sing jetzt«, sagte Nathaniel barsch.

Eliot räusperte sich und fing an zu singen:

Eternal Father, strong to save,
Whose arms has bound the restless wave ...

Während er sang, stimmte Elvira eine Lobpreisung des *orisha* der Meerestiefen an, des Geistes, der ihre in Ketten gelegten Vorfahren auf ihren Reisen in die Neue Welt am Leben gehalten hatte. Und sie rief ihn jetzt an, damit er Will auf dessen Reise beschützte:

Olokun, Olokun,
Baba Baba Olokun ...

Und somit sangen sie gegeneinander an, der eine zu seiner christlichen Gottheit, die andere zu ihrem afrikanischen Geist:

Who bade the mighty ocean deep ...
Olokun, Olokun ...

Its own appointed limits keep ...
Baba Baba Olokun ...
O hear us when we cry to Thee ...
Olokun, Olokun ...
Baba Baba Olokun ...
For those in peril of the sea ...
Moyuba Baba Olokun.

Nathaniel und Luis kippten den Leichnam über Bord und sahen, wie er kurz auf der Wasseroberfläche trieb, bevor ihn der Stein nach unten zog.

Luis bekreuzigte sich abermals, steckte dann die Hände in die Taschen und zog die leeren Hosentaschen heraus. Er deutete auf Segel und Leinen und das Wasser, in dem Will gerade versunken war, und machte ihnen klar, daß er ein armer Mann sei und daß er es für angebracht halte, ihn für Segeltuch und Bugleine zu entschädigen. Nathaniel gab ihm die Flinte und gestikulierte, daß er diese sicher zu einem anständigen Preis versetzen könne.

Der Konsul wandte sich an seinen Sekretär. »Haben Sie das Wesentliche?«

»Ja«, sagte Joseph. »Darf ich hinzufügen, Mr. Carrington, daß nach der Beschreibung der Klippen an jenem bewußten Küstenstreifen das Opfer an einer Stelle westlich von Veradaro bestattet worden sein müßte. Das ist in der Nähe der Mündung des Rio Camarico. Seine Familie wird möglicherweise fragen.«

»Danke, Joseph. Joseph ist in Kuba aufgewachsen; als Kind protestantischer Missionare«, unterrichtete Carrington die Braithwaites. »Ziemlich undankbare Aufgabe in einem Land, das voller Papisten ist – wenn sie nicht gerade auf ihren Voodoo-Trommeln herumtrommeln. Das wäre dann alles, Joseph. Es sei denn, ihr habt dem noch etwas hinzuzufügen?«

Sie sagten, das hätten sie nicht. Joseph stand auf, fuhr sich mit dem Finger über die Stirn und wies noch einmal darauf hin, daß es wirklich ein höllisch heißer Tag sei.

Carrington öffnete eine Schublade und holte eine dicke Zigarre heraus, deren Spitze er mit einem Gerät abknipste, das wie eine Miniaturguillotine aus Messing aussah.

»Gibt nicht viel in dem Land hier, was richtig funktioniert«, sagte er, während er ein langes Streichholz entzündete. »Aber wie man Zigarren macht, damit kennen sich die Kubaner aus.« Er blies langsam eine Rauchwolke aus, die sich träge in dem streifigen Licht verwirbelte. »Also, Jungs, an die Geschichte mit dem Klapperstorch glaubt ihr ja wohl auch nicht mehr. Ich fürchte, ohne einen einzigen Zeugen und ohne die Leiche kann man da nichts machen.«

»Nichts?« sagte Eliot. Wie seine Brüder zeigte er sich empört. »Was meinen Sie damit, Mr. Carrington, man kann da *nichts* machen? Wir sind die Zeugen, zumindest so gut wie. Glauben Sie uns etwa nicht?«

»Doch, das schon. Aber das ist nicht der springende Punkt.« Der Konsul legte die Zigarre in einen Aschenbecher und faltete die Hände über dem Schreibtisch. »Selbst wenn dieser Francisco gefaßt und aufgrund der existierenden Beweismittel, von denen es ja so gut wie keine gibt, angeklagt würde, müßte der Fall vor einem kubanischen Gericht verhandelt werden. Und ich bin mir sicher, daß kein kubanisches Gericht und kein kubanischer Geschworener euch auch nur ein Wort glauben würden. Ich könnte mir vorstellen, daß Franciscos Anwalt versuchen würde, bei Richter wie Geschworenen den Eindruck zu erwecken, daß Mr. Terhune unter, tja, sagen wir gänzlich anderen Umständen zu Tode gekommen ist – Umständen, die ihr drei mit einer erfundenen Geschichte von einem Messerattentat verschleiern wollt. War das deutlich genug, meine Herren?«

»Ich denke schon, Mr. Carrington«, sagte Nathaniel, dessen Empörung zunehmend abkühlte. »Wir könnten also Schwierigkeiten bekommen?«

»Vielleicht sogar eine ganze Menge. Ich rate euch also dringend, die Sache nicht weiter zu verfolgen. Ich habe durch das Schreiben schon alles in meiner Macht Stehende getan, weiter kommt ihr ohnehin nicht. Die Uhren gehen in diesem Land anders, Jungs.«

Der Mantel der Resignation senkte sich über sie. So wie Carrington die Geschichte zusammengefaßt hatte, kam sie selbst ihnen unglaubwürdig vor.

»Jetzt bleibt noch folgendes Problem: Wie kommt ihr zurück nach Hause?« sagte der Konsul. »Ihr seid also fast pleite?«

Das waren sie. Gestern abend nach ihrer Ankunft in Havanna waren sie zum Essen gegangen, und auch heute hatten sie sich ein Frühstück und ein Mittagessen geleistet. Dazu kamen die Ausgaben für zwei Telegramme, die sie gestern aufgegeben hatten (zwei amerikanische Seeleute hatten sie durch das Gewirr der engen Straßen zum Telegraphenbüro geführt): eines an ihren Vater mit der Bitte, ihnen Geld für die Rückreise zu schicken, das andere an Euphrenia Lowe (Nathaniel war sich dessen bewußt, daß das Telegramm ihn nicht aus der Verpflichtung entließ, sie auch noch persönlich aufzusuchen).

»Und bis heute morgen habt ihr von eurem Vater noch keine Antwort erhalten?« fragte Carrington.

»Auch heute nachmittag noch nicht«, sagte Nathaniel peinlich berührt. »Vielleicht ist er auf Geschäftsreise oder so.«

»Und ihr habt keine Bleibe, wo ihr warten könnt, bis die Antwort kommt?«

»Gestern haben wir geholfen, die Kokosnüsse auszuladen. Dafür hat uns Luis auf dem Boot schlafen lassen. Aber jetzt ist er ja, wie gesagt, wieder zurückgefahren, Sir.«

»Dann nimm erst mal das hier, Nathaniel.« Aus der Innentasche seines Rocks zog Carrington eine Brieftasche und reichte ihm sieben Dollar in Eindollarscheinen über den Schreibtisch. »Für einen Yankee-Dollar bekommt man hier eine ganze Menge. Fünf müßten euch drei für eine Mahlzeit und eine Nacht in einem preiswerten Hotel reichen. Ich kenn eins ganz in der Nähe. Nebenan gibt's einen Friseurladen, da könnt ihr auch baden. Ich würde euch dringend raten, die restlichen zwei Dollar dort auszugeben. Ein Dankeschön wäre nicht unangebracht«, fügte der Konsul hinzu, da die Braithwaites keine Anstalten machten, sich zu bedanken.

»Scheint so, als ob unsere Manieren etwas eingerostet wären«, sagte Nathaniel entschuldigend. »Danke. Was können wir eigentlich unternehmen, wenn wir bis morgen von unserem Vater keine Antwort erhalten haben?«

»Ich wünsche mir nichts sehnlicher, als daß ihr von hier verschwindet, damit ich euch nicht mehr am Hals hab. Das Unheil schwebt über euren Köpfen wie ein Heiligenschein, und ich hab nicht vor, euch per Tagegeld einen ausgedehnten Aufenthalt in den Tropen zu finanzieren.« Zum Zeichen, daß er das Gesagte nicht ganz so ernst meinte, hob er schalkhaft die Augenbrauen. »Möglich, daß euer Telegramm noch nicht angekommen ist. Der geschäftliche Nachrichtenverkehr geht von hier erst nach Key West und wird dann von dort die Küste weitergeleitet. Machen wir doch folgendes: Ich werde eurem Vater auf offiziellem Wege telegraphieren, auf Kosten der Gesandtschaft.« Er nahm eine Feder aus dem Halter und tunkte die Spitze in ein Tintenfaß. »Was soll ich schreiben?«

»Nun ja, am besten das gleiche noch mal«, sagte Nathaniel. »›*Double Eagle* in Sturm vor Kuba auf Grund gelaufen stop. Gestrandet in Havanna stop. Dringend Geld überweisen für Rückfahrt stop. Nat Eliot Drew stop Ende.‹«

»Sonst noch was? Geht alles auf Staatskosten«, sagte Carrington.

Sie überlegten kurz. Dann erinnerte sich Drew an etwas, was Nathaniel, wie es schien vor sehr langer Zeit, einmal gesagt hatte.

»Könnten sie vor unseren Namen noch etwas einfügen?« fragte er den Konsul. »›Wir haben in den Schacht und auf den Fels geschaut stop. *Annisquam* gefunden stop.‹«

»Und er weiß, was das bedeutet?« fragte Carrington, während er schrieb.

»Eigentlich schon«, sagte Drew.

»In Ordnung. Fragt morgen früh bei Joseph nach, ob schon eine Antwort vorliegt. Wenn nicht, fragt noch mal um eins nach. Das Hotel heißt übrigens Cojimar. Joseph erklärt euch den Weg.« Er zog lange und genüßlich an seiner Zigarre. »Wenn ihr nur ein bißchen älter wärt, dann würde ich euch eine von denen anbieten.«

Das Hotel Cojimar mit seinem aquamarinblauen, von schimmeligen Flecken übersäten Gemäuer lag an einer Plaza, die inmitten von Havannas Labyrinth aus engen, schattigen Gassen eine Oase des Lichts bildete. Die Jungen aßen in einer billigen Bodega Hühnchen mit Reis und schliefen dann alle zusammen in einem winzigen Zimmer, an dessen Wänden Eidechsen klebten und dessen einziges Fenster auf einen geschlossenen Innenhof ging, in den sich über eine lehmige Wasserrinne der

Abendregen ergoß. Am Morgen tranken sie in einem kleinen Café stark gezuckerten *café con leche*, um das Hungergefühl zu vertreiben. Dann gingen sie zur Gesandtschaft, wo ihnen Joseph mitteilte, daß auf ihr Telegramm noch keine Antwort eingetroffen sei. Also streiften sie ziellos umher und schlugen die Zeit tot. Sie wehrten sich gegen ihre Ängste und gegen die Schwermut, die sich noch verstärkte, wenn sie daran dachten, was für eine Freude Will an dieser Stadt gehabt hätte – an den sinnlichen Frauen, die farbenprächtige Kleider oder wie Elvira und Rosaria bäuerliche Gewänder trugen, an den pastellfarbenen Häusern mit den verschnörkelten Eisenbalkonen und den vergitterten Fenstern, Häuser, die Eliot an einen Freizeitpark erinnerten und Nathaniel an die im *Don Quijote* beschriebenen Städte denken ließ. Kutschen mit gestiefelten Negern, die unbarmherzig auf die Pferde einschlugen, klapperten die gepflasterten Straßen entlang, und Maulesel, die derart mit Viehfutter beladen waren, daß man von ihnen nur noch die winzigen Hufe sehen konnte, trippelten geziert dahin. Um die Mittagszeit liefen sie einem Eselkarren über den Weg, der mit Tragkörben voller Orangen beladen war. Sie fragten den Kutscher, ob sie welche davon kaufen könnten, doch verstand weder er sie noch verstanden sie ihn. Erst als Nathaniel die universelle Sprache des Geldes sprach und dem Mann einen Vierteldollar zeigte, verkaufte er ihnen drei Orangen, die sie als Mittagsimbiß verzehrten.

Als sie um eins wieder bei der Gesandtschaft vorsprachen, teilte man ihnen abermals mit, daß noch keine Antwort eingetroffen sei, und bat sie, es in ein paar Stunden, wenn sämtliche eingegangenen Telegramme gesichtet und geordnet seien, nochmals zu versuchen. Da ihre Mutmaßungen über die Gründe, warum ihr Vater schwieg, zu keinem befriedigenden Ergebnis führten, und sie befürchteten, sich letztlich selbst um die Rückreise kümmern zu müssen, gingen sie zum Hafen. Vielleicht fände sich ja eine Möglichkeit, auf einem amerikanischen Schiff anzuheuern, welches nach Boston oder in die Nähe von Boston fuhr. Jenseits des Hafens erhob sich das Castillo del Morro, dessen Wälle sich so glatt entlang eines Felsenhügels und durch Felsschluchten schlängelten, daß es den Anschein hatte, die Mauern der Festung seien nicht auf dem Felsen erbaut, sondern aus ihm herausgemeißelt worden. Die vielen Dampfer und Segelschiffe, die unter den Flaggen der unterschiedlichsten Nationen vor Anker lagen, kippten offenbar alle ihren Abfall in das Hafenbecken, denn wegen des schwachen Gezeitenstroms stank es dort wie in einem vom Festland eingeschlossenen Sumpf. Eliot entdeckte einen Dampfer der Standard Fruit Company, dessen Zweiter Offizier ihnen jedoch mitteilte, daß die Mannschaft schon komplett sei. Er verwies sie an ein Segelschiff aus Neuengland, bei dessen Anblick sie vor Heimweh fast in Tränen ausbrachen. Das Schiff suchte zwar Matrosen, war aber auf dem Weg nach Caracas. Die Bergungsslup aus Key West, die ganz in der Nähe ankerte, hatte nur eine Koje frei; außerdem war sie unterwegs zu einem Bergungsauftrag in den Bahamas.

In der schlimmsten Hitze des Tages machten sie sich auf den Rückweg. Da die Bevölkerung *siesta* hielt, waren die engen Straßen fast menschenleer. Es war so heiß, daß sie sich auf halbem Wege zur Gesandtschaft in den Innenhof einer herrschaftlichen Villa irgendeines Granden schlichen und die Köpfe in den dortigen Springbrunnen tauchten. Nach dieser Abkühlung stiegen sie zum dritten Mal die Stufen zu dem Büro hinauf, wo Joseph mit mehreren anderen Beamten seinen Dienst versah.

»Ich nehme an, daß ihr auf das hier gewartet habt«,

sagte er und reichte Nathaniel ein gelbes Kuvert mit dem Stempel OVERSEAS CABLE. Mit Blick auf Nathaniels nasses Haar sagte er noch: »Höllisch heißer Tag, was?«

Nathaniel riß das Kuvert auf und las die Nachricht einmal, dann noch einmal und schließlich ein drittes Mal. Es war, als legten sich die Finger einer Faust um sein Herz.

»Was steht drin?« fragte Eliot, den der Gesichtsausdruck seines Bruders Böses ahnen ließ.

Nathaniel gab das Telegramm an Eliot und Drew weiter. Die beiden schauten ihn stirnrunzelnd an, dann fragte er Drew: »Du bist doch der mit dem Kodak-Gedächtnis. Irgendeine Ahnung, was er damit meint?«

Drew dachte lange nach. Bei klarem Verstand hätte er vielleicht Kapitel und Vers abrufen können, die das Rätsel lösten. Aber jede Windung seines Gehirns war verstopft von bitterem Zorn. Irgendwas bei dem Mann ist ernstlich aus dem Ruder gelaufen, dachte er. Vielleicht ist er verrückt. Vielleicht war er schon immer verrückt, und wir haben es nur nicht gemerkt. Wenn er aber nicht verrückt ist, dann sollte man ihn mit der Pferdepeitsche prügeln.

»Er meint damit, daß er uns nicht einen Penny schickt«, sagte er zu seinen Brüdern.

»Das haben wir auch schon begriffen. Aber da muß noch mehr dahinterstecken«, sagte Nathaniel und ging zu Josephs Schreibtisch.

Joseph hackte nach dem Adlersuchsystem auf der Schreibmaschine herum. Er hob eine Hand, um Nathaniel zu bedeuten, sich noch einen Moment zu gedulden.

»Feder und gutes, altes Schreibpapier sind mir allemal lieber als diese Maschinen«, murmelte er vor sich hin und wandte sich dann Nathaniel zu.

»Könnten wir bitte noch mal Mr. Carrington sprechen?« sagte Nathaniel. »Es gibt da ein Problem.«

»Er ist gerade beschäftigt«, sagte der Sekretär. »Aber ich werde ihm Bescheid sagen, daß ihr hier seid.«

»Danke. Haben Sie vielleicht eine Bibel da, die sie uns kurz ausleihen könnten?«

Der Missionarssohn zog aus seiner Schublade eine Bibel hervor, die so oft benutzt worden war, daß der weiche, schwarze Ledereinband schon in Auflösung begriffen war.

Sie setzten sich draußen im Korridor auf eine Bank, über der ein elektrischer Deckenventilator lustlos die Luft verrührte. So schnell er konnte, las Drew Anschrift und Gruß sowie Dankgebet des ersten Briefs, und achtete darauf, ob ihm eine Zeile oder ein Vers ins Auge sprang, die ihm zuriefen: »Hier ist der Schlüssel, der den Code knackt.« Er war schon beim zweiten Brief, da klappte er das Buch zu und knallte es auf die Bank.

»Das ist genau das, was der alte Bastard will«, sagte er. »Uns zum Wahnsinn treiben, während wir versuchen, das rauszukriegen. Ich hab die Schnauze voll davon, daß wir nach seiner Pfeife tanzen.«

Um vier Uhr erschien Joseph und sagte, daß Mr. Carrington sie jetzt empfangen könne. Aber nur kurz – er habe in einer Viertelstunde den nächsten Termin.

Der Konsul stand mit offenem Kragen und gelöster Krawatte da und grübelte mit finsterem Gesichtsausdruck eine volle Minute lang über dem Telegramm.

»Tja, Jungs, ich weiß nicht, was ich sagen soll. Da komm ich nicht mit«, brummte er. Die drei Brüder schämten sich. Sie schämten sich dafür, die Söhne ihres Vaters zu sein, schämten sich für das, was Carrington von einem Mann denken mußte, der seine Kinder in einem fremden Land ihrem Schicksal überließ, schämten sich dafür, daß sie jetzt nur noch betteln konnten. Und sie bettelten. Mehr oder weniger, um Carrington zu beweisen, daß sie nicht auf Almosen angewiesen sein wollten, erzählten sie ihm von ihren Bemühungen, auf einem Schiff unterzukommen.

Carrington plusterte die Backen auf, zog ein Formular aus einer Schreibtischschublade und unterzeichnete es ärgerlich.

»Gebt das Joseph«, sagte er aufgebracht. »Es berechtigt ihn, Geld von unserem Nothilfefonds abzuheben, mit dem wir gestrandeten amerikanischen Bürgern, die mittellos sind, die Heimreise ermöglichen. Das wird reichen, um euch mit Fahrkarten für die Fähre von Havanna nach Key West und angemessenen Reisespesen von dort zu den meisten Städten an der Ostküste zu versorgen. Heute um Mitternacht geht eine Fähre, die morgen früh um acht in Key West ankommt. Einverstanden?«

»Das wäre phantastisch, Sir. Wie können wir Ihnen nur für alles danken?«

»Dankt eurer Regierung.« Carrington hob das Telegramm hoch. »Braucht ihr das noch, oder soll ich es wegwerfen?«

Nathaniel zögerte einen Augenblick, dann nahm er es an sich. Die Finger der Faust preßten sein Herz zu der Größe und Härte einer Walnuß zusammen.

»Da komm ich wirklich nicht mit«, sagte Carrington noch einmal. »Und ihr habt keine Ahnung, was euer Vater damit meint?«

Nathaniel ließ den Blick sorgfältig von Buchstabe zu Buchstabe wandern – SCHAUT NICHT BEI JESAJA, FRAGT DEN KORINTHER. DANN WISST IHR, WIE IHR NACH HAUSE KOMMT. STOP. C. R. B. –, als könnten die Worte vielleicht beim vierten Lesen wenigstens ansatzweise einen Sinn ergeben. Hat nicht mal mit *Vater* unterzeichnet, dachte er. Nur mit seinen Initialen.

»Nein, Sir, keine Ahnung«, sagte er zu Carrington. »Aber wir finden es raus. Verlassen sie sich drauf.«

Epilog

SEINES VATERS WEIB

Ob sie es je herausgefunden haben, weiß Sybil nicht. Schließlich weiß sie selbst nicht, ob sie eine Antwort kennt, obwohl sie schon ein paar Vorstellungen davon hat. Sie hat versucht, sich Klarheit darüber zu verschaffen, warum ihr Großvater und seine Brüder nie etwas von der Reise der *Double Eagle* erzählt und auch nichts Schriftliches darüber hinterlassen haben, abgesehen von dem Logbuch, in dem zwischen letzter Seite und hinterem Buchdeckel das zu einem Viertel seiner Größe zusammengefaltete, mysteriöse Telegramm von Cyrus steckte, dem Logbuch, das, bis sie es entdeckte, über neunzig Jahre lang ungelesen in einer Truhe auf dem Speicher von Mingulay gelegen hatte. Vielleicht hatten die Jungen aus einem ganz simplen Grund geschwiegen – Artemis' und Wills Tode waren zu schmerzvoll gewesen, um das gesamte Erlebnis noch einmal zu erzählen. Ihr Tod hatte sie so getroffen, daß sie wie Kriegsveteranen verstummt waren. Sie ist nicht der Meinung, daß die Analogie zu weit hergeholt ist. Die Reise ließ sie Dinge lernen, die junge Männer auf dem Schlachtfeld lernen: daß der Welt unser Schicksal gleichgültig ist; daß das Leben zerbrechlich und unsere Kontrolle darüber dürftig ist, daß wir im Angesicht der großen Krise, selbst wenn wir uns ihr mutig stellen und sie gut bestehen sollten, doch nicht so mutig und so gut sind, wie wir gehofft hatten. Und so kehrten Nathaniel, Eliot und Andrew nach Hause zurück – der Illusion beraubt, unbesiegbar zu sein, einer Illusion, die vor allem anderen Glanz und Last der Jugend, ja die Jugend selbst verkörpert.

Die Erklärung klingt überzeugend, und wahrscheinlich entspricht sie soweit auch der Wahrheit. Aber sie geht nicht weit genug. Hätten Kummer und Schuld mit der Zeit nicht nachlassen und sie in die Lage versetzen müssen, darüber zu sprechen? Und mehr noch, auch Cyrus und Elizabeth ließen gegenüber niemandem auch nur ein Sterbenswörtchen verlauten. Ohne Gertrude Williams und ihre Töchter wäre die Geschichte verlorengegangen. Sie hatten sie, nachdem sie von Wills Schicksal erfahren hatten, ihrer Familiengeschichte einverleibt. Die fehlenden Aussagen der Braithwaites erregen bei Sybil den Verdacht, daß eine Art Verschwörung dahintersteckte; sie kennt ihre Familie und deren Neigung, die dunklen Kapitel ihrer Geschichte zu verheimlichen.

Die Macht des Klischees sollte man nicht unterschätzen. Sein verzerrendes Prisma kann die Art beeinflussen, wie wir uns sehen; manchmal sind wir bestrebt, uns dem Bild anzugleichen, das andere sich von uns machen, und verwandeln so ein im Kern falsches Bild in ein wahres – mehr oder weniger ein Fall von Leben, das die Kunst imitiert. Das gilt für Familien ebenso wie für Individuen. Wie man alte Familien aus dem Süden (wie die von Sybils Mutter, die McDaniels) als von Natur aus gestörte Organismen betrachtet, als Irrenanstalten ohne Mauern, als Sümpfe verbotener Lüste und Leidenschaften, bevölkert von Trunkenbolden, Drogenabhängigen und wunderschönen, aber selbstzerstörerischen Frauen, die allesamt der Wohlfahrt von Fremden, Mördern, Selbstmördern und verblödeten Cousins ausgeliefert sind, so erwartet man von alten Yankee-Familien wie der ihres Vaters, daß sie rücksichtslos funktionierende Organismen sind, allesamt virtuose

Pragmatiker, die gegenüber den zerstörerischen Versuchungen der Libido und des Id immun sind. Nach dieser Lesart war aus dem *Haus der sieben Giebel* ein Museum mit ausgestorbenen Kuriositäten geworden. Die Nachfahren seiner Bewohner waren in die Vorstädte gezogen und hatten ihren allumfassenden Irrsinn eingetauscht gegen nichts Schlimmeres als drollige Überspanntheit und Narretei, die so harmlos war, daß man sie mit einem Martini und ein paar Valium besänftigen konnte.

Aber Sybil weiß, daß der wahre Unterschied zwischen den Braithwaites und den McDaniels im größeren Talent ihrer Familie liegt, die schaurig krankhaften Anlagen zu verbergen. Das wertvollste Kapital einer Familie ist ihr guter Name; er war der Klebstoff, der sie zusammengehalten hatte, als der *Große Amerikanische Zyklotron* das Tempo verschärfte, als er in den Tagen von Sybils Großvater die Großfamilie und in den Tagen ihres Vaters die Kernfamilie zerschlug und schließlich nur noch die Ein-Elternteil-Leptonen und Kein-Elternteil-Quarks der Jetztzeit übrigließ. Nicht daß die Braithwaites von Scheidungen oder irgendeiner der anderen zentrifugalen Kräfte, die Familien atomisierten, verschont geblieben wären; aber Scheidungen oder ähnliches schienen nie eine nachhaltige Wirkung auf ihren Zusammenhalt, ihre Einheit gehabt zu haben. Deren Symbol ist das *Familienrad*, von dem eine Kopie hier auf der Ranch in Arizona an einer Wand in Sybils Schlafzimmer hängt. Das *Familienrad* ist der Stammbaum der Braithwaites – nicht eines der üblichen Baumdiagramme, die man sonst in Genealogien findet, sondern eine Reihe konzentrischer Kreise. In der Mitte stehen die Namen der Begründer des Klans: Joshua Caleb Braithwaite (1647–1711) und Sarah Siddons Braithwaite (1653–1722). Um sie herum in einem etwas größeren Ring stehen die Namen ihrer Kinder und deren Ehepartner. Es folgt ein wieder größerer Kreis mit den Enkeln – und so weiter. Strahlenförmig arbeitet sich Generation um Generation durch die Zeit, bis die letzte in der Gegenwart anlangt. Der Eindruck auf den Betrachter ist weniger der eines drehenden Rades als der eines geordneten, unerschütterlichen Sonnensystems.

Sybils Name steht in der vorletzten Umlaufbahn, der zwölften. Mit einem Blick kann sie ihre Position innerhalb der Familiengeschichte feststellen, sozusagen ihre Koordinaten. Genauso kann das jeder andere Braithwaite, und das gibt ihnen in einer Zeit, die keine Wurzeln mehr kennt, ein bleibendes Gefühl für ihren Platz. Die meisten von Joshuas und Sarahs Nachfahren leben immer noch in der Umgebung des kieselharten, unnachgiebigen Bodens, dem die beiden ersten Siedler ihr Brot abrangen und in dem ihr Staub heute ruht (auf dem Friedhof von Dedham in Massachusetts). Nur äußerst selten verstreut es Braithwaites über die Weiten der amerikanischen Wildnis, als hätten sie Angst davor, sich in der rohen, weiten Leere des Kontinents zu verlieren, als würden sie vergessen, wer sie waren und von wem sie abstammten, wenn sie sich und die Grabsteine von Joshua und Sarah und all der Seths und Hannahs und Enochs und Abigails, die ihnen folgten, aus den Augen verlören. Und dennoch gibt es eine Diaspora der Braithwaites (der sich Sybil anschloß, als sie 1992 in den Westen ging). Kleine Zweige der Familie – eigentlich nur Zweiglein – existieren in Ohio, Washington und Kalifornien; ein paar pensionierte Braithwaites haben sich in die Golfclubgemeinden des Sun Belt zurückgezogen; zwei ausgewanderte Braithwaites leben in Übersee. Doch in jedem Jahr, genauso wie es sich Cyrus beim Bau des Anwesens in den späten Achtzigern des neunzehnten Jahrhunderts vorgestellt hatte, versammeln sich zu unterschiedlichen Zeiten im Sommer die verschiedenen Zweige in Mingulay. Sie kommen zusammen und spielen Tennis, Bridge und Billard, gehen segeln, schwimmen oder angeln, wandern in den Wäldern oder sitzen auf den Terrassen und lesen, während sich die Nebelschwaden Maines auf sie herabsenken; der tatsächliche Zweck der Versammlungen ist jedoch, sich der Bande ihres Blutes zu vergewissern. Wenn sie sich in großer Zahl treffen, sind diese Bande fast mit Händen zu greifen. Inmitten höflich plaudernder Menschen in blauen Blazern und Land's-End-Kostümen hätte ein Besucher, der zu gegebener Stunde mit ihnen einen Cocktail schlürfte, wahrscheinlich das Gefühl, dem Stammesritus irgendwelcher weißer, protestantischer Yanomami-Eingeborener beizuwohnen, die sich die Abgeschiedenheit ihres metaphorischen Amazoniens bewahrt hatten.

Am heutigen Wintertag 1998 schwelgen Sybil und ich im Garten ihres Ranchhauses in Erinnerungen an den Unabhängigkeitstag 1974. Wir waren Zimmergenossinnen in Mount Holyoke gewesen, hatten gerade unseren Abschluß gemacht und standen mit einem Haufen Braithwaites, in dem von Kleinkindern bis zu Siebzigjährigen jede Altersstufe vertreten war, auf Mingulays Rasen, um uns das Feuerwerk über der Blue Hill Bay anzuschauen. Wir erinnern uns an das donnernde Finale um Mitternacht, das wie das Licht der Gnade die harten, anständigen Aristokratengesichter ihrer Verwandten beleuchtete. Ja, selbst in diesem späten Stadium ihrer Geschichte besaßen sie es noch: das Flair, zu einem Amerika zu gehören, das ihnen gehörte.

Als sechzehn Jahre später Sybils Vater starb und sich einige derselben Leute versammelten, um ihm auf dem Friedhof von Mount Auburn das letzte Geleit zu geben, hatten sie sich auch jenseits der sichtbaren Veränderungen, die die Zeit eben mit sich bringt, irgendwie verändert; sie waren nicht mehr so selbstsicher, nicht mehr so herrisch. Als sie sich um die marmorne Grabplatte mit der einfachen Inschrift: WADE EDWARD BRAITHWAITE: 19. FEBRUAR 1920 – 30. JUNI 1990 scharten, verrieten ihre Bewegungen, daß sie nicht mehr die Familie früherer Tage waren, daß sie sich ihrer Stellung nicht mehr so sicher waren. Die Zeremonie war kurz und schlicht. Sie standen zwischen den herrschaftlichen Heimstätten von Wades Vorfahren, in einem Wäldchen aus Ahornbäumen und Blutbuchen, deren lange Schatten wie umgestürzte Säulen auf Grabsteine mit altehrwürdigen Namen der Union fielen – Thayer, Greenleaf, Bryant, Peabody. Sybil und ihr Bruder Jason sprachen ein paar Worte über ihren Vater, dann hielt ein knorriger kongregationalistischer Geistlicher eine Lobrede, ein Geistlicher, dessen Bostoner Oberschichtakzent sich anhörte, als spielte man eine zerkratzte, sechzig Jahre alte Schallplatte ab.

Als sie sich an diese Szene erinnert, fällt ihr etwas ein, was ihr Onkel Myles ihr einmal in Gloucester erzählt hat. Es war an jenem düsteren Novembernachmittag in seinem düsteren, vom Duft gerade verblühter Rosen erfüllten Haus: daß nämlich Familien wie die seine nicht dramatisch aus dem Stand der Gnade gerissen, sondern daß ihnen langsam das Licht der Gnade entzogen worden sei. Nein, er hat sich etwas anders ausgedrückt, erinnert sie sich. Wir sind in Belanglosigkeit versunken, das hat er gesagt, doch es bezeichnet das gleiche.

Während sie dasitzt und darüber grübelt, ob Nathaniel, Eliot und Drew jemals herausgefunden haben, was die Botschaft ihres Vaters bedeutete, fällt ihr eine andere von Myles' Bemerkungen ein.

Myles erzählte gerade die Geschichte vom ersten großen Auftrag, den sein Großvater für sein Granitgeschäft an Land gezogen hatte, und dessen Profite dazu beigetragen hatten, Mingulay zu errichten, als er den Faden verlor und begann, in Erinnerungen an vergangene Sommeraufenthalte auf dem Stammsitz der Braithwaiteschen Familienwelt zu schwelgen. Die Reise in die Vergangenheit führte ihn zu seiner Tochter Allyson, die »blaublütige Bombenbastlerin«, wie sie die Zeitungen nannten, nachdem man sie 1970 verhaftet hatte, weil sie in einem New Yorker Keller zusammen mit anderen Mitgliedern einer Zelle des Weather Underground Rohrbomben gebastelt hatte.

Myles war für ein paar Augenblicke verstummt und hatte dann die Bemerkung fallenlassen, die Sybil auf eine Forschungsreise schickte, die sechs Jahre dauern sollte.

»Unsere Lebensläufe, Sybil, sind wie eine Art erblicher Krankheit. Wir Braithwaites sind dazu verdammt, die Sünden unserer Väter wieder und immer wieder zu begehen«, hatte er gesagt, und als Sybil ihn fragte, was er damit meine, hatte er geantwortet: »Eltern, die ihre Kinder zugrunde richten, das sind wir. Abgesehen von den Fällen, in denen die Kinder schneller sind.«

»Myles!« Sybil hatte das Verb, das er gewählt hatte, verwirrt und gequält: nicht »verletzen« oder »mißbrauchen«, sondern *zugrunde richten*. »Wie kannst du nur so was Furchtbares sagen? Vor gar nicht langer Zeit hast du mir noch erzählt, daß du hoffst, ich würde unsere Familie nicht mal genauso verabscheuen wie Allyson. Wie konntest du so etwas erzählen und mir jetzt das sagen?«

»Als Geistlicher habe ich gelernt, und das war beileibe keine leichte Lektion, wie man die Sünde haßt und den Sünder liebt.«

In der Stille des Hauses hörte Sybil das Ticken der Uhr in der Halle.

»Wie meinen Vater? Meinen Vater und Hilary?« hatte sie gefragt.

Hilary, die hochbegabte Hilary, die Vergnügungssüchtige und Verwegene, die in ihrem zweiten Jahr in Mount Holyoke für einen Tag auf einem Schwertfischfänger in Gloucester anheuerte, um einen Artikel für ihren Journalistikkurs zu schreiben, und damit so ziemlich gegen jedes Tabu und jede Vorschrift verstieß. Der Skipper und der Steuermann boten ihr an, einen Schwertfisch zu harpunieren – eine Herausforderung, so dachten sie, der sie sich bestimmt nicht stellen würde. Wie sprachlos waren sie aber, als dieses privilegierte Kind mit der Harpune zum Bugkorb marschierte und mit einer traumhaften Zielsicherheit, als wäre sie von ihren walfangenden Vorvätern darin geschult worden, einen Dreihundertpfünder aufspießte, der sich an der Wasseroberfläche aalte. Als der große Fisch am Haken zappelte und der kolossale Körper am Ende der Leine wie der Schwimmer einer Angel auf und ab hüpfte, versetzte sie Kapitän und Steuermann noch mehr in Erstaunen, als sie Melville etwa in dem Sinn zitierte, daß ein Harpunier das Schleudern des Speers nicht als Mühsal, sondern als Entspannung betrachte.

Weil für Catherine, Debütantin des Garden District, Königin der vornehmsten Karnevalsgesellschaft im Mardi Gras des Jahres 1941, Kinder, die jünger als sechs oder sieben sind, der reinste Horror waren, war Hilary für Sybil Schwester und Mutter zugleich gewesen. Catherine konnte den Gestank, das Geschrei, die ständigen Ansprüche und die Irrationalität nicht ertragen. Wenn Sybil im Sommer bei Ebbe mit ihrem Netz in den Pfützen herumkroch, um Krabben, Muscheln oder Glasaale zu fangen, war Hilary diejenige, die ihr Jod auf die pausenlos aufgeschürften Knie schmierte. Wenn die Lehrerin sie ausschimpfte, weil sie sich nicht am Unterricht beteiligte, und sie dann weinend von der Schule nach Hause kam, war es Hilary, die sie tröstete. Jetzt komm schon, Mäuschen, wisch dir die Tränen ab. Du kleine Schnecke, sie hat doch bloß versucht, dich aus deinem Schneckenhaus rauszulocken. Sie hatte eine rauhe Stimme (wie die von Lauren Bacall, sagte ihre Mutter immer), und ihre Hände waren vom vielen Segeln und Rudern kräftig; was war sie für eine tolle Frau gewesen, und ihr Tod hatte sie verwaister zurückgelassen, als wenn ihre Mutter gestorben wäre.

Sommer 1963, der Sommer, nach dem die Dinge anfingen, wirklich schief zu laufen – und zwar nicht nur in Sybils Familie. In einem Rennen mit Klassenstatus in Newport segelte Wade seine Concordia-Yawl, die *Double Eagle III*. Er war der Rudergänger und der Kapitän; der Herausgeber einer seiner Zeitschriften war der Navigator; seinen Sohn Jason, der damals siebzehn war, hatte man darauf getrimmt, Groß- und Besanschoten zu handhaben wie ein Profi; und Hilary war die Frau fürs Vorderdeck – der härteste Job, weil er ein feines Gespür für Balance und Timing erforderte. Das Rennen war weder sonderlich anspruchsvoll, noch war es prestigeträchtig. Doch als ehemaliger Boxer und Eishockeyspieler in Dartmouth und Marinekampfflieger im Zweiten Weltkrieg hatte Wade vor, das Rennen zu gewinnen. Er wollte es. Er mußte. Gleich seinem Onkel Nathaniel hatte er einen Wettbewerbsgeist geerbt, der fast schon krankhaft war.

Die *Double Eagle III* lag in Führung, wenn auch nur knapp. Sie wurde von einer anderen, nur eine halbe Bootslänge hinter ihr liegenden Yawl angegriffen, als sie die Teilstrecke vor dem Wind abliefen. Wade wußte, daß er den Sieg in der Tasche hätte, wenn er seinen Gegner bei der Raumwind-Bahnmarke an der Außenseite halten könnte und so eng um die Boje segelte, als steuerte er ein Auto durch eine Haarnadelkurve. Er fiel ganz vorsichtig ab und segelte jetzt platt vor dem Wind. Sein Navigator rief ihm zu, daß bei dem mallenden Wind die Gefahr einer Patenthalse bestünde. »Das weiß ich auch!« blaffte Wade ihn an, worauf jener den Mund hielt. Schließlich war Wade nicht nur sein Skipper, sondern auch sein Arbeitgeber. Den aufgeblähten, grünweißen Spinnacker vor sich her treibend, schoß die *Double Eagle III* auf die Boje zu. Während Wade auf den Wind achtete, gab er Jason die Anweisung, sich an den Schoten bereit zu halten, und Hilary, sich fertig zu machen, um den Spinnaker zu bergen. »Klar zum Halsen!« rief er. Als Hilary aufstand und nach vorn hastete, drehte plötzlich der Wind. Und zwar mit einer Kraft, die weder Wade noch irgendwer sonst hätte voraussehen können. Das Boot halste um den Bruchteil einer Sekunde zu früh, der schwere Baum schwang auf die andere Seite und knallte gegen Hilarys Hinterkopf. Er traf sie mit der Wucht eines Baseballschlägers, der einen Homerun in den Himmel jagt, und fegte sie von Bord. In der Rettungsweste trieb sie mit dem Gesicht nach unten auf dem Wasser. Wade und seine Mannschaft bargen den Spinnaker – was sie, wie später alle übereinstimmend feststellten, mit der bemerkenswerten, nur Könnern eigenen Ruhe erledigten –, wendeten die *Double Eagle III* und fischten Hilary aus dem Wasser. Alle Wiederbelebungsversuche schlugen fehl. Bei der Autopsie kam heraus, daß der Schlag gegen den Kopf sie sozusagen auf der Stelle getötet hatte.

»Dazu könnte ich dir einiges erzählen«, hatte Myles erwidert. »Aber das wäre nur eine andere Art, christliche Vergebung einzufordern.«

»Ich hab's versucht, aber es ist schwer. Es fällt mir sogar jetzt noch schwer, zwei Jahre nach seinem Tod. Und genauso schwer zu verzeihen ist es, wie jeder die Sache quasi automatisch vertuscht hat. Jeder hat so getan, als hätte mein Vater nichts damit zu tun gehabt. Was natürlich nicht gestimmt hat. Sein Hochmut hat sie genauso getötet wie diese launische Windbö.«

»Ja, ja«, hatte Myles gemurmelt und dann mit einer Stentorstimme wie bei einer Kanzelpredigt hinzugefügt: »Nichts wirkt auf die Integrität einer Familie so zersetzend wie das Verbergen von Geheimnissen. Und mit Integrität meine ich nicht den guten Ruf. Die Familie, die bestimmte Wahrheiten über sich verheimlicht oder diese Wahrheiten leugnet oder auf irgendeine Art ihre Geschichte verfälscht, wird dafür die Konsequenzen zu tragen haben. Diese fallen jedoch nicht notwendigerweise auf die Verursacher und Ausführenden der Unwahrheiten zurück oder auf die Personen, die zur selben Generation wie die Verursacher und Ausführenden gehören. Sie könnten genauso leicht auf eine zukünftige Generation zurückfallen, zu unvorhersehbarer, unerwarteter Stunde, ohne sich weiter um feine Unterscheidungen zu kümmern ...«

»Ich kann dir nicht folgen. Meinst du damit, daß das, was Hilary zugestoßen ist, wegen irgend etwas passiert ist, was vor langer Zeit irgend jemand getan hat?« hatte Sybil gefragt.

»Ich halte mich für einen aufgeklärten Menschen, Sybil. Mir ist klar, daß sehr oft Dinge geschehen, für die es jenseits des Ablaufs des Geschehens keinen Grund gibt. Ein Mann rutscht auf einer Eisplatte aus und fällt von einer Klippe. Warum? Letzten Endes wegen der Gesetze von Reibung und Schwerkraft. Mittelbar, weil er für die Wetterverhältnisse die falschen Schuhe getragen hat oder weil er einen falschen Schritt getan hat oder weil er blöde genug war, überhaupt auf einer Eisplatte am Rand einer Klippe entlangzugehen. Ich weiß das alles! Und wenn das, was Hilary zugestoßen ist, ein Einzelfall gewesen wäre, wenn du und deine Familie sie nicht verloren hätten und ich auf andere Weise nicht Allyson verloren hätte und wenn ...«

»Nicht all das passiert wäre, was danach noch passiert ist«, hatte sie den Satz beendet. »Die Serie der Katastrophen. Mehr als unser gerechter Anteil. Da wären wir wieder bei der Erbsünde und der Familiengeschichte, die du zusammenpuzzelst ...«

»Das ist jetzt *deine* Sache, schon vergessen?« sagte er. »Das ist dein Baby. Mach damit, was du willst. Oder laß es. Was mich betrifft, so hatte ich vielleicht gehofft, wenn bestimmte Dinge ans Licht kämen – und Licht ist das beste Desinfektionsmittel –, damit Bußfertigkeit beweisen und gleichzeitig selbst etwas abbüßen zu können.«

Und so war die Rolle des Familienhistorikers und des Familienätiologen von seiner in ihre Obhut übergegangen. Es war nun an ihr, der Spur von Ursache und Wirkung nachzugehen, inmitten der Sünden der Väter nach der einen großen Sünde zu suchen, die ihr befriedigend erklären würde, warum ihre Schwester im Alter von zwanzig Jahren einen sinnlosen Tod hatte sterben müssen. Das ist nicht ihre einzige Beschäftigung in den vergangenen sechs Jahren gewesen. Sie züchtet und trainiert Reiningpferde auf der San Gabriel Ranch: auf 65 Hektar Grasland und mit Eichen und Zederzypressen bestandenem Hochland, das durch eine über zwanzig Meilen lange unbefestigte Straße mit Nogales an der mexikanischen Grenze verbunden ist. Die Ranch hält sie zwar den ganzen Tag über auf Trab, aber an den Abenden gibt es an einem derart abgeschiedenen und einsamen Platz nichts zu tun. Und bevor sie sich betrinkt oder aufbleibt, um sich vor den Satellitenfernseher zu hocken, vertieft sie sich lieber in die Fundstücke, die ihr Myles, die Truhen und Kisten aus Mingulay, die Williams-Familie und ein Ahnenforscher aus Bosten namens Buckmayer beschert haben.

Sybil begann mit der bruchstückhaften Geschichte, die ihre Mutter ihr erzählt hatte. Nolens volens fand sie sich dabei wieder, wie sie die Reise aufs neue zum Leben erweckte, wie sie Dinge erfand, nicht aus dem hohlen Bauch heraus, sondern entlang der Fäden des Logbuchs. Ich glaube nicht, daß sie – wie sie behauptet – die Fähigkeit besitzt, in die Vergangenheit ihrer Familie zu blicken; dennoch werde ich mich nicht über sie lustig machen oder die zumindest theoretische Möglichkeit leugnen, daß es so etwas wie ein außergewöhnliches genetisches Gedächtnis gibt, das man von Zeit zu Zeit aktivieren kann. Auf jeden Fall hat sie versucht, diesen Sommer im noch jungen Leben Nathaniels, Eliots und ihres Großvaters so wieder auferstehen zu lassen, wie er wahrscheinlich durchlebt wurde. Sie sagt, ich solle ihre Geschichte als ein Exponat der Naturgeschichte ihrer Familie betrachten. Sie hat Bruchstücke des authentischen Knochengerüsts genommen, fossile Rippen, Teile des Unterkiefers und zerbrochene Gelenke des Faktengebäudes, hat sie mit Erfindungen wieder zusammengefügt und so etwas Ganzes geschaffen. Und nach all der Zeit ist auch Sybil selbst genau das gewesen – ein mit all der Kunstfertigkeit, der sie fähig ist, erschaffenes Ganzes. Und in der Kunst liegt Wahrheit.

Jetzt allerdings steht sie vor dem Rätsel von Cyrus' Botschaft. Deren Interpretation will sie nicht ihrer Vorstellungskraft überlassen, denn die Worte »Schaut nicht bei Jesaja, fragt den Korinther« könnte die verborgene Sünde beinhalten, deren Vermächtnis bis in ihre Generation weitergereicht worden ist. Die Schlüssel zur Bedeutung der Worte liegen jetzt überall hier herum, hier auf dem Tisch im Garten – Fragmente von Briefen und Tagebüchern; ein paar vergilbte Zeitungsausschnitte in Plastikschutzhüllen; Kopien eines Kontrakts zwischen Caleb Maxey, Tante Judiths erstem Mann, und Sybils Ururgroßvater mütterlicherseits, Pardon Lightbourne; das Logbuch, das Cyrus geführt hat, als er Kapitän der *Main Chance* war; der Brief eines Rechtsanwalts an ihn mit dem Rat, keine Scheidungsklage einzureichen; zwei Briefe an Gertrude Williams von Elizabeth Braithwaite; und mehr als ein Dutzend weiterer Gegenstände, von denen einige, wie der ein Jahrhundert alte Reklamezettel für Lydia Pinkhams Stärkungsmittel, vermutlich von keinerlei Wert sind. Das sind die schriftlichen Dokumente. Außerdem existiert in Sybils Erinnerung etwas, was man mündliche Aufzeichnungen nennen könnte: Myles' Geschichten über Cyrus, den »Mann, der so hart ist wie eine Planke aus Weißeiche«.

Nachdem die drei Jungen die amerikanische Gesandtschaft in Havanna verlassen hatten, passierte ihres Wissens nach folgendes:

Nathaniel, Eliot und Drew nahmen die Nachtfähre nach Key West, wo sie in den frühen Morgenstunden des nächstes Tages ankamen. Sie machten sich umgehend (bevor sie noch der Mut verließ) auf den Weg in die Petronia Street, um Euphrenia Lowe die Nachricht vom Tod ihres Mannes zu überbringen. Um Euphrenias Gefühle zu schonen, hatten sie beschlossen, ihr nicht zu erzählen, wie er gestorben war. Statt dessen sagten sie, daß er während des Hurrikans über Bord gegangen sei. Mrs. Lowe saß auf den Stufen der Veranda ihres Hauses und murmelte: »Ich hab immer gewußt, daß so was irgendwann mal passieren würde.« Die Jungen versuchten sie, so gut es ging, zu trösten, doch Euphrenias Ältester, Ethan, sagte ihnen, sie sollten sich so schnell wie möglich aus dem Staub machen, bevor er es ihnen allen mit der Peitsche geben würde.

Am nächsten Morgen befanden sie sich mit einem Dampfer der Mallory Line auf dem Weg nach New York, von wo sie mit dem Zug weiter nach Boston wollten. In Havanna hatten sie gebadet und sich die Haare schneiden lassen; in der Hoffnung, auf der Rückreise ein zivilisiertes Bild abzugeben, brachten sie in Key West ihre Kleidung in eine Wäscherei. Doch in Sybils Vorstellung müssen sie ein anderes Bild für die Mitreisenden abgegeben haben: auf Muskeln und Knochen reduzierte Körper, wund gescheuerte und schwielige Hände, Gesichter, die in mehreren Schichten braungebrannt waren: drei Jungen, deren Blick nichts Jungenhaftes mehr hatte.

Die Reise, für die die *Double Eagle* einen Monat gebraucht hatte, dauerte vier Tage. Trotz des Schmerzes über ihren Vater und trotz des Wissens, daß sie bei ihrer Ankunft in Boston einen weiteren schweren Gang würden machen müssen, muß es doch eine Freude für sie gewesen sein, auf dem Schiff herumlungern zu können, ohne reffen, hissen, festmachen oder steuern zu müssen, auf einem Schiff, das auf einem friedlichen Meer geraden Wegs seine Bahn zog, daß sie sich keine Sorgen um den Wind machen mußten und daß die drei Brüder, anstatt kaltes Dosenfleisch hinunterzuschlingen, dreimal täglich eine warme Mahlzeit essen konnten.

Sybil stellt sich vor, daß sich Nathaniel während der Heimreise für die Konfrontation mit seinem Vater rüstete, daß er die Antworten auf dessen voraussichtliche Fragen einstudierte, daß er sich selbst vor sich sah, wie er standhaft und wie ein Mann Antworten einforderte und sie bekam.

Der letzte Eintrag im Logbuch-cum-Tagebuch datiert vom 20. August 1901. Auch wenn ihr dessen Handschrift nicht bekannt gewesen wäre, hätte Sybil gewußt, daß sie von Nathaniel stammte: »Ankunft New York City 13:45 Uhr. Bewölkt, schwül – fast wie in Havanna. Nach Hause telegraphiert, daß wir abends mit dem Zug ankommen.«

Und dann verliert sie die Jungen aus dem Blickfeld. Ohne das Medium des Logbuchs ist ihr Blick in die Vergangenheit nur noch verschwommen. Die Stimmen ihrer Ahnen als junge Männer verstummen, die jugendlichen Gesichter verschwinden, und sie kann sich kaum mehr vorstellen, wie es gewesen sein mag, als diese im Stadthaus in der Marlborough Street ankamen. Sie sieht undeutlich ihre Urgroßmutter in einem Stuhl sitzen, Schultern und Rücken soldatisch durchgedrückt. Elizabeth umarmt ihre Jungen, küßt sie, möglicherweise weint sie. Doch schon bald ist sie wieder die eiserne Maid, die die Freude unterdrückt, ihre Kinder lebendig und wohlbehalten wiederzusehen. Denn sie hat ihnen Dinge zu berichten, komplizierte Dinge, und sie darf nicht zulassen, daß ihre Gefühle die Oberhand über sie gewinnen. Und Sybil hört sie, hört die kraftlose Stimme, als diese ihnen mitteilt, daß ihr Halbbruder in New York City von einer Hochbahn überrollt und getötet worden ist, nur einen Tag vor ihrer Ankunft in New York, und daß sie mit Mrs. Gleason, der Pensionsbesitzerin, gesprochen habe. Sie murmelt, Lockwood habe getrunken gehabt und sei irgendwo in Lower Manhattan von einem Bahnsteig gestürzt. Und dann kommt die schlimmste Nachricht: Ihr Vater sei auf einer ausgedehnten Geschäftsreise ... *Aber das, Jungs, ist nicht die ganze Wahrheit. Euer Vater und ich haben beschlossen, obwohl wir verheiratet bleiben, von jetzt an getrennt zu leben ... Und, nein, bitte, bitte nicht, fragt mich jetzt nicht, warum. Vielleicht erzähle ich euch die Geschichte, wenn ihr älter seid, aber bitte nicht jetzt ... Ihr werdet euren Vater jetzt nicht mehr oft sehen, vielleicht werdet ihr ihn gar nicht mehr sehen ...*

Wie reagierten die drei Jungen auf diesen doppelten Schock? fragt sich Sybil. Sie vermutet, daß sich Nathaniel betrogen vorkam – er würde jetzt keine Möglichkeit zur Katharsis mehr haben, er würde jetzt die Bedeutung des rätselhaften Telegramms nicht mehr erfahren, das Drama, das sich auf der einen Bühne abgespielt hatte, während er und seine Brüder auf einer anderen in ihrem verstrickt waren, würde jetzt für immer ein Geheimnis bleiben. Forderte er von seiner Mutter die Antworten, die er seinem Vater hatte abverlangen wollen? Bestanden er und seine Brüder darauf, daß sie ihnen erzählte, warum Lockwood so schwer trank, daß er von einem Bahnsteig fallen konnte? Warum ihre Eltern, die ihnen zu Sommeranfang noch wie Liebende erschienen waren, von nun an getrennt leben würden? Wahrscheinlich, wenn allerdings auch nicht mit der Beharrlichkeit moderner Jugendlicher. Es handelte sich hier schließlich immer noch um das spätviktorianische Zeitalter, wo die Jungen stillschweigend begriffen haben mußten, daß etwas passiert war, was sie nicht erfahren sollten. Und doch muß es noch einen anderen Grund für ihre Fügsamkeit gegeben haben. Sie spürten, vielleicht an den Gesten ihrer Mutter, ihrem Gesichtsausdruck, ihrem Tonfall, daß es etwas war, was sie gar nicht wissen wollten.

Wie, frage ich Sybil, hat sie von Lockwoods tödlichem Unfall erfahren und entdeckt, daß ihre Urgroßeltern von jenem Sommer an getrennt lebten? Myles habe es ihr erzählt, sagt sie, und Myles wiederum habe es von seinem Vater Eliot erfahren, als dieser schon sehr alt gewesen sei. Nein, Myles wisse auch nichts über die näheren Gründe des ungewöhnlichen Arrangements seiner Großeltern. Alles, was er wisse, sei, daß Cyrus erwogen habe, sich von Elizabeth scheiden zu lassen, sich dann aber dagegen entschieden habe und in seinen Club in Boston gezogen sei; wenn er dort nicht war, wohnte er in Gloucester, um die Arbeit im Steinbruch auf Cape Ann zu überwachen. In Mingulay verbrachte er keinen einzigen Sommer mehr, hatte für den Rest seines Lebens keinen Kontakt mehr zu seiner Familie und starb 1908.

»Als Myles mir erzählt hat, daß sein Großvater über eine Scheidung nachdachte, habe ich mich gefragt, ob das der Grund dafür gewesen sein könnte, die Jungen wegzuschicken. Um ihnen den Skandal zu ersparen oder einfach um sie aus dem Weg zu haben. Er wollte klar Schiff machen, aber dafür hätte er sie ja auch bloß in ein Sommerlager oder zu Verwandten verfrachten können. Jedenfalls wenn klar Schiff machen alles war, was er vorhatte.«

In einem makellos blauen Quadrat über dem offenen Garten kreist hoch oben ein Bussard. Wahrscheinlich ein Rotschwanzbussard, aber ich bin mir da nicht sicher. Die Wintersonne hat ihren Weg über den Garten fortgesetzt, und die morgendlichen Schattenflächen sind zu einem kleinen Eck an der Nordseite zusammengeschrumpft.

»Er hatte was anderes vor?« sage ich. »Diese Sache mit der Stärkung des Charakters?«

Sybil nimmt die Brille ab. Mir fällt auf, daß sie immer noch diese nervöse Angewohnheit hat, die mir noch aus unseren Kindertagen in Erinnerung ist: Sie reibt mit dem Daumenknöchel an ihren Zähnen.

»Ich könnte mir vorstellen, daß ein Junge wie Nathaniel genau das von seinem Vater gedacht haben könnte«, sagt sie. »Erinnerst du dich an die Stelle, wo ich geschrieben habe, daß Liebe, oder Respekt, das letzte wären, was sie von ihm erwarten könnten? Ich glaube nicht, daß Cyrus die Stärkung ihres Charakters im Sinn hatte. Was es auch war, ich glaube nicht, daß er bei vollem Verstand war, als er sie weggeschickt hat.«

Sie vergleicht ihn mit einem hochgradig deprimierten Menschen, den die Verzweiflung packt, der sich in sein Auto setzt, rücksichtslos durch die Gegend rast, dann das Lenkrad herumreißt und gegen eine Mauer oder einen Baum kracht, nicht mit voller, kühl berechnender und kaltblütiger Absicht, sich zu töten, sondern aus einem blinden, unbewußten Zwang heraus. Cyrus, sagt sie, war vielleicht in einem solchen Zustand, als er die Jungen auf Gedeih und Verderb dem Meer auslieferte.

Ich lehne mich mit meinem Stuhl gegen die Wand, über mir die glasierten Steinchen eines Mosaiks der Jungfrau von Guadalupe, dessen intensive Farben im intensiven Licht leuchten. Sybil ist nicht ganz sie selbst. Sie hat sich nicht so unter Kontrolle wie sonst.

»Wenn es das ist, worauf du hinauswillst, dann hättest du ihn als rücksichtslosen Menschen beschreiben müssen. Aber das hast du nicht«, sage ich. »Ganz im Gegenteil. Er ist systematisch, gründlich. Wie er das Schiff inspiziert, um sicherzugehen, daß auch alles funktioniert, daß die Jungen einen guten Sextanten dabei haben, Karten, Lebensmittel, alles das, was sie zum Überleben brauchen.«

Einiges davon, sagt sie, wäre für einen altgedienten Kapitän wie ihn reine Gewohnheit. Aber, fügt sie hinzu, die Handlungen eines Menschen können wohlgeordnet und rational erscheinen, während der Impuls, der ihn antreibt, ungeordnet und krank ist. Sie fordert mich auf, die Dinge aus folgendem Blickwinkel zu betrachten: Die Lebensmittel, die Instrumente, die Karten von fremden Küsten und Gewässern, die Übertragung des Kommandos auf Nathaniel – das vor allem –, war alles so verantwortungslos, wie einem Alkoholiker eine Flasche Whiskey vor die Nase zu halten.

Ich schüttle den Kopf. Während ein trockener Luftzug durch den Garten streicht und unter die Blätter auf dem Tisch fährt, beugt sie sich vor.

»Er konnte unmöglich *nicht* wissen, daß Nathaniel ein rastloser Junge war, ein Junge mit Hang zum Abenteuer, ein Junge, der immer wieder Risiken einging, und manchmal sogar ziemlich törichte.«

»Ach so«, sage ich. »Dann hat er das also alles gemacht, um Nathaniel zu ermutigen, ja ihn in Versuchung zu führen? Cyrus konnte sich nicht sicher sein, daß Nathaniel nach Florida segeln würde, aber er muß gewußt haben, daß er letztlich doch irgendwas Gefährliches unternehmen würde? Etwa so?«

Wissen nicht in dem Sinne, daß wir uns bestimmter Dinge ganz sicher sind, erläutert sie. Er hat es vielleicht gehofft. Hat es sich vielleicht gewünscht, ganz unten im tiefsten und geheimsten Keller seines Herzens oder Verstandes, da wo die Spinnen und Eidechsen herumkreuchen. Hat es gehofft, sich gewünscht, konnte sich die Hoffnung, den Wunsch aber nicht offen eingestehen, weil das viel zu bösartig gewesen wäre ...

»Einen Augenblick«, sage ich und unterbreche Sybil, die angespannt, mit zusammengepreßten Knien, die Hände im Schoß gefaltet, vor mir sitzt. »Willst du damit sagen, daß das, was er sich gewünscht, was er sich erhofft hat ... Willst du etwa sagen, daß er die eigenen Söhne *umbringen* wollte?«

»Er hat gehofft, daß das Meer das für ihn erledigen würde. Zumindest hat er sich einen Dreck darum geschert, was aus ihnen wird. Vielleicht. Ja.«

»Kannst du mir sagen, was ›vielleicht, ja‹ bedeuten soll?«

»Nicht ›vielleicht Komma ja‹, sondern ›vielleicht

Punkt. Ja Punkt.‹ Ja, genau den Verdacht habe ich. Verdacht, einen Beweis habe ich nie gefunden.«

»Aber Sybil, du hast doch selbst erzählt, daß er ihnen gesagt hat, sie sollten im September wieder da sein. Wenn er aber versucht hat, sie ...«

»Ich glaube, daß das Teil seiner Geistesstörung war«, unterbricht sie mich. »Um sein Gewissen zu beruhigen. Er hat das gesagt, um einem Teil seines Verstandes, nenn es den oberen Teil, vorzumachen, daß er gar nicht auf das aus ist, was sein unterer Teil sich wünschte. Vielleicht auch deshalb, weil er wußte, wenn er ihnen sagt, was er wirklich meint – *Kommt nie wieder zurück* –, daß sie dann in Panik geraten wären, einen Aufstand veranstaltet oder irgendeinen anderen Riesenwirbel gemacht hätten, mit dem er nicht hätte fertig werden können. Egal, ich glaube nicht, daß er bei alldem, was er über das Meer wußte, damit gerechnet hat, daß sie den Sommer überstehen würden.«

Sie hat ihre Gelassenheit zurückgewonnen, was irgendwie seltsam ist, angesichts dessen, was sie mir gerade erzählt.

»Vielleicht hast du dich davon beeinflussen lassen, was Myles dir erzählt hat?« sage ich vorsichtig. »Was war das noch mal? Eltern, die ihre Kinder zugrunde richten?«

»Abgesehen von den Fällen, in denen die Kinder schneller sind«, sagt sie und führt damit Myles' aufmunternde Bemerkung zu Ende. »Ja, ich habe mich schon gefragt, ob das auf meine Gedanken abgefärbt hat. Es ist einfach so, daß ich mir nicht erklären kann, warum er getan hat, was er getan hat – nicht nur, daß er sie davongejagt hat, oder wie immer man das nennen will, sondern auch, daß er sie zurückgewiesen hat. Ihnen ein derart grausames Telegramm zu schicken. Nach allem, was sie durchgemacht hatten, sie so im Stich zu lassen. Ich habe versucht, mich in ihre Lage zu versetzen. Wie würde ich auf eine solche Zurückweisung reagieren? Würde ich anfangen, mich zu fragen, ob mein Überleben eine Enttäuschung für ihn war?«

»Wenn du jetzt die Sache schon wie einen Krimi oder so was angehst, dann brauchst du drei Sachen. Beweise, Motiv, Zeugen. Lebende Zeugen, also Zeugen, die damals gelebt haben. Ansonsten ...«

Eine Hand geht in die Höhe. Wie die Hand der Jungfrau auf dem Mosaik hinter mir.

»Das ist einer der Gründe, warum ich versucht habe, diese Menschen für dich und auch für mich wieder zum Leben zu erwecken«, sagt sie und hebt ihr Manuskript hoch. Mir fällt auf, daß ihre Handschrift Ähnlichkeit mit der von Nathaniel hat. Ein bißchen verschnörkelter und weiblicher, aber die Buchstaben neigen sich genauso steil nach vorn. Als würden sie jeden Moment vornüberkippen.

Dann erzählt sie mir – im Tonfall eines Advokaten – von einer Beweiskette, die möglicherweise zu einem glaubhaften Motiv führt. Außerdem existieren drei Zeugen, und der erste, den sie aufruft, ist Lockwood.

Lockwoods Zeugenaussage

... beginnt mit seiner Geburt ...

Sybil schwingt die Stiefel mit den klimpernden und klirrenden Sporen vom Tisch auf den gefliesten Boden, rückt mit dem Stuhl an den Tisch heran und blättert durch ein schwarz eingebundenes Album mit steifen, schwarzen Seiten, auf denen die Bildunterschriften unter den altertümlichen Photos in weißer Tinte geschrieben sind. Sepiafarbene Bilder von Menschen, Booten, Häusern, Meeresansichten und Landschaften huschen vorbei, bis sie zur Photographie eines Mannes kommt. Breiter Kopf, Haare und Bart anscheinend sandbraun, ein Blick, dessen leuchtende, starre Intensität zweifellos auf den Pulverblitz einer Boxkamera zurückzuführen ist, aber dennoch einen fiebrigen oder wahnsinnigen Eindruck hinterläßt. Der Mann trägt einen Anzug mit hohem, gestärktem Kragen, der für den muskulösen Nacken etwas zu eng erscheint. Die Bildunterschrift lautet: »L. R. Braithwaite, 1899.«

»Und das«, sagt sie und blättert weiter, »ist die Photographie eines Gemäldes, das in Myles' Haus gehangen hat. Cyrus, ungefähr im gleichen Alter.«

Es ist so, wie sie es beschrieben hat: Lockwood könnte die jüngere Reinkarnation von Cyrus sein. Die einzigen erkennbaren Unterschiede sind Lockwoods größerer Kopfumfang und die Farbe seiner Augen: Sie sind dunkler als die seines Vaters.

»Lockwoods genaues Alter ist eins der tausend kleinen Dinge, die ich nicht rauskriegen konnte. Soweit ich weiß, gibt's keine Geburtsurkunde oder irgendwelche Aufzeichnungen darüber, wann oder wo er geboren ist. Und hier ist er auch nicht drin.«

Sie deutet auf ein grünes, in Leinen gebundenes Buch auf dem Gartentisch. *Genealogie der Braithwaites.* Sie sagt, daß es in einer Familie, die ihre Dokumente so archiviert wie die ihre, nur einen Grund für die Unterschlagung von Lockwoods Namen geben könne.

»Und das ist keine Vermutung«, fügt sie hinzu. »Myles hat es mir beim Abendessen erzählt. Er hat es von seinem Vater, Eliot und mein Großvater haben es von Elizabeth erfahren. Die Informationskette ist folgende: Als sie schon ziemlich alt war – sie ist sechsundachtzig geworden – hat meine Urgroßmutter Eliot und Andrew, und die waren damals auch nicht mehr die Jüngsten, in Lockwoods Geheimnis eingeweiht. Ich vermute, daß sie bis zu diesem Zeitpunkt nicht die geringste Ahnung hatten. Weil Cyrus gegenüber seinen Söhnen nie darüber gesprochen hat, kannte auch Myles den Namen von Lockwoods Mutter nicht. Das habe ich selbst ausgegraben.«

Sie blättert wieder durch das Album. An der Art, wie sie ihr Kinn hebt, kann ich mir die hochmütige Kopfhaltung ihrer Urgroßmutter an jenem Morgen vorstellen, als die Kutsche die Auffahrt hinunterklapperte, um sie zum Zug nach Boston zu bringen, wo sie ihren Arzt aufsuchen wollte. Jetzt beugt sich Sybil zu mir vor und hält eine Seite mit einem älteren Photo von Lockwood aufgeschlagen, eines, auf dem er noch keinen Bart hatte. Vorsichtig zieht sie das Foto aus den Schlitzen an den Ecken und dreht es um. Auf der Rückseite klebt ein Stück Papier, das die dunkle Farbe von Wildleder angenommen hat. Es ist ein Auszug aus dem Kirchenregister der New Yorker Pfarrgemeinde St. Agnes. »Lesung einer Messe anläßlich des Heimgangs der Seele von Maureen Keough, der geliebten Tochter unserer Gemeindemitglieder Thomas und Margaret Keough. Gestorben am 20. Oktober 1865 im Alter von neunzehn Jahren. Mögen ihr ihre Sünden vergeben werden, und möge ihr das himmlische Licht ewig leuchten.«

Sybil rutscht mit dem Stuhl zurück. »Ich habe keine Ahnung, wer das da draufgeklebt hat. Aber ich kann mir nicht vorstellen, daß es da wäre, wenn Maureen Keough nicht Lockwoods Mutter wäre. Wenn sie also bei der Geburt gestorben ist, dann muß der 20. Oktober 1865 sein Geburtsdatum sein.«

»Aber wie konnte Cyrus der Vater sein?« frage ich. »Zu der Zeit war er doch bei der Marine.«

»Nach der Schlacht von Mobile Bay im September 1864 ist er aus gesundheitlichen Gründen entlassen worden«, sagt sie. »Er ist zurück nach Boston, ist dort eine Zeitlang geblieben und dann nach New York gegangen. Dort hat ihm sein älterer Bruder Alexander eine Stelle besorgt. Das war so im späten Herbst, frühen Winter 1864. Das auf diesem Foto hier ist ihr Vater, mein Ururgroßvater, Theophilus« – wie zum Schwur hob sie eine dunkelbraune Hand –, »Theophilus, das war wirklich sein Name. Ein Mediziner aus Boston. Arzt der High Society, gehörte wohl selbst dazu.«

»Der Abolitionist?«

Sie nickt und zeichnet ein Porträt des Mannes, das sich zusammensetzt aus dem, was ihr Myles erzählt hat, und hier und da aufgeschnappten Einzelheiten: ein typischer Sproß der Oberschicht Bostons im neunzehnten Jahrhundert; ein Mann von asketischer Statur und Denkungsart; ein inbrünstiger Kongregationalist, starrköpfig, griesgrämig, wortkarg, das Herz so voll von Korrektheit, daß kaum noch etwas anderes darin Platz hatte – nicht einmal ein Kämmerchen, wo er etwas Verständnis für moralische Verfehlungen, geschweige denn die Tolerierung solcher Verfehlungen, hätte unterbringen können. Aber wenn man in den fünfziger Jahren des letzten Jahrhunderts entlaufenen Sklaven helfen wollte, dann war man genau nach seinem Geschmack.

»In der Hinsicht war Cyrus ganz der Alte«, sagt sie.

Für die Tugendhaftigkeit ihres Urgroßvaters gebe es kein besseres Beispiel, fährt sie fort (und versichert mir gleichzeitig, nicht abzuschweifen), als dessen Weigerung, an seiner Stelle einen anderen Mann in den Krieg ziehen zu lassen. Er war gemäß des Conscription Act von 1863 einberufen worden – jenes berüchtigten Einberufungsgesetzes, das ihm erlaubt hätte, sich einen Ersatzmann zu kaufen, ein Gesetz, das in New York zu Unruhen geführt hatte. Sie fand eindeutige Belege für diese alte Familienlegende. Unter Cyrus' Logbüchern, unter den Rechnungsbüchern seiner Granitgesellschaft, unter all den Fotos, Sammelalben, Geburts- und Taufurkunden und Zeitungsausschnitten, dem Krimskrams eines Lebens, dem, was von einem ganzen Leben, dem Leben ihres Urgroßvaters, geblieben war, hatte sie ein Bündel Briefe ausgegraben, das mit einem von Trockenfäule befallenen Band verschnürt war; darunter waren auch zwei, die Alexander an Cyrus nach Havard geschrieben hatte (er studierte dort Medizin, nicht weil er das wollte, sondern seinem Vater zu Gefallen). Der zwölf Jahre ältere Alexander, ein gedrungener, dunkelhaariger, schnauzbärtiger Mann, arbeitete als Juniorpartner in der New Yorker Reederei seines Onkels mütterlicherseits, als er davon hörte, daß der jüngere Bruder einberufen worden sei. Er hatte die Unruhen miterlebt, und in dem ersten Brief schrieb er, daß er einen deutschen Einwanderer gefunden habe, der für die Standardablöse von dreihundert Dollar bereit sei, als Cyrus' Ersatzmann zur Armee zu gehen. Während des Bürgerkriegs war dieses Vorgehen für privilegierte junge Männer üblich. Cyrus' Antwort ist verlorengegangen, doch muß er ihm wohl geschrieben haben, daß er nichts Derartiges tun werde, und wird sich dabei etwa so ausgedrückt haben: Wie könne er, Sohn eines Mannes, der so viel riskiert und so viel dafür getan habe, zur Befreiung des Negers beizutragen, jemanden dafür *bezahlen*, an seiner Statt in dem Krieg zu kämpfen, dessen Zweck es sei, das Land von dieser Sünde, der Schande der Sklaverei, reinzuwaschen? In dem nächsten Brief schrieb ihm Alexander, was für ein Idiot Cyrus doch sei, nicht einer seiner eigenen, Alexanders, Studienkollegen aus Yale habe sich freiwillig gemeldet, sogar der irische Pöbel habe gegen den Conscription Act aufbegehrt und während der Unruhen praktisch halb New York niedergebrannt. Warum solle sich also Cyrus in die Uniform stecken lassen, wenn sich sogar diese Schlägertypen dagegen wehrten? Vielleicht denke er ja, daß es sich hier um sein eigenes Leben handele, worüber er nach Belieben verfügen könne, doch dem sei nicht so; er solle lieber an ihre Mutter und deren Gefühle denken, wenn er aus keinem besseren Grund als seinem starrköpfigen Stolz und seiner peniblen Prinzipienreiterei zu Tode käme. Vielleicht habe er sich die Lehren ihres Vaters zu sehr zu Herzen genommen; er solle sich das Ganze noch einmal überlegen. Sybil nimmt an, daß er das dann auch getan hat. Eingedenk der Sorgen seiner Familie und seinem eigenen Wunsch, das Richtige zu tun und gleichzeitig seine Mutter nicht unnötig zu beunruhigen, meldete er sich als Freiwilliger zur Marine, anstatt sich zur Armee einziehen zu lassen. Als erstklassiger Segler würde er sich an Bord eines Schiffes ohnehin heimischer fühlen als in einem Infanterieregiment; zudem war die Marine nicht in schwere Gefechte verwickelt – sie stellte hauptsächlich die Blokkade der Sezessionistenhäfen sicher und bombardierte aus sicherer Entfernung Forts. Und würde ihn das Schicksal dazu bestimmen zu sterben, dann würde das wenigstens nicht in irgendeinem malariaverseuchten Rebellensumpf geschehen, sondern im Schoße der erhabenen, lieblichen Meeresmutter.

Und tatsächlich starb er beinahe im Schoße der erhabenen, lieblichen Mutter, und das im Alter von nur neunzehn Jahren. Danach schien er an emotionalen Problemen zu leiden, die dazu führten, daß er sich nach seiner Heimkehr eine Zeitlang weniger tugendhaft aufführte. Sybil erläutert, daß sie zu diesem Schluß gekommen sei, nachdem sie das Tagebuch ihrer Ururgroßmutter Ada Wallace Braithwaite gelesen habe. Sie greift über den Tisch und hebt ein Bündel zusammengehefteter, mit Merkzetteln versehener Fotokopien hoch: die Kopie des Tagebuchs. Darin beschreibt Ada die »Anfälle düsterer Melancholie«, die sich mit Phasen von Streit- und Trunksucht abwechselten. Es war, als hätte der Krieg seine Erziehung ausgelöscht und das »wahnsinnige, wilde« Blut in ihm heraufbeschworen. Das Blut jener rebellischen, streitsüchtigen Schotten, von denen Ada selbst abstammte und deren Vermächtnis sie auszumerzen versucht hatte, indem sie ihren Sohn gute Manieren und Poesie lehrte und dazu anhielt, morgens und abends sein Gebet zu sprechen. In einer späteren Eintragung vermerkte Ada, daß ihr Mann zu dem Entschluß gekommen sei, eine stramme Dosis harter Arbeit würde Cyrus' Teufel austreiben können, und daß er seinen älteren Sohn und seine beiden Schwager Douglas und Tyler Wallace dazu bewegte, Cyrus Arbeit zu geben – je härter, desto besser. Wenn er sich als nüchterner, fähiger Arbeiter erweisen sollte, könnten sie ihm vielleicht einen verantwortungsvolleren Posten im Büro geben. Die Firma nannte sich schlicht und einfallslos Wallace Brothers Shipping und befand sich, soweit Sybil weiß, am Hudson River in Lower Manhattan, nicht weit entfernt von Hell's Kitchen, dem alten irischen Einwandererviertel.

»Sie haben ihn als Schauermann an der Verladerampe untergebracht, und da muß er irgendwie mit Maureen Keough in Kontakt gekommen sein. Was für eine Frau ist sie gewesen? Ein anständiges Mädchen, das ihr Herz an einen attraktiven Kriegshelden verloren hat? Oder eine etwas zwielichtigere Gestalt, etwa ein Barmädchen aus einer Hafenspelunke? Keine Ahnung, aber ich könnte mir schon vorstellen, daß ein Mädchen, das nicht aus seiner Gesellschaftsschicht stammte, für meinen Urgroßvater seinen Reiz gehabt haben könnte. Nicht wegen des wilden Schotten in ihm oder weil er sich mit so einer Frau einlassen wollte, um gegen seine Herkunft rebellieren. Nein, sie brachte ihn wieder zu Vernunft.«

»Und das ist Tatsache, oder …?«

»Beides«, antwortet sie. »Oder vielleicht auch nichts von beidem, weder Tatsache noch Phantasie, etwas anderes.«

Sie meint eine ihrer Visionen über die Vergangenheit, gemäß der sie sich vorstellte, wie Maureen Keough und ihr Urgroßvater Ende 1864 oder Anfang 1865 beim Abendessen in einem billigen Hafencafé sitzen. Wie Sybil sie zeichnet, ist Maureen keine sonderlich hübsche Frau, eher pummelig, selbst nach den großzügigen Maßstäben jener Tage. Sie hat braunes Haar und grobe Gesichtszüge, aber auch ein durch und durch frisches, gesundes Temperament, eine Art unverdorbenen Hunger nach Leben. Die Frauen, die die Zustimmung ihrer in strikten sozialen Regeln gefangenen Familie finden würden, können Cyrus das nicht geben, was Maureen ihm gibt. Aus ihm unverständlichen Gründen schafft sie es, die Anfälle düsterer Melancholie zu verscheuchen; er vergißt jenen furchtbaren Tag an Bord, als die *Brooklyn* vor den Kanonen von Fort Morgan fliehend auf ein Minenfeld der Rebellen läuft, das Deck ein einziges Chaos aus zerrissener Takelage und zertrümmerten Spieren, in deren Netz aus Splittern die zerfetzten, verhedderten Leiber aussehen wie ein von Haien attackiertes Schlagnetz voller Makrelen, und Cyrus, zu entsetzt, um sein Entsetzen überhaupt zu bemerken, mit all seiner Willenskraft bemüht, wieder Licht in sein verdunkeltes Auge zu zwingen, stolpert am Arm eines Matrosen unter Deck ins Schiffslazarett, wünscht sich für einen Augenblick, völlig zu erblinden beim Anblick dieses Schlachthauses voller Chirurgen bei der Arbeit, die Lederschürzen schwarz von Blut, ja, der Mantel von Maureens Lachen deckt das alles zu und läßt es verstummen …

»Maureen war wahrscheinlich eines von diesen Mädchen, die nie Glück gehabt haben. Sie muß sofort schwanger geworden sein«, fährt Sybil fort. »Damals war es aber für eine irische Katholikin völlig unmöglich, jemanden zu heiraten, der nicht katholisch war. Und auch Cyrus konnte sie ganz sicher nicht seinen Eltern in Boston vorstellen. Selbst wenn sie alle Erziehung und Manieren der Welt gehabt hätte, hätte ihnen Theophilus nie seinen Segen gegeben. Bevor der seine Frau heiratete, hatte die sich sogar vom presbyterianischen Glauben lossagen müssen. Für Kongregationalisten kamen Presbyterianer gleich nach dem Teufel, aber ein Katholik *war* der Teufel. Wenn sie also geheiratet haben, dann hätte das heimlich passieren müssen, in einer zivilen Trauung. Aber ich glaube nicht, daß sie überhaupt geheiratet haben. In der Todesanzeige wird sie als Maureen Keough geführt. Und dann ist da noch das hier...«

Sie drückt Hacken und Knie zusammen und legt sich das Tagebuch auf die Oberschenkel – eine Haltung, die sie wie das pedantische, ernsthafte Schulmädchen hätte aussehen lassen, an das ich mich noch erinnern kann, wenn da nicht das konzentrierte, grelle Wüstenlicht gewesen wäre, das die Krähenfüße in ihren Augenwinkeln hervorhob, die barthaardünnen Runzeln auf ihren Wangen und weitere Anzeichen für zu viel Sonne, Wind und Wetter und ihre vierundvierzig Jahre.

Sie setzt die Brille auf und liest laut vor:

»12. November 1865. Ich habe in den letzten drei Tagen nichts geschrieben, weil mich mit Cyrus' Post von letzter Woche entsetzliche Neuigkeiten erreicht haben. Sein Benehmen ist schlimmer als skandalös und hat sich für uns zum Quell tiefsten Schmerzes entwickelt. Während mein geliebter Theo und ich uns damit zu beschwichtigen suchten, daß unser Sohn, dessen Seele seit seiner Rückkehr aus dem letzten Krieg so aufgewühlt gewesen

ist, das Opfer einer Versuchung gewesen sei, so müssen wir jetzt fürchten, daß er in Wahrheit Ursache einer selbigen gewesen ist. Wir müssen uns nun – wie er selbst – der unvermeidlichen Konsequenz seiner Sünde stellen. Natürlich gehört mein Mitgefühl der Unglückseligen und ihrer Familie und – dies vor allem – dem unschuldigen Ding. Natürlich werden wir uns bemühen, unserem Cyrus in christlicher Vergebung zu begegnen, doch was das andere betrifft, um das er uns gebeten hat ... Oh! Mein Herz ist zerrissen, denn mit einem Teil neigt es dahin, seiner Bitte zu entsprechen und einen Weg zu finden, ihm entgegenzukommen. Manchmal kann ich den Gedanken nicht ertragen, daß ich ihn nie zu Gesicht bekommen, nie kennenlernen werde. Theo und ich haben uns sogar richtiggehend über diese Sache gestritten. Aber er ist ein Mensch, dessen moralische Kraft die meine übertrifft. Er sagte, daß er gewisse materielle Vorkehrungen in die Wege leiten könne, daß er, was das andere betreffe, aber nichts damit zu tun haben wolle, daß er nicht einmal davon hören wolle. Und da Cyrus und ich dazu verpflichtet sind, seinen Wünschen zu entsprechen, fürchte ich, daß damit die Sache abgeschlossen ist.«

Sybil schaut mich mit traurigem, aber gefaßtem Blick an, als ob sie einen Kummer in sich trüge, mit dem sie sich schon vor langer Zeit abgefunden hat.

»Sogar, wenn sie in ihr Tagebuch schreibt, also nur für sich selbst, kann Ada nichts beim Namen nennen«, sagt sie. »Und verglichen mit ein paar anderen, ist gerade diese Eintragung noch freimütig. Du solltest dir mal die anderen anschauen. Man braucht fast ein Dechiffriergerät, um die zu entschlüsseln.«

»Okay. Dieser ›ihn‹, den sie fürchtet, nie kennenzulernen, ist ihr Enkel Lockwood«, sage ich. »Aber diese

Bitte, der der Alte, dieser Theophilus, nicht nachkommen kann, dafür brauch ich schon jetzt ein Dechiffriergerät.«

»Nach Maureens Tod muß Cyrus seinem Vater und seiner Mutter einen Brief geschrieben haben, in dem er ihnen alles gebeichtet hat, um Vergebung gebeten und sie ersucht hat, ihm dabei zu helfen, Lockwood aufzuziehen. Sie sollten ihn als ihren Enkel anerkennen. Niemand in Boston brauche zu wissen, daß der Junge ein Bastard und die Mutter ein irisches Mädchen aus den Slums sei. Aber natürlich hätte Theophilus das als doppelte Sünde betrachtet, Lüge plus Unzucht. ›Spar dir die Mühe‹, etwas in der Art, in viele Worte verpackt, muß er Cyrus wohl geschrieben haben. Er wird meinem Urgroßvater geraten haben, Lockwood in ein Waisenhaus zu stecken, hat ihm vielleicht versprochen, für den Jungen etwas zur Seite zu legen, sollte Cyrus aber darauf bestehen, das Kind zu behalten, dann seien sie geschiedene Leute. Finanziell und in jeder anderen Hinsicht. Den Brief habe ich nicht gefunden. Ich nehme an, daß Cyrus ihn vernichtet hat. Er wollte sicher keine Beweise dafür herumliegen lassen, daß Lockwood ein uneheliches Kind ist.«

Und das, fährt sie fort, muß wohl das Ende jeder Beziehung zwischen Cyrus und seinen Eltern gewesen sein. Sie kappten die Verbindung zu ihm, er kappte die Verbindung zu ihnen. In jenen Tagen, so wie die Leute nun mal waren, gab es kein Zurück, wenn du dich einmal entschieden hattest. Und Cyrus hatte sich entschieden. Er würde zu seinem Kind stehen. Er zog Lockwood selbst auf.

»Ein alleinerziehender Vater in den sechziger Jahren des letzten Jahrhunderts!« Sybil schaut über meine Schulter auf das Mosaik der Jungfrau und schüttelt verwundert den Kopf. »Wie er das damals geschafft hat, kann ich mir einfach nicht vorstellen. Aber es gehört zu den Sachen, die in mir den Wunsch wecken, ich könnte mir ein gutes Bild von ihm bewahren, ich könnte nur das Beste von ihm denken. Als er ins Bergungsgeschäft eingestiegen ist, hat er Lockwood mit nach Florida genommen.«

Wenn man das Meer kannte und wußte, wie man ein Schiff führte, dann war das Bergen und Verwerten von Schiffsfracht ein Weg, zu Reichtum zu kommen. Und Cyrus, den die frische Verantwortung von seiner Melancholie, seiner Streit- und Trunksucht geheilt hatte, wollte so schnell wie möglich reich werden, und zwar, weil er von seinem lieben Theo keinen einzigen Penny zu erwarten hatte, und auch noch aus einem weiteren Grund, auf den sie später zu sprechen kommen wolle.

Ende 1866 tauchte er in Key West auf. Er ging mit seinem kleinen Sohn von Bord des Postschiffes und heuerte als Amme eine Negerin an – Clotil oder Clothil oder Cloteal – Sybil weiß nicht genau, wie man den Namen buchstabiert. Während der ersten Wochen seiner Marinezeit war er in Key West stationiert gewesen. Er hatte Dienst auf einer Fregatte getan, die auf hoher See Sklavenschiffe aufbrachte und deren menschliche Fracht befreite. Er muß damals erkannt haben, daß die Floridastraße wegen der Riffe und Hurrikane den fruchtbarsten Boden im ganzen Land abgab, um ins Bergungsgeschäft einzusteigen. Und noch etwas wird ihm diesen Ort schmackhaft gemacht haben: die Abgeschiedenheit. Die damals einsame, kleine Insel lag am Rande des Kontinents und war weit weg von seiner Familie. Ein Ort des Exils. Das Geschäft muß sich rasant entwickelt haben, denn schon 1870 war er Besitzer und Kapitän der *Main Chance*.

»Von dem, was ich mir zusammenreimen konnte, wurde Lockwood, wenn er nicht mit Cyrus an Bord war, von Clotil oder Clothil oder Cloteal und manchmal auch von ursulinischen Nonnen beaufsichtigt. Sie haben ihn unterrichtet – kannst du dir vorstellen, was Theophilus davon gehalten hätte? *Nonnen?* Ich habe alle Logbücher der *Main Chance* gelesen. Man findet Eintragungen über den Wind, das Wetter, was von diesem oder jenem Wrack geborgen wurde und dann das: ›Lockwood hatte Schwierigkeiten in seiner Rechtschreibstunde, Rechnen zufriedenstellend.‹ Man muß zwischen den Zeilen lesen, aber man merkt, daß er den Jungen geliebt hat. Das ist ein Schlüssel zu dem, was später passierte. Er hat den Jungen wirklich geliebt.«

»Und Lockwood hat diese Liebe nicht erwidert, oder? Du hast das irgendwo am Anfang der Geschichte angedeutet.«

Sie nickt. Ich denke kurz darüber nach, und blitzartig und grell kommt mir eine Erleuchtung, die – wie ein Blitzstrahl einen Landstrich – einen Aspekt von Lockwoods Innenleben entblößt und mir möglicherweise Zugang zum Kern der Sache, zu einer eigenen Einsicht in vergangene Leben verschafft.

»Weil er sich schuldig gefühlt hat, daß der Preis für sein eigenes Leben der Tod seiner Mutter war?« sage ich oder frage ich oder beides zusammen. »Aber weil man nicht Tag für Tag rumlaufen und sich wegen seiner eigenen Existenz schuldig fühlen kann, hat er die Schuld abgewälzt? Auf Cyrus?«

»Ja, ich schätze, so war's«, sagt Sybil.

»Weil er irgendwann herausgefunden hat, daß er ein Bastard ist und sich vielleicht – was zwar keinen Sinn macht, aber doch verständlich ist – gefragt hat, ob seine Mutter noch leben würde, wenn Cyrus sie geheiratet hätte. Daß ihr Tod eine Art Strafe war, eine Vergeltung für dessen Leben in Sünde.«

»Ja.«

Wieder blättern die Hände durch das Album, Sybils Hände, die ich als glatte, jugendliche Hände in Erinnerung habe, die aber jetzt, weit mehr als die selbstgewählten Jahre in dem hiesigen trockenen Klima erklären können, rissig und schrumpelig sind. Sie hört auf zu blättern, als sie zu einem ovalen Porträtfoto einer Frau mit engstehenden Augen kommt, deren Iris und Pupillen die gleiche mitternächtliche Farbe haben.

»Sie hier hat's ihm gesagt. Elizabeth.«

Schultern und Oberteil von Elizabeths Kleid sind mit Spitzen besetzt. In der Mitte des dezenten Dekolletés hängt etwas, das wie ein riesiger, juwelenbesetzter Schmetterling mit gewölbten Flügeln aussieht. Sie schaut leicht an der Kamera vorbei. Mir fällt auf, daß es große Ähnlichkeiten innerhalb von Sybils Familie geben muß. Die tote Frau ähnelt der lebenden so sehr, daß die beiden anstatt Vorfahr und Nachkomme auch Schwestern sein könnten. Es gibt da allerdings ein paar bemerkenswerte Unterschiede: Sybils Augen sind goldgelb; ihr Haar ist braun, lang und hängt offen herunter, während sich das ihrer Urgroßmutter in tiefschwarzen Windungen zu einem Turban türmt – sie sieht aus wie eine Südamerikanerin oder Italienerin. Beide Frauen haben jedoch die gleiche Nase (die markante Form ruft jenen Eindruck energischer Schönheit hervor, den die Leute bei einer Frau attraktiv finden), den gleichen Mund mit dünner, gewölbter Oberlippe und voller, lasziver Unterlippe, und die gleiche hohe, breite Stirn und die gleichen hohlen Wangen. Und doch liegt die Ähnlichkeit nicht in der Architektur ihrer Züge, die sie wie Zwillinge aussehen läßt; sie liegt in der Verwandtschaft des Ausdrucks. Sybil hat ein altes Gesicht – alt im Sinne von archaisch. Seine melancholisch heitere Gelassenheit gehört zu einer Zeit (anders als die unsere), der weder das Gespür für das Tragische noch für die Gewißheiten des Glaubens abhanden gekommen war: ein Zeitalter, als noch ins Gesicht eines jeden das Wissen um den Tod und die Hoffnung auf Erlösung geschrieben stand.

»Myles hat mir das erzählt«, sagt sie. »Als Elizabeth Eliot und Andrew gesagt hat, daß Lockwood ein uneheliches Kind ist – keine Ahnung, wie sie selbst es erfahren hat, vielleicht hat Cyrus es ihr in einem schwachen Moment gebeichtet –, hat sie auch zugegeben, daß sie Lockwood schon vor vielen Jahren die Wahrheit gesagt hat. Wann genau das war oder warum sie es getan hat, weiß ich nicht.«

»Einer mußte ihm ja mal reinen Wein einschenken«, sage ich. »Sie hat sich wahrscheinlich gedacht, daß Lockwood es irgendwann sowieso rausfinden würde. Und wenn ihm Cyrus nichts erzählen wollte, dann wäre es besser, er würde es von ihr erfahren. So ein Geheimnis kann man nicht ewig vertuschen.«

»Vielleicht war das der Grund …«

Sybil bricht abrupt ab und spricht den Satz nicht zu Ende. In ihrer Schulmädchenpose sitzt sie stumm da.

»Und Lockwood selbst?« sage ich. »Was ist mit seiner Zeugenaussage?«

»Die ist nur kurz«, antwortet Sybil. »Er ist nicht etwa nur vom Bahnsteig gefallen, er hat sich eigenhändig vor einer Hochbahn auf die Gleise gestürzt.«

Sie gibt mir die Kopie eines Artikels aus der *New York Times* vom Montag, 24. Juni 1901. Er beginnt mit dem Schlagzeilenblock des Tages.

BAHNSTEIG-SELBSTMÖRDER IDENTIFIZIERT
SOHN EINES PROMINENTEN BOSTONER
GESCHÄFTSMANNES
VERMIETERIN BESCHREIBT OPFER ALS »VERWIRRT«
KEIN ABSCHIEDSBRIEF

Der Artikel fährt fort, daß die Polizei den Mann, der am Donnerstagabend vom Bahnsteig der Haltestelle an der Third Street gesprungen sei, als Lockwood Robert Braithwaite identifiziert habe, und er ein Sohn des ... und so weiter, und so weiter.

Ich lese weiter bis zum Ende der in kleiner Schrift gesetzten Spalte ...

Sein Vorgesetzter bei der Bergungs- und Versicherungsfirma Merrill, Chapmann & Scott sagte aus, daß Mr. Braithwaite ein wertvoller und vertrauenswürdiger Mitarbeiter gewesen sei. Als er am Freitag nicht an seinem Arbeitsplatz erschienen sei, habe sich ein Angestellter der Firma an die Zeitungsmeldung über den Selbstmord erinnert und daran, daß in der Meldung die in das Mantelfutter des Opfers eingenähten Initialen »L. B.« erwähnt worden seien. Daraufhin habe man einen Vertreter der Firma ins Leichenschauhaus geschickt, wo ... und so weiter, und so weiter ...

Mr. Braithwaites Zimmer in der Pension Gleason in der James Slip wurde durchsucht ... Beamte fanden zwar Papierfetzen, die anscheinend von einem im Kamin verbrannten Brief stammten, konnten aber keinen Abschiedsbrief entdecken ... Die Besitzerin, Mrs. Thomas Gleason, teilte der Polizei mit, daß Mr. Braithwaite, als sie ihn am Donnerstagmorgen zum letzten Mal gesehen habe, einen aufgewühlten und zerstreuten Eindruck gemacht habe. »Er schien mir höchst verwirrt zu sein«, sagte Mrs. Gleason, wollte aber über die Gründe seiner Tat keine Mutmaßungen äußern. Recherchen der Times haben jedoch ergeben, daß Mr. Braithwaites Lohn gepfändet wurde, um aufgelaufene Schulden aus einem gescheiterten Geschäft in Florida zu begleichen ...

»Ziemlich eindeutig, Sybil. Die Gläubiger sind ihm auf den Fersen, er bittet seinen Vater einmal mehr um Hilfe, der lehnt ab, und er weiß nicht mehr weiter.«

»Kann sein. Kann sein, daß es so war«, sagt sie mit gedämpfter Stimme. »Soweit ich rauskriegen konnte, ist er irgendwann Anfang Juni zu ihm nach Mingulay gefahren. Erinnerst du dich? Im ersten Kapitel?«

Ich nicke.

»Ich bin nicht näher darauf eingegangen. Erfahren hab ich davon aus einem Brief, den Eliot in den dreißiger Jahren an Andrew geschrieben hat. Zu der Zeit hat Eliot in Washington für Franklin D. Roosevelt gearbeitet. Der Brief war in einem der Alben meines Großvaters. Beide haben damals schon gewußt, daß an der Geschichte, die ihnen ihre Mutter über Lockwoods Tod erzählt hatte, irgendwas nicht stimmte. Egal, es war ein persönlicher Brief, mehr so im Plauderton gehalten – irgendwo in dem Stapel da muß ich ihn haben. In dem Brief macht Eliot eine Bemerkung über die Reise und den Streit, den Lockwood und ihr Vater kurz vorher hatten. So bin ich drauf gekommen, wann der Streit stattgefunden hat.«

»Also gut. Lockwood sucht ihn Anfang Juni auf, bittet ihn um Hilfe, bekommt keine Hilfe und bringt sich um.«

»Zwei oder drei Wochen später? Ich frage mich, warum so lange danach ... Ja, stimmt schon, er könnte so lange über der Sache gebrütet haben, aber ... Okay, vielleicht sollte ich einfach weitermachen, Schritt für Schritt«, sagt sie und nimmt dann eine Aktenmappe voller Papiere in die Hand.

Elizabeths Zeugenaussage

... beginnt mit der Fotokopie eines Geschäftsvertrags vom 20. Oktober 1858 zwischen Caleb Maxey und Pardon Lightbourne.

Eigentlich beginnt die Geschichte sogar schon früher, mit einem Tagebucheintrag von Carleton Maxey, Calebs Vater und Gründer der Reis- und Indigoplantage namens The Marshlands:

19. Juni 1843 – Halb sechs aufgestanden, meine Gebete gesprochen und im Buch Amos gelesen ... Erfahre von O'Brien, daß Samuel, der Mulatte, den ich im letzten Jahr JPT abgekauft habe, weggelaufen ist ... Habe Samuel mit Beschreibung als vermißt gemeldet.

Weiter:

12. September 1843 – Um sechs aufgestanden, meine Gebete gesprochen und in den Psalmen gelesen ... O'Brien berichtet, daß Patrouillen Samuel gefunden haben. Er lebt bei Creek-Indianern, etwa fünfundsiebzig Meilen von hier ...

Und weiter:

17. September 1843 – Halb sechs aufgestanden. Gebete. Lese weiter in den Psalmen ... Samuel wieder da, zusammen mit einer Frau, halb Creek, halb Nigger, Name unbekannt. Die Frau hat ein Kind ... Habe Samuel auspeitschen lassen, fünfundzwanzig Schläge. Habe ihn gewarnt: Bei nochmaligem Versuch werde ich ihm einen Fuß abhacken ...

Und weiter:

21. Januar 1844 – Halb sieben aufgestanden. Habe meine Gebete gesprochen und im Matthäusevangelium gelesen. Den ganzen Tag über den Geschäftsbüchern gesessen ... Eintragung unter Vermögensbestand: eins, weiblich, Name Julietta, Neugeborenes (ein paar Tage alt) der Creek/Nigger-Frau. Der Vater ist Samuel.

Und schließlich – niedergeschrieben im verschnörkelten, viktorianischen Stil mit den fetten, schwarzen Buchstaben, die vom Kiel einer Schreibfeder herrühren – die Verkaufsurkunde von 1858:

> *Verkauft an Pardon Lightbourne, wohnhaft Federal Street, Beaufort, für die Summe von fünfzig Dollar: eine weibliche Negerin, Alter vierzehn. Größe: 1,62; 57 Kilo; helle Mulattenfarbe. Ich bezeuge, daß sie sich in meinem Besitz befindet, daß es keine älteren Rechtsansprüche auf sie gibt und daß ihre Gesundheit und körperliche Verfassung in gutem Zustand sind. Caleb Maxey.*

Sie geht jetzt zu Auszügen aus Pardon Lightbournes Bürgerkriegstagebuch über, das ihr Buckmayer, der Genealoge der Beaufort Historical Society, überlassen hat.

Sie erwähnt, ihr sei beim ersten Durchlesen des Tagebuchs – es umfaßt den Zeitraum von Mai 1861, als ihr Ururgroßvater mit seinem South-Carolina-Regiment ausrückte, bis zu dem Tag vor seinem Tod beim Antietam Creek ein Jahr später – aufgefallen, daß mit keinem einzigen Wort die Rede von einer neugeborenen Tochter gewesen sei (Elizabeth wurde Ende November 1861 geboren, kurz nach der Einnahme Beauforts durch die Unionstruppen). Das einzige Kind, von dem Pardon gesprochen habe, sei sein dreijähriger Sohn Henry gewesen.

Sybil hat das Tagebuch noch ein zweites Mal gelesen, diesmal langsamer, und ist dann auf das gestoßen, was ihr beim ersten Mal entgangen war.

Sie zieht einen Computerausdruck aus der Mappe und gibt ihn mir.

17. Dezember – *Erhielt heute von Henrietta eine höchst schmerzvolle Nachricht, die mich mit tiefster Scham erfüllt ...*

20. Dezember – *Es regnet unaufhörlich. Fieber kündigt sich an. Habe heute an Henrietta geschrieben. Habe alles gebeichtet und um Verzeihung gebeten & gebeten, sagte aber auch, daß ich es verstünde, wenn meine Bitten fruchtlos blieben. Mir dies von der Seele geredet zu haben, verschafft mir etwas Erleichterung. Könnte Weihnachten mit derart beladenem Gewissen nicht ertragen ...*

3. Februar (1862) – *Bitterkalt heute. Wenigstens kam ein Brief von Henrietta. Eine ganze Menge Neuigkeiten von Zuhause. Zuvörderst, mir ist verziehen worden! Ich kann meine Erleichterung nicht mit Worten beschreiben. Es waren Wochen voller Qual, fast hatte ich mir gewünscht, daß die Kugel oder das Bajonett eines Yankees ... Unionssoldaten bauen auf Hilton Head eine Stadt für befreite Sklaven, und das Mädchen ist weggelaufen, um da mit einem Nigger zusammenzuleben, der aber nichts mit ihrem Baby zu tun haben wollte. Sie hat es weggegeben. H. ist ziemlich froh, sie los zu sein, und hatte auch kein Verlangen danach, sich um das Ergebnis einer Sünde ihres Mannes zu kümmern. Sie hat Judiths Angebot angenommen, das Kind aufzunehmen, bis man eine Negerfamilie für es findet. Wenn man überhaupt eine finden kann. Neger könnten sie für zu weiß halten, sie könnten Angst davor haben, daß man sie beschuldigt, ein weißes Kind entführt zu haben. Ich werde H. schreiben, daß die Regelung mit Judith zweckmäßig ist, angesichts der Einstellung meiner Schwägerin ...*

Hier enden die Auszüge. Sybil und ich schweigen, während ich den erstaunlichen Sachverhalt, der in Pardon Lightbournes ach so behütetem Bekenntnis enthalten ist, sozusagen metabolisch umwandle.

»Wann hast du das rausgefunden?«

»Schon vor ein paar Jahren.«

»Hast du deinem Bruder davon erzählt?«

Ein knappes Nicken.

»Dann bist du also ...«

»Hängt davon ab, wie viel oder wie wenig Elizabeths Großvater ein Mulatte war ...«

»Samuel?«

»Samuel. Und wieviel schwarzes Blut diese Creek-Frau hatte. Aber man kann ziemlich sicher sagen, daß Jason und ich zu einem Zweihundertsechsundfünfzigstel schwarz sind. Ich erinnere mich an eine Geschichte meines Großvaters, in der es darum ging, daß seine Mutter indianisches Blut hatte. Über ihr anderes Blut hat er nie was gesagt, schätze, weil er es selbst nicht wußte. Ich bin mir sicher, daß auch Cyrus keine Ahnung hatte. Die einzigen, die Bescheid wußten, waren Elizabeth und Tante Judith.«

Sie hatten sicher vereinbart, die Wahrheit vor Cyrus geheimzuhalten. Als er Florida verließ, um in Maine ein völlig neues Leben zu beginnen, wandelte er die *Main Chance* in ein Frachtschiff um, so daß sich die Fahrt selbst bezahlte – dreizehn Jahre in den Tropen hatten seinem Yankee-Unternehmungsgeist nichts anhaben können. An einem Wintertag 1879 lief er in Port Royal ein, verkaufte seine Ladung Ananas, nahm Baumwolle für Boston auf und machte sich auf die Suche nach Männern, um seine unterbesetzte Crew aufzustocken. Eine zerrissene Bordjacke und das Verlangen nach einem anständigen Essen führten ihn nach Beaufort, das wenige Meilen vom Hafen entfernt lag. Als er die Jacke in eine Schneiderei auf der Bay Street brachte, verliebte er sich augenblicklich in die achtzehnjährige Näherin dort, die ihm sagte, daß sie die Jacke bis morgen ausgebessert hätte. Er sah sie nur einmal an, ihr ebenholzfarbenes Haar, ihre wie Onyx leuchtenden Augen, und sagte, er wünschte, er hätte einen ganzen Schrankkoffer voller Sachen, die genäht werden müßten. Elizabeth, die eine gelehrige Schülerin von Tante Judith gewesen war, gab darauf keine Antwort, sondern wandte sich mit kokettem Blick ab, einem Blick, der keinesfalls entmutigend und eben deshalb ermutigend war. Und so begann die Werbung, eine Werbung, die so rasch und heftig verlief, das sie fast einer Entführung gleichkam. Es war eine jener Zeiten im Leben, in denen Zufall und Plan unter einer Decke stecken. Er hatte beschlossen zu heiraten, und er wollte mehr Kinder als das eine, und dieses junge, gesunde und außergewöhnlich attraktive Mädchen kam ihm vor wie ein Geschenk, bei dem er ohne Zögern oder Zurückhaltung zugreifen müsse. Und er, ein Fremder auf dem Weg in den fernen Norden, ein Mann mit Ehrgeiz und von einigem Wohlstand, muß den beiden Frauen ebenfalls wie ein Geschenk vorgekommen sein. Und so kamen sie überein, ihn zu täuschen. Sie hatten keine andere Wahl; Cyrus war Elizabeths einzige Chance. Es war die Zeit der Reconstruction, sie lebten in Beaufort, South Carolina, einer Stadt mit höchstens fünftausend Seelen, und so sehr Tante Judith und sie auch versucht hatten, das Geheimnis ihrer Geburt zu verbergen, gab es doch viel zu viele, die darum wußten. Trotz all ihrer Schönheit und all ihrer Reize, trotz der geschliffenen Umgangsformen, französischen Floskeln und hauswirtschaftlichen Fertigkeiten, die ihr Tante Judith beigebracht hatte, gab es im ganzen County keinen einzigen weißen Mann, der in Betracht gezogen hätte, sie zu heiraten, noch einen schwarzen

Mann, der es gewagt hätte, jemanden zur Frau zu nehmen, der nicht nur weiß aussah, sondern praktisch auch weiß war.

Cyrus war ein Geschenk, das man nicht durch sinnlose Aufrichtigkeit verlieren durfte. Sein Alter und sein Sohn – Elizabeth würde augenblicklich Mutter werden – waren zwar Nachteile, doch hatte Tante Judith sicherlich dahingehend argumentiert, daß diese nicht ausreichend Gewicht besäßen, um seine Vorzüge herabzusetzen. Lieber ein älterer Mann, der wußte, was er wollte, als ein unerfahrener junger; und was den Sohn betraf, der war fast so alt, daß er für Elizabeth eher ein jüngerer Bruder als ein Stiefsohn sein würde.

Keine zwei Wochen später war Elizabeth die Frau des Kapitäns. Die Trauung hatte ein anderer Kapitän, dessen Schiff neben der *Main Chance* ankerte, vorgenommen. Am nächsten Morgen war sie mit einem kleinen Koffer, ihrer Ausgabe von *Etikette, Kultur und Garderobe der hohen Gesellschaft Amerikas* und ihrem Geheimnis auf dem Weg zu den stahlgrauen Himmeln und Gewässern der Küste Maines. Eigentlich zwei Geheimnissen, denn eines hatte sie Tante Judith vorenthalten: Elizabeth wollte sich neu erfinden. Dazu war es nötig, jegliche Verbindung zu ihrer früheren Welt, ihrem früheren Leben zu kappen, was den zusätzlichen Vorteil hätte, daß ihr Ehemann nie von ihrer wahren Abkunft erfahren würde.

Cyrus hatte ebenfalls seine Pläne, von denen er seiner Braut auf der langen Reise nach Maine sicherlich auch erzählt hat. Daß er seine Bergungslizenz verloren hatte, stellte sich im nachhinein als Segen heraus. Es war ohnehin an der Zeit gewesen, aus dem Geschäft auszusteigen. Dreizehn Jahre lang hatte er gegen Stürme, Schiffseigner und Versicherungsfirmen gekämpft, ohne daß übermäßig viel dabei herausgesprungen wäre.

Er hatte es zu bescheidenem Reichtum gebracht, das schon, aber bescheidener Reichtum war eben nicht reich genug. Er war jetzt fünfunddreißig, und er wollte mehr. In Key West hatte er einen Kapitän aus Neuengland getroffen, der Pflastersteine nach Havanna transportierte. Der Mann erzählte ihm, daß man zu Hause mit dem Abbau von Granit ein Vermögen machte: Städte benötigten es für ihre Straßen; Brückenbauer brauchten es; man verwendete es bei Verblendungen, Denkmälern, Springbrunnen. Per Post stellte Cyrus Nachforschungen an. Über verschiedene Kanäle erhielt er Einblick in die Bilanzen mehrerer Firmen, die im Granitgeschäft tätig waren, und schaute sich die Arbeits- und Betriebskosten an. Als ihm einer seiner Kontaktleute den Zeitungsausschnitt einer Verkaufsanzeige für einen Steinbruch – »komplett mit Verkaufsläden, Baracken, Pier, Ladekränen und sechzehn Hektar Land« – auf Hurricane Island schickte, telegraphierte er dem Besitzer und kaufte das Unternehmen unbesehen; ohne den Unterschied zu kennen zwischen Feldspat und Hornblende, zwischen Backenbrecher und Kreiselbrecher. Das machte ihm aber nichts aus, war er doch auch in Key West an Land gegangen, ohne auch nur das geringste über das Bergen von Schiffen zu wissen.

All das legte er seiner Elizabeth dar (wenn sie nicht zu seekrank war, um ihm zuzuhören) und schilderte ihr seine Vision, was man von den Gewinnen alles kaufen könne: ein Haus in Boston, ein Landhaus an der Küste von Maine. Durch Willenskraft, durch beharrliche, harte Arbeit und unermüdlichen Unternehmungsgeist wollte er sich den Platz in Bostons Gesellschaft zurückerobern, den er verloren hatte, weil er gegen die Wünsche seines Vater aufbegehrt und Lockwood in seine Obhut genommen hatte. (Es könnte sein, fügt Sybil beiläufig an, daß er Elizabeth bei dieser Gelegenheit von

Lockwoods unehelicher Geburt erzählt hat.) Außerdem wollte er, bevor er zu alt dafür sei, noch mehr Kinder. Er wußte exakt wieviel – fünf, und er hoffte auf drei Söhne. Das war der Punkt, an dem Elizabeth ins Spiel kam; ihr Schoß hatte der Diener seines Ehrgeizes zu sein.

Es gibt keinerlei Aufzeichnungen darüber, weder in Briefen noch in Tagebüchern, wie es ihr in den vier Jahren, die sie in Maine lebte, ergangen ist. Auch Myles war darüber nichts zu Ohren gekommen. Alles, was er darüber gehört hatte, war, daß es schwierige Jahre waren. Sie können auch nur schwierig gewesen sein. Cyrus mietete ein Haus in Vinalhaven gegenüber von Hurricane Island auf der anderen Seite der Meerenge. Sybil stellt sich vor, wie es für die junge Frau gewesen sein muß: den Winter von Maine auszuhalten, wo sie doch nie in ihrem Leben Temperaturen unter fünf Grad gekannt hat; den Frühling, der kein Frühling war, zumindest keiner, den sie als solchen bezeichnen würde; den kühlen Sommer mit seinen von Nebel verhangenen Morgenstunden; den flüchtigen Herbst; und dann den nächsten Winter mit seinen kurzen Tagen und den eiskalten Dunstschwaden, die vom Meer hereindrangen. Cyrus ist sicher die meiste Zeit nicht dagewesen, sondern im Steinbruch, wo er sich von seinem Geschäftsführer, dem Schweden Pedersen, von morgens bis abends ins Geschäft einführen ließ. Wenn er nicht gerade in der Schule war, stellte Lockwood ihre einzige Gesellschaft dar und würde das sicher auch für lange Zeit bleiben, wie sie sich bestimmt ausrechnen konnte, denn mit dem ungastlichen Klima ging nämlich auch die Ungastlichkeit der Bewohner dieses Landstrichs einher. Die Frau, die einer Gegend entstammte, in der man das Wort, das Gespräch, den Wortschwall liebte, hörte jetzt die einsilbigen »Nees« und »Jaus« strenger Kalvinisten, die sich an Sonntagen von Milch und trocken Brot ernährten, weil es Sünde war, sich am Tag des Herrn den Magen vollzuschlagen, und die es ablehnten, jemanden als Freund anzuerkennen, wenn er nicht mindestens ein Jahrzehnt lang unter ihnen gelebt hatte. Für ihre kieselharten Herzen war Elizabeth mit ihrem olivefarbenen Teint und ihrem seltsamen, schwungvollen Akzent sicher nicht nur ein exotisches, sondern ein verdächtig fremdländisches Wesen.

Und abends kam Cyrus wohl immer von den Gruben nach Hause und bepflügte und beeggte und besamte sie auf die gleiche grobe, zielstrebige Weise, wie er auch alles andere handhabte. Doch ihre Tage kamen Monat um Monat mit deprimierender Regelmäßigkeit.

»Das habe ich unter den Sachen meiner Urgroßmutter gefunden. Schau dir die Artikel mal an«, sagt Sybil und legt vor mir mehrere uralte Nummern von *American Gynecological Review*, *Boston Medical and Surgical Journal*, *Harper's Weekly*, *Century Magazine*, *American Magazine* und eine Ausgabe des *Practical Home Physician* von 1883 auf den Tisch.

Sie bilden die Chronik einer jungen Frau, die an der einen großen Furcht der verheirateten Frau im viktorianischen Zeitalter leidet, der Furcht vor der leeren Wiege, die sie schlimmer geplagt haben muß als die meisten anderen Frauen: das Grauen der Unfruchtbarkeit, das sich mit dem frostigen Klima, den frostigen Nachbarn und der Abgeschiedenheit, die ihre Nerven und möglicherweise auch ihren Geist zerrüttete, gegen sie verschwor. »Die Behandlung von Neurasthenie« ... »Führt übertriebene Bildung bei Frauen zu Sterilität?« ... »Was tun bei Gebärmutterentzündung?« ... »Unfruchtbarkeit bei Frauen: Ursachen und Behandlungsmethoden« ... »Nervenschwäche in Verbindung mit anderen Frauenkrankheiten« ... Zwischen den Zeitschriften steckten mehrere Anzeigen für Bromide, Latwergen und andere Quacksalbermittelchen wie *Wordens Nervenelixir* – »beseitigt garantiert die Ursachen weiblicher Sterilität« ... *Lydia Pinkhams Stärkungsmittel* – »In jeder Flasche ein Baby!« – *Dr. Pierce' allheilende Entdeckung* ...

»Keine Ahnung, wie sie da draußen in Penobscot Bay an all diese Abo-Zeitschriften gekommen ist, aber sie hat sie gehabt«, sagt Sybil und zieht dann aus dem *Practical Home Physician* eine einzelne, herausgerissene Seite aus dem *Boston Medical and Surgical Journal* vom Herbst 1883 heraus. In dem Artikel beschreibt ein Gynäkologe namens Bigelow die Behandlung einer jungen Frau, die zu ihm gekommen war, um sich wegen ihrer Unfruchtbarkeit operieren zu lassen. Der Anfang eines Absatzes ist unterstrichen: »Die Patientin stand kurz davor, hysterisch zu werden. Sie sagte mir, daß sie nach sieben Jahren Ehe immer noch nicht schwanger geworden sei. Sie sei jetzt so verzweifelt, daß sie fürchte, ihr Mann würde sie verlassen, wenn sie nicht bald ...«

»Wer immer diese Frau war, meine Urgroßmutter muß sich in ihr wiedererkannt haben.«

Doch dann, so meine Freundin weiter, gingen Elizabeths Gedankengänge in eine andere Richtung. Sybil weiß nicht, was diesen Wandel hervorgerufen hat. Ein Artikel in einer der Zeitschriften? Eine Bemerkung ihres Hausarztes? Auf jeden Fall begann sie sich zu fragen, ob in ihrer Ehe vielleicht nicht der Boden, sondern der Samen unfruchtbar war – obwohl Cyrus seine Männlichkeit schon mit einem Sohn bewiesen hatte. Sie fing an, Zeitungsartikel über die Ursachen männlicher Sterilität zu sammeln. Eine davon, Gonorrhöe, muß sie ziemlich beunruhigt haben. Ihr Mann hatte während seiner Jahre als Seemann sicher nicht wie ein Mönch gelebt. Hatte er sich die Krankheit bei einer Prostituierten in irgendeinem Hafen zugezogen? Man darf bezweifeln, daß sie gegenüber Cyrus jemals eine Vermutung in dieser Richtung geäußert hat, keine gute viktorianische Ehefrau hätte das getan; also hat sie wahrscheinlich weiter *Lydia Pinkhams Stärkungsmittel* und *Dr. Pierce' allheilende Entdeckung* in sich hineingeschüttet. Und währenddessen wuchs die schreckliche Angst vor dem Verlassenwerden, und damit auch ihre Neurasthenie.

Eine Angst, für die diese betrügerischen Mittelchen, diese aus Opium, Laudanum und Kokain zusammengepanschten Mixturen, zwar nicht verantwortlich waren, die sie aber wohl verschlimmerten. Es bedarf keiner großen Phantasie, sich die enttäuschten und vorwurfsvollen Blicke vorzustellen, mit denen Cyrus sie mehr und mehr bedachte, das Schweigen zu hören, das keines war, und sich in ihn hineinzuversetzen, wie es Elizabeth zweifellos getan hat, während er sich allmählich von ihr zurückzog.

Zu dieser Zeit – Ende 1883 – zog er mit seiner Familie von Vinalhaven nach Hurricane Island, wo er einen neuen Steinbruch – Norawhega – in Betrieb genommen hatte. Mit den Granitplatten wurden das *Museum of Fine Arts* in Boston, das *New York Customs House* und die *U.S. Naval Academy* verblendet. Der Steinbruch war eine Goldmine für Cyrus. Das war auch der Grund, warum er ihn nach der legendären Juwelenstadt benannt hatte, die – so hatten es irgendwelche Indianer mit Sinn für Humor frühen holländischen Forschern erzählt – irgendwo in den Wäldern an der Penobscot Bay lag. Er hatte das Geschäft schnell gelernt und auf Hurricane Island eine firmeneigene Stadt errichtet, in der es Läden, eine Pension, eine Schule, eine Kirche und einen Tanzsaal gab. Als nichtgewählter Bürgermeister herrschte er über die Stadt, wie er früher über sein Schiff geherrscht hatte. Seine eiserne Regentschaft brachte ihm schließlich den Titel »Kaiser der Inseln« (der selten höflich ausgesprochen wurde) ein, dem die italienischen Steinhauer später ihr *Capitano Furioso* hinzufügten.

Da Hurricane Island nur einen Bruchteil so groß war wie Vinalhaven, fanden sich Elizabeth und Lockwood jetzt in noch größerer Abgeschiedenheit wieder. Das Haus war nicht groß und unterschied sich von den Schindelhäusern der Steinbrecher nur durch seine Lage auf der Kuppe eines Hügels, von wo aus man die neue Stadt überblicken konnte. Die Arbeiter waren zwar freundlicher als die Einheimischen in Vinalhaven, doch sprachen sie Finnisch, Schwedisch und Italienisch, so daß der Kaiser, seine Kaiserin und sein rechtmäßiger Erbe außer sich selbst niemanden hatten, mit dem sie sprechen konnten. Da sich Cyrus, allein auf seinem symbolischen Achterdeck, im Grunde seines Herzens immer noch als Kapitän auf See fühlte, war ihm das ganz recht. Doch für Elizabeth und seinen Stiefsohn muß es langweilig und einsam gewesen sein. Wenn Cyrus außer Haus war (zwischen Maine und Cape Ann forschte er unablässig nach neuen Objekten, nach Steinbrüchen oder noch brachliegenden Granitadern), kauerten sie sich wie Gestrandete in ihre widernatürliche Einsamkeit, die nur durch gelegentliche Tanzveranstaltungen oder Stadtfeste belebt wurde.

Im Frühling des folgenden Jahres ging Cyrus auf eine Geschäftsreise, die ursprünglich nur zwei oder drei Wochen dauern sollte, sich dann aber auf sechs Wochen ausdehnte. Er reiste an Bord eines der Frachtschiffe, die in seinem Auftrag regelmäßig Granit transportierten, der *Caitlin Adams*. Sie war mit zwei großen Postamenten für Denkmäler auf dem Weg nach New York, als sie in einen Sturm geriet, der sechs Tage andauerte und sie über tausend Meilen hinaus in den Atlantik abtrieb, bevor sie wieder auf ihren anfänglichen Kurs einschwenken konnte. Als Cyrus schließlich wieder nach Hurricane Island kam, sagt Sybil, muß Elizabeth zwei Gründe zur Freude gehabt haben: Ihr Mann war lebend zurückgekehrt, und sie war schwanger. Ein perfekter Zeitpunkt. Das Land erblühte und sie mit ihm, das Licht leuchtete nach dem langen Winter, die Welt erwachte. Am 3. März 1885 wurde der erste der sehnlichst erwarteten Söhne geboren ...

»Das wäre ungefähr einen Monat zu spät gewesen. Genau richtig. Ein Monat war nichts, worüber man sich wundern mußte.«

»Was meinst du damit, zu spät?« sage ich.

»Ich habe einen Zeitungsartikel über die Reise. Cyrus hat der Zeitung in Camden ein Interview gegeben. Über die Reise und wie schrecklich sie war. Egal, das Schiff ist am 5. Mai – 1884 – in See gestochen und am 11. Juni in New York vor Anker gegangen; um den Siebzehnten oder Achtzehnten ist Cyrus wieder nach Maine zurückgekommen. Also, nehmen wir mal an, daß meine Urgroßeltern noch kurz vor der Abreise miteinander geschlafen haben, also in der Nacht des Dritten oder des Vierten. Wenn wir neun Monate weiterzählen, dann ergibt das als genaues Datum für Nathaniel den 4. Februar 1885. Okay, genau geht's natürlich nie, aber mit Luft von sieben bis zehn Tagen nach oben oder unten schon. Wenn Nat eine Woche zu spät gekommen ist, dann wäre er am 11. Februar geboren, um den Dreh rum. Da sie ihn aber am 3. März bekommen hat, heißt das, daß sie bereits am 3. Juni schwanger geworden sein muß, wenn er genau in der Zeit war, am 10. Juni, wenn er eine Woche zu früh dran war, und am 27. Mai, wenn er eine Woche zu spät dran war.«

Obwohl ich dem ohne Kalender nicht ganz folgen

kann, entscheide ich mich im Zweifel zugunsten ihrer Rechenkünste.

»Also gut. Aber wie kannst du überhaupt wissen, daß sie von ihrer Schwangerschaft schon gewußt hat, als Cyrus nach Hause gekommen ist?«

»Ich könnte es nicht beschwören, wenn du das meinst. Ich hab's von Myles gehört. Im Frühjahr 1884, als er mit dieser Ladung Granit unterwegs war, hatte man meinen Urgroßvater schon für tot gehalten. Ertrunken. Und direkt nach seiner Rückkehr hat er erfahren, daß er wieder Vater wird.«

»Tja, schätze, das reicht. Aber vielleicht machst du es dir auch zu einfach. Er könnte doch trotzdem der Vater gewesen sein.«

»Habe ich ihre Verzweiflung nicht ausreichend dargelegt?« sagt Sybil ernst. »Ihre Herkunft, ihre Situation? War sie nicht eine Frau mit sehr begrenzten Möglichkeiten? Mit ihm konnte sie alles haben, ohne ihn, na ja ... Und um ihn zu halten, mußte sie ihm ein Baby schenken. Eine verzweifelte Frau stellt leicht verzweifelte Sachen an ...«

Jetzt zieht sie ein weiteres Beweisstück aus ihrem Berg Beweismaterial. Eine Bibel. Sie öffnet sie.

»Also, wenn das hier nicht wäre, dann würde ich auch glauben, daß Cyrus der Vater gewesen ist. Das war das erste, was ich getan habe, nachdem ich das Telegramm gelesen habe. Ich habe in den Paulusbriefen die Briefe an die Korinther gelesen. Danach hab ich mir allerdings immer noch keinen Reim darauf machen können, wovon der Mann da geredet hat. Das war vor ein paar Jahren, bevor ich mir das ganze Zeug angeschaut habe.« Sie deutet auf den Tisch. »Aber hinterher, da ist mir dieser Vers wie eine Leuchtreklame ins Auge gesprungen.«

Sie gibt mir die Bibel. Sie ist aufgeschlagen beim ersten Brief an die Korinther, Kapitel fünf, Vers eins. Es ist eine revidierte Ausgabe der Bibel, so daß die Sprache klarer, wenn auch weniger majestätisch und unheilvoll als in älteren Fassungen ist. Ich lese die Stelle, halte kurz inne und lese die Stelle noch einmal, um sicherzugehen, daß ich die eigentliche Bedeutung verstehe.

Übrigens hört man von Unzucht unter euch, und zwar von Unzucht, wie sie nicht einmal unter Heiden vorkommt, daß nämlich einer mit der Frau seines Vaters lebt.

»O mein Gott, Sybil.«

Sie schaut über die Schulter durch das geöffnete Gartentor, dessen mit Schnitzereien verzierte Flügel so schwarz sind, als hätte sie ein Feuer verkohlt. Der Adobebogen umrahmt das Weideland, auf dem ihre Pferde mit den Köpfen durch das kniehohe Moskitogras stöbern.

»Vielleicht hat er sich auf eine andere Stelle bei den Korinthern bezogen?«

»›Schaut nicht bei Jesaja, fragt den Korinther. Dann wißt ihr, wie ihr nach Hause kommt‹«, lautet Sybils Antwort. »Er ist Jesaja, er ist der Fels, von dem die Jungen glauben, daß sie aus ihm gehauen sind. Und weil die Jungen das Falsche glauben, gibt er ihnen nicht einen Cent. Natürlich konnten sie auch nicht den Korinther fragen, weil der nämlich schon Wochen, bevor sie das Telegramm abgeschickt haben, tot war. Aber das war nicht der Punkt, auf den Cyrus hinauswollte.«

»Sie ist tot und begraben, aber ich finde, daß es nicht fair ist, *sie* dafür verantwortlich zu machen.«

»Auch wenn sie verzweifelt und deprimiert gewesen ist, glaube ich nicht, daß sie in blinder Verzweiflung gehandelt hat. Nein, ich glaube nicht, daß das ihre Art war. Ich habe sie nicht gekannt, und auch Myles hat sie nur als alte Dame gekannt. Aber ich glaube, ich kann beweisen, daß sie clever und berechnend war, weil sie nämlich dazu gezwungen war, und auch, daß sie manipulierend war, weil sie dazu gezwungen war. Sie war ihr ganzes Leben dazu gezwungen. Sie ist ein gewaltiges Risiko eingegangen, aber sie ist es mit weit aufgesperrten Augen eingegangen, da würde ich drauf wetten. Du hast gesagt, daß es nicht fair ist. Dann hör dir das noch an: Am Anfang des Sommers leben meine Urgroßeltern noch zusammen, am Ende leben sie getrennt. Dazwischen schreibt Cyrus wegen der Scheidung an einen Anwalt, und Lockwood begeht Selbstmord. Und dann noch das letzte Kapitel 1908, das Jahr, in dem Cyrus gestorben ist. Um einen Anteil seines Vermögens zu bekommen, mußte Elizabeth vor Gericht ziehen. Er hatte sie *und seine Söhne* aus dem Testament gestrichen. Warum wohl auch die Jungen?«

»Du willst doch nicht sagen, daß Lockwood der Vater *von allen dreien* war? Ich kann mir das einfach nicht vorstellen. Er und Elizabeth, und das in der damaligen Zeit.«

»Wieso? Zu spröde und schicklich, um einfach weiterzumachen? Kann sein. Aber auf andere Weise hatte die Zeit damals genau damit zu tun, was passiert ist, okay, jedenfalls was *ich* glaube, was passiert ist. Fangen wir mit Nathaniel an. Lockwood war damals knapp neunzehn, Elizabeth knapp dreiundzwanzig. Man kann sehen, daß sie einfach umwerfend war, man braucht nur ein Foto von ihr anzuschauen und kann die Hitze spüren, die von ihr ausging. Stell dir vor, wie so eine Frau auf einen gesunden Neunzehnjährigen wirken muß. Selbst wenn sie die Frau seines Vaters ist. Tagelang waren die beiden zusammen, allein, eingesperrt auf Inseln in den Buchten von Maine. Du kannst drauf wetten, daß Cyrus, wenn er zu Hause war, seine junge Frau begattet hat, so oft er nur konnte. Er hat seine Stute besprungen, ohne zu wissen, daß nicht sie es war, die trocken war, sondern er selbst, und zwar schon die ganze Zeit.«

»Woher weißt du das? Wie kommst du zu der Diagnose? Er hatte doch schon einen Sohn gezeugt. Sollte man da nicht annehmen, daß es nicht an ihm lag? Daß nämlich keiner von beiden steril war, sondern daß es purer Zufall war, daß sie nicht schwanger geworden ist?«

»Steht alles in seinen Logbüchern. Von 1876 gibt's eine Notiz, daß er sich Mumps eingefangen hatte und deshalb das Kommando über die *Main Chance*, bis er wieder gesund war, an seinen Ersten Offizier übergeben mußte. Ich habe das recherchiert. Damals gab es noch keinen Impfstoff gegen Mumps. Die Krankheit konnte einen erwachsenen Mann also unfruchtbar machen. Nicht so oft wie bei Gonorrhöe vielleicht, aber immerhin.«

»Also gut. Weiter.«

»Das Haus war klein, und egal, wie viktorianisch und schicklich Cyrus und Elizabeth sich auch anstellten, Lockwood muß gehört haben, wenn die beiden es miteinander trieben, und es muß ihn gequält haben. Schließlich ist Cyrus auf diese Geschäftsreise gegangen, die dann sechs statt zwei Wochen gedauert hat. Noch mal, Lockwood und Elizabeth sind allein. Zwei Wochen vergehen, drei Wochen, und kein Wort von Cyrus. Die Angst, daß er umgekommen sein könnte. Elizabeth hat aber noch eine andere Angst umgetrieben. Daß er mit einer anderen zusammen sein könnte oder auf der Suche nach einer anderen war, nämlich einer neuen Zuchtstute. Stellen wir uns folgendes vor, nicht nur so aus Spaß, sondern weil es plausibel ist: In der Stadt findet eine Tanzveranstaltung statt. Um mal unter die Leute kommen, gehen Lockwood und Elizabeth hin, die Kaiserin und der rechtmäßige Erbe. Sie trinken ein bißchen Punsch, vielleicht wagen sie sogar ein Tänzchen. Die Hemmungen fallen, nichtsdestotrotz arbeitet Elizabeths Hirn glasklar. Lockwood sieht aus wie Cyrus, er ist jung und potent, und sie will unbedingt wissen, liegt's an ihr oder an Cyrus. Und mehr als alles andere braucht sie unbedingt ein Baby. Man kann davon ausgehen, daß sie die sexuelle Anspannung, unter der Lockwood stand, gespürt hat. Ich schätze, daß es auch das war, was sie auf die Idee gebracht hat, ihn zu verführen. Aber wie sollte sie es anpacken? Ich meine, sie muß doch über sich selbst entsetzt gewesen sein, sie konnte wahrscheinlich selbst nicht glauben, daß sie so dreist sein könnte. Aber vorstellen kann ich mir schon, wie sie mit seinem Verlangen und seiner Zuneigung gespielt hat. Bei der Gelegenheit könnte sie ihm auch erzählt haben, daß er unehelich ist. Er erkennt, daß er sein ganzes Leben lang belogen worden ist. Das könnte die Loyalität gegenüber seinem Vater, wie ausgeprägt die auch immer gewesen sein mag, erschüttert haben. Sie erzählt Lockwood von ihrer Angst, daß sein Vater sie verlassen würde, wenn sie ihm kein Baby schenkt. Sie fängt an zu weinen, Lockwood tröstet sie. Es fängt mit einer platonischen Umarmung an, hört damit aber nicht auf. Sie ist älter, cleverer, sie hat sich unter Kontrolle. Trotzdem kann ich mir vorstellen, daß das Ganze sehr schwierig für sie gewesen sein muß. Um leben zu können, war sie dabei, etwas Verwerfliches zu tun. Wie eine Prostituierte. Und Lockwood? Kann gut sein, daß es für ihn das erste Mal war, mit allem, was sich daraus ergibt. Er hat sich verliebt. Oder hat es sich zumindest eingebildet. In dem Alter kann man noch schlecht unterscheiden zwischen Herz und Drüsen. Und danach? Sie weist Lockwood genau an, wie er sich von jetzt an zu verhalten hat. Sich nie auch nur die kleinste Andeutung entlocken zu lassen, daß irgendwas nicht stimmt. Auch wenn Cyrus in solchen Dingen ein ziemlicher Trampel ist, sozusagen ein Panzerschiff auf zwei Beinen. Du darfst nicht vergessen, Elizabeth ist eine Frau, die weiß, wie man mit einer Lüge lebt. Myles hat mir gesagt, daß ihm sein Vater erzählt hat, Elizabeth und Lockwood hätten immer ein merkwürdig distanziertes Verhältnis gehabt, sie hätten immer Abstand gehalten. Kann sein, daß ich völlig auf dem Holzweg bin und zwischen den beiden nie was gelaufen ist, aber wenn ich richtig liege, dann war diese Distanz, diese Kühle, die Eliot aufgefallen ist, ein Täuschungsmanöver. Es gehörte zur Tarnung.«

»So weit, so gut«, fährt Sybil fort. »Nach Nathaniels Geburt hat Lockwood die Familie verlassen, um zur See zu fahren, und es war Elizabeth, die ihn dazu ermuntert hat. Das habe ich nicht erfunden, das ist Tatsache, hat mir auch Myles erzählt. Macht ja auch Sinn, daß sie ihn ermutigt hat. Vielleicht hat sie es ihm sogar vorgeschlagen. Wahrscheinlich ist sie eine gute Lehrerin in der Kunst der Verstellung gewesen, aber ich glaube nicht, daß unser Jungsegler mit seiner direkten Art ein gelehriger Schüler gewesen ist. Ihn im Haus die ganze Zeit um sich zu haben, wäre ein zu großes Risiko gewesen, und außerdem für beide ein ziemlicher Streß. Und noch was anderes: Elizabeth hatte Angst vor ihren Gefühlen. Lockwood war nicht wie sein Vater, er war kein eisenharter Knochen, sondern ein geschmeidiger, junger Mann. Möglicherweise hat sie ihm gezeigt, was Zärtlichkeit ist, etwas, was sie meiner Meinung nach von ihrem *Capitano Furioso* erst bekommen hat, als der schon alt und abgeklärt war, und dann wahrscheinlich auch nur auf diese patriarchalische, herablassende Art. Lockwood ging also zur See, kam aber ab und an wieder nach Hause zurück. Und während dieser Aufenthalte wurden, wenn sein Vater nicht da war, heimliche Treffen arrangiert. Im Arrangieren solcher Treffen war Elizabeth bestimmt gut. Ich nehme an, daß sie einfach bei allem, was mit Geheimhaltung und Verschwiegenheit zu tun hatte, gut war. Das Mädchen mit dem schwarzen Blut, das sein ganzes Leben in einer weißen Welt gelebt hatte und vielleicht manchmal sogar selbst daran glaubte, nur Pardons Blut in den Adern zu haben. Wie gesagt, es gab also diese Treffen, und dann kam Eliot und dann mein Großvater, und dann war Schluß. Cyrus hatte zwar nicht seine fünf Kinder bekommen, aber immerhin seine drei Söhne; vielleicht war er zufrieden damit. Ich weiß wirklich nicht, ob es danach zwischen Elizabeth und Lockwood nichts mehr gegeben hat oder ob es einfach nur keine Geburten mehr gab, entweder weil die Natur es so gewollt oder weil sie sich danach um Verhütung gekümmert haben. Was immer die damals auch verwendet haben. Egal, ich bin mir ziemlich sicher, daß ein so gutaussehender Mann wie Lockwood deshalb kein Mädchen gefunden hat, weil er nie danach gesucht hat. Elizabeth hat ihn vollkommen vereinnahmt. Ich kann nicht genau sagen, inwieweit sie sich zugestand, ihm Gefühle entgegenzubringen, aber die Zärtlichkeit muß sie genossen haben, und auch, daß sie geliebt wurde und nicht einfach nur rüde bepflügt und beeggt und besamt. Mit der Zeit hat sie das genauso gebraucht, wie er sie gebraucht hat, und so ist es vielleicht doch weitergegangen, auch nachdem es gar nicht mehr notwendig war. Jedenfalls das einzige, was aufgehört hat, war, daß noch mehr Kinder kamen. Wie gesagt, ich weiß nichts Genaues. Aber da gibt's noch etwas – als sie um die Vierzig war, hat sie sich operieren lassen, das ist verbürgt. Sie hat das in einem Brief an Gertrude Williams erwähnt, oder besser angedeutet. Er ist datiert vom 6. Juni 1901 ...« (Sybil liest laut vor.) »›Allerliebste Gertrude, ich freue mich, dir mitteilen zu können, daß die Prozedur zügig und ohne Schmerzen und Komplikationen verlaufen ist. Dr. Simms ist äußerst verständnisvoll und freundlich gewesen und versichert mir, daß er äußerste Diskretion wird walten lassen. Ich kann dir nicht genug dafür danken, meine liebe, allerliebste Freundin, daß du mir ihn empfohlen hast (oder war es mich ihm?). Mir ist etwas melancholisch zumute. Diese Sache ist so schwierig für mich gewesen, und ohne dich hätte ich das nie durchgestanden. Weil ich gestern etwas Fieber hatte, hat Dr. Matthews kurz nach mir gesehen. Er sagt, ich werde bald wieder wohlauf sein und für den Rest des Sommers nach Mingulay zurückkehren können. Er hat sich mit Dr. Simms in Verbindung gesetzt, der ihm erzählt hat, daß er die Gebärmutter entfernt hat. Wie sehr ich doch wünschte, daß das nicht nötig gewesen wäre. Noch vor ein paar Jahren hätte es sich umgehen lassen. Ich freue mich so darauf, dich in North Haven besuchen zu können! ...‹ Und, was sagst du jetzt?«

»Ziemlich offensichtlich, bis auf die eine Zeile«, sage ich. »Die, wo es um irgendeine Sache geht, die sich noch vor ein paar Jahren hätte umgehen lassen. Da hakt's bei mir aus.«

Sybil steckt den Brief wieder in die Mappe. Über uns kreist immer noch der Bussard. Obwohl – ich bin mir nicht sicher, ob es der von vorhin ist.

»Ich habe das auch recherchiert. In den meisten Bundesstaaten waren Abtreibungen bis in die neunziger Jahre des letzten Jahrhunderts hinein legal. Dann haben die Moralisten die Gynäkologie übernommen und die Gesetze zur Abschaffung durchgebracht. Trotzdem haben noch haufenweise Ärzte weiter Abtreibungen durchgeführt.«

»Dann ist es also doch weitergegangen? Als Lockwood aus Florida zurückgekommen ist, haben sie einfach da weitergemacht, wo sie aufgehört haben? Und was sie da vielleicht zur Empfängnisverhütung genommen hat, das hat alles nichts genutzt? Und was hast du eben noch gesagt? Cyrus wollte fünf Kinder? War doch so, oder? Warum sollte sie also ... Wenn dieser Quasi-Inzest mit Lockwood also weiterging und sie wieder schwanger geworden ist, warum nicht einfach so weitermachen wie vorher? Sie bekommt das Baby und läßt Cyrus im Glauben, daß es von ihm ist.«

»Vielleicht hat es bei der Schwangerschaft Komplikationen gegeben. Wie gesagt, Elizabeth ist auf die Vierzig gegangen. Vielleicht war es aber auch was anderes. Das Timing. Cyrus war sechsundfünfzig, und sechsundfünfzig damals war nicht wie sechsundfünfzig heute.«

»Aha.«

»Gertrude hat sicher gewußt, an wen man sich wenden konnte. Aber ich glaube nicht, daß Elizabeth selbst ihrer lieben, allerliebsten Freundin erzählt hat, wer der andere Mann war. Vielleicht hat sie ihr sogar gar nichts davon erzählt, daß es da einen anderen Mann gegeben hat.«

»Dann hat es also deine Urgroßmutter irgendwie arrangiert, daß sie sich mit Lockwood treffen konnte, während er in New York war?«

»Keine Ahnung. Kann ich mir nur schwer vorstellen, wie sie das hätte anstellen sollen. Vielleicht ist er heimlich nach Boston gekommen, und während Cyrus in Gloucester oder sonstwo unterwegs war, hat sie sich aus dem Haus geschlichen. Weiß nicht. Wie gesagt, ich weiß nicht mal, ob es überhaupt weitergegangen ist zwischen den beiden. Ziemlich verschwommen das Ganze.«

»Eigentlich, Sybil, hast du keinen endgültigen Beweis, ob da überhaupt jemals irgendwas gewesen ist.

Und noch was mußt du mir erklären – wenn da wirklich was gewesen ist, wie hat Cyrus es dann rausgefunden?«

»Stimmt«, sagt sie. »Das habe ich noch nicht erklärt.« Aber jetzt versucht sie es ...

Cyrus' Zeugenaussage

Die einzig plausible Möglichkeit, wie er es hätte erfahren können, wäre gewesen, daß es ihm Lockwood oder Elizabeth selbst erzählt hätte. Die Wahrscheinlichkeit, daß es Lockwood war, ist bei weitem größer. Sybils Vorstellungskraft versagt hier aber. Sie kann sich die Gefühle eines Mannes nicht vorstellen, der seinem eigenen Vater Hörner aufsetzt, einem Vater, den er geachtet, wenn nicht sogar geliebt hat, und auf den er gleichzeitig, obwohl er kein Recht dazu hatte, wütend war. Und obendrein, zusätzlich zu der Wut, war da noch die unausgelebte Zuneigung, die ihn jedesmal gequält haben muß, wenn er sie sah, die Söhne von seines Vaters Sohn, seine Söhne, *seine*. Mein Gott, sie anzuschauen, selbst wenn es höchstens einmal im Jahr war, für ein oder zwei Tage, und dabei die ganze Zeit seine innersten Gefühle zu unterdrücken, sich zu verstellen, zu heucheln, das muß ihn zerrissen haben.

Es war vielleicht passiert, als Lockwood in Mingulay auftauchte, um seinen Vater einmal mehr um Geld zu bitten. Sie sind in die Bibliothek gegangen, von wo man den Rasen, das Meer und die Insel überblicken konnte, in denselben Raum, wo in Sybils Nachempfindung Nathaniel den betrunkenen Lockwood gesehen hat, wie er auf den Schreibtisch gepißt und »Liquidierung!« gebrummelt hatte. Lockwood könnte argumentiert haben, daß er seine Lektion gelernt und die bittere Pille geschluckt und alles, was ein Mann tun könne, getan habe, und daß es jetzt keinen Anlaß mehr gebe, ihm die Tilgung der Schulden, die Cyrus mit einer Unterschrift bewerkstelligen könne, abzuschlagen. Hier herrschten nicht die rauhen Gesetze des Meeres, das war nicht der Fall eines Mannes, der fahrlässig in unbekannten Gewässern segelte oder mehr Tuch angeschlagen hatte, als der Wind zuließ. Lockwood hatte keine Dummheit begangen, er hatte nur einen Fehler gemacht, den er nach Kräften versucht hatte, wieder auszubügeln. Er war der Sohn eines Millionärs, aber er wohnte in einer Pension im New Yorker Hafenviertel, verdammt noch mal, und das ohne eigenes Verschulden. »Es geht nicht darum, daß das nicht gerecht ist, Vater«, könnte Lockwood gesagt haben. »Der springende Punkt ist, daß es *ungerecht* ist.« Cyrus hat ihn dennoch abgewiesen. Vielleicht hat er sich daran erinnert, daß er sich einst selbst ohne eigenes Verschulden in die Armut zurückgeworfen sah, daß ihm sein Vater die Tür gewiesen hatte und er ohne einen Blick zurück oder einen Hilfeschrei hinausmarschiert war, daß er jedoch kraft unbeirrbarer Anstrengungen, Risikobereitschaft und Visionen selbst ein Vermögen, das ihm sonst qua Erbschaft zugefallen wäre, aufgetürmt hatte. Warum sollte Lockwood Geringeres leisten? Warum sollte Lockwood, dem er einmal geholfen und danach beschieden hatte, daß jener nun nichts mehr zu erwarten habe, jetzt mehr erwarten?

In Sybils Nachempfindung kommt jetzt der Augenblick, in dem Lockwood zerbricht – *zing* – wie ein Want, das unter zu hoher Spannung steht. Aber nur im Innern, nach außen erreicht er die Zornesebene, die er schon so oft bei seinem Vater erlebt hat – nicht die Art von Wutanfällen, die diesem den Namen *Capitano Furioso* eingebracht haben, sondern die Unter-dem-Gefrierpunkt-Stille, wenn man dessen Sinn für das Gerechte und Richtige beleidigt. Lockwood sieht sich als jemand, der nichts mehr zu verlieren hat, und das ist sein einziger Vorteil. Jetzt wird er seinem Vater alles nehmen – alles, das heißt, bis auf das Geld. Ihm, der sich geweigert hatte, seine Mutter zu heiraten, der sie auf einem Armenfriedhof begraben ließ, sie zusätzlich entehrte, indem er nie wieder ihren Namen in den Mund nahm, und dann auf ihrem Andenken herumtrampelte, indem er dem Sohn verschwieg, daß sie bei dessen Geburt gestorben war. *Wo ist denn Mrs. Braithwaite, Vater? ... Ach ja, stimmt, in Boston ... Und was macht sie da? ... Beim Arzt, eine Frauengeschichte, sagst du? Was genau, weißt du nicht? ... Tja, ich weiß es, und ich werd's dir sagen. Sie ist schwanger, aber nicht von dir ...* Es folgt eine lange Stille, während der Cyrus auf seinen Sohn zugeht. Seine Kälte ist nun der Lockwoods ebenbürtig, der Kampf, welcher Gletscher wohl den anderen zerschmettert, ist eröffnet ... Und dann Lockwood, der sich darüber wundert, daß er trotz seiner Verzweiflung die Kraft aufbringt, in dieses unnachgiebige Gesicht zu blicken, ohne zurückzuweichen: *Nicht von dir, sie sind alle nie von dir gewesen. Nichts als Donner und Rauch, alter Herr, kein einziger Blitz. Kein einziger von dir. Aber du kannst dich in ihnen erkennen, stimmt's? Na, wie ist das wohl zu erklären? Noch was, was du nicht gewußt hast. Schätze, jetzt weißt du es ...*

Vielleicht war es so, vielleicht aber auch anders, mit anderen Worten.

Die Geschichte, die folgte, erfordert weniger Mutmaßungen. Sie wurde durch Generationen hindurch weitererzählt, und die Quelle war die Quelle aller Skandale in Oberschichtfamilien aus jener Zeit – das Personal. Belauschtes Getuschel in der Küche, im Foyer, im Kutschenhaus, Getuschel darüber, daß Moira in der Bibliothek einen Schrei hörte, die Treppe hinunterlief und sah, wie Cyrus Lockwood am Kragen über den Boden schleifte, wie Lockwood aus Mund und Nase blutete, wie der Vater den Sohn zur Vordertür hinauswarf und dann draußen auf dem Rasen des großen Hauses, des Denkmals all dessen, was er erreicht hatte, in die Rippen trat, wie Gideon und Dailey ihn wegzerrten und den schreienden Cyrus zurückhielten. *Schafft ihn weg von hier! Schmeißt ihn in die Kutsche und schafft ihn weg, bevor ich ihn umbringe!*

Sie hatten alles gesehen und gehört, aber keiner von ihnen – Moira, das Hausmädchen, Dailey, der Kutscher, Gideon, der Verwalter – besaß die Kühnheit, Cyrus nach dem Grund seines Zorn zu fragen; und als die Jungen am Abend von der Werft zurückkamen, wußte das gesamte Personal, was man von ihm erwartete. *Ihr laßt euren Vater heute abend am besten in Ruhe. Lockwood war vorhin da, sie haben sich gestritten. Er ist ziemlich aufgebracht ... Worüber? ... Er hat es uns nicht gesagt, und wenn ihr schlau seid, fragt ihr ihn auch nicht danach.*

Also sprachen Nathaniel, Eliot und Sybils Großvater an jenem Abend nicht mit ihrem Vater. Wie das Personal wußten auch sie, was man von ihnen erwartete, und sagten am nächsten Morgen erst dann etwas, als er das Wort an sie richtete. Es hatte ganz den Anschein, als hätte er sich schon wieder beruhigt, wobei er natürlich alles andere als ruhig war; es muß, so Sybils These, eine Art Betäubung gewesen sein, hervorgerufen durch Wut, Schmerz, Unglauben und Abscheu, wobei jedes dieser Gefühle so stark und intensiv war, daß sie sich gegenseitig paralysierten. Verraten! Verraten! Von der Frau, der er soviel gegeben hatte, vom Sohn, den er hätte zurückstoßen können, es aber nicht getan, sondern dafür all das, was ihm zugestanden hätte, geopfert hatte. Der Schock war kein emotionaler, sondern ein metaphysischer, ähnlich dem, den ein frommer Priester erlitte, der den unwiderlegbaren Beweis in Händen hielte, daß Gott nicht existierte. Kurz, Cyrus war verrückt, aber nicht im Geist, sondern in der Seele. Es war die Spielart von Wahnsinn, die gewöhnlich auf die Abschlachtung der gesamten Familie hinausläuft. Und während Sybil durch das Prisma aus Fakten und Imagination in die Vergangenheit zurückblickt, wundert sie sich, daß Cyrus nicht seine L.C. Smith gepackt und die Söhne, welche nicht die seinen waren, den Sohn, welcher der seine war, die verräterische Frau und dann sich selbst erschossen hat. Statt dessen saß er tagelang da, brütete vor sich hin und traf mit seinem trotz der wahnsinnigen Seele rational arbeitenden Gehirn eine Entscheidung. Eine Entscheidung, die ihn vielleicht davon abhielt, das Gewehr in die Hand zu nehmen und im Blut der Schuldigen wie der Unschuldigen sein besudeltes Haus reinzuwaschen.

Sybil hört auf zu reden und schaut hinauf zu dem makellos blauen Quadrat. Der Bussard ist verschwunden. Jetzt ist da nichts als leerer, zerstörerischer Himmel.

»Also gut«, sage ich. »Er hatte so was wie einen Plan. Einen zwar wirren Plan, aber immerhin. Die Scheidung war ein Teil davon, den er aber nie durchgezogen hat. Richtig?«

»Richtig. Sein Anwalt hat ihm davon abgeraten.« Aus einer anderen Mappe zieht sie ein weiteres Blatt Papier hervor. »Das war in einem Ordner, den ich unter dem geschäftlichen Kram von meinem Urgroßvater gefunden habe. Das hat mich wahrscheinlich endgültig davon überzeugt, daß ich richtig liege. Ich erzähl es dir chronologisch. Nachdem Cyrus die Jungen weggeschickt hat, nach dem Logbuch war das am 11. Juni, ist wahrscheinlich folgendes passiert: Er ist mit dem Zug nach Boston gefahren, dort zu seinem Anwalt gegangen und hat ihm den Fall geschildert. Dann hat er, noch am selben Tag, vielleicht aber auch ein, zwei Tage später, Elizabeth zur Rede gestellt. Ich stell mir das nicht als heftige Szene vor. Aus einem bestimmten Grund stell ich mir das eher so vor, daß er ihr das, was er rausgefunden hat, auf so eine gespenstische, eisige Art gesagt hat. Er haßt sie so sehr, daß er über das Gefühl des Hasses schon hinaus ist. Bevor sie auch nur ein Wort sagen kann, sagt er ihr, daß er sich scheiden läßt, sie nie mehr wiedersehen oder jemals wieder ihren Namen hören oder irgend etwas mit ihr zu tun haben will. Er erzählt ihr, daß er die Jungen weggeschickt hat, aufs Meer, und vielleicht sogar, daß es ihm scheißegal ist, ob sie jemals wiederkommen. Ihre heißgeliebten Jungen, das Resultat ihres unaussprechlichen Verrats. Nun ist sie es, die unter Schock steht, die entsetzt ist. Sie gerät in Panik, schreibt an Lockwood, erzählt, was Cyrus vorhat, daß das einen entsetzlichen Skandal gibt und daß sie ihm nie verzeihen wird, daß er den Mund aufgemacht hat. Lockwood liest den Brief, versinkt in Schuld und Scham und was sonst noch alles, brütet tagelang vor sich hin, und dann der Bahnsteig.«

»Das traurige daran ist«, fährt Sybil fort, »daß der Anwalt den Brief, in dem er Cyrus die Sache ausreden will, nur einen Tag vor Lockwoods Selbstmord abgeschickt hat. Am 19. Juni 1901.« (Sie liest wieder laut vor.) »›Sehr geehrter Mr. Braithwaite,‹ und so weiter blablabla ... ›Nachdem ich Ihren Fall mit meinem Partner durchgesprochen habe, muß ich Sie dringend ersuchen, noch einmal darüber nachzudenken ... Zur Einreichung der Klage wäre die Nennung des Namens des Beteiligten unumgänglich ... Sie müssen sich die Risiken eines solchen Schrittes vor Augen führen. Zwar können Sie auf unsere Vertraulichkeit zählen, anderweitig garantieren können wir sie jedoch nicht. Sie sind ein berühmter Mann. Sollten die Revolverblätter davon

Wind bekommen, wenn Sie den Ausdruck gestatten, wäre das eine Sensation, die weit über die Grenzen Bostons Schlagzeilen machen würde ... Ich versichere Sie meiner vollen Unterstützung bei der Ausarbeitung eines Arrangements, das Ihnen ein gewisses Maß an Satisfaktion unter Vermeidung jeglichen öffentlichen Aufsehens ...‹ Das war's«, sagt Sybil abschließend. »Das ist alles, was ich habe. Beweise, Zeugen, Motiv.«

»Trotzdem, ich bin noch nicht so überzeugt, daß ich jeden vernünftigen Zweifel ausschließen könnte.«

»Wir sind hier ja nicht vor Gericht. All diese Menschen sind tot, macht ohnehin keinen großen Unterschied mehr. Oder?«

»Für dich auch nicht?«

»Ich bin hier. Ich bin, wer ich bin und was ich bin, egal, was vor fast hundert Jahren passiert ist.«

»Aber es ist immer noch deine Familie. Sie sind in dir. Wenn du wirklich glaubst, daß das damals so passiert ist, haßt du dann deine Familie jetzt?«

»Myles hat recht. Man muß die Sünde hassen, aber die Sünder lieben.«

»Die Geschichte ist voll von Sündern, die man lieben kann. Was ist mit den Jungen? Glaubst du, daß sie es rausgefunden und für sich behalten haben?«

»Nathaniel vielleicht, obwohl ich keine Ahnung habe, wie er es erfahren haben sollte. Vielleicht hat er deshalb nur ein paar Monate, nachdem sie wieder da waren, Andover geschmissen und ist zu den Marines. Hat jede Verbindung abgebrochen ... aber ... Nein, er hat es, glaube ich, auch nicht gewußt. Er hat sich wahrscheinlich freiwillig gemeldet, weil er nach einer Gelegenheit gesucht hat, sich zu beweisen. Ich glaube, daß die Jungen unschuldig waren. Wenn es eine Verschwörung des Schweigens gab, dann zwischen den beiden, Cyrus und Elizabeth.«

Sie dreht sich um und schaut über die Schulter hinaus auf die Pferdeweide und das dahinterliegende San-Rafael-Tal, das erst leicht abfällt und dann in Schichten zum Vorgebirge unterhalb der schneebedeckten Huachucas ansteigt, hinter denen man in weiter Ferne die Gebirgszüge Sonoras erkennen kann.

»Und? Tust du es?«

»Was?«

»Die Sünde hassen, aber die Sünder lieben? Oder haßt du auch die Sünder? Haßt du deine Familie?«

Sie reibt sich mit dem Daumenknöchel an den Zähnen und schaut auf den Berg Papiere, auf eine Photographie von Nathaniel, Eliot und Andrew, als sie noch jung waren, auf das verschimmelte Logbuch der Reise, die das Ende ihrer Kindheit markierte. Aber ich spüre, daß sie sich die drei nicht vorstellt, wie sie damals waren.

Sie erinnert sich an Eliot und ihren Großvater so, wie sie sie als kleines Kind selbst gekannt hat: Eliot groß und schlank und mit Halbglatze, immer gut für einen Scherz, Tenor im Kirchenchor, pensionierter Geschäftsführer eines Textilunternehmens; ein alter Mann, der sie als Kind immer zum Lachen gebracht hat, wenn er mit seinem biegsamen großen Zeh Stifte und Münzen aufhob. Andrew, fünf Zentimeter kleiner, mit Cyrus' graublauen Augen und immer noch dichtem, aber inzwischen schlohweißem Haar, hatte nach seinem Ausscheiden aus der mathematischen Abteilung des Massachusetts Institute of Technology in den Fünfzigern als Berater für das Massachusetts State Economics Board gearbeitet. Er hatte Industrielle und Gewerkschaften gleichermaßen bekämpft, um die Grundlage dafür zu schaffen, was man später den elektronischen Forschungskorridor an der Route 128 nannte. Er war ein gelehrter Mann, in dem sich kühle Rationalität mit der Zähigkeit eines Rummelplatzboxers vereinigte (noch mit Anfang fünfzig war er einmal in einer Seitenstraße von Boston einem jugendlichen Taschendieb hinterhergesprintet und hatte sich seine Geldbörse mit den Worten zurückgeholt: »Ich nehm das wieder an mich, junger Mann«).

An Nathaniel hat sie keine Erinnerung. Keiner aus der Familie. Niemand aus der Familie – ob tot oder noch am Leben – hat ihn je wiedergesehen, nachdem er zu den Marines gegangen war, außer auf einem Photo, das er 1902 nach Hause geschickt hat. Es zeigt ihn in Khakiuniform und Dschungelhut, über einer Schulter hängt eine Krag Rifle, mit der anderen Schulter lehnt er an irgendeinem Baum auf den Philippinen, wo er noch im Herbst des gleichen Jahres an Malaria gestorben ist.

»Nein«, sagt sie schließlich. »Ich hasse sie nicht. Ganz sicher nicht.«

DANK

Ein besonderer Dank geht an meinen verstorbenen Schwiegervater John P. Ware, der zwar vor mehreren Jahren den Samen in meinem Kopf gesät hat, den man jedoch nicht für den daraus erwachsenen Baum verantwortlich machen sollte. Ein spezieller Dank an Capt. Andrew Burton und die Crews der *S/V Tudy* und *S/V Caribe*, die einen Küstenpaddler in die Kunst des Hochseesegelns eingeführt haben; an Herb Matthews für die Lektionen in astronomischer Navigation; an Bruce Kirby für die Durchsicht des Manuskripts auf technische Fehler. Alle Fehler bezüglich Terminologie, Segeltaktik etc. sind meine, nicht seine Fehler. Dank auch an Capt. Bill Schwicker, der mich mit Seemannsgarn von den Florida Keys und den Bahamas versorgt hat; an Mike Monroe und »Captain Finnbar«, die mir – eines Nachts vor Jahren in Key West – von ihren Erlebnissen mit Hurrikan *Allen* an Bord ihrer Ketsch *The Island Princess* berichtet haben; an Mary Perkins und Capt. Reef Perkins für Einzelheiten über das Bergungsgeschäft; und an meine Frau Leslie Ware, die mir gezeigt hat, wie man festmacht, refft und steuert, und vor allem für ihre unschätzbaren Anregungen und die Korrektur zahlloser Rohentwürfe.

Dank schulde ich zudem einem kleinen Archiv an Büchern, vor allem aber folgenden:

Richard Meade Bach, *The Young Wrecker of the Florida Reef*. Lee and Shepard, 1865.

Graham Blackburn, *The Overlook Illustrated Dictionary of Nautical Terms*. Overlook Press, 1981.

Roger F. Duncan, *Coastal Maine: A Maritime History*. W.W. Norton, 1992.

Roger F. Duncan, John P. Ware, *The Cruising Guide to the New England Coast*. G.P. Putnam & Sons, 1990.

Barbara H. Erkkila, *Hammers on Stone: The History of Cape Ann Granite*. Peter Smith Books, 1987.

Joseph E. Garland, *Gloucester on the Wind*. Arcadia Publishing, 1995.

Tria Giovan, *Cuba: The Elusive Island*. Harry N. Abrams, Inc., 1996.

Harry Johnson, Frederick S. Lightfoot, *Maritime New York in Nineteenth Century Photographs*. Dover Publications, Inc., 1980.

Richard Maury, *The Saga of Cimba*. Harcourt Brace & Co., 1939.

Charles B. McLane, *Blue Hill Bay: Islands of the Maine Coast*. The Kennebec River Press, Inc., 1985.

James A. Michener, John Kings, *Six Days in Havana*. University of Texas Press, 1989.

Farley Mowat, *The Serpent's Coil*. McClelland & Stewart Ltd., 1980.

Joseph M. Murphy, *Santeria: African Spirits in America*. Beacon Press, 1993.

Henry M. Plummer, *The Boy, Me and the Cat*. Commonwealth Press, 1961 (nach einem von Plummer selbstverlegten Manuskript von 1912).

Rear-Admiral H.F. Pullen, *Atlantic Schooners*. Brunswick Press, 1967.

Birse Shepard, *Lore of the Wreckers*. Beacon Press, 1961.

Peter H. Spectre, *A Passage in Time*. W.W. Norton, 1991.

Stan Windhorn, Wright Langley, *Yesterday's Key West*. Langley Press, 1973.

Dank an die Herausgeber von Time-Life Books für *The Fabulous Century: Volume One: 1900–1910,* und an Judy Crichton und die WGBH Educational Foundation für *America 1900,* Henry Holt & Co., 1998.

Der Übersetzer dankt Rufus Weid für die seemännische Unterstützung.

INHALT

I. Die Buchten von Maine 9
Karte: Golf von Maine 10

II. Das Kreuz des Südens 215
Karte: Florida Keys 216

III. In einem anderen Land 515
Karte: Floridastraße 516

Epilog: Seines Vaters Weib 659

Dank 731

Das anspruchsvolle Programm

Iain Pears

Iain Pears hat einige erfolgreiche Krminalromane verfaßt. Der große Wurf ist ihm jedoch mit »Das Urteil am Kreuzweg« gelungen, das bereits in 15 Sprachen übersetzt wurde.

»Ohne selbst zu urteilen, bringt Pears dem Leser Machtgier, Bigotterie und Aberglauben, aber auch die Ungerechtigkeit jener Zeit so nahe, daß einem der Atem stockt.« *DPA*

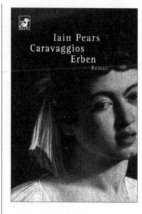

62/152

Giottos Handschrift
62/70

Das Urteil am Kreuzweg
62/71

Caravaggios Erben
62/152

DIANA-TASCHENBÜCHER